THE DARK QUEEN
by Susan Carroll
translation by Kazuko Tominaga

金色の魔女と闇の女王

スーザン・キャロル

富永和子［訳］

ヴィレッジブックス

たとえそれが十九世紀でも、
この世紀でも、常に変わらず真の友である
ケイ・クリューワーとアーミン・ウェン……
そして農場主にして慈善家の紳士、
フレッド・ジマーの思い出に捧げる

伝説によれば……

昔々、〝大地の娘たち〟と呼ばれる女たちが住んでいました。深い知恵と広範な知識を持つこの女たちは、癒しと善を目的として行われる白魔術に長け、人々に尊敬されておりました。男と女が平等であるとされ、王国をともに治めていたより無垢な、平和な時代のことでした。

ところが、しだいに力のバランスが崩れ、男たちが戦いにより領土を広げてそれを支配するようになると、女たちが治め、学ぶ権利はしだいに否定されるようになったのです。

大地の娘たちの多くが、悲しみながらもこの変化を受け入れ、自分たちの力を手放しました。なかには苦々しく思い、黒魔術に傾倒して報復する女たちもいました。けれども、勇敢なひと握りの大地の娘たちは、なんとか古代の知識を守ろうと努め、白魔術の秘密を大切に母から娘へと伝えつづけたのです。そのため彼女たちは、しだいに大きな危険にさらされるようになりました。なぜなら、大地の娘たちはもはや〝賢い女性〟として敬われるのではなく……

はるかに悪意のこもった言葉、〝魔女〟と呼ばれるようになったからです。

金色の魔女と闇の女王

おもな登場人物

アリアンヌ・シェニ	本編の主人公。 癒しの知識をもつ"大地の娘"
ジュスティス・ドヴィーユ	ルナール伯爵
ガブリエル・シェニ	アリアンヌの妹
ミリベル(ミリ)・シェニ	アリアンヌの末妹
ルイ・シェニ	シェニ家の主。三姉妹の父
エヴァンジェリン・シェニ	三姉妹の母
マリー・クレア	聖アンヌ修道院の院長
シャルボンヌ	聖アンヌ修道院に仕える女性
ルイーズ・ラヴァル	パリに暮らす"大地の娘"のひとり
トゥサン・ドゥベック	ジュスティスのいとこ
ルーシー	ジュスティスの祖母
ヴァシェル・ル・ヴィ	マレウス・マレフィカラム修道会の頭
シモン・アリスティード	ル・ヴィに仕える少年
ニコラ・レミー	ナヴァラ国の大尉
カトリーヌ・ド・メディシス	フランス王太后

プロローグ

式が始まる時刻はとうに過ぎていたが、花嫁を乗せた馬車は影も形も見えない。大聖堂の表に集まった人々は、ぎらつく太陽に照らされて汗をかき、落ち着かなげに足を踏み替えていた。最初は静かだったつぶやき声も、しだいに大きくなり、これがどんな結末を迎えるのかと、興味津々の町の人々のなかをさざ波のように伝わっていく。アリアンヌ・シェニはどうやら来る気はなさそうだ。だが、そうとわかっても、とくに驚く者はひとりもいなかった。

彼女が住むフェール島には、変わった振る舞いで知られる女たちが多い。アリアンヌ・シェニはそうした女たちの長ともいうべき〝フェール島のレディ〟として知られていた。しかも、噂《うわさ》では、結婚をしぶる彼女に、伯爵は剣を突きつけんばかりに求婚したという。

重い司教冠《ミトラ》をつけた司教は、太陽が高くなるにつれ、太い柱に支えられた屋根付きの正面ポーチ――ポルチコ――の奥へと引っこみ、流れるような法衣の下で聖職者の衣を汗に濡らして、しだいに苛立ちを見せはじめていた。結婚式に招かれた人々も、体重を移し替えながら不機嫌な顔でたがいに目を見交わしている。

だが、花婿のルナール伯爵、ジュスティス・ドゥヴィーユは少しも不安を感じていないらしく、飾り立てた駿馬《しゅんめ》にまたがり、尊大なまなざしを大聖堂の前に延びる通りへと向けている。ルナール伯爵は、百八十センチをゆうに越える大男だった。サファイアをちりばめたサテンのダブレット（体にぴったりとした男性用上着）が張りつめるほど逞《たくま》しい胸。肩の下まである不揃いの金茶色の髪は、それを整えるあいださえじっと座っていられないほど気短な男だという印象を与える。いかつい顎《あご》のひげはきれいに剃《そ》ってあるものの、鼻には折れたらしい痕跡が残っていた。このすべてが相まって、服装こそエレガントだが、高位の貴族というよりも、暗い路地をひとりで歩いているときには出くわしたくない男に見える。実際、数カ月前に彼が爵位を継ぐまでは、ブルターニュの人々の多くは亡き伯爵に跡継ぎがいたことすら知らなかった。

招待された客も付き添いの者もこれ以上待つのはうんざりだという顔をしていたが、花嫁が来る可能性がないことを伯爵に仄《ほの》めかす勇気はなく、司教ですら黙って耐えていた。だが、昼が近づくころ、ようやく金色と黒に身を包んだ家来のひとりが、じりっと馬を前に進めた。彼の名はトゥサン・ドゥベック、ごつい顔に波乱に富んだ長い歳月の歴史を刻んだ、見事な白髪の老人だ。

トゥサンは中東でトルコ人を射すくめ、地中海でヴェネチアの海賊を屈服させ、恐ろしい宗教裁判の修道僧すらひとにらみで引きさがらせてきた強者だった。それだけではない、彼にはほかの者にはない有利な点がある。この新しい伯爵のことは子どものころから知っているのだ。

　トゥサンは馬にまたがったまま伯爵に並びかけ、静かな声で言った。「どうやら、今日は式を挙げられそうもないな」

「彼女は来る」ジュスティスは馬車の影すら見えぬ通りに目を据え、頑固に言いはった。

「警告したはずだぞ。あの求婚はあまりに一方的だった。アリアンヌ・シェニはほかの女性とは違うんだ。彼女は――」

「フェール島のレディだ。彼女がどういう女性かは、ちゃんとわかってる」ジュスティスは老人をさえぎった。

「だったら、妻になれと命令するだけではだめだってことも、わかっているべきだったぞ」

「いまのおれはルナール伯爵だ。誰にでも命令できるさ」

「マドモワゼル・シェニにはできん！」

「彼女は来る」ジュスティスは硬い声で繰り返した。

「どうしてだ？　あんたがそう命じたからか？」

「いや」ジュスティスの唇に影のような笑みが浮かんだ。「そうせずにはいられないからだ。おれは彼女の運命の相手だからな」

「なんと！」トゥサンがあきれてくるりと目玉を回したとき、見物人のなかから叫び声があがった。

　伯爵の家来たちが見えてきた。たてがみに羽根をつけた雪のように白い四頭の馬がひく、金の縁取りをした馬車に付き添ってくる。町の人々はあんぐり口をあけて通りへと押し寄せた。馬車が近づき、広場で止まると、ジュスティスは勝ち誇った顔でトゥサンを見た。彼は馬を降りて従者のひとりに手綱を投げ、大股で馬車に近づいた。そして召使いを脇に押しのけ、馬車の扉を開けた。

厚いカーテンが窓を覆っているせいで、馬車のなかは薄暗かった。ジュスティスはまばゆい陽射しに慣れた目を細めた。ほっそりした花嫁は、サテンのドレスを広げ、厚いベールで顔を隠して、片隅に座っている。

「奥方、迎えに行かねばならないかと案じはじめて――」ようやく彼の目は暗がりに慣れた。座席にくたっともたれている花嫁の姿勢には、どこかとてもおかしなところがある。手袋をした手を取ったとたん、彼の恐れは現実になった。

「これはなんだ!」彼は花嫁を荒々しく馬車から引きだした。ベールが扉に引っかかってちぎれ、長い茶色のかつらが取れて、藁《わら》をつめた丸い布がむきだしになる。彼がつかんでいるサテンのドレスにも、藁が詰めてあった。

彼はモスリンの顔に塗られた灰色の目と嘲笑《ちょうしょう》を浮かべた朱色の唇を驚いて見つめた。広場が水を打ったように静まりかえる。それから、最初のしのび笑いが聞こえた。

つかのま、時が戻り、彼は強大な権力を持つ伯爵ではなく、ただのジュスティス・ドヴィーユ――剣の試合に負け、ぶざまに打ちのめされて、見物人に嘲笑されながら起きあがった若者――に戻っていた。

その記憶の鮮明さと、それがもたらした鋭い痛みに驚きながらも、彼は肩をすくめていまわしい過去を振り払うと、食いしばった顎の力を抜き、頭をのけぞらせて大声で笑いだした。まもなく集まった人々もその笑いに加わり、広場には笑い声が満ちあふれた。ジュスティスはようやく高笑いがおさまると、かたわらにいるトゥサンを見上げ、にやっと笑いかけた。

「これであんたも、マドモワゼル・シェニに結婚を無理強いしたのは間違いだと、認める気になっただろうよ」トゥサンが言った。

「おれがおかした過ちはたったひとつ」ジュスティスは言い返した。「自分で彼女を迎えに行かなかったことだけだ」

ジュスティスは嘆かわしげな顔のトゥサンに藁の花嫁を押しつけ、踵《きびす》を返してふたたび馬にまたがった。そしてぽかんと口を開けて彼を見送る人々を残し、走りだした。

馬の腹に拍車を食いこませ、ジュスティスは飛ぶように通りを駆け、町の門を通過して、一気に街道を駆け抜けた。岩だらけの砂浜に達すると、ようやく手綱を引いて馬を止めた。

海岸の向こうには、フェール島が見えた。だが、その輪郭は刻一刻とぼやけ、靄《もや》のなかへ消えていく。道の幅しかない岩だらけの地峡で本土とつながっているその土地は、厳密に言えば島ではなかった。

ジュスティスは細い地峡へと馬を進めたが、怖気《おじけ》づいた馬がいやがり、無理強いすると、棒立ちになった。馬のほうが、彼よりも分別があるとみえる。

フェール島へ行く道は、晴れた日でも危険なのだ。霧や嵐のなかを無理に進めば命取りになりかねない。これまでも海にのまれた愚かな乗り手はひとりやふたりではきかなかった。

霧が濃くなるのを見て、彼は手綱を引き、まるで魔法使いが、いや、魔女が呪文をかけたかのように、島が消えるのを見守った。

ジュスティスは苛立ちをため息にして吐きだした。トゥサンの言ったとおりだ。今日のうちに結婚式を挙げることはできぬらしい。それに高飛車な求婚が見事に失敗したこともあの老人の指摘どおりだった。

だが、柔和な者が地を継ぐことはないと、彼はとうの昔に学んでいた。忍耐や思いやりなど結局は踏みにじられ、愛する女をほかの男に取られるはめになるだけだ。

目の前の霧がにじみ、彼は何年も前のあの日に戻っていた。血を流し、震えながら戸口に立っている自分を、青い目でうんざりしたように見上げて、叩きつけるようにドアを閉めたマルティーヌの顔が浮かぶ。

ジュスティスはその記憶を振り落とした。昔のことだ。あのときの拒絶がいまのおれとなんの関係がある？　マルティーヌとの経験で、おれは痛い思いをして貴重な教訓を学んだ。

欲しいものがあれば、がむしゃらに追い求めねばならない。それが土地であろうと、馬であろうと、女であろうと同じことだ。もっとも、フェール島のレディがふつうの女性でないことは、彼にもわかっていた。

相手がアリアンヌのような女の場合は、単刀直入に求婚するのではなく、一計を案じる必要があるかもしれない。なにせ、彼女は魔女なのだから。

1

その部屋は、詮索《せんさく》好きの目に触れぬ、館の古い棟の地下にあった。この島に砦《とりで》が建っていたローマ時代には、幽閉された者たちが、恐れおののきながら拷問《ごうもん》と死を待っていた陰気な牢屋《ろうや》だった。だが、それは何世紀も昔のことだ。

鎖や手足の枷《かせ》はとうに姿を消し、石の壁に何段も取り付けられた棚には、薬草の器や埃《ほこり》の積もった瓶や、外の世界が忘れ去った知識を記した書物が並んでいる。陰気な地下牢はその後の主《あるじ》となった女性たちの手ですっかり様変わりし、古代の知恵と秘密の宝庫となっていた。この棚には、ひとりの女に七たび魔女の宣告を下しても余るほどの証拠が積まれている。

だが、いま釜の薬草をかきまわしている若い女性は、どう見ても魔女には見えない。豊かな栗色の髪をスカーフで覆ったアリアンヌ・シェニは、すらりとした長身を錆色《さびいろ》の服に包み、腰にエプロンを巻いていた。

壁のくぼみで燃えているたいまつの赤みがかった光が、二十一歳になったばかりの女性には珍しいほど厳粛《げんしゅく》な表情を浮かべた顔にちらつき、影を投げる。憂いを帯びた灰色の瞳にはめったに笑みがきらめくことはなく、形のよい唇も、ごくまれにしかほころぶことがない。

実際、母が死んでからというもの、ほほえみたくなるようなことはほとんどなかった。父のルイ・シェニが航海に出たまま、まだ戻らないとあって、ふたりの妹を守り世話する役目は長女のアリアンヌの肩にかかっていた。ルイ・シェニ騎士の冒険の旅は恐ろしい惨事に見舞われたにちがいない。おそらく帆船もろとも海に沈んだか、どこか見知らぬ大陸の岸で野蛮な部族に殺されたのだという人々の憶測が、日増しに現実みを帯びてくる。

アリアンヌは釜の中身を最後にもう一度かきまわし、注意深く上澄みをひしゃくですくって分厚い素焼きの水差しにそそぐと、長い作業台へと運んだ。そこに置いた鉄のすり鉢には、複数の本から丹念に集めた知識に直感を加えて調合した粉がすでに挽《ひ》いてある。

水差しを置き、すり鉢の粉をスプーンですくう。混ぜる粉の量は、はっきりわかっているわけではない。勘を働かせるしかないのだ。アリアンヌは目を閉じて、心のなかで祈った。

「ああ、どうか、成功しますように!」彼女は粉を少しずつ水差しのなかに落とし、いつでも水差しのなかをかきまわせるように準備して心配そうに見守った。だが、中身は即座にシュウシュウ音をたて、煙をあげて泡立ち、吹きこぼれてきた。アリアンヌは驚きの声を漏らしながら、あわててぼろをつかんで拭こうとしたが、その前に水差しの中身が爆発した。

土器が砕け、赤い泡と割れた土器のかけらが飛び散る。彼女はとっさに腕を上げて顔をかばいながらあとずさった。酸の煙が部屋に満ちて、鋭い刺激臭で喉が焼け、目が潤む。アリアンヌは手にした布で空気を払い、涙をぬぐって自分がもたらした損傷の度合いを調べた。彼女自身はけがをしなかったものの、作業台には焼けた跡が残り、エプロンには小さな穴があいた。またしても失敗に終わったのだ。

母様がここにいて、手伝ってくれたら。アリアンヌはいつもの胸の痛みを感じながらそう思っていた。母が死んでからというもの、毎日何十回も同じことを願っている。

アリアンヌの母エヴァンジェリン・シェニは、これまでの誰よりもよく古代の知恵を修めていた〝大地の娘〟――〝賢い女たち〟とも呼ばれる女呪術師たち――の長、フェール島のレディだった。偉大な母の跡を継いだアリアンヌは、何かにつけて自分の未熟さを思い知らされ、母の穏やかな強さと知恵を懐かしく思い出さぬ日は一日もなかった。

もう一度、母の声を聞くことができたら。一度だけ母の霊を呼びだすのは、それほどいけない、恐ろしいことだろうか？　だが、この問いに、母がどう答えるかはわかっていた。エヴァンジェリン・シェニは三人の娘に素晴らしいことをたくさん教えてくれた。だが、黒魔術をいたずらに使うことだけは、厳しく禁じていた。

砕けた土器のかけらをほとんど拾い集めたとき、アリアンヌは誰かが階段の上の落とし戸を開けようとしているのに気づいて、手を止めた。

「アリアンヌ姉様？」

ガブリエルの声が上から降ってきた。まるで王に謁見する侯爵夫人のように、本人が螺旋《らせん》階段をおりてくるのを見て、アリアンヌはあわててごみ箱にかけらを放りこんだ。

妹は地味な色のシンプルなフロックを紅玉色に染め、金の糸で縁どっていた。たっぷりしたスカートが張り骨の上で大きく広がり、レースをふんだんにあしらったクリーム色のアンダースカートが見える。胴衣の胸元は、豊かな胸が見えるほど深く開いている。アリアンヌは顔をしかめた。

せっかくの服に埃がつかぬように、階段をおりる途中でガブリエルはスカートを持ちあげ、片手を優雅にひねった。黄金色の髪に、雪花石膏《せっかせっこう》のような肌、ふっくらした赤い唇と宝石のようにきらめく大きな青い瞳。妹があまりにも美しいので、アリアンヌは見ているだけでよく胸が痛む。ガブリエルがこんなふうに自分の外見に関心を持たず、もつれた髪、絵の具で汚れた頬《ほほ》で、靴もはかずに駆けまわっていたころのことが懐かしいからかもしれない。あのころのガブリエルときたら、爪は割れ、両手はたこだらけだった。

いまのガブリエルの手は柔らかく、爪はきれいに手入れされている。硬く、とげとげしく見えるのは、青い瞳のほうだ。

「やっと見つけたわ。あちこち探したのよ」ガブリエルはそう言って口を尖《とが》らせた。アリアンヌは、めったにこの部屋を訪れることのない妹が、頭上の落とし戸を開け放してきたことに気づいた。

「忘れたの、ガブリエル、ここは秘密の部屋なのよ」

「あら、この部屋のことも、あたしたちが魔女だってことも、召使いはみんな知っているわ」

アリアンヌが顔をしかめると、ガブリエルはあきれたように目を回したものの、しぶしぶ謝った。「ごめんなさい。〝魔女〟じゃなく〝賢い女〟というべきね」

「たまたま誰かが訪れたら？」アリアンヌは妹の皮肉にはかまわずに問いかけた。

「ここには誰もいないわよ。姉様の高貴なお相手はべつだけど」

「なんですって！　伯爵がここにいるの？」今朝目を覚まし、島を覆う霧が消えているのを知ったときから、彼の訪れを恐れていたアリアンヌは、顔色を変えた。

「冗談よ」ガブリエルはにやっと笑った。

「いやな子ね。伯爵が来るのを、わたしがどんなに恐れているか知っているくせに」

「でも、野良犬を助ければ――」

「彼は森で道に迷っていた。だから、正しい道を教えてあげたの。それだけよ」アリアンヌは言い返した。本土で初めて会ったときは、それほど恐ろしそうにも、威圧的にも見えなかった。ただの道に迷った男に見えた。広大なドヴィーユ家の森には、野生の猪《いのしし》が多い。ときには狼《おおかみ》も出る。だから安全な場所へ導いただけだ。

まさか、その男が突然ここを訪れて、きみを妻に選んだ、結婚式の準備を進めている、などと一方的に宣言するとは思いもしなかった。ルナール伯爵がそう決めた理由を考えあぐねると、眉間にしわができそうなくらいだ。

姉がいままでは見慣れたしかめ面になるのを見て、ガブリエルが言った。「心配はいらないわ。あたしたちの〝結婚の贈り物〟を見たあとは、いくら厚かましい男でも――」

「贈ったのはあなたよ」アリアンヌは訂正した。「あれはまずかったわ、ガブリエル。伯爵を侮辱するのは賢いことではなかったと思うの」

「ふん！ ルナールのような尊大な男から自由になるには、侮辱するのがいちばんよ」

迎えの馬車に藁の花嫁を乗せたガブリエルのいたずらは、伯爵の出端をくじくかもしれない。でも、彼は執念深いことで知られているドヴィーユの男だ。侮辱されてそう簡単に引きさがるとは思えない。

アリアンヌは作業台に飛び散った〝失敗作〟の残りを拭きはじめた。冷めた液は濃くなって、まるで血がこぼれたように見える。

ガブリエルは優雅に腰を振ってアリアンヌを回りこむと、鼻にしわを寄せた。「いったい全体、ここで何をしていたの？」

「土壌に混ぜたら、収穫が倍になるような薬を作ろうとしていたの。でも見事に失敗したわ」

「母様は黒魔術に手を出すな、とよく言ってたじゃないの」

「これは科学よ」アリアンヌは濡れた布をごみ箱に投げこみながら言った。ガブリエルは作業台に残った跡をじっと見た。

「この科学は、収穫を倍にするどころか、作物をだめにしそうね」

「どうしても正しい割合がわからないの。なんとかしてもっとお金を作る必要があるのに」父の借金を返済し、父が戻らない場合に備えて妹たちの持参金も蓄えておかねばならないのだ。

ガブリエルはそっけなく肩をすくめた。「館を燃やそうとするより、鉛を金に変えようとしてみたら？」

恐い顔でにらまれ、この冗談を悔いたとみえて、ガブリエルは姉の肩を軽く抱きしめた。

「そうやって心配ばかりしていると、しわができるわよ。いつも言ってるでしょ、女の将来は顔にかかっているの。お金が欲しければ、新種のクリームでも作ったほうがずっと近道よ。さもなければ新しい香水とか。あたしが試しに使ってあげる」

「あなたにはこれ以上、香水はいらないわ。ついこのあいだまでは、パレットに新しい色を作るのに夢中だったのに」

「あれは子どもの遊びよ、親愛なる姉様。絵の具をいたずらしても、女が金持ちで有名になる役にはちっとも立たないわ。どこの誰が、あたしに肖像画や宮殿のフレスコ画を頼んでくるというの？　女性がこの世界で成功する道はたったひとつ」

ガブリエルは頭を上げ、片手で豊かな曲線をなでおろした。「若い女性は、ほかの能力を最大限に活用する術《すべ》を学ばなくてはね。この新しい服はどう？　今朝仕上げたばかりなの」

「この島で着るには贅沢《ぜいたく》すぎるわね」

「死ぬまでここに埋もれているつもりはないわ」

ガブリエルが深く傷ついていることも、その理由もわかっているが、アリアンヌは妹の口からこういう皮肉な言葉を聞きたくなかった。

「わたしを捜していたんでしょ」アリアンヌは妹に思い出させた。「何か用だったの？」

「ミリが何をしたか、話しておいたほうがいいと思っただけよ」

「まあ、ガブリエル、お願い！」ふたりの妹は、昔はあれほど仲がよかったのに、最近はよるとさわるとけんかばかり。そうでなくても、心配事は山ほどあるというのに。またしてもけんかの仲裁をする気分にはなれなかった。「もう妹の告げ口をしに来る歳でもないでしょうに」

ガブリエルは赤くなり、それまでの取り澄ました〝大人の女性〟のみせかけはどこへやら、不満そうに下唇を突きだした。「あら、そう。姉様が知りたがると思ったから、教えに来ただけよ。聞きたくないなら結構」そして腹を立てたプリンセスのようにくるりと踵を返すと、注意深くスカートをまとめて一段ずつ上がりはじめた。「ミリが逮捕されて、絞首刑になる危険があることを、知っておきたいだろうと思っただけ。だけど、もういいわ。あたしが言ったことは全部忘れてちょうだい」

アリアンヌはうめき声をのみこんだ。ガブリエルはなんでも大げさに騒ぎたてる癖があるが、十二歳のミリベルはそれを上回るほど厄介なトラブルに巻きこまれるのが得意なのだ。

彼女は不安にかられて階段へと急ぎ、妹を見上げた。「わかったわ。話してくれたほうがよさそうね。まさかまたマダム・ポンフレイの鳩《はと》を自由にしたんじゃないでしょうね」

すでに落とし戸の上に体を出していたガブリエルは、ちらりと姉を見下ろした。「もっとひどいことよ。誰かの馬を自由にしたの」

「まあ、また？」

アリアンヌは急いでたいまつを消すと、作業場を見回して火の気がないことを確かめ、妹のあとを追って階段を上がった。

中庭のまばゆい陽射しのなかに出ると、アリアンヌは目をしばたたいた。きらめく池の青い水面《みなも》に、蔦《つた》に覆われた石造りの館が映っている。ベル・ヘイヴンは、ブルターニュにある父の城ほど大きくもなければ壮麗でもない。パリの父のタウンハウスほどエレガントでもなかったが、母はフェール島のこぢんまりしたこの館をどこよりも好んでいた。

父のルイ・シェニは、ベル・ヘイヴンを壊し、高い塔と高価な窓ガラスのきらめくおとぎばなしのような美しい城を建てたがったのだが、母は穏やかにそれを思い留まらせた。そういう母が父にとっては尽きぬ謎だったが、母が望んだのは、夫の愛と、夫がいつもそばにいてくれること、ただそれだけだったのだ……とくに重い病に倒れ、死の床に臥《ふ》していたときには。

アリアンヌは迷いこんだ鶏を追いやりながら、薬草園を通り過ぎた。鶏小屋、穀倉、搾乳《さくにゅう》小屋などの外の建物のほとんども、母屋と同じように地味で、気取りがない。父の馬を入れていた小屋だけは、以前よりも広げるために建て直されたものの、その馬も、父が船を造る費用に当てるために売り払って、馬屋はほとんどからっぽだった。少なくとも、馬はもういない。

両開きの幅の広い扉のなかに入ったとたん、干草と馬の汗とほかの動物のにおいが入り混じった、不思議なにおいが鼻を打った。最初の仕切りにいるのは、ミリベルが木箱に入れて飼っている兎《うさぎ》だった。ドアの上につるした鳥かごのなかでは、翼を痛めた雀《すずめ》がさえずっている。その先では、奥の仕切りから聞こえてくるかん高いいななきなどどこ吹く風で、ミリベルのポニーがむしゃむしゃ干草を食べていた。

馬屋の新しい客は、艶やかな馬体のサラブレッドだった。白に黒ぶちのその葦毛《あしげ》は、苛立って仕切りのなかで跳ねている。末の妹がすぐそばでその馬をなだめていた。ミリベルは粗織りのウールで作ったチュニックとぴったりした膝丈《ひざたけ》のズボン姿だった。まるで農家の少年のような身なりだが、腰まで届くストレートのプラチナブロンドの髪で、少女だとわかる。アリアンヌは、サラブレッドの肩までしかない妹が馬に踏み潰されるのを恐れたが、これは杞憂《きゆう》だった。ミリベルは馬を扱うのがとてもうまいのだ。

馬は耳をぴくんと立て、少しひらつかせたものの、愛情のこもった言葉に静かになった。ミリベルが小さな手を差しだし、低い声で歌うようにつぶやきながらさらに近づき、優しく首を叩く。すると馬はミリベルの額に鼻面を押しつけ、月の光のような髪を柔らかい息で吹いた。アリアンヌは呪文にかけられたように妹を見守った。姉がいるとも知らず、ミリベルはいつものように自分の小さな世界に浸り、馬をなでている。

母が死んだあと、すっかり青ざめ、自分の内に閉じこもってしまったのを心配して、アリアンヌは末の妹が野生動物のように走りまわっても叱《しか》る気になれなかった。ミリベルの唯一の慰めは、ポニーに乗って島を走りまわり、けがをした動物を救うことだったからだ。

でも、今度ばかりはやりすぎた。この美しい葦毛の馬はフェール島のものではない。全長が六十キロしかないこの島では、住民の馬のほとんどが、ミリベルの乗っているようながっしりしたポニーだ。この種馬の持ち主は本土の人間、それもコインを何枚か渡せば怒りをおさめてくれる商人ではなさそうだ。

ガブリエルが衣擦《きぬず》れの音をさせて颯爽《さっそう》と馬屋に入ってくると、アリアンヌは顔をしかめた。

ミリベルを説得するだけでもむずかしいのに、ガブリエルによけいな口出しをされては、ますますややこしくなる。

「ミリ？」アリアンヌは馬を驚かせないように、低い声で妹を呼んだ。

ミリベルは馬との奇妙な交流からわれに返り、目をきらめかせてアリアンヌを振り向いた。淡い金色のまつげに縁取られた目は珍しい銀色がかった青で、霧のように色合いが変わる。

「あら、姉様。ユニコーンを探しに行ったら、これを見つけたの。エルキュールというのよ。狭い馬屋に入れたせいで、少し落ち着かなかったの。でも、あとで囲いのなかを自由に歩かせてやると約束したら、おとなしくなったわ」

「この馬を見つけたの？」

「うん、美しいでしょう？　ユニコーンと同じくらい」

「馬勒《ばろく》をつけたユニコーン？」ガブリエルがアリアンヌの後ろから口をはさんだ。

ミリはすぐ上の姉をにらみつけた。「ユニコーンは馬勒なんかつけないわ、ガビー姉様」

「あんたがそれに乗って帰ってきたときは、ついていたわよ。鞍《くら》と毛布もね。いまはどこにも見当たらないけど」ガブリエルは三叉《さんまた》をつかみ、干草の束を探った。「このどこかに隠したんでしょう」

「そんなことしてないったら！　あたしは何も隠してないわ！」ミリベルは否定したものの、アリアンヌから目をそらした。

「ミリ？」アリアンヌは優しく促した。

末の妹は出し抜けに馬に顔を戻し、首を叩いた。が、アリアンヌは日に焼けた頬が赤く染まるのを見逃さなかった。

「ミリベル!」

ミリベルは頑固に唇を引き結び、仕切りから出て挑むように顎を上げた。「いいわ。この馬は見つけたんじゃないの。自由にしてあげたのよ」

「ああ、ミリ」アリアンヌはため息をつき、ガブリエルは笑った。

小さな妹はふたりの姉をにらみつけた。「ほんとよ。大きな鬼がこの可哀想な馬を奴隷にしていたんだもの。エルキュールはその鬼から逃げたくて、あたしと一緒に来たの」

「どうしてそれがわかったの?」

「エルキュールが教えてくれたわ」

「あらまあ」ガブリエルがからかった。「またしゃべる馬が現れた。それで? この馬は何語をしゃべるの?」

「馬の言葉よ、もちろん!」ミリベルが鋭く言い返す。

アリアンヌは忍耐強い声でさとした。「何回警告すればわかってくれるの? 馬と話ができるなんて、触れまわったりしてはだめよ」

「ほんとにできるんだもの」ミリベルは傷ついた顔で言いはった。

「ええ、ミリ。でも、ほかの人たちはできない。だから不安を感じるの。そんな言葉が本土の人たちの耳に入ったら、魔法を使った罪で逮捕されるかもしれないわ」

「さもなければ、頭のおかしな人々と一緒に閉じこめられるか」ガブリエルは前に出てきてじっと馬を見た。「あんたがこの前、あの商人から〝自由にした〟おいぼれ馬より、いい馬じゃないの。どうせ縛り首になるなら、サラブレッドのために吊るされるほうがまだましね」

「誰も縛り首になどならないわ」末の妹の顔に恐怖が浮かぶのを見て、アリアンヌは急いで口をはさんだ。「でも、この馬はいますぐ持ち主に返さなくては」

「だめ！」ミリベルは仕切りの前に立ちふさがった。「エルキュールには、あんなひどい男のところには二度と戻さない、って名誉にかけて約束したの。だって、その男が可哀想なエルキュールに何をするつもりだったと思う？」

ミリベルは馬の気持ちを気遣うように声を落とした。「あの人食い鬼は――エルキュールを、去勢すると脅したのよ」

ガブリエルがこらえきれずに笑いだす。

「エルキュールは、ちっとも愉快だと思ってないわ」

ガブリエルの笑いがますます激しくなる。アリアンヌはたまりかねてこっそり腕をつねってから、末の妹にこう言った。「ミリベル、お願いだから聞き分けてちょうだい。このサラブレッドはとても高価な動物よ。所有者のことが気に入らないからと言って、勝手に掠《かす》めとることはできないの」

「あの鬼は所有者じゃないわ。エルキュールは大地の動物よ。姉様やあたしと同じ。どこでも自分の行きたい場所に行く自由があるわ」

「あんたにこれを〝自由にされた〟男も、馬の権利に関してそういう魅力的な考え方を持っているといいけど」ガブリエルが憎まれ口を叩く。

「あの恐ろしい鬼がどう思うかなんて関係ない。あんな男は地獄に堕ちればいいのよ」

「誰なの、ミリ?」アリアンヌは問いただした。

「さあ」

「ミリ……」

「ほんとに知らないの。父様をのぞけば、男の人はみんな同じに見えるんだもの。港からの道を走ってきた大きな男。ちょうど逃げようとしていたエルキュールは、あたしのにおいに気づいて助けを求めてきたの。だから口笛を吹いたのよ。そしたら、その人でなしを振り落として、あたしに向かって駆けてきた。だからひらりと飛び乗って、風みたいに逃げてきたの」

アリアンヌは仰天した。「ミリ、あなたは馬を奪っただけではなく、道に落ちてけがをしている人を残してきたの?」

「あの大男はけがなんかしなかったわ。すぐに勢いよく立ちあがって、大声で毒づきながら、あたしたちを追いかけてこようとしたもの」

「ええ、そうでしょうね」ガブリエルが皮肉たっぷりに言った。

アリアンヌは額に手をあてた。その男が妹の姿を見ているとすれば、馬を盗んだ犯人がミリベル・シェニだということはすぐにわかってしまう。

この島にいるかぎり、エヴァンジェリン・シェニの娘であるミリベルに危害が加えられることはない。だが、事情聴取に連れていかれるだけでも、内気なミリベルには耐えがたい苦痛だろう。それに、この世間知らずの妹が自分の行為を正当化しようと口走ることが、大きな危険をもたらす可能性があった。

〝馬があたしに助けてと頼んだの。どういうわけでエルキュールに乗れたのかって？　もちろん、あたしの歌でエルキュールをうっとりさせたからよ〟

フェール島の住民のほとんどはわかってくれるだろうが、こんな説明が見知らぬ人間の耳に入ろうものなら、馬泥棒の裁きとして始まった取調べが、即座に魔女裁判になりかねない。そういう惨事を避けるためには、この馬を引いて町に行き、持ち主を見つけるのがいちばんだ。

「ミリ、エルキュールからはずした鞍と馬勒はどうしたの？」

ミリベルは胸の前で腕を組んでうつむき、強情な顔をきらめく長い髪の陰に隠した。

ガブリエルが馬具を置いてある仕切りに向かう。アリアンヌは鋭く問い詰めたいのをこらえ、末の妹の肩をつかんだ。その手に力をこめ、妹を乱暴にゆすぶりかけたとき、控えめな咳が聞こえた。

馬の世話をしているフォーシュが、馬屋のいちばん奥から姿を現した。どうやら隠れて話を聞いていたらしく、短い灰色の髪の付け根まで赤くなり、申し訳なさそうにアリアンヌに近づいてきた。恥じ入って当然だわ、アリアンヌは彼を見ながらそう思った。今度妹が〝自由にした〟馬を連れてきたら、即座に報告しろと厳しく命じておいたのだから。でも、ミリベルは動物と同じように、この老人の心もつかんでいるのだ。

老フォーシュはごくりと唾をのんだ。「あの、お嬢様、これをお探しでしょうか？」

「フォーシュ、だめ！」ミリベルは非難と懇願の入り混じった目で老人を見た。

フォーシュは苦悶《くもん》に満ちたまなざしをミリベルに向けながら、アリアンヌに馬勒を差しだした。「頭飾りのとこに、紋章みたいなものが入ってます。それで持ち主がわかるんではねえかと」

声をあげて引ったくろうとする妹を無視して、アリアンヌは革製の馬勒を調べた。フォーシュが言ったように、馬の頭につける部分に銀色の銘が彫りこまれていた。肉太の大きな〝R〟が小さな動物――狐《きつね》――とからみあっている。

それを見たとたん、アリアンヌの鼓動は止まった。この紋章は見るからに強そうな太い指にはまっていた指輪のものと同じだった。

「どうしたの、アリアンヌ？」ガブリエルが尋ねた。「エプロンみたいに真っ白な顔よ」

アリアンヌは呆然《ぼうぜん》と、手にした馬勒を妹にも見えるように差しだした。「狐《ルナール》……ミリが盗んだのはルナール伯爵の馬だわ」

「ちっ！」

ガブリエルが毒づいたが、たしなめる気にはなれなかった。自分でも毒づきたいくらいだ。

「ルナールって誰？」ミリベルが尋ねた。

「あんたときたら！　あたしたちとは違う世界に住んでいるんだから」ガブリエルは妹にかみついた。「ルナールはアリアンヌに結婚を迫った伯爵よ」

ミリベルは驚いて目をみはった。「アリアンヌ姉様は結婚を申しこまれたの？」

ガブリエルはあきれて両手を振りあげた。「あんたはこの一週間どこにいたの？　ルナール伯爵が結婚式の日に、豪華な馬車を迎えによこしたのを見なかったの？　王様がわたしたちのところに来たんじゃないかって、島じゅうがその噂でもちきりだったのに！」

ミリベルはアリアンヌにしがみついた。「だめよ、姉様、お願いだから結婚なんかしないで！　あたしたちを残して、ここから出ていっちゃいや！」

「この馬を盗む前に、それを考えるべきだったわね」ガブリエルがぴしゃりと決めつけた。「なんとかあの男を追い払うことができたと思ったのに。あんたときたら、あいつをまっすぐここに引き寄せるようなことをして。これで姉様は、あんたが逮捕されないように、あいつと結婚しなきゃならないわ！」

ミリベルの目に涙があふれた。「ああ、姉様！　ごめんなさい。知らなかったんだもの。まさか――」

「あんたはいつだってそう――」

「ガブリエル、もうやめなさい」アリアンヌはガブリエルをさえぎって妹の肩を抱いた。「泣かなくてもいいのよ。いずれにしろ、あの伯爵はそのうちやってきたにちがいないわ」

「だけど……もしもその伯爵が、姉様に無理やり結婚を――」

「そんなことにはならないわ」アリアンヌは妹を抱きしめながら、自分の心配を隠した。ルナール伯爵がどう出るかは、まるで予測がつかない。ドヴィーユ一族は冷酷で執念深い。もしもガブリエルの言うとおり、あの男が妹の過ちを盾《たて》に、結婚を強要したら？

だが、対策を練っている時間はなかった。召使いのレオンが細い顔を埃と汗に汚し、にんじんのような色の髪を頭から突っ立てて、馬屋に駆けこんできた。

「お、お嬢様！」彼は息を切らして叫んだ。「ルイーズに言いつかってきました。ルナール伯爵が、門のところに馬を乗りつけて……」

アリアンヌは激しい恐怖に襲われた。一瞬、ばかげた思いが頭をよぎる。父が馬屋にあれほどお金をかけるかわりに、いっそ頑丈な跳橋《はねばし》でも造ってくれていたら！　それと濠《ほり》を。できれば火を噴くドラゴンもつけて。

しっかりしなさい、彼女は自分を叱った。どれほど恐ろしそうに見えても、ただの男よ。ほかの男たちとそれほど違うわけではないわ。

ふたりの妹に内心の不安を隠し、アリアンヌはどうにか笑みを浮かべた。「どうやら伯爵は、すぐに代わりの馬を見つけたようね」

「きっとポート・コルセアで見つけたんだわ。あそこの宿の愚かな亭主は、爵位を持つ相手なら、悪魔にでもすり寄りかねないもの」ガブリエルは心配そうな顔で付け加えた。「どうするの、姉様？」

アリアンヌは額をこすって知恵を絞りながら、次々に命令を出しはじめた。「フォーシュ、伯爵の馬具を隠した場所から持ってきて、この馬に鞍をつけてちょうだい。ガブリエル、ミリを部屋に連れていきなさい。わたしが誰かをやるまでそこにいるのよ」

フォーシュは命令に従うために急いで離れていったが、ガブリエルはこう言った。「隠れる必要のある人間がいるとしたら、それは姉様よ。あの大鬼にひとりで直面させるわけにはいかないわ」

「エルキュールはどうなるの？」ミリベルが口をはさむ。「決して見捨てないと約束――」

「言い争っている暇はないの」アリアンヌはさえぎった。「ガブリエル、いいからミリを連れて上に行きなさい。ルナール伯爵はわたしにまかせて」

ガブリエルは苛立ちを浮かべたものの、すぐにあきらめたように両手を振りあげた。「わかったわよ」そして妹の訴える声を無視して片手をつかみ、半分引きずるようにして馬屋を出ていった。ミリベルは肩越しに悲しそうな顔でアリアンヌを見つめ、エルキュールを渡さないでくれと懇願した。

ふたりの姿が見えなくなると、馬が仕切りから顔を突きだし、かん高い声でいなないた。

「おまえからも何も聞きたくないわ」そう言いながら用心深く手を伸ばすと、驚いたことにサラブレッドはつぶらな瞳で悲しそうに彼女を見ながら、おとなしく鼻面をなでさせた。

妹の十分の一でも馬を巧みに扱う能力があれば、いますぐこれに飛び乗り、あらゆる揉《も》め事からはるか彼方に逃げ去りたいくらいだ。傲慢《ごうまん》な伯爵からも、山のような借金からも。

父がこのまま戻らなければ、わたしたち三姉妹の行く末はどうなるのか？　そのすべてから逃げだすことができたら。

父様がしたように？

頭に浮かんだこの思いが、アリアンヌに気力を与えてくれた。彼女は背筋をぴんと伸ばし、肩に力を入れて、最も歓迎できない客を迎える心の準備をしながら馬屋をあとにした。

2

アリアンヌは急いで穴のあいたエプロンとスカーフをはずし、髪の乱れを整えた。部屋を出るころには、ルナール伯爵はすでに大広間で待っていた。音楽家たちが使う回廊の影のなかで、彼女は下の広間を見下ろし、この館の平和を乱しに来た男をこっそり観察した。

結婚を申しこみに来たときの伯爵は、まるでフェール島を征服しに来た王のように大勢の家来を引き連れていた。今日はひとりのようだが、その恐ろしさは少しも変わらない。広い肩の上でぴんと張った黒い革の胴着は、前が開き、汗のしみたシャツと日に焼けた胸がV字型に見える。腰につけた大きな狩猟ナイフといかつい容貌のせいで、雇い主を探している傭兵《ようへい》に見えなくもない。

どこからともなく姿を現し、伯爵位を継いだこの男は謎に包まれていた。彼の話す言葉はブルターニュの訛《なま》りよりも、パリのものに近い。本当はドヴィーユの血など一滴も入っていないのだとささやく人々もいれば、亡き伯爵の末息子が売春婦に産ませた私生児で、老伯爵は彼の存在を最後まで認めなかった、と断言する人々もいる。かと思えば、若いころ恐ろしい間違いをしでかし、これまでずっとその罪を償っていたのだという者もいた。それが本当だとすれば、彼のおかした罪は考えるだけでも恐ろしい。ドヴィーユ家には代々、清廉潔白《せいれんけっぱく》な男はひとりもいないのだ。

伯爵は革の乗馬手袋を取って腰のベルトにはさみながら、重いブーツの音を響かせて部屋を歩きまわっている。アリアンヌは彼の顔を探ったが、苛立たしいことに、無表情なその顔からは何を考えているかまるでわからなかった。

でも、長く待たせれば、機嫌が悪くなるだけだ。アリアンヌは覚悟を決めて回廊の階段をゆっくりおりていった。

広間で最も目につく飾りは、石壁を覆っているタペストリーだろう。どれもこの島の女たちが織った、繊細で美しいものばかりだ。そこに描かれているのは、狩猟や戦いの光景ではなく、歴史上の傑出したレディたちだった。胸をはだけて十字軍へと馬を走らせるアリエノール・ダキテーヌ（ルイ七世の妃で、のちにヘンリー二世と再婚）、貧しい人々に施しを与えるマティルダ・オブ・フランダース（イギリスの征服王ウィリアムズ一世の王妃）、画家や学者に囲まれている聡明なアンヌ・ド・ブルターニュ（独立したブルターニュ公国最後の君主）……。

彼はそのひとつの前で足を止め、広い背中をアリアンヌに向けてじっくり見ている。わたしが近づいていくことさえ気づいていないようだわ、そう思っていたアリアンヌは、突然話しかけられてびくっとした。

「ヒルデガルト・フォン・ビンゲンかな？」彼は振り向かずに尋ねた。

「な、なんですって？」

伯爵は織物を示した。「このタペストリーだ。著名なドイツの神秘家で作家でもあった、ヒルデガルト修道院長を描いたものかと思ってね」

「いいえ」この男がヒルデガルトを知っていることに内心驚きながら、アリアンヌは首を振った。ほとんどの男はせいぜい、こざかしくも羽ペンを持った中世の女性だとしか思わないだろうに。

「そのタペストリーは、やはり学者だった大伯母のウージニーですわ。妹のガブリエルが下絵を描きましたの」

「素晴らしい作品だ」

「ありがとう」アリアンヌは神経質に両手をもみしだきながらつぶやいた。馬を盗まれた怒りや、ひどいいたずらで結婚式を台無しにされた怒りをぶつけられるものとばかり思っていたのに、妹が図案を描いたタペストリーについて話すことになるとは。だが、初めて会ったときから、この男は人のふいを突くのが得意だった。

彼はゆっくり振り向いて、アリアンヌと向かい合った。くっきりした二重《ふたえ》まぶたが、深い森のような緑色の目を半分覆っている。彼がどんな男にせよ、偽者でないことだけは確かだ。アリアンヌは亡き彼の祖父を知っているが、この男の目はあの老人にそっくりだ。ふたりはつかのま、おたがいを測るように見つめあった。それからアリアンヌは礼儀を思い出し、恭しくお辞儀をした。

「伯爵」

「アリアンヌ」彼は軽く頭をさげた。「ここにはわたしのものがあると思うが」

「あの……」アリアンヌはうろたえて口ごもった。「すでに申しあげたように――」

「いや、わたしが言ったのは馬のことだ」伯爵はわざと驚いたように眉を上げながら、すばやく目をふせ、嘲笑するようなきらめきを隠した。

アリアンヌは自分の間違いに赤くなりながらためらった。わざとまぎらわしい言い方をしてその間違いを誘ったにせよ、これほど簡単に彼女を狼狽《ろうばい》させた男は初めてだ。少なくとも馬の一件では、彼に謝罪し説明する義務があるが、どう切りだせばよいものか？

「お座りになりませんか？」アリアンヌは勧めた。

ルナール伯爵は暖炉のそばにある木製の長椅子に腰をおろした。座っていてもゴリアテのように大きい。逞しい腕を片方椅子の背に置き、引き締まった長い脚を伸ばして、一見くつろいでいるように見えるが、獲物に飛びかかる前に陽だまりで寝そべっている百獣の王と同じくらい、この見せかけはあてにならない。

その必要が生じれば、館のみんなが助けに駆けつけてくれるはずだが、そう思ってもあまり慰めにならなかった。ふたりで森のなかにいたときのほうが、いまよりもずっと気が楽だった。彼を取り巻く噂にもかかわらず、あのときアリアンヌは道に迷った自分を笑ったこの男の機知とユーモアのセンスを、むしろ魅力的に思った。もちろん、伯爵が結婚相手を探していることはアリアンヌも知っていた。花嫁を選ぶために、ブルターニュでも最も美しく最も裕福な貴族の娘たちを城に集めているという、もっぱらの噂だったからだ。

だから彼が自分を訪ねてフェール島にやってきたときは驚いたが、少しも恐れは感じなかった。もう花嫁はお決まりですか、と礼儀正しく尋ねたくらいだ。

すると彼は物憂い笑みを浮かべてこう答えた。〝ああ、決まった。きみがそうだ〟

アリアンヌはあとずさりながら座ろうとして、床にしりもちをつくくらい驚いた……。

この記憶を払いのけ、彼女は向かいあった椅子に腰をおろすと、母の椅子のなつかしい感触に慰められながら、両手を組んで慎ましく膝の上に置いた。

「まず初めに」彼女は口を開いた。「わたしがあなたの馬を連れ去るべきだと感じた理由を、お話しすべき――」

「いや、それよりも嘘をつくのをやめるべきだな」伯爵はさえぎった。「きみはもっともらしく嘘をつける顔も心も持っていない。それにわたしは走り去った者の姿を見た。きみではなかった。あの馬を盗んだのは、妖精のように小柄なブロンドの少女だった。末の妹だと思うが？」

「ええ」アリアンヌは膝の上の手を握りしめた。「ミリベルはまだ子どもですわ、伯爵。あの子がしたことはとても悪いことでした。でも、妹はときどきおかしな考えを持つんですの。とても優しい心を持っている子で、けがをした動物をしょっちゅう助けているんです。どういうわけか、あなたの馬が虐待されていると思ったらしく――」

「虐待されていたんだ」

「そうなんですの？」卑劣な行為をこんなにあっさり認めたことが信じられず、アリアンヌはまじまじと彼を見つめた。

「だが、虐待していたのは、わたしではない。わたしがあれを買った愚かな酔っ払いだ。その若者は、かわいそうなあの馬の口をすでにかなり傷つけていた。さいわい、あの馬の気性まではそこなっていなかったが」

「ええ、エルキュールは元気のよさそうな馬ですわ」

「エルキュール？」

「え、ええ。ミリの話では、あの馬はそう呼ばれたがっているとか」

「ああ、それで何もかも合点がいくな」ルナールはゆったりとそう言った。「あの馬の勇者に相応《ふさわ》しい資質に気づかず、わたしはあれを魔王《ルシファー》と呼んでいた。あいつがいきなりわたしを振り落としたのは、間違いなくそのせいだな。最初は蛇か穴熊にでも驚いたのかと思ったのだが、木立に隠れていた若い魔女があれを魅了し、わたしから引き離したのだとわかった」

彼の言葉を聞いて、アリアンヌの背筋に震えが走った。「いいえ、それは誤解ですわ。妹の馬術は、あの歳と小さな体からすればとても珍しく思えるでしょうが、あの子は外見よりもはるかに力があるんですの。実際、まだ歩けないうちから馬に乗っていたくらいで。あの子の乗馬術には、これっぽっちも不自然な点はありません。それに……」

「落ち着くがいい、愛しい人《シェリ》」ルナールは片手をアリアンヌの手に置いて、パニックにかられてまくしたてる彼女を止めた。「いまのは冗談だ。わたしが子どもを魔女だと責めるような男に見えるかな?」

「それは——」彼がどんな男なのか、アリアンヌは見当もつかなかった。この男に関しては、誰ひとりたしかなことを知らないようだ。

ルナール伯爵は安心させるようにアリアンヌの手を包んだ。「もっとよくわたしを知るようになれば、それほど恐ろしい男ではないことがわかる」

思いがけなく優しい声に少し気持ちが落ち着き、緑色の瞳に温かい思いやりがあふれるのを見て、アリアンヌもほほえんでいた。

「ここに来たのは、馬を盗まれた仕返しをするためではない」彼は言葉を続けた。「馬のことなどどうでもいい。ここに来る理由がべつにあることは、きみもわかっているはずだ」

「ええ」アリアンヌは目をふせながら、自分の手が彼の手のなかに心地よくおさまっていることに気づいて驚いた。それをそっと引き抜いても、彼は止めようとはせず、椅子にゆったりと座りなおし、再びまぶたを半分落として目を隠しただけだった。ぎこちない沈黙が訪れた。

「きみは尋ねようともしないのかい、シェリ?」彼は低い声で促した。

「何をですの?」

「わたしたちの結婚の祝宴がどれほど素晴らしかったか」

アリアンヌは驚いて彼を見つめた。「結婚の祝宴? 祝宴をなさったの?」

「もちろんだとも。ほかにどうすればいい? 支度はすっかりできていたのだ。音楽家たちを雇い、司教も待っていた。招待客も集まっていた。到着した花嫁の馬車がからっぽだったというささいな手違いをのぞけば、すべてが完璧だった」

「あれは――」アリアンヌがさえぎろうとすると、伯爵は片手をさっと上げて彼女を制した。

「いや、待ってくれ。訂正する。馬車はからっぽではなかった。レディがひとり乗っていた。結婚の贈り物に届けた、エレガントなサテンのドレスを着たレディが。だが、その手を取って馬車から降ろそうとすると、驚いたことに、彼女は藁に変わった！」

アリアンヌは顔に血が上るのを感じた。

「不満を言っているわけではない。藁の花嫁は何を言っても黙っているうえに、ベッドでも少しも情熱的に応えてくれなかったが、踊るときのステップの軽いことといったら」

アリアンヌはぱっと立ちあがり、暖炉の前を行きつ戻りつしはじめた。あらためてそのことに向き合うと、あんないたずらをしたことが悔やまれた。ガブリエルをもっと必死に止めるべきだった。でも、馬車が教会に着くずっと前に、誰かが藁人形に気づくと思ったのだ。ルナール自身が招いた結果とはいえ、大勢の人々の前で彼が受けた屈辱を思うと、アリアンヌはたじろがずにはいられなかった。

「あれは……申し訳ないことをしました。ずいぶん残酷で、意地の悪いいたずらでしたわ。でも、結婚はしないとはっきり申しあげたのに、なぜ式の支度をなさったんですの？」

彼はわざとらしいため息をついた。「あまり物覚えがよくないんだ」

アリアンヌは足を止め、非難するように彼を見た。「わたしは礼儀正しくお断りしました。決してあなたを……傷つけるつもりも、侮辱するつもりもありませんでしたわ」

「気にすることはない。わたしは面《つら》の皮が厚い男でね。恥をかいたというよりも、失望した。しかし、いまは自分のおかした過ちがわかっている」

「ええ、お断りしたのに耳を貸そうとしなかったことね？」

「いや、自分で迎えに来なかったことだ」彼は長椅子から驚くほど速く立ちあがり、緑色の瞳に決意を浮かべて大股に歩み寄った。

アリアンヌは母の椅子の後ろに逃げこみたい衝動にかられたが、フェール島のレディが男に追われて家具を盾にするようなことがあってはならない。彼女はその場に踏みとどまり、挑むように顔を上げた。「で、どうするとおっしゃるの？　その過ちを正すために、いますぐ肩に担いで運んでいくとでも？」

緑色の瞳がきらりと光った。「その解決法には心が動くな、シェリ。欲しいものを手に入れるには、それがいちばん手っ取り早い。ふだんのわたしはまわりくどい手を使わぬ男だ。そのせいで、レディの気持ちをつい忘れてしまうが、きみがロマンティックな求愛を望むのは当然のことだ」

驚いたことに彼は片腕をアリアンヌの腰にまわした。そんな大胆な真似をした男は、これまでただのひとりもいなかった。

圧倒されるほど男らしい体に引き寄せられるのは、意外にも思ったほど不快ではなかった。だが、彼がキスをしようとすると、アリアンヌはあわててもがいた。

「どうか、伯爵！」彼女は叫んだ。「ロマンティックな求愛など、これっぽっちも望みません。わたしの望みはあなたがこの愚行をあきらめてくださることだけです」

「愚行だと?」伯爵は驚いて眉を上げた。「うぬぼれるわけではないが、ほとんどの女性はわたしをよい結婚相手だとみなしているぞ。ブルターニュにあるきみの父上の領地はわたしの領土と隣接している。きみはその領地の広さも知っているはずだ」

「ええ。でも、あなたのことはほとんど知りません。わかっているのは本土や港で耳にする噂だけ」

「ああ、きっと魅力的な話を聞いているだろうな」

「あなたは若いころ海賊か山賊のようなものだった、と」

「わたしはきみが魔女だという噂を聞いた」ルナールは言い返した。

「薬草の使い方について、ほかの人々よりも知識があるだけですわ」

「では、どちらも愚かな噂話には耳を貸さぬほうがはるかに賢いだろう」

アリアンヌはおとなしくうなずいて、彼のたしなめるような言葉に同意した。「おっしゃるとおりね、ごめんなさい。でも、あなたを知らないという事実は変わりません。これまでお会いしたのはたったの二回。一度目は森のなかで、二度目はここで。そしていきなり結婚すると宣言された」

伯爵は指先でアリアンヌの頬をなでた。「しかし、式の日までたがいの顔さえも知らずに結婚する者も多い」

「でも、そういう結婚は親が適切だとみなしたものでしょう」

「それが気になるのかな？　きみの父上の不在が？　まもなく帰られることを願うが、彼がこの結婚に反対するとは思えないな」

「娘の嫁ぐ相手は、親が決める。それが世間の慣わしですわね、それも多くは娘の意思などおかまいなしに」アリアンヌは怒って言い返した。「ですが、フェール島の女性たちは何かと交換に結婚する習慣はありません」

伯爵は皮肉たっぷりに唇をゆがめた。「誰もが最後はそうなるものだ」

「殿方は違います」

「いや、同じさ」伯爵は微笑を浮かべたままだったが、緑色の目に苦い怒りのようなものがよぎった。「どうやらまた怒らせてしまったようだ。最初の一歩がまずかった。どうか、それを修正するチャンスを与えてもらいたい」

「その必要はありません」アリアンヌは心からそう言った。「どうか結婚の話はなかったことにして、友人としてお別れしましょう」

「紳士なら、いやとは言えない魅力的な申し出だな」

アリアンヌはほっとした。「では、この話は――」

「いや。残念ながら、わたしは紳士ではない」彼はそう言ってベルトのポーチをつかんだ。

アリアンヌはため息を漏らしそうになりながら、何をするつもりかと油断なく見守った。すると彼は、ポーチから小さな革袋を取りだし、紐《ひも》を解いて中身をあけ、彼女にも見えるようにそれを掲げた。指輪だ。珍しい文字が刻まれた、なんの飾りもない金属の輪。男性なら小指にはめられるぐらいの大きさだ。

「これを受けとってもらいたい。ささやかな尊敬のしるしとして」

アリアンヌは意表を突かれ、その指輪を見つめた。それからわれに返って首を振った。「いえ、受けとれません――」

「とくに立派でも美しくもないが、計り知れない価値がある。これは魔法の指輪なのだ」

「魔法の？」アリアンヌは自分が感じた疑いを隠そうとはしなかった。

「魔法を信じないのかな、マドモワゼル？」伯爵は舌を鳴らした。「きみが？　偉大な評判を持つ魔女が？」

「治療師です。それ以上ではありません」アリアンヌはそっけなく訂正した。「でも、魔法は信じていますわ。あなたはそういうものを信じるタイプには見えませんけれど」

「もっとよく知るようになればわかるが、わたしは何事にも偏見をもたぬよう心がけている」

「植物や薬草の癒しの力、人間の精神の力、非凡な頭脳がもたらす説明のつかない現象、そういうものは信じます。でも、その指輪のような魔よけやお守りは信じられません」

「この指輪に何ができるか、知りたいとは思わないのか？」

この男は本気なの？　それともわたしをからかっているの？　アリアンヌはどちらとも判断しかねて伯爵をじっと見た。いいわ、何をしたがっているにせよ、しばらく調子を合わせてみるとしよう。

「わかりましたわ、伯爵。その指輪は何ができるんです？」

「この一風変わった指輪は、わたしが……外国を旅していたときに老婆から手に入れた一対のかたわれなのだ。ほら、このとおり。もうひとつはわたし自身の指にある」彼は自分の手を上げて見せた。彼の指にはまっているものより幅が広く、厚みもあるが、それ以外はまったく同じだ。

「伝説によれば、これをはめると、ふたりを隔てている距離と時を越えてたがいの心が結ばれ、きみは思い浮かべるだけでわたしを呼ぶことができる」

「率直に申しあげて、とくに呼びたくなるとは思えません」

彼はにやっと笑った。「むしろ、地獄へ送りたいところだろうな」

「そんなに遠くまででなくても、ご自分の城に帰られるだけで結構よ」

「願いどおりにするとも。きみがこの指輪をしてくれれば、しつこく付きまとうのはやめる」

アリアンヌが懐疑的な目を向けると、彼は言った。「名誉にかけて誓う。この指輪をしてくれれば、もうきみには近づかない。だが、わたしを必要とするときは、指輪をした手を胸にあてて、わたしのことを考えてくれ。すぐさま駆けつける。三回だけは」

「あら、たったの三回？　そのあとは何が起こるのかしら？　イモリか蛙《かえる》に変わるんですの？」

「いや、わたしの妻になる」彼はにこやかに答えた。「この指輪を三回使ったら、きみはあきらめてわたしと結婚するんだ。それでいいかな、シェリ？」

「ちっとも。仮にこれが魔法の指輪だと信じたとしても、そんなばかげた契約に同意できるものですか。もちろん信じてはいませんけれど」

「だったら、かまわないじゃないか」彼は指輪を親指と人差し指でつかみ、アリアンヌの気を惹くように目の前で振った。「この指輪をしていれば、わたしを遠ざけておけるんだ」

「いやだと言ったら?」

伯爵は物憂い笑みを浮かべたものの、緑色の瞳には鋼鉄のような硬い光があった。「もっと直接的な手段に訴えるしかないだろうな」

「というと?」

「たとえば、この館の門のすぐ外に柳で小屋を建て、きみの窓の下でセレナーデを歌うとか」彼はすごみのある笑みを閃《ひらめ》かせた。「さもなければ、ローマ人が頑固なサビーヌの女たちにしたように、きみを担いで、鞍頭に放りあげるとか」

アリアンヌは目を見開いた。脅すような声に体が震えた。あくまで拒否すれば、この男はわたしを肩に担いで連れ去るだろうか? 無理やり祭壇の前に立たせ、ベッドへ連れこもうとするだろうか?

アリアンヌは彼の目を探るように見た。〝賢い女たち〟は、昔から魂の鏡ともいうべき相手の目を見て、その心を読む術に長《た》けている。アリアンヌはとりわけこの賜物《たまもの》に恵まれ、しばしば相手の性格だけでなく、考えていることまで読むことができた。

だが、この男の思いは何ひとつ読めない。彼はじっと見返している。まるでアリアンヌの試みを知り、面白がっているかのように。彼女は目をそらした。

伯爵は問いかけるように眉を上げ、指輪を差しだしている。こんなふうに追いつめられるのはいやだが、〝直接的〟な方法を使われる危険をおかすよりは、おとなしく指輪を受けとるほうが無難だろう。

「いいでしょう」彼女はしぶしぶ譲歩した。「その愚かしい指輪をあずかりますわ」

「さきほどの条件にも同意するんだな？　三回使ったら、きみはわたしのものだという」

うなずいて左手を差しだしたものの、伯爵がそれを指に滑らせたときには自然と体がこわばった。太い指にはまっているお揃いの指輪が、まるで婚約でもしたような錯覚を抱かせる。

「これでいい」彼は満足そうに言った。「きみの指にぴったりだ」

「少しきついような気がするわ」とっさにそう言ったものの、実際には誂《あつら》えでもしたようにぴたりと合っている。アリアンヌは驚きを、ついで得体の知れない不安を感じた。

ばかばかしい。指輪に魔法などあるわけがないわ。この男が正気に戻って相応しい女性と結婚するのを待ち、送り返せばいいだけよ。

だが、そう自分に言い聞かせても、緑色の瞳に勝ち誇った笑みのようなものが閃いたような気がして、たったいま恐ろしい罠《わな》にはまったという落ち着かぬ気持ちは消えなかった。

彼女は急いで一歩さがった。「指輪を受けとれば、お帰りになるんでしたわね？　フォーシュがあなたの馬に鞍を――」

「なぜまだぐずぐずしているのか？」ルナールは喉の奥で笑いながらあとを引きとった。「いいとも、マドモワゼル。きみがその指輪を使うまで、離れていると約束した。そしてわたしは約束を守る男だ」

彼はベルトにはさんだ乗馬手袋をつかんだ。この男にはもう二度と会うことはないだろうが、もうひとつ知っておかねばならないことがある。

「伯爵、お帰りになる前に、ひとつお訊きしてもいいかしら?」

ルナールは手袋をはめながら、問いかけるような目でアリアンヌを見た。

「あなたの家系には、正気を逸した方がおありですの?」

この質問にルナールは大きな声で笑いだした。「少し頭の鈍い男が、遠いいとこにひとりいるが。どうしてかな?」

「とくべつ美しいわけでも、莫大な財産があるわけでもないのに、あなたがこれほどまでして、わたしと結婚しようと決めている理由が思いつかなくて――」

「いや、きみは美しい」ルナールがつぶやく。

アリアンヌは彼のお世辞も意味ありげな目も無視した。「父が旅から戻らなければ、いま手元にあるものも、すべて借金のかたにとられてしまうでしょう。ルナール伯爵ともなれば、はるかに条件のよい奥方が見つかるはずよ。それなのに、なぜここまでわたしにこだわるの?」

形のよい唇に奇妙な笑みが浮かんだ。「その質問には、結婚した夜に答えよう」

アリアンヌはこの曖昧《あいまい》な返事に苛立って、顔をしかめた。だが、この男にはまともに答える気はなさそうだった。

「そうなると、好奇心を満たすことはできそうもないわね。さようなら《アデュー》、伯爵」彼女は礼儀正しく片手を差しだした。

「いや、また会おう《オールボワール》」

伯爵はアリアンヌが差しだした手を取り、いきなり彼女を抱き寄せると、抗議の言葉をすばやいキスで呑みこんだ。

いいや、これはキスなどというなまやさしいものではない。まるで唇どうしの激突、決闘に近かった。思いがけない成り行きに呆然として、アリアンヌは彼のダブレットの前に弱々しくしがみついた。殿方とのキスは心の糸をつまびくような甘い陶酔をもたらすものだとばかり思っていた。

だが血が駆けめぐり、体がかっと熱くなって、顔が上気し、頭がくらくらした。そしてほんの一瞬だけ、彼のキスに同じように激しく応えたいという恐ろしい衝動を感じた。

伯爵の腕が離れると、アリアンヌはなんとか正気を取り戻そうとした。思いきり耳を引っぱってこの無礼を叱るべきだが、息が乱れてそれどころではない。ようやくどうにか落ち着きを取り戻し、にらみつけたものの、厚かましい振る舞いを悔いた様子はまったくなかった。

「許しもえずに失礼」彼は物憂い笑みを浮かべてアリアンヌを見下ろした。「だが、きみが指輪を使って呼び戻してくれるまで、甘い思い出が必要だ」

彼はさっと片腕を振って深々とお辞儀をすると、踵を返して広間を出ていった。アリアンヌは震える手を唇に押しつけた。最後の捨て台詞《ぜりふ》はガブリエルのお得意だが、この男の傍若無人な振る舞いと自信たっぷりに歩み去る後ろ姿に、アリアンヌはつい叫んでいた。「伯爵！」

彼は足を止めて振り向いた。

「この指輪は決して使わないわ！」

腹立たしいことに、彼はにやっと笑っただけだった。

3

館は夕闇に包まれていた。納屋の前庭はやかましく鳴く子羊たちで満ち、開いている窓からは、優しいそよ風にのって薬草園の甘いラベンダーの香りが入ってくる。

だが、アリアンヌは夜の静けさを味わうゆとりもなく、樫《かし》材のテーブルにかがみこみ、なんとか家計の収支を合わせようと四苦八苦していた。収入よりも、借金の返済額のほうが多いのに、いったいどうすれば黒字になるのか。

アリアンヌはため息をついて、蠟燭《ろうそく》に火をつけようと羽ペンを置いた。かつて母のものだった寝室のなかに、金色の柔らかい光がちらつく。彼女とガブリエルとミリが生まれたのは、この部屋の薔薇色《ばらいろ》のカーテンがかかった大きなベッドだった。母が髪を梳《と》かし編むあいだ、三人の娘たちがよく座った背もたれのない腰掛けもある。

アリアンヌはわびしげに部屋を見まわした。昔はあんなに温かく、にぎやかだった部屋が、夏のさなかだというのにひどく寒々として見える。母が死んだあとの館は、まるで火が消えたように寂しくなった。

いまでは、みんながアリアンヌに、フェール島のレディとして母と同じ役目を果たすよう求めている。でも、わたしにはとても母様の代わりは務まりそうもないわ。彼女は疲れた目をこすりながら、石板の数字を拭いてもう一度最初から計算を始めた。

だが、机の上に置いたものが、仕事の足を引っぱった。目に入るたびに気が散るため、さきほどはずしたルナール伯爵の指輪。なんの飾りもない金属の輪だが、最初に思ったよりもずっと古いものだった。ハンカチで磨くと、この指輪を置いていった男と同じくらい謎めいたルーン文字が、外側に彫りこまれているのが見てとれた。

アリアンヌはさっきから何度も、今日の午後のことを思い出していた。自分の唇に押しつけられたルナールの唇の感触――まるでふたりが交わした奇妙な取り決めを封じるかのように彼がした激しいキスを。

〝この指輪を三回使ったら、きみはあきらめてわたしと結婚するんだ〟

まったく奇妙な条件だ。とても正気だとは思えない。でも……アリアンヌは目の前の金庫と、未払いの請求書の束に目をやった。どうかしているのは、裕福な権力者との結婚に飛びつかないわたしのほうかもしれない。

とはいえ、たとえ結婚するにせよ、フェール島のレディである彼女は、夫となる相手を慎重に選ぶ必要がある。母亡きいま、強い力を持つ知識を記した古代の書物や、間違った者の手に落ちれば危険きわまりない知識を守る責任があるからだ。したがって、彼女の夫となる相手は、あらゆる点から見て誠実で、信頼できる男でなければならない。ルナール伯爵のとらえどころのなさ、ごく単純な問いにすら率直に答えようとしない秘密主義は大きな問題になる。男性に求める資質をたったひとつだけ挙げるとすれば、アリアンヌは何よりも誠実さに価値を置いていた。

彼の祖父、いまは亡き老伯爵は、尊大でずる賢い、自分の目的を果たすためなら手段を厭《いと》わぬ冷酷な男だった。彼にも、その祖父と似ていることを示す兆候がいくつもある。

でも、ミリベルに関する不安をなだめてくれたときの彼は、思いがけぬ優しさを示した。しかも、自分の馬を盗まれたことも、ガブリエルがしでかした意地の悪いいたずらも笑い飛ばし、必死に弁解しようとするわたしをほほえませた。

もう彼のことを考えるのはやめよう。アリアンヌはそう決心したものの、気がつくとまたしても〝魔法の〟指輪を手に取っていた。魔力があるとはとても思えないが、ある意味では、目的を果たしていた。この指輪のせいで、アリアンヌはさっきから彼のことばかり考えていた。

もしも何かが起こって、彼の指示に従い、これを使ったらどうなるのか？

アリアンヌは眉間にしわを寄せ、指の先に載せた丸い指輪をじっと見つめた。

「姉様！　何をしているの？」

アリアンヌはびくっとして、もう少しで指輪を落としそうになり、あわててつかんだ。ガブリエルが険しい顔で戸口に立っていた。

「そんなもの、片づけてしまったほうがいいわ。危険かもしれない」

「ただの古い指輪よ、ガブリエル」アリアンヌはいたずらを見つかった子どものようにばつの悪い顔で答えた。だが、ガブリエルは大股に部屋に入ってくると、アリアンヌの手から指輪を引ったくった。

伯爵が帰ったあと、アリアンヌは妹たちに彼とのやりとりを話して聞かせたのだ。エルキュールを伯爵に返したと聞くと、ミリベルはそれ以上姉の話に関心をなくした。だが、ガブリエルはしつこく食いさがり、あれこれ問いただして、この指輪をめぐって姉が伯爵とした取り決めを、すっかり聞きだしたのだった。

ガブリエルはテーブルの端にひょいと座り、さまざまな角度から指輪を眺めた。すでに寝支度をすませ、柔らかいリネンの寝間着に着替えて、金色の髪を滝のように背中に落としている。

ベル・ヘイヴンは夜が早い。蠟燭は大切なものだし、最近ガブリエルがよく不満をもらすように、暗くなったあとの島には、寝るぐらいしかすることがないのだ。とはいえ、まるで宝石商が鑑定でもするように、指輪をためつすがめつ眺めている今夜のガブリエルは、少しも退屈そうには見えない。

アリアンヌの妹は指輪に歯を立て、顔をしかめた。「なんだ！　これが何でできているにせよ、金じゃないことはたしかね。伯爵はこれをどこで手に入れたんですって？」

「旅の途中で老婆から買ったと言っていたわ」

「どんな老婆？　どこの旅？」

「さあ」アリアンヌはそう答えながら、ガブリエルのお尻でくしゃくしゃにならないように、注意深く帳簿をずらした。「伯爵はあまり率直なたちではないらしいわ。わたしが訊いても、冗談を言って笑うだけで、何ひとつはっきりしたことを言わないの」

「彼の目を読もうとしなかったの？」

「もちろんしたわ！　でも……ぴたりと貼りついたページのように何ひとつ読めなかった」

ガブリエルは失望を浮かべて指輪に目を戻し、眉間にしわを寄せてじっと見た。

「ここに彫ってあるおかしな模様は何かしら？」

「ルーン文字よ」アリアンヌは答えた。「地下にある、古い文書の手書き文字とそっくり」

「なんて書いてあるかわかる？」

「さあ？」じつを言うと、なぜか解読する気になれなかったのだが、ガブリエルは机から飛びおりて、拡大鏡を持ってきて姉に渡した。

そして蠟燭の明かりで指輪の文字を読もうとする姉の肩越しにのぞきこんだ。「どう？」

やがてアリアンヌは拡大鏡をおろし、ためらいがちに言った。「〝この指輪は心も思いもわたしをあなたに結びつける〟だいたいそんな意味ね」

ガブリエルは顔をしかめた。「まるで呪文みたい」

「やめてちょうだい。ただのロマンティックな表現よ。魔法の指輪やお守りを信じるのは愚かだと、母様に教わったでしょう？」

「こんなものはそばに置かないのがいちばんだわ。井戸に放りこんでしまいましょうよ」

アリアンヌは首を振った。「だめよ」

「どうして?」

「伯爵に約束したんですもの。わたしを放っておくなら、この指輪を身につける、と」

ガブリエルはうんざりして姉をにらみつけた。「脅されてした約束でしょ! そんなものを守る必要がどこにあるの?」

「これは名誉の問題よ、ガブリエル」

「名誉?」ガブリエルは鼻を鳴らした。「名誉は男のものよ。決闘で殺しあうときの口実」

「とにかく約束したの。それを破るつもりはないわ」

「姉様ときたら!」ガブリエルはうんざりしてくるりと目を回した。「きっと命を落とすことになっても、この場合はあの悪魔のような伯爵と結婚するはめになっても、公明正大に行動するつもりね」

「彼とは結婚しないわ。本当は……すべきかもしれないけど」

ガブリエルが厳しい目で姉を見た。「アリアンヌ・シェニ! まさかあの嫌悪すべき男の言いなりになるつもりじゃないでしょうね」

「でも、わたしたちの状況を考えると、この結婚を拒むのは愚かね」

ガブリエルは腕を伸ばし、羊皮紙をひと束つかんだ。シェニ家の窮状がどれほどひどいか、どちらの妹にもできれば知らせたくないが、ガブリエルが帳簿に目を通すのを止めるだけの気力がなかった。

借金のほとんどは、父が大いなる冒険の旅に出るために、大砲で武装した三隻の大型商船を建造したときのものだった。虫の居所が悪いとき、アリアンヌはこれを〝父の大いなる逃亡〟と呼ぶ。父は自分が裏切った妻と、それを非難する娘たちの目から逃げたのだ、と。

ガブリエルは最後のページに目を通すと、少し静かになった。が、すぐに元気を取り戻し、手にした紙を無造作に机の上に落とした。

「これくらいなんとかなるわ。今朝作ろうとしていた特効薬はどうなの？　ブルターニュにある畑の収穫高があがれば……」

「そんな悠長なことは言っていられないのよ」アリアンヌは羊皮紙をまとめて、きちんと重ねた。「父様が船出してから、もうずいぶんになるわ。投資家が不安になりはじめているの。それに、もしも父様がこのまま帰られなければ、ブルターニュの土地は、わたしたちの従兄弟《いとこ》のベルナールが継ぐことになる」

この名前を聞いて、ガブリエルは口を尖らせた。「あんな豚みたいな男」

「でも、彼は雄の豚よ。だからこの国の法律の下では、わたしたちよりも多くの権利を持っているの。父様が遺言を書く必要があると思わなかったために」

「でも、父様はまだ死んだと決まったわけじゃない。姉様が犠牲になって、あの醜い鬼と結婚しなくてはならない理由なんかひとつもないわ」

「伯爵はたしかに無作法で横柄で、あまり洗練されてはいないかもしれないけれど、〝醜い鬼〟は言いすぎじゃない？」

「あいつは威張り散らすのが好きな獣《けもの》よ。しかも底意地の悪いドヴィーユときてる」ガブリエルは真剣そのものの表情でアリアンヌの両手をつかみ、姉の前にしゃがみこんだ。「姉様はこんなに思いやりのある、賢い、気立てのいい女性だもの。世界一素晴らしい相手と結婚すべきだわ。姉様を崇拝し、心から愛する男性と。ミリもそうよ」

ガブリエルが心の内をこんなふうに言葉にするのは珍しいことだ。アリアンヌは妹の気遣いに心を動かされ、額に落ちた巻き毛をやさしくなでつけた。

「あなたは？」

ガブリエルの美しい顔を翳《かげ》がよぎった。が、彼女はすぐさま明るい笑い声をあげた。「あたし？　決まってるでしょ、あたしの相手は国一番の裕福な実力者よ。ただの伯爵なんて目じゃないわ」

「そう？　公爵でないとだめ？」

「公爵？」ガブリエルは立ちあがり、この言葉を払うように頭を振った。「あたしの相手は、少なくとも大公でなけりゃ、できれば王のほうがいいけど」

「でも、王の結婚相手は、貴族の血筋と広大な領地をもたらす女性にかぎられているわ」

「誰が結婚の話をしているの？　妻になるより愛人になるほうがまし。それくらい誰でも知っているわ。本当に力と富を持っているのは愛人だもの」

アリアンヌの顔から笑みが消えた。「そんな冗談はよくないわ、ガブリエル」

「あら、本気よ」ガブリエルの非の打ちどころのない横顔はまだあどけないが、青い目にはアリアンヌを悲しませる硬い表情が浮かんでいた。「この件に関して疑いがあるなら、父様のレディの友人を思い出すべきね」

父が愛人を囲っていたことを知ったときの苦痛と幻滅は、まだ心に重くのしかかっている。アリアンヌは長いこと、いまわしい事実と、自分が生まれてからずっと敬愛し、信頼してきた父のイメージをなんとか一致させようとしてきたのだった。

「殿方にとっては、愛人を持つのはごくあたりまえのことなのでしょうね」彼女はうつろな声で言った。「でも、父様の心には母様がいたのだと信じたいわ」

「ええ、母様にはずいぶん大きな慰めになったことでしょうよ。お金や宝石はすべてパリにいるあの女のものになってしまっても、父様の心はつかんでいたんだもの」ガブリエルは暗い顔でそう言うと窓の外に目をやった。「パリ。このみじめな島ではなく、あたしたちはそこにいるべきなのよ」

「母様はわたしたちにパリになど行ってほしくないはずよ」

「だけど、母様はもうここにはいないわ」ガブリエルは悲しみに満ちた声でつぶやき、頭を振って髪を後ろに落とした。「この島は何もかも退屈。なんの希望もない！　でもパリは違う！　今年の夏は、ノートルダム寺院で王室の結婚式があるのよ。マルゴ王女が、ナヴァラの若い王子と結婚するの。きっとたくさんの舞踏会や、仮面舞踏会や、お祝いの宴《うたげ》が催されるわ。美しく装い、きらびやかな宝石をつけて、そういう場所に姿を見せれば、王様の目を惹くチャンスがつかめるはずよ」

「ガブリエル」アリアンヌはやさしくたしなめた。

妹は挑むような目に哀願をこめて訴えた。「あたしがパリへ行くのに手を貸してよ。そうすれば、必要なお金は稼いでみせる。姉様もミリも、この先何ひとつ心配せずにすむように――」

「いいかげんにしなさい！　そういう話はもうたくさん」アリアンヌはこの会話をおしまいにしたくて、請求書の束を金庫に戻しはじめた。

だが、ガブリエルはそう簡単にはあきらめなかった。「あたしが国王の心をつかみ、好きなように操れると思わないの？」

「シャルル王は半分頭がおかしいの。誰かがすでに彼の心をつかんで、支配しているのよ」

フランスの玉座の陰で真の権力を握っている者がいることは、周知の事実だ。王の母、カトリーヌ・ド・メディシス。彼女はときに〝イタリア女〟とも、〝黒衣の王妃《ダーク・クイーン》〟とも呼ばれるが、それよりも、ひそやかに〝魔女〟とささやかれることが多い。

アリアンヌはカトリーヌの名を口にするのもいやだったが、ガブリエルは挑むようにつんと顎を上げた。

「カトリーヌなんか怖くないわ。わたしたちと同じ、大地の娘のひとりじゃないの」

「ええ。でも、癒しの技ではなく、あやしい魔術にのめりこんでいる。彼女は危険なのよ、ガブリエル。国王の支配権を自分から奪おうとする相手は容赦なく叩きつぶすでしょう」

「だけど、母様は昔、彼女の友達だったわ」

「でも、母様が自分の邪悪な企みを妨げたことがわかると――」アリアンヌは喉が締めつけられ、言葉を切った。「カトリーヌが母様にどんな仕打ちをしたか、それはあなたもよく知っているはずよ」

ガブリエルはつかのま黙りこんだものの、すぐにこう言い返した。「母様はあまりにも正直で、思いやりがありすぎた。それに無防備だった。あたしは違うわ」

ガブリエルは急に肩を落とし、窓枠に寄りかかった。

「あたしは姉様とは違うのよ」ガブリエルは静かな声で続けた。「男の気を惹くことぐらいしか、取り柄がないの。わたしが使える魔法はもうそれだけ」

アリアンヌの胸を悲しみが満たした。強くて冷たい女のふりをしている妹が、ひどく頼りなげに見える。この怒った表情のすぐ下には、深い苦痛と混乱がせめぎあっているのだ。

「いいえ、そんなことはないわ、ガブリエル」アリアンヌは優しい声で言った。「あなたの彫刻や絵を見てごらんなさい。あなたはただの石に命を吹きこむことができる。ほんの少しの絵の具と一メートルのキャンバス地があれば――」

「あれはもうなくなったの。絵を描く能力は。あたしはあんなものからとうに卒業したのよ」

「でも、去年の夏までは――」

ガブリエルは石のように硬い表情で、あとずさった。「やめて！　その話はしたくないの」

「ガブリエル」アリアンヌは妹に手を差しのべた。

だが、ガブリエルは怒りに燃える目で姉を押しやり、くるりと踵を返して、足音も荒く部屋を出ていった。

「ガブリエル」怒らせるつもりはなかったのに。アリアンヌは深い疲れを感じながら髪をかきあげ、伯爵が置いていった指輪を手に取った。刻まれた文字の意味がわかると、指にはめるのはためらわれた。彼には身につけると約束したが……ずっと指にはめているとは言わなかった。

チェストから銀の鎖を取りだし、指輪をそれに通して、鎖を首にかけたとき、誰かの足音が近づいてきた。気が変わってガブリエルが戻ってきたのだろうか？　そう願いながらアリアンヌは振り向いた。

戸口に立っているのはミリベルだった。エルキュールを伯爵に返したと告げてからずっと浮かべている、石のような表情でこちらを見ている。母が死んでから、ミリベルは毎晩必ず髪にブラシをかけ、それを編んでもらうためにアリアンヌの部屋を訪れる。

だが、今夜はひとりでそうしたようだった。ほつれかけたロープのように、あちこちがはみだしたお下げを肩の後ろへたらしていた。この一年でずいぶん背が伸びて、短くなりすぎた寝間着の裾《すそ》が、ふくらはぎのなかほどまで上がっている。

アリアンヌは疲れていたが、末の妹にほほえんだ。「ミリベル、もう眠ったかと思ったわ」

「うん。でも、眠れないの。エルキュールのことが心配で」

まだそんなことを！「ミリ、そのことはもう話したはずよ。エルキュールを虐待したのは、伯爵ではなかったの。伯爵はちゃんとあの馬の世話をしてくれるわ」

「姉様はあたしにさよならも言わせてくれなかった。エルキュールはあたしと一緒にいたかったのよ。あたしだって……エルキュールが必要だったわ」

「あなたには立派なポニーがいるじゃないの」

「バターナットは歳を取りすぎてるもの。アルゴの崖《がけ》に登るのはつらいにちがいないわ」

「あの崖に登る必要がどこにあるの」アリアンヌは厳しい声で言った。

「もうすぐ眠れる巨人に敬意を表す夜が来るわ。姉様たちはすっかり忘れているみたいだけど」

その行事のことは、たしかに頭から抜け落ちていた。そういうばかげた習しは、アリアンヌのなかではかなり優先順位が低いのだ。人が住まない険しい岩山に立つ先史時代の巨石《メンヒル》は、化石となった巨人たちで、年に一度、満月の夜に人間の形を取るという。

ちょうどそのときメンヒルに近づけば、巨人たちが目を覚ますところが見られると言い伝えられているが、もちろん、これまでそれを見た者はひとりもいない。とはいえ、真夜中にお祭り騒ぎをしたい人々には、この伝説はかっこうの口実になる。

「毎年お参りしていたのに、忘れるなんてひどい」ミリが口を尖らせた。

「もっと重要なことで頭がいっぱいなのよ、ミリベル。今年は巨人たちに失礼させてもらうしかないわ」

「姉様が行かなくても、あたしは行くわ」

「いいえ、だめよ。馬を盗んだあとですもの、あなたはしばらく家から離れないほうがいいわ。もう少し勉強に身を入れたらどうなの」

ミリは下唇を震わせてアリアンヌをにらみつけた。「姉様はこのごろいつも疲れてるし、怒ってばかり。ガビー姉様はドレスと髪の形しか考えてない。父様がいたら、この行事を忘れたりしなかったはずよ」

たしかにそうかもしれない。ルイ・シェニはミリベルと同じようにいつも夢を追っていた。母は本当の魔法とばかげた迷信の違いを教えようとたえず努力していたが、父は眠れる巨人の伝説や、海の彼方にある黄金の街エル・ドラドの話をいともたやすく信じこんだ。

末の妹がこのまま寝に行ってくれることを願いながら、アリアンヌは重いチェストの蓋《ふた》を閉めて、それを戸棚の上に戻した。疲労がたまり、さっきから目の奥が痛みはじめている。

だが、ミリベルはあとを追ってきた。「父様はブラジルから猿とオウムをお土産に持ってきてくれるわ。きっと船いっぱいに宝物を積んで、堂々と港に入ってくる。そうしたらまた馬屋には立派な馬がいっぱいになる。父様はあたしにどこかへ行っちゃだめだなんて言わないわ。もしもいまここにいたら――」

「でも、ここにはいないわ」アリアンヌはいらいらして鋭く言い返した。「たとえ帰ってくるとしても、帆の破れたからっぽの船で戻るでしょうよ」

この言葉が口から出たとたんに、後悔したが遅かった。ミリベルは目を見開き、泣きそうな顔で叫んだ。「姉様たちはもう何も信じていないのね。父様さえも」

「ミリ、ごめんなさい」

だが、妹はわっと泣きだして部屋を走りでていた。

アリアンヌはベッドの柱にぐったりともたれた。ほんの数分のあいだに、ふたりの妹と言い争うはめになるとは。自分も母のベッドに倒れこんで上掛けをかぶり、泣きたいくらいだ。

だが、彼女にはそのささやかな贅沢すら許されなかった。若いメイドのベティが戸口から顔をのぞかせた。

「アリアンヌ様、シャルボンヌが来ましたよ。院長様から緊急の伝言があるそうです」

今度はなんなの？　アリアンヌは打ちひしがれた気持ちでそう思いながら、うなずいた。

「すぐに行くわ」

疲れた足で階段をおりていくと、港の近くにある聖アンヌ修道院で庭仕事や走り使いをしている大柄な女性、シャルボンヌが大ホールで待っていた。純白の髪を短く刈っているのと筋肉質の体つきから、よくきれいな顔の青年と間違われる。

アリアンヌを見ると、シャルボンヌは恭しく帽子を取った。「こんな時間にお騒がせして申し訳ありません。でも、院長様がこれを届けてくれとおっしゃって」

彼女は折りたたんで聖アンヌの紋章で封じた羊皮紙を差しだした。修道院の院長であるマリー・クレアも大地の娘のひとりだ。母が生きていたときには、古くから伝わる薬や手当ての方法についてよく相談に来たものだった。

封を切ると、マリー・クレアの流れるような文字が目に飛びこんできた。

〝アリアンヌ、パリから来た男が、あなたに会いたがっているの。どんな話か、わたしたちにとして言おうとしないのよ。できるだけ早く来てもらえないかしら〟

パリから来た男？ アリアンヌは首をかしげた。父の消息を少しでも知りたいと、パリにも人をやって調べさせ、船乗りや旅行者から手に入るかぎりの情報を聞きだそうとしてきたが、知り合いと呼べるほどの人間はいない。

彼女は羊皮紙をもとのようにたたみながら言った。「ごくろうさま。マリーには、いえ、院長にはこう申しあげてちょうだい。その方には明日の朝さっそく会いに行きます、と」

驚いたことに、シャルボンヌは激しく首を振った。「いいえ、アリアンヌ様、それでは遅いです。あの人はもういないかもしれません」

「こんな時間にどこへ行くというの？」

「天国か地獄か、誰かがあの気の毒な紳士を送ろうとしたところへ、です」

「なんですって！」

シャルボンヌは身をかがめ、小声で言った。「矢傷で死にかけてるんですよ」

4

ポート・コルセアにある〈摩訶《まか》不思議亭〉という名前の宿の窓からは、明るい光がこぼれていた。今夜のようによく晴れた、波止場から涼しい風が吹いてくる夏の宵は、次の角にある店のにおいを心配せずに鎧戸《よろいど》を開け放つことができる。

フェール島の住人は、何か月も海に出ている男たちの妻や娘たちが多い。そのためか、女といえども気性も体も強く、独立心が旺盛《おうせい》で、ふだんは従順な女たちに囲まれている男の旅人をまごつかせる。

そういうこの島で、ただひとつの男の砦である〈摩訶不思議亭〉の食堂兼酒場は、常連の漁師や水夫、行商人でごったがえしていた。ブルターニュ訛りのフランス語だけでなく、気取ったパリのアクセントや、わずかとはいえ英語やスペイン語まで聞こえてくる。

どのテーブルも満員だったが、ひとつだけ例外があった。ジュスティス・ドゥヴィーユは、夕食の残りがまだそのままの、薄暗い隅にあるテーブルにひとりで座っていた。上等の赤ワインをついだカップを手に、二重まぶたを半分ふせて、周囲の喧騒《けんそう》にはまるで無関心に見える。だが、口元を囲った手の陰で交わされるささやきは、いやでも耳に入ってきた。

「……ルナール伯爵だよ……本土の……」

「ロベール様の孫だって話だ」

「伯爵だって？　それにしちゃ、ずいぶんがっしりした体つきじゃねえか」

こういう詮索はもう慣れっこだ。アリアンヌさえ、あの美しい灰色の瞳で彼のことを探ろうとした。だが、ジュスティスはとうの昔に必要に迫られ、自分の心を隠す術を身につけていた。彼の宿敵ともいうべき、いまは亡き祖父のおかげで。

彼がワインのお代わりを頼むと、給仕の娘はドスンと音をたててテーブルに瓶を置き、好奇心と非難を浮かべた顔で彼を見た。おそらくこの娘は、伯爵ともあろう男がこんな店で飲んでいるのを訝《いぶか》っているのだろう。

彼は娘にコインを一枚投げ、片手で彼女を追いやってカップを満たした。

女を口説くのは、喉の渇く大仕事だ。アリアンヌ・シェニのような頑固な女を口説くのはとくに。だが、これで彼の勝利は約束された。なにしろ、アリアンヌにあの指輪を受けとらせることに成功したのだから。一見無害に見えるあの指輪の持つ力を、彼は充分に承知していた。

そうとも。あの指輪の魔力は、すでに一度、山で生まれた農家の素朴な娘の役に立っている。彼女は見事に伯爵家の跡継ぎの心を射止め、ジュスティスのロマンティックな父親は、その愛らしい農家の娘と恋に落ちたのだ。

アリアンヌはこれまでジュスティスがどんな人生を送ってきたかも知りたがった。が、彼女の疑問に答えるのは、無事に結婚式を挙げてからだ。彼の頭には、アリアンヌが口にした率直な問いがまだ鳴り響いていた。

〝ルナール伯爵ともなれば、はるかに条件のよい奥方が見つかるはずよ。それなのに、なぜここまでわたしにこだわるの？〟

正直な答えが、アリアンヌ・シェニの気に入るとは思えない。だが、ジュスティスはふたりが最初に出会ったあの日に、彼女を妻にすることに決めたのだった……。

ジュスティスは仰向けに倒れたまま、しばらくは息をつくこともできなかった。茨《いばら》や木の根はかくべつ柔らかいクッションとはいえない。どうにか切れ切れに息を吸いこみ、片方の肘《ひじ》を突きながら、痛みをこらえて起きあがるころには、彼を振り落としたいまいましい馬は、すでに空き地には見当たらなかった。いまごろは馬屋に戻っているかもしれない。あの馬にまたしても振り落とされたことがわれながら信じられず、彼は自嘲のうなりを発した。

だが、あいつはまるで悪魔のように悪知恵がまわる。ルシファーと名づけたのはそのためだ。以前の持ち主の若い地主は、手綱を乱暴に扱いすぎて、ルシファーの口をすっかり痛めていた。その愚か者からわざわざ買い求め、恩恵を施してやったというのに、その事実を感謝するどころか、この始末だ。

ごろりと横向きに寝返りを打って、おっかなびっくり立ちあがった。どうやら骨は折れていないようだ。痛みをこらえてぎこちなく何歩か歩きながら、周囲に目をやった。

雀が何羽かさえずっているほかは、森は静かだった。天を突く太い樫の木は昨夜の雨でまだ黒ずみ、水滴を滴らせているが、張りだした枝には春の最初のきざしが膨らみはじめていた。かすかな霧が地を這《は》い、森の静けさに神秘的な雰囲気を添えている。

どこからか聞こえてくる狩りの角笛は、しだいに遠ざかっていく。彼の姿が見えないことに、まだ誰も気づいていないようだが、それはいっこうにかまわない。城に招待した客をもてなす毎日には、もううんざりだ。それも、伯爵になる前の彼には馬の手綱を預けるのも渋ったにちがいない連中を。

彼らは、ジュスティスが伯爵位を継いだとたん貪欲《どんよく》に目を光らせ、未婚の娘たちをわれさきにと差しだしてきた。その娘たちときたら、刺繍《ししゅう》の枠から目を上げることさえできない、すぐに赤くなる愚か者ばかり。たっぷり持参金があって、立派な跡継ぎを生むことができれば、どの娘を選んでも同じのようなものだ。あとは彼を放っておいてくれるだけの分別がありさえすればよい。

昔は彼も、結婚には愛と尊敬がともなうべきだと信じていた。昼間はともに働き、夜は腕のなかに抱いて守る、それが夫と妻のあるべき姿だと思っていた。だが、そんなものは若者の単純な理想にすぎない。彼はもうとうにそのころの若者ではなくなっている。

逞しい腿《もも》にはりつく膝丈のズボンから枯れ葉を払い落とし、ジュスティスはもう一度あたりを見まわした。いつのまに霧が晴れたのか、でこぼこの小道が見える。これを進めば森を出て野原に達し、そこを横切れば領地の中心に建っている城にたどり着くにちがいない。シャトー・トレマゾン、亡き祖父の城に。ジュスティスは祖父の領地など欲しいと思ったことは一度もなかったが、いまはそのすべてが彼のものだった。祖父はこの何年かのあいだに、三度も相手を変えて結婚し、なんとか跡継ぎの男子をもうけようとした。が、結局それを果たせずに、憎むべき孫が自分の領地と富を受け継ぐことを呪って死んだと聞いている。彼は最後にあの老悪党に勝ったのだ。そう思うといまでもジュスティスは荒々しい満足を感じた。

しかし、それは長続きしなかった。森はしだいに暗く、鬱蒼《うっそう》となっていく。すでに何時間も歩いたような気がするが、森のはずれに近づいている様子は少しもなく、野原も城もいっこうに見えてこない。それどころか樹木が多くなり、太い枝が彼の顔を引っかき、チョッキを引き裂く。

どうやら、自分の領地で迷ったようだ。歩きつづけて体が汗ばみ、疲れてきたうえに、さきほどの打ち身がずきずき痛む。ジュスティスは怒った猪よろしく藪《やぶ》を踏みつけ、行く手をはばむ枝を折り、うなりをあげてがむしゃらに突進したい衝動にかられた。

どうやらここしばらく、船上で過ごす時間や大都会の雑踏にもまれることが多すぎたようだ。山のなかや森に迷った場合はどうすればいいか、山にいたころはちゃんとわかっていた。

大地と心をひとつにするのだ。だが、これはもう長いこと使っていない魔法だった。いまのおれにそれができるか？　ジュスティスは確信のないまま、目を閉じて、無理に心を鎮めた。老ルーシーの低い声が耳のなかで聞こえるようだ。

〝集中するんだよ、ジュスティス。森と闘うんじゃない。森を抱くんだ〟

ジュスティスは頭をのけぞらせ、両腕を広げてゆっくりと深く呼吸しながら、自分を大地に根づかせようとしたが、何も起こらなかった。感覚が鋭くもならなければ、直感が冴えわたりもしない。彼は目を閉じて、両手をおろした。

おれはまだ迷子だ。

とにかくやみくもに進むしかない。

さらに十分ばかり歩いてから、彼は再び足を止め、耳をすました。かすかな水音が聞こえる。近くに川があるのだ。二百メートルほど左手に。

ジュスティスはほっとしてそちらに足を向けた。地面が緩やかにくだり、木々のあいだに銀色に光る水が見えてきた。低いいななきも聞こえる。あのいまいましい種馬が、この川で水を飲んでいるなどということがあるだろうか?

彼は音をたてずに前進した。あの馬を捕まえられれば、これ以上歩かずにすむ。彼は木立の陰にしゃがみこんで、枝を分け、川を見下ろした。

残念ながら、いなないたのは彼の馬ではなく、土手から突きだしているねじれた根っこにつながれた、がっしりしたポニーだった。ジュスティスは首を伸ばし、持ち主を探した。

そこから少し川下の水のなかを、背の高い、柳の枝のようにほっそりした女性が、スカートを膝までたくしあげ、形のよい白い足を見せて歩いていた。ダークブルーの服もエプロンも、手織りの粗布のようだ。一本に編んだ豊かな栗色の髪が、背中で左右に振れている。

だが、農家の娘にしては色が白すぎる。その凜《りん》とした気品のせいか、ジュスティスは彼女を見たとたん、古代ドルイド教の女司祭を連想した。

そしてふいに遠い記憶がよみがえった。老ルーシーがはるか昔にした〝予言〟が。

〝よくお聞き、ジュスティス。いつかおまえは道に迷う。どういうわけかひどく迷ったときに、静かな目をしたその女に出会う〟

〝静かな目って？〟彼はそう訊き返し、老婆を困らせた。〝どんな色の目さ、婆ちゃん？　土みたいな茶色と、はしばみ色の中間？〟

老ルーシーは杖でぴしゃりと彼を叩いた。〝よくお聞きと言ったろ、ジュスティス！　おまえはその静かな目の女と結婚するんだよ……〟

ジュスティスは火のそばに座っているルーシーの記憶を振り払った。ルーシーの予言は、いつも災いをもたらす。

彼は注意深く藪をかき分け、川へと近づいた。おとなしくシダの葉を嚙んでいるポニーは、彼には目もくれなかった。川のなかにいる女性も自分の仕事に夢中らしく、彼に気づいた様子はない。せっせと川のなかの岩から何かをこすりとっては、素焼きの器に入れている。

彼女に気をとられ、彼はうっかり小枝を踏んでしまった。パキッと鋭い音がして、その女性がはっと身構える。並外れて大きな体といかつい顔が、相手に不安を与えることをよく知っているジュスティスは、安心させるように片手を差しのべ、急いで言った。「怖がらないでくれ。危害を加えるつもりはまったく――」

彼女は水を蹴散《けち》らして川から出ると、急いでスカートをおろした。

「驚かせるつもりはなかったんだ。わたしは盗賊でも無宿者でもない。どうか悲鳴をあげたりしないでくれないか」

「もちろんですわ」彼女はスカートをきちんと直すと、顔を上げた。いわゆる正統派の美人とはいえないが、女性らしさと静かな力強さが混じりあった魅力的な顔立ちだ。頑固そうな顎と取り澄ましたロを美しい頬の線が補っている。彼女は鳩《はと》のような色の澄んだ瞳で、まっすぐに彼を見た。

「あなたのことは存じあげています、伯爵。領地を馬で横切っているのを見たことがありますもの」素焼きの器を手にして、彼女は礼儀正しくお辞儀をした。

「だったら、わたしよりもましだな。わたしにはきみが誰だか見当もつかない」

「アリアンヌ・シェニです。うちは、つまり父の領地は、おたくの隣ですの」

ジュスティスは、彼女が名乗る前からすでに知っていたような錯覚にとらわれた。

〝よくお聞きと言ったろ、ジュスティス！　おまえはその静かな目の女と結婚するんだよ〟

安全な森のなかに逃げ帰りたいという衝動を感じながら、彼は恭しく頭を下げた。「お会いできて光栄です、マドモアゼル。お父上のご高名は耳にしています」

実際、ルイ・シェニの名は国じゅうに轟《とどろ》いていた。シェニはスペインと戦った勇猛な騎士だが、機知に富んだチャーミングな人柄でも有名だった。しかし、ジュスティスがよく聞いたのは、アリアンヌの母、エヴァンジェリンの名前だ。

長い冬の夜、小屋のなかで泥炭の火を見つめながら、老ルーシーはフェール島のレディについて話してくれたものだった。

〝あの女は真の大地の娘だよ、エヴァンジェリン・シェニは。誰よりも魔力が強い〟老ルーシーは、炎を映した目でそう言った。〝おまけにあの女が持っている知識ときたら！　あたしの知識とは比べものにならない。あたしが知ってることは、口伝えに教わった、ほとんどが半分迷信の、さもなければ中途半端な知恵だけど、エヴァンジェリンの知恵は書物から学んだものだ！　聞くところによると、レディ・エヴァンジェリンはおまえなんかには想像もつかないほどの知識を隠しているんだよ。古代の秘密を含む膨大な量の羊皮紙の書物や本をね。いいかい、ジュスティス、そういう知識こそが本物の力なんだ〟

子どものころは、ルーシーが語る知識や力にとくに関心はなかったが、広い世界を知ったあと、彼はルーシーの言葉が真実であることを学んだ。そしてルーシーが言った偉大な書物は、目の前にいるエヴァンジェリン・シェニの娘が受け継いでいるのだ。

彼があまりにじっと見つめるので、アリアンヌは足を踏み替え、目をそらした。

ジュスティスは目をふせた。「マドモワゼル・シェニ、あなたと会えてこんな嬉しいことはない。わたしを哀れに思って、助けてもらえないだろうか」

「あなたは助けが必要なタイプの殿方には見えませんわ」

「いや、人は見かけどおりではないものだ。狩りの途中でほかのみんなとはぐれて……」

「迷子になった？　驚きましたわ。率直にそう認めるなんて」

ジュスティスは芝居がかった身振りで、心臓の上に手を置いた。「まことに面目ないが、それを認めなければ、飢死してハゲタカの餌《えさ》になるまで森のなかをさまようことになる」

「まあ、おおげさな」アリアンヌはかすかな笑みを浮かべた。「でも、靴をはくまで待ってくだされば、喜んで道案内をさせていただきますわ」

「ありがとう」ジュスティスは籔の上にかけてあるコットンのストッキングを取りながら、からかった。「何か手伝えることがあれば……」

アリアンヌは赤くなって口ごもった。「い、いいえ、結構よ、ありがとう。自分でできますから」

彼女は引ったくるようにストッキングをつかみ、靴を手にして離れながら、肩越しに心配そうな顔で振り向いた。

ジュスティスは紳士らしく背を向けながら、アリアンヌ・シェニがからかいにも誘いにものってこなかったことに、奇妙な満足を覚えた。

アリアンヌが急いでストッキングをつけ、靴をはくあいだ、ジュスティスは土手の近くに並んでいる瓶に目をやった。さきほどアリアンヌが岩からこすりとっていた、どろどろした緑色のものが入っている。彼はそのひとつを手に取った。

後ろでアリアンヌが言った。「お断りしておきますが、無断でこの森に入ったわけではなくてよ。川からサンプルを集める代金は、ちゃんとおたくの管理人に払ってありますわ」

「わたしの管理人が川の泥を集めるのに金を取っている、と?」

「それは岩で育つ苔《こけ》。ムッシュ・ル・フランはあらゆるものにお金を取るんです。そのすべてがあなたの金庫に入るとは思えないけれど」

「ムッシュ・ル・フランとは、ぜひとも話をしなくてはならないな」ジュスティスは瓶の中身に目を細め、不快そうに唇をすぼめた。「それに、この泥の……いや、苔のどこが、金を払っても欲しいほどとくべつなんだ？」

「その苔には、水痘《すいとう》にとてもよく効く成分が入っているんです」アリアンヌが最後にスカートをひと振りして近づき、注意深くジュスティスの手から瓶を取りあげた。

「ご存知ないかもしれないけど、この村では水痘が流行《はや》っていて」

「昨夜、通りですれ違ったとき、医者はその問題にすでに対処したと言っていたが」

「ええ、ドクター・カレはそう思っているでしょうね。スポンジを鼻にくくりつけ、鈴をつけた靴をはいて病人の出た家の外を歩きまわり、ドアに板を張りつければ、病気の感染が防げると思っているんですもの」アリアンヌは、昔医者の話をしているときに老ルーシーの顔によく浮かんだのと同じ軽蔑《けいべつ》を浮かべた。

「さいわい、わたしには病人を家に閉じこめ、死ぬのを待つ以外にも、手当ての方法がありますの」アリアンヌは瓶をつかみ、待っているポニーのところに運びはじめた。ジュスティスは最後のふたつを拾いあげてそのあとに従った。

「するときみは、魔——」彼は急いで言葉を切り、言い直した。「治療師か」

「ええ」アリアンヌはポニーの背中につけた鞍袋に手にした瓶を注意深くしまい、ジュスティスが持っていたふたつを受けとった。

「ありがとう。では、お城に帰る道をお教えしますわ」

アリアンヌは手綱をつかみ、ポニーを引いて土手を上がっていった。この森をよく知っているらしく、ずんずん進んでいく。見たところ、猪や狼や蛇に出くわす心配などまるでしていない。動物たちと同じように、この森に属しているようだ。ジュスティスがこれまで会ったなかで、これほど自信に満ちた女性はひとりしかいなかった。祖母のルーシーだ。

彼はしなやかな肢体に目を走らせながら、彼女のあとをついていった。アリアンヌの腰が優雅に揺れ、いいかげんに編まれた髪も背中で揺れる。ジュスティスはそれを解き、シルクのような髪を両手でつかみたい、それを彼女の肩から滝のように流したいという、説明のつかない衝動を感じた。

「……この一か月ずっと」

彼はアリアンヌが自分のことを話しているのに気づき、彼女の言葉に気持ちを集中しようと努めながら、大きく一歩踏みだしてすぐ横に並んだ。

「ほう、一か月も?」

「ええ、どこへ行っても、奇跡的に戻ったマスター・ジュスティン・ドゥヴィーユの話でもちきり」

「奇跡でもなんでもない。ほとんどの場合は船と馬を使ったのさ。それに、ジュスティスだ」

アリアンヌは怪訝《けげん》そうに彼を見た。「なんですって?」

「わたしの名前はジュスティスだ。どうやら母はわたしに高い望みを持っていたらしい」

「その望みのひとつは実現してほしいものね。あなたの領地には少しばかり正義《ジュスティス》が必要ですもの」

「それは叱責《しっせき》かな？」

「こんなことを申しあげるのは失礼かもしれません。でも、亡き伯爵は長いこと病に臥《ふ》せっていらした。そのため、領地の管理をほとんどムッシュ・ル・フランに任せきり。それにあなたのお祖父様は、気むずかしい方で――」

祖父は悪魔のような男だった。ジュスティスはそう思ったが、口には出さなかった。

「悪口を言うのは嫌いだけど、ムッシュ・ル・フランは良心のかけらもない欲深な方ですわ。小作人から金を搾《しぼ》りあげるだけでなく、ほんのちょっとした落ち度を口実に彼らを放りだしたり、泥棒呼ばわりして、最後に残った牛を取りあげたり、したい放題。それにたえず種をまき、収穫して、土地を酷使しすぎるわ」アリアンヌは突然かがみこんで、地面の土をすくった。

そしてジュスティスの手をつかみ、その土を彼のてのひらにこぼした。彼は乗馬手袋越しに、その冷たさと重みを感じた。土のにおいが鼻孔《びこう》へとたち上ってくる。

「あなたはこんなに肥えた土に恵まれているのよ。でも、土にも回復するチャンスを与えなくてはね。使うばかりでなく、休ませなくては痩《や》せてしまう。おたくの管理人は、自分の欲で土を痛めつけています。それを止めるべきですわ。ムッシュ・ル・フランは――」アリアンヌは言葉を切り、自分のしたことに気づいたように赤くなって、急いでジュスティスの手袋から土を払った。

「ごめんなさい。ときどき夢中になってしまうの。お節介な女だと思われたでしょうね」

何かに夢中になったときのアリアンヌ・シェニは、はっとするほど美しい。ジュスティスはそう思っただけだった。

「いや、マドモワゼル。どんな助言も歓迎だ。その件は検討すると約束しよう」彼はとってきの笑みを閃かせた。「ここに戻ってから、まわりに寄ってくるのは、ぺこぺこ頭をさげながら、〝はい、伯爵〟〝いいえ、伯爵〟としか言わない者ばかりだ。よかったら、一緒に食事でもしながら、もっといろいろ聞かせてもらえるとありがたい」

いったいおれは何を言っているんだ？　この女には近づかないのがいちばんだというのに。

だが、アリアンヌが断るのを聞くと、内心の思いとは裏腹に、驚くほど深い失望を感じた。

「あら！　お招きはありがたいのですが」アリアンヌは彼の申し出にうろたえたように見えた。「残念ながら、ご一緒できません」

「なぜ？」彼は食いさがった。「隣人同士が知り合うのは、適切なことに思えるが」

「本当の意味で隣人というわけではありませんわ、伯爵。母が死に、父が航海に出たあと、わたしもふたりの妹も、フェール島に住んでいるんですもの。こちらにはごくたまに、領地に問題がないかどうか確かめに来るだけなんです。うちには素晴らしい管理人がいますから」

「わたしの愚かな管理人とは違って？」

アリアンヌはぎょっとしたように否定した。「いえ、そんなつもりで言ったのでは――」

「冗談だよ、マドモワゼル。わたしの領地で行われているひどい不正のことはたしかに聞いたが、あなたもひどい」

「わたしが?」

「そうとも。島に隠れているなどもってのほかだ。とくに、この世にはわたしのようにぜひとも一緒に過ごしたいと願う、寂しい男がたくさんいるというのに」

　ほとんどの女性は、こう言われれば気をよくする。だが、アリアンヌは顔をしかめ、ポニーを従えて再び歩きだした。「あら、寂しいとは思えませんわ。お城にはあふれるほどたくさんの美しいレディがいると、もっぱらの噂ですもの」

「ああ、村のゴシップ好きが言いふらしているんだな。村人の好奇心がどれほど旺盛か、忘れていたよ」

「とくにあなたに関することはね」

「村人はなんと言っているんだ?」

「新しい伯爵は奥様を選ぶために、ブルターニュで最も美しく、最も裕福な女性を城に集めたと。彼らはそれを〝パリスの選択〟と呼んでいるわ」

「ギリシャ神話の?」ジュスティスはゆっくりと言った。「わたしの領地の民は、驚くほど高い教育を受けているにちがいない」

「まあ、そう呼んでいるのはわたしなのですが」アリアンヌはきまりが悪そうに打ち明けた。

「最も美しい女神を選び、金のりんごを与えるために、トロイの王子パリスが呼ばれたという話を思い出しましたの。ただ、あなたが選んだ女性が結婚するのは――」

「わたし自身だ」

「ええ」アリアンヌはほほえみ、眉間にかすかなしわを寄せた。

「だが、わたしはたいした賞品ではない？」

「いえ、伯爵との結婚は、ほとんどの女性にとっては大きな名誉ですわ。ただ――」

「ただ？」

彼女は黙っている。ジュスティスは重ねて促した。「これまで思っていることを率直に口にしていたのに、なぜためらうのかな？」

アリアンヌはポニーの手綱をもてあそんだ。「ほとんどの貴族がそうしていることはわかっていますが、わたしにはそれが奥方を選ぶよい方法だとは思えなくて」

「で、どんな方法ならよいと？」

アリアンヌは真剣な顔で彼を見た。「結婚は軽く考えるべきものではありません。あなたが選ぶ女性は、死ぬまでそばにいて、あなたの子どもの母親になるのですもの。相手をよく知る時間をとらなくては。そして心のなか深くを見るべきですわ」

そう、少なくとも相手の目を、ジュスティスはアリアンヌを見つめながらそう思った。老ルーシーから教わったほかの技はほとんど忘れてしまったとしても、相手の目を見て心を読みとるのはまだ得意だった。これまでの年月、それが何よりも役に立ってくれたのだ。敵に対処するときも、女性から欲しいものを手に入れるときも。

灰色の目は驚くほど率直で、誠実だった。彼女の知性、強さ、何世代もの女たちから受け継いだ知恵のすべてを、彼はそこに読みとることができた。アリアンヌは人を育む者、奉仕する者、そして何よりも癒す者だ。

彼女の心をのぞきこんだわずか数秒のあいだに、彼はアリアンヌの静かな心が、自分のはるかに落ち着かぬ心をなだめるようにかすめるのを感じた。祖母の予言は正しかった。

静かな目を持つ女性はいるのだ。

ふたりの視線が交わったことに奇妙に心を乱されながら、ジュスティスは目をふせた。だが、それ以上何か言う前に、遠くで叫ぶ声が聞こえた。

「伯爵？　ジュスティス？　どこにいるんだ？　くそ、返事をしないか、坊主！」

トゥサンの声だ。いつもはしゃがれた声が、心配のあまり鋭く尖っている。ジュスティスはその声のほうへと走り、空き地に飛びだして、両手を口にあて叫び返した。

「おい、トゥサン、こっちだ！」

下藪を駆ける蹄《ひづめ》の音がして、すぐにトゥサンが木立のあいだから飛びだしてきた。彼はジュスティスを見ると、暗褐色の去勢馬の手綱を引き、ほっとしたようにしわ深い顔を和ませた。

「そこにいたか。ずっと呼んでいたんだぞ。あの悪魔のような馬が脚を引きずるようにして野原を横切ってくるのを見たときから、みんなで森じゅうを捜しまわっていたんだ。大丈夫か？」

「もちろん」ジュスティスはトゥサンに近づきながら顔をくもらせた。「馬がどうしたって？」

「なんでもなかった。蹄鉄《ていてつ》がひとつはずれていただけだ」トゥサンは滑るように馬をおり、鋭い青い目でさっとジュスティスを見まわしながら、実際にそこにいるのを確かめるかのように両手で腕をつかんだ。

「まったく、骨でも折ってどこかに倒れているんじゃないかと、気が気じゃなかったぞ」

「骨は折れていないよ。プライドは傷ついたが。それに、さっき川で――」ジュスティスはちらっと後ろを見て、彼女が空き地に出てこなかったことに気づいた。

彼はすばやく戻り、彼女を残した場所を探して枝を押しやり、鬱蒼と茂る木立のなかをのぞきこんだ。

だが、まるで木々のなかに溶けてしまったか、森が開いてのみこんでしまったように、そこには彼女の影も形もなかった。おそらく彼がもう道に迷うことはないのを見届けて、静かに立ち去ったのだろう。

トゥサンが馬を引いて後ろからやってきた。「いったい何をしているんだ?」

「彼女を探しているのさ。実は、森のなかでレディに――」

「レディだと? 森の真ん中でか?」トゥサンが信じられないというように尋ねた。

「川にいたんだ」

トゥサンはジュスティスの肘をつかんだ。「とにかく帰ろう。少し横になったほうがいい。頭に冷たい布をのせてな」

「くそ! 頭を打ったわけじゃない。本当についさっきまでここにいたんだ、トゥサン。驚くほど素晴らしい女性だ。アリアンヌ・シェニだよ。城へ戻る道を教えてくれた」

ジュスティスを空き地に連れ戻そうとしていたトゥサンは、シェニという名前を聞いてはっとしたように振り向いた。

「シェニだと？　まさかもうひとりのシェニとは関係がないんだろうな？　老ルーシーがいつも話していた……」

「ああ、アリアンヌはエヴァンジェリン・シェニの娘だ」

「すると、彼女もやはり、その……」

「魔女か？　そうだろうな。それに驚くべき〝宝〟を受け継いでいるはずだ」

「わしが聞いたところじゃ、いまのシェニ一家はかなり貧しいそうだぞ」

「おれが言ったのは、卑しい宝石や金貨のことじゃない。古代の知恵を記した伝説の書物だ」

トゥサンは落ち着かなげに目をそらした。「わしに言わせりゃ、本なんてものは頭を混乱させるだけだ。そういう類《たぐい》の本はとくに。それに、もしもそのレディがあんたと一緒にいたければ、ここで待っていたはずだぞ」

ジュスティスが言い返す前に、一緒に狩りをしていた一行が集まってきた。トゥサンは腕をつかんだ手に力をこめ、ジュスティスを空き地へと引っぱっていく。ジュスティスはアリアンヌを捜すのをあきらめるしかなかった。

もっとも、アリアンヌが見つけられたくなければ、どんなに捜しても徒労に終わっただろう。その点では、トゥサンの言うとおりだ。彼女はジュスティスと親しくなる意思がないことをはっきりさせたのだった。それならそれで、おれはかまわない。ジュスティスは無理やり自分にそう言い聞かせたが、アリアンヌをそれっきり忘れてしまうことはできなかった。

　地主のひとりが、ジュスティスに自分の馬を差しだした。彼はそれにまたがり、後ろ髪を引かれる思いで振り返った。そして城に帰るあいだも奇妙な喪失感に悩まされ、またしてもルシファーにやられたな、とトゥサンにからかわれても応じなかった。

　胸に穴があいたような気持ちは、城に戻り、必死に彼の気を引こうとするきらびやかな女性たちや、ごまをすり、へつらうその父親たちに囲まれても消えなかった。

　森のなかでいきなり彼に出くわしたら、この女たちはどんな反応を示すだろう？　彼はそう思って皮肉な笑みを浮かべた。おそらくひとり残らず、悲鳴をあげるか気を失うにちがいない。少しも恐れずに落ち着いた灰色の瞳で彼を見返すことはありえない。

　城の大広間には、女性たちの声が満ちていた。女の声がこれほどきんきん響くことに、なぜこれまで気づかなかったのか？　ジュスティスは苛立った。もちろん、ひとりだけはちがう。彼は最初のチャンスをとらえて席を立つと、城で最も高い塔に登り、何かに急《せ》かされるように領地に目をやった。

　太陽が燃え、ここからは黒いシルエットにしか見えない彼方の森に沈みかけている。木々がひとつに溶け、神秘的な土地へ入る暗い門のように閉じていく。その土地は彼の心をそそると同時に、不吉な胸騒ぎをもたらした。ざらつく石の胸壁にもたれると、老ルーシーの予言の残りが耳のなかで響いた。

〝静かな目をした女性に出会うだろう。そして彼女がおまえを無事にもとの道に連れ戻してくれる。おまえのさだめへと〟

おれのさだめ？　いかにもルーシーらしい、おおげさな言葉だ。ジュスティスの未来を予言するとき、ルーシーはいつも苛立たしいほど神秘的で重々しい言葉を使った。また、ルーシーが見た未来は、どれほどジュスティスが阻止しようとしても、気味が悪いほど実現した。いつかおまえはルナール伯爵になる、と言われたときにも、彼は必死にそうならないように闘ったものだった。

ときどきジュスティスは、自分がふたつの相対する力に引き裂かれる森の木のように思えることがあった。ルーシーと、ドヴィーユの祖父と。そのふたつの力が彼の人生をねじり、押し曲げたせいで、自分の望む単純でまっすぐな道を歩むことができず、ついにはこれが自分だとわからぬほどに変わり果ててしまったような気がするのだ。

そしていま、ルーシーの予言は墓のなかからまたしても彼をとらえようとしていた。アリアンヌ・シェニが……おれのさだめだと？　とんでもない話だ。だが、予言の裏をかこうとするのが、どれほど愚かなことかも彼にはよくわかっていた。

それに、闘う理由がどこにある？　彼はとうの昔にマルティーヌ・デュプレを失ったのだ。この人生で、唯一愛した女性を。伯爵位を継いだ以上、跡継ぎをもうけねばならない。だとすれば、妻にする女性がアリアンヌ・シェニであってどこが悪い？　彼は皮肉たっぷりに肩をすくめた。おれは彼女を好ましく思っている。彼女の声はありがたいことに少しもかん高くない。しかも彼女は下の大広間でさえずっている女たちよりもはるかに賢い。たしかにシェニ家の女性には変わった点がある。だが、それは彼自身にも言えることだ。財産はとくにないとしても、アリアンヌには魅力的な〝持参金〟がある。胸壁を吹きすぎる風のうなりのなかに、またしてもルーシーのささやきが聞こえるような気がした。〝おまえには想像もつかないほどの知識だよ。いいかい、ジュスティス、そういう魔法こそが真の力なんだ〟

結局のところ、重要なのはそれだけかもしれない。自分の人生を自分のものにしておける力。もう二度とほかの誰かが吹く笛に合わせて踊らずにすむ力が。

ジュスティスは胸壁から体を起こし、階段をおりていった。そして夕食のテーブルに着くころには、管理人を解雇し、城の招待客をひとり残らず追い払うことに決めていた。作り笑いを浮かべたけたたましい女たちも、その父親や兄たちも。〝パリスの選択〟は終わった。彼は妻にする女を選んだのだ。

「伯爵?」

その声が酒場の喧騒を貫き、物思いに沈んでいたジュスティスを現実に引き戻した。誰かが彼のテーブルに近づいてきて、目の前に立ち、彼の視界を塞ぐ。顔を上げると、トゥサンがのしかかるように立っていた。白い髪は風に乱れ、ベストも外套《がいとう》も土埃で汚れている。日に焼けたしわ深い顔には不機嫌な表情が浮かんでいた。

ジュスティスは再びワインをついだ。「トゥサン、こんなところで何をしているんだ？」

この質問に、老人の眉間のしわはいっそう深くなった。「いつもと同じように、あんたを捜していたのさ。もっとも、どこへ消えたか、当てをつけるのはそれほどむずかしくなかったが。この呪われた島を包んでいた霧が消えたと気づいたあとはな。藁の花嫁騒動に懲りて、シェニの女を放っておくだけの分別があるものと思っていたが、どうやら間違っていたようだ」

「ああ、そうだな」ブーツのつまさきを使って、ジュスティスはトゥサンへと椅子を蹴った。「おれは見つかったんだ。座って一杯やれよ」

トゥサンはもじゃもじゃの白い眉が一本の線になるほど険しい顔でジュスティスをにらみつけた。「それは命令か、閣下？」

「ああ、そう思うがいい。あんたには頼み事をするだけ無駄らしいからな。〝閣下〟はやめろと、もう何度も頼んでいるぞ、トゥサン」

「それが適切な呼び方だからだよ、伯爵」

「しかし、あんたが〝閣下〟と呼ぶのは、おれを苛立たせたいときだけだ」

トゥサンはつかのまにらみ続けてから腰をおろした。ジュスティスはカップをもうひとつ持ってこさせ、自分でワインをついでそれを老人のほうへ押しやった。

頭のてっぺんは白髪が薄くなりかけているとはいえ、トゥサンはまだ広い肩に樽《たる》のような分厚い胸の男だった。すでに彼は大半の男たちよりも長く生きていた。なかには七十歳を超えていると噂をする者さえいるくらいだが、本人すらたしかな歳はわからないようだ。

ほとんどの場合、ジュスティスはこの遠い従兄《いとこ》が自分の祖父といってもおかしくないほど老いていることを忘れている。だが、壁の突き出し燭台《しょくだい》のちらつく炎に照らされた顔には、目の下にたまった疲労が深いたるみを作っていた。

「心配をかけたのなら、謝る」彼は言った。「だが、おれのあとを追いかけてくる必要はないぞ。自分の面倒ぐらい自分でみられる」

トゥサンは、その結論には大いに疑問があると言いたそうに鼻を鳴らした。「くそっ。供もつれずにふらりと出かけることはできんぞ。あんたはもうルナール伯爵なんだ。多くの責任と、守らねばならん立場というものがある。便所に行くだけでも先触れが必要なんだぞ」

「祖父じゃあるまいし」ジュスティスはうなるように言い返した。

「いや、亡くなった爺さんみたいな真似をしているのは、あんたのほうだ」

トゥサンはジュスティスが亡き伯爵と比べられることを何より嫌っているのをよく知っていた。「それはどういう意味だ?」

「こんなことを言うのはおれもいやだが、最近のあんたはあの爺さんにどんどん似てくるぞ。相手のことなどおかまいなしに我《が》を通すところがな。マドモワゼル・シェニを無理やり花嫁にしようとしているのもそのひとつだ」

ジュスティスはカップに向かって顔をしかめた。「驚くかもしれんが、彼女とは合意に達したよ」

トゥサンはあんぐり口を開けた。「あんたと結婚することに同意したのか?」

「そのうちに……するさ」ジュスティスはワインを飲み、打ち明けた。「古いチェストから取りだした母の指輪をアリアンヌに渡したんだ」

これを聞いたトゥサンは、思ったとおりしぶい顔をした。そしてジュスティスの指で光っている指輪に気づくと、さっと青ざめ、十字を切った。

「その呪われた指輪は、ふたつともとうに海に捨てたとばかり思っていたのに」

「どうしてだい？　両親とルーシーの唯一の形見なのに」

「そいつはあんたの家族に揉《も》め事しかもたらさなかったからさ！」近くの客が振り向いたのに気づいて、トゥサンは声を落とし、テーブル越しに身を乗りだした。

「彼女はその指輪のかたわれを、よく受けとったな。シェニの女性は自分の力を癒しにしか使わず、邪悪な魔法には手を触れないだけの分別があると聞いていたが」

「この指輪は邪悪なものじゃない。それは前にも言ったはずだぞ。アリアンヌとおれは合意に達したんだ。契約を結んだのさ」

「どんな契約だ？」

「彼女がこの指輪を三度使うまでは、しつこくまとわりつかないと約束した。だが、三度使ったら彼女はおれのものだ、と」

「彼女がこれを使うとはかぎらんぞ」

ジュスティスはにやっと笑った。「アリアンヌのことは、よくわかっているつもりだ。自分のためには魔法を使わないとしても、誰かに災難が降りかかり、自分の力でそれを処理できなければ、指輪を使いたくなる」

トゥサンは苛立たしいほど長いことジュスティスを見つめてから、深いため息をついた。

「すんだことをいまさら言っても仕方がない。だが、警告しておくぞ。またしても魔女狩りの連中が動きだしたという噂を聞いた。やつらはこのすぐ南の村で罪もない人々を捕らえている。魔法の指輪で遊ぶには、ちと時期が悪くないか」

〝魔女狩り〟という言葉に、ジュスティスは顔をこわばらせた。だが、恐れているからではない。まるで鋼鉄の刃で胸を貫かれたかのように、激しい怒りで全身が冷たくなったのだ。

「やつらがブルターニュに来たら――」

「来るものか」ジュスティスは鋭く言い返した。「おれの土地で裁判などやらせない」

「だが、どうやって防ぐ？　彼らが王の許しを得ていれば――」

「おれの領地ではやらせない。この島でもだ！」ジュスティスはてのひらをテーブルに叩きつけた。「何年も前にそう誓ったんだ。あの悪魔どものひとりとして、おれにも、おれのもとにいる者にも近づかせない、と。おれの城にも、花嫁にもな。わかったか、トゥサン？」

「ああ、聞こえてるよ」老人はちらりと周囲に目をやった。「だが、ほかの連中には聞こえなかったことを祈りたいね。それに、シェニの女主人をあんたの花嫁と呼ぶには早すぎるんじゃないか？　指輪の魔法はさておき、すでに彼女の心をつかんでいる者がいるかもしれんぞ」

ジュスティスは笑った。「ばかばかしい。彼女はこの自分の島に閉じこもって、修道尼のような生活を送っているんだ」

「こんなに遅い時間にこっそり誰かに会いに行くとは、奇妙な尼さんもいたものだ」

「なんだと？」

トゥサンは肩をすくめた。「ここに来る途中で、あんたの〝花嫁〟が、男と一緒に馬に乗っていくのを見かけたのさ」

「ばかな。最後の銅貨を賭《か》けてもいいが、彼女はいまごろ自分のベッドですやすや眠っているよ。歳のせいで目が悪くなったようだな、トゥサン」

「わしの目は少しも悪くないわ」トゥサンはむっとして言い返した。「その賭けはわしの勝ちだ。たとえフードをかぶっていても、ほかの女と見間違うことはない」

「だが、こんな時間に男と馬に乗って、いったい何をしているんだ？」

トゥサンはわかりきったことを訊くなと言うように、眉をあげた。「何をしていると思う？」

トゥサンはときどきとんでもなく腹立たしいことを言う。アリアンヌが恋人とひそかに会っているなど、考えられないことだ。彼女がそんなことをする女性でないことは、よくわかっている。それとも……おれがそう思っているだけか？　かすかな疑いが芽生え、ジュスティスは顔をしかめた。

もしかすると、最近は少し傲慢になりすぎているのかもしれない。アリアンヌにほかの求婚者がいるとは思いもしなかった。

トゥサンの言うことを真に受けたわけではないが、アリアンヌがなんのために夜更けに男と馬に乗っていたのか、確かめたほうがいいだろう。彼は出し抜けに立ちあがった。「行くぞ」

ワインのお代わりをついでいたトゥサンが、驚いて顔を見あげた。「行くってどこへ?」

「アリアンヌを見た場所に案内しろ」

「放っておくと約束したんじゃないのか?」

「ぐずぐずするな、トゥサン。町じゅうのドアを蹴り開けてもいいのか?」

トゥサンは深いため息をつきながら立ちあがった。「ああ、閣下。御意のままに」

だが、ジュスティスはすでに宿屋を出ていた。トゥサンはいつものようにあわててそのあとを追った。確固たる決意を浮かべた険しい顔には、かつて知っていた寛大であけっぴろげな少年の面影はまったくない。

ジュスティスに従って夜のなかを歩きながら、トゥサンは昔を思い出し、苦い悔いに心をふさがれた。そしてこれまで何度となく嘆いたことを、またしても嘆かずにはいられなかった。

ああ、ルーシー、どうしてありったけの魔法と、呪わしい予言と、あんたの野心をこの子に押しつけたりしたんだ? 山のなかで暮らしていたほうが、この子ははるかに安全だったぞ。

そうとも、ジュスティスはそのほうが幸せだったろうに。それにルーシーも……。

彼の愛するルーシーも、まだ生きていたかもしれない。

5

さほど高くない丘の上に建つ聖アンヌ修道院は、ポート・コルセアの町を歩哨《ほしょう》のように静かに見守っていた。質素な教会の尖塔《せんとう》は空へと伸び、修道院を囲む分厚い石壁のすぐ外には、こぢんまりした司祭の住まいがある。

シャルボンヌは門のところで呼び鈴を鳴らした。鉄柵の向こうに、静かなたたずまいの修道院の輪郭が見える。今夜のような風もない穏やかな夜は、この世界に邪悪や暴力が存在するとは信じがたかった。

だが、そう思ったのも、シャルボンヌが深手を負った男が見つかった場所を指し示すまでだった。そこはどす黒い血の跡がまだ草の上に残っている。ランタンを手に、暗がりから幽霊のような姿が現われるのを見て、アリアンヌはぶるっと震えた。流れるような白いローブ姿で草をかすりながら近づき、門を開けてくれたのは、院長のマリー・クレアその人だった。その昔、ある大司教をして〝尼になるには強情すぎるし、意志が強すぎる〟と言わしめた顔を、修道女の頭巾が縁取っている。マリー・クレアがその司教に、〝おとなしく手を組んで祈るだけが、常に神に最もよく仕える道とはかぎらない〟と言い返したのは有名な話だ。公爵の娘だったマリー・クレア・アビニオンは、王室に嫁がせたいと願っていた両親の野心に反抗し、父の命令にも、亡き国王フランシスの命令にもそむいて、尼になる道を選んだのだった。

母のエヴァンジェリンとは長年の友人だったマリー・クレアは、アリアンヌをなかに招き、片方の腕で抱きしめた。「アリアンヌ！　よく来てくれたわ」

アリアンヌは矢継ぎ早に質問を浴びせようと身を引いたが、マリー・クレアは唇に指をあてて彼女を黙らせた。そしてシャルボンヌに感謝し、彼女が手綱を引いて馬屋のほうへ立ち去るのを待った。「シャルボンヌのことは命を預けられるほど信頼しているのよ。でも、どういうことなのかわかるまでは、この件に彼女を巻きこみたくないの」

「この件というと？」アリアンヌはささやき返した。「わたしを捜しに来たというのは、誰なの？」

「さあ。なにしろ、あなたにしか話さないの一点張りで、名乗ろうとさえしないんですもの」

「父からの伝言をたずさえてきたのかしら？」アリアンヌは抑えがたい希望に声が震えた。

マリー・クレアは首を振った。「いいえ。あの男があなたを訪ねてきた目的が何にせよ、よいことだとは思えないわね」

「彼の思いを読んだの？」

「わたしはその業を習得するだけの辛抱ができなくてね。長年の経験で培った勘と観察力を働かせただけ。それに……まあ、とにかくついてらっしゃい」

マリー・クレアは足元を照らし、静かな中庭を横切っていった。ほかのシスターたちは、夕食をとるために食堂に集まっているとみえて、ほかの建物はみな暗いが、長い建物の窓には明かりが灯っていた。

施薬所はシスターたちの病を治療する場所だ。修道院を訪れる人々に関しては厳しい規則があるが、それはもう長いこと無視され、シスターたちはしばしば年配の人々や貧しい人々を助けていた。フェール島のほかの多くの女性と同じで、聖アンヌのシスターたちはここだけの規則に従って生きているのだ。

施薬所のベッドはほとんどがからだったが、奥のひとつが背の高い木製の間仕切りで隠されていた。その手前で低い腰掛けの上でシスターのひとりがリネンを裂いては、くるくる巻き、包帯を作っている。

だが、院長が小声で二、三言話すと、年配のシスターは立ち去った。マリー・クレアは片手で衝立《ついたて》の向こうにあるベッドを示した。

細い寝台に横たわっている男は無害に見えた。まあ、昏睡状態で上衣を脱がされ、胸のまわりにきつく包帯を巻かれていれば、誰でもそう見えるのかもしれない。院長はアリアンヌに男の顔が見えるように燭台を近づけた。

濃いまつげを休ませた頬は、健康なときなら浅黒く日焼けしているにちがいないが、いまは幽霊のように青ざめている。ダークブロンドの髪は短く、顎ひげと口ひげも短い。年齢はおそらく二十代の半ばだろう。

「知っている人？」マリー・クレアが低い声で尋ねた。

アリアンヌは首を振り、顔から筋肉質の体へ、長い腕へと目を移した。右肩から鎖骨の下にかけて古い傷跡が見える。兵士だろうか？　彼は身じろぎもせず、ほとんどそれとわからぬほど静かに呼吸している。

「この人は……あの……」アリアンヌは言いよどんだ。

「回復するか？　なんとも言えないわね」マリー・クレアは正直に答えた。「エヴァンジェリンのように癒しの技に恵まれているわけではないけれど、できるだけのことはしたわ。脇腹に石弓の矢が刺さっていてね、半分折れていた。失血で体力が弱るのを恐れて、引き抜くかわりに折ったのね。どうにか残りを抜いたから、感染症と失血がもたらす危険を考えても……」マリー・クレアは考えこむような目で男を見た。「助かる可能性はかなりあると思うの。頑健そうな若者だし、気力もありそうだもの」

「でも、いったい誰かしら？　どういう男か手がかりもないんですか？」

「残念ながらひとつもないの」マリー・クレアはアリアンヌに合図してベッドのそばを離れると、傷だらけの革の鞍袋を彼女に見せた。

「正体不明のこのお客は、どうやら本土のどこかで馬を失ったようね。わたしの知るかぎりでは、釣り船のひとつで海峡を横切ってきたらしいわ。剣のほかには、これしか持たずに」

マリー・クレアはその袋を木製のスツールにのせ、留め金をはずした。そして白い布を引っぱりだした。背中に赤い十字架を刺繡した白いチュニックだ。

「これがなんだかわかる？」マリー・クレアは尋ねた。

「いいえ」

「新教徒の兵士が着る軍服よ」

もう何年も、この国ではあちこちで宗教にからんだ騒乱や紛争、ひどい内乱が起こり、新教徒とカトリック教徒が神の名の下にひたすらおたがいを殺しあっている。だが、これまでのところ、フェール島はそうしたいまわしい対立に巻きこまれずにすんでいた。

「この近くで戦いがあったのかしら？」アリアンヌは尋ねた。

「いいえ。パリから来たそうよ。それに、マルゴ王女と新教徒のナヴァラの皇太子の結婚式がまもなく行われることもあって、いまは休戦協定が結ばれているの。とはいえ、あの矢は何かの事故で彼の脇腹に刺さったわけではない。この男が何かから、さもなければ誰かから逃げてきたことは間違いないわ。それ以上のことは、意識を取り戻してから訊くしかないわね」

マリー・クレアはチュニックをたたみ、鞍袋のなかに戻した。アリアンヌは心配に曇った目で院長を見た。

「マリー、ここにかくまうのは危険じゃないかしら？　これが大司教の耳に入れば……」

「彼のことですもの、すぐさま異端者を引き渡せと要求し、拷問で彼を救おうとするでしょうね」マリー・クレアは皮肉な笑みを浮かべた。「残念ながら、拷問がこの若者の魂に救いをもたらすとは思えないの。わたしの魂にもね」

院長はアリアンヌの頬を優しく叩いた。「わたしのことは心配いらないわ。運がよければ、けが治ってここを立ち去るまで誰にも知られずにすむでしょう。おや、そろそろ終禱《しゅうとう》の時間だわ。あなたはここでしばらく、お友達を見ていてくれるわね」

アリアンヌはうなずいた。この若者を自分の友人だとみなす根拠は何ひとつない。かといって、新教徒だから敵だとも思わなかった。アリアンヌ自身も、異端者、あるいは魔女だと恐ろしい宣告をされかねない信念や特技を持っているのだ。だが、戦う者を、とくに神の名のもとに人を殺す者を友と呼ぶのは抵抗がある。

院長が出ていくと、がらんとした広い部屋の静けさに耐えられず、アリアンヌは意識のない男を見つめながら、ベッドのそばを歩きまわった。まるで、じっと見つめていれば、この男が自分に何を求めているかを探りだせるかのように。

終禱の時間が来たことを知らせる鐘が鳴りはじめた。今夜はそれが、シスターたちを誘《いざな》う合図ではなく、迫りくる危険の警鐘のように不吉に響く。待つほかにすることもなく、アリアンヌは男の鞍袋からチュニックを取りだし、もう一度じっくり見た。おそらくもう院長が調べているだろうが、ついでに残りも取りだした。

かびがはえたチーズのかたまり、硬くなったパンの残り、ほんの少しワインが残っているフラスク。火打石の道具が入った箱、短剣。これはそっと横に取りのけた。袋の底には、コインを入れる革の巾着《きんちゃく》が丸めてあった。とても軽いところをみると、コインはほとんど入っていないようだ。

だが、ほかのものが入っている。何か柔らかいものが。ハンカチだろうか？　ひょっとすると、この男の頭文字が刺繍されているかもしれない。

紐を解き、袋の口を開くと、中身は女物の白い手袋だった。アリアンヌはそれを取りだした。上等のシルクで作られた、美しい手袋だ。ほんのりと芳香がしみこんでいる。

「それに触るな」

突然、しゃがれた声がして、アリアンヌは驚いて手袋を落としそうになった。くるりと振り向くと、兵士が彼女をにらみつけている。

「それを……下に置くんだ」彼は苦しそうに言った。

戸惑いながらも、アリアンヌはこの言葉に従った。すると兵士がまたしても命じた。

「手を……洗ってこい」

「なんですって？」

「手を洗え！」

この命令はアリアンヌを混乱させ、驚かせたが、兵士が苛立ちをつのらせるのを見て、彼女はおとなしく従った。それから濡らした布と水を一杯持って近づいた。

兵士は目を閉じていた。熱に浮かされて、あらぬことをわめきちらしたにちがいない。そう思ったが、冷たい布を額にあてると、意外にも彼の肌はひんやりしている。

兵士は再び目を開け、額の布を片手で払い落とした。だが、アリアンヌが唇に押しあてた水は喜んで飲んだ。アリアンヌは自分を見上げている褐色の瞳のなかをのぞこうとしたが、これは簡単にはいかなかった。

瞳のなかに渦巻く苦痛のせいで、その奥を読むことができないのだ。彼女にわかったのは、そこにある苦痛と悲しみのすべてが、新しいものではないことだけだった。

「もう充分だ……ありがとう」兵士はグラスを押しやり、戸惑いを浮かべてまわりを見た。

「ここは?」

「フェール島にある聖アンヌ修道院の施薬所よ」

「ああ」彼はため息をついて、わずかに体の力を抜いた。「そうだ、思い出した」そして驚いたことに、毛布を脇に蹴り、起きあがろうとした。「こうしてはいられない」

アリアンヌは急いで止めた。「だめよ、じっとしていないと」だが、両手をむきだしの肩に置くと、はりつめた筋肉に力がこもるのを感じた。彼女の力では止めることなどできそうもない。この男は驚くほど強い意志を持っている。

「どうか、ここは安全よ」アリアンヌはなだめた。「ここには、あなたに危害を加えようとする人間はひとりもいないわ」

「それは……わかっている」彼は起きあがろうとしながら苦しげに言った。「だが、アリアンヌ・シェニを捜さなくては」

「わたしがそうよ」アリアンヌは厳かに告げた。

男は長いこと彼女を見つめ、ぐったりとベッドに横たわると、疑いと希望の入り混じる目でアリアンヌを見た。

「こんなに若いとは」彼はようやくつぶやいた。「もっと年配の女性だと思っていた」

「わたしはあなたが来るとは思ってもいなかったわ」アリアンヌはそう言い返しながら毛布を拾い、彼にかけた。「あなたは誰なの？」

「レミー……ニコラ・レミー大尉だ」

アリアンヌははっとして男を見つめた。レミーは痛みにたじろぎながらも、アリアンヌが示した反応を見てとった。

「この名前を聞いたことがあるようだが」

アリアンヌは厳しい顔でうなずいた。「あなたの噂は、この島にまで聞こえているわ。ナヴァラ軍のレミー大尉。カトリック教徒を無慈悲に殺すために、〝天罰をもたらす者《スカージ》〟と呼ばれているそうね」

レミーは顔をしかめた。「いやなあだ名だ。人が勝手につけたものなんだ。わたしはただ故郷を守り、自分が信じるものを礼拝する権利を守りたいだけなのに」

「どちらも当然の権利ね。でも、なぜフェール島に来たの？　わたしのことをどうやって知ったの？」

「パリの薬屋で教えてもらった。あなたと同じ類の女性から」

アリアンヌはどきっとして尋ねた。「それはどういう意味かしら？」

「つまり、その……」レミーはためらい、思いきってこう言った。「魔女だと」

アリアンヌは赤くなりながらも、肩に力を入れて言い返した。「わたしはそう呼ばれるのが大嫌い。あなたがわたしを捜しに来たのがそのためなら、残念ながら、期待には添えないわ」

「しかし、マドモワゼル――」

「わたしはただの治療師よ。黒魔術や呪文であなたの戦いを助けてほしいと頼みに来たのなら、とんでもない間違いだわ」

「ちがう！　あなたの助けがほしいのは、戦いに勝つためではない。正義を行うためだ」彼はまたしても起きあがろうとして、結局くぐもったうめきを漏らし、ぐったりとベッドに倒れこんだ。「どうか、せめて話を聞いてもらえないだろうか？」

アリアンヌは顔をしかめた。立派な目的のために魔女を捜しに来た男など、いたためしはない。だが、レミーの目にはむげに断れない何かがあった。率直で、真剣な……よいものが。

「いいでしょう。お話をうかがうわ。ただし、静かに横になってもらうわ」

大尉は弱々しくうなずいた。

アリアンヌはスツールに座り、両手を膝の上で組んだ。

しばらくして彼は言った。「さきほども言ったが、わたしはナヴァラ軍の大尉だ。つい最近、近衛兵の一隊を率いて、パリまで女王のお伴をした。われらの女王、ジャンヌ・ダルブレのことをご存知だろうか？」

「ええ。死んだ母が尊敬し、彼女の強さと知性を称えていたわ。思慮深い善良な女性で、よい治世者だ、と」

「だった、と言わねばならない。女王は亡くなった」レミーはうつろな声で言った。

「まあ、お気の毒に。それは知らなかったわ」

「パリで、つい先週のことだ」

ナヴァラのジャンヌは結婚して女王の座に着いたのではなく、女王として生まれた女性だった。英国のエリザベス女王と同じように父親から王国を受け継ぎ、これもエリザベスと同じように、驚くほどの指導力と賢明さで国を治めてきた。

「心からお悔やみを申しあげるわ」アリアンヌは言った。「ナヴァラの女王は驚くほど元気な方だと、母はいつも感心していたわ。突然の病に倒れられたの？」

「突然、倒れた？」レミーは喉を詰まらせ、兵士らしからぬ涙を隠すように片腕で目を覆った。「そのとおり。だが、病にではない。女王は……殺された。毒殺されたのだ」

アリアンヌは恐怖にかられてレミーを見つめた。「お医者様がそう診断なさったの？」

「あの宮廷の取り巻きたちが？　もちろん彼らは自然死だと診断したとも。だが、わたしにはわかっている。今日、元気だった女性が翌日ひどい苦悶《くもん》の末に死ぬ理由はひとつしかない」

アリアンヌはため息をついた。その理由はひとつとは言えない。ごくふつうの状況であれば、ニコラ・レミーは実際的で理性的な男なのだろう。だが、どれほど理性的な人間でも、深い悲しみに分別を失い、見当違いの非難をすることもある。

「レミー大尉」彼女はやさしく言った。「突然襲いかかるように見える病も、たくさん――」

「あれは病ではない！」レミーは腕をおろし、アリアンヌをにらみつけた。「女王は毒殺されたのだ。そしてわたしはその証拠を手に入れた。鞍袋のなかにある。あなたがついさっき見たものだ」

「ほとんどからになったフラスク?」

「いや、ちがう。手袋だ! あのいまいましい手袋だ」

「手袋に毒を? レミー大尉……」アリアンヌは深いため息をつきながら首を振った。

「そんなことは不可能だと言うつもりか? そんな黒魔術は存在しない、と?」

「いいえ。でも、めったに行われないわ。肌から染みこみ、突然の死をもたらすだけでなく、犠牲者にその痕跡を残さぬような毒を調合するには、あなたには想像もつかないほど高度な技術が必要なのよ。さいわいなことに、そういう知識のある大地の娘はほとんどいない。とくにこのフランスには。わたしが知っているのはふたりだけよ。ひとりは魔女メリュジーン。でも、メリュジーンはとうの昔に殺された。もうひとりは……」アリアンヌはためらった。

「フランスの王太后だ」レミーはアリアンヌがしぶった答えを補った。「カトリーヌ・ド・メディシス。そうだね?」

アリアンヌが答えないと、レミーは促した。「それとも、フランスの王太后にはそんな恐ろしい行為を実行する力はない、と?」

カトリーヌは自分の利益が脅かされると感じれば、どんなことでもやってのける女だ。母とのあいだに起こったことが、何よりの証拠だった。だが、相手が宮廷の貴族やエヴァンジェリン・シェニならいざ知らず、ほかの国の女王に黒魔術を使うだろうか?

「でも、それはおかしいわ」彼女は独り言のようにつぶやいた。「なぜカトリーヌがナヴァラの女王を殺すの？　ナヴァラのジャンヌは息子とカトリーヌの娘の結婚式の準備にパリに来たのよ。しかもその結婚は、カトリックと新教徒の争いに平和をもたらす先触れとして、カトリーヌ自身がたってと願ったものなのに」

「これはわたししか知らぬことだが」レミーは声を落とした。「女王はなんらかの裏切りを察知したようだった。この〝和平〟には、どこか真に腐ったところがある、と。そしてパリの店を訪れたときに、この結婚式を中止するつもりだ、とわたしに打ち明けられたのだ。その日、最後に訪れたのが、カトリーヌ王太后の手袋を作っている店だった。女王は王太后の命令で自分のために特別に作られた手袋を買われ、無邪気に喜ばれて、店を出るときにその手袋を着けられた。まさかそれに邪悪な魔法が使われているとは思いもせずに。宮殿に戻るころには、まるで毒にんじんの煎じ汁をカップ一杯飲みほしたような、ひどい痙攣《けいれん》に襲われ、翌朝には死んでいた。何が起こったのか教えてくれないか、マドモワゼル」

「わたしにはわからないわ」アリアンヌはつぶやいた。レミーが言ったとおりのことが起こった可能性はある。だからこそアリアンヌは、シェニ騎士の娘として宮廷に出入りできるにもかかわらず、カトリーヌ・ド・メディシスの腹黒い企みと、あらゆる政治的な駆け引きが渦巻くパリから遠いこの地に引きこもっているのだった。

「あなたの疑惑が正しいとすれば、なんと悲しいことでしょう」彼女は言った。「でも、その件でわたしがなんのお役に立てるというの？」

「手袋に毒が塗ってあることを、証明してもらえないだろうか？」

「どうやって？　あの手袋をつけて？」

「まさか」レミーは苛立たしげに首を振った。「薬や毒に関して、あなたは非常に広範囲の知識を持っていると聞いた」

「毒のことは知らないわ！」アリアンヌはぱっと立ち上がって、レミーの毛布を直し、蠟燭の位置をわずかに変えるというささやかな動作で、苛立ちをまぎらせようとした。「たしかに、参考にできる書物はある。その毒を溶かすとか、毒が塗られているかどうかを見つける方法はあるかもしれない。でも、仮にその手袋が細工されていたと証明し、それをカトリーヌに結びつけることができたしても、なんになるの？あなたはそれを手にしてパリの司法院に乗りこみ、魔術を使い人を殺したとフランスの王太后を糾弾するつもり？」

「そうだ！」

アリアンヌはあきれて彼を見た。「とても正気とは言えないわ。自分が相手にしているのがどんな女性か、よくわかっていないようね」

「わかっているとも」レミーは厳しい顔で応じた。「できればあの女を裁きの座に引きだしたい、と言っただけだ。それは……まだ、不可能かもしれない」

「未来永劫《えいごう》不可能でしょうね。カトリーヌはあなたの疑いも、あなたが手袋を持っていることも気づいているかもしれない。あなたを撃ったのは誰なの？」

「王太后の近衛兵たちだ」レミーは認めた。

「だったら、この島に来たことで、ここの住民をひとり残らず危険にさらすことになりかねないわ」

「いや。追っ手はまくことができた。彼らはわたしが西へ向かうと思っている。皇太子に――」レミーは沈痛な表情で訂正した。「いや、すでに王だが、彼に警告するためにナヴァラへ戻った、と。もちろん、そうしているべきなのだ。だが、残念ながら、王は結婚式を挙げ、休戦協定を結ぼうと決意しておられる。カトリーヌが母君である女王を毒殺したという確かな証拠がなければ――」

「あなたの幸運を心からお祈りするけれど、わたしはお力にはなれないわ」

「しかし、あなたは最も偉大な魔――」レミーは急いで言い直した。「最も賢い女性のひとりだと聞いた」

アリアンヌは疲れを感じ、額をこすった。たしかに彼女はエヴァンジェリン・シェニの娘だが、母の十分の一の技術も、強さも、勇気もない。レミーもほかのみんなも、なぜそれがわからないのか？

「残念だけど……」

「どうか、マドモワゼル」レミーは片方の肘をついて、体を起こした。「カトリーヌが女王を毒殺したとすれば、ナヴァラに対し、若い王に対して、ほかにどんな悪巧みを練っているのか考えるだけでも恐ろしい。ナヴァラに残されているのは、もう彼だけだ。どうか王を救うために手を貸してほしい」

アリアンヌは体が冷たくなるのを感じながら、訴えるような目を避けた。どうしてこんなに寒いのか？　この件にどんな形にせよ関わりたくないからだ。そうでなくても、山ほど厄介な問題を抱えているのに。アリアンヌの望みは、ふたりの妹を守り、薬草を作りながら静かにこの島で暮らすことだけだった。毒を塗られた手袋などに関わりたくない。ダーク・クイーンにも、新教徒の兵士にも。

とはいえ、アリアンヌは大地の娘——知恵と知識の探求者、迷信や邪悪から人々を守り、癒しと保護を与える者だ。そうした役割は、彼女の血と骨のなかに染みこんでいる。レミー大尉に背を向ければ、母に教えられたすべてに公然と逆らうことになる。

しばらくのあいだ良心と葛藤《かっとう》したあと、彼女はレミーに顔を戻した。

「わかったわ。何も約束はできないけれど、その手袋を持ち帰り、調べてみましょう」

「ありがとう、マドモワゼル」ナヴァラの大尉は感謝の気持ちを表そうと、ベッドからおりてひざまずき、アリアンヌの手を取らんばかりだった。

彼女はどうにかそれを止め、レミーの頭を枕に戻した。今度は彼も抵抗しなかった。そして願いがかなって安心したのと、気力も体力も使い果たしたためだろう、まもなく深い眠りに落ちた。アリアンヌは毛布を肩にかけながら、大尉の顔からそれまでの険しさが消えたことに気づいた。そこには驚くほど深い安らぎが浮かんでいる。だとしても、少しも不思議ではなかった。この男はそれまで負っていた重荷をアリアンヌの肩へと首尾よく移したのだから。

蠟燭の炎がちらつく粗壁に囲まれた修道院の院長室は、質素なたたずまいのなかにも、色鮮やかな敷物や、大英帝国軍と戦う聖ジャンヌを描いたタペストリー、艶《つや》やかな黒い羽根と長いくちばしのカラスを入れた大きなかごなどが、独特の個性を与えている。アリアンヌが入っていくと、カラスはひと声鳴いて彼女を迎え、首をかしげて好奇心を浮かべた茶色い目でじっと見た。

書棚には、古い写本、聖書とその語句の解釈を述べた書、教会の正典のほかにも、女性の神学者の著書やマルティン・ルターの論文、コーランの写しすらある。たしかにかつてマリー・クレアが恐怖にかられた修道会の司祭に告げたように、禁じられた書物を何冊か読んだくらいで揺らぐような信仰なら、最初からたいした信仰ではない。それに、知識を求めるマリー・クレアの熱心さは尊敬に値するが、異端の書を堂々と並べておくのは、修道院の院長として賢いことだとは思えない。本土より守られているこの島ですら危険なことだ。

だが、彼女が今夜マリー・クレアに持ちこむ相談は、それよりもっと危険かもしれない。鎧戸がぴたりと閉ざされ、詮索好きの目から完全に隠されているとわかっていても、レミー大尉の巾着の中身がテーブルに置かれているのを見ると、体が震えた。

とはいえ、目の前の手袋はレミーが言うような恐ろしいものには見えなかった。極上の白絹を使った、いかにも女王にふさわしい精巧な作りだ。マリー・クレアはそれをじっくり見ながら、羽ペンの先で一本の指の先をつついた。

「美しい手袋だこと」彼女は言った。「狙った相手に死をもたらすのに、これほどチャーミングな小道具を見つけるとは、いかにもカトリーヌらしいわ」

アリアンヌは胃がぎゅっと縮むのを感じた。「すると、あなたもこの手袋には毒が塗られていると思うの？　カトリーヌがこれを使ってナヴァラの女王を殺した、と？」

「わたしが知っているカトリーヌなら、やりかねないわね。邪魔者を排除するのに、彼女が毒殺という方法に頼ったのはこれが初めてではないわ。おそらく最後でもない」

「誰かがずっと前に彼女を止めるべきだったわ」

「あなたのお母様は止めようとした。それがどんな結果を生んだか、あなたもよく知っているはずよ」

「母は正確に何をしてカトリーヌの怒りを招いたの？」アリアンヌは尋ねた。「わたしが知っているのは、王太后が誰かに毒を使うのを阻止したということだけ」

「ただの〝誰か〟ではないのよ」マリー・クレアはハンカチで手袋を包み、それを注意深くレミーの袋に戻しながら答えた。「エヴァンジェリンは、カトリーヌが王の寵愛《ちょうあい》を一身に受けていたディアーヌ・ド・ポワチエを殺すのを阻止したの。ディアーヌは教養のある美しい女性だった。あのころのカトリーヌは、名前だけの王妃で、国王は彼女のことなどまったく眼中になかった。王の心と耳を捉《とら》えていたのはディアーヌよ。彼女はこの国で最も大きな力を持っていた。カトリーヌにはディアーヌを亡き者にしたがるもっともな理由があったのよ。そして実際に毒を与えることに成功した。そのまま放置すれば、ディアーヌは死んでいたでしょう」

「それを母が阻止したのね」アリアンヌは静かな誇りに胸を満たされながらつぶやいた。

「ええ。エヴァンジェリンは解毒剤を作り、ディアーヌを救ったの。でも、それはカトリーヌのためを思ってのことでもあったのよ。昔のカトリーヌは、毒薬の調合にそれほど長けていたわけではないの。もしもディアーヌが死んでいたら、真っ先に疑われていたはずよ。そして王妃という地位さえ、王の怒りから彼女を守ってはくれなかったでしょう。あなたのお母様のおかげで、命拾いをしたのよ」マリーはため息をついた。「でも、不幸にしてカトリーヌはそう思わなかった」

「そして母を苦しめることにしたのね」なぜ王太后は、ただ母を殺してしまわなかったのか、アリアンヌは何度も考えたものだった。エヴァンジェリン・シェニの最大の弱点、夫への愛を逆手に取るほうが、カトリーヌには愉快に思えたのかもしれない。

フェール島のレディとフランスのもっとも勇敢な騎士、エヴァンジェリンとルイ・シェニの恋は、フランス宮廷の語り草になっていた。貴族のほとんどは愛のために結婚することはない。結婚したあとも妻に忠実であり続ける貴族はさらに少ない。でも、ルイ・シェニは三人の娘が生まれたあともエヴァンジェリンに身も心も捧げていた。そのルイ・シェニを王太后はあの女に誘惑させたのだった。

マルガリート・ド・メイトランド、カトリーヌの悪名高い女官のひとりに。〝遊撃隊〟と呼ばれるカトリーヌの女官たちは、宮廷の最も美しいレディたちの集まりだった。レディたち？アリアンヌは軽蔑をこめて思った。いいえ、高級娼婦《しょうふ》と呼ぶほうが近い、誘惑と裏切りのあらゆる術に長けた女たちだ。

「父はもっと強くあるべきだった。もしも本当に母を愛していたのなら、あの邪悪な女を拒むべきだったわ」

マリー・クレアは首を振り、アリアンヌの肩をぎゅっとつかんだ。「目がさめるほど美しい女に豊満な体で誘われたら、男は抗しがたいものよ。しかもカトリーヌは男たちの心を盗む媚《び》薬《やく》と香水で、女官たちの魅力をさらに増していると聞くわ」

「少なくとも、わたしはそれを恐れる必要はないわ」アリアンヌはきっぱりと言った。「恋などするつもりはないし、失う夫もいないもの」

「でも、あなたには失う命がある。それにふたりの妹の命も」

院長にミリベルとガブリエルのことを指摘され、アリアンヌは青ざめた。「この件には関わらないほうがいい、ということ？　わたしの決断は無鉄砲すぎると？」

マリー・クレアは皮肉をこめて笑った。「この件は代替案を考えながら、細心の注意を払って進める必要があると言っているのよ。そのために……」マリー・クレアはそう言ってほほえむと、小さな戸棚から華奢《きゃしゃ》なクリスタルのグラスと、埃に覆われた瓶を取り出した。ほかの多くの修道院と同じで、聖アンヌのシスターたちも困窮した時期があった。本当ならとうに財政困難に陥り、修道院の門を閉ざして解散しなくてはならないところだったが、干し葡萄《ぶどう》でワインを作り、それを本土で売って自給自足の状態を保ってきたのだ。

アリアンヌは院長に勧められたルビー色のワインを心配そうに見た。こんなに濃いワインを飲んだら、頭がすっきりするどころか思考力が奪われてしまいそうだ。

だが、彼女は礼儀正しくひと口飲んだ。濃密な味が舌のうえで広がり、体が温まって、レミー大尉の話を聞いたときから居座っていた冷たさを追い払ってくれた。こわばった肩から少しずつ力が抜けるのを感じながら、彼女はゆったりと椅子に座りなおした。マリー・クレアも向かいの椅子に戻った。

「あの大尉が追っ手をまいたことは間違いないの？」マリー・クレアは尋ねた。

「彼はかなり自信があるようだったわ」アリアンヌは言った。「でも、起きられるようになったら、もっと安全な場所に移したほうがいいでしょうね」

マリー・クレアはうなずいた。

「わたしは手袋を調べてみるわ」

マリー・クレアはワインを飲みながら、考えこむようにグラスのなかを見つめた。「で、毒が塗ってあることがわかったら、どうするの？」

「さあ。昔はこういう問題に対処する集会《カウンシル》があって、選ばれた女性たちが一年に二度、この島の直立した石を囲んで集まり、協議し、統治し、罰したものだけれど」

「ところがいまでは、夫や子どもを置いてそんな集まりに出かけようものなら、魔女集会だと決めつけられ、火あぶりにされる」

アリアンヌは悲しげなため息を漏らした。

「まあ……」マリー・クレアは指先でグラスの縁をなぞった。「カウンシルはとうの昔になくなったにせよ、大地の娘たちがひとり残らずちりぢりになってしまったわけではないわ」彼女はそう言いながら立ちあがり、ベッドのそばに膝をついて、その下から重い鉄の箱を引っぱりだした。そしてローブの下から鍵を取りだし、箱を開けて中身をかきまわした。

しばらくして、薄い革表紙の書類のようなものを手に戻ってきた。鍵のかかった箱にしまってあるなんて、よほど危険な書類にちがいない。アリアンヌはぶるっと身を震わせたが、好奇心には勝てず、急いで立ちあがり、がさつく羊皮紙をめくる院長の肩越しにのぞきこんだ。

そこにしたためられているのは古代のルーン文字だが、インク自体はそれほど古くは見えない。実際、それは院長自身の流麗な書体にそっくりだった。

「それは何?」アリアンヌは目に入った文字を解読しようとしたが、院長がページをめくるのが速すぎて、読めなかった。

「大地の娘たちのリストよ」

アリアンヌが驚いて口を開けると、マリー・クレアは喉の奥で笑った。「全員ではないのよ。わたしが知っている女性たちだけ。あなたもよく知っているように、いまではあまりにも多くが、ただの農家の女性になってしまった。でも、このリストに書かれているのは、きちんと教育を受けた、昔の生き方を忘れまいとしている女性たちなの。手紙をやりとりして、知識を分かちあっているのよ。ああ、ここにあった」

マリー・クレアがようやく手を止め、アリアンヌはどうにか見出しを読むことができた。

〝パリ〟。

アリアンヌは院長がリストの名前を指先でたどっていくのを見守った。「マリー、いったい何を、いえ、誰を捜しているの？」

「わたしたちの力になってくれそうな仲間をね」マリー・クレアはつぶやいた。「王太后は近ごろ、あらゆる場所に息のかかったスパイを置いているそうよ……だから……ほら！」彼女はひとつの名前を指で示した。「この女性がよさそうだわ」

アリアンヌはゆっくり解読した。「ルイーズ……ルイーズ・ラヴァル？」

「ええ。大胆な女性よ。宮廷でも有名な美女でね、昔から貧しい男の妻になるよりも、金持ちの愛人になる道を選んできたの」

「でも、そういう女性が、どんな助けになるというの？」

「パリの様子を知らせてもらいましょう。ルイーズなら宮廷に顔を出して、カトリーヌの動静を探れるわ。もしかしたら、女官のひとりになれるかもしれない」

「王太后をスパイするですって？　でも、カトリーヌ・ド・メディシスは簡単に欺ける女性ではないわ。母様はカトリーヌほど相手の目を読む術に長けた女性には会ったことがないとよく言っていたもの」

「ルイーズは大丈夫。自分の気持ちをとても上手に隠せる人よ」

「どうやらルナール伯爵と過ごしたことがないようね」

マリー・クレアは同情を浮かべてアリアンヌを見た。「今日また島を訪れたそうね。伯爵はまだあなたと結婚するつもりなの？」

疲れと緊張にもかかわらず、アリアンヌは口元がほころびそうになった。修道院から一歩も出なくても、マリー・クレアはフェール島で起こることをほとんど知っている。それどころか、ほかの場所で起こっていることにしても、マリーのほうが何倍も詳しいかもしれない。アリアンヌはルナールの訪問についてすっかり話し、首にかけた鎖につけてある指輪を見せた。驚いたことに、マリー・クレアはなんの変哲もない指輪にすっかり魅せられたようだった。

「まあ。これを目にするのはずいぶん久しぶりだわ」

「こういう指輪を見たことがあるの？」

「もちろんですとも。これは愛の輪よ。常にふたつ一組になっているの。これの片割れもあるはずだけど……」

「ええ、伯爵がはめているわ」

「これは特別な指輪なのよ。大地の金属から作られた愛のしるしで、距離と時間の隔たりを越えてふたつの魂を繋《つな》ぐの。伯爵がどんな人物からこれを買ったにせよ、彼女は間違いなく昔の方法に精通している大地の娘だったにちがいないわ」

アリアンヌは首を振った。「母様はこういうお守りや形見を信じていなかったわ。こんな指輪に魔法の力があるわけがない、と」

「それはどうかしら？」マリー・クレアは最後にもう一度指輪を蠟燭の光にかざしてじっと見てから、アリアンヌに返した。「わたしは昔からあなたのお母様よりも、こういうものを信じているの。わたしなら、その指輪を大切にするわね。もしも魔法の力があるとすれば、この先重要な働きをしてくれるかもしれない。ルナール伯爵のような権力者なら、カトリーヌがわたしたちに送ってくる手先を追い返せるでしょう」

「ええ。でも、それには代価がともなうわ！　うっかり三回彼を呼んで、彼と結婚するはめにでもなれば……？」

「伯爵と結婚するのは、それほど恐ろしい運命かしら？　ルナールは女を歓ばせることができそうな、精力的な男じゃないの」

「マリー！」アリアンヌはショックを受けて叫んだ。

院長はいたずらっぽく目をきらめかせた。「独身を通す人生を選んだからと言って、逞しい男の魅力にまったく気づかないわけではなくてよ」

「まあ、たしかに彼は……逞しいけれど」マリー・クレアが笑うと、アリアンヌは赤くなった。「それは結婚の理由にはならないわ。とくにあれほど謎ばかりでは。たしかなのは、彼がドヴィーユだということだけ。しかもこれは少しも誇るべきことではないんですもの」

「あなたは、祖父の罪で彼を裁くような愚かな女性ではないはずよ。ルナールは亡き老伯爵とは、まったく違う人間かもしれないわ。それにあの腿の逞しいことといったら」

アリアンヌは顔をしかめた。「彼の求愛を受け入れるべきだと言いたいの？」

「いいえ。からかっているだけよ。あなたは昔から男性に関して、あまりにも真面目すぎるのだもの。指輪の魔力を使ったからと言って、何も結婚する必要はないわ。一、二度使って、どこかにしまってしまえば……」

「でも、それでは詐欺みたいだわ。二度も呼びつけてから、知らん顔を決めこむなんて」

院長は肩をすくめた。「そのルールを決めたのは伯爵ですもの。彼が自分の持ちだした条件の犠牲になったとしても、あなたのせいではないでしょうに」

そう言われても、アリアンヌは釈然としなかった。それに指輪を使うのはとても危険だという気がする。

「まあね、あなたの言うとおりよ。いずれにせよ、その指輪に魔力などあるはずもないわ。もっと現実的な助けに話を戻しましょう」

マリー・クレアは古い書類に目を戻し、パリの女性の名前を指で叩いた。「ルイーズにカトリーヌの動向を探ってもらいましょう。あなたがその手袋をいじくりまわすよりも、そのほうがいいわ。明日の朝には届くでしょうから」

「明日の朝?」アリアンヌは驚いて叫んだ。「パリに? どうやって送るつもりなの? 空飛ぶ馬でも捕まえたの?」

「いいえ、もっといいもの」マリー・クレアはいきなり喉の奥から低い耳障りな音を発し、アリアンヌを驚かせた。眠っているように見えたカラスがふわっと羽を広げ、同じ音を放つ。そして驚いたことに、くちばしで鳥かごの扉を開けると、外に飛びだし、滑るように部屋を横切って細い手首にとまった。院長はかがみ込んで喉を鳴らすような音を発しながら艶やかな黒い羽をなで、尖ったくちばしのすぐそばに顔を寄せる。それを見て、アリアンヌは震えた。だが、カラスは羽を膨らませ、マリー・クレアの指を甘えるようにかじっただけだった。

「大地の生き物と心を通わすことができるのは、ミリだけではないのよ。まあ、昔からわたし

ならないの。あなたもよくご存じのとおり、フクロウは日中では目が見えないでしょう。だから鳥のなかでも、とくに忠実で、賢いもの、と言ったらいいかしら。かつてフェール島が戦乱の渦中にあったとき、ソフィーと連絡を取るのに使ったのはカラスよ。でも、ソフィーは使う

には鳥がいちばん扱いやすかったけれど。カラスはとくに好きなの」

「でも、狼鳥は捕食動物だわ。それに死んだ動物の肉を食べるのよ」

「わたしたちも同じことをするわ。ちがう?」マリー・クレアはカラスの艶やかな頭をなでた。「この〝狼鳥〟は、アグリッパ、驚くほど忠実で賢いの。脚につけた小さなバンドでメッセージを運ぶように訓練したのよ。ほかの大地の娘たちと安全に手紙をやりとりできるのは、この子のおかげ。アグリッパはパリのある家に飛ぶの。大学の博士の奥方、マダム・ペシャルのところにね。マダムがルイーズに伝言を届けてくれるでしょう」

アリアンヌは驚きに打たれて院長を見つめた。「あなたのことは生まれたときから知っているけど、ほかの大地の娘たちとそういうつながりを持っているとは思いもしなかったわ」

「あなたに知らせるときがきたのよ。あなたのお母様はみんなに愛されていた。とうの昔に勇気をなくし、あきらめてしまった娘たちもたくさんいるけれど、フェール島のレディを助けるためなら喜んで命を投げだす娘たちもまだいるの。エヴァンジェリン亡きいま、この称号はあなたのものですからね」

院長の言葉に感激しながらも、アリアンヌはひるんだ。自分の家を治めることすら満足にできない身で見知らぬ女性たちに指示を出すなど、とんでもない話だ。それも命がけの仕事を。

「その気持ちはとてもありがたいけれど、どうかアグリッパをかごのなかに戻してちょうだい。危険をおかす必要があるなら、わたしがおかすべきよ」アリアンヌは背筋を伸ばし、肩に力をこめた。「フェール島の人々を守るのはわたしの役目だもの。わたしにはあなたやここに

いるシスターたち、そのリストにある女性たちも守る義務がある。それに、レミー大尉が助けを求めてきたのはこのわたし、彼と約束したのもこのわたしよ」

「ほかに助けを求めたとしても、誰もあなたを責めたりしないわ」

「でも、わたし自身が責めるわ。いつまでもダーク・クイーンをのさばらせてはおけない。カトリーヌは気の毒なナヴァラの女王だけではなく、母様にしたひどい仕打ちの罰を受けてもいいころよ」アリアンヌは低い声で付け加えた。「好むと好まざるとにかかわらず、この仕事はわたしに与えられたの。わたしひとりに」

マリー・クレアは長いことアリアンヌを見つめ、これ以上議論しても無駄だと悟ったらしく、深いため息をつきながらカラスをかごに戻し、涙ぐんでアリアンヌを抱きしめた。

「ああ、アリアンヌ、あなたはまさしくエヴァンジェリンの娘ね」

そうだろうか？　言葉だけは勇敢だが、胸のなかには不安と迷いが渦巻いている。アリアンヌは抱擁を返しながら、壁に掛かったタペストリーを見つめ、そこからなんらかのインスピレーションを得ようとした。

その精巧な絵柄のなかでは、歴代の大地の娘の誰よりも勇敢だったジャンヌ・ダルクが、永久に閉じこめられ、雄々しく剣を上げている。

でも、彼女の後ろには全軍の兵士たちが控えていたわ。わたしの兵士はたったひとり。しかも彼はすでに負傷している。それに聖ジャンヌの敵は、ダーク・クイーンではなく、ただの英国軍だった。

6

ルーヴル宮殿の大広間は静まりかえっていた。昼間はきらびやかに着飾った貴族が列をなしているが、いまはわずか数本の蠟燭しか灯っていない。バルトロミー・ヴェルドゥッチは、その広間のタイル張りの床をおそるおそる横切っていた。薄くなった髪ともつれたひげの、げっそり頬のこけた案山子《かかし》のように細い男だ。バルトロミーはがたがた震えながら、ダーク・クイーンとふたりだけで会うためにじりじりと前に出た。

彼には恐れる理由があった。命令を遂行することができなかったのだ。そして王太后はめったに失敗を許す女性ではない。

玉座に王太后の姿が見えないのに気づいて、ほっと体の力を抜いたとき、その後ろの黒い影が目に入った。

「陛下」うつろなこだまが周囲の壁から跳ね返るのを聞きながら、彼は深々と頭をさげた。

宝石に飾られた肉付きのいい指を体の前で組み、カトリーヌ・ド・メディシスはゆっくりと陰のなかから出てきた。小柄だが、イタリアで最も権力のある一族の女公爵として生まれた彼女には、おかしがたい威厳があった。かつて金色だった髪も、いまでは銀の筋が目立つ。あまり彫りの深くない顔は丸く、体のほかの部分と同じようにぽってりしている。だが、王太后がこのふくよかな外見から受ける印象どおり、穏やかで気のいい女性だと思うものはひとりもいなかった。細い眉の下の冷たく鋭いメディシスの目がそんな錯覚をたちまち打ち消す。

壇の端から黒い目に見下ろされ、彼はビロードの帽子を盾《たて》のように前に抱えて、細い指で飾りの羽をもてあそんだ。

「それで?」カトリーヌは尋ねた。

バルトロミーは泣き声にならぬように必死に努力しながら言った。「ど、どうか、陛下。問題は充分に掌握しております」

「本当に?」カトリーヌはかすかに眉を上げると、人差し指をまげて彼を近くに呼んだ。

バルトロミーは身をすくめ、逃げだしたいのをこらえて、王太后の腕が届くところまで進みでた。らんらんと光る目が彼を見つめてくる。カトリーヌは目を見て相手の心を読み、真実を引きだす力があるというもっぱらの噂だ。バルトロミーは目をそらしたくてもそらせなかった。が、やがてクイーンは出し抜けに彼を〝放し〟た。

「嘘つき」カトリーヌは低い声で言った。「レミー大尉に逃げられたのね」

「そ、それは……」バルトロミーは否定しても無駄だと気づいた。彼の目がすでに彼を裏切って真実を告げてしまったのだ。

「レミー大尉は逃げた」カトリーヌは容赦なく続けた。「そしてあなたが取り戻すべきだった証拠を持ち去った」

「仕方がなかったのです、陛下」バルトロミーは訴えた。「死にかけているナヴァラの女王の周囲には、大勢の人々がおりました。レミー大尉、女王付きの家来、何人もの侍女……女王に近づくのはとても無理だったのです。わたしは……」

「愚か者が」

カトリーヌの声は落ち着いていた。彼女の怒りの深さはほとんどの場合わからない。そしてそれがわかったときにはもう遅すぎる。バルトロミーは床にひれ臥し、ドレスのひだをつかんで許しを乞うた。クイーンは少しのあいだ黙って彼を見下ろしていたが、とうとう紋織りの布をぐいと引き、彼の手を払った。

「いいから立ちなさい、この間抜け。鼻水をたらすのをおやめ。泣いてもなんの役にも立ちませんよ」震えながら立ちあがるバルトロミーに、王太后は追い討ちをかけた。「で、この状況をただすために、どんな手を打ったの?」

「兵士たちはまだあの男を追っております。それほど遠くに行ったとは思えません。手傷を負っておりますし、どこへ向かっているかはわかっております」

「どんな間抜けでも、彼の行先はわかりますよ。ナヴァラの若い王のもとへひたすら走っているのでしょう」

「いいえ、陛下。ほかの場所へ向かったと信じる理由があります。スパイのひとりが突きとめたのですが、パリを発つ前、やつはマダム・ベルヴォアなる薬剤師の妻に会ったそうです。マダム・ベルヴォアは最初のうちしらを切っておりましたが、何時間か拷問台で過ごすと舌がゆるみました。あの男はフェール島に住むシェニなる女性の助けを求めに行ったようです」

「フェール……島の？」カトリーヌは吐息のようにつぶやいた。

黒い目のなかに、ほんの一瞬、不安がよぎったような気がしたが、まさか、そんなはずはない。「はい、陛下。しかし、そんな場所でいったいどんな助けを得られると思っているのか、わたしには見当もつきません。あそこはほとんど女しかいない、ただの小さな島で――」

「女だけのただの小さな島？」カトリーヌはバルトロミーをにらみつけた。「ええ、重要な女たちだけのね。あそこにいる女性の多くが、わたくしと同じ能力を持っているのですよ」

バルトロミーはあんぐり口を開けた。〝王太后のような女たち〟、それが何を意味するか、彼は充分承知していた。

魔女たちだ。彼はぶるっと震えながらそう思った。

「そのとおり」王太后はまるで彼が声に出して言ったように答えた。「アリアンヌ・シェニは、そのなかでもいちばん危険な女よ。死んだ母親のエヴァンジェリン・シェニはかつてわたくしの友人だった」

バルトロミーは驚いて王太后を見つめた。

「驚いたようね、親愛なるバルトロミー？」カトリーヌは皮肉たっぷりに尋ねた。「わたくしに友人がいてはおかしい？」

「はい――いえ、つまり、その――」バルトロミーは真っ赤になってくちごもった。

「正直な話、わたくしも驚いたわ。でも、エヴァンジェリンとは不思議なほど気があった。ふたりとも結婚したばかりで、フランスの宮廷ではよそ者だったからかもしれない。彼女はフェール島のレディ、そしてわたくしは〝あの呪わしいイタリア女〟だった」

カトリーヌはバルトロミーの前をさっと通り過ぎて、ダイヤ形のガラスがはまった窓へと向かい、どこか遠くを見るような目で夜の闇を見つめた。「わたくしたちはしっかりと手を組んだものよ。でも、不幸にしてときには黒魔術を使う必要があることを、エヴァンジェリンはどうしても理解できなかったの。そしてわたくしが使おうとすると、邪魔に入った。もちろん、そんなことは許せない。結局、親愛なる友にひどい仕打ちをするはめになった」

カトリーヌはため息をつき、黙りこんだ。が、やがて物思いからさめ、バルトロミーに目を戻した。「おまえが無能なせいで、今度は彼女の娘とことを構えるはめになるかもしれない」

「い、いえ、そんなことは決して……」

「なんとしても、レミー大尉があの島にたどり着かぬようにしなさい」

「は、はい、陛下」

「そして証拠を取り戻すのです」

バルトロミーは必死にうなずいた。

「何度もうなずくのはおやめなさい。愚か者が！　くれぐれも目立たぬようにね。妙な噂がナヴァラの若きアンリの耳に入っては困るのよ。彼にはパリに来て結婚式を挙げてもらわねばならないのだから」

バルトロミーは再びうなずこうとしたが、思いとどまり、礼儀正しくお辞儀をしてあとずさった。ようやくここを出ることができる！　ほっとしてドアのところまで戻ったとき、カトリーヌの声が追いかけてきた。

「バルトロミー？」

「はい、陛下？」

「二度と失敗は許しませんよ」王太后は静かに言った。

バルトロミーがぶるぶる震えながら、足がもつれるほど急いで広間を出ていくのを、カトリーヌは渋い顔で見送った。ドアが閉まり、ひとりになると、深い疲れが襲ってくる。自分を疑い、軽蔑している人々に囲まれ、他国で長年この地位を守りつづけるのは、決して容易なことではない。王室の血を引くフランス貴族たち、日増しに増え、力をつけていく新教徒たち、フランスに貪欲な指を伸ばしてくるスペインの王……たえずそれらに脅かされながら、半分正気を逸した息子を支えていくのは。

それでもいつもは、どんな難題にも取り組み、むしろそのむずかしさにやりがいを感じるだけの気力がある。だが、今夜はなぜか奇妙に疲れと孤独を感じた。

フェール島の名前を久しぶりに聞いてエヴァンジェリンのことを思い出し、自分があの友に抱いていた相矛盾する感情がよみがえったからだろうか。愛と憎しみ、称賛と苦い嫉妬《しっと》。そして最後は憎しみと嫉妬が勝った。

フランス一の騎士に愛され、幸せな結婚生活を送るエヴァンジェリンが、夫の愛人を亡きものにしようとしたカトリーヌを止めるとは。もちろん、あのときは止めてもらってよかったのだが、だからといって、エヴァンジェリンのお節介が帳消しになるわけではない。

だから不実な夫に疎まれる妻の気持ちを、エヴァンジェリンにも味わわせてやったのだった。

「目には目をよ、親愛なるエヴァンジェリン」カトリーヌはつぶやいた。

手元にいる宮廷の美女のひとりを差し向け、ルイ・シェニを陥落させるのは、あまりにも簡単だった。妻を熱愛し、尊敬していると公言している男にしては、あっけなく堕ちたものだ。

カトリーヌは友が夫の裏切りを知ったときのあの妙なる瞬間を、いまでもはっきり覚えている。エヴァンジェリンは昔から、まるで目の奥で何かが燃えているように、驚くほど力のある目をしていたが、夫の不実を知った瞬間、その光がちらつき、消えるのをカトリーヌは見守った。そしてそのあとは、二度と完全に戻ることはなかった。この思い出は甘い喜びであるはずだが……なぜか痛みとむなしさをもたらす。

カトリーヌは不機嫌に口を引き結び、つぶやいた。「ああ、親愛なるエヴァンジェリン。アリアンヌは、あなたよりも分別があるといいけれど。わたしの問題に口をはさまぬだけの知恵が。あなたの娘を殺すようなはめにはなりたくないわ」

7

アリアンヌはポニーを引いて修道院の門を出た。シャルボンヌがそれを閉め、鍵をかける。送ってもらうのを断ったと知れば、マリーは顔をしかめるだろうが、もう夜更けだ。朝早くから仕事のあるシャルボンヌに、館まで送らせるのは気の毒だった。

彼女はさっさと鞍にまたがり、一刻も早く館に戻りたいほど疲れていたが、ミリベルの言うとおり、バターナットはだいぶ老いてきた。できるだけ負担をかけないように、港から離れ、内陸へとくねくね曲がっていく道に入るまでは、このまま引いていくとしよう。

館に着くころには、真夜中をだいぶ過ぎることになる。でも、夜更けに館に帰るのはもう慣れっこだった。村に重病人がでれば、日が暮れてからあわてて駆けつけることもある。たとえひとりでも、この島で身の危険を感じたことは一度もない。

少なくとも、今夜までは。

バターナットを引いて月に照らされた丘を下りながら、アリアンヌはできるだけポニーのそばを歩いた。脇につけて運んでいる秘密がひどく重く思える。

　わずか数時間前、修道院へ向かうときは、この島は世界のどこより平和な場所だった。ところがいまは、薬屋の外にある薬草園にまで誰かがいるように見える。ここから館までは、あまりにもたくさんの潜む場所、隠れる茂みがありすぎる。

〝王太后の目はあらゆる場所に光っているそうよ〟

　マリー・クレアの言葉がよみがえり、アリアンヌは無意識に鎖に通して首にかけた指輪に手をやりながら、暗がりに目を配った。少し先で誰かがこちらを見ている。アリアンヌは安全な修道院に駆け戻りたい衝動をこらえた。

「しっかりしなさい！」カトリーヌを怖がるなんて、とんでもない話。あの女のせいで自分の住む島まで邪悪な場所に見えてくるなど、とうてい許せない。

　通りの真ん中でバターナットが急に止まった。いまにもアリアンヌにもたれ、眠ってしまいそうに見える。アリアンヌは彼を優しく叩き、皮肉な笑みを浮かべた。「ええ、どうぞ。ほかのみんなもそうしているんだもの。一度でいいから、わたしも誰かに寄りかかってみたいわ」

「この肩を貸そうか？」前方の暗がりから太い声がそう言った。

　アリアンヌは喉から心臓が飛びだしそうになり、思わずバターナットの手綱を取り落とした。広い肩に太い腕の大きな男が大股に近づいてくる。悲鳴をあげようと息を吸いこむと、たこのできた手が口をふさいだ。

「しいっ、わたしだ」

アリアンヌはこめかみで血がどくどく打つのを感じながら、ルナール伯爵の顔を見上げた。月の光が鋭い翳を作り、いかつい顔をいっそう険しくみせている。彼は指先でアリアンヌの唇をなでながら、少しずつ手をはずした。いったいこの男はどこから出てきたのか？ まるで魔法使いの黒魔術で地面から立ちあがったかのようだ。

それともこれは指輪の魔力？

そういえば、さきほど願いを口にしたとき、首の鎖をもてあそんでいた。ひょっとして、ついうっかり……いえ、そんなことはばかげている。不可能よ。そうでしょう？

彼女はつまずきながらルナールから一歩離れた。「伯爵。よ、呼んだ覚えはなくてよ。それとも……」アリアンヌは弱々しい声で尋ねた。「うっかり呼んでしまったのかしら？」

「いや、今回はちがう」ルナールは愉快そうな声で答えた。

「だったらこんな時間に何を？」

「きみを捜していた」夏祭りの人ごみで見失った相手に言うように落ち着き払って答えた。

最初の恐怖が怒りに変わった。「すると、さっきから感じていた視線はあなただったの？ わたしを尾《つ》けてきたのね」

ルナールは逞しい肩をすくめた。「花嫁を恋敵に奪われるのはごめんだからな」

「恋敵ですって？ いったいなんの話？」

あまりにもばかげた言いがかりに、アリアンヌはつい笑っていた。「たしかに体格がよくて、すらりとしているけれど、あれはシャルボンヌよ。修道院で働いている人。シャルボンヌはわたしが聖アンヌ修道院へ行くときに、よくエスコートしてくれるの」

「うむ、その……女性がきみを門まで送ってきたのを見たよ」

「ずっとここで待っていたの？」

ルナールは面目なさそうにうなじに手をやった。「嫉妬深い愚か者のようだが……」

「ええ、まったく愚かね」アリアンヌはぴしゃりと決めつけた。「だいいち、嫉妬するには、まず相手を愛している必要があるでしょうに」

「いや、誰かを是が非でも自分のものにしたいと思っていれば、そういう気持ちになるものだ。それに自分のものを取られたくないと思えば」

アリアンヌはあきれて首を振ることしかできなかった。この驚くほど強い執着は、いったいどこから来るのか？「でも、わたしはあなたのものではなくてよ。あなたに見張る権利はないわ。仮にほかの男と会っていたとしたら、どうするつもりだったの？」

「その男の気持ちをそぐ。きみを取りあって闘ってほしくないのか？」

「ばかばかしい。わたしは男が取りあうような女ではないわ」

「だったら、どんな女性だというんだ？」

「その闘いが終わったあとで、傷の手当てをする女よ」

「きみは自分の魅力を過小評価しているよ、シェリ」ルナールはアリアンヌの頬を指先でなぞった。やさしい愛撫《あいぶ》だったが、アリアンヌは彼から離れ、背中を向けた。

ルナールは大きな手を肩にかけ、温かい息をうなじにかけながら耳元でつぶやいた。「許してくれ。ひどいことをした」

アリアンヌは悔やむような声に心を閉ざそうとしたが、これはむずかしかった。ルナールは彼女を自分に向け、いつもとちがう率直な誠実な目で見つめた。

「どうか怒らないでくれ」彼は真剣な顔で言った。「それに、さっきはひどく驚かせてしまったが、きみを怖がらせたいなどとはこれっぽっちも思っていないよ」

「驚いただけで、それほど怖かったわけでは……」アリアンヌはしぶしぶ答えた。「実際、まるで獣のように館の大広間を歩きまわっていたときのほうが、もっと怖かったくらい」アリアンヌは覆いかぶさらんばかりにそそり立つ男を見上げた。

「きみが飼いならしてくれ」ルナールはつぶやきながらアリアンヌを引き寄せた。

アリアンヌは震える声で笑いながら彼を押しやった。「その役目はわたしにはとても無理よ」

ありがたいことに、ルナールはおとなしく離れた。「ロマンティックな逢瀬《おうせ》にしのびでたのでなければ、こんな時間に何をしていた？　修道院はそう簡単に訪問者を受け入れないものだぞ。こんな時間にはとくに」

アリアンヌは目をふせた。「じつは、とてもしつこく言い寄る殿方がいるものだから、修道院に入ろうかと考えているの」

「アリアンヌ」ルナールは冗談めかしたこの返事に低く笑ったものの、彼の声には曖昧な返事に満足していないと警告する響きがあった。

考える時間を稼ぐために、彼女はポニーの様子を見るふりをしてさりげなくルナールから離れ、眠りかけた鼻面をなでてなだめるふりをした。

ルナールが後ろから近づき、そっとアリアンヌの顔を自分に向け、優しい声で尋ねた。「何か困ったことでもあるのかい？」

この優しさが、アリアンヌの警戒心を溶かした。緑色の目は思いやりにあふれている。

「何があった？　話してくれ。力になるよ」

アリアンヌはごくりと唾をのみ、ふいにこみあげたすべてを打ち明けたいという思いをのみくだした。ルナール伯爵のいかつい顔には、世慣れた男の自信がただよっている。この人は何事も、誰に対してもびくともしない。王太后さえ恐れない、ふとそんな気がした。

でも、この伯爵にはまだ謎の部分が多すぎる。政治や宗教に関してどんな考えを持っているのか？　あやしい魔術をどう思っているのか？　それに、うっかり頼れば、彼と結婚するはめになりかねないのだ。

アリアンヌは強い視線を避けた。「べつに……修道院にはよく呼ばれるのよ。院長が施薬所を開放しているものだから。今夜は旅人のけがの手当てを手伝いに行ったの」

これは真実のすべてではないが、嘘でもない。アリアンヌはちらりとルナールを見た。彼がこの説明を信じたかどうかはよくわからなかったが、顔をしかめたところを見ると明らかに機嫌を損ねたようだ。

「けがをした旅人が運びこまれるたびに修道院に駆けつけるのは、無鉄砲だぞ」

「あら、ほとんどの人が、わたしを慎重で思慮深い女だと言うわ。けがや病気の手当てのどこが無鉄砲なの？」

「女性にとってはその可能性がある。いまの時代は、有能な女性を魔女だと断定するか、聖女だとするかの境がとても曖昧だ。わたしの妻となったあとは、もっと用心深く行動してもらうぞ」

「でも、わたしはあなたの妻にはならないわ、伯爵」

ルナールの目が翳り、いかつい顔が不満と苛立ちにゆがむ。アリアンヌが思わず息を止めると、彼は無理して笑みを浮かべ、穏やかな表情を貼りつけた。

「ああ、たしかに。ついそれを忘れてしまう」

「わたしたちの取り決めの条件も忘れているようね。お城に戻るという約束だったわ」

「はっきりそう言った覚えはないが」

「いいえ、言ったわ。わたしが指輪を着けているかぎり、放っておく、と」

「まだあれを着けているのか？」

アリアンヌは外套を開き、鎖に通した指輪を見せた。

ルナールはため息をついた。「わかった。こちらの条件も守るとしよう。きみを館まで送り届けてからだが」

「その必要はないわ」アリアンヌは言いかけたが、ルナールは笑ってさえぎった。

「あるさ」彼は頭をたれ、目を閉じて、低い寝息をもらしているバターナットを示した。「どうやら、きみの忠実な駿馬は、眠ってしまったようだ」

ベル・ヘイヴンへ戻る道は、木立のなかで若い娘が落とした銀色のリボンのように光っていた。静かな夜のなかに、エルキュールのリズミカルな蹄《ひづめ》の音が響く。ルナールがこの馬とどれほど折り合いが悪かったにせよ、今夜は完全に乗りこなしているようだ。彼は片手で手綱を握り、片手を自分の前に座っているアリアンヌにまわしていた。館に至る途中の暗く寂しい場所に差しかかると、ルナールの申し出を受けてよかったと思わないわけにはいかなかった。少しばかりドラゴンの翼の下に抱かれている感じがするとしても、彼がいてくれるのは心強い。

アリアンヌはこっそり彼を見た。この男が今夜、自分を尾けてきたことが、まだ信じがたい。しかもほかの男の腕のなかから力ずくでわたしを奪うつもりだったなんて。でも、わたしはそういう激しい嫉妬とは無縁の女よ。ルナールの執拗《しつよう》さは、何がなんでもわたしを妻にしようという不思議な決意から出ているにちがいない。

いったい……。ふと、気に入ったメイドを片っ端から力ずくでベッドに連れこみ、相手が激しく抵抗すればするほど歓んだという、ルナールの祖父の醜聞が頭をよぎった。それと一緒に、マリー・クレアの叱る声も聞こえたような気がした。〝あら、あなたは祖父の罪で彼を裁くような、そんな愚かな女ではないはずよ〟

だといいが。でも、結婚を迫るルナールの強引さは気になる。老伯爵とはちがって、ルナールには優しさもユーモアを解する懐の広さもあるようだが、にこやかな笑顔の裏に陰険な性格が隠されている場合がいかに多いかを考えると……。

彼の目を〝読む〟ことさえできれば。

道が細くなり、ルナールは手綱を引いてエルキュールを歩ませながら、アリアンヌの視線に気づいたように彼女を見下ろしてにやっと笑った。

「心配するな。館に送っていくだけで、きみをさらうつもりはない」

「でも、あなた方ドヴィーユ伯爵は女性の扱いに関するかぎり、立派な評判があるとは言えないわ。亡きドヴィーユ伯爵は、死ぬ間際まで、すでに手籠《てご》めにした哀れな花嫁を祭壇へ引きずっていったのよ」

ルナールは作り笑いを浮かべた。「祖父と比べられるのは不愉快だな、シェリ。わたしと祖父のあいだには親愛の情などこれっぽっちもなかった」

男をしゃべらせたいときは、ほとんどの場合、黙っているのがいちばんだ。アリアンヌは彼がもっと何か言うのを待ったが、この作戦はルナールにはうまくいかなかった。彼は落ち着いた顔で鞍に座りなおしただけだった。長引く沈黙に耐えかねて、アリアンヌは口を開いた。

「本土の人々の噂では……お祖父様があなたを追放したのは……」

「恐ろしい罪をおかしたから？」ルナールはためらっているアリアンヌの言葉を補った。「老伯爵に言わせれば、わたしの存在そのものが罪だったんだ。彼はわたしが何をしようと気に入らなかった。わたしという人間に我慢できなかった」

尊大な調子だが、アリアンヌはその言葉の裏にある苦い怒りを感じた。

「わたしとの結婚も、おそらく反対されたでしょうね」

「ああ、間違いなく」ルナールの厳しい顔に満足が浮かんだ。この結婚に固執しているのは、そのためなの？　驚いたことに、アリアンヌはかすかな失望を感じた。

「祖父の気に入るような結婚が目的なら」ルナールは言葉を続けた。「城に招いたレディのなかから選んでいたよ」

「なぜそうしなかったの？　パリスの選択はどうなったの？」

「あれはおしまいにした。そもそも、妻を選ぶには愚かな方法だと言ったのはきみだぞ」

「森のなかで出会っただけの女を妻に選ぶのも、とくに賢いとは言えないわ」

「だが、わたしは昔からひと目で自分の欲しいものを見抜く力があった」

「お祖父様が烈火のごとく怒って反対したにちがいない相手なら、なおのこと？」

ルナールは鋭い目でアリアンヌを見た。「きみを花嫁に選んだのは、最後にもう一度祖父に反抗して、棺《ひつぎ》のなかの老人を苛立たせるためだと心配しているのか？　十八のころならそうしたかもしれない。だが、その後の年月で、多少は賢くなったと思いたいね」

「だったらなぜなの？　結婚した夜でなければ話せないなどという、ばかげた言い訳はやめて」

ルナールはしばらく黙っていた。が、やがて肩をすくめた。「自分でもよくわからない。ただ、あの日の……出会いには、どこか不思議なところがあった。きみをあそこで見つけたのは、運命だったような」

アリアンヌは苛々して彼を見た。この男は魔法の指輪や運命などというものを本気で信じているの？

「わたしたちの運命は、むしろ相反しているように思えるわ」彼女は言った。「わたしはそろそろ適齢期を過ぎる歳よ」

「まだほんの小娘さ」

「では、もっと年上の富裕な未亡人を紹介させてちょうだい」

ルナールは笑った。「いや、花嫁はもう見つけた。どうあっても生涯結婚しないつもりでいるなら、少なくとも、ライバルの心配をする必要はないと思ってもいいのかな」

彼は冗談めかして尋ねたが、彼女の答えにまったく無関心ではなさそうだ。

いいえ、ハンサムでとても魅力的な男性が何人も通ってくるわ、そう言い返せないのをほんの少し残念に思いながらも、アリアンヌはいつもの率直さで答えた。「残念ながら、ライバルはいるわ。痛風で苦しんでいる老ムッシュ・ラクルーは、わたしの湿布剤に恋をしているし、町を治めているムッシュ・ボネアは、騎士の娘と結婚して自分の地位を向上させたがっている。それにサン・マロに住む銀行の頭取ムッシュ・ターヤボワは、わたしが彼と結婚すれば、父に貸した金を喜んで帳消しにしてくれるそうよ」

「その男たちは、しつこくきみを悩ませているのか？」ルナールはじっとアリアンヌを見ながら低い声で尋ねた。

ムッシュ・ターヤボワはたしかにしつこい。最近はいちだんとエスカレートしていた。このところ父の領地から足が遠のいていたのも、じつはそのせいだった。

アリアンヌは無理をして肩をすくめた。「自分でなんとかできるわ」

ルナールが顔を寄せ、耳元でささやいた。「指輪を使って呼んでくれれば、その三人はすべてわたしが片づける」

温かい息がうなじをくすぐり、親密な感覚をもたらす。アリアンヌは彼にもたれたくなった。熱い唇がうなじをかすめたら、どんな気持ちがするか……。

大胆な想像に赤くなりながら、アリアンヌは軽い笑い声で自分の混乱を隠した。「申し出はありがたいけれど、結構よ。わたしはハンカチを落とすたびに白馬で駆けつける騎士が必要な、無力なレディとはちがうの」

「それは残念だ」ルナールの目が愉快そうにきらめいた。彼の声に称賛を聞き取って、アリアンヌはいっそう赤くなり……自分がこのやりとりを楽しんでいることに驚いた。

そのあとはふたりとも黙りこんだが、緩やかなカーブを曲がって、ようやく黒い空にそびえるベル・ヘイヴンの角ばった塔が見えてきたときにはほっとした。

いつものように、門は開いていた。ルナールはエルキュールをなかに入れ、館の前庭に入っていった。

ホールの窓は明るかった。アグネスか誰かがアリアンヌの帰りを待っているにちがいない。母様が夜出かけたときは、わたしもそうしたものだったわ。アリアンヌは胸の痛みを感じながら思い出した。

ルナールはエルキュールを止め、鞍からおりると、まるで子どもを抱くようにアリアンヌを軽々と持ちあげ、おろしてくれた。地面に足がつくと、アリアンヌは少しふらついた。手首をつかんだルナールの手に力がこもる。

彼女は恥ずかしそうにあとずさりながら礼を言った。「送ってくださってありがとう。でも、なかに入ってもらうわけには――」

「わかっているとも。別れを告げたいだけだ」

ルナールはアリアンヌの手をつかんだ。

「その手にはもうのらないわ」アリアンヌは容赦なく奪われた初めてのキスを思い出し、手を引っこめた。

ルナールは眉間にしわを寄せ、じっと彼女の目を見つめた。

「ああ、シェリ」彼は心から悔いるようにつぶやいた。「あれが初めてのキスだったとは。わかっていたら、もっと優しくキスしたのに。どうか、償わせてくれ」

そしてアリアンヌが逃れる間もなく彼女を抱き寄せた。

「やめて！」だが、この声は自分の耳にすら弱々しく聞こえた。ルナールはアリアンヌの目を見つめたまま、顔を近づけた。温かい息が顔にかかる。二重まぶたの下できらめく緑色の目が強い光でアリアンヌを捉えていた。

唇が重なったとき、アリアンヌはその優しさに驚いた。熱い唇がまるで壊れやすいガラスを愛《め》でるようにそっと動く。

　強い腕はしっかりとアリアンヌを支えていた。妹たちとの言い争いや、膨れあがる借金のこと、そのうえナヴァラ軍のレミー大尉が持ちこんだ思いがけない頭痛の種に、アリアンヌは疲れはてていた。ルナールの唇がその疲れを癒し、何もかも忘れてしまえとそそのかす。

　やがてふたりの息が混じり、彼女は甘い熱を味わっていた。彼の腕に力がこもり、硬い体に押しつけられたとたん、えもいえぬ快感が彼女を貫いた。ふたりの体がひとつに溶けたかのようだった。アリアンヌは彼の首に腕をまわし、ためらいがちにキスを返した。初めて味わう快感が体のなかを駆けめぐり、脈が走って激しい鼓動が彼の鼓動と同じリズムを刻む。

　ルナールのキスが深まり、情熱的になって、アリアンヌのすべてを侵していくようだった。優しく、激しく、からかうように、舌が引っこんでは再びからみつき、めくるめく歓びをもたらす。ただのキスなのに……アリアンヌはまるで彼と愛し合っているような気がした。

　彼女はしだいに大胆になり、頬を薔薇色に上気させて、燃えるような体を押しつけた。女性はこんなふうに誘惑されるんだわ、彼女はどうにか唇を離し、荒い息をつきながら彼に抱かれて震えた。

　ルナールが彼女を見下ろしてほほえんだ。「この前よりはましだったかい？」

　アリアンヌはどう答えればいいかわからず、彼を見上げることしかできなかった。ルナールが再び顔を近づけてくると、心臓が肋骨《ろっこつ》から飛びだしそうになった。だが、彼は唇で額をかすめただけで顔を離した。

「きみはすっかり……圧倒されたように見えるぞ、シェリ。そろそろなかに入って、休んだほうがいい」

アリアンヌはぼうっとした顔でうなずいた。彼が低い声で「おやすみ」と言うのも聞こえないくらいだった。よろめきながら彼から離れ、館に入ると、正面の扉をしっかりと閉めた。

待ちくたびれたアグネスが母の椅子でうたた寝をしているのを見て、アリアンヌはほっとした。燃えるような頬を冷やし、落ち着きを取り戻すことができる。

ドアにもたれ、深く息を吸いこんだとき、ルナールの言葉が示す意味に気づいた。

〝ああ、シェリ。あれが初めてのキスだったとは〟

初めてのキス？　どうしてそれがわかったの？　まるで……まるでわたしの思いを、わたしの目を読んだようだ。

ばかばかしい。大地の娘たちを除けば、そういう技に長けている人間にはまだひとりも会ったことがない。ルナール伯爵に目を読めるわけがないわ。

得体の知れない不安にかられながら、アリアンヌはドアを開け、外を見た。だが、ルナールはすでに立ち去り、馬も乗り手も夜にのみこまれていた。

首にかけた指輪に手をやると、新たな不安がこみあげてくる。

「あなたはいったいどういうひとなの、ルナール？」アリアンヌはささやいた。

〈摩訶不思議亭〉の窓はどれも暗く、静かだった。主人も、召使いも、客もとうの昔にベッドに潜りこんでしまった時間だ。起きているのはひとりだけ。二階にある部屋の窓のひとつに明かりが灯っている。

島の質素な宿屋にしては、なかなか立派な部屋だった。分厚い羽布団のマットは見るからにふわふわで寝心地がよさそうだが、部屋の主はそこに横たわる様子もなく、窓のそばに置いたテーブルにかがみこんでいた。月の光が大きな体と、極度に集中した顔を照らしている。ルナールはテーブルに用意した五本の蠟燭をひとつずつ灯していった。四本の赤々と燃える蠟燭は火、空気、土、水の四つの要素を呼びだすため。残った一本は男の魂を表す。

月の下で五本の蠟燭を五芒《ごぼう》の星の形に置けば、どんな呪文も力が強まる、ルーシーはいつもそう言っていた。闇を追い払う……さもなければ招き入れる五本の蠟燭……。

誘惑という闇を。

ジュスティスは最後の蠟燭をためらいながら灯し、自分が魅せられたように小さな炎を見つめているのに気づいた。

だが、彼が見ているのは蠟燭の火ではない。キスのあと、大きくみはったアリアンヌの目のなかで燃えていた炎だ。正直に言えば、あのキスには彼自身も動揺した。ただのキスにあれほどの情熱を感じたことが、これまでにあっただろうか？

アリアンヌの目をのぞきこんで、自分が彼女の初めてのキスをだいなしにしたことに気づくと、彼はそれを正そうとした。だが、彼女の唇を味わうことにあれほど深い歓びが見つかるとは思ってもみなかった。彼の慎み深い魔女に初めて欲望をもたらし、自分のなかに驚くほど激しい飢えをかきたてるとは。

あのまま彼女を抱きしめて、キスの仕方を教えたかった。アリアンヌから離れるには、もてる意志の力をかき集めなくてはならなかった。だが、ひと晩のレッスンには、すでに充分なほどだったのは明らかだ。

だから彼は紳士を演じ、彼女が館に逃げこむのを許した。いまジュスティスはその決断を悔やんでいた。いますぐそれ以上を教えたくて、体が硬くなる。あのキスは、彼にもいくつか教えてくれた。彼の魔女が見かけほどしかつめらしい女性でも、思ったほどわかりやすい女性でもないことを。

アリアンヌのなかには思いがけぬ深く激しい情熱が眠っている。彼はそれを目覚めさせたいという狂おしいほどの欲望をもてあましていた。それにまた、思いがけぬほど巧みに自分の気持ちを隠す力もある。そして何かを隠している。彼はまったく彼女の目を読めなかった。

〝思いを読む方法はほかにもあるよ〟祖母の声が耳のなかでささやく。

ジュスティスは手にした小さな革袋の中身を少し振りだした。乾燥したジャスミンの花びらだ。甘く芳しい花びらはそれ自体では無害だが、ほかの材料と合わせると――

部屋のドアがいきなり開き、トゥサンが大股に入ってきた。ジュスティスは革袋を落として、くるりと振り向き、テーブルに立てた蠟燭を隠そうとした。

だがジュスティスがこの部屋で魔女の祈りを唱えていても、トゥサンのことだ、気づくとは思えない。老友はひどく不機嫌で、大きな音をたててドアを閉める前に怒った顔でジュスティスをにらみ、つぶやいた。

「この歳で、ひと晩の半分を馬屋で過ごさねばならんとはな」

「自分がそうしたがったくせに」ジュスティスは言い返した。「おれはエルキュールの体をこすってやり、水をやった。それ以上あいつを甘やかす必要はなかったんだ」

「だが、驚くほど興奮していたからな。隣の仕切りにポニーがいるのが気に入らんらしい。すっかり取り乱していた」

「あのポニーは明日には持ち主のところに戻る。あいつが取り乱していたのは、おれを振り落とすチャンスがなかったからだろうよ。アリアンヌをベル・ヘイヴンに届けた帰り、どの道を行くかでおれたちはかなり激しく争ったんだ」

今夜、どんな理由でエルキュールが珍しく従順だったのか知らないが、またもとに戻ってしまったようだ。四本脚の動物は人間が思っているよりもよっぽど利巧で繊細なんだよ、とルーシーはいつも言っていた。

ジュスティスは顔をしかめた。「こんなことを言うとばかげて聞こえるだろうが、あの馬はおれが自分をアリアンヌの妹に返しに行くつもりだと思ったのかもしれん。ベル・ヘイヴンから離れようとするまでは、見違えるようにおとなしかったんだ。だが、そのあとは、まるであの少女を呼んでいるように、頭を振って必死にいなないていた」

「おおかたあんたもあの馬も、シェニ家の女の魔法にかかったんだろうよ」トゥサンは長いスツールに腰をおろし、ブーツを片方引き抜いた。「だが、あんたは馬よりましな分別を持っているべきだぞ。夜中に町じゅうを走りまわって、あの——」

彼は急に言葉を切り、残ったブーツを引きぬく途中で目を細めた。ジュスティスの後ろの蠟燭に気づいたのだ。「いったい……何をしていた?」

ジュスティスはあくびをするふりをした。「あんたが戻ってくるのを待っていただけさ」

トゥサンはブーツを片方はいたままテーブルに近づいてきた。ジュスティスはさえぎりたいという罪悪感の入り混じった衝動を感じ、そんな自分に苛立って肩をすくめ、脇に寄った。

トゥサンは注意深く置かれた蠟燭を見て、ためていた息を吐きだした。「なんてこった！いったい……?　くそ、ジュスティス、こういうことはもうしないと誓ったはずだぞ」

トゥサンは非難もあらわに彼をにらみつけ、一本だけ残して震える手で蠟燭を消すと、革袋をつかんだ。乾いた花びらがテーブルにこぼれる。「ジャスミンか」

「部屋の空気がよどんでいたからさ」

「おれをばかにするな」トゥサンはうなるような声で言った。「ジャスミンが何に使われるかぐらいは、おれにもわかる。媚薬を作るためだ。ルーシーはしょっちゅう作っていたよ」

「で、あんたにもそれを使ったのか?」

トゥサンは真っ赤になった。「いや、だが、ときどき村人にそれをやって家畜の肉をもらうとか、じゃがいもの袋をひとつ余分にもらったものだ。若い娘の徳を奪うことしか考えていない、節操のない男たちに売ったりな」

「女だって同じくらいひどいぞ。不運な男を誘惑するために、よくルーシーの媚薬をもらいに来た」ジュスティスは指摘した。

「そうかもしれんが、あんたがそんな邪悪な手に頼ったのは一度も見たことがなかったぞ」トゥサンの目から怒りが消え、代わりに深い失望が浮かんだ。

「くそ、トゥサン。そんな目で見る必要はない。媚薬はすでにある情熱を強めるだけだ。女にその気がなければ、なんの役にも立たない。だが、おたがいに惹かれていれば、どんなに否定しても、それが――」

トゥサンがそっけなくさえぎった。「体はその気になっても、心までは奪えんぞ。あんたはそんなふうに彼女を手に入れたいのか？」

ジュスティスはつかのま挑むようにトゥサンを見つめ、それから自分の顔が屈辱に染まるのを感じた。「ただなんとなく作ろうと思っただけさ。本気で使うつもりはなかった」

少なくとも、彼はそれが真実であることを願った。ときどきジュスティスはそういう邪悪な思いを抱き、そんな自分にぞっとすることがある。彼はテーブルに戻り、乾いたジャスミンの花びらを革袋に戻して、紐をぎゅっと締めた。そうすれば、魔力に頼りたいという誘惑もしまいこめるかのように。

ジュスティスはトゥサンにわびしげな笑みを浮かべた。「すまない。昔から邪悪な魔力に惹かれる傾向があるんだ」

「わかってる」トゥサンが悲しげにうなずいた。「だからマドモワゼル・シェニをあきらめてもらいたいんだ。彼女が隠し持っている書物もな」

「その話を蒸し返すのはやめてくれないか、トゥサン。彼女はおれの運命なんだ。おれはアリアンヌを妻にする」

ブーツを脱ぐためにスツールに戻ったトゥサンに、ジュスティスは言葉を続けた。「だが、万事順調とはいかないようだ。たいしたライバルはいないようだが、何かが起こった。夜中に修道院を訪れたわけを尋ねたとき、彼女は曖昧にごまかした」

「ルーシーから教わった技を使えないのか?」トゥサンは尋ねた。「目を読むのは、とくに害があるとは思わんが」

「ああ、おれも思わない。だが、あれは常にうまくいくわけじゃないんだ。アリアンヌの思いはほとんどの場合、簡単に読めるが、今夜は読めなかった。彼女は何かを隠している」

「だったら、ふつうの人間が使う方法に頼っちゃどうだ? 彼女に率直に尋ねるんだ」

「訊いても、あっさり打ち明けてもらえるとは思えないね。おれを信頼していないからな」

「そいつは驚きだ! どうしてかな?」トゥサンは皮肉たっぷりにそう言って、ごま塩の無精ひげをなでた。「おれの助言が欲しけりゃ――」

「いや、苛立たしい助言なら結構だ」

トゥサンはジュスティスをにらみつけたものの、言葉を続けた。「あのいまいましい指輪をどうしても彼女に渡したければ、条件などつけるな。そして彼女の信頼を勝ちとれ。自分のことを正直に話せ」

「ルーシーのこともか?」ジュスティスは鋭く言い返した。

トゥサンは落ち着いた目で見返した。「とくにルーシーのことを」

ジュスティスは首を振った。「それはあまりいい考えだとは言えないな。おれの経験では、男と女のあいだでは、真実が過大評価されているよ」

「ああ、その考えには亡き伯爵も諸手を挙げて賛成するだろうよ」

ジュスティスはぐっと唇を引き結び、蠟燭を消してベッドに倒れこんだ。トゥサンが長いこと身じろぎもせずに立って、自分を見下ろしているのはわかっていたが、何も言わなかった。やがてトゥサンは深いため息をついて自分のベッドに横になった。

トゥサンがいびきをかきはじめたずっとあとも、ジュスティスは眠れなかった。

トゥサンがどう言おうと、おれは祖父とはちがう。アリアンヌの髪を引っぱり、無理やりベッドに引きずりこもうと企んでいるわけではない。たしかに媚薬を使おうと考えたのは、少しばかり邪悪だったかもしれないが、男が邪《よこしま》な思いだけで縛り首になるとしたら、とうにこの地上からひとりもいなくなっている。

忍耐強く待つんだ、彼は自分に言い聞かせた。アリアンヌが今夜どんなことに巻きこまれたのか知らないが、それがなんであれ、彼女があの指輪を使いたくなるときがかならずくる。彼はそう感じた。それも遠い先のことではない。

8

母の大きなベッドは柔らかくてとても寝心地がよい。それに今夜はくたくただったが、アリアンヌは眠れなかった。頭のなかには、今夜この館の戸口から消えた男に関する疑問が渦巻いている。

こんなことを考えるのはとても愚かなことだが、もしも魔法を使う男がいるとすれば、ルナールはそのひとりにちがいない。まだ血のなかにくすぶっている炎をもたらしたあのキスと抱《ほう》擁《よう》には、間違いなく何か邪悪な魔法があった。彼女は彼の長い指が自分の胸を愛撫するところを想像せずにはいられなかった。あの大きな、強い手を……。

「いいかげんにしなさい!」自分の思いにショックを受け、アリアンヌは枕を叩いた。ただのキスだったのよ。それが実際よりも強烈に思えたのは、経験がまったくないからで……それにとても疲れていたから。疲労は人に奇妙な作用をするものだわ。思いを曇らせ、日ごろの自分とはまるでちがう振る舞いをさせる。ルナールにキスをされたときのように。

あの伯爵に関しては、キスよりももっと気になることがある。彼は緑色の目をまるで武器のように使い、こちらの心を読もうとした。それに奇妙な指輪に関する疑問もある。その指輪はいまも寝間着の下にあった。ひんやりした感触だが、それが胸にのっていると奇妙に安心できる。不思議なことだが、彼女はすでにその存在に慣れはじめていた。

アリアンヌは鎖を引っぱり、指輪を取りだした。暗い部屋のなかでは輪郭すらほとんど見えない。なぜだかわからないが、旅先で買ったという話を、アリアンヌは信じていなかった。彼が……自分で作ったとしたら？

海賊だったとか、凶暴な山賊だったという噂はどれもみな、間違っているのかもしれない。ひょっとすると、彼にははるかに恐ろしい過去があるのかもしれない。

女の跡継ぎのいない大地の娘が、自分の知識を息子に授けた例はある。実際、亡きノストラダムスのように太古の知識を習得することができた男もいるのだ。

だが、魔法を使うと主張する男たちの大半は、偽者か自己暗示にかかっているだけだ。ルナールはどちらの範疇《はんちゅう》に入るのか？

アリアンヌは指輪を寝間着の下にしまい、目を閉じて眠ろうとした。規則正しく、ゆっくり呼吸しながら体の力を抜き、しだいに眠くなるように呼吸に集中していると、突然、くぐもった叫び声が聞こえた。アリアンヌはぱっと目を開け、つかのま胸をどきどきさせながらそのまま横たわっていた。いまの声は想像だったのか？　それとも、夢を見はじめたところだったのか？

すると再び叫び声がした。かすかだが、間違いなく妹たちが眠っている部屋から聞こえてくる。アリアンヌは上掛けをはねのけ、ベッドから飛びおりて、蠟燭も持たずに部屋を走りでた。もちろん、レミー大尉がもたらした心配と緊張を除けば、妹たちが危険な目に遭っていると思う理由はまったくないが……。

途中でうっかり寝間着の裾を踏み、危うく転びかけながら、妹たちの部屋に達すると、彼女は静かにドアを開け、不安にかられて妹たちの名前を呼んだ。「ミリ？　ガブリエル？」

だが、答えはなかった。寝室は外出から戻り、のぞいたときと同じように静かで、ふたりとも眠っている。ミリベルが鎧戸を開けたまま眠ってしまったとみえて、小さな部屋を月の光が横切っていた。

母が死ぬまではアリアンヌも使っていた子ども部屋は、ガブリエルとミリベルの宝物でいっぱいだった。ここには、アリアンヌ自身はとうの昔に手放してしまった少女時代がある。椅子の上にはガブリエルの大事なアプリコット色のシルクがかかり、小テーブルには香水の瓶や髪を飾るリボンがあふれんばかり。その近くには、自分が助けた森の小さな生き物のためにミリベルが作っている〝家〟用の木材とハンマーと釘が積んである。

ベッドの向かいの壁にはガブリエルが妹のために描いた、森から飛びだしてくる銀色のユニコーンの絵がかかっていた。だが、完成しているのは、神話のなかの生き物の堂々たる頭と肩、風になびくたてがみだけだ。

これはガブリエルの最後の作品だった。どうやらこの絵は、未完成のまま残ることになりそうだ。アリアンヌは悲しい気持ちで、足音をしのばせ、ベッドへ近づいた。金色に輝く髪を枕の上に広げ、ガブリエルは大の字に寝ていつものようにベッドの半分以上を占領している。

さきほどの悲鳴はミリベルがあげたにちがいない。末の妹は上掛けをはねのけて床に落とし、怯《おび》えた野鼠《のねずみ》のように震えながら丸くなっていた。目を見開き、宙を見つめていたが、起きているとはかぎらない。幼いころから、ミリベルは眠っているときに話をしたり、ときには歩くことさえある。突然揺さぶって怖がらせないように、細心の注意が必要だ。

アリアンヌは妹のすぐそばにしゃがみ、華奢な肩を優しくなでた。「ミリ、ミリ、いい子ね。目を覚まして」

小さな体がぶるっと震えた。

「ミリベル、悪い夢を見たのよ」

末の妹はせわしなくまばたきした。うつろな目がしだいに焦点を結び……突然がばっと起きあがってアリアンヌを驚かせた。青ざめた顔を月の光が縁どる。

「母様？」ミリベルはすがるように呼んだ。「母様なの？」

「いいえ、ミリ。わたしよ。アリアンヌよ」

完全に目覚めたとたん、希望に満ちた顔がくしゃくしゃになり、胸のつぶれるような深い失望が浮かんだ。ミリベルはくぐもった泣き声を漏らし、息ができないほど強く姉の首にしがみついた。アリアンヌは何も言わずに妹を抱き寄せ、背中をなでながら耳元でささやいた。「大丈夫よ、いい子だから。何も怖くないわ、大丈夫」

「で、でも、アリアンヌ、またひどい夢を見たの」

「わかっているわ。ええ」

ミリベルが声をあげて泣きはじめると、アリアンヌは眠りの深いガブリエルがもぞもぞ動くのに気づいて、末の妹を抱きあげ、窓辺の椅子へと運んだ。

もう十二歳になるというのに、小柄なこの妹はまだ幼子のように軽い。アリアンヌは妹を膝にのせて座り、肩に顔をうずめて泣きつづける妹の細い体を抱きしめ、長いこと黙って前後に揺すっていた。しばらくすると、泣き声はようやく静かになった。

アリアンヌは自分の寝間着の袖《そで》を使って妹の涙をふいた。「いいわ、話してごらんなさい。どんな夢を見たの？」

「ああ、姉様！　とっても怖かった」ミリベルはごくりと唾をのんだ。「町があって、でも、あたしたちの町じゃないの。もっと大きくて、たくさん塔が立っているところよ。その塔の鐘がいつまでも鳴り響いて止まらないの」妹はぶるっと震えた。「それに恐ろしい霧がみんなの正気を奪っていくの。男たちが通りに走り出て、宮殿を赤く塗ろうとしていたわ。美しいプリンセスが必死に止めようとするけど、誰も聞こうとしないの。

それからその霧がどんどん濃くなって、突然みんなが咳きこみはじめ、倒れて、死にはじめた……あらゆる場所に飛び散ってる赤いものは、ペンキじゃなくて血だったの」

悪夢の光景をさえぎろうとするように、妹はアリアンヌの肩に顔を埋めた。自分で編んだおさげは、すっかり解けている。アリアンヌは銀色の髪を優しく指で梳かしながらなだめた。

「しいっ、いい子ね。ただの悪い夢よ」

ミリベルはぱっと顔を上げ、涙に潤む目で責めるように叫んだ。「どうしてそんなことが言えるの？　ほかの夢がどうなったかわかっているのに」

たしかにアリアンヌは知っていた。妹の悪夢はしばしば恐ろしい形で現実になるのだ。母が死ぬ前の一週間も、ミリベルは母が森のなかに消えていく夢を繰り返し見た。チェス盤の上でコマが戦い、黒い騎士が白い騎士の頭をかち割るという夢を見たあとは、臣下の騎士との余興試合の最中に、折れた槍《やり》が目に突き刺さって、フランス国王のアンリが死んだ。

だが、アリアンヌは不安を自分だけの胸に閉じこめ、妹を慰めようとした。「今度の夢は、ただの悪夢かもしれないわ」

ミリベルは首を振った。「ちがうわ！　あたしにはわかるの。こんなにひどい夢を見たときは、いつもそう。恐ろしいことが起こるまで、何度も何度も同じ夢を見るのよ」

妹はアリアンヌの寝間着の前をつかんだ。「だから、いまの夢の意味を教えて。もしかしたら、今度はあたしたちでそれが起こるのを止められるかもしれない」

アリアンヌは力なく妹を見つめた。「でも、わたしには夢を解釈する力などないわ」

「だったら、同じ夢を見ないようにして。母様はそうしてくれたわ。少なくとも、その夢を見た夜だけはぐっすり眠れるように、額をなでて、悪い夢を頭のなかから追いだしてくれた」

ミリベルは姉の手をつかみ、それをこめかみに押しあてて、大きな目で懇願した。「あの夢を追いだして。お願い」

アリアンヌは胸に鋭い痛みを感じながら涙をこらえ、妹の眉をなでた。「どうすればいいか、わからないわ」

ミリベルは唇を震わせながらアリアンヌの肩に顔をうずめ、またしても泣きだした。

「ああ、アリアンヌ！　母様が恋しい！」

アリアンヌは涙をこらえながら妹を抱きしめ、低い声でつぶやいた。「ええ、わたしもよ」

9

午後の陽射しを浴びたポート・コルセアの家々や店は明るい昼の顔を見せていた。木材を用いた建物の正面は赤や青、緑の明るい色の蛇腹で飾られている。午前中に買い物をすませた島の女たちは、ほとんどが洗濯や敷物の埃叩き、庭の草取りなどに取りかかっていた。

この平和な光景のなかにいると、昨夜の不安が愚かしく思える。そう言えば、母はよくこう言っていた。〝あなたは良識があるわ、アリアンヌ。それに頼るようにしなさい〟と。これからはその良識に頼り、フェール島のレディに相応《ふさわ》しく、強く賢い女性になるとしよう。

今朝の最初の仕事は、ルナール伯爵を捜すことだ。アリアンヌは妹のポニーをベル・ヘイヴンに届けてくれた馬屋の少年に、伯爵がまだ島にいることを確認していた。

町まで乗せてくれた荷車を見送ると、彼女は買い物かごを腕に抱えなおして宿屋へ向かった。昨夜の疲れはまだかすかに残っているが、気分はだいぶよくなった。今日こそルナールから、曖昧な過去と自分と結婚したがる理由をはっきり聞きだすとしよう。そして満足な答えが得られなければ、指輪を彼に返して、先日の取引は終わりだときっぱり告げるのだ。

ところが、宿屋の階下の店で彼のことを尋ねると、伯爵様はお出かけで、何時に戻るかわからない、という答えが返ってきた。

アリアンヌは失望を隠そうとした。もちろん、ルナールに会いたかったからではない。ただ、勇気と決意がくじけないうちに彼と対決したかっただけだ。

今日の午後ベル・ヘイヴンを訪ねてくれ、と伝言を残し、アリアンヌは大通りへと歩きだした。そこにはほぼ百年前に建てられた古い店が、たがいに支えあうように並んでいる。鎧戸の下半分は商品を並べる棚に使われ、上半分は日よけに使われている。開いている窓からは、せっせと働く親方と弟子たち、あるいは女主人——こちらのほうが多い——の姿が見えた。

町に住む職人の多くは、夫の技術を受け継いだ未亡人や娘たちだ。なかには女でも妻か売春婦以外の仕事ができると知って、ここに住み着いた未婚の女性たちもいる。アリアンヌが通りを歩いていくと、あちこちの店のなかから温かい挨拶の声がかかった。

島の人々が与えてくれる愛情と尊敬には、いつものように心の温まる思いだが、彼女自身は少しばかりうわの空だった。そして通りの端まで達してもルナールは見つからないと、彼女は自分でも驚くほど深い失望を感じた。

アリアンヌは、ほかのもっと高い建物とは異なる外見の、四角いコテッジに達した。風にきしむ看板に描かれた金色の三つの丸薬から、薬屋であることがわかる。少なくとも、マダム・ジュアンは自分の店を薬屋だと呼んでいるが、彼女のもつれた白髪と顎のいぼは、本土の人々が抱いている魔女のイメージにそっくりだ。

この外見の〝ご利益〟で、マダムの店には、愛をもたらす軟膏《なんこう》や、精力絶倫の媚薬を買いにくるだまされやすい船乗りたちがあとをたたない。が、じつはマダム・アデライド・ジュアンも古代の科学に精通している大地の娘なのだ。この店には、手袋の謎を解くのに役立つかもしれない、特殊な粉がある。レミー大尉の回復を促す調合薬に必要な粉もあった。

きわめて有能な薬剤師であるほかにも、マダム・ジュアンはじつに巧みに物語を話す。そのため彼女の店には、お話をねだりによく島の子どもたちが集まってくる。アリアンヌたち三姉妹も、小さいころはそれを聞くのが楽しみで、薬屋に行く日を一日千秋の思いで待ち、母が薬を選ぶあいだ、三人とも魔法にかけられたように熱心にマダムの話に聞き入ったものだった。

ガブリエルは伝説のメリュジーンの身の毛もよだつ恐ろしい冒険をとくに好んだ。この魔女の邪悪な行いを語るとき、マダムはいつもぞっとする声でささやいたものだった。

〝メリュジーンはとても見目麗しかったんだよ。だけど、その心は暗い井戸の底よりも冷たかった。そして彼女は、国王や貴族の男たちではなく、大地の娘たちがフランスを支配すべきだと決めたのさ〟

〝それのどこがいけないの？〟ガブリエルが口をはさむ。〝あたしはとってもいい考えだと思うな〟

〝だけど、メリュジーンはとても残酷な、邪悪な方法で自分の夢をかなえようとしたんだよ、かわいいガブリエル。彼女は貴族の領地を攻撃し、作物に疫病をもたらし、家畜を呪って、彼らをひざまずかせようとした〟

〝ちっちゃな羊さんも呪ったの？〟ミリベルが目をみはって震えながら尋ねる。

〝ああ、とくにちっちゃな羊をね、愛らしいミリ。メリュジーンが家畜にしたことときたら、正視にたえないほどだった〟マダム・ジュアンは苦悶にのたうつ瀕死《ひんし》の羊を真似て、体を痙攣させ、哀れな鳴き声をあげて舌をだらりとたらした。

ミリベルが涙を浮かべてぶるぶる震え、アリアンヌのスカートに顔を埋める。すると母が子どもたちが悪い夢を見ないように、穏やかだが凛とした調子でマダムを止めるのだった。

メリュジーンに関するマダム・ジュアンの恐ろしい物語に、アリアンヌたちは心の底から震えあがったものの、それに懲りずに三人ともっと話してくれとマダムにねだるのをやめなかった。島のほかの子どもたちも同じだ。

だが、この日の午後の店には年老いたマダムの姿しか見えなかった。マダムはアリアンヌの注文にうなずいて、ずらりと並んだ棚の瓶からすぐさまいくつか取り出した。毒を見つける粉にしろ、傷を癒す手助けをする粉にしろ、マダム・ジュアンにとってはみな同じ。それこそが、この店から薬草の粉を気軽に買える理由なのだ。マダムは決してあれこれ詮索することも、問いただすこともしない。

アリアンヌのかごに小さな瓶を入れながら、マダムは明るい声で尋ねた。「愛らしいふたりの妹たちは元気かい？」

「ええ……とても」アリアンヌはつぶやいた。が、これは社交辞令だった。今朝のミリベルは昨夜の悪夢をまだ怖がって、青い顔でほとんど口をきかず、朝食にもまったく手を触れなかった。そして自分の動物たちから慰めを得るために、すぐに納屋に入ってしまった。ガブリエルはといえば、冷ややかでひどくよそよそしく、目にはつらそうな表情が浮かんでいた。

アリアンヌはマダムの鋭い視線を感じながら、薬の代金をしわ深い手にのせた。

「あんたたちに必要なのは、ちょっとしたロマンス、元気いっぱいの若い恋人だよ」

またそれ？　アリアンヌはうんざりしてくるりと目を回した。マダムはアリアンヌがこの店に来るたびに同じ言葉を繰り返す。

「まさか、自家製の媚薬のひとつを売りつけるつもりじゃないでしょうね」

「とんでもない。フェール島のレディにそんな愚かなことをするもんかね。あたしが言ってるのは、女のベッドは温めてくれる男がいなけりゃ、ときには寂しくなるってことさ。四人の夫を看取ったこのあたしが言うんだから間違いない。彼らの魂よ安らかに」

「まあ、四人も？」アリアンヌはつい叫んでいた。マダムが未亡人だということは知っていたが、そんなに何度も結婚していたとは。

「そうさ。四人とも立派で元気な男だったよ。たぶん、あたしに精力を吸われちまったんだろうね。だけど、あたしはどの男も心から愛していた」

「そんなにたくさん」アリアンヌはつぶやいた。

マダムはため息をついた。「そうさ。これはと思う男が店に入ってきていたら、五人目にもいやだとは言わなかっただろうね。よく笑う、大胆で、器用で、目に色気のある男が」

マダムはアリアンヌの顎をつまんで、好ましそうに目をのぞきこんだ。「あんたはそんなに簡単に男を愛するタイプじゃないね。でも、いったん好きになったら、永遠に続くほど深く、激しく愛するよ。あんたの母さんみたいに、ひとりの相手に心を捧げる」

そして母のように、胸を引き裂かれるかもしれない。アリアンヌはきっぱり首を振った。

「心を捧げるなんて、絶対にごめんよ。フェール島のレディとしてしなくてはならないことが山ほどあるもの。恋人を捜している暇などないわ」

「恋人のほうがあんたを見つけるかもしれないだろ」マダムは言い返した。「ルナール伯爵が島に戻ったそうじゃないか」

「ええ」アリアンヌは少しも関心のないふりをしようと努めた。

「あの男なら、あんたにぴったりだ。筋肉と骨の塊だが、頭も悪くない。俗にいうハンサムとはちがうかもしれないが、あたしは昔から、少々危険な雰囲気を漂わせた個性的な顔の男が好みでね」

「危険すぎるかもしれないわ」アリアンヌは答えた。「マダムは男性にずいぶんと経験がありそうだから訊くけど、これまで古代の方法を習得した男に会ったことがある？　巧みに魔法を使う男に？」

マダム・ジュアンはいたずらっぽく目を輝かせた。「じつを言うと、三人目の夫は、ベッドのなかではちょっとした魔法使いだったよ」

アリアンヌは笑った。「真面目に答えて。あの伯爵に関しては、物騒な噂しか耳に入ってこない。もしかするとひどい悪党で、想像もつかないような悪事を企んでいるのかもしれないわ」

マダム・ジュアンは肩をすくめた。「だったら彼と結婚して、揉め事を起こさないように手綱を取っておあげよ」

「とても無理よ。目を読むこともできないんだもの。何を考えているかさっぱりわからないわ」

「おおかた、ほとんどの男と同じことだろうよ。あんたをいつベッドに連れこめるか、夕食には何を食べられるか」

ふいに自分のベッドで引きしまった裸体にシーツをからめたルナールの姿が目に浮かび、アリアンヌは鋭く息をのんで、赤くなるのを防ごうとした。

「男が何を考えているか知る方法はほかにもあるよ」マダム・ジュアンはカウンターの下をかきまわし、錆色の液体が入った小瓶を取りだした。そして問いかけるように眉を上げたアリアンヌに向かって、内緒話でもするようにささやいた。

「これは〝レサーンス・ド・ヴェリテ〟」

「真実を知る薬？」

マダムはうなずいた。「目を読むことに失敗したら、これを試すのがいちばんだ。伯爵のワインに二、三滴垂らせば、知りたいことを全部教えてくれる。あたしが保証するよ。二番目の夫には、しょっちゅうこれを使う必要があったものさ。やくざな男でね」

アリアンヌは好奇心と嫌悪を感じながら小瓶に触れた。「でも、これは……黒魔術だわ」

「黒じゃないよ」マダムはなだめるように言った。「せいぜい灰色だね」

「母はほかの人の思いに手を加えるとか、その人の自由意思を脅かすようなものは、黒魔術だとみなしていたわ」

「あんたの母さんは——神よ祝福あれ——あまりにも潔癖すぎた、この世には立派すぎた」マダム・ジュアンは小瓶をアリアンヌに持たせた。「伯爵に使うといい。あたしのおごりだよ」

アリアンヌはつかのま小瓶を見つめた。これで真実を聞きだせるとしたら……とても心が動く。これがあれば、ルナール伯爵の弱みをつかむこともできる。

だが、もしも母が生きていたら、きっと反対するだろう。アリアンヌは重いため息をついて、小瓶をマダムに返した。「ありがとう。でも、結構よ。ルナール伯爵に関して知りたいことはたくさんあるけど、もっと率直な手段に訴えることにするわ」

マダム・ジュアンは肩をすくめた。「そうかい。向こうもフェアにやってくれるといいけど」

問題はそれね、アリアンヌはそう思いながら指輪に触れ、小瓶をもとの場所に戻すマダム・ジュアンに別れを告げて、誘惑から逃げるように急いで店を出た。

明るい陽射しに照らされた通りに出たとたん、彼女はムッシュ・ターヤボワにぶつかりそうになった。彼は驚いて声をあげたものの、アリアンヌが後ろによろめくのを見て、すばやく細い手を突きだし、彼女を支えた。

ターヤボワは長身で、黒い髪、鋭い刃のような鼻に高い頬骨の男だった。尊大な物腰ではあるが、ほとんどの女性はハンサムだと思うにちがいない。華奢な肩にかけたローブの毛皮の縁どりが、裕福な中産階級の市民であることを示している。それに口元にはいつも柔和な笑みが浮かんでいる。でもこの男の目は彼が行うビジネスと同じように非情だった。

「ムッシュ・ターヤボワ、失礼、うっかり……」アリアンヌは礼儀正しい笑みを浮かべた。

「謝る必要はないとも、マドモワゼル・シェニ。あなたと会うのは、どんな場合でも大きな喜びだ。たとえ足を踏まれても」ターヤボワは軽口をたたこうとしたが、ルナールと違ってひどくぎこちない。「最近はめったに本土でお見かけしないが」

その言葉にかすかな非難がこめられているのを感じ、身をよじるようにして肩をつかんでいる彼の手から逃れながら、アリアンヌは頬が赤くなるのを感じた。できるだけ彼と顔を合わせまいとしてきたのは本当のことだ。

「申し訳ありません。ムッシュ。ベル・ヘイヴンのことで忙しくて、つい……。父のお借りしたお金のことで、近々お話にうかがうつもりでした」

「その件なら心配はいらない。もっとも、返済がずいぶん遅れているのはたしかだが」

「ええ。でも、まもなく父が戻り――」

「希望を砕くようなことは言いたくないが、マドモワゼル、ブラジルにはだいたいの旅人が半年で到着する。シェニ騎士が出帆されてからもう二年以上になることを考えると、最悪の事態を覚悟しなければならんでしょうな」

「父の航海が危険なものだと思われたのなら、なぜその資金をお貸しになりましたの？」

ターヤボワが目を細め、一文字になるほど眉を寄せるのを見て、アリアンヌは急いで口調を変えた。「ごめんなさい、でも、わたしは父が戻るという望みをまだ捨てていませんの。なんとか寛大な処置で、もう少しだけ時間をいただければ――」

「いくらでも寛大になりますよ、マドモワゼル・シェニ」ターヤボワはさえぎり、アリアンヌの腕に軽く手を置いた。「それどころか、もう何度も申しあげているが、あの借金は全額忘れてもかまわない。あなたが――」

「わたしがあなたと結婚しなければ、法的な手続きをするとおっしゃるの?」

「アリアンヌ」ターヤボワは穏やかにたしなめた。「わたしはただ、あなたのことが心配なだけだ。わたしはあなたを深く想っている。その気持ちを表すことができたら」

彼は身を乗りだし、顔を近づけてきた。いつもなら、さりげなく身を引くのだが、今日のアリアンヌは自分でも驚くほど冷静にターヤボワを値踏みしていた。肉体的には、彼にはとくに嫌悪すべき点はない。アリアンヌは唇のなめらかな輪郭を興味津々で見つめ、昨夜のルナールのキスと、自分の激しい反応を思い出した。あんなに乱れたのは、経験がないせいだろうか? またしてもそんな思いが頭をよぎり、アリアンヌは身を引く代わりにじっと立ち尽くしていた。ターヤボワが驚いて目を見開き、この予期せぬ従順さに喜びながら、さらに顔を近づけ、自分の唇を押しつけた。アリアンヌは温かい唇を感じたが、ただそれだけだった。

ターヤボワは満足そうに顔を離した。アリアンヌがなんの反応も示さなかったことにも、気づいている様子はない。ルナールなら決してこんな従順な反応では満足しないだろうに。

「親愛なるアリアンヌ」ターヤボワは言い、それから鋭く息を呑んだ。金属がこすれる耳障りな音に、アリアンヌも同じようにたじろぎ、耳を覆った。その音は後ろから聞こえてくる。彼女はさりげなく体をひねった。

ルナール伯爵がマダム・ジュアンの店の横壁に寄りかかり、大きな剣を磨いでいる。いつからあそこにいたのか？

ほかはともかく、いまのキスは見られたにちがいない。アリアンヌは狼狽して赤くなった。いやな男、最悪の瞬間に姿を現すなんて、いかにも彼らしい。

ターヤボワもアリアンヌと同じくらい狼狽していた。落ち着き払っているのはルナールだけだ。彼は剣の刃をじっくりと調べ、その鋭さを試してから、満足したようにうなずいた。

そして体を起こすと、いつものようにゆったりとアリアンヌに近づいてきた。いかつい顔には笑みが浮かんでいたが、緑色の目には険悪な光が宿っている。

「やあ、マドモワゼル・シェニ。買い物にはもってこいの上天気だ」

「え、ええ」アリアンヌは口ごもり、わたしが誰とキスをしようと、この男には関係のないことよ。そう自分に言い聞かせた。

剣の握りをてのひらに休ませ、ルナールは恐ろしげな武器を差しだした。「この素晴らしい職人の腕を見てくれ。とくに刃が見事だ。これほどの業物がきみの小さな島で見つかるとは。しかも女性が作ったものだというから驚くね。パルトゥ夫人は良質の針やピンも作るらしい」

「ええ、それはわたしも知っているわ」

「最近は、細身の小剣《ラピエ》を好む者が多いが、昔からの幅広の剣にも捨てがたい味がある。首をはねるとか、ほかの部分を切り落とすには、使い勝手がよさそうだ」ルナールはまだアリアンヌの腕をつかんでいるターヤボワの手をちらりと見て付け加えた。

ターヤボワが急いでその手を引っこめる。ルナールは二人に近づいた。

「どうかな、ムッシュ？」ルナールは尋ねた。「これは素晴らしい武器だと思わないか？」

「あいにくと、剣には興味がないもので」

「それは残念だな、ムッシュ……」

「ターヤボワです」彼はどうにかぎこちなく頭をさげた。「アンドレ・ターヤボワです」

「ああ、高利貸しか」

「ちがいますとも」彼はむっとして肩に力を入れ、背筋を伸ばした。「銀行家ですよ」

「その区別は曖昧だな。おそらく税金を集める者も、自分を泥棒だと思うより民に奉仕する役人だと思いたがるだろう」

ターヤボワが怒りに体を震わせるのを見て、アリアンヌは急いで口をはさんだ。

「伯爵の言葉を真に受けてはいけませんわ。この方は冗談がお好きなの。あの……ルナール伯爵をご存知？」

「いや、しかし、噂は聞いておりますとも」ターヤボワは鼻を鳴らそうとした。「ドヴィーユ家の評判は広くいきわたっておりますからな」

ルナールの口がぴくりと動いた。ほんのかすかにだったから、おそらくターヤボワは気づかなかっただろう。奇妙にもアリアンヌはルナールを弁護したいという衝動を感じた。

だが、その必要はなかった。ルナールはターヤボワに覆いかぶさるように立ち、二重のまぶたを落として目を細めた。「それはよかった。おかげではるかに時間の短縮になる。では、わたしがマドモワゼル・シェニと結婚することも知っているだろうな」

「ルナール伯爵！」だが、彼はアリアンヌの抗議をまったく無視してターヤボワに近づいた。まだにこやかな笑みを浮かべているものの、緑色の瞳には、手にした剣と同じくらい危険な光がある。

ターヤボワはどうにかその場にとどまった。「あなたの意図は島の誰もが知っていますよ、伯爵。しかし、マドモワゼル・シェニにはほかにも求婚者がいるのですよ」

「わたしが心配しなければならん相手がいるとでも？」ルナールは低い声で尋ねた。

「その点に関してははっきりさせておきますと、閣下、わたしは――」

「いや、こちらこそはっきりさせておこう」ルナールは友好的な態度をかなぐり捨てて手にした剣を上げ、ターヤボワの喉に触れんばかりに切っ先を近づけた。「わたしのレディを抱擁しているところを、さもなければ彼女にまとわりついているところをもう一度でも見つけたら、この鋼《はがね》にキスをすることになるぞ。わかったか？」

ターヤボワは勇気を奮い起こしてこれに応じようとしたが、すぐにあきらめ、くるりと踵を返して悪魔にでも追いかけられているように早足で歩み去った。

その後ろでさざ波のような笑い声が起こった。買い物客や店の見習いたちだ。ターヤボワはこの島では昔から人気がない。彼を追い返したルナールに拍手が沸いた。

彼はさっと剣を振り、見物人に向かって深々とお辞儀をしたが、アリアンヌは穴でもあったら入りたい思いだった。ふたりの男が自分をめぐって争うのを見て、喜ぶ女性もいるかもしれない。だが、彼女はただ恥ずかしいだけだ。

伯爵が剣を鞘《さや》におさめるのを待って、彼女は喉が詰まったような声で非難した。「ルナール、なんてことを！　ムッシュ・ターヤボワは丸腰だったのよ！」

「本物の男なら、剣を持っていたはずだ。少なくとも、逃げだす代わりに急いで剣を調達しようとしたはずだ」

「ならず者のようにやり合うのではなく、理性的に問題を片づけようとする殿方もいるわ。彼は父の債権者よ。怒らせるわけにはいかないの」

「怒らせたのはわたしで、きみではない」ルナールはじろりと彼女を見た。「実際、きみの彼に対する態度は、その正反対だった。昨夜はたいした競争相手はいないと言わなかったか？」

「いないわ。それに……あなたには関係のないことよ。自分で追い払えるわ」

「ああ、そうすることに依存はない」彼は言い返した。「だが、あの男を追い払う努力はしていなかったようだな。きみはどんな〝金〟で借金を払うことにしたんだ？」

アリアンヌは真っ赤になった。ターヤボワのキスを誘うはめになった愚かな衝動のことは、すでに充分恥じていたが、ルナールの厳しい言葉はその屈辱をさらに増し加えた。彼女はごくりと唾をのんで彼に背をむけ、足早に歩きだした。

集まった人々が好奇心を浮かべた顔で、恭しく道をあける。後ろでルナールが名前を呼んだが、彼女は足を速め、やがて小走りになっていた。だが、彼は鍛冶屋《かじや》のそばであっさり追いつき、人目につかない小屋の裏に彼女を引っぱっていくと、大きな体で行く手をふさいだ。アリアンヌはかごを盾のように構え、目の奥を刺す涙をこらえた。ここで泣いたりすれば、恥の上塗りだ。もっと強く、賢くなろうとつい何時間か前に決意したばかりだというのに。アリアンヌは昔からどんなときも凛とした態度を崩さずにいることを誇りにしていた。ところが、わずか二十四時間のあいだに二人の男にキスを許し、同時に物見高い人々の目に自分をさらすはめになった。

ルナールは優しい声で謝った。「アリアンヌ……すまない。あんなことを言うべきではなかった。言うつもりはなかったんだ」彼は息を吐きだし、髪をかき上げた。

優しい声にだまされまいとして、アリアンヌは石のような表情を保った。

「許してくれ。だが、婚約者が真昼の通りでほかの男とキスしているところに出くわしたら、ショックを受けても当然ではないか？」

「わたしたちは婚約などしていないわ」アリアンヌは鋭く言い返した。「それに……彼にキスしたのは、あなたのせいよ」

「わたしのせい？」ルナールは驚いて訊き返した。

アリアンヌは挑むように顎を上げ、口走った。「昨夜のキスのせいよ。あれは……まるで予想外だった。きっとあまりにも経験が乏しすぎるから……だから……」

ぼみになった。


ルナールが信じられずに目を見開くのを見て、いっそう自分が愚かに思え、その先はしりすぼみになった。

「あの男わたしと比べるために、キスをしたというのか？」

アリアンヌはうなずき、それから、ルナールに嘲笑されるのを覚悟して身を縮めた。だが、彼は愉快そうに目をきらめかせ、甘い笑みを浮かべただけだった。

「だが、キスは砂糖菓子のようなものだ。ひとつがきみの口に合ったからといって、残りをすべてつまみ食いする必要はないんだよ」

アリアンヌが防ぐまもなく、彼はかごを取りあげ、足元の草のなかに落として彼女を抱き寄せた。アリアンヌは逆らおうとはしなかった。心臓がいまにも壊れそうなほどどきどきして、ルナールの唇が紡ぎだすあやしい魔法を、もう一度経験したがっていた。

強い誘惑に逆らい、せめて疑問の一部だけでも答えを得るまでは、決して彼のペースにはまらないという誓いはどうしたの？

ルナールの唇が耳元で動いた。「どうか、怒らないでくれないか。ターヤボワを追い払ってきみの機嫌を損ねたことは謝る。だが、あのハゲタカがきみに触れているのを見て、背中を虫が這うような心地がしたのだ」

「これからは、わたしに近づいてくる殿方をひとり残らずああやって脅すつもり？」

「ああ。彼らがターヤボワのように臆病な卑怯者《ひきょう》で簡単にあきらめるとしたら、最初からきみには値しない」これまでのようにもったりとした言い方ではなく、ルナールの声には情熱と誠実な響きがあった。

この男はわたしのために闘い、わたしの名誉を命がけで守る用意がある。頭に浮かんだこの思いは、自分では認めたくないほど魅力的だった。アリアンヌは彼から離れようとしたが、ルナールはいっそう強く抱きしめた。

「放して」アリアンヌは静かに言った。「わたしにはそんな価値はない。あなたが剣を使って追い払わねばならないような殿方は決して現れないわ」

「この島に隠れていなければ、きみを欲しがる男はいくらでも現れるさ」

「ええ、そうね。わたしの愛を争う男たちが、さぞたくさん押し寄せていたでしょうね」

「きみは思いがけぬ深さを隠した、静かな流れのような女性だ。誰もが気づくわけではないが、いったんきみの美しさに目を開かれれば、男にとっては忘れがたい」

ルナールの唇が顎に触れ、それから喉をおりていく。アリアンヌはぶるっと震えながら思った。ルナールは唇にキスをしなくても、快感をもたらすことができるのだわ。

「やめて」彼女は懇願した。

「何を？」ルナールがかすれた声で尋ねた。「キスをするのを？　きみを褒めるのを？」

「本気でそう思っているようなふりをするのを」アリアンヌは震えながら彼の腕から離れた。

「それでは、アンドレ・ターヤボワのようだわ。彼は最悪の求愛者よ」

ルナールはにやっと笑った。「なんだって？　わたしよりもひどい？」

「ええ、ずっと。愛があるふりをしているんですもの。少なくとも、あなたはそこまで嘘つきではないわ」

「ああ、自分の気持ちを偽るつもりはないよ。きみのことは好ましく思っているし、称賛している。これまで知っていたどの女性よりも。それで充分かい？」

昔のアリアンヌなら充分だと思ったかもしれない。ロマンスとは縁がないと決めつけ、好意と尊敬で満足しよう、と考えていたのだから。だが、ルナールの言葉はアリアンヌの胸にむなしい痛みを残した。

アリアンヌはじっと彼を見つめた。「ムッシュ・ターヤボワは借金のかたにわたしと結婚したがっているだけではなく、わたしが鉛を金に変える方法を知っているのではないかと、ばかげた望みを抱いているの。愚かな人！　そんなことができれば、とうに父の借財を返しているでしょうに。秘密の知識を持つ魔女だと信じて結婚するほど、不埒《ふらち》な理由があるかしら」

ルナールの顔を奇妙にばつの悪そうな表情がよぎったような気がして、アリアンヌは不安に胃がよじれた。

「まさか、あなたも……」

「いや。金に関心はない」ルナールはなめらかに答えた。

「わたしとの結婚に固執する理由を、話してくださる準備はまだできないの？」

ルナールは心の内を隠すように表情を消した。「結婚したら話す。わたしの心を打ち明けるのは、そのときでも遅くない」

アリアンヌが食いさがろうとすると、彼はこう言った。「わたしがきみと結婚したい理由を

「そう決めているわけではないわ」アリアンヌはかがんでかごを取り上げた。「でも、フェール島のレディとなったいま、結婚には慎重になる必要があるの。この称号がどんな意味を持っているかわかる?」

「フェールレディの称号は慣例により、この島の最も傑出した家族の妻や娘に与えられるものだ。きみはシェニ騎士の長女として——」

「父とはなんの関係もないわ」アリアンヌはさえぎった。「この島は、フランスのほかの領地とはちがうの。ここの土地は何世代も女性が受け継いできたのよ。わたしは父がフランスきっての勇猛な騎士だったから尊敬されているのではなく、母がフェール島のレディだったから尊敬されているの。いいものを見せてあげるわ」彼女は衝動的にルナールの手をつかんだ。

ルナールは好奇心を浮かべ、アリアンヌに従って町の中心へと歩いていった。彼女は野外市場に入っていった。さまざまな商店と、商人たちのギルドや公共の秤《はかり》が置かれた堂々たる石造の建物が広い緑地を囲んでいる。

この緑地には島を訪れた人々が訪れ、国じゅうから集まった商人たちの屋台が並ぶ。だが、いまそこにあるのは、流れるローブをまとい、優しげに両腕を伸ばして歓迎している女性の石像だけだった。

ブルターニュの町には、あちこちに似たような像が建っているが、そのほとんどが、とうに亡き王や戦士をしのぶものだ。アリアンヌが知るかぎり、女性を祭っているのはフェール島だけだった。基礎のところには、いつものように花が高く積まれていた。その多くが花びらが落ち、朽ちかけている。アリアンヌはかごを置くと、かがみこんで枯れた花びらを払い落とし、碑銘をあらわにした。

〝エヴァンジェリン、われらがフェール島のレディ〟

これを建立したときには、地元の主教がずいぶん腹を立てたものだった。これではまるでエヴァジェリンが聖女のようではないか。そういう区別ができるのは教会だけだ、と彼は食ってかかった。だが、主教の抗議は無視された。

顔を上げると、ルナールはすぐそばに立って記念の石像を見上げていた。

「母上かい?」

アリアンヌは誇らしげにうなずいた。

ルナールは長いことその石像を見つめてから、アリアンヌに目を戻した。

「この像は、本人によく似ているのか?」

「ええ……そうね。石で表現できる範囲では。ある意味では、これは母だけを象徴しているというよりも、何世代もの強く気高い女性たちを表しているの」

アリアンヌは真剣な顔でルナールを見た。「ブルターニュのほかの町と同じように、わたしたちはフランス国王に税金を払う。国王に任じられた役人がこの町の人々を裁き、港を管理する。でも、この島には昔から、人々を守ることに生涯を捧げた〝賢い女性〟がいたのよ。彼女たちは、ほとんどの場合、結婚せずに務めをはたし、レディの称号を姪《めい》か従姉妹《いとこ》に手渡した。

わたしの母も、大伯母のウージニーからベル・ヘイヴンを受け継いだの」

「だが、きみの母上は結婚した」

「母は例外だったわ」

「だから結婚すまいと頑固に決めているのか？　古い伝統を守るために？」

「ええ。それに、夫はかならずしも女にとって恵みとはかぎらないもの」アリアンヌは石像を見上げながら、母が耐え忍ばねばならなかった苦悩を思った。

突然手をつかまれ、彼女は驚いてルナールを見た。マメやたこのできたてのひらは温かかった。

「きみの両親に起こったことは、よくある悲劇だ。だが、わたしたちには決してそんなことは起こらないよ」彼は言った。「わたしはもう青二才ではない。はめをはずし、自由奔放に振る舞った日々はすでに過去のものだ。男が愛人を持つのはよくあることだが、貞節を尽くすつもりでなければ、きみに結婚を申しこんだりはしなかった」

アリアンヌは体をこわばらせ、大きな瞳に非難をこめて彼を見上げた。ルナールはどうやら自分の間違いに気づいたらしく、気詰まりな様子で手を離した。

「またやったわ」

「何を？」彼はそ知らぬふりを装った。

「わたしの思いを読んだ」

「いや……推測しただけだ」

「いいえ！　さもなければ、父のことがどうしてわかったの？」アリアンヌは恥ずかしさで赤くなりながら付け加えた。「父が愛人を持っていたことが」

「しばらくパリに住んだことがある。そこでシェニ騎士と彼が囲っていた女性のことを――」

「いいえ、ちがう。あなたはそれをたったいま知ったのよ。いいいいいわたしの目を読んで」

「なんの話をしているかわからないな、シェリ」

「そんな技をどこで身につけたの？」アリアンヌは語気荒く問いつめた。「誰に教わったの？」

ルナールはためらいがちな笑みを閃かせた。「よく見てくれ。わたしは単純な男だ。教師たちが基本的な読み書きを教えることができただけでも、奇跡のようなものだ。きみの思いを推測するのに、魔術を使う必要などあるものか。きみの顔には内心の思いがそのままでる。あちこち旅をするうちに、観察力を磨いたのさ」

「旅とは？　どこへ行ったの？」

「あらゆる場所へ。あちらやこちら」

「いいかげんにして！」

ルナールはアリアンヌの剣幕に驚いたようだった。だが、もう彼のごまかしにも、曖昧な返事にもうんざりだ。彼女は襟元《えりもと》から鎖を引きだすと、それを引きちぎらんばかりに頭からはずし、鎖をつけたまま、指輪をルナールのてのひらに叩きつけた。

「この指輪はお返しするわ」

ルナールは警告するように太い眉をひそめた。「取り決めを破るつもりか？」

「ええ、そうよ。好きなだけにらむといいわ。でも、自分の過去を隠し、ごくあたりまえの質問にも答えようとしない人と、これ以上どんな関わりも持つのはごめんよ」

ふたりの目が合い、強い意志どうしがぶつかった。アリアンヌは引きさがるのを拒否した。うんざりしたように唇をへの字に結び、先に目をそらしたのはルナールのほうだった。

「いいだろう。何がそんなに知りたい？」

「手始めに、ちょっとした事実を話してはどう？　たとえば、これまでの年月、正確にはどこにいたか、とか」

「パリ、イタリア、ギリシャ、聖なる地。ここ以外の場所ならどこへでも行ったよ」

「どうして？　お祖父様と不仲になった原因はなんだったの？　あなたは何をしたの？」

「何もしていないさ。それは言ったはずだ。わたしの罪は出生にあった」ルナールは疲れたように片手で顔をこすった。それからまるでひとことずつしぼりだすようにして話しはじめた。

「母は……羊飼いだった。父は母を愛し、結婚した。だが、祖父やその友人たちにとっては、わたしは生まれの卑しい田舎者だった。おそらくきみもそう思うことだろうが」

「いいえ」アリアンヌは否定した。「高貴さは、血ではなく性格にあると思うわ」

ルナールは耳障りな声で笑った。「それもたいしていいとは言えないな。いずれにせよ、ジュスティス・ドゥヴィーユの背後にある深遠なる謎はこれで解けたはずだ。海賊や山賊だったほうが、ずっとロマンティックだったろうが。これで満足かな？」

わたしは満足した？　ルナールの話は真実だろう。だが、真実のすべてではない。アリアンヌは彼の目をじっと見つめた。すると一瞬だけ、実際に彼の目を読むことができた。目の前の男が、祖父の残酷な揶揄《やゆ》や、ほかの貴族の嘲《あざけ》りから身を守る術を知らない素朴な少年に変わる。

ルナールがすばやくまぶたをおろしたのが、ありがたいくらいだった。あまりにも痛々しすぎる秘密をのぞき見たことに、アリアンヌは少し恥ずかしくなった。

「ごめんなさい。でも、こんなに頑固にひとりの女を欲しがるわけを、知りたいと思うのは当然のことよ。あなたにつらい思いをさせるつもりはなかったの」

「わたしの苦しみを和らげたいと思ってくれるなら、昨夜の取り決めに戻るだけでいい」

だが、彼が指輪を差しだすとアリアンヌはあとずさった。

「いいえ。お断りするのは、お母様のことが理由ではないの」アリアンヌは急いで付け加えた。「ただ……あの取り決めはとても一方的なものなんですもの。わたしは約束を守って指輪を身につけている。でも、あなたはわたしを放っておくという約束を守ろうとしない」

「最後にもう一度会いたいと出発を遅らせていたんだ。今日のうちにこの島を去るよ」

「本当に？」アリアンヌは半信半疑で彼を見た。

「誓う。きみが呼ぶまでは戻らない。実際、そうするしかないんだ。領地でちょっとした騒動が持ちあがった。きみにも責任の一端はあるぞ」

「わたしに？」

「ああ。きみの助言を入れ、管理人をクビにしたんだが、そいつが逆恨みしてわたしの馬を一頭盗み、小作人のコテッジをいくつか焼いて出ていった。城の者たちが捕まえ、わたしが戻って名に恥じぬ正義《ジュスティス》を行うのを待っているんだ」

「よかったこと」

「フランが罰を受けるのが？　それとも、わたしが引きあげるのが？」

ルナールが近づくのを見て、アリアンヌは狼狽し、答えるどころではなかった。彼は鎖を彼女の首に戻し、指先で鎖骨からうなじへとなでながら、彼女を引き寄せた。

キスをするつもりだと気づくと、アリアンヌの心臓は肋骨にあたるほど激しく打ちはじめた。「やめて」彼女は本気だということを知らせるために、きっぱりと言った。

「だが、愛しい人、指輪を使うつもりがないなら、きみと会うのはこれが最後になる。わたしの気持ちを哀れと思って兄のようなキスを一度だけ、許してくれないか？」

彼は熱いまなざしでアリアンヌをじっと見つめた。

「で、でも……」アリアンヌはちらりと周囲を見て、誰も見ていないことを確かめた。「いいわ。一度だけよ。でも、急いですませて」

彼はアリアンヌを抱きしめてゆっくり唇を重ね、最初は優しく、しだいにむさぼるように情熱的なキスで彼女の息を奪った。アリアンヌが低くあえいで唇を開くと、彼のキスはさらに深くなった。熱い舌が入りこんだとたん、鋭い快感が身体を貫いた。

ルナールは長いキスを続けた。まるでふたりが会うのは、実際にこれが最後だというように。飢えた唇が、火のような情熱でアリアンヌをむさぼる。アリアンヌの体を血が音をたてて流れ、鼓動が十倍にも跳ねあがった。アリアンヌは低い声でうめき、夢中でキスを返した。まるで強い底流につかまったようだった。だが、ルナールに完全に理性を奪われる前に、彼女はどうにか顔を離した。

「だめ」彼女はため息のように言った。「もう行ってちょうだい」

「無理だ」ルナールは温かい息を耳に吹きかけた。

「どうして?」

ルナールは情熱と笑いのきらめく緑色の目を細め、彼女を見下ろした。「きみがわたしの首にしがみついているから」

「な、なんですって?」アリアンヌは赤くなった。

彼女は急いで一歩さがり、それ以上の誘惑を抑えこむように、胸の前できつく腕を組んだ。

ルナールは笑いながら優しい目でアリアンヌを見つめ、頬をなでた。

「無事でいてくれ、シェリ。指輪をはめさえすれば、わたしを呼べる。それを忘れないでくれ。わたしはつねにきみの心のすぐそばにいる」

そう言うと、ルナールは後ろを振り向かずに歩み去った。

彼は重い足を引きずるようにして港へと向かった。アリアンヌとのキスがもたらしたぬくもりは、すでに消えはじめている。彼女から一歩離れるごとに、ブーツが重くなっていくようだ。昨夜、修道院で実際には何があったのか? 彼は朝からそれを突きとめようとしたが、結局は何ひとつわからず、おそらく取り越し苦労だと思いかけたときに、薬屋の前でアリアンヌに出くわしたのだった。

アリアンヌは一見したところ、望まぬ男にしつこく求愛されている程度の心配事しかないように見えるが、顔色がいつもより悪く、目の下には睡眠不足を語るかすかな翳がある。昨夜眠れなかったのは自分のキスのせいだと思いたいところだが、その可能性は薄いだろう。

そうとも、理由はほかにある。彼の直感、欲望、願いのすべてがこの島に残り、アリアンヌを見守るべきだと告げていた。しかし、領地では裁かねばならぬ事件が待っている。胸にからみつくような不安を払い落とそうとしながら、ジュスティスは宿へと向かった。トゥサンが風にきしむ看板の下でいらいらしながら彼を待っていた。

「ありがたい、ようやく戻ってくる気になったか」

ジュスティスは片方の眉を上げ、尊大な表情を作った。「あんたを待たせていたとは知らなかった。今朝おれが宿を出たときは、あのキジのパイにかぶりつくほかに、なんの興味もなさそうに見えたが」

「わしを怒らせるなよ、坊主。あんたの馬にさんざんてこずらされて、我慢の限界に近づいているんだ」

「エルキュールに？　あれがどうかしたのか？」

「馬房のなかで暴れていたのさ。馬屋の若者ふたりが手を嚙《か》まれた。わしの指がまだ全部揃っているのは、幸運としか言いようがない」トゥサンは親指がついているのを確かめるように片手を掲げ、顔をしかめた。「あいつはまさしく魔法をかけられてるな。わしらがこの島を出ようとしているのを薄々感づいて、癇癪《かんしゃく》を起こしているんだ」

ジュスティスはうんざりしてため息をついた。またしてもあの馬と戦わねばならないのか。

「じつを言うと、おれもあまりここを離れたくないんだ」

トゥサンは鋭い目で彼をにらんだものの、こう尋ねたときのしゃがれた声は少し優しくなっていた。「どうした、坊主？　昨夜あの修道院で何かまずいことが起こったのか？」

「いや。そのことを心配しているんじゃない。あらためて門のところまで行ってみたが、のどかそのものだった。どのシスターに頼んでも入れてもらえないんで、仕方なく、町の善良な女房たちにおれの魅力を振りまいた。女は概して口が軽いものだが、ここではほとんどの女がよけいなことをしゃべろうとしないな。シェニ家に関する質問には、とくに口が堅い」

「噂話を嫌う女たちだと？」

「ああ、驚くじゃないか。おれたち男の思いこみを砕いてくれるな。アリアンヌさえ期待にそむいた。昼の光の下なら簡単に目を読めると思ったんだが、彼女はまだ何か隠している。キスをしたときですら、それを見せなかった」

「彼女は黙ってキスさせたのか？　まさか例のやつを使ったわけじゃ――」

「いいや。使ったのは持って生まれたこの魅力だけさ。彼女はおれのキスを楽しんでいるよ。まあ、それを認めるくらいなら港に飛びこむだろうが。あんなに頑固な女は初めてだ」

「頑固な男なら、鏡を見れば見つかるがな」

ジュスティスは不機嫌な顔でトゥサンを見た。が、トゥサンは意外にも機嫌よく背中をトンと叩いた。

「しかし、まあ、もう少しで望みが叶いそうじゃないか。キスをせしめたのもそうだが、あんたの疑いが正しければ、彼女はもうすぐ恐ろしい目に遭い、指輪を使わざるをえなくなる。そしてあんたは助けに駆けつけられる。あとは間に合うことを願うだけだ」

「アリアンヌがおれを必要とすれば、おれは駆けつける。それに彼女に恐ろしい危険が迫っているとは言わなかったぞ。揉め事が起こるとすれば、ほかの人間に、だ。自分の秘密なら、アリアンヌはあれほど固く守ろうとはしないさ」

「ああ、なるほど。危険なのはほかの人間か。だったらなおのこと結構だ」

「わざとおれを怒らせようとしているのか」ジュスティスは老いた従兄をにらみつけた。「誰も危険には陥らない。アリアンヌはおれの指輪を持っている。それを使えばいいだけだ」

「彼女が躊躇《ちゅうちょ》しなければな」

トゥサンをそこに残し、ジュスティスは歩きだした。こちらが聞きたくないことをしつこく告げる癖を、あの男はいったいいつから身につけたのか？　彼は馬屋の外で足を止め、最後にもう一度、明るい陽射しにきらめく町と港に目をやった。おそらくこれは杞憂だろう。〝ありもしない揉め事を見ているんだよ〟と、ルーシーはよく言ったものだ。明るい夏の陽射しにまどろむフェール島は、ほかのどこよりも平和に見える。彼が戻ってくるまでの短いあいだに、アリアンヌがどんな危険に巻きこまれるというのか？

かごを片方の腕にのせ、アリアンヌは修道院へと向かった。ルナール伯爵はようやく島を離れた。彼が馬に乗って走り去るのを、〈摩訶不思議亭〉がよく見える鍛冶屋の近くから、確認したところだった。最初のうちは、必死に抗《あらが》い、捧立ちになっては前に突っこみ、なんとかしてジュスティスを振り落とそうとするエルキュールに手こずっていた。

だが、同じくらい頑固で大きな〝雄《おす》〟どうしの戦いは結局、両膝で馬を締めつけ手綱を引きしぼったジュスティスが勝ち、彼はエルキュールを本土へ戻る街道へと促した。そのすぐあとを、黒っぽい去勢馬に乗った見るからに勇猛そうな年配の男が従っていった。

会うたびに心をゆすぶるジュスティスがいなくても、アリアンヌは様々な問題を控えている。だが、奇妙なことにこちらの心をさんざんかきまわした彼がいなくなったとたん……いつものようにあざやかな色と賑わいに満ちている島が、ひどく寂しくなったように見えた。

愚かな感傷を払い落とそうとすると、後ろから蹄の音が聞こえた。ジュスティスだわ。いえ、彼が離れているという約束など守らぬことはわかっていた……。

だが、近づいてきたのは伯爵ではなく、六人ばかりの兵士たちだった。

通り過ぎる彼らの横で、アリアンヌは身を縮めた。汗みずくで泡をふいている馬を見れば、彼らが長時間、駆けどおしだったことがわかる。兵士たちの外套は土埃に覆われていた。先頭の男が突然片手を上げて仲間を止め、鞍の上で体をひねった。すると外套の前が割れ、近衛兵《このえへい》の着る明るいブルーの上着が見えた。

アリアンヌはとっさに分別を働かせ、二軒の店のあいだの影のなかにさらに引っこんだ。隊長は馬の頭をめぐらせながら鋭い目で通りを見ていく。

彼は無造作に手招きして、目をみはっている女たちを呼んだ。島の女たちのほとんどは、薬屋の近くに固まったまま動こうとしなかったが、陶器職人の妻で日ごろから少々軽薄なマダム・エランは、腰を振りながら隊長に近づき、まつげをひらつかせた。

じっと耳をすますと、ふたりの会話が断片的に聞こえた。

「逃亡した囚人……探している。危険な男だ。逞しい体つきの、ダークブロンドの髪に、顎ひげをはやした若い……おそらく怪我を……王の勅命により、生死にかかわらず捕らえた者には……」

アリアンヌは片手で口をおさえた。隊長が探している逃亡者は、レミー大尉にちがいない。レミーを探しているのは、国王ではなく王太后だ。

アリアンヌは震えながら、店の裏にある路地へとあとずさり、一目散に修道院へ向かった。

10

「王の名において、門を開けろ！」

修道院の呼び鐘が鳴り、門を叩く雷のような音がした。突然の出来事に、シスターたちはまるで恐怖にかられた鶏の群れのようにあたふたと中庭を走っていく。

「落ち着きなさい、みんな」マリー・クレアが命じた。

どうすればあんなに冷静でいられるの？　アリアンヌはそう思わずにはいられなかった。シャルボンヌの肩に担がれ、両腕をだらりとたらしたレミー大尉が運ばれてくると、アリアンヌの心臓は三倍の速さで打ちはじめた。がっしりしたシャルボンヌがレミーの重みに耐えて彼を荷車へと運び、急いで集められた木の板のベッドへとおろす。

彼の傷口が開かないことを祈りながら、アリアンヌは荷車の後ろに飛び乗った。マリー・クレアの話では昨夜高熱を出したらしいが、その手当てをしている時間はない。近衛兵が聖アンヌの門を開けろと要求しているのだ。レミーの意識が混濁しているのは、この男にとっては幸いだったかもしれない。

「わたしたちは彼を殺してしまうかもしれないわね」毛布を持った院長が後ろから近づいてくると、アリアンヌは酢にひたした布を熱い額に押しあてながら言った。

「ばかなことを言わないで。彼はタフな軍人よ」マリー・クレアはレミーの体を注意深く毛布でくるんだ。「それにここに残ったらどうなると思うの？　院長の権限をもってしても、あの粗野な男たちが聖アンヌをくまなく捜すのを止めるのは無理ですもの」

「彼らは町のみんなに、レミーが逃亡した囚人だと話していたわ。レミーを捕らえたら殺せという命令を受けているのかもしれない」

「だったら、なおのこと彼が兵士の手に落ちないようにしなくては。荷車でブドウ畑を抜け、森のなかを行けば、道は悪いし遠回りだけれど、兵士たちには見つからずにすむはずよ」

「あなたはどうするの、マリー？」

「心配はいらないわ。わたしはタフな老ドラゴンですからね。反抗の火を噴いたのはこれが初めてというわけでもない。大主教に比べれば、ひと握りの兵士など物の数ではありませんよ。それにレミー大尉がいなくなれば、聖アンヌは安全よ」

院長はぐったりしたレミーの上に注意深く藁をかけていく。アリアンヌもそれを手伝った。

「できるだけ彼らを町に留めておくわ」マリー・クレアは言った。「ちがう隠れ家を見つける時間があればよかったのに。彼をベル・ヘイヴンにかくまってもらう気はなかったのよ」

ガブリエルとミリベルを巻きこむのはアリアンヌも不本意だが、ほかに方法がないとすれば、あれこれ考えても仕方がない。

「地下の作業場のことは、町の人々も知らないわ。すぐ横に小部屋があるから、そこに寝床を作りましょう。大伯母のウージニーは、夫に虐待されて逃げてきた気の毒な女性をよくそこにかくまっていたの」

「酔っ払ったろくでなしをだますのと、近衛兵たちの目をくらますのは同じこととは言えませんよ。あなたの伯爵が新しく買った剣とともにいてくれたら」

「彼はわたしの伯爵ではないわ。それに剣のことをどうして知ったの？」

「町の広場の一件を聞いたのよ。これはあの指輪の魔力を試すのに、願ってもないチャンスではないこと？」

マリー・クレアは半分冗談だというように笑みを浮かべた。アリアンヌは反射的に襟元の指輪を服の上からなぞり、首を振った。

「伯爵はさっき島を離れたわ。ルナールが駆け戻って剣を振りまわし、役人たちの頭をはねたりしたら、よけい面倒なことになるだけよ」

「そうかもしれない。でも、叩きのめすのがいちばん有効なこともあるのよ」

シャルボンヌが荷車の御者台に乗り、急いでここを離れる必要があることを示す。マリー・クレアはアリアンヌの手に自分の手を重ねた。

「神とともにお行きなさい」彼女は低い声で付け加えた。「ひとつだけ知らせておくことがあるの。あなたは反対したけれど、わたしの独断でパリのルイーズ・ラヴァルに手を貸してくれるよう書き送ったわ」マリー・クレアは早口に続けた。「ほかの人々を危険な目に遭わせたくない気持ちはよくわかるの。でも、わたしたちには情報が必要よ。やみくもにカトリーヌと闘うのはあまりにも危険すぎるわ」

アリアンヌはため息をついた。いまから文句を言ってもなんの役にも立たない。それにぐずぐずしている時間はなかった。門を叩く音に急きたてられ、マリー・クレアはシャルボンヌに行けという合図を送った。

館へ向かう途中、アリアンヌは荷車の揺れがレミーの傷に障らぬように最善を尽くした。荷車が揺れるたびにレミーが低い声でうめく。アリアンヌは傷の心配と、兵士たちがいまにも葡萄畑を追ってくるのではないかという恐れに引き裂かれながら唇を噛んでそれに耐えた。

森の小道に達すると恐怖は少し和らいだ。だがまだ気を抜くには早い。彼女は後ろを振り返りながら、無意識に襟元から鎖を引きだし、指輪をもてあそんでいた。

そしてそれに気づくと、指輪を見下ろした。なんの変哲もない小さな輪だが、手のなかの温かい重みが慰めを与えてくれるようだ。今朝目を覚ましたときには、この指輪も伯爵も自分の人生から追いだそうと決めたのに、またしても彼に言いくるめられ、奇妙な取り決めを守ることになった。しかも今度は脅されたわけでも、無理強いされたわけでもない。彼の目の優しさ、別れ際の温かい言葉を振りきることができなかったのだ。

〝指輪をはめさえすれば、わたしを呼べる。それを忘れないでくれ。わたしはつねにきみの心のすぐそばにいる〟

すぐそばに。彼をそんな身近には置きたくないと確信していたこともあった。ほんの少し前も、彼が〝目を読む〟のではないかという不安に再びかられたばかりだった。

だが、自分の過去について語ったときの彼の目には嘘はなかった。農家の娘の息子だったとわかってみれば、それを隠す必要があると思った気持ちも理解できる。指輪の魔法を信じているのも、そのせいかもしれない。羊飼いや農夫たち――大地に関わる者は、そういう魔法を大事にするものだ。ルナールの信仰の一部は、おそらく母方の人々から受け継いだものだろう。

とはいえ……アリアンヌのなかには、指輪が実際に魔力を備えていることを望む気持ちが生まれていた。説明のつかない衝動に駆られ、彼女は指輪をはめようとした。これに魔法があればルナールを呼び戻せる。一度だけなら試してみても……。

指の半分まで滑らせて、ふと自分がしていることに気づき、ためらった。荷車は森の奥深くへと入っていく。兵士たちが追ってくる様子はなかった。伯爵を呼ぶ必要はない。指輪の魔法がなくても、彼のキスがもたらす反応を考えると、あの男はすでにわたしに充分な力を持ちはじめている。

アリアンヌは指輪を襟のなかに戻した。

王太后の寝室のすぐ横にある小部屋には、国王である息子ですら入ることを禁じられていた。その部屋には、カトリーヌがひっそりと神に祈りを捧げられるように、金の縁取りがある祭壇から、十字架、蠟燭、膝当てまで揃っている。だが、彼女が神に祈ってから、ずいぶんと長い時がたっていた。

膝当ては簡単にレバーに変わり、それを引くと祭壇全体が外へと開いて、ベル・ヘイヴンにある地下室とさほど変わらない暗い部屋が見えてくる。王太后の作業場はベル・ヘイヴンのそれよりも狭く、どの壁もさまざまな器が並んだ細い棚に占領されていた。禁じられた知識を記した古代の本や、彼女が調合する〝薬〟に使う薬草や粉の器、ただそうしたくて滅ぼした旧敵の古い頭蓋骨《ずがいこつ》……。

何十という蠟燭のちらつく炎に照らされ、ごわつく紋織りのドレスにエプロンをかけて、カトリーヌは作業台にかがんでいた。肉付きのよい指からは高価な指輪も抜きとられていたが、これは指輪が損なわれる心配より、調合剤を守るためだ。彼女の薬には、金属に触れただけで化学作用を起こし、せっかくの努力が水泡に帰すようなものも含まれている。

小さなガラスの器を長ばさみでつかみ、中身が真っ赤になって加熱した血のように沸騰するまで、太い蠟燭の炎の上でその器を左右に動かす。それから容器を顔に近づけ、中身を見て、満足の笑みを浮かべた。

これは国王シャルルの正気を保ち、彼女がフランスを支配しつづける助けになるはずだ。しかし、この薬があっても、シャルルが完全に正気を失うのをいつまで延ばせることか。

彼女の子どもたちは、ひとり残らず失望しかもたらさなかった。長男のフランシスは、可哀想に病弱で、戴冠後ほんの数年で病死した。シャルルはそれよりは丈夫に見えたが、体ではなく神経が細すぎた。

カトリーヌは権力を握りつづける望みを、賢く野心家で魅力的な三男のアンリに託していたが、それも、玉座につく前にあの子が賭け事や酒や女で身を滅ぼさずにいてくれればの話だ。

しかも娘のマルゴは奔放かつ反抗的で、ナヴァラの王と結婚させようとしているカトリーヌの計画に、おとなしく従う気はないと宣言している。マルゴはハンサムだが並外れて野心家のギーズ公に恋をしているのだ。マルゴと結婚すれば、ギーズのことだ、間違いなく玉座を狙ってくるだろう。

間近に迫った新教徒であるナヴァラ王との結婚に異を唱えているのは、マルゴだけではない。カトリック教徒の国であるスペインからも激しい抗議が送られてくる。国王フィリペはしばらく前から、フランスで広まっている異端を鎮圧する効果的な方法を見つけろ、さもなくば自分が乗りこむ、と警告していた。もちろん、あのいまいましい男はフランスを侵略する口実を手に入れようとしているだけだ。

新教徒のあいだにも不満があった。彼らはこの結婚に疑惑を抱き、不安を感じている。ナヴァラの女王が突然死んだため、そうした疑いや不安はさらに膨れあがっていた。それなのに、カトリーヌの罪の証拠を手にしているレミー大尉はまだ捕まらない。

この国を円滑に支配していくため、ナヴァラとの婚姻は滞りなく行われねばならない。新教徒にこれ以上反乱を起こさせぬためにも必要な処置なのだ。そして、結婚式に出席するはずの新教徒の客を適切に歓迎すれば……。

カトリーヌは作業台にある二本目の容器に目をやった。大きなガラス瓶は、何週間もかかっ

と、液にいっそう粘りが出て、まるで霧を閉じこめたように見える。これはもう完成に近い。ひとつは正気を保つため。もうひとつはそれを奪うため。

てようやく作りあげたもので満ちている。カトリーヌは濁った液体を振った。なかの澱《おり》が動く

笑みを浮かべ、彼女は真っ赤な息子の薬と、もうひとつの灰色の液体を見比べた。

静かなノックの音がした。小部屋の外で誰かが呼んでいる。カトリーヌは不機嫌に唇を引き結んだが、作業は終わったのだからもう邪魔が入ってもかまわない……まあ、いまのところは。彼女はエプロンをはずしながら、息子の薬をポケットに入れ、もうひとつの〝薬〟を注意深く戸棚にしまって鍵をかけた。

そして誓いの蠟燭を消すと、小部屋に戻った。膝当てを引くと、祭壇全体がもとに戻る。扉を閉めて祭壇を隠したとき、再びノックの音がした。

カトリーヌは祈りを妨げられて腹を立て、膝当てから立ちあがったばかりのように、落ち着き払ってドアを開けた。

小部屋の外では、若いブロンドの美人が深々と頭を下げていた。小柄な体に似合わず勇気のあるジリアン・アルクールだ。彼女の大胆さは、遊撃隊と呼ばれるカトリーヌの女官たちのなかでもきわだっていた。

「ここにいるときは、決して妨げるなと命じてあるはずですよ」

この叱責にジリアンは唇の隅のほくろを震わせ、ひざまずいた。「お許しください、陛下。ですが、ルイーズ・ラヴァルが宮廷に顔を見せたら、すぐさま知らせろとのご命令でした」

「ええ、たしかに」カトリーヌは顔をしかめた。「いいでしょう。ルイーズとは控えの間で会うことにします。でも、二度と邪魔をしてはいけませんよ」

「はい、陛下」ジリアンは急いでカトリーヌの手にキスをした。

ジリアンとともにルイーズが控えの間に入ってくるころには、彼女は窓からそそぐ陽射しが自分の顔には当たらぬ場所を選んで待っていた。精巧な彫刻を施した背もたれの高い椅子は、玉座ほど華麗ではない。だが、パリの人々はみな真の権力がどこにあるかを知っていた。

ルイーズ・ラヴァルもそれをわきまえているようだった。赤毛の美女は目をふせ、カトリーヌの前で深々とお辞儀した。カトリーヌは頭を上げろとすぐには言わずに、目を細めた。

ルイーズは豊満な胸に目を惹くよう、胸元を思いきり深くくったドレスがよく似合う女だ。最近の宮廷の流行を取り入れて胸の頂に紅を塗っているほかは、まったく化粧っ気がない。みずみずしい肌や鼻梁《びりよう》と頬に散っているそばかすが、男心をそそる。

もちろん、彼女は魔女だ。が、成功している女性のほとんどが魔女だから、それはこのさい問題ではない。ルイーズは男を誘惑する術に長けていた。カトリーヌは以前彼女を傘下の女官に加え、この能力を利用しようとしたことがあった。だが、ルイーズは丁重に拒みとおした。

じっくり観察したあと、カトリーヌはようやく声をかけた。「お立ちなさい、マドモワゼル・ラヴァル」

ルイーズは優雅な身のこなしで体を起こした。「ありがとうございます、陛下。こんなにすぐにお会いくださるとは、なんという名誉でしょう」

「ふたりだけで会いたいという要請を聞いて、いったい何事かと好奇心にかられたのですよ」ラヴァルは両手を体の前で組み、目が翳るほど濃く長いまつげのあいだからカトリーヌを見上げた。「陛下が女官になれとお声をかけてくださったとき、わたしは愚かにもお断りいたしました。あの……いまから考えなおしたのでは遅すぎるでしょうか？」

「そうとはかぎらないけれど、正直に言って、あなたがそんなことを言うとは驚きね。あの折は、自分の力で何不自由なく暮らしているから、ときっぱり断ったのに」

「守護者であるペンシーヴ公に新しい愛人ができたものですから」

「そう?」カトリーヌはつぶやいた。「わたくしはその反対だと聞きましたよ。あなたが公爵に愛想をつかして捨てた、とね」

「いいえ、悪いのはわたしですの。恋人をうまく隠すことができなくて」

カトリーヌは身を乗りだし、ルイーズの目を読もうとした。だが、ルイーズは話しながらしきりにまつげをひらつかせ、苛立たしいことに目を読む隙を与えてくれなかった。

もちろん、読むことなどほとんどないという可能性もある。

「出世を望むなら、陛下の下に置いていただくのがいちばんだとようやく気づきましたの」ルイーズはそう言って魅力的な笑みを閃かせた。

「あなたが求めているのは自分の快楽だけで、出世にも富にも権力にもそれほど関心があるようには見えなかったけれど」

「でも、どこかで将来のことも考えなくては。これ以上若くはなれないんですもの。そして美貌が衰えれば……その先は言うまでもありませんわね！」ルイーズはきれいな肩をすぼめた。

「機知と会話術だけでも男をつなぎとめておけるなんて、わたしは信じていませんの」

「なるほど」カトリーヌは皮肉たっぷりに答え、ゆっくり立ちあがってルイーズのまわりを歩きながら、あらゆる角度からこの娘を観察した。

ルイーズは落ち着き払って立っていた。この娘が真実を述べている可能性はある。

「いいでしょう。女官になってもかまわないわ」

「ありがとうございます、陛下」ルイーズはお辞儀をしかけたが、カトリーヌはさっと手を伸ばし、それを止めた。

そしてルイーズの顎をつかみ、顔を上げさせた。ルイーズはまつげを伏せた。

「ひとつだけ言っておきますよ。わたくしの下についたら完全な忠誠を要求します。わたくしの命令には疑問をもたずに従ってもらうわ。後戻りはできない。あなたの魂はわたくしのものになるのよ。わかりましたか？」

脅すような低い声は、狙ったとおりの反応を引きだした。ルイーズは体を震わせ、美しい目を見開いた。そしてその瞬間、カトリーヌはこの娘の思いをすっかり読みとった。

「は、はい、陛下」

「よろしい」カトリーヌは出し抜けに顎を離し、自分が秘密を読んだことを悟られぬうちに背を向けた。ルイーズがここに来た本当の理由、いやそれよりももっと重要なこと、この娘をここに送ったのは……。カトリーヌは怒りに体をこわばらせたが、再びルイーズに顔を向けたときには、穏やかな笑みを浮かべていた。「では、宮殿に部屋を用意させましょう」

ルイーズが感謝の言葉を並べ、カトリーヌは片手を差しのべた。どちらもにこやかな笑顔で本心を隠していた。ただ、ルイーズの仮面は一瞬だけ滑り落ちたが、本人はまったく気づいていない。あとずさる娘の顔に勝ち誇った笑みが浮かんだのをカトリーヌは見逃さなかった。

ルイーズ・ラヴァルは、なかなかのやり手だ。でも、このカトリーヌ・ド・メディシスをスパイするだけの技量はない。ルイーズが出ていき、控えの間のドアが閉まるのを待って、カトリーヌは低く毒づいた。

「マリー・クレア、あんな娘をわたくしのところに送ってくるとは」彼女はつぶやいた。「宮廷にいたときのあなたは、微妙な案件をもう少し巧みに処理したものだった。どうやら、修道院にこもっているあいだに勘が鈍ったようね」

これは本来なら愉快な発見だったが、カトリーヌは最悪の不安が実現したことも知ったのだった。レミー大尉はフェール島に達し、ナヴァラの女王が毒殺されたという話をアリアンヌ・シェニに伝えた。

近衛兵をあの島に送っても、なんの役にも立たない。手袋もナヴァラの大尉も見つからないだろう。フェール島の女たちが相手では、兵士の一隊では間に合わない。

もっと冷酷な武器を使う必要がある。カトリーヌはジリアン・アルクールを呼び寄せた。

「いまから言う男の居所を突き止めてちょうだい。このパリにいるはずよ」

ジリアンは物憂げにのびをした。「そして彼を誘惑するんですか？」

「いいえ、見つかったら、夜の闇にまぎれて宮殿に連れてきなさい。ヴァシェル・ル・ヴィに会う必要があるの」

「ル・ヴィ？」ジリアンは恐怖を隠せずに尋ねた。「魔女狩りの、ですか？」

「そうよ。文句があるの？」カトリーヌは眉を上げ、冷ややかな顔で問いただした。

「い、いいえ、陛下。ただ……ル・ヴィは危険な男。悪魔と取引をするようなものですわ」

「いいから、わたくしのもとに連れてきて。ほかの誰にも内緒でね。わかった？」

「はい、陛下」いつもの小生意気な態度はどこへやら、ジリアンは半信半疑で答え、部屋を出ていった。

あの娘が嫌悪を感じる気持ちはよくわかる。悪名高い魔女狩りの頭と会うなど、大地の娘がすべきことではない。だが、ほかの規則もほぼすべて破ってきたカトリーヌには、いささかの逡巡《しゅんじゅん》もなかった。

生き延びるためには、悪魔とさえ取引をしなければならないこともある。カトリーヌははるか昔にこの事実を学んだのだった。

11

　ニコラ・レミーは、パリの細い路地をよろめきながら進んでいた。ナイフを突き刺されたように脇腹が痛み、頭がぼうっとして、自分がそこで何をしているかさえ思い出せないが、とにかく逃げなくては。ただこの思いに駆り立てられ、彼はひたすら走っていた。だが、くねくねと曲がった通りはまるで迷路のようだった。

　どれほど走っても、気がつくとあの手袋屋の前に戻り、女店主が戸口に立って笑顔で彼の革袋を差しだしていた。

　そしてよろめきながら近づくと、それは革の小袋などではなく、ジャンヌ女王の首で、女店主は王太后に変わっていた。カトリーヌ・ド・メディシスは冷たい目で彼を嘲った。

「愚かな男が。わたしに勝てると本気で思ったの？」

　彼女が笑いながら女王の首を彼の足元に投げる。震えながらかがみこみ、それを拾いあげると……ナヴァラの若き王アンリの光を失った目が彼を見返していた。

レミーはうめき、目を見開いた。胸を波打たせながら、つかのまじっと横たわって悪夢の名残を振り払おうとした。それから枕の上で頭を動かした。

ここがどこにせよ、聖アンヌ修道院でないことはたしかだ。彼は小部屋に閉じこめられていた。まるで独房のように狭く、粗壁の上でちらつく一本だけのたいまつ以外は暗い部屋だ。

ここは墓のなかか？　レミーはぶるっと震え、冷たい骸《むくろ》に触れるのを半ば恐れながら、震える指で自分の顔に触れた。

「ぼくは……死んだのか？」

「いいえ」誰かの声が答えた。

レミーは声がしたほうに首をひねった。戸口から誰かが彼を見ている。たいまつの灯りをまっすぐに見るとずきんと目が痛み、自然と細くなった。女性のシルエットだということしかわからない。

「そこにいるのは誰だ？」彼はしゃがれ声で問いただした。「マドモワゼル・シェニか？」

「そうよ」

だが、用心深く陰のなかから出てきたのはアリアンヌではなかった。レミーは青いものが近づいてくるのを見て、息が止まった。夢のように美しい女性だ。

白い完璧な顔、そのまわりできらめく長い金色の巻き毛、優美な眉、まっすぐの細い鼻、ふっくらした紅玉髄のような唇。彼女の動きにつれてシルクがささやき、鼻孔をくすぐる甘い香りが漂ってくる。

その女性はためらいがちな笑みを浮かべて彼を見下ろした。ここは天国か？　それとも地獄か？　このレディは天使のように美しいが、青い瞳には堕天使のような悲しみが宿っている。

「きみは……アリアンヌとは違う」彼はかすれた声でささやいた。

「ええ、あたしは妹のガブリエルよ」

ガブリエル……名前まで天使と同じだ。レミーはただうっとりと見つめた。彼が乾いた唇を湿らそうとすると、ガブリエルは粗末なテーブルの水差しからカップに水を注いでくれた。

彼は枕から頭を上げるだけの力もなく、ガブリエルにうなじを支え、カップを唇にあててもらわねばならなかった。レミーはごくりと水を飲んだ。冷たい水が喉を潤す。指のぬくもりがうなじから全身に染みとおってくる。

兵士である彼が知っているのは、もっと粗野な女たちに限られていた。女性の指がこれほど温かく、柔らかいものだとは。水を飲むあいだも、彼は美しい顔から目が離せなかった。

「すると、あなたも魔女……失礼。賢い女性と言うつもりだった」

ガブリエルの顔に笑みがよぎった。「あたしに気を遣う必要はないわ。魔女と呼んでもかまわないけど、残念なことにあたしは自分の魔法を間違った場所に置いてきちゃったの」

「どこでなくしたんだい？」

ガブリエルの笑みが冷たくなった。「納屋の藁《わら》のなか」

レミーはいっそう混乱し、自分にも理解できることを話そうとした。

「ここはどこだ？　ぼくはどうやってここに来た？」

「さあね。でも、ここはベル・ヘイヴンの地下室のひとつよ」

レミーは顔をしかめた。修道院からアリアンヌ・シェニの館に移されたとすると、彼がフェール島にいることを王太后の兵士たちが突きとめたにちがいない。

こうしてはいられない。彼は起きあがろうとした。とたんに脇腹に鋭い痛みが走り、彼は思わずあえいだ。頭がくらくらする。ガブリエルが両手を肩に置いて、彼を押し戻した。

「じっとしてなきゃだめ」

「しかし、ここにいては、きみたちを危険にさらすことになる」

「誰に追われているか知らないけど、ここなら誰にも見つからないわ。あたしたちは隠すのが得意なの」

レミーはもう一度起きあがろうとしたが、めまいに襲われただけだった。「とうに立ち去っているべきだったのだ。王のもとへ戻らねばならない」

「あなたの国王？」

「そうだ。ぼくは……ナヴァラのアンリ王に仕えている」

「ほんと？」ガブリエルは美しい目で彼を見まわした。エレガントな若い美女の目に、自分がどう映っているか、レミーは急に気になった。すっかり汚れて、頬はこけ、薄い毛布の下は何ひとつつけていない。彼はむきだしの胸に毛布を引っぱりあげた。

「服を取ってもらえるだろうか？」

「いいわよ。でも、なんの役にも立たないと思うわ。服を着るどころか、持ち上げる力もなさそうだもの」彼女はいたずらっぽい笑みを浮かべ、愛らしいえくぼを作った。「あたしは手を貸してあげるつもりはありませんからね」

「もちろんだとも、マドモワゼル。手伝ってもらうつもりはない。だが……ここにいる時間が長引けば長引くほど、きみたちに危険をもたらすことになる。兵士たちが……」

ガブリエルは彼の額に軽く触れた。「まだ少し熱があるみたい。あたしには癒しの技はないの。アリアンヌを呼んできたほうがよさそうね」

「いや、待ってくれ！」レミーはガブリエルの手をつかんだ。なぜか彼はガブリエル・シェニにそばにいてほしかった。だからといって何をしたいのかはわからない。もしかすると、もう少しだけ彼女を見ていたいのかもしれない。

ガブリエルは優しい目で約束した。「心配しないで、あとでまた来るわ」

それからまばゆい笑みを投げ、するりと手をほどいて行ってしまった。レミーはぼうっとしてその後ろ姿を見送った。アリアンヌ・シェニは〝賢い女性〟と呼ばれたがるかもしれないが、彼女の妹は最も危険なタイプの魔女だとしか思えない。

アリアンヌは階段の上の物音を気にしながら、作業台にかがみこんでマダム・ジュアンから買った粉を挽《ひ》いていた。レミー大尉に飲ませる薬を急いで作らねばならない。馬に乗った兵士たちがベル・ヘイヴンに近づいてくるしるしがあれば、すぐさま知らせるようにと指示して、ここに来る道はレオンに見張らせていた。これまでのところは、ありがたいことに静かだ。

挽いた粉にワインを少し加え、よくかき混ぜて、小さな器に一回服用する分を入れる。

「姉様？」

レミー大尉を除けば地下室にいるのは自分だけだと思っていたアリアンヌは、いきなりガブリエルに名前を呼ばれ、びくっと飛びあがった。手がひどく震えているのに気づき、急いで器を下に置く。

「ガブリエル！　びっくりするじゃないの。ここで何をしているの？」

「あら、ここはあたしの家だと思ったけど」ガブリエルはかすかに眉を上げて言い返した。

「どういう意味かわかっているはずよ。あなたはミリと果樹園にいるとばかり思っていたわ。ここで何をしているの？」

「まあ、ひとつには、なぜ地下室に男を隠しているのか、そのわけを知りたいと思って」

レミーを連れて帰宅したとき、ミリベルとガブリエルはちょうど外に出かけていた。妹たちはこの危険な状況については何も知らないほうがいい。とくに、兵士たちがここに来たときには、そのほうが安全だ。そう思ってふたりの不在にほっとしたのだが、なんにしろガブリエルに長いこと隠しておけると思ったのは間違いだった。

「ガブリエル、あなたは何も心配しなくていいのよ」

「あらそう？　ほとんど意識のない裸の男が隣の部屋にいるのに？」

「彼を見たの？」アリアンヌは狼狽し、妹の言ったことが頭に染みこむと急いで尋ねた。「意識が戻ったの？」

「ええ。少なくとも、あたしが出てきたときは戻っていたわ」

「だったら、すぐに会わなくては」

「その前にどういうことなのか話して」

「ガブリエル、お願い。説明している時間はないの。上に戻っていてちょうだい。あなたとミリを巻きこみたくないのよ」

ガブリエルはうんざりした目で姉を見た。「ミリはいま、けがをしたキツネの手当てで頭がいっぱいよ。姉様が男をかくまっていることすら気づかないでしょうよ。それにあたしが巻きこまれる可能性はないわ。これがなんなのか、見当もつかないんだから」それからアリアンヌが妹はアリアンヌが調合していた薬の残りを、疑わしげに見た。「それはなんなの？」

シスの手袋を入れた小さな木の箱に目を留め、蓋を開けようとした。

アリアンヌはとっさにその箱の上に片手を置いた。ガブリエルが驚いて彼女を見つめる。アリアンヌは顔をしかめた。こんなことをすれば、ガブリエルの好奇心を刺激するだけだ。

「何が入ってるの？」

「あなたには関係のないものよ」アリアンヌは妹から箱を遠ざけた。「マダム・ジュアンの店で買ってきたただの粉。光に敏感に反応するから、注意深く扱う必要があるの。レミー大尉の薬を調合するのに必要な粉よ」

「それで、あたしたちはなぜレミー大尉をここに隠しているの？」

ガブリエルには何も説明しないわけにはいかないようだ。「ニコラ・レミーは、〝天罰を与え《スカー》る者《ジ》〟と呼ばれるほど強い、新教徒軍の英雄よ。ナヴァラの王に仕えているの」

「ええ、本人もそう言っていたわ」

「彼と話したの？」アリアンヌは警戒心もあらわに言った。「ほかに何か言った？」

「それくらいよ。国王に仕えているなんて、熱に浮かされた男のたわごとだと思った。彼は本当にナヴァラの王の側近なの？」

アリアンヌは妹を見た。目を読まれるのを恐れ、ガブリエルはすばやくまつげを伏せてしまったが、国王を魅了し、力を手に入れたいという野心のことを考えると、ガブリエルがナヴァラに関心を持つのはあまりよい兆候だとは思えない。

「そんなことはどうでもいいわ。レミー大尉も国王も、わたしたちには関係のない人たちよ」

「だったらどうして彼を助けているの？　それになぜレミー大尉は追われているの？　プリンセス・マルゴとナヴァラのアンリ王が婚約して、新教徒とカトリックのあいだには休戦協定が結ばれたんでしょう？」

「少し……込み入った事情があるの」

「話してちょうだい」ガブリエルは胸の前で腕を組んだ。「時間はいくらでもあるわ」

「わたしにはないの。レミー大尉が助けを必要としている理由はどうあれ、フェール島は助けを求めてくる誠実な人々を拒んだことはない。だから、ガブリエル、どうか……」

「あっちに行って、遊んでなさい？」ガブリエルはへの字に口を結んだ。「あたしはもう子どもじゃない。姉様が見知らぬ男を地下室にかくまい、危険をおかすことに決めたのなら、それを話してもらう年齢に達しているわ」

　妹の質問の裏には、たんなる好奇心以外の理由があるのかもしれない。アリアンヌはそれに気づいて、自分の鈍感さを恥じた。「ああ、ガブリエル、許してちょうだい。見知らぬ男をここにおくことが、あなたにとって何を意味するか、少しも考えなかった。でも、レミー大尉はよい人よ、心配はいらないわ。決してあなたを侮辱したり――」

　ガブリエルはつかのまぽかんとした顔になり、それから怒りで顔を染めた。「そんなことは心配してないわ。あたしはただ子ども扱いをやめてほしいだけよ」

「ええ。でも、つらい記憶を――」

「たとえ傷ついたにしても、とっくにすっかり治ってる」ガブリエルは苛立ってさえぎった。

「姉様がそうやって、かきまわすのをやめればね」

　ガブリエルはそう言うなり螺旋《らせん》階段を駆けあがった。アリアンヌがたじろぐほど大きな音をたてて落とし戸が閉まる。

　アリアンヌはため息をついた。わたしはただ妹たちを守りたいだけなのに、どうしてわかってくれないの？　とはいえ、望んだ方法ではないが、妹を追い払うことはできた。

　手袋を入れた木の箱を、このままにしてはおけない。アリアンヌは隠す場所を探して作業場を見まわすと、梯子《はしご》を移動させ、いちばん上の棚の蜘蛛《くも》の巣が張った奥に押しこんだ。ガブリエルは男など怖くないと言い張るが、蜘蛛は大嫌いなのだ。

それから三日間、王太后の兵士たちはフェール島の隅々までレミー大尉を捜しまわった。近衛兵たちはベル・ヘイヴンにもやってくると、納屋の藁までひっくり返したが、最後は苛々しながら引きあげた。

三日目の夜が来るころには、兵士たちはあきらめてフェール島を去ったという知らせが届き、ベル・ヘイヴンの者たちはひとり残らずほっと胸をなでおろした。が、ミリベル・シェニだけはべつだった。

彼女は絶望した影のように家のなかを歩きまわっていた。今日がどんな日か、誰ひとり覚えていないなんてひどすぎる。アルゴの崖にそびえる石の巨人にお参りをする日だというのに。

父がまだ海から戻らず、母が死んでしまったいま、この儀式は忘れさられる危険に瀕していた。母がこの古代の儀式を信じていたという確信はないが、いつも昔のやり方に敬意を払っていた。でも、アリアンヌは地下室に隠しているけがをした兵士のことしか考えられないらしく、一日のほとんどを地下で過ごしている。

そうなると、この巡礼に付き合ってくれそうな相手はガブリエルしかいない。これはほとんど望みのない願いだったが、ミリベルは重い足をひきずり、すぐ上の姉を捜しに階段を上がっていった。

まだ陽が高いというのに、ガブリエルは金色の髪をベールに包んで、ベッドに横たわっていた。エレガントなドレスを脱ぎ、シュミーズ姿で白いものを顔に塗っている。

「何をしてるの、ガビー姉様?」

姉は片目を開けて答えた。「肌がくすまないように栄養をあげてるの。小さい子どもみたいに太陽の下を走りまわっていないで、あなたも少しは肌のことを考えるべきよ」

ベッドの横には、ガブリエルが顔に塗っている白いものを作ったあとがちらかっていた。割れた卵の殻まである。

「必死に産んだ卵をそんなことに使われたら、鶏が怒るわ」

「どうせ最後はあたしの夕食になるのよ、鶏に気をつかう必要はないでしょ。鶏をうんざりさせている人間がいるとしたら、それはあんたよ。狐《きつね》なんか連れてきて」

「ルナールのけがはすっかりよくなったの。もう放してあげたわ」

「ルナール？　狐にあの伯爵の名前をつけたの？」

「いいえ、あの名前は最初から狐のものだったの。伯爵が狐から盗んだにちがいないわ」

ガブリエルはにやっと笑いそうになり、顔をこわばらせた。いま筋肉を動かすのはまずい。

スツールをベッドのそばに引いてゆき、腰をおろしながら、ミリベルはこれまでの夏のことを思わずにはいられなかった。父がいたときは、みんなを集めて荷車に乗せ、アルゴの崖へと出発しているころだ。焚《た》き火をする薪《まき》も、巨人と一緒にとる夕食もかごに入れて積みこまれ、すっかり興奮してにぎやかに話す三姉妹を、母がにこやかに見ているころだ。

急にとても寂しくなり、ミリベルは姉を見た。姉はうとうとしかけているようだ。

「あたしたちが隠してるレミー大尉のために、美しくなりたいんでしょ？」彼女はなじるように言った。

ガブリエルはぱっと目を開け、両肘をついて妹をにらみつけた。「どうして彼のことがわかったの？　あなたが気づいていたとは思わなかったわ」

「男に興味がないだけよ。ばかじゃないわ」ミリベルはつんと澄ましてそう言った。「国王の兵士たちが逃亡者を捜して納屋のなかを我が物顔に歩きまわり、可哀相な動物たちをすっかり怖がらせたのに、何も気づかないわけないでしょ」そしてこう付け加えた。「だけど、地下室に顔を見に行くと、彼らの探している兵士が少し気の毒になったわ。ひどく具合が悪そうなおじいさんなんだもの」

ガブリエルは頭を枕に戻し、目を閉じた。「驚いた。よく顔を見られたわね。アリアンヌがドラゴンみたいに彼を守ってるのに。でも、もっとよく見れば、レミー大尉は年寄りなんかじゃないことがわかったはずよ。たぶん無精ひげと顔色が悪いせいでそう見えたのね。本当はとても若いの。それにけがをする前はきっととても逞《たくま》し――」

ミリベルは首を振った。「体は若いかもしれないけど、魂はちがう。恐ろしいことをたくさん見てきた目をしてるもの。ときどき姉様の目も同じように見えるわ」

ガブリエルは平静を装ってなめらかに言った。「あたしは目を読めないの。それにもしその力があったとしても、レミー大尉の目を読んで無駄にしたりしないわ。彼はただの兵士だもの」彼女は口をつぐみ、それから低い声で尋ねた。「それで……ほかにも何か読んだ？」

「ほかにも、って？」

「彼の……国王のこと」ガブリエルは妹を納得させるように付け加えた。「あたしが彼に興味があるのは、ナヴァラの国王に仕えているからよ」

「国王なんか」ミリベルは鼻を鳴らした。「それより巨人はどうするの？」

「なんですって？」ガブリエルは寝心地のよい姿勢を取りながら尋ねた。

「石の巨人よ。お参りの儀式」

「ああ、それ」

「古い儀式を覚えてるのは、あたしだけ？　アリアンヌ姉様なんか話を聞こうともしない」

「姉様はこのところ何かに心を奪われているようね。あたしたちのような子どもには、理解できない重大な問題に」どうやらふたりの姉は、またけんかをしたようだ。ガブリエルの苦い声を聞いて、ミリベルはそう思った。あたしが動物のそばにいたがるのも無理ないわ。

「アリアンヌ姉様が忙しいなら、あたしとガビー姉様で行けばいいわ」彼女は姉を促した。

「アルゴの崖まで登って、月の下でそびえる石の周りをまわる？　冗談でしょ」

「でも、ガビー――」

「あんたはもっと重要なことで頭を悩ますべきよ。たまには髪を梳かすとか」

「髪は姉様がふたり分梳かしてるわ。それに――」下唇をきつく噛んで、彼女は残りの言葉をのみこんだ。「ねえお願い、ガビー姉様、これはとても重要なことなの。今度だけでいいから一緒に来て」

「いやよ、ミリベル。巨人にお参りするなんてばかばかしい。さあ、もう煩わすのをやめてあっちに行ってちょうだい。話はおしまい。パックが固まってきたもの」

ガブリエルが話したくないのは、パックだけが理由ではない。ミリベルは姉のこわばった口元を見てそう思った。ガブリエルは寝返りを打って横向きになり、背を向けた。ミリベルは懇願するのをあきらめ、ため息をついた。だが、立ちあがってドアに向かおうとすると、ガブリエルが後ろで言った。

「ひとりでアルゴの崖の上に行ったりしちゃだめよ。そんなことをしたら、アリアンヌに皮を剝《は》がれるわ。あの兵士たちがもう戻ってこないとわかるまでは、ふたりとも館から離れちゃいけないのよ」

ミリベルは腹を立てて部屋を出た。姉様たちはちっともわかってない。あたしはどうしても巨人にお参りしなくちゃならないの。話すことさえ恐ろしい理由があるんだもの。

彼女は恐ろしい鐘の音が鳴り響く血まみれの街の悪夢を、まだ見続けていた。しかもそれはひどくなるばかり。何か恐ろしいことが着実に近づいているのだ。石の巨人に敬意を払ってお参りすれば、この邪悪はなだめられるかもしれない。お参りしてもだめかもしれないが、またひと晩、眠れない夜を過ごすよりはましだ。

上の姉に出くわしてこの計画を読まれるのを恐れ、ミリベルは足音をしのばせて階段をおりていった。ちらちら後ろを見ながら無事に家を出るまでは、息をするのもはばかられた。外に出ると、ポニーのもとへ急いだ。まだ多少の魔法が残っている場所に行くために。

黄昏《たそがれ》の薄れゆく光のなか、ミリベルはバターナットの耳元で励ましの言葉をつぶやきながら、険しい丘の道を登っていた。前方には、ほとんど植物も育たないごつごつした岩だらけの坂道が続き、眼下では暗い海が洞窟《どうくつ》の入り口を洗っていた。突きだした岩に砕ける波が、盛大なしぶきをあげる。見下ろすとめまいがしそうで、できるだけ下を見ないように、風にもつれる髪が目にかからぬようにして、注意深くポニーを導いていった。

島のこの部分は、ベル・ヘイヴンのある谷間とはまるでちがう。アルゴの崖を登る旅がこれまで少しも怖くなかったのは、父の強い手がミリの手を握っていてくれたからかもしれない。ポニーにしがみつき、ひたすら登りつづけると、ようやく丘の頂上と、黄昏の空を背景に黒々と立っている太古の石の遺物が見えてきた。ミリはその光景に感動し、ポニーを止めてひと息入れた。母とはもう会えない。父とも会えないかもしれない。二人の姉はなんだかよそよそしく、愛するポニーは老いてきた。だが、少なくともこれは、決して変わらないものだ……石の巨人はここに根ざし、びくともせずに立っている。

昇りかけた月が環状にそびえる石を照らし、そこに神秘的で厳粛な美しさを与えていた。いつでもなんにでも論理的な説明をつけようとするアリアンヌは、この支石基《ドルメン》は魔術がいまよりもよく理解されていた太古に立てられたもので、この環は天の動きを示していたのだという。だがミリベルは、かつてこの島に住んでいた優しい巨人たちの昔話を信じていた。迷信に惑わされた本土の愚か者に脅された彼らを守るために、大地の母が魔法で石に変えたのだ。ここは科学と論理の場所ではなく魔法と伝説の場所だというのに、いったいどうしてこの話を疑うことができるのか、さっぱりわからない。

ポニーを前に進めると、薪の煙のにおいがした。誰かがもう焚き火をしているのだ。

これは嬉しい事実だったが、ミリベルはポニーの歩みを緩めた。ポート・コルセアの人々のほとんどは生まれたときから知っているものの、家族や館の使用人以外とひとりで顔を合わせるのは気後れがする。これまでは父にしがみついて慰めを得るか、あとずさって母や姉たちの陰に隠れることができたが……。

歌うような声が聞こえると、彼女は完全にポニーを止めた。風がミリベルには理解できない、かん高く喉にからむような音を運んでくる。この詠唱《えいしよう》にはうなじの毛が逆立ち、鳥肌が立つような不気味さがあった。これまでの儀式でこんな奇妙な詠唱を聞いたことは一度もない。

「あれはなんだと思う、バターナット？」彼女はポニーの耳元でささやいた。

昔から風の強い高地が嫌いなバターナットは、丘の麓《ふもと》に戻りたがっていないた。詠唱は速さと激しさを増していく。ミリベルは不安にかられたが、せっかくここまで来たのに戻るのは悔しすぎる。

ミリベルはポニーをできるだけ幅の広い巨人の石の陰に導いた。生まれてからこれまで、どんな動物も自分のそばに留めておくために手綱をつないだことはない彼女は、ポニーの首を優しく叩き、バターナットの目をじっと見てつぶやいた。「ここで待っててね」

それから石の横からのぞいた。姿を見せる前に、何が起こっているか調べる必要がある。石の環の中央にある空き地では、焚き火が燃え、数人の大柄な娘たちが燃え盛る炎の周りで踊っていた。

下の港町では見たことのない娘たちだ。炎の光に照らされた顔は、野蛮で恐ろしく見えた。でも、怖がるのはばかげている。あれは崖の向こうに散在しているコテッジの娘たちにちがいない。島のこちら側よりも荒い海で漁をして、暮らしをたてている村の人々だろう。

若い娘たちは腰をうねらせ、胸を叩き、髪をかきむしって踊り狂っている。とりわけ大柄な胸の大きい女が、くしゃくしゃのたてがみのような黒い髪を太い腕で天へと掲げ、鋭い叫び声をあげた。

「ああ、偉大なるアシュトレト伯爵よ。この丘を見下ろし、あなたの侍女をお抱きください。わたしたちのひとりを花嫁に娶《めと》ってください」

ミリベルは眉を寄せた。アシュトレト？　それは誰のこと？　それに花嫁に娶るって、どういう意味？　巨人がすべて女性だということは、誰でも知っているのに。

ほかの娘たちが、環の中央にある平らな石の祭壇の前にひざまずき、恍惚《こうこつ》のうめきを漏らしはじめる。さきほど叫んだ大柄な娘が体を揺らし、ナイフを振った。

「ここにご降臨ください。大いなる角を持つお方。あなたの名において生贄《いけにえ》を捧げます」

生贄？　ミリベルはもっとよく見ようと首を伸ばし、はっと息を止めた。ふだんは巨人に花を供える祭壇の石の上に、黒いものが縛りつけられている。生きているものが。それは頭を上げ、必死でもがいていた。小さな黒猫だ。

琥珀《こはく》色の目が暗がりを貫き、石の陰に隠れているミリベルを見て、訴えるような声をあげた。助けを求めているのだ。

〝どうか助けて〟

そう鳴いている猫の上に、黒い髪の娘がそそり立ち、ナイフを振りあげた。

「やめて！」ミリベルは石の陰から走りでた。

娘たちが凍りつき、詠唱が突然止まる。ミリベルはそのなかに飛びこみ、黒髪の娘を祭壇から押しやると、石の前に立ちふさがった。

「さがって！」彼女は叫んだ。太い枝をつかみ、それを娘たちに向かって振った。「気の毒な猫をいじめるなんてひどいわ」

突然現れたミリベルに、娘たちはショックを受けた。黒髪の娘ですら一瞬ためらい、それから食ってかかった。「あんたは誰だい、愚かな人間。あたしたち魔女の儀式の邪魔に入るとは、いい度胸じゃないか」

答える前に、娘のひとりが黒髪の娘の肘を突いた。

「ベルト、これは島の反対側のシェニの娘だよ」彼女は怯えた声で言った。「本物の魔女だ」

するとベルトの目に迷いが浮かび……それから嘲笑が浮かんだ。「ふん、ただの小娘さ」

「ばかにしないで」ミリベルは枝を棍棒《こんぼう》のように構えた。「一歩でも近づいたら、その愚かな頭をかち割って……呪いをかけてやる」

ミリベルの激しい剣幕にほとんどの娘は退《ひ》いた。だが、ベルトは軽蔑するように仲間をちらりと見た。

「冗談だろ？　こんな子どもが怖いのかい？　この小娘を捕まえるんだ！」

ほとんどの娘はためらったものの、何人かがじりじり前に出てきて、ミリベルを取り囲んだ。

恐怖の塊が喉をふさいだが、ミリベルは闘って倒れる決意で娘たちをにらみつけ、唇をめくって獰猛《どうもう》なうなりを発しながら枝を左右に振った。だが、娘たちは笑いながら飛びのき、野次をとばした。

それから、ジャッカルの群れのようにいっせいに飛びかかった。ミリベルは必死に闘った。噛みつき、蹴り飛ばしたが、娘たちを払いのけることはできなかった。無理やり膝《ひざ》をつかされ、腕を脇に押しつけられた。ベルトが前に進みでてきて、涙がにじむほど荒々しく髪をつかむ。

彼女はミリベルの顔をのけぞらせ、ほくそ笑んだ。「猫を助けたいって？　まあ、もう猫はいらないかもしれないね。あんたを生贄にすればいい」

ベルトはにやりと笑い、ナイフを細い喉に置いた。ミリベルは恐怖にかられ、目を閉じて殺されるのを覚悟した。

「やめろ、闇の娘たち！」

その声は風にのってきた。最初は幻聴だと思ったが、ベルトが鋭く息をのむのが聞こえ、喉に置いたナイフを持つ手が震えたようだった。ミリベルを押さえつけているほかの娘たちの手も震えているようだ。

「天よお助けを」娘のひとりがつぶやいた。「あれは誰？」

ミリベルの胸に希望がこみあげた。だが、目を開くと安堵《あんど》は消えた。自分を助けてくれた者の姿を見たとたん、彼女は娘たちと同じ恐怖に打たれた。

焚き火の炎が、長い影を岩のひとつに投げていた。だが、草地を横切って近づいてくる者自身も影のように見える。ほっそりとした長身のその男は、真っ黒なローブに身を包み、フードを目深にかぶっていた。

「その娘を離せ」黒いフードのなかから、かすれた声が命じる。

娘たちは少しためらったあと、突然ミリベルを離した。長いローブの裾で草をなでながら影のような男がさらに近づくと、ベルトですら手をたらした。

「マレウス・マレフィカルム修道会の者だ。即座に悪魔の儀式をやめることを命じる」

「ま、魔女狩りの男だ！」誰かが叫んだ。

娘たちは悲鳴をあげてつまずくようにあとずさり、たがいにぶつかりながら走りだした。ベルトもミリベルにつまずきそうになりながら、ぱっと走りだす。手にしていたナイフが膝のすぐ脇に落ちた。

ミリベルはそれをつかんだ。恐怖のあまり心臓が壊れそうなほど打っていたが、どうにか立ちあがり、石の祭壇にかがみこんだ。黒い子猫が悲しげに鳴く。

夢中でロープを切りながら、彼女は猫を慰めようとした。「怖がらないで。あたしは愚かな娘たちとはちがうわ。ほんものの大地の娘よ」

猫はまばたきして彼女を見上げた。〝わかってる〟

最後のロープが切れると、猫はよろめきながら立ちあがった。最初に思ったように黒一色ではなく、前脚だけは雪に浸したように白い。ミリベルは優しく猫を抱きあげた。がりがりに痩せて、汚れた毛の下の骨が手にあたる。

「もう大丈夫」彼女はささやいた。「だけど、ここを離れなくちゃ」

だが、逃げようと向きを変えると、黒い壁にぶつかった。フードをかぶった影のような男が、いつのまにかすぐ後ろに立っていた。彼は森を横切ってきたときに見えたよりもがっしりしている。恐ろしい沈黙のなかに、焚き火の薪がはぜる音と、恐怖にかられたミリベルの荒い息遣いが響いた。

恐ろしい魔女狩りの男であることを示す、ローブの縁に刺繍された炎と、袖の赤い十字架を見て、ミリベルは守るように猫を抱きしめながら悲鳴をあげ、祭壇へとあとずさった。男が手を伸ばし、フードを取る。ミリベルは恐ろしい顔が現れるのを覚悟して息を止めた。

だが、その下から現れたのは少年の顔だった。上背は自分よりもゆうに三十センチは高いが、歳はそれほど離れているようには見えない。艶やかな黒い巻き毛が額にかかり、なめらかな頬にはまだひげはない。雪のように白い肌に、男らしい黒い眉と濃いまつげが真摯《しんし》な黒い瞳をいっそう際立たせている。ミリベルは魔法にかかったように、ただ彼を見つめた。この少年は、これまで出会った誰よりも美しい二本足の動物だ。

「大丈夫かい、マドモワゼル？」彼はかすれた声で尋ねた。

ミリベルは長いため息をつき、どうにかうなずいた。「あなたは……誰？」

「シモン・アリスティードだ」彼は誇らしげに名乗った。「マレウス・マレフィカルム修道会に仕えている」

〝邪悪を打つ大槌《マレウス・マレフィカルム》〟。ミリベルは震えた。これが最も狂信的な修道会だということは、彼女ですら知っていた。彼らが存在する目的は、魔女を狩り、殺すことだ。とはいえ、彼女は目の前に立っているハンサムな少年から目が離せなかった。袖に刺繍されている恐ろしい朱の十字架は、シモンにはちっとも似合わない。

「ほんとに魔女狩りの仲間なの？」彼女はためらいがちに尋ねた。「みんな老人で醜いんだと思ってた」

「不思議だな。ぼくも魔女はみんな老人で醜いと思っていたよ」

「あたしは魔女じゃないわ」

「きみがそうだとは言わなかったぞ」シモンと名乗った少年は重々しい声で言ったものの、優しい笑みを浮かべた。それが彼の顔を和らげ、目を輝かせる。ミリベルはその目をじっと見た。

これまでミリベルは、人間の目を読むのは苦手だった。でも、動物の目を読むのは得意だ。だが、どんなに動物が好きでも、四本足で毛に覆われているものをすべて信頼するほど愚かではない。悲しいことに、動物のなかには人間の世界と接触し、取り返しがつかないほど損なわれてしまったものもいる。

シモンの目は遠くの星のようにきらめいていた。それに子猫が彼を信頼しているのは明らかだ。シモンが顎《あご》の下をなでると、子猫は嬉しそうに甘えた声をだした。

「で、きみのような小さな子が、もう夜だというのにこんなところで何をしているんだい？」

「小さな子どもじゃないわ」ミリベルは抗議した。「歳はあなたと同じくらいよ」

「ぼくは十五歳だ」彼は少し胸を張ってそう言った。

「あたしは……十四歳よ」真実に二年ほど足して答える。

「八歳ぐらいにしか見えないな」

むっとして彼をにらみつけたとき、遠くで叫ぶ声がした。

「シモン？　シモン・アリスティード？」

少年の笑みが消え、彼は敬礼する兵士のように体をこわばらせてくるりと向きを変えると、暗がりに叫び返した。「ぼくはここです、ムッシュ」

頑丈なブーツが石を蹴り立ててくる足音がして、もうひとつの影が木立のなかから出てきた。年配の男だ。シモンよりも背が低く小太りで、はるかに恐ろしそうだ。彼のローブは真っ赤なサテンで、フードを取った顔はいかつく、白い髪がまばらに突っ立っている。

ミリベルは鼓動が跳ね上がるのを感じた。腕のなかの猫が体をこわばらせ、白い前脚で彼の顎をせわしなく叩き、光る目で見上げた。

〝逃げて。大地の娘。いますぐに！〟

だが、ミリベルの恐怖を感じとったように、シモンが振り向いてにっこり笑った。「マスター・ル・ヴィだよ。怖がる必要はない。きみは何ひとつ悪いことをしていないもの」

ミリベルはほほえみ返し、彼の言葉から慰めを得ようとした。彼女はシモンが前に進み出て、年配の男に深々と頭を下げるのを心配そうに見守った。ル・ヴィは不愉快そうに口をゆがめ、シモンをにらみつけた。「ここにいたか！　われわれから離れて、勝手に進んではならんとあれほど言ったのに」

「お許しください、ムッシュ。焚き火の煙が見えたので、じっとしていられなかったのです」

「ああ。わしのにらんだとおり、今夜はこの島の者が悪魔の儀式を行なっておった。狩りを始めるにはよい場所だったろうに、おまえが先走ったばかりに、娘たちは逃げてしまったわい」

シモンは首を縮めた。「すみません、ですが——」

「口答えをするな。言い訳など聞きたくない。まあ、少なくともひとりだけは捕まえることができたらしいな」

男がまっすぐ自分を見ているのに気づいて、ミリベルはぶるっと震えた。シモンは彼女の前に立った。

「いいえ、ムッシュ。これはぼくが魔女たちから助けた少女です」

「あたしは子どもじゃないわ」ミリベルは叫んだ。そして震えながらも、誇らしげに顔を上げた。「闇の娘でもないわ。ミリベル・シェニよ。フェール島のレディと国一番の立派な騎士ルイ・シェニの娘よ……」

自分が何かとんでもない間違いをしでかしたのに気づいて、彼女はためらった。シモンでさえ、警戒と驚きの入り混じった奇妙な目で見ている。

シモンを突き飛ばし、ル・ヴィが近づいてきた。

「そうか、マドモワゼル・シェニか？」彼はしゃがれた声で言った。「ちがう娘だが、われわれの目的にはかなうだろう。よくやったぞ、シモン」

ミリベルはごくりと唾をのんであとずさった。炎に照らしだされたル・ヴィの顔は深い穴のような傷で覆われ、片目がわずかにさがっている。

それよりも怖いのは、光のないうつろなまなざしだった。ル・ヴィはさらに近づいた。子猫が背中の毛を立ててうなる。

走れ！

ミリベルはくるりと向きを変え、走りだしたが、すでに遅かった。木立からさらに影が出てきて、突然ローブを着た幽霊たちが石の環を満たした。

夢中で逃げ道を探したが、どこにも見つからなかった。魔女狩りの男たちが輪を縮めてくる。ミリベルは猫を抱きしめてその場にしゃがみこみ、目を閉じて自分を石に変えてくれと大地の母に夢中で祈った。

アリアンヌは眠気を払おうと目をこすった。何時なのか見当もつかない。もうすぐ夜明けだろうか？　蠟燭はいまにも消えそうなほど短くなっている。

なんとか手袋の毒をつきとめようと何時間も努力したが、徒労だった。エレガントな白い手袋は彼女をあざ笑い、秘密をゆだねることを拒否していた。手袋から注意深く取った繊維に、さまざまな溶剤をかけた皿が、半ダースばかり一列に並んでいる。

これまでのところ、毒らしきものはまったく見つからない。王太后が何を使ったにせよ、アリアンヌの古代の書物にある科学は、それを探知する役には立たないことがわかった。王太后は大地の娘が記録したよりも古い毒を使ったのか、自分で作りだした毒を使ったにちがいない。

これでもう打つ手は何もない。アリアンヌは途方に暮れ、自分の黒魔術に関する知識の足りなさに臍《ほぞ》を嚙む思いだった。

あれこれ考えていると、無意識に首にかけた鎖の指輪へと手が伸びる。緊張したり、心配したりするたびに、ルナールの指輪をまさぐるのが癖になってしまったようだ。

市場のある広場で彼と別れてから、今日で四日目。そのあいだ、ルナールが戸口に現れるのを、ふいに目の前に立つのを、アリアンヌはたえず心のどこかで予期していた。

だが、今度は約束を守り、ルナール伯爵は本当に遠ざかっている。

〝容易くあきらめるような男は、きみにはふさわしくない〟

ばかな台詞。それにルナールがあきらめたとしてもいっこうにかまわないわ。なんといっても、彼を追い立てたのはこのわたしなのよ。

だったらなぜ、また彼の姿を見ない一日が過ぎたことに失望を感じるの？　まるで……彼を恋しがっているかのように。

ばかばかしい。だが、自分を叱《しか》っても、彼のからかうような笑みがともすれば頭に浮かび、ついほほえんでしまう軽いやりとりが思い出された。何よりも、自分のなかに思いがけない情熱をかきたてた、あの甘い燃えるようなキスが。彼を追いやらなければ、あの情熱的な抱擁が何をもたらしたかを考えずにはいられなかった。

揉《も》め事よ。アリアンヌはきっぱりと自分にそう言い聞かせた。彼に惹かれはじめているとはいえ、ルナール伯爵はまだ見知らぬ男にひとしい。心をくすぐるような笑みと巧みなキスだけでは、結婚の理由にはならない。慎重に相手を選ぶ必要のある身とあってはなおさらだ。

いま必要なのは夫ではなく、このいまいましい手袋の謎を解くことよ。アリアンヌは指輪と鎖を襟のなかにしまい、あくびをしながら手袋をしまった。少し眠ったら、ほかのやり方を試してみよう。

立ちあがろうとすると、頭上の落とし戸を荒々しく叩く音のあとで勢いよく上がり、召使いのアグネスが、転げ落ちんばかりに階段を駆けおりてきた。血の気の引いた顔で、声を出すことさえできずにいる。

アリアンヌは階段に駆け寄り、アグネスを見上げた。「どうしたの？　何があったの？」

「たいへんです……すぐいらしてください。シャルボンヌが迎えに来ています」

アリアンヌは息が止まった。マリー・クレアがシャルボンヌを送ってきたとすれば、何か悪いことが起こったにちがいない。

「まさか、兵士たちが戻ったわけではないでしょうね？」

「いいえ！　もっと恐ろしいことです」アグネスは胸に手を当て、恐怖でその場に倒れそうな顔で叫んだ。

「魔女狩りの男たちがこの島に来たんです！　ミリベル様を捕まえたんです！」

12

ポート・コルセアは夜明けの灰色の光にまどろんでいる。店の窓は閉まったまま、ドアには鍵がかかり、いつもは活気のある港の栈橋《さんばし》では、男たちが厳しい顔で黙々と仕事をしていた。市場のドアに釘付けされた掲示の前に集まっていた女たちは、アリアンヌの姿を見て恭しくさがった。アリアンヌは女たちのなかを通って進んだ。シャルボンヌとガブリエルがすぐ後に従ってくる。

何人かがアリアンヌにお辞儀をした。アリアンヌは精いっぱい落ち着きを保ち、挨拶を返した。風にはためいている羊皮紙の掲示に近づくと、肌寒い朝の空気とはまったく関係ない冷たさが体を吹きぬけていくようだった。

彼女は正面の階段を上がり、ドアに貼りつけられた紙を指で押さえた。

ポート・コルセアの人々に告げる

魔女だと言われている者、この裁判でその正体を明らかにされるべき者、とりわけ人や、家畜、大地の実に害をもたらす邪悪な行いをしたと疑われる輩《やから》に心当たりのある者は、ただちに申し出ることを命ずる。そのような証拠を隠す者は、死罪に値すると心得よ。

ヴァシェル・ル・ヴィ
マレウス・マレフィカルム修道会会長

アリアンヌはこの掲示を見つめた。ヴァシェル・ル・ヴィ、喉に冷たい恐怖がわだかまる。賢い女たちがこれほど恐れている名前はほかにはなかった。無慈悲で残酷な狂信者ル・ヴィは、罪もない女たちを拷問し、村を焼き払って、南フランスを蹂躙《じゅうりん》していた。彼が恐ろしい魔女狩りを完了するころには、生きて残る大地の娘はひとりもいなくなるにちがいない。

ごくりと唾をのみこんで、アリアンヌは扉の掲示を引きちぎり、ゆっくりと引き裂いた。後ろに固まっている女たちが驚きの声をあげる。ありがたいことに、背を向けているおかげで、細かくちぎった紙を風のなかに捨てる両手が震えているのは誰にも見られずにすんだ。内心の動揺をポート・コルセアの女たちに見抜かれてはならない。

女たちは彼女を見上げた。ほとんどがただ恐れている。心配そうな顔もある。ガブリエルのように激怒した反抗的な顔もわずかだがあった。アリアンヌはガブリエルをベル・ヘイヴンに残してきたかったのだが、地下に鎖でつながぬかぎり館に留めておく術はなかったのだ。

ガブリエルは決意もあらわに、攻撃の命令を待つ兵士のような目でアリアンヌを見上げた。

アリアンヌはほかの女性たちに目をやった。

「彼らはどこにいるの？」彼女は声をはりあげた。「彼らがわたしの妹をどうしたか、知っている人がいて？」

この質問に叫び声があがった。ヒステリックな声も混じっている。

「ミリは教会に閉じこめられているわ」

「彼らは仲間の名前を告げろと、あの子を拷問《ごうもん》するに決まってる。あたしたちはみんな逮捕されて、焼かれるんだわ！」誰かが悲鳴のような声で叫んだ。陶器職人の妻、マダム・エランが泣きだす。ほかの女たちもいまにも泣きだしそうに見えた。

とそのとき、しゃがれた声が叫んだ。「ぎゃあぎゃあわめくのはおやめ！　なんの役にも立ちやしない」マダム・ジュアンが女たちをかきわけて前に出てきた。少なくとも、ジュアンは取り乱していないようだが、この年配の薬剤師には、ほかの女よりも怖がる理由がある。

ジュアンは、魔女狩りの男たちが探している魔女そのものだ。くしゃくしゃの白い髪は風にもつれ、両手の指はリューマチで節くれだっている。

だが、彼女は落ち着き払った目でアリアンヌに告げた。「何もかも岩山の向こうの、無知な娘たちの責任よ。あたしが聞いたところじゃ、その娘たちは昔からの巨人の儀式を、魔女の祭りに変え、石の巨人の周りを踊り狂っていたらしい。ミリはそれを止めに入り……仲間だと思われて逮捕されたのよ。魔女の祭りだなんて！」マダム・ジュアンはうんざりしてくるりと目を回した。「近ごろの娘たちが、どこからそんなばかげたことを考えつくのか、あたしにはさっぱりわからないね」

「愚かな迷信を信じている本土の連中からでしょうよ」鍛冶屋のパルトゥ夫人が言った。

「そのうち、箒《ほうき》にまたがって空を飛ぼうとするんじゃないかしら」誰かがそう言った。

「賢い女たちが治めたほうが、世の中はもっと住みよくなるだろうに」マダム・ジュアンが嘆いた。「愚かな戦争などなくなり、無知な迷信も姿を消す。何よりも、魔女狩りの男たちが消えてなくなるよ。大地の娘の力を取り戻すために、政府に逆らったメリュジーンの考えは正しかった。あたしたちも彼女の例に倣《なら》うべきかもしれないね」

「そして彼女が使った方法で戦えというの?」アリアンヌはたしなめた。「井戸に毒を入れ、作物を焼き、家畜が疫病にかかるように呪えと?　わたしたち大地の娘は、壊すためではなく、癒すために知識を使うのよ」

マダム・ジュアンは痩せた胸の前で腕を組んだものの、言い返そうとはしなかった。

「メリュジーンはやりすぎたの。そして戦ったあげく、最後は負けて、彼女があおった農夫の軍隊は王の兵士たちに滅ぼされた。しかもその過程で罪もない人々が大勢死ぬことになった。そのために多くの賢い女たちが巻き添えを食ったわ。彼女はわたしたちにとって、魔女狩りの男たちと同じくらい危険な存在だったのよ」

「それに、たいして賢くもなかったわ」マダム・パルトゥが言った。「最後は捕まって、無力な老婆と同じように火あぶりになったそうだもの」

マダム・エランは震えながらアリアンヌに尋ねた。「それで、わたしたちはどうするの？」

不安にかられた顔が、いっせいにアリアンヌを見る。だが、アリアンヌには答えられなかった。状況は思ったよりもはるかに悪い。この島の娘たちが魔女の集会をしていたとなると、魔女狩りの男たちはフェール島に鉄槌《てっつい》を下す口実を手にしたことになる。

わたしはそういう愚かな行為が行われていることを、知っていなくてはいけなかったわ。そしてミリベルではなく、わたしが止めるべきだった。フェール島のレディとして、わたしには島で起こっているあらゆる出来事に目を光らせ、女たちを守り、ばかなことを止める責任があるのに。

アリアンヌは緊張した顔を見渡した。「家に帰り、ふだんどおりに仕事をするのよ。わたしたちが恐れていないのを、魔女狩りの男たちに示すの」

マダム・エランは叫んだ。「逃げたほうがいいんじゃないかしら？　まだ間に合ううちに」

「逃げるのはいちばんだめ。逃げれば有罪だと認めたも同じだもの。そしてどこまでも追いかけられるわ。それにどこへ行くの？　ここがあなたの家なのよ。少し脅されたぐらいで逃げだせば、相手の思う壺《つぼ》よ」

「そのとおり」マダム・ジュアンが言った。「恐怖にかられてばかなことをしなさんな。さあ、みんなあたしたちは家に戻って、この件はフェール島のレディに任せようじゃないの」

女たちはしぶしぶ散りはじめた。おたがいに慰めあう声が聞こえる。「ええ、アリアンヌに任せましょうよ。彼女がわたしたちを守る方法を見つけてくれるわ」

アリアンヌはそうしたつぶやきを重い心で聞いた。もしもミリベルやみんなの期待に応えられなかったらどうなるのか？　そもそも魔女狩りの男たちが島に入るのを許した時点で、すでにみんなの信頼を裏切っているのだ。

やがて広場には、彼女とガブリエルとシャルボンヌしかいなくなった。少なくとも、ガブリエルは、アリアンヌが奇跡を起こすことを期待してはいないようだ。アリアンヌが階段をおりていくとこう問いただした。「どうするつもりなの、姉様？」

「とにかくヴァシェル・ル・ヴィに会って、ミリがどこに囚われているか確認すべきでしょうね。あなたはシャルボンヌと修道院に――」

「冗談でしょ。あたしも一緒に行くわ」

「ル・ヴィとはひとりで会ったほうがいいと思うの。そして――」

「あいつと話すの？　なんのために？　あいつらに道理は通用しない。説得できるのはこれだけよ」

ガブリエルは外套をぱっと開いた。今朝は上等のシルクを捨て、地味な仕事着に着替えていたが、それよりもアリアンヌはガブリエルが腰に差した剣を見てぎょっとした。

「お嬢様！」シャルボンヌが叫ぶ。

「ガブリエル、どこでそれを手に入れたの？」

「レミー大尉からよ」

「彼がくれたの？」

「そういうわけじゃないけど……」

ガブリエルはアリアンヌから目をそらそうとしたが、アリアンヌは妹の顎をつかんで鋭く目を見つめ、真実を読みとった。「まあ、ガブリエル！　あなたはこの剣を盗んで、止めようとする彼を残してきたの？」

ガブリエルは苛立たしげに頭を振った。「けなげな英雄の相手をしている暇などなかったのよ。彼の世話はアグネスがしてくれるわ。あたしはそれよりミリのほうが心配なの」

「わたしたちはみなそうよ。でも、あなたが剣を手にして突進しても、なんの解決にもならないわ。さあ、町を出るまでそれを隠しておきなさい」アリアンヌは神経質に周囲を見て、ガブリエルの外套の前を閉じた。

「あたしがこれの使い方を知らないと思ってるの？」ガブリエルは食ってかかった。「父様が教えてくれたことは全部覚えてるわ」

「ええ、あなた自身が殺される程度にはね。すでにひとりの妹が危機に瀕しているのよ。もうひとりも危険にさらすのはごめんだわ」

「でも、捕まるべきなのはミリじゃなく、あたしだったのよ」ガブリエルは燃えるような目で訴えた。「あの子がこんなことになったのは、あたしのせいなの。崖に一緒に行くのをそっけなく断わったからよ。ひとりでも行くにちがいないと、わかっているべきだったのに。ゆうべベッドに来なかったことさえ気づかなかった。まだすねてて、納屋の動物と一緒だと思っていたの」

ガブリエルは頬に落ちる涙を苛立たしげに手の甲で払った。

「いいえ、これはわたしの責任よ。最近はすっかりべつのことに気を取られていたんですもの。でも残念ながら、どちらのせいか言い争ってもミリを助ける役には立たないわ」アリアンヌは妹の手に軽く触れた。「お願い、わたしの言うとおりにして。シャルボンヌと聖アンヌ修道院へ行き、あなたがその剣を振りまわす前に、せめてこの状況を冷静に判断する時間をちょうだい。もしかすると、わたしもあなたに助けてもらうはめになるかもしれないでしょう?」

アリアンヌは軽口を叩いているかのようにほほえもうとしたが、これが冗談でないことはどちらも知っていた。ガブリエルは長いことアリアンヌを見つめ、それからしぶしぶ同意した。

「いいわ。でも、一時間以内にミリと戻ってこなければ、あたしも行くわよ」

アリアンヌはシャルボンヌに背中を押されるようにしてガブリエルが修道院への道を登っていくのを見送った。そしてふたりの姿が消え、いつもはにぎやかな広場の真ん中に自分ひとりになると、肩を落とし、震える手を唇に押しあてた。

魔女狩りの男たちがこの島に来て、裁判を始めようとしている! そんなことはこれまで一度も起こらなかった。しかも、血を分けた妹がその最初の犠牲者になるかもしれないのだ。

「ああ、どうすればいいの?」アリアンヌは絶望にかられてつぶやいた。

彼女はエヴァンジェリン・シェニの石像を見上げた。いまの彼女には母の助言が必要だった。禁を破って、町の真ん中で母の霊を呼びだしたいくらいだ。だが、魔女狩りの男たちは、間違いなく、フェール島の女たちに関する証拠をせっせと集めているにちがいない。進んで彼らにそれを与えるのは愚かだ。

彼女は訴えるように母の像を見上げた。

ああ、母様、どうかわたしに強さと知恵を与えて。


アリアンヌはきしむ扉を開いた。今日のように曇った朝の教会は、いつもよりも薄暗い。陽射しの入らないステンドグラスの窓は、暗く翳っていた。高い丸天井と、祭壇まで延びている長い身廊のある聖アンヌ教会は、質素な石造りの建物だった。ミサが行われるときには、教区民の座る膝付き台が会堂を満たし、シスターたちは衝立《ついたて》の陰に座る。

今朝は、祭壇のほうに蠟燭の灯りがあるだけで、誰もいないように見えた。だが、身廊を歩きだすと、炎の十字架を刺繡した黒いローブ姿の男が、突然行く手に立ちふさがった。

「止まれ！　名を名乗り、ここに来た目的を告げろ」若者の声が要求した。

アリアンヌはその男を見た。黒い巻き毛を額に落としたハンサムな若者だ。

「ここは教会ですもの。目的は明らかではないかしら？」

「まだ知らないかもしれないが、ここは、魔女を裁くために一時的に徴用されたんだ」

「迫害するため、というほうが適切ね」

若者はこの叱責に意表を突かれたようだった。が、彼は肩をいからせ、さきほどよりも厳しい声で繰り返した。「あなたの名前と目的は、マドモアゼル？」

「アリアンヌ・シェニよ。ムッシュ・ル・ヴィに会いたいの。妹のミリベルを釈放するよう、要請に来たのよ」

「ああ」若者の勇気は煙のように消え、白い頬がさっと染まった。

この若者は妹について何かを知っている。アリアンヌは彼に近づき、彼の目を捉えてのぞきこんだ。澄んだ目を読むのは簡単だった。

「あなたはそこにいたのね」アリアンヌはなじった。「ミリが捕まったときに。そしてミリが無実だと知っているのね」

若者は目をそらした。「ぼ、ぼくはまだ見習いなんだ。有罪か無実かを決めるのは、ぼくの仕事じゃない！」

「では、ミリに安全だと約束すべきではなかったわ」

「ど、どうしてそれが？」彼は青ざめ、よろめくようにあとずさった。「マスターにあなたが来たことを告げてくる」

アリアンヌは若者のあとに従い、教会の正面へと向かった。演壇のすぐ下にテーブルと椅子が置かれ、祭壇から調達したとおぼしき金の蠟燭が、艶やかなマホガニーのテーブルの上に積まれた本のそばで燃えていた。

まばらな白髪の男がこちらを向いて座り、羽ペンをせわしなく動かしている。血のような色のローブは誠実そうな若者の真っ黒なローブとは対照的だ。

若者がテーブルにかがみこんで早口でささやいたが、老人は自分がしたためている羊皮紙から顔を上げようともせず苛立たしげにうなずき、片手を振って若者をさがらせた。

まるでこれ以上ひとことでも発するのを恐れているように、若者は黙ってアリアンヌを招いた。そして彼女が進みでると、影のなかに溶け、横手のドアから立ち去った。

アリアンヌはペンが紙を引っかく音しか乱すもののない、不気味な沈黙のなかを近づいていった。そしてマレウス・マレフィカルム修道会の頭をじっくり観察した。

これが泣く子も黙るというヴァシェル・ル・ヴィか。たしかに恐ろしい顔をしている。顔の皮膚は深い穴だらけだが、痘症《とうしょう》にかかった男を見るのはこれが初めてではない。薄い唇が冷酷で短気な男であることを仄《ほの》めかしている。

ただ、テーブルの正面に立ってようやく顔を上げたヴァシェル・ル・ヴィを見て、彼が人々の心に深い恐れを呼び起こす理由がわかった。それは彼の目にあった。片方がわずかに垂れた、冷たく魂のない目。アリアンヌは鈍く光るこの目のなかにあるものを探るのが怖くて、彼の目を読む気になれなかった。

たがいに長いこと相手を測っていた。それからル・ヴィは羽ペンを投げだした。「わたしがヴァシェル・ル・ヴィだ。マレウス・マレフィカルム修道会の――」

「ええ」アリアンヌはさえぎった。「噂《うわさ》は聞いているわ。わたしはアリアンヌ・シェニよ」

「うむ、マドモワゼル、きみの噂も聞いたことがある」ル・ヴィは低い声で言った。「彼らがフェール島のレディと呼ぶのは、きみのことだな」

まるで罪のしるしでもあるかのように、ル・ヴィはこの称号を口にした。アリアンヌを魔女だと決めつけるかのように。彼は椅子にふんぞり返って、ローブの前で手を組んだ。「なんの用かな、マドモワゼル・シェニ？」

「あなたが不当にもここに閉じこめている、妹のミリベルのことで来ました。いますぐ、妹を返していただくわ」

「残念ながら、それはできん。きみの妹は魔法を使った疑いがある」

「妹は魔女ではないわ」アリアンヌは冷ややかに答えた。「あなたのいつもの犠牲者たち、名もない農民の娘でもない。わたしたちの母はエヴァンジェリン・シェニ、この島で愛され、ブルターニュで尊敬されてきた貴族。父はフランス軍の英雄で、スペイン戦争ではその勇猛な働きにより多くの勲章を授けられた騎士よ」

「ああ、そうだ、ルイ・シェニ騎士だな。善良な男だった。しかし、残念なことに船出してから ずいぶん長いこと戻らぬと聞く。娘のひとりが悪魔に身を売ったと知ったら、さぞかし嘆くことだろう」

「ミリはそんなことはしていないわ」

「あの娘は古い異端の石の環のそばで、動物の生贄を捧げようとしている魔女たちに加わり、捕まったのだ」

「ばかばかしい。ミリは生き物の毛一本抜くような子ではないわ」

「証拠がある。生贄の猫も押さえてある」

「猫？」アリアンヌは皮肉たっぷりに片方の眉を上げた。「その猫にミリが魔女だと証言させるつもり？」

ル・ヴィはおかしそうに笑った。「きみはどう思っているか知らんが、わしは迷信を信じる愚か者ではない。いいや、人間の証人がいる。若いシモン・アリスティードだ」

「さきほどここにいた若者？　彼が真実を話せば、ミリは魔女の集会などに参加していなかったことがわかるでしょう」

「アリスティードは自分の義務を心得ておる。彼は適切な証言をするとも」

「つまり、彼はあなたに教えられたとおりの嘘をつく、と？」アリアンヌは鋭く言い返した。

ル・ヴィの目がぎらりと光った。「言葉に気をつけるのだな。さもないと、きみ自身が裁判にかけられることになる」

「あなた方のいつものやり方からすると、まだわたしを捕らえていないのが不思議なくらいだわ」アリアンヌは唇を引き結んだ。ル・ヴィを挑発してもなんの足しにもならない。「ガブリエルの言ったとおりね。ここに来たのは時間の無駄だった。あなたが行う裁判は、明らかな茶番よ。妹を捕まえたときに、もう有罪だと決めていたのね」彼女は踵《きびす》を返し、歩きだした。

「待て！」ル・ヴィが叫んだ。

アリアンヌは身廊のなかほどで足を止めた。いまにもル・ヴィが見張りに命じ、自分を捕らえるのではないか。そう思ったが走って逃げるのはごめんだ。それではあまりに情けない。それにこの男が捕まえる気なら、逃げるだけ無駄だろう。

アリアンヌは振り向いて、ル・ヴィをにらみ返した。祭壇の前に立っている彼は、彼女を捕まえる用意をしているようには見えない。醜い顔には、探るような表情が浮かんでいた。

「きみの妹の状況はたしかに深刻だ。しかし、まだ年端もいかぬ子どもで、おそらく他の娘たちから悪い影響を受けただけだろう。本人が心から悔いれば、情状を酌量してもよい……ただし、きみが協力すれば、だ」

「妹を助けるために、誰かれかまわず〝魔女〟の名前を口にすると思っているなら――」

「いや、そんなものはどうでもいい。わたしはちがう形の協力の話をしているのだ」

ル・ヴィの唇に冷ややかな笑みが浮かぶのを見て、アリアンヌは恐れた。この男はいったいどんな協力を仄めかしているのか？

「いや」どうやらアリアンヌの危惧を読んだらしく、ル・ヴィはせせら笑った。「肉欲の協力について話しているわけではない。わたしは女に触れて、おのれを汚したことは一度もない。これからそうするつもりもない」

「では、何が望み？」

ル・ヴィは身を乗りだし、色のないまつげを青ざめた蛾《が》のように冷たい目の上でひらつかせ、ささやいた。「レミー大尉だ」

「なんですって！」アリアンヌは息を止めた。

「あの大尉と彼が盗んだものを渡してくれれば、きみの妹を自由にしよう」

アリアンヌはショックのあまり、声も出せずにル・ヴィを見つめた。なぜレミーと手袋のことを知っているのか？　この男がそれを知った方法はひとつしかありえない。

すぐに気づかなかった自分が愚かに思えた。

「なんてこと」アリアンヌはかすれた声でつぶやいた。「あなたをここに送ったのはカトリーヌだったのね」

「われわれの善良にして栄えある王太后かね？　ああ、そのとおり。わたしは偉大なる王太后のために働くという名誉に浴しておる」

「偉大なる王太后」アリアンヌは喉を詰まらせて繰り返し、軽蔑をこめてル・ヴィを見た。「あなたは偽善者か愚か者ね。無実の女を捕まえ、拷問して、魔女だと決めつけるためにここに来た。この国の誰よりも恐ろしい魔女の手先となって――」

「黙れ！　おそれ多くも王太后を魔女だと避難するとは、反逆罪に値する罪だ。この場で逮捕することもできるのだぞ」

「なぜそうしないの？　カトリーヌはそのためにあなたをここに送ったのではなくて？」

ル・ヴィはアリアンヌの手首をつかんだ。「きみやこの島のおぞましい女たちを救っているのは、王太后の情けだ。レミー大尉と盗まれた手袋をわたしに渡せば、裁判を取りやめ、われわれは黙って引きあげる」

「なんの話か、わたしにはさっぱりわからないわ」アリアンヌは彼の手を振り払おうとしたが、ル・ヴィはつかんだ手に力をこめた。

「わたしの忍耐力を試さぬことだ。日没までに条件を満たしてもらう」

「そうしなければ？」

「きみの妹を広場に引き立て、彼女が魔女であることを最初のテストで証明する」

「最初のテスト？」

「水による拷問だ」

アリアンヌは青ざめた。「水による拷問？　この国ではそんな拷問は使われたことがないわ」

「その事実を改善するのだよ。イギリスの兄弟たちから学ぶことはほとんどないが、彼らが魔女に用いる方法には、いくつか称賛すべきものがある。きみの妹は手を縛られ、広場の池に放りこまれる。浮かんでくれば魔女だというしるしだ。しかし、誠実な女性なら底に沈み、無実であることが証明される」

「でも、すでに溺《おぼ》れているわ」

「しかし、キリスト教徒として葬ることはできる」

「なんてひどい！　そんなものはテストでもなんでもない。死刑の宣告と同じよ」

「妹の運命は、わしではなく、きみの手にある。きみはそうした手続きを、いますぐ止めることができる。レミーと手袋を渡すだけでよいのだ」

いきなり手首を離され、アリアンヌは後ろによろめいてずきずきする手首をさすった。レミーの命か妹の命。どうしてそんな恐ろしい取引に同意することができよう……とはいえ、同意しなければ妹が殺されるのだ。しかし、たとえ若い大尉を裏切り、彼を手渡したとしても、この男が約束を守るという保証はどこにあるのか？

アリアンヌは嫌悪を感じながら、ル・ヴィの目を見つめ……ぶるっと震えた。まるで濁った底なしの氷湖に飛びこんだようだった。彼女は暗い場所へとどんどん引きこまれていった。そこには理性もなければ、思いやりもまったくない。ル・ヴィには約束を守るつもりなどない。王太后はこの男に彼が望んでいた機会、フェー島の賢い女たちを最後のひとりまで狩る機会を与えた。彼は全員を火あぶりにする気でいる。アリアンヌが何をしようと、それを止めることはできない。

一時間後、アリアンヌはまだ震えながら修道院の一室を歩きまわっていた。安全な塀のなかにいてさえも、冷えきった体はなかなか温まらなかった。彼女は足を止め、窓の外に目をやった。

そこではシスターたちが食堂の柱の陰からこわごわ見守るなか、ガブリエルがレミー大尉の剣で突きを練習している。美しい顔には厳しい決意が浮かんでいた。

彼女は臨終の母に、ミリベルとガブリエルの面倒をみると約束した。それなのに、ひとりは魔女狩り人の手に落ち、もうひとりは剣を手に彼らと戦うつもりでいる。

「どうしてこんなことになったのかしら、マリー？」アリアンヌは肩を落とした。

マリー・クレアは急いで後ろから近づき、肩を抱いた。「わたしたちの力で魔女狩りの男たちを止められたと思う？」

「レミー大尉の申し出を断るべきだったのかもしれないわ。少なくとも、もっと用心すべきだった。妹たちに目を配っているべきだった」

マリー・クレアはため息をついた。「いいことアリアンヌ、すべての出来事に責任を持つのは不可能よ。ときどき、あなたは自分を混同しているような気がするわ――」

「亡き母と？」

「いいえ、万能の神と」マリー・クレアはアリアンヌを無理やり座らせ、ワインを注いだカップを握らせた。アリアンヌはカップを掲げ、火のない暖炉をわびしげに見つめた。

「レミー大尉を助けると約束したとき、あなたは正しいことをしたと信じた。そうでしょう？」

「不幸にして、正しい行為がわたしたち全員を殺すことになるわ」

「ル・ヴィと交渉する方法はないの？」

　アリアンヌは首を振った。「あの男は、約束を守るつもりなどまったくないの。あんな邪悪な、不合理な憎しみは見たこともないわ。彼は長いこと、フェール島の賢い女たちをひとり残らず滅ぼしたがっていた。そしてついにカトリーヌの許しを得たのよ」

「いくらカトリーヌでも、そこまでひどいことをするとは」マリー・クレアは言った。「仮にも大地の娘が。信じられないわ！　それとも自分の闇に完全にのみこまれてしまったの？」彼女は顔をしかめ、顎の下で指先を合わせた。「それにしても、ルイーズからなんの警告もこなかったのはどういうわけかしら？　最後の報告では、首尾よく宮殿に入りこみ、カトリーヌを見張っているとあったのに。何も変わったことは見ていない、と言ってきたばかりよ」

「カトリーヌをスパイすること自体が無理なのよ。あの女は狡猾《こうかつ》だもの。ルイーズが危険かもしれない。まだ間に合ううちに、パリを出るように警告したほうがいいわ」

「そうかもしれない。でも、いまはそれよりミリのことが心配よ」マリー・クレアはちらりと窓に目をやった。鉛色の空のせいで、もう夕暮れがきたように見える。「日没までは、もうあまり時間がないわ」

「ええ」アリアンヌは鋭く答えた。「ミリを救出するには武力で抵抗するしかなさそうね。ガブリエルが大尉の剣を持ってきたのは賢い判断だったようだわ」

「必要なのは、ガブリエルの剣ではないと思うけれど」

「ほかに何があるの？」

「ルナール伯爵よ。彼に助けを求めるのをしぶる気持ちは――」

「ああ、マリー、わたしがそんなことでためらうと思う？」アリアンヌは叫んだ。「ミリを助けるためなら、悪魔でも呼びだすわ。でも、いまからルナールに使いを出しても間に合うわけが……」

「これを持っているのに、なぜ使いが必要なの？」マリー・クレアはアリアンヌにかがみこみ、首にかけた鎖を引きだすと、ルナールの指輪を光にかざした。アリアンヌは手を伸ばし、指輪をつかんだ。

「彼は勇敢な男だとは思うけど、この取り決めをしたとき、彼が思い描いていた〝助け〟は、おそらく……わたしに言い寄るほかの男を追い払うか、債務を肩代わりする程度だったにちがいない。いくらルナールでも、わたしのために魔女狩りの男たちと戦ってくれるかしら？」

「あなたが頼めば、きっとなんでもしてくれるわ」

「これを使えば、彼を呼べると思うの？　この指輪には本当に魔力があると？」

「だめでもともとでしょう？　この際、どんな方法でも試してみるべきではないかしら」

アリアンヌは指輪を見つめ、もう一瞬だけためらった。それから不意に生まれたかすかな希望を抑えこみながら、指輪を鎖からはずした。こんなことはばかげている。でも、いまは藁にもすがりたいほど追いつめられているのだ。

震える手で指輪を薬指に滑らせる。それから？　彼の指示は、短く、簡単なものだった。

〝これを指にはめれば、距離と時間を越えてわたしたちの心は結びつく。わたしのことを思うだけで、呼び戻すことができるんだ〟

アリアンヌは目を閉じ、指輪をはめた手を胸にあて、彼の顔を思い浮かべながら熱い祈りのように思いを送った。

〝ルナール、この指輪に魔力があるなら、どうか聞いてちょうだい。急いでフェール島に戻ってきて。あなたの助けが必要なの〟

最初はひどく愚かに思えたが、アリアンヌは続けた。〝ルナール、お願い。魔女狩りの男たちがこの島に来たのよ。彼らはミリを捕まえた。あなたが必要なの〟

すると、指が奇妙にちりつき、全身にぬくもりが広がった。そして、ルナールが耳のなかでささやくのが聞こえた。

〝すぐに駆けつけるよ、シェリ。それまで持ちこたえるんだ〟

13

そまつな食事をのせたトレーを片手に、シモンは地下墓所の外でためらった。パンとチーズがひとかけら、水が少し、アカスグリのケーキがひと切れ。ケーキはシモンが勝手に加えたのだ。魔女にケーキを与えるなど、おそらくル・ヴィは同意しないだろう。彼はうしろめたい気持ちでそう思った。

彼は墓所に入る鍵のかかった鉄柵のあいだからのぞき、囚人を探した。ミリベルは大昔の騎士の姿が彫られた石棺《せきかん》にもたれて、石の床に縮こまり、引き寄せた膝に顎をのせている。銀色に近い淡い金色の髪がカーテンのように前にたれ、陰気な光景を彼女の目から隠していた。そんな少女がとても小さくみじめに見え、シモンは肩を落とした。

〝あなたが余計なことを言わなければ、ミリは逃げていたのよ〟

アリアンヌ・シェニの非難を思い出すと、ズキンと胸が痛んだが、彼はその痛みを押しやった。マスター・ル・ヴィがミリベル・シェニを逮捕したのは正しいことだった。大丈夫だと約束したとき、ぼくはあの少女がシェニ家の娘だとは知らなかったんだ。マレウス・マレフィカルム修道会が捕らえに来た、三姉妹のひとりだとは。

ミリベルの姉は本当に魔女かもしれない。あの灰色の目には、不思議な力がある。でも、ミリベルは、死んだ妹みたいだ。もしもロレーヌが生きていたら、これくらいになっていたはずだ。父や母、村の人々と一緒に魔女に殺されなければ……。

ミリベル・シェニに優しい気持ちを抱きすぎたら、それを思い出す必要がある。鉄柵の鍵を開け、彼は丸天井の小部屋に入った。ミリベルは体をこわばらせたが、顔を上げようとはしなかった。

「マドモワゼル？」シモンは鋭く言った。

ミリベルはいっそう隅に縮こまった。

「食べるものを持ってきた」彼は少女の前にトレーを置いた。

銀青色の目が片方だけ、たれさがった髪のあいだから彼を見た。「欲しくないわ」

形のよい小さな鼻の先が赤くなっているのは、泣いていたからだろう。厳しくしようという

シモンの決意は揺らいだ。

「食べたほうがいいよ」シモンは少し声を和らげた。「ほら、ケーキもある。きみのために持ってきたんだ」

彼は小さなひと切れを取りあげ、促すように差しだした。「食べてごらん」

ミリベルはためらった。それからぱっと手を出してこの贈り物を受け取ると、またも髪で顔

を隠してしまった。シモンは小さな笑みを抑えた。ミリベルは部屋の隅でごちそうをかじるリスのようだ。きらめく髪を耳にかけてやりたいという衝動がこみあげ、彼は手を固く握りしめた。

ケーキを食べながら、ミリベルはつぶやいた。「あの、猫は元気?」

シモンは驚いて彼女を見つめた。この少女は猫のことを心配しているのか?

「きみの猫は元気だよ。快適なかごに入れてある。さっき牛乳をあげたばかりだ」

「あたしの猫じゃないわ。大地の生き物を自分のものにすることなんてできないもの。かごに入れたりしたらかわいそう。放してやらなきゃ」

シモンはミリベルの膝に軽く触れた。「猫のことより、自分のことを心配すべきだよ。きみは深刻な状況に置かれているんだ。だが、望みはある。告白して、悔い改めればいい」

ミリベルは非難するように彼を見た。「何を悔い改めるの? あたしは何も悪いことをしてないって言ったじゃないの」

「それはきみが誰だかわかる前だ。きみは魔女の家に生まれた。そうだろう?」

「あたしたちは〝賢い女〟よ。アリアンヌはそう言うわ」

「それは間違った教えだ」

ミリベルはケーキのくずを指から払い落としながら彼をにらみつけた。「アリアンヌは間違ったことなんか教えないわ。とっても賢いんだもの、母様みたいに。父様は立派な騎士よ。もしもここにいたら、こんなことをしたあんたたちを決して許さないわ」

「だが、お父さんはここにはいない。マスター・ル・ヴィは、真実を話してくれたら、きみを自由にすると言っている。きみとお姉さんが隠している異端者は、どこにいるんだ?」

「異端者なんか、ひとりも知らないわ」ミリベルは本当に知らないように見えた。

「新教徒の兵士だ。ニコラ・レミー大尉だよ」

ミリベルは下唇を噛んでうつむいた。「その人のことも知らないわ」

これは明らかに嘘だ。「ミリベル、ぼくはきみが邪悪な少女だとは思わない。でも、きみはすっかり混乱して――」

「混乱してるのはあんたよ。あっちへ行って、あたしを放っておいて」

シモンは途方に暮れ、一文字に結ばれた口を見つめた。なんと愚かな少女だ。

自分が何に敵対しているかまったくわかっていない。彼はマスター・ル・ヴィが魔女たちから告白を引き出すのに使う道具を見てきた。真っ赤に熱した鉄や、親指の爪のあいだにねじこむ釘《くぎ》、少女の細い脚どころか、大の男の脚でさえ簡単に砕いてしまう鉄のブーツ……。

どれもみな残酷きわまりない道具だが、魔法との戦いには必要なものだ。シモンは、マスター・ル・ヴィがミリベル・シェニのために特別の拷問を計画しているのを知っていた。水の神判だ。そのことを考えると、恐怖で胃が縮む。彼はもう一度ミリベルを説得しようとした。

ブーツの足音がして、修道会の男たちがふたり、鉄柵のところに姿を現した。禁欲的なジェロームと、いつもしかめ面をしている胡麻塩頭のフィニアルだ。

フィニアルが顔をしかめた。「ここで何をしている?」

シモンは急いで立ちあがった。「囚人に食事を持ってきただけです」

「食べものを無駄にしたな」フィニアルはせせら笑った。「マスター・ル・ヴィの審問が終わるころには、食べものなどこの魔女には何の助けにもなるものか」

ふたりの男は墓所に入ってきた。シモンはとっさにミリベルの前に立ったが、フィニアルは彼を脇に押しやった。

「立て、魔女。試練が始まるぞ」

シモンは抗議した。「でも、マスター・ル・ヴィはこの少女の姉に、日没まで待つと約束しましたよ」

ほかの兄弟たちの誰よりも優しいジェロームが忍耐強くシモンに説明した。「マスターは待つのに飽きたんだ。まもなく嵐が来る。その前に審判を終わらせるのがこの島の罪なき人々のためだと判断したんだよ。魔女や異端者が彼らのあいだにいるのを許せば許すほど、罪なき人々の魂が危険にさらされるからね」

ふたりの男は少女を取り囲んだ。フィニアルが乱暴に彼女を引き立たせる。ミリベルは死ぬほど怖がっているようだったが、なんの声も漏らさなかった。悲鳴を抑えるのに苦労したのはシモンのほうだ。

これは正しいことだ、そう言い聞かせながら、家族の思い出とマスター・ル・ヴィから受けた恩のすべてを頭に浮かべ、彼はしぶしぶ脇に寄った。村が焼き払われたあと、マスターはどこにも行き場のないシモンを拾い、家を与え、教育と食べるものを与えてくれたのだ。だが、墓所から引きずりだされた少女の訴えるようなまなざしに、シモンは目を閉じ、顔をそむけなくてはならなかった。

空が暗くなり、黒い嵐の雲が港から沸き立つように入ってくる。遠くで雷が鳴っていたが、町の広場ではその音よりも何倍も不吉な太鼓の音が響いていた。その音は人々を家や店から呼び寄せた。

見物人がしだいに集まってくる。この裁判に顔を見せない者は魔女だとみなす、マスター・ル・ヴィはそう明言していた。そしてもちろん、魔女狩りの男たちが行う〝正義〟の次の犠牲者となりたいと願う者などひとりもいない。

広場で裁判が始まるという知らせは、修道院にいたアリアンヌにも届いた。彼女はスカートを高く上げ、広場の人だかりに達するまで一度も休まずに通りを駆けていった。

集まった顔をざっと見渡すと、マダム・ジュアンやマダム・パルトゥの姿が見えた。小柄なマダム・エランは夫の陰に隠れるようにして立っている。集まった人々のなかには男たちもかなりまじっていた。港の荒くれ水夫や漁師、宿の主《あるじ》、馬屋の召使い、見習いの少年たちだ。

だが、アリアンヌがいちばん見たい顔――ルナールの顔はそこにはなかった。アリアンヌは港と広場をつなぐ道に目をやり、反抗的な駿馬《しゅんめ》と彼の姿が現れることを祈った。

その道は嵐の雲で薄暗に溶けはじめている。海のなかを延びる本土からの土手道は、もうすぐ通れなくなるだろう。

「ああ、ルナール、どこにいるの？」指輪をひねりながら彼女はつぶやいた。最初に彼を呼んだときに突然体が温かくなり、奇妙なめまいがしたあとは、しだいに強くなる絶望しか感じられない。

指輪の魔力は働かなかった。妹を救出するほかの方法を思いつかねばならないが、ル・ヴィが日没まで待つという約束をあっさり反故《ほご》にしたために、その時間すらなくなった。

アリアンヌが前に出ると、人々が道をあけた。まるで疫病神を避けるように離れていく。魔女狩りの一隊がアリアンヌの目に入ったとたん、太鼓の音が彼女の耳のなかで大きくなり、それに自分の鼓動が加わった。

彼らは黒い翼のジャッカルのように池の前に並び、両手をローブの袖にたくしこんで、青白い顔を黒いフードの下に隠している。

人間らしく見えるのはただひとり、シモン・アリスティードだけだ。彼は太鼓を叩いていた。肩をいからせているが、フードの下の顔はひどくみじめに見える。真紅のローブを着たル・ヴィが群れを導く邪な羊飼いのように、長い司教杖をつかんでその近くに立っていた。

アリアンヌがたくさんの黒いローブのなかに妹を探していると、後ろから誰かがぶつかってきた。ガブリエルたちがようやく追いついたのだ。ガブリエルはアリアンヌのすぐ横に立った。シャルボンヌと息をきらしたマリー・クレアがそのすぐ後ろにつく。

ガブリエルはル・ヴィをにらみつけた。「あの悪党！　魔女狩りの男の言うことは、二度と信用しないわ」いまにもレミーの剣を抜き、前に走りでそうなガブリエルをシャルボンヌが後ろから押さえた。

「ミリはどこ?」マリー・クレアが尋ねる。

シャルボンヌの手を振り払おうとするのをやめて、ガブリエルもみんなと一緒に首を伸ばした。一列に並んだ男たちが動き、ふたりの男につかまれた妹が見えた。アリアンヌは喉をしめつけられるような気がした。ミリベルは体の前で手を縛られ、首に縄をかけられていた。急に残酷な場所になった世界から逃げだし、心のなかに閉じこもってしまったかのように、大きな目で宙を見つめている。

母が死んだ夜のように。

「ミリ」叫びながら前に出たが、黒いローブの男たちが壁のように立ちふさがった。

ル・ヴィがシモンに合図し、太鼓の音がようやく止まった。シモンがうなだれて脇に寄る。ヴァシエル・ル・ヴィは市場のホールの階段を上がって、集まった人々を見下ろすと、アリアンヌに目を据えて、ゆがんだ喜びを隠そうともせずにフードをはねのけた。彼は手にした杖を高く上げ、人々に静まれと合図した。

「ポート・コルセアの市民よ。これでわかったように、われわれはきみたちを解き放つために来た。この島から邪悪な者たちの恐ろしい影響を取り除かねばならん。きみたちが目にしているこの娘、ミリベル・シェニは、魔術を使った罪で裁かれる。最も公正な水による神判でこの娘の罪を試すのを見て、その目で正義を確かめるがよい」

人々のあいだに不安にかられたつぶやきが走った。アリアンヌはぎゅっと口を結び、階段のすぐ下で叫んだ。

「この男のたわごとに耳を傾けてはだめよ、善良なみなさん。あなた方はわたしや妹を長いこと知っている。邪悪なのは、マスター・ル・ヴィと彼に仕える罪深い男たちよ。この裁判は公平でもなければ正しくもない。ル・ヴィはわたしたちのあいだに迷信と恐怖を広めるために来たの。この残酷な拷問をいますぐやめさせましょう。みなさんが前に出てわたしと一緒に彼に立ち向かってくれれば、それができるのよ」

だが、アリアンヌの懇願に答えたのは、恐ろしい沈黙だった。前に進みでたマリー・クレアとガブリエル、シャルボンヌに加わったのは、マダム・ジュアンやマダム・パルトゥのような勇敢な女性だけだ。

残りはじっと押し黙り、目をふせてアリアンヌの視線を避けている。彼らがル・ヴィを恐れていることはよくわかるが、アリアンヌはもう少し温かい反応を期待していた。彼らの多くが自分たちの建立したエヴァンジェリン・シェニの石像の影のなかにいることが、ひどく残酷な皮肉に思えた。

〝魔女と聖女のあいだには、曖昧《あいまい》な区別しかない〟ルナールの警告の苦い真実が胸を突き刺す。

ふいにル・ヴィが近づき、耳元でささやいた。「マドモワゼル・シェニ、妹を救えるのはきみだけだ。わたしが望むものを渡せば、この子は自由になる。約束しよう」

「日没まで待つと言った約束と同じように？」アリアンヌがかっとなって言い返したとき、ガブリエルがついに押さえようとするシャルボンヌの手を振り切った。

すべての目がル・ヴィに注がれているこの瞬間を利用しようと、ガブリエルは剣を抜き、妹をつかんでいる男たちに切りかかった。ひとりが前に出て彼女を迎え、自分の剣を引き抜く。二本の剣が音をたててぶつかった。

ガブリエルは相手の攻撃を受け、勢いよく突きを入れた。だが、別の男が太い棍棒をガブリエルの腕に振りおろした。苦痛の悲鳴があがり、剣が落ちる。アリアンヌは恐怖にかられ、その男が再びガブリエルを殴るのを見守った。

男がまたしても棍棒を振りかざすのを見て、アリアンヌは前に飛びだし、ガブリエルに覆いかぶさった。棍棒が肩に当たり、鋭い痛みをもたらす。ガブリエルは姉を横に押しやろうとしたが、アリアンヌは自分の体で妹をかばった。

次の数秒間は、敵と味方が入り乱れた。マリー・クレアとシャルボンヌも前に出ようとしたが、男たちに行く手をふさがれた。ガブリエルが低く毒づいて、アリアンヌを突き飛ばす。アリアンヌが肘をつき、顔を上げると、ふたりとも黒いローブの男たちにはさまれ、剣を向けられているのに気づいた。

「愚かな反抗はもうたくさんだ」ル・ヴィがうなるように言い、アリアンヌにのしかかるように立って軽蔑の笑みを浮かべた。「これがわしの要求に対する答えかね、マドモワゼル・シェニ？　よろしい。わしが末の妹の死体を池から引きあげ、もうひとりもなかに落とせば、もう少し合理的な考え方ができるようになるかもしれんな」

彼は杖で乱暴にガブリエルをこづいた。アリアンヌは絶望と無力感に押しつぶされそうになりながら、ガブリエルに回した腕に力をこめた。

ル・ヴィはミリベルをつかんでいる男たちに顔を向けた。「神判を行なえ」

男たちがミリベルを池の端へと引きずっていく。アリアンヌは立ちあがろうとしたが、剣先を突きつけられた。

「やめろ！」

シモン・アリスティードがつらそうに顔をゆがめ、ル・ヴィのローブをつかんだ。「マスター、どうかやめてください。ほかの方法があるはずです」

「黙れ！」ル・ヴィが一喝し、シモンの手を打った。「さがって――」

集まった人々のなかに動揺が起こり、ル・ヴィはそちらに気をとられた。悲鳴と叫び声があがる。一瞬アリアンヌは、自分の言葉が町の人々の心に届き、みんなが男たちに詰めよったのだと思った。

地面に倒れた彼女には、人々があわてて動き、ぶつかりながら逃げ惑うのが見えるだけだった。だが、この恐怖のもとは魔女狩りの男たちではない。黒いローブを着た男たちは、みなその場で立ちすくんでいた。ル・ヴィすら目をみはり、どこかを見つめている。

沸き立つ黒い雲が分かれ、巨人を乗せた逞しい灰色の馬を吐きだしたかのように、エルキュールがたてがみをなびかせ、乗り手とともに広場へ駆けてきた。

「ルナール」アリアンヌはささやいた。

ルナールはぐんぐん近づき、逃げる人々を踏み潰さないために、手綱を絞らねばならぬほど間近に達した。エルキュールが棒立ちになり、戦いの雄たけびのような鋭いいななきを放つ。

「なんだ、何事だ？　あれは誰だ？」ル・ヴィがくちごもる。

そう言いたくなるのも道理、ルナールがエルキュールを止めさせたあとでも、灰色の馬はいまにも火を噴きそうにいななき、前脚で地面をかいていた。

ルナールは厳しい顔をしていた。どんな愚か者でも、この表情を読みちがえることはない。彼の目はまるで嵐の空のように怒りに燃えていた。

〝わたしが怒ったときには、ひと目でわかる〟ルナールの言葉がよみがえる。

ルナールは鞍《くら》の上で身を乗りだし、ル・ヴィに向かってうなるように命じた。「その女性たちを放せ」

アリアンヌとガブリエルを取り囲んでいた魔女狩りの男たちのなかに動揺が走った。アリアンヌは立ち上がり、ガブリエルが立つのに手を貸した。

ル・ヴィは激怒し、ルナールに食ってかかった。「どういうつもりだ、ムッシュ？　この裁判を邪魔するとは、いったい何様のつもりだ？」

「ジュスティス・ドヴィーユ、ルナール伯爵だ」

伯爵という称号にル・ヴィは一瞬たじろぎ、さきほどより穏やかな声で言った。「うむ、伯爵閣下、あなたはここで何が起こっているか、明らかにわかっておられないようだ。わしはヴァシェル・ル・ヴィ、マレウス・マレフィカルム修道会の――」

「きさまが誰かはわかっている。ここで何をしているかもな。すぐさま中止し、この島を出ていけ。これは命令だ」

ル・ヴィはあんぐり口を開け、ぱくぱく口を動かした。「わしは王太后自身から命令を受けている。ここはあなたの領地ではありませんぞ、伯爵。あなたはここではなんの権威もない」

「これがわたしの権威だ!」ルナールはシュッという音をさせて剣を引き抜いた。

ル・ヴィが驚いて目をみはり、ルナールの行く手からどうにか飛びのいた。黒いローブの男たちはルナールを取り囲んだものの、後ろ脚で立ち、彼らを踏み潰そうとするエルキュールを恐れ、じりじりあとずさった。

アリアンヌはガブリエルを引きずって安全な場所へと移動し、ルナールが突きだされた剣を払うのを、呆然《ぼうぜん》と見守った。彼はひとりの頭に剣を振りおろし、もうひとりの剣を弾き飛ばして、三人目の腕を切った。

片目を腫《は》らしたガブリエルが、殴られずにすんだほうの目に驚きを浮かべ、姉の腕をつかんだ。「姉様の鬼だわ。いったいどこから湧いて出たの?」

アリアンヌは黙って指輪をしたほうの手を上げた。

「まさかそんな!」

「ええ、彼を呼んだのよ」彼女はまだ驚きから覚めず、ルナールから目を離すことができなかった。

彼はまたしてもひとり蹴り倒し、池の端へと近づいていく。そして放りだされてひとりで震えながら立っているミリベルに近づくと、さっと鞍に乗せた。

アリアンヌは喜びの声をあげたが、彼女の安堵はすぐに恐怖に変わった。魔女狩りの男たちが扇形に広がって、剣を構え、ルナールを取り囲んだのだ。

落ち着きなく動くエルキュールの背で、ルナールが剣を握りしめる。あの男たちの剣をすべて撥《は》ね返すのはとても無理だ。とくにミリベルが彼の前にしがみついているいまは。

逃げて。アリアンヌは指輪をひねり、心のなかで懇願した。エルキュールの腹に拍車を食いこませ、ミリベルをここから連れだして。だが、ルナールが自分とガブリエルを残してここを離れないことはわかっていた。

ルナールは馬を回し、男たちの攻撃に身構えた。と、エルキュールに迫った男が突然剣を取り落とし、肩にささった弓をつかんで倒れた。

ほかの男たちが、それを見て凍りつく。突然、広場に馬に乗った男たちが駆けこんできた。ひとり残らず伯爵家の金と黒の装束で身を固めている。彼らは恐ろしげな老人に率いられ、魔女狩りの男たちへと迫った。

老人は石弓を構え、馬をじりじり進めた。「そこを動くな。わしは決して狙いをはずさんぞ。ここにいる若者たちもな。わかったら武器を捨てろ」

ひとりの男がしぶしぶ剣を捨てた。さらにもうひとりが捨てた剣が音をたてて転がった。ル・ヴィはあまりの怒りに声もなく、わなわなと震えている。ルナールは彼を無視して剣を鞘に収めると、エルキュールを導き、アリアンヌのそばにそっとミリベルをおろした。

アリアンヌは妹の首からロープをはずして投げ捨て、ガブリエルが手を縛っているロープを解きにかかる。血の気のない頬は、とても冷たかった。ミリベルはまだ呆然としている。目の前で繰り広げられている争いを理解できず、ルナールの家来のことも恐れているようだ。

「もう大丈夫。怖がらなくていいのよ、ミリ」優しく慰めながら妹を抱きしめ、震えを止めようとすると、ル・ヴィが突進してきた。

ルナールが馬を回し、彼の前に立ちふさがった。ル・ヴィは関節が白くなるほど強く杖を握りしめている。

「このままではすみませんぞ、ムッシュ。われわれは国王に仕える者。そのわれわれを襲うとは、反逆行為だ」

ルナールは危険なほど目を細めて、滑るように馬を降りた。ル・ヴィに少しでも正気が残っていれば、踵を返して逃げだしたにちがいない。

だが、マレウス・マレフィカルム修道会を率いるこの男は、怒りに体を震わせ、その場に留まった。「たったいま何を邪魔したのか、わかっているのか?」

「ああ、よくわかっている」ルナールは険しい声で応じた。「きさまは子どもを拷問するつもりだった」

「拷問？　とんでもない。水による神判は魔女かどうかを試す手段にすぎん」

「では、それをきさまにも試すとしよう」

「なんだと！」ル・ヴィはあえぐように叫んだ。「なんという不敬な！　わしは魔法など使わん！」

「それはすぐにわかる。石のように沈めばな」ルナールはル・ヴィに近づいた。

ル・ヴィは青ざめ、杖で伯爵を追い払おうとした。が、ルナールはその杖をもぎとり、軽蔑もあらわに脇に投げ捨てると、赤いローブの胸元をつかみ、池の端に引きずっていった。彼は魔女狩りの男たちの喉が詰まったような抗議の声を無視して、無造作にル・ヴィを持ちあげ、池に放りこんだ。

ル・ヴィが大きな水音をたてて池に落ちる。誰かが大きな歓声をあげた。たぶん、マダム・ジュアンだ。ル・ヴィはパニックにかられて両腕を夢中で振りまわし、さらに安全な岸から離れていく。真紅のローブがまたたくまに水を吸いこみ、彼は水面から消えた。が、醜い顔を恐怖にゆがめ、すぐにまた頭をだした。

太鼓を手にして、はらはらしながら成り行きを見守っていたシモン・アリスティードが、前に走りでて懇願した。「どうか、伯爵様、マスターは……泳げないんです！」

「それがどうした？」ルナールが鋭く言い返す。

シモンは太鼓を投げすて、ローブを脱いで池に飛びこんだ。すばやく何度か水をかき、ル・ヴィに達したものの、ル・ヴィにしがみつかれ、水の下に沈んだ。

ミリベルがうめくような声を漏らし、姉の肩に顔を埋めた。アリアンヌ自身も恐怖にかられて、シモンが必死にもがくのを見守った。だが、ル・ヴィの無我夢中の力には、抗う術《すべ》もない。ル・ヴィにはなんの哀れみも感じないが、あのままではシモンが道連れにされてしまう。

ミリベルをそっと離すと、アリアンヌはルナールのもとに走った。

「ルナール、お願い」彼女は彼の上着を引いて懇願したが、その声はルナールの耳には届いていないようだった。冷たく険しい表情で、池を見つめ、ル・ヴィと少年が沈むのを見ている。

アリアンヌはたじろいだ。いつもとちがって、緑の目には心の内が浮かんでいる。ルナールは過去の暗がりのどこかに消えていた。

アリアンヌは激しく彼を揺さぶった。「ルナール！」

彼は目をしばたたき、アリアンヌを見た。

「お願い、ふたりをこのまま死なせることはできないわ。マスター・アリスティードは……まだほんの子どもよ」

ルナールは不機嫌に口を引き結んで池に目を戻すと、低い声で毒づき、ふたりの家来に鋭く命じた。

そのふたりが馬を降り、池に飛びこんだ。彼らは水中に潜り、二度目にル・ヴィとシモンを抱えて浮かびあがってきた。

ルナール自身も水のなかに入り、少年を抱きとった。ふたりの家来はル・ヴィを水から引きあげ、仰向けに地面に寝かせた。シモンは膝をつき、喉を詰まらせて咳きこんでいる。ル・ヴィは青ざめた顔でじっと目を閉じたままだ。

「マスター？」シモンは震えながらル・ヴィの体を揺すぶった。

ルナールが片手をシモンの手に置く。「気の毒だが、彼は間に合わなかったようだ」

シモンは体をひねってルナールの手から逃れると、涙と池の水に頬を濡らしてうめくように叫んだ。「ああ！　みんながマスターをひどい男、残酷な男だと思っていることはわかってます。でも、マスターは自分の義務を果たそうとしただけなんだ。それに、ぼくにはとてもよくしてくれたんです」

苦い涙にくれるシモンを見ながら、アリアンヌは唇を嚙みしめた。息を吹きかえせば、ル・ヴィはこれを根に持ち、さらに恐ろしい敵になることだろう。なんとしても、アリアンヌたちを、おそらくはルナールをも滅ぼそうとするにちがいない。それにこのマレウス・マレフィカルム修道会の頭には、嫌悪と軽蔑しか感じなかった。この男はすんでのところで彼女たち三人を殺すところだったのだ。自分でも怖くなるほど激しく、アリアンヌはこの男の死を願った。だがそのとき、母の声がかすかに聞こえたような気がした。

〝憎しみは最悪の黒魔術よ、アリアンヌ。それは心をしぼませ、凍らせる。そういう闇に決して自分を委ねてはいけませんよ〟

アリアンヌは少しためらったあと、かがみこんでシモンを脇に押しやり、母が以前行ったことのある技を使った。うまくできるかどうかわからないが、試してみる価値はある。彼女は両手を組み、手首の付け根でル・ヴィの濡れた胸を強く押した。鼓動は止まったままだ。嫌悪をこらえ、ル・ヴィの口を開けて何度か息を吹きこんだ。

どれくらいル・ヴィにかがみこみ、必死に蘇生させようとしていたかわからないが、あきらめかけたとき、彼の胸が大きく動いた。ル・ヴィは咳きこんで意識を取り戻し、目を開くと、痙攣して池の水を吐きながら横向きになった。

　アリアンヌは片手で口を拭い立ちあがった。重い沈黙に包まれた市場に、必死に空気を肺に吸いこむル・ヴィの声が響く。彼のそばを離れようと向きを変えたアリアンヌは、みんなが自分を見つめていることに気づいた。シモン、魔女狩りの男たち、トゥサン、武器を手にしたルナールの家来……ルナールすら畏敬《いけい》の念を浮かべて彼女を見ている。

　ルナールは真っ先にわれに返ると、鋭い声で命令を与えながらブーツの先でル・ヴィを突き、シモンに言った。「わたしの気が変わらぬうちに、この男を連れてここを出ろ」

「は、はい、ムッシュ」シモンは震えながら答えた。「あ、ありがとうございます」

「礼なら、そのレディに言うんだな。彼女が止めに入らなければ、おまえもその男もいまごろは池の底に沈んでいた」ルナールは厳しい顔でほかの男たちを見た。「とっととここを出ていけ。一時間だけ猶予をやる。二度と戻るな。戻ればル・ヴィほどの幸運には恵まれないと思え」

　黒いローブの男たちは急いで従った。シモンは、まだルナールをにらみつけているル・ヴィを立たせようとした。ふたりの男がそれに手を貸す。

　ルナールは少しも恐れていないようだったが、アリアンヌは恐怖に震えた。ル・ヴィと彼をここに送った者が、これっきりあきらめるとは思えない。

　だが、目前の危機は去った。妹は助かり、喜びにあふれた女性たちに囲まれている。マリー・クレアがミリベルを抱きしめていた。アリアンヌもそこに加わるべきだったが、それまでのストレスと緊張が急に解けたせいで、体が震え、膝の力がぬけて倒れそうになった。いつのまにかルナールがそばにいて彼女を抱きとめ、逞しい腕で抱きしめてくれた。アリアンヌはほっとして硬い体にもたれた。涙が何滴かまつげのあいだからこぼれた。

「どうか、泣かないでくれ」ルナールはまるで子どもをあやすようにアリアンヌを揺すった。革製の胴着と短いズボンは濡れているが、さきほどの冷酷な表情は消え、彼の声は優しかった。「もう大丈夫だ。あの悪魔たちは二度ときみにも妹たちにも近づかない。約束するよ」

アリアンヌは濡れた胴着に顔を埋めた。この数時間の出来事が恐ろしい夢のように思える。ルナールの救出さえ、現実のことには思えなかった。こうして彼の分厚い胸や強い腕を感じていなければ、ここにいる男は幻だと思ったかもしれない。

彼女は顔を上げ、驚きに満ちた目で彼を見上げた。「来てくれたのね。あなたは……来てくれた」

彼は優しく眉にキスした。「もちろんだ。疑っていたのか?」

彼がキスしても、アリアンヌは逆らわなかった。温かい唇が冷えきっていた体に喜ばしい熱をもたらす。彼女は逞しい首におずおずと腕を回し、ルナールの息遣いが荒くなるのを感じた。彼は温かい息を吹きかけ、耳元でささやいた。「これで一度だ」

「なんですって?」アリアンヌは彼に体を寄せながらつぶやいた。

「あの指輪を一度使った。わたしの妻になる日に一歩近づいた」

「ああ。そうね」彼女は低い声で答えた。いったいどうして、ルナールが助けに駆けつけた理由を忘れることができたのか？　彼は英雄でも、献身的な騎士でもない。

ここに来たのは指輪の取り決めを果たすため。彼に指摘されるまでもなく、その事実を思い出すべきだった。そもそも、それを指摘されて奇妙な失望を感じるのもおかしい。アリアンヌは彼の腕から離れ、手の甲で涙を拭った。

ルナールの動機が何にせよ、彼は妹を救ってくれた。そしておそらくはフェール島のほかの賢い女たちのことも。それだけは感謝しなくては。

「伯爵、心からお礼を――」

ルナールは唇に軽く指をあて、きっぱり首を振った。「その必要はない。きみが呼び、わたしは来た。約束どおりに。もっとも、こうして役に立てたのはわたしにとっても喜ばしいことだ。魔女狩りの男たちを懲らしめるのは、格別の喜びだからな。それに、間に合うように到着できて本当によかった」

〝この前とちがって〟アリアンヌは彼の目にこの思いを読みとり、ルナールの目にひどくつらそうな表情が浮かぶのも見てとった。

ルナールが魔女狩りの一隊を相手にしたのは、これが初めてではないのだ。まあ、驚くべきではないかもしれない。魔法の指輪や謎めいた過去を持つ男なら、魔女狩りの一党の疑いを受けても当然だ。

それに、ル・ヴィを見たときのルナールの目には、たんなる嫌悪をはるかに超える憎しみが浮かんでいた。

アリアンヌはもっと深く探ろうとしたが、ルナールはすでに目をふせ、自分の思いを隠して、エルキュールのほうへと歩きだしていた。彼の馬はまるでルナールと心をひとつにしているかのように、不思議とおとなしかった。

「呼んだ目的が果たされたからには、さっさと退散してもらいたいだろうな」

わたしはそうしてもらいたいの？　アリアンヌは自問した。指輪が実際に魔力を発揮したことを考えると、これまで以上にルナールを警戒すべきだろう。だが、彼の働きを思うと、ぎこちない感謝の言葉だけで追い返してしまうのは……ひどく間違っているように思えた。

「嵐が来るわ」彼女は言った。「いま島を立ち去るのは危険かもしれない」

ルナールは鞍紐《ひも》を確認しながらうなずいた。「心配はいらない。島の宿に部屋を取るつもりだ。危険が完全に去るまでは、この島を離れるつもりはない」

「ここに留まるつもりなら、あの……お礼の言葉はともかく、せめて……今夜ベル・ヘイヴンでわたしたちと一緒に食事をしてくだされば、とてもありがたいわ」

アリアンヌは彼を招いたことに自分でも驚いたが、ルナールも驚いたらしく、じっと彼女を見つめた。アリアンヌは恥ずかしそうにつぶやいた。「もしよかったら……」

ルナールは表情を和らげた。「ああ、シェリ。ぜひともそうしたい」

黄昏の広場はがらんとしていった。フェール島の平和を乱すのは、自然の脅威だけだった。遠くでは雷が鳴りつづけ、差し迫った嵐を予告している。

だが、ジュスティスは、兵士たちの引きあげた戦場を見回し、あらためて勝利を確信する征服者のように、そこを立ち去りかねていた。魔女狩りの男たちが捨てた剣は、彼の命令で家来が集めたはずだが、一本だけ見逃したようだ。

それは池端の草のなかに転がっていた。ジュスティスは歩み寄って拾いあげた。柄《つか》に彫りこまれた彼らの憎むべき象徴——炎に包まれた十字架——を見ると、いつもの怒りとともに冷たい恐怖がこみあげてくる。

あと何分か遅れていれば、必死に馬を駆けさせてきたことも、まったくの徒労になっていたのだ。ミリベル・シェニに、その姉のガブリエルに、何よりもアリアンヌの身に何が起こっていたかを思うと、血が凍るような気がした。

さざ波の立つ池の水面がにじみ、広場全体が消えて、山のなかにある緑に囲まれた村が目の前に浮かぶ。

ジュスティスはパリから駆けつけた。馬を極限まで駆り立て夜を昼についで走りつづけたが、到着したときには、何もかもがすでに終わっていた。何年も前のその夜の出来事はこの目で見たわけではない。だが、実際に見ていたかのように、彼の脳裏には恐ろしい光景が刻まれていた。

いまでも目を閉じれば、燃える積み薪が見える。邪悪な喜びを浮かべた黒いローブの男たちが細い手首を縛り、老婆を引きずるように間に合わせの梯子《はしご》へと運ぶところが。

何が起こったか話す勇気のあった者が、魔女狩りの一隊が村を襲ったとき、彼の祖母は驚くほど落ち着いていた、すべてをあきらめていたようだったと教えてくれた。だが、ジュスティスは真実を知っている。

ルーシーにはもはや生き延びたいという気持ちがなくなっていたのだ。この年月、彼はそんなルーシーを、そして自分を責めてきた。ルーシーがあの悪魔の手先どもに捕えられ、やつらが火を熾《おこ》し、自分を梯子に縛りつけるのを許したことを。

悪党どもは、祖母を杭《くい》に縛るだけの手間さえかけず、祖母に煙で窒息する可能性すら与えなかった。そうとも、彼らは祖母が確実に生きながら焼かれるようにしたのだ。

恐ろしい光景がルーシーの目に入るように、彼らは梯子を燃え盛る火に向きあって立て、手を放した。ルーシーは顔から炎のなかへと突っこんでいった。

「閣下？」誰かが彼を呼び、重い手が肩をつかんだ。

ジュスティスは目を開け、トゥサンがすぐ横にいるのを見て深い安堵を感じた。

「大丈夫か？」トゥサンがしゃがれた声で尋ねた。この老人には目を読むことはできないが、ジュスティスが昔を思い出しているのを読みとったようだ。彼自身も同じ過去への暗い道をたびたびたどってきたからだろう。

「もちろん、ただ……手落ちがないことを確かめていただけだ」彼は拾った剣をトゥサンに渡した。「これを処分してくれ。折ろうと、溶かそうとかまわない。とにかく、この島からあの悪党どもの名残を一掃したい」

トゥサンはうなずいた。「わかった。じかし、宿に戻って、レディたちと夕食をとる前に少し身繕《みづくろ》いをすべきだぞ。あの三人が月桂樹の冠を載せてくれる前に、せめてその髪を梳《と》かさんとな」

「おれは英雄じゃない」ジュスティスは苛々して言い返した。「アリアンヌにも、救出に来た理由をはっきり説明したよ。彼女が指輪を使ったからだとな」

トゥサンは鋭い目で彼を見た。「彼女に何を言おうと自由だが、わしにそんなたわごとを言っても無駄だぞ。指輪とは関係なく、あんたはあの少女を救いに来たはずだ」

「ああ。だが、アリアンヌがそれを知る必要はない」

「なぜだ？　ふつうはその反対だぞ」

ジュスティスは顔をしかめた。たしかにトゥサンの言うとおり、心のどこかで彼はアリアンヌの前にひざまずき、この剣にかけて彼女にもふたりの妹たちにも二度と害がおよぶことを許さない、と愚かな騎士のように誓いたがっていた。そのお返しにキスのひとつすら要求せずに。

だが、そんなことをするのは若い愚か者だけだ。彼はもう若くもなければ、愚か者でもない。

「指輪がなくても助けに来たとわかれば、アリアンヌは二度と指輪を使わないかもしれない」

「そのほうがはるかにいいさ」トゥサンはうんざりした顔でジュスティスを見た。「くそ、今日のような出来事のあとでも、まだつまらんゲームを続けるつもりか？　馬屋の若いやつから聞いたが、この数日、王太后の兵士たちがこの島を隅々まで捜索していたそうだ。そして今度は魔女狩りの一隊だ。この島は何かおかしなことが起こっているぞ」

「わかっている」ジュスティスは短く答えた。「ここを離れたのが間違いだった。二度とその間違いを繰り返すつもりはない。おれはこの島に留まるぞ、何かが――」

「何かが起こるまで？　また誰かが殺されそうになるまでか？」

「そんなことにはならないさ！」ジュスティスはうなるように言い、ため息をついた。「トゥサン、おれだって喜んでこのゲームをしているわけじゃないんだ。アリアンヌの気持ちを勝ちとるのにほかにどんな方法がある？　このきれいな顔を使うのか？」

「彼女の気持ちはだいぶ和らいだようじゃないか。今夜招いたのは、あんたを信頼しはじめた証拠だ」

「感謝の気持ちからさ。だが、祭壇の前に立たせるのは、それだけじゃ足りない。アリアンヌのような女性を手に入れるには、指輪の魔力を使うしかないのさ。まったくたいした女性だ。さっきのあれを見ただろう？」

「ああ、命の息だな」トゥサンの声に畏敬の念がにじんだ。「ルーシーから聞いたことはあったが、この目でそれを見るとは。魔女狩りの隊長なんかに使うはめになったのは残念なことだが、まったく驚嘆すべき技だ」

「おれがなぜアリアンヌと結婚することに決めたか、これでわかったか？　彼女は驚くべき力を秘めた女性だ。しかも、手元には貴重な古代の知識を記した書物が数えきれないほどある。おれは彼女がほしい。どうあっても妻にする」

「彼女を愛している、と言ってくれたほうが、わしの気持ちははるかにらくになるだろうよ」

ジュスティスは肩をすくめた。「その魔法にだけは触れたくないね」愛は男を弱くすることを彼はとうの昔に学んだのだ。

トゥサンは悲しそうな顔で背を向けた。ジュスティスは頑固に顎をこわばらせ、その後ろ姿を見送った。トゥサンの言うとおりかもしれない。指輪の取り決めは、最初に申しでたときにはとても単純に思えた。実際に恐ろしい危険がアリアンヌを見舞うとは思ってもいなかったのだ。妹を救った彼を見るアリアンヌの感謝のまなざしも、それに値する男でありたかったという自分の願いも、彼の計算には入っていなかった。

いずれにせよ、アリアンヌは指輪を使った。彼女があれをあと二度使えば、欲しいものは手に入る。

14

アリアンヌはリネンをもうひと巻き切って、レミー大尉の新しい包帯を作った。彼は痛みに半分閉じた目でそれを見守っている。ガブリエルのあとを追おうとした必死の努力のつけを払っているのだ。レミーは実際に服を着て大ホールまで出てきたが、そこで気を失い、再びベッドに運ばれたのだった。

彼女は蠟燭《ろうそく》を近づけた。古い地下牢の粗壁に、炎の光がちらつく。レミーの脇にあてた古い包帯をはがすと、傷は赤くなり、血がにじみでているが、恐れていたほどひどくはなかった。彼女は傷口を消毒し、自家製の軟膏を塗って新しい布をあてた。

「これくらいですんで運がよかったのよ。とても愚かな行為だったわ」彼女は口元をなごませ、手厳しい言葉を和らげた。「あなたがここからよろよろと出ていき、町へ行く途中で気を失ったら、わたしたちのためになったと思う?」

きつめに包帯を巻かれ、レミーは痛みにたじろいだ。「あなた方にこれ以上の迷惑をかけるつもりはなかった。だが、ガブリエルが剣を持って走りでていくのを見て、彼女が……あなた方みんなが危機に瀕しているのに、ただここに横たわっていることはできなかったんだ」

「危機は去ったわ……いまのところは」

レミーはアリアンヌがためらうのに気づいたらしく、褐色の目でひたと彼女を見つめた。

「魔女狩りの一隊が突然この島に姿を現すとは、じつに不思議なことだ」

「ええ」アリアンヌは彼の目を避け、洗面器と汚れた包帯を片づけた。だが、レミーはごまかされなかった。「あの男たちは、偶然ここに来たのではない。そうだな？　彼女が送りこんだんだ。わたしを追って」

アリアンヌは正直に答えた。「王太后はル・ヴィを使ってわたしを脅し、あなたと手袋を差しださせようとしたの」

「なんと！　みんなの命を危険にさらす前に、あなたはそうすべきだった」

「ル・ヴィのような男とまともな取引はできないわ。妹たちもわたしも、結局、魔法を使った罪で裁かれ、あなたは生死にかかわらず王太后のもとに届けられることになったでしょう」

「だが、ル・ヴィのような男を送ってくるほどあの手袋を欲しがっているとすれば、彼女は決してあきらめないぞ。再び——」

「急いであの手袋の謎を解かなくてはね。あなたはナヴァラに戻り、国王に警告できるように、急いで回復する必要があるわ。カトリーヌの邪悪な企みを一日でも早く阻止すれば、それだけ早くみんなが安全になるのよ」

レミーは片腕で目を覆った。彼を知ってからまだ日が浅いが、アリアンヌはこの仕草を見慣れていた。レミーは強い感情に襲われるたびにこうする。

彼は打ちひしがれた声でつぶやいた。「ここに来たのは間違いだった。ぼくは自分の手に入れた証拠、自分の王のことだけしか考えずに、あなた方を危険にさらしてしまった」

「わたしたちが魔女狩りの男たちの脅威にさらされる危険は、以前からあったのよ」

「いや。ぼくがここに来なければ、彼らも決してここには来なかったにちがいない。彼女が死んでいたかもしれないと思うと――」

「自分を責めないで。ミリはとても怖い目に遭ったけど、いまは落ち着いているわ」

「ミリ？　ああ……そうだ」レミーは青ざめた頬をかすかに赤らめた。

レミーが心配していたのはガブリエルのことだと気づいて、アリアンヌは彼を見つめた。

美しい妹に心を奪われた男は、この不運な大尉が最初ではない。また最後でもないだろう。

彼女はレミーを気の毒に思った。彼のような素朴で生真面目な男が、ガブリエルの傷ついた心に触れることができるとは思えない。そしておそらく、そのほうがいい。彼は逃亡者として近衛兵に追われているのだ。ガブリエルに対する想いがこれ以上深くならないうちにこの傷を癒し、フェール島から出ていってもらうのが一番だ。

彼女は上掛けできちんと彼の肩を包んだ。「できるだけ休むようにして。居心地のよい部屋に移すことができなくてごめんなさい。でも、今夜のお客様にあなたがここにいることを知られたくないの」

「客？」レミーは心配そうに尋ねた。「男の客ですか？」

「ルナール伯爵よ。今日わたしたちを助けてくれた人」

レミーは戸惑ったように眉を寄せた。「失礼、マドモワゼル。彼は友人ではないのかな？」

「正直に言うと、ルナール伯爵が敵なのか友なのか、まだ決めかねているの」アリアンヌは沈んだ笑みを浮かべた。

仕事場を横切りながら、アリアンヌはミリベルが捕まったという知らせを聞いて大急ぎでここを出たとき、黒魔術の分厚い本と、例の手袋をしまい忘れたことに気づいた。

いまいましい手袋。一見、上品な女性の小物にしか見えないこの手袋のせいで、妹が殺されるところだったのだ。アリアンヌは顔をしかめながら長いはさみを使って手袋をつまんだ。厄介の種を自分のところに持ちこんだレミーを恨む気持ちもあるが、なんとしても王太后の企みを暴き、彼女に一矢報いたいという闘志も湧いてくる。

でも、母は決して報復には同意しないだろう。急いで手袋を箱に戻しながら、まだルナールの指輪をしていたことに気づいた。あわただしさにまぎれてはずすのを忘れていたのだ。

だが、忘れたことはそれほど意外ではなかった。指輪はまるで手の一部のようになじんでいる。この指輪が持つ力がわかったいま、アリアンヌの心には畏敬の念とともにかすかな不安が芽ばえていた。彼女は衝動的に分厚い本を開くと、毒に関する記述を飛ばして、魔よけの指輪に関する記述を探した。

本を読むのに気をとられ、キッチンからここにおりてくる落とし戸が開いたこともぼんやりとしか気づかなかった。だが、階段をおりてくるガブリエルに気づくと、アリアンヌは急いで本を閉じた。

ふだんの優雅さはどこへやら、ガブリエルはのろのろと足を引きずっていた。魔女狩りの男たちと戦った疲れとショックを感じているにちがいない。アリアンヌ自身も棍棒で殴られた肩が痛むが、妹はもっとひどく痛めつけられたのだ。目の周りの腫れはどうにか引いたものの、片目の周囲はどす黒いあざになっていた。

アリアンヌは手袋の箱の蓋《ふた》を開けたままだったことに気づき、できるだけさりげなくそれを閉めた。さいわい、ガブリエルの注意はほかにそれていた。

妹はレミーが寝ている小部屋のほうへ目をやり、答えを恐れているように気弱な声で尋ねた。「で……大尉はどんな具合?」

「傷口がまた開いたの。そのぶん治るのに時間がかかるわね。でも、命に別状はないわ」

ガブリエルの目が罪悪感と……怒りで曇った。「剣を借りたかっただけよ。あの愚かな男にミリを助けてと頼んだわけじゃないわ」

「レミーのような男が、ほかにどうすると思ったの?」

「少しは分別を働かせると思ったのよ。姉さまにもそうしてほしいわね」ガブリエルは胸の前で腕を組み、責めるようにアリアンヌを見た。「アグネスから聞いたわ。夕食にルナール伯爵の席を設けるように言ったそうね。信じられない。あの鬼を招くなんて、いったいどういうつもり?」

「言葉を慎みなさい、ガブリエル。その鬼が身の危険をかえりみず、ミリやわたしたちを救ってくれたのよ。何が起こっているかすら知らなかったのに」

「知らないのはあたしもミリも同じよ」ガブリエルは不機嫌な声でつぶやいた。

「ルナールはこの島の女性たちすべてを救ってくれたと言っても過言ではないわ。せめて夕食に招くのが礼儀というものよ」

「大げさな感謝の気持ちを抱く前に、なぜ彼が助けに駆けつけたか思い出すのね。彼は姉様と無理やり結婚するつもりなのよ。それを忘れたの？」

ルナールの真の動機は、ガブリエルに指摘されるまでもない。とはいえ、ルナールがミリベルを鞍から抱きあげ、自分の腕のなかに置いてくれたときの優しさが、何よりも印象に残っていた。「彼はミリを助けてくれたのよ。その理由にこだわるべきかどうか、わたしにはわからないわ」

「だから心配してるのよ」

「どういう意味？」

「いつもの慎重な姉様はどうしたの？　伯爵を夕食に招いたり、魔法の指輪を使ったり——」

「ミリの命がかかっていたのよ。なんでもしたでしょうよ。ルナールを呼ぶ必要はあったの」

「それはそうだけど……マリー・クレアやマダム・ジュアンやみんなの前で、彼にキスを許す必要はあったわけ？」

アリアンヌの頬に血がのぼった。ミリベルが助かった喜びで、あの短いキスのことは誰にも気づかれずにすむことを願っていたのだ。「あのときは少し感情的になっていたの。妹を殺されそうになったあとですもの」

「でも、姉様はこれまでどんな男にも落ち着きや理性を失ったことなどなかったじゃないの。少なくとも、あの鬼が現れるまでは。きっとその指輪のせいよ。いますぐそれも、彼もお払い箱にすべきだわ。今夜の招待は取り消すべきよ」

「そんな失礼なことはできないわ。それに今夜は彼に関することをもっと知る願ってもない機会かもしれない。この指輪をどこで手に入れたのかを」

ガブリエルは眉を上げた。「もっとひどくたぶらかされるはめになるかもしれないわ」

「そんなつもりはまったくないわ。いいかげんにしてちょうだい。伯爵が来る前に、いろいろとすることがあるのよ」

言い争ったあとで、腹を立ててその場を立ち去るのは、いつもならガブリエルのほうなのに。アリアンヌはそう思いながら妹に背を向けた。

そのせいで、ガブリエルの目に浮かんだ心配そうな光には気づかなかった。

「そんなつもりはないですって？　ああ、姉様、もう半分たぶらかされているわよ。でも、あたしがなんとか防いであげる」ガブリエルは厳しい声でつぶやいた。

嵐が近づくにつれ、風が窓ガラスをがたつかせはじめた。ベル・ヘイヴンの外の世界は暗く不吉に見えたが、エヴァンジェリン・シェニの寝室に隣接した小さなアルコーヴでは、何本もの蠟燭が柔らかい光でテーブルを照らしていた。

分厚い樫《かし》を使ったそのテーブルは、階下の大ホールにあるマホガニーの長いテーブルとは比較にならぬ質素なものだ。だが、シェニ家がフランスの宮廷から訪れた高貴な騎士たちをもてなすごくまれな場合をのぞいて、あの大きなテーブルは、使われたことがなかった。

家族はいつも、エヴァンジェリンの部屋のなごやかな雰囲気のなかで夕食をとった。エヴァンジェリンがマリー・クレアのような客をもてなしたのもここだった。

とはいえ、ルナールをここに呼ぶのは重大な間違いだろうか？　アリアンヌはそう思いながら最後にもう一度鏡の前で立ちどまり、自分の支度を確かめた。肩の張った胴衣にビーズを刺繡した軽いベストと、段をつけ、肩をふわっとふくらませて手首のところで締めた薔薇《ばら》色のこのドレスは、母が若いころに着ていたものだった。

懐かしい思い出がよみがえり、アリアンヌは目を閉じた。母はよく父の集めた貴族の客たちから逃れては、衣擦《きぬず》れの音をさせ、上の部屋で眠る娘たちにおやすみを言いに来た。

母がくれたこのドレスを着るのは今夜が初めてだった。ガブリエルは襟のカットを時代遅れだとみなすだろう。ミリベルはまだドレスを着るには小さすぎる。アリアンヌもこれを着るのは少し奇妙な気がした。フェール島のレディという称号と同じように、これも自分にそぐわない気がする。

栗色の髪をまとめて薄いベールをかけ、それをシンプルな真珠の飾り輪で留めただけだが、今夜の彼女はいつものお堅いアリアンヌには見えなかった。薔薇色のドレスのおかげか、灰色の目が柔らかくきらめき、血色もよく見える。

「アリアンヌ様!」小柄なメイドのベティが寝室に走りこんできた。アリアンヌは鼓動が速くなるのを感じながら鏡から振り向いた。落ち着きを取り戻す前に、ルナールが現れ、ベティが国王の訪れを告げるように、息を弾ませながらその到着を報告する。この少女が畏敬の念に打たれている理由は、アリアンヌにも充分理解できた。

今夜のルナールは堂々として、いかにも伯爵らしく見えた。スリット入りの緑のダブレットに黒っぽい半ズボンといういでたちで、片方の肩から短いケープを落とし、金茶色の髪を短くして、いかつい顎のひげもきれいに剃《そ》ってある。立派すぎて、なんだか近寄りがたい。革の胴着に狩猟用ブーツをはいたふだんの彼のほうが、アリアンヌには好ましく思えた。

二重まぶたの下で、ジュスティスもまた圧倒されていた。彼はいろいろな姿のアリアンヌに会ってきた。愛情深い姉、地味な普段着姿、仕事着に白いエプロンをかけ、薬草を採取していた素朴な姿……。だが、美しいドレスを着たこの長身の女性は、フェール島を治めるレディそのものに見える。

アリアンヌが滑るように前に出て、厳かに膝を折りお辞儀をした。「伯爵、よくいらしてくださったわ」

「ありがとう。お招きにあずかり、たいへん光栄に思う」ジュスティスは差しだされた手を取り、頭をさげながらアリアンヌと目を合わせ……低い声で笑った。今さらこんな堅苦しい挨拶をするのは愚かだ。アリアンヌの唇にも皮肉な笑みが浮かんでいる。

彼女はまだ少し緊張しながら、急いで説明した。「階下の大ホールは、もう使っていないの。父が……」アリアンヌは悲しそうな顔で言葉を切った。

わたしたちを捨ててから。彼女がまつげを伏せるまえに、ルナールは彼女の目からそれを読みとった。「最近は、お客様を迎えることがほとんどないの。ここで内輪の食事をさしあげてもかまわないかしら？」

かまわないどころか、ジュスティスはアリアンヌが自分を信頼して、内輪の神聖な場所に迎えてくれたことに驚いたものの、自分がその信頼にどれほど値しないかを知っているだけに、謙虚な気持ちになった。

「光栄の至りだとも」彼は不都合な良心の呵責《かしやく》を握りつぶし、何世代ものあいだ、ベル・ヘイヴンの女主人の居室として使われてきた部屋を興味深く見まわした。柔らかい色のベッドのカーテンから薔薇模様の絨毯《じゆうたん》まで、すべてが女性らしい。あそこにあるのか？　ジュスティスはクローゼットの扉を見てそう思った。

昔ルーシーが物欲しそうに目を光らせて話してくれた素晴らしい書物は。

自分の思いを恥じながら、ジュスティスは扉から目を離し、アリアンヌに顔を向けた。

「今夜はとても美しい」彼はつぶやいた。

「ドレスのおかげよ。母のものだったの。母の称号と同じで、わたしには似合わないわ」

「そんなことはない。どちらもよく似合っている」ジュスティスは彼女の手を取り、唇を押しつけて、細い指が震えるのを感じた。

誰かが戸口で大きな咳払いをした。振り向くと、小粒の真珠をあしらった流行のドレスに、細い首を引き立てる小さな白いラフをつけた金色の髪の美女が立っていた。目のまわりのあざですら、完璧な美しさをほとんど損なっていない。

アリアンヌがうしろめたそうな顔でぱっと手を引っこめる。「あら、ガブリエル。伯爵、もうひとりの妹を覚えていらっしゃる?」

「もちろん」ジュスティスは礼儀正しく頭をさげた。これまでの訪問では、アリアンヌのすぐ下の妹にはたいして注意を払わなかったが、冷たいブルーの瞳から放たれている敵意を忘れるのは、おそらくむずかしいだろう。

ガブリエルは自分の王国に迷いこんだ醜い巨人の存在に耐えるような目で、彼を上から下まで見まわした。だがガブリエル・シェニよりもはるかに高貴で洗練された女性たちの嘲りにさらされたこともあるジュスティスは、鋭い視線をさりげなく受けとめながら、ガブリエルがまだ多くの意味で大人になりきっていないのを見てとった。しかもひどく傷ついている。

彼は精いっぱい魅力的な笑みを浮かべた。「マドモワゼル、あなたも加わってくれてありがたい。贈り物があるんだ」

「へえ?」ガブリエルは氷のような無関心しか示さなかった。

「厳密に言えば贈り物とは言えないが、今日きみが忘れたものだと思う」ジュスティスは鞘をはずし、剣を引き抜いた。傷だらけの柄から、かなり使いこんでいるのがわかる。

「魔女狩りの男たちのものとは明らかにちがう。きみが剣をふるっていたと聞いたのでね」

尊大な落ち着きはどこへやら、ガブリエルは赤くなりながら剣を受けとった。「え、ええ……そうよ」

「お父上のものだったのかな?」

ガブリエルは返事に窮し、やはり狼狽《ろうばい》している姉と目を見かわした。

「ええ」アリアンヌが急いで答えた。「父の剣だったの」

ジュスティスは彼の視線を避けているふたりの女性を見比べた。どうやらこの剣は、父親のものではないらしい。となると、いったい誰のものか?

「そんなものを持ちだすべきではなかったのよ、ガブリエル。あとでもとの……場所に戻しておきなさい」

ジュスティスは、姉妹のあいだに何やら言葉に出さぬやりとりが行われたのを感じた。だがそれを探りだそうとしたそのとき、きらめく長い髪でできるだけ顔を隠そうとしながら、ミリベル・シェニが部屋に入ってきた。

ジュスティスが声をかけると、少女は口のなかで何かつぶやき、アリアンヌのスカートの陰に隠れた。アリアンヌがこの一家の女主人でガブリエルがプリンセスだとしたら、さしずめミリベルは少し野性的で少し変わった妖精のような子ども、というところか。

アリアンヌは守るように末の妹の肩を抱いた。「ごめんなさい、ミリは人見知りをするの」

この末の妹はかなり内気な性格らしかった。昨夜から今日の午後にかけてひどい目に遭ったこともそれに拍車をかけているのだろう。スカートの陰から彼を見上げている顔は、まだひどく青ざめ、目の下には黒い陰ができていた。

彼は優しい声で言った。「マドモワゼル、きみにもちょっとしたものを持ってきた」

ジュスティスはドアのところに置いた籐《とう》のかごを持ってきてくれとメイドに頼むと、ミリベルの前にしゃがみ、かごを足元に置いた。「魔女狩りの男たちが引きあげたあと、町の教会で見つけたんだ。きみの友人かな？」

ジュスティスはかごの蓋を開けた。とたんに、前脚の白い痩《や》せた黒い猫が、閉じこめられていたことに怒ってシュッと怒りの声をあげ、かごから飛びだした。ガブリエルがきゃっと叫んで飛びのく。

ほんの少し獰猛に見えるこの猫は、飼い猫ではないようだ。だがミリベルはそれを見た瞬間、まるで魔法のように変わった。

「猫ちゃん！」少女は目を輝かせ、頬にも赤みがさした。

猫は椅子の下に逃げこんだが、ミリベルがその前にひざまずいてなだめるような声でつぶやくと、少しずつ前に出てきた。

彼女が立ちあがったときには、猫はすっかり心を許してその腕のなかに居心地よくおさまり、少女の顎に頭をこすりつけながら甘えた声を出していた。ミリベルは耳元でささやいた。

「あんたが無事で、とっても嬉しいわ。これからはうちの納屋に住むのよ。もう何も心配しなくてもいいの。哀れな鼠を追いかけなくてもいいのよ。毎日クリームとお魚をあげる。エルキュールや、ほかの友達に紹介してあげるね」

さきほどの内気な様子もどこへやら、少女はおずおずとジュスティスを見上げた。「彼に乗ってきたんでしょう、ムッシュ？」

「もちろんだとも、マドモワゼル。あの馬をベル・ヘイヴンときみから遠ざけておくのはひと苦労だ」

「あとで会ってもいい？　今日あたしを助けに来てくれたお礼を言いたいの」

「いいとも」彼は自分を褒めたくなるほど真剣な声で答えた。「今日は素晴らしい働きをしてくれた」

ミリベルは彼の皮肉に気づき、赤くなって首を縮めた。「あなたの働きも素晴らしかったわ、ムッシュ」

ガブリエルが鼻を鳴らすのを聞いて、ジュスティスはそちらに顔を向けた。ガブリエルは不愉快そうに鼻にしわを寄せていたが、彼はそれよりもアリアンヌの表情に目を奪われた。

アリアンヌは静かな灰色の目を感謝に潤ませ、ジュスティスを見つめている。

「ありがとう」

「何のことかな？」彼はかすれた声で応じた。「きみには何も持ってこなかったが」

「何よりも素晴らしい贈り物をくださったわ」アリアンヌはそう言ってミリベルを見た。「妹の命を」

ジュスティスはあの救出は純粋に自分のためだったことを思い出させようと肩をすくめたが、アリアンヌは彼の手に自分の手を重ねた。ジュスティスはこの仕草に驚きながらも、一瞬、そこにふたりだけしかいないような錯覚にとらわれ、彼女にほほえみかけた。

だが、ガブリエルが姉とジュスティスのあいだに割りこみ、この錯覚を打ち壊した。「そろそろ食事を始めましょう。お腹がすいて死にそうだわ。噂では、鬼を――いえ、殿方を空腹のまま放っておくのは危険だそうよ」

アリアンヌはたしなめるように妹を見た。さいわい伯爵はガブリエルの無作法をおもしろがっているようだ。

全員で小さなテーブルにつくと、アリアンヌはホステス役に戸惑った。ベル・ヘイヴンで最後に男性をもてなしてから、長い時間がたっている。何年も前は、父が堅苦しい作法を嫌い、家族みんなで母の部屋で食事をしたものだった。

だが、本当に幸せな日々は、それが最後だった……。彼女はナプキンを膝に置き、つらい記憶を頭から追いやり、顔をあげた。ルナールはテーブルの向こうから気遣うような優しい目でこちらを見ている。やはり彼は目を読むことができるのではないか？　アリアンヌはそう思いながら見返した。

最初の料理が運ばれてきた。彼を夕食に呼んだのは間違いだったのだろうか？　できるだけ皿に目を落としながら、アリアンヌはまたしても思った。誰もが緊張し、口数が少なかった。ミリベルは猫に少しずつ料理を食べさせるのに夢中で、ガブリエルは一刻も早く試練が終わるのを願って、むっつりと皿の料理をもてあそんでいる。ジュスティスは旺盛《おうせい》な食欲をみせているものの、彼も奇妙に静かだった。

今夜の目的のひとつは、ルナール伯爵についてもう少し知ることだ。アリアンヌはそれを思い出し、旅の話をせがんだ。ルナールは自分と友のトゥサンがロンドンへ行ったときのことを話しはじめた。

「まあ、ロンドンに?」アリアンヌは叫んだ。「子どものころ、わたしも行ったことがあるわ。半分英国人だった母方のお祖母様に会いに行ったのよ。母と大伯母のウージニーは、伝説のアヴァロンがグラストンベリーにあったか、このブルターニュにあったかで、よく活発に議論をしたものだわ。ウージニー大伯母様は、英国のような寒い湿った国で魔法が生き延びられるはずはない、と譲らなかった」

ルナールはワインを飲みながらほほえんだ。「英国の人々はそうは言わないだろうな。かの国の詩人たちは、自分たちの統治者を妖精のクイーンと呼んでいる」

「エリザベス女王は驚くべき女性だそうね。どんな国王と比べても引けをとらないほど賢く国を治めているとか」

「彼らは、母親のアン・ブーリンが魔女だったとも言っているよ」ルナールは答えた。

ガブリエルが彼をにらみつけた。「ふん、あなたもほとんどの男と同じで、女性が男のように国を治められるのは、魔法の力を借りているからだと言いたいんでしょうね」

「いや、ただ聞いたままを話しているだけさ。わたし自身は、女性の知性、強さ、勇気に重きを置いている。フェール島のレディのような」

ルナールはそう言いながらアリアンヌに向かって杯を挙げた。愛撫するような彼の目に、アリアンヌは頬が染まるのを感じた。ガブリエルが顔をしかめ、わざと自分のワインをひっくり返した。ルナールはすばやく椅子を引き、滴るワインをどうにか避けた。

ベティに後片づけを頼みながら、アリアンヌは妹に警告しようとして、ミリベルの脚を蹴ってしまった。

「痛い！」ミリベルが驚いてアリアンヌを見る。そのあと、テーブルの雰囲気はいっそう気まずくなった。ルナールが口を開くたびに、ガブリエルは異議を唱えるか、むきになって逆らった。もしも彼が屋根を打つ雨のことを口にしていたら、ガブリエルはこんなによく晴れた夜は夏になってから初めてだ、と言い張ったにちがいない。

最後の料理が運ばれてくると、ミリベルが寝室に行きたいと訴えた。アリアンヌはこのチャンスに飛びついた。

「ええ、あなたはもう寝たほうがいいわね。ガブリエルに着替えを手伝ってもらいなさい。髪も編んでもらうのよ」

ガブリエルは腰をあげようとせずに、首を振った。「アグネスにやってもらえばいいわ」

だが、アリアンヌは譲らなかった。「あんな目に遭ったあとだもの、ミリは召使いよりもあなたにそばにいてほしいはずよ」

「ええ、お願い、ガビー姉様」ミリベルは大きな目で訴えるようにガブリエルを見た。

これではいやだとは言えない。ガブリエルはしぶしぶ立ちあがり、ナプキンを投げ捨てた。ルナールも立ちあがって、ふたりにおやすみと挨拶した。ガブリエルは彼を無視して妹を部屋の外に押しだし、戸口で足を止めて鋭くアリアンヌを見た。「姉様、ちょっといい？」

アリアンヌはルナールに断って、妹のあとから廊下に出た。ミリベルはすでに自分たちの寝室に入っていた。

ガブリエルは両手を胸の前で組んで、食ってかかった。「頭がどうかしたの？　寝室であの……鬼とふたりきりになりたいの？」

「その呼び方はやめなさい」アリアンヌはルナールに聞こえないように低い声で言い返した。「わたしはひとりじゃないわ。召使いたちがすぐそばにいるもの。それに伯爵は信頼できる――」

「いつからそうなったの？　あの男のことは、まだ何もわからないのよ」

「あなたがワインをこぼしたり、彼が何か言うたびに嚙みついているのに、どうやって彼のことを知ることができて？　母様が見ていたら、どんなに恥ずかしいと思ったことか。お客様に、それも深く感謝すべき相手に、あんな失礼な態度をとり続けるなんて」

「その感謝が姉様をどこへ導くか、よく気をつけるのね。女はいったん男に身を許したら、二度とあと戻りできないんだから」ガブリエルはそう言うと、スカートをあげ、かっかして妹のあとを追った。

言われるまでもないわ。アリアンヌは悲しい顔で妹を見送った。忘れる危険があったとしても、ガブリエルの傷ついた目を見ればいやでも思い出す。

ガブリエルにはああ言ったものの、ルナールのもとに戻りながら、アリアンヌは小さなアルコーヴの親密さ、ベッドがすぐそばにあることを強く意識せずにはいられなかった。

彼女が入っていくと、ルナールは礼儀正しく立ちあがった。彼は男でも威圧感を覚えるほど大きかった。女ならなおさらだが、それよりも警戒すべきなのは、めったに心の内を明かさない緑色の目だ。

ルナールが彼女の椅子を引く。が、アリアンヌは神経質に指をからめてためらった。妹の無礼な態度が恥ずかしく、ふたりきりなのが気詰まりだった。

「ガブリエルが失礼な態度をとってごめんなさい」

「彼女はふたりきりだということをきみに警告したようだな」ルナールはなめらかに言った。

アリアンヌが赤くなると、彼は沈んだ笑みを浮かべた。「いいんだ。服装は立派でも、居酒屋にたむろするならず者にしか見えないことはよくわかっている。祖父にもよく嘲笑《ちょうしょう》されたよ。それに、きみの妹には男に警戒心を抱く理由がある」彼は真剣な表情になった。「わたしもときには手荒なことをする。それに結婚を承知してくれなければ、担いででも祭壇に運ぶと脅したこともあった。いまは深く恥じているよ。本気でそんなことをする気はなかったんだ」

「わかっているわ」自分では気づいていないのかもしれないが、いかつい外見と物腰にもかかわらず、ルナールは驚くほどの優しさを秘めている男だ。

それに彼はまたしても口をすべらせた。ガブリエルが傷ついていることを知る方法はひとつしかない。やはりこの男は目を読むことができるのだ。今夜のルナールは、これまでより警戒を解いているようだ。すっかりくつろがせることができれば、少しは謎が解けるかもしれない。

アリアンヌは座る前に急いで彼のグラスを満たした。ルナールは抗議こそしなかったが、愉快そうな目で見返し、低い声で言った。「そんなことをしても無駄だよ」

「な、なんのことかしら？」

「酔わせて、聞きだそうとしても無駄だ。この頭はかなりガードが固い。酔って舌が緩んだことは一度もない。卑猥《ひわい》な歌を大声で歌いだして、きみを辟易《へきえき》させるのがオチだ」

「べつに、そんなつもりでは……」アリアンヌは狼狽して、ワインの瓶を置くときに倒しそうになった。「いいわ。あなたがほろ酔い機嫌で、何かを漏らしてくれることを望んでいるかもしれない。でも、今日のようなことが起こったあとでは、それも無理はないでしょう？　わたしが指輪を使うと、あなたは本当に現れた。まるで本物の魔法使いのように、あの黒雲のなかから飛びだして――」

「わたしは魔法使いじゃないさ」

「でも、相手の目を読むわ。妹のガブリエルの目を見て、あの子が隠している苦痛を見てとった。あの子の目の悲しみを読んだのよ」

「いや」

ルナールがまだ否定するのに苛立って、アリアンヌは顔をしかめた。すると彼は静かなあきらめの声で続けた。「彼女の悲しみは、きみの目から読んだんだ」

ようやく彼は、ふつうの男が持ちえない技と知識を持っていることを認めた。アリアンヌは沈むように腰をおろして、真剣な目で彼を見上げた。

「どうか本当のことを話して。あなたは誰なの？」

寝間着に着替えたミリベルは低いスツールに座って、猫とリボンで遊んでいた。ガブリエルは姉と、古い傷をまだ抱えていることを暴露してしまった自分に腹をたて、容赦なく淡い金色の髪にブラシをあてていた。

「痛い！」ミリベルが顔をしかめて見上げた。「そんなに引っぱらないでよ」

「ごめん」忘れてしまいたい感情や思いを押し戻し、ガブリエルはきらめく髪を編みはじめた。今夜はなぜか過去のつらい幕間劇を思い出すはめになった。

ルナールがそばにいるときのアリアンヌの目の柔らかい光や、上気した頬を見たからかもしれない。自分がもう失ってしまった乙女のういういしさを。

男が女を誘惑するには、魔法の指輪など必要ない。しかもルナールは、あの人一倍慎重な姉の警戒心を解く方法を心得ているようだ。妹にいまいましい猫を贈り、姉に気の利いたお世辞を口にして。

あの口先だけのお調子者ときたら、アリアンヌが何より聞きたがっている褒め言葉を並べたてていたわ！　でも、あたしはただやきもちを焼いているだけかもしれない。ガブリエルはみじめな気持ちでそう思った。

彼女は妹の手からリボンを引ったくり、ミリベルと猫の遊びを邪魔した。そして最後にもう一度髪をよじると、少しばかりほつれたリボンを結んだ。

ミリベルが手を伸ばし、おさげをなでて顔をしかめた。「きつすぎるわ。アリアンヌ姉様の編み方のほうがいい」

「あたしにはこれが精いっぱいよ。残念ながら、あたしたちの姉様はいま忙しいの」

ミリベルは猫を抱きあげ、心配そうにガブリエルを見た。「魔法の指輪を使ったから、アリアンヌ姉様は伯爵と結婚しなくちゃならないの？」

「いいえ、三回使うまでは大丈夫。ばかみたいだけど、それがふたりの取り決めだもの」

「アリアンヌ姉様は……またあれを使うと思う？」

「そんなはめにならないことを祈りたいわね。もう一度使ったら、あの指輪はあたしが捨てておくわ」

「よかった。姉様があたしたちを置いていくなんていやだもの。ものすごく貧乏になっても、あたしは平気よ」

「心配しないで」ガブリエルはベッドの上掛けをめくった。「それはあたしがなんとかする」

「でも、ガビー姉様もどこにも行ってほしくない。あたしは三人で、いつまでもこのフェール島にいたいの」

「それは無理ね」ガブリエルはため息をついた。女がそれを望もうが望むまいが、変化は訪れる。重要なのはそのときに無力でいないことだ。

「でも、いまはまだ何も変わらない」ミリベルは自分を慰め、猫をなでた。「ムッシュ・ルナールはまたここを立ち去るもの。でも、彼は最初に思ったほど悪い人じゃないみたい」

ガブリエルは呆れて目玉を回した。「猫をくれたからって、いい人だとはかぎらないわよ」

「自分のものでもないのに、あたしにくれることなんかできないわ」ミリベルは黒い毛に鼻をすり寄せた。「でも、伯爵はあたしを助けてくれた。ネクロマンサーのことも。だから、あたしたちは感謝してるの」

「魔法使い《ネクロマンサー》？」ガブリエルは呆《あき》れた顔で妹を見つめた。「ミリ、あんたは魔女だと疑われたのよ。猫にそんな名前をつけるのは賢いこと？」

「だけど、この猫がそう呼ばれたがっているんだもの」

「そう」ガブリエルはつぶやいた。「猫と言い争っても仕方がないわね。さあ、ムッシュ・ネクロマンサーをドアへ案内して、納屋のある場所を教えてあげなさい」

ミリベルは猫を抱きしめた。「でも……この子はあたしと一緒にいたいって」

「だめよ。あたしたちの部屋にあんたの動物を寝かせるなんてとんでもない。それは前から言ってあるでしょう？」

妹は黙って大きな瞳で姉を見つめつづけている。寝間着を着て裸足《はだし》で立っている妹がとても小さく、弱々しく見えて、ガブリエルは胸がよじれるような痛みを感じた。今日の昼間、もう少しで妹を失うところだったのだ。目が潤み、彼女はだしぬけに猫も引っくるめてミリベルをぎゅっと抱きしめた。「いいわ。だけど、ベッドの上はだめよ」

「うん。ネクロマンサーは窓のところで見張りがしたいんだって。魔女狩りの男たちが戻ってくるといけないから」

「よかった。だったら今夜は安心して眠れるわ」ガブリエルは皮肉たっぷりに言った。

「うん、あたしも」ミリベルが真剣な面持ちでうなずき、猫を窓台にのせると、ガブリエルがベッドに入れと呼ぶまでそこで遊んでいた。

夕食のテーブルではいまにも眠りそうだったのに、ミリベルは元気よく部屋を横切って脱いだ服を拾い、描きかけのユニコーンの前で足を止めた。

「そんなもの燃やしてしまえばいいのに」ガブリエルはこぼした。

「だめ！　これはあたしにくれたのよ。あたしはこの絵が大好きなんだもの」

「脚のないユニコーンの絵が？」

「姉様がいつか完成させたいと思うかもしれないでしょ」

ガブリエルはキャンバスを見つめた。絵を描くことに没頭していた、あざやかな想像力を持つ夢見がちな少女は、永遠に失われてしまったのだ。

「いいえ」彼女は出し抜けに絵に背を向けた。「そういう魔法はもう持ってないの」

ミリベルはつま先で立つと、ガブリエルの頬にそっとキスした。「かまわないわ。このままで好きだもの」

「そろそろベッドに入る時間よ、ミリ。てこずらせないで。疲れているんだから」だが、ガブリエルは妹のおさげを軽く引っぱってこの言葉を和らげた。

ミリベルはしぶしぶベッドに上がった。ガブリエルは蠟燭を消し、闇のなかで妹のそばに横たわった。寝返りを打ち、枕を拳で叩いて、自分の好きな形に変える。

「ガビー姉様？」ミリベルがささやいた。

「なあに？」ガブリエルはあくびを抑えながら答えた。

「本物のユニコーンにいつか会えると思う？」

「いいえ。だって――」

伝説によれば、ユニコーンを捕まえられるのは、純潔の乙女だけだからよ。ガブリエルはこのわびしい思いを押しやった。「あれはおとぎばなしだもの」

「あたしは信じるわ。それに父様がいつか戻ってくることも信じる。魔女狩りの男たちに囲まれたとき、そのことが支えになったの。父様がどんなに勇敢だったか、思い出そうとしたの」

死にかけた妻と三人の娘を捨てて旅に出た男の勇敢さについて、ガブリエルには自分の考えがあったが、それは口にしなかった。ミリベルは姉が黙っているのが気になったらしく、こう尋ねた。「いい男の人もいると思わないの、ガビー姉様？　父様のことさえ信じないの？」

今夜のガブリエルは、愛人を持った父のことを無邪気な妹と話す気にはなれないほど疲れていた。「もちろん、いい男の人もいるわ」

なぜかふいにレミー大尉の顔が浮かび、彼女は付け加えた。「でも、そういう男は、ほとんどの場合、我慢できないほど生真面目で名誉心が厚いのよ」

「魔女狩りの男たちにもいる？」

「なんですって？」

ミリベルは片方の肘をついて体を起こし、ガブリエルを見下ろした。「魔女狩りの男のなかにも、いい人はいると思う？」

「よくそんな質問ができるわね。あの男たちはひとり残らず魂の底まで腐っているわ。さあ、もうばかなことを訊かないで、眠りなさい」

ミリベルはため息をついて枕に頭を戻したが、少したつと小さな声でまた言った。「だめよ、眠れない。このごろ恐ろしい夢を見るんだもの。見るたびにもっと恐ろしくなるの」

ガブリエルは寝返りを打った。妹の恐怖をたたえた目が暗がりのなかで光っている。彼女はかすれた声で促した。「ここにいらっしゃい。わたしのそばにいれば、悪夢なんか近づけないわ」

ミリベルはほっとしたようにすり寄って、ガブリエルの肩に頭をあずけた。「母様みたいに、悪い夢を追い払える？」

「いいえ。母様は賢い女だった」ガブリエルは妹ぎゅっと抱きしめ、わざと怖い声で言った。「あたしは……誰よりも邪悪な魔女になるつもりよ。悪夢さえ恐れて近づかないような」

ミリベルがくすくす笑う。「あたしの勇敢で大胆な姉様。姉様が剣を構えて魔女狩りの男たちに切りかかった姿は、決して忘れないわ」

それからあくびをして毛布の下に少しもぐり、目を閉じた。妹が眠ったあともずっと、ガブリエルは小さな体を抱きしめ、穏やかな寝息を聞いていた。

妹に顔を見られずにすんだのはありがたいことだ。部屋の暗がりに感謝しなくては。さもなければ、勇敢で大胆な姉も、自分と同じように悪夢を恐れていることが妹にばれてしまったかもしれない。太陽が輝く午後、納屋の干草のなかで起こった悪夢を。

15

嵐は去り、窓を叩く単調な雨の音に変わった。が、アリアンヌはそれに気づいてすらいないようだ。今夜こそは真実を知ろうと灰色の真摯な瞳で彼をひたと見つめている。彼女の質問がふたりのあいだに漂っていた。

〝あなたは誰なの？〟

ジュスティスは片手をテーブルの上に置き、ワインを飲んだ。指輪が蠟燭の光を跳ね返す。アリアンヌは、細く美しい指先が彼の太い指の先に触れそうなほど近くに手を置くと、優しく眉を寄せて、対の指輪を見下ろした。

「どうしてこれにあんな魔力があるの？　古代の科学を記した本によれば、とてもよく発達した脳が思いを送ることはできるそうだけど……このふたつの指輪は、それを媒介する特殊な金属でできているの？」

ジュスティスは彼女を見た。「きみはおかしな魔女だな。常に魔法よりも論理を探している」

「何度言ったらわかるの。わたしは魔女じゃないわ」アリアンヌはきっぱり答えた。「そのとおりよ、わたしは合理的な説明を好むの。だからばかげた作り話でごまかすのをやめて、この指輪をどこで手に入れたのか話してちょうだい」

ジュスティスは長いため息を吐きだし、打ち明けた。「これは……母の形見なんだ」

「すると、お母様は素朴な羊飼いではなかったのね」

「いや、母はそのとおりの女性だった。だが、きみと同じ大地の娘でもあった」

アリアンヌはそうではないかと思いはじめていたのだった。「すると、お母様から……目を読む術を教わったの？」

「いや。母からは何も教わらなかった。母のことは何ひとつ覚えていない」ジュスティスはワインを飲み、真実を話す勇気をかき集めた。「わたしは祖母に育てられたんだ。祖母は山のなかに住む賢い女のひとりだった。目を読む術もほかの古代の慣わしも、みな祖母から教わった。この指輪は祖母が父と母のために作ったものなんだ。強力な魔法がふたりをとこしえに結びつけるように、と」彼は言葉を切り、アリアンヌを見つめた。「だが不幸にして、ふたりのとこしえはあまり長く続かなかった。母はわたしを生んですぐに死に、父もそのあとまもなく突然肺に炎症を起こして死んだ。ロマンティックな言い方をすれば、打ちひしがれて生きる気力をなくしたのかもしれない」

「お気の毒だったわ」アリアンヌは静かに言った。

ジュスティスは肩をすくめた。「まったく知らない人間の死を悲しむのはむずかしいものだ。わたしにとって両親は、祖母が火のそばで紡いでくれる悲しく甘いおとぎばなしの主人公でしかなかった。山のなかにある小屋と、遠縁のトゥサンと、老ルーシー……わたしにはそれが現実だった」

「老ルーシー？」

「村人が祖母をそう呼んでいたんだよ。だからわたしもそう呼ぶようになった。老ルーシーはきみの母上のように本から学んだわけじゃない。自分の名前すら読めなかったよ。だが、驚くほど賢く――」

メイドのベティがワインと砂糖菓子を手に入ってくると、ルナールは言葉を切った。アリアンヌはベティを追いやるように去らせ、呼ぶまで来ないようにと告げた。ガブリエルは眉を逆立てるだろうが、伯爵がせっかく話す気になったのだ。邪魔が入って気が変わっては困る。

ベティが出ていくと、アリアンヌは身を乗りだした。「でも、ドヴィーユのお祖父様は？あなたはお父様の家族とは没交渉だったの？」

ルナールは唇を引き結び、険しい顔になった。亡き老伯爵の話が出ると、彼はいつもこういう顔をする。「ああ、ありがたいことに長いこと、祖父はわたしの存在を忘れていた。父が母と結婚すると、祖母は薄汚れた田舎娘、老いた魔女の娘、と母をさげすみ、父と完全に縁を切った。だが、わたしは祖父の拒否など意に介さなかった。山のなかを走りまわり、小さな菜園で野菜や薬草を育て、羊を飼う生活に満足していた。村の仲間たちと周囲の丘を探検し、荒っぽい遊びもしたものさ」

ルナールは沈んだ笑みを浮かべ、鼻梁をなでた。「初めて鼻の骨を折ったのはそのときだ。嘘つきティモンとどちらが強いか、取っ組み合ってね。ティモンは小柄だが筋肉質の少年で、汚い手を平気で使うやつだった。だが、山育ちの子供たちはみんなそうだった。どんな手を使っても勝とうとしたものさ。どちらかというと手に負えない悪がきだった」

「ええ、想像がつくわ」

ルナールの目に懐かしげな表情が浮かんだ。「もちろん、山の暮らしは楽しいことばかりではなかったよ。冬は身を切るような冷たい風が吹く。だが、老ルーシーの大地と古代の慣わしに関する知識のおかげで、飢えに苦しんだことはなかった。素朴でまっとうないい暮らしだった。ところが……」

「ところが？」ルナールがためらうのを見て、アリアンヌは静かに促した。

ルナールの目に翳《かげ》がさした。「それも、祖父に跡継ぎがいなくなると終わった。彼らはひとりずつ死んでいき、彼の血を引く者は魔女の息子しかいなくなったんだ。山育ちの愚かな少年しか。そこで十六歳になった夏、祖父はわたしをルーシーから取りあげに来た」

ルナールは言葉を切り、ワインをひと口飲んだ。

「何が起こったの？」

「わたしはいやだと突っぱねた。なんといっても、あの老くそ――」ルナールは謝るように顔をしかめた。「失礼、アリアンヌ。祖父には会ったこともなかったんだ。伯爵にもなりたくなかった。わたしの望みは山のなかに建てた自分の小屋と、石の暖炉と羽布団のあるベッド。それに羊を飼う場所と、たくさんの元気な子どもたち、丈夫で陽気な妻、それだけだったんだ。わたしは粉屋のマルティーヌ・デュプレに恋をしていた。マルティーヌは矢車草のように青い瞳と小麦色の髪の、ふっくらした可愛い娘だった」

思い出を語る彼の声が優しくなった。アリアンヌは彼の描写から、ガブリエルをもっと素朴にした娘を容易に思い描くことができた。そして奇妙な痛みに胸を突かれ、自分の冴えない褐色の髪に触れた。

「その人と……婚約していたの？」

「ああ。だが、祖父はまるで無視した」ルナールは顔をしかめた。「彼は馬を引いてこさせ、さっさと乗れと無理強いした。マルティーヌに別れを告げる時間さえ与えてくれなかった。わたしが地獄へ堕ちろと――つまり、彼の城に住めという申し出を拒むと、祖父は無理やりわたしを山から連れ去った。二度目に鼻の骨を折ったのはそのときだ。いや、三度目だったかな。必死に戦ったが、結局、祖父の城に連れていかれた。それから祖父と意志の戦いが始まった。祖父は野育ちの孫を〝適切な〟ドヴィーユに変えようとした。わたしは彼の目に唾を吐き、すきさえあれば逃げようとした。そして実際、何度も逃げた。だが、そのたびに連れ戻され、折《せっ》檻《かん》されたよ」

「まあ、ひどい！」アリアンヌは叫んだ。老伯爵が冷酷な男だということは知っていたが、自分の血を分けた孫にそんな仕打ちをするとは……。

ルナールは彼女の手を優しく叩き、ほほえんだ。「この話に心を乱される必要はないよ。わたしの皮は頭と同じくらい厚いんだ。どんなに鞭《むち》で打たれても、いや、打たれれば打たれるほど、祖父の思いどおりにはなるまいと頑《かたく》なになった。そしてあるとき、ついに祖父を出し抜いて山まで逃げ帰った。ようやくルーシーの小屋に着いたときには、ひどい格好だったよ。きみのように落ち着きと勇気がある人間でも、きっとあとずさったにちがいない」

アリアンヌは彼の褒め言葉に頬を染めた。

「ルーシーはわたしをなかに入れ、食べさせ、腫れた足の手当てをしたあとで……助けるのはそこまでだ、祖父のところに戻れ、と言った。実際、すでに祖父に使いを出していた」

ワイングラスを握っている指に力がこもった。「祖母を信頼していたわたしにとっては、ひどい衝撃だった。ルーシーはわたしの味方をしてくれる、祖父と戦う手助けをしてくれる、それが無理でも逃がしてくれると信じていたからね」

「でも、老いた女性が、権力を持つ伯爵の意志に逆らうのは無理だったにちがいないわ」

「いや、たとえそれができたとしても、祖母にはわたしを助ける気はなかったのさ」ルナールは苦い声で言った。「祖母は、ルナール伯爵になることがわたしの運命だ、と言いはった。老ルーシーは未来を見る力もあったんだよ。少なくとも、自分ではそう言っていた。炎を見つめていると、そこに未来がちらりと見えるのだ、と。そんなことができると思うかい?」

「母はあまり信じていなかったわ。そういう未来のほとんどは想像の産物か、あまりにも曖昧で占い師が好むように解釈できる、と。でも、ミリは説明のつかないひどい夢をよく見るの。恐ろしい未来の先触れのような悪夢を」

「ルーシーは自分の見る未来に全幅の信頼をおいていたよ。もっともその未来は、自分が望む未来ではないか、と疑ったこともある。しかも祖母はそれが実現するように手を尽くした。なんといっても、母が伯爵の息子に愛される手助けをしたのは祖母だったんだからね。もっと早く気づくべきだったんだ。わたしが貴族になり、大きな権力を持つことが、祖母の願いだった、と」

「でも、農民の暮らしがどんなに困難なものかは、あなたも知っているはずよ。お祖母様があなたのためにもっとよい人生を願ったとしても、何の不思議もないわ」

「だが、それは祖母の願いで、わたし自身の願いではなかった。わたしはそのことで、祖母を許さなかった」

いまでも許していないのだわ。アリアンヌは彼の目に怒りを見てとった。「わ、わたしのマルティーヌが、わたしのいないあいだにほかの男と結婚するように、祖母が手配したと知ったあとはとくに」

彼のマルティーヌ。亡き伯爵が邪魔をしなければ、ルナールはとうの昔に結婚して、どこかの山で、いまごろはたくさんの子どもたちに囲まれて暮らしていた……そして彼とアリアンヌの人生が森のなかで交差することは決してありえなかったのだ。だが、そんな彼を想像するのは奇妙にむずかしかった。

「ショックだったでしょうね」

ルナールは肩をすぼめた。「若いころの失恋の痛手はあっという間に癒えるものさ。それにどうせなら若いときに愛の愚かさを知り、残りの人生をもっと賢く生きるほうがいい。だが、マルティーヌを失って、わたしは戦う気力をなくした。祖父が到着すると、わたしは山とルーシーに永遠に背を向け、そのあとは祖父の世界に溶けこもうと努力した。しかし、貴族のように馬に乗ることはできず、剣も使えず、ダブレットとケープも品よく着こなすこともできなかった。鍛冶屋の金梃《かなてこ》のような足にブーツをはいて、尊大な歩き方をするのはむずかしいものだ」

彼の皮肉な表現に、アリアンヌはほほえんだ。

「初めての仮面舞踏会と剣の勝ち抜き試合をきみに見せたかったよ。いや……見られなくてよかった。ひどい失態を演じるはめになったからね。剣の試合では、ただ力まかせに剣をふるい、たちまちはじかれた。で、降参するふりをして、相手の隙を突き、飛びかかって馬乗りになると、殴りつけた。それから立ちあがり、勝ち誇って両腕を高々と上げた」ルナールは乾いた笑いを漏らした。「不幸にして、期待していた拍手どころか、ひどい野次を浴びせられたよ。祖父はドヴィーユの名を汚したとかんかんになった。だが、愚かなわたしはそれでも何が悪いのかわからなかった。貴族のルールや礼儀など、理解できなかったんだ。戦いにどんな礼儀がある？　わたしが戦うときは、相手を征服するために戦う。遊ぶときも勝つために遊ぶ。おそらく、嘘つきティモンから哀れなこの鼻を守るために身につけた、荒っぽい流儀のせいだろうな」

ルナールはそう言ってほほえんだが、冗談にまぎらせた言葉のなかに、少年期に受けた苦痛と屈辱が見え、アリアンヌは笑顔を返せなかった。

彼女の同情に少しばかり困惑して、ジュスティスは目をふせた。「どうやら、少し飲みすぎたようだ。つまらない身の上話で美しいレディを退屈させてしまった」

「退屈どころか、とても興味深いわ」アリアンヌはつぶやいた。「どうぞ続けて」

これがほかの誰かなら、彼はさりげなく拒絶していたにちがいない。だが、アリアンヌの静かな目には説得力があった。老ルーシーの目はもっと狡猾で強引だったが、アリアンヌの目は優しく、穏やかで、何も求めず……すべてを求める。相手にも自分と同じ誠実さを要求する。

ジュスティスは椅子の上で身じろぎし、もうひとロワインを飲んだ。「もう話すことはほとんどない。やがて祖父は自分で仕込むのをあきらめ、わたしをパリに送った。そこで少しは洗練されることを願ったのだろうな。何はともあれ、そのおかげでたがいを殺さずにすんだ。同じ屋根の下に住んでいたら、いずれそうなったかもしれないが」

「では、パリの話をしてちょうだい」

「きみは行ったことがないのかい?」

「一度か二度行ったことがあるわ。まだ、ほんの子どものころに。父が家を持っていたの。都会の生活と宮廷に顔を出すのが好きだったから。でも、母はなじめなかった。とくに子どものためによくないと考えたのよ」

「ああ。フランスの宮廷は裏切りと欺き、陰謀に満ちているからな。最近はとくにそうだ」

「ええ」アリアンヌは膝のナプキンに目を落とした。が、その前にジュスティスは彼女の目に一瞬だけ閃《ひらめ》いた思いを読みとっていた。フェール島の平和を乱すもの、厳密に言えば、人物を。

ああ、アリアンヌ、王太后の憎しみを買うとは、いったい何をしたんだ?

だが、この質問を口にしても、アリアンヌが正直に答えるとは思えない。その証拠に彼女はすでに自分の思いを隠している。辛抱強く目を光らせ、彼女が再び警戒を緩めるのを待つしかないようだ。

アリアンヌはナプキンを折りながら、彼に話を戻した。「それで、パリで何をしたの? 宮廷には出入りしなかったの?」

「大学で学んだ。祖父の雇った教師たちは、ようやくこの鈍い頭に読み書きを叩きこむことができた。それだけは亡き伯爵に感謝するよ」

「大学」アリアンヌは羨《うらや》ましそうにつぶやいた。「わたしも学びたかったわ。昔は、貴族の女性が薬学を学ぶことを許されていたのよ」

「愚かな教師たちがきみに教えられることなど、ひとつもあるものか。学生の主な活動は、けんかに飲酒、それに売――いや、ゲームに興じることだ。わたしはそのどれも得意になった。あのときトゥサンがパリに到着しなければ、そういうろくでもない生活をいつまでも続けていただろうな。トゥサンは祖母のいとこなんだ。昔からわたしにとっては、兄か伯父か、父親のような存在だった。わたしは彼に会えて大いに喜んだが、それも彼が来た目的を知るまでのことだった」

これはジュスティスにとっては、忘れてしまいたい過去の一部だった。アリアンヌがそっと袖に触れると、彼はしぶしぶ言葉を続けた。「トゥサンは魔女狩りの一隊がルーシーを捜して山をしらみつぶしにしていると告げに来たんだ」

ジュスティスはアリアンヌの指に力がこもるのを感じ、自分の手を重ねた。「トゥサンは一緒に帰ってくれと言った。まだ祖母に腹を立てていたわたしは、恥ずかしいことだが彼の頼みを跳ねつけようとした。だが、最後は折れて彼と一緒に山に帰った。途中で不吉な予感に襲われ、馬がつぶれそうになるほど駆りたてたが、結局——」

「間に合わなかったのね」

ルナールは暗い顔でうなずいた。「小屋もルーシーの名残もほとんどなかった。残っていたのは瓦礫《がれき》の山がひとつ、折れた梁《はり》が何本か、それと焦げた土だけだった」

恐怖、悲しみ、理解……さまざまな思いが浮かび、アリアンヌは彼の腕をぎゅっとつかんだ。

「だからル・ヴィにあれほどの憎しみをぶつけたのね。お祖母様のときも、あの男が……？」

「いや」ルナールは短く答えた。「ル・ヴィと会ったのは、今日が初めてだ。魔女狩りの男たちはみな同じに見えるが、祖母を焼き殺した者たちには、とうに鉄槌をくだしたよ。彼らが再び火を燃やす場所は、地獄だ」

ルナールの目に冷たい光が宿り、アリアンヌはぶるっと震えて手を引っこめた。

彼はこわばった笑みを浮かべた。「わたしの報復が気に入らないかい？　きみはあまりに優しく、寛大すぎる。罪もない妹を殺そうとしたル・ヴィにさえ情けをかけ、貴重な魔術——命の息を無駄にした。どうしてあんなことをしたんだ、アリアンヌ?」

「母はいつも、報復の闇に気をつけるように言っていたわ。殺すのではなく癒しなさい、見殺しにするのではなく救いなさい。だからル・ヴィを助けたの。あなたのためもあったのよ」

「わたしのため?」

「あなたが闇にのみこまれてほしくなかったの。ミリを救ったために、ル・ヴィを殺害した罪に問われたりしたら、大変なことになるわ」

「そうすれば、ル・ヴィにもわたしにも悩まされる心配を二度とせずにすんだのに」

「いいえ、わたしは——」アリアンヌは言葉を切った。

ルナールが頬に触れたが、彼女は不安にかられて身を引き、指輪を回しながら思った。ガブリエルが恐れているように、この奇妙な指輪は、彼女をルナールへと引き寄せる魔力も持っているのかもしれない。

「それでどうしたの? お祖母様が亡くなったあとは?」

ルナールはしぶしぶ椅子の背にもたれた。「魔女狩りの一隊に報復したあとは、しばらく国を離れたほうがよいということになった。祖父はわたしが遠くに行くことを喜んだよ。ルーシーが死んだあと、たがいに対する憎しみはさらに深くなっていたんだ。証明することはできなかったが、魔女狩りの一隊をルーシーに差し向けたのは、亡き祖父だったかもしれない。祖父はルーシーが自分を呪ったと信じていた。だからほかの息子や孫たちがみな死に、わたしだけが残った、と。

わたしと祖父はいがみあって別れた。実際、今度会ったら殺してやると、おたがい誓ったくらいだ。だが、わたしたちが会うことはなかった。わたしはトゥサンと旅に出た。そして祖父はなんとかしてほかの後継ぎを作ろうと、若い女を次々にベッドに連れこんだ。わたしが再びブルターニュの土を踏んだのは、祖父が死んだという知らせを受けとったからだ。トゥサンのたっての頼みを入れて、わたしは憎むべき老人が自分よりも先に滅びたことを祝うために戻った。トゥサンはわたしがまあまあの伯爵になれるという、奇妙な考えを持っているんだ」

「ええ」アリアンヌはうなずいた。「その気になれば、立派な伯爵になれるはずよ。さまざまな国を見て、幅広い経験を積んできたんですもの。あなたは富と権力の世界だけではなく、貧しい素朴な人々の生き方や彼らをおびやかす不安も知っている。領地の人々に思いやりと理解という素晴らしい贈り物を与えられるわ。それに――」

「たしかになれるかもしれない……正しい女性を妻にすれば」彼はそう言ってアリアンヌの手を取った。「これだけ自分のことを話したのだから、何かお返しをくれないかな」

「何が望み？」アリアンヌは用心深く尋ねた。

「今夜、結婚してくれ」

アリアンヌは笑った。「いくつか秘密を打ち明けただけで？　それに、まだひとつ話してくれないことがあるわ」

「そうかな？」ルナールは目を細めた。「それはなんだい？」

「なぜわたしと結婚したがっているのか」

「ああ、それか」これは彼女の想像だろうか？　それとも彼女の望みがそれだけだとわかって、ルナールは実際にほっとしたのか？

「あなたはわたしを愛しているわけではない。もちろん、わたしもあなたを愛していないわ」アリアンヌは急いで付け加えた。

「ああ。どちらも愛や恋にうつつを抜かすほど愚かではない。だが、われわれのあいだには、否定できない力が働いている。きみもそれを感じているはずだ。説明のつかない運命を」

運命？　アリアンヌは眉をひそめた。ふいに歓迎すべからざる思いが閃いた。「まあ、ルナール。まさか、わたしもお祖母様が予言したあなたの未来の一部ではないでしょうね」

ルナールはにっこり笑ってルーシーの言葉を引用した。「〝よくお聞き、ジュスティス。いつかおまえは道に迷う。ついぞなかったほどひどく迷ったそのとき、静かな目をした女性に出会う。その女性がおまえを安全な道に戻してくれるんだよ。おまえの運命に〟」

「まあ、伯爵」アリアンヌはうめくように言った。「そんなたわごとを信じるの？」

「だが、ルーシーのほかの予言はすべて的中した。そうだろう？　わたしは伯爵になった」

「ええ。でも、彼女は予言が成就するように、最善を尽くしたのでしょう？　仮にその予言が本当だとしても、わたしはすでに森のなかで迷っているあなたを助けたわ。わたしの果たすべき役目はすんだのよ」

「いや、まだだ」ルナールはつぶやいて、燃えるような目で見つめながらアリアンヌの手を唇に持っていった。

　緑色の目でじっと見つめて、またわたしを口説いている。アリアンヌは小さな震えが走るのを感じた。ルナールが率直に心を開いて、秘密を打ち明けているときは何の不安も感じなかったが、こんなふうに見つめられると、体がほてり、胸がどきどきする。

　彼女は手を引っこめ、落ち着きを取り戻そうとした。「そろそろ、エルキュールのところへ戻るべきね。だいぶ夜が更けたわ」

「嵐のなかに放りだすのかい？」

「雨はほとんどやんだようよ」立ちあがった拍子に落ちたナプキンを拾おうと、アリアンヌがかがみこむと同時にルナールもかがみ、ふたりの額が音をたててぶつかった。

「まあ」彼女は後ろによろめき、急いで体を起こすと、痛む額をさすりながら目の前に散る星をまばたきして払った。ルナールも似たようなことをしている。

「きみは強い賢い女性だが、落ちたナプキンを拾う程度のささやかな奉仕は、ときには男に許してもかまわないんだよ」

「ごめんなさい」

「大丈夫かい？　さきほど警告したはずだぞ。わたしは特別固い頭を持っているんだ」彼はアリアンヌの手を押しやり、白い額を自分で調べながら尋ねた。「誇り高い、独立心の強いアリアンヌ。指輪を使ってわたしを呼ぶのはむずかしかったかい？」

「ええ、とても」アリアンヌは認めた。「魔法の力を疑っていたことや、この取り決めに気が進まなかったこともあるけれど、わたしはフェール島のレディよ。この島を守るのはわたしの役目。でも、魔女狩りの男たちに対してはまったく無力だった。命がけでミリを救ってくれたのはあなただったわ」

「わたしは剣をふるっただけだ。きみは島の人々を守るために常に危険をおかしている。その灰色の目は、妹たちふたりの重荷も、島の人々の重荷も負っている。きみは人々の助けを請う声に耳を傾ける。何もかもひとりでやろうとする。わたしを信頼して、少しでも手伝わせてくれないか」

　そうできたらどれほどらくになるか。こんなふうに彼に見られると、アリアンヌもそう思わずにはいられなかった。ルナールの目は温かく、率直で、うなじにそえられた手は自信に満ちている。彼の唇がからまるように柔らかく重なっても、アリアンヌは抗《あらが》わなかった。

　ガブリエルの警告が頭をよぎったが、ただのキスよ、と頭の隅で小さな声がそそのかす。

　彼が何をしているか気づかないうちに、ルナールの腕が腰にまわり、アリアンヌは引き寄せられていた。彼女は片手を上げて彼を押しやろうとしたが、ルナールはキスを続け、その手に自分の手のひらを合わせた。対の指輪が触れあった。

　すると、とても奇妙なことが起こった。まるで指輪が温かくなり、きらめく光をアリアンヌのなかに送りこんだようだった。体が熱くなり、その熱で理性と自制心がもろいガラスのように溶けていく。ふたりの手がからみあい、指輪がぴたりと合わさった。アリアンヌは夢中でキスを返し、彼がドレスのボタンをはずしはじめても止めようとしなかった。火のようなキスを続けながら、彼女はせわしなく彼のダブレットを引っぱった。

寝室が回りだし、熱い霞《かすみ》のなかに消えて、アリアンヌはいつしか一糸まとわぬ姿で彼の腕に抱かれ、深い安らぎに満たされていた。ルナールの逞しい体の熱が金色の光のように彼女を温める。柔らかい胸の丘をルナールのざらつく裸の胸に押しつけ、彼女は頭をのけぞらせて、白い喉にキスを受けた。大きな手が触れるところが燃えるように熱くなる。

長いことひとりぼっちで、アリアンヌは身も心も冷えきっていた。彼と指をからめたとき、どれほど冷えきっていたかがわかった。ふたりの指輪が火花を散らし、溶け、燃えて、ひとつの指輪、ひとつの手になる。彼女はルナールにしがみついた。すべてが溶けあい、ひとつの心臓、ひとつの体になるまで、男と女だけにできる方法で彼のものになりたい。

ルナールはまるで熱のかたまりだった。そしてアリアンヌに情熱以上のものを差しだしていた。嵐から避ける避難所を。世のすべての黒魔術を使う王太后や、魔女狩りの男たちから逃れて憩える場所を。

そしてそれがおそらくいちばん危険な誘惑だった。きみを永遠に守り、慈しむという約束が。安らぎを得るには……すべてをゆだねるだけでいい。

〝女はいったん男に身を許したら、二度とあと戻りできないのよ〟

ガブリエルの警告がさっきよりも大きくなった。ルナールはベッドへと誘おうとしたが、アリアンヌはどうにか抗う意志を見つけた。

よろめいてさがり、荒い息をつきながら体のなかで燃えている火が冷えるのを待った。回っていた部屋が止まる。彼女はすっかり狼狽し赤くなって、裸の胸を隠そうと腕を組んだ。裸？　柔らかいシルクの胴衣が指に触れ、アリアンヌは混乱してそれを見下ろした。何ひとつ脱いでなどいないどころか、ドレスが乱れてもいない。

ルナールも服を着たまま、ダブレットの下で分厚い胸をせわしなく上下させている。彼も少しばかり呆然として、片手を上げ、指輪を見つめた。

アリアンヌも自分の指輪を見た。まだ温かい。「何が起こったの？」

「よくわからない。だが指輪が触れ合ったとき、まるで……ふたりの手がひとつになったような気がした。体も、心までも。そしてふたりの願望や情熱が何倍にも増幅された」

「わたしたちは……頭のなかで愛し合うところだったの？」アリアンヌは思わず叫び、不安にかられて指輪をはずすと、テーブルに落としてあとずさった。

ルナールはすでに彼女をなだめるだけの落ち着きを取り戻していた。「どうか怖がらないでくれ。少しばかりショックだったことは認めるが――」

「借金取りや、しつこい求婚者や、魔女狩りの男たち……心配なことはたくさんあるけれど、少なくとも、自分の頭のなかは自分のものだったわ。指輪どうしが触れ合うと何が起こるか、どうして警告してくれなかったの？」

「わたしも知らなかったんだ」

アリアンヌは疑心暗鬼で彼を責めた。「でも、わかったあとはすぐに飛びついたわ。そしてわたしを……情熱的なまぼろしで誘惑した」

「いまのまぼろしのすべてがわたしのものではなかったと思うが」ルナールが言い返す。自分のなかにこれまで眠っていた奔放な部分があるのはたしかだ。アリアンヌは真っ赤になって自分を抱きしめた。

ルナールが近づき、優しくその腕を解いて両手を握りしめた。

「たったいま起こったことを、それほど嘆くことはない。狼狽する必要もないよ。きみは大地の娘だ、男と女の欲望がこの世界の何よりも自然なものだということはよく知っているはずだ。なぜそんなに恐れるんだ？」

母のようになりたくないからよ。不実な夫に裏切られ、悲嘆にくれたくないから。さもなければ、ガブリエルのように傷つき、怒りを抱えて、魔法を失いたくないからよ。

「だが、わたしは裏切り者でも、女たらしでもない。きみの魔法は安全だよ」ルナールはまるでアリアンヌが声に出して言ったかのように答えた。

アリアンヌはうめき、彼から離れた。「どうかやめて。わたしの思いに入りこまないで」

「では、わたしに向かって語りかけるな、ときみの目に言うんだな」彼は額に軽くキスしながらささやいた。「愚かなゲームはもう終わりにしないか。指輪も交換条件も忘れて、わたしと結婚してくれ」

「条件をつけたのは、わたしではなくあなたよ。そして指輪を使ったのは一度だけ。もう二度と使うつもりはないわ」彼女は額に手をあてた。「さあ、もう帰ってちょうだい。すっかり夜も更けたわ。今日はとても疲れた……それに混乱しているの。ここに泊まっていきたいなら、部屋を用意させるわ。でも、わたしのベッドは提供できない」

ルナールは悔いと苛立ちの入り混じった目で長いことアリアンヌを見つめ、静かに言った。

「いや、帰ったほうがよさそうだ。だが、完全に危険が去ったことが確実になるまで、ここから離れる気はない」

彼はテーブルの指輪をつかんで、アリアンヌの指に戻し、部屋を出ていった。

16

パリ郊外のすぐ先にある田園では、石造りの建物の壁に影が長く伸びていた。そこは見るからに陰気な家で、隣人もできるかぎり避けて通る。ムッシュ・ヴァシェル・ル・ヴィは世界から魔女を一掃するという使命を神に与えられた偉大な聖人かもしれないが、彼の暗い目が向けられると、何ひとつやましいところのない市民すら震えあがる。まして昨日ここに戻って以来不機嫌なル・ヴィは、なおさら恐ろしかった。

そういうとき、マスターの世話をするのはシモン・アリスティードだけだ。いまも彼は、この家に戻り重いローブを脱ぐことができたのを喜びながら、なかのお湯をこぼさぬように広口の水差しを二階へ運んでいた。質素なチュニックと膝丈のぴったりしたズボンだけのほうが、はるかにすばやく静かに動ける。

マスターの寝室のドアを静かに開け、シモンは静かに薄暗い部屋に入った。水差しを洗面台に置き、カーテンをほんの少し開けて午後の弱い陽射しを入れる。

シモンは天蓋付きの大きなベッドで震えているマスターを、心配そうに見た。フェール島から追い払われてからというもの、激しくも予測のつかない奇行を繰り返しているのだ。ルナールの家来はブルターニュを出るまで、修道会の男たちを容赦なく追いたてた。マスター・ル・ヴィはそのあいだずっと陰気に押し黙り、家に戻ったあともひとこともロをきこうとしなかった。

彼は食べることも飲むことも拒み、二階の部屋に閉じこもっていた。部屋からは、鈍いドスンという音と、ときどきあがる苦痛の声しか聞こえてこなかった。

シモンはしのび足でベッドに近づき、静かに声をかけた。「マスター?」

ル・ヴィはうつぶせに横たわり、枕にのせた頭を片側に向けて、もつれた髪のあいだからどろんとした目でシモンを見つめた。

だが、それよりも、マスターの背中を見てシモンは震えあがった。青白い肉には縦横にみみず腫れが走っている。

「ああ、何をなさったんです?」シモンはつぶやいた。ル・ヴィが取り乱すと自分を罰する傾向があるのはわかっていたが、これほどひどく自分を痛めつけたのは初めてのことだ。シモンは急いで洗面器を近くに引き寄せ、濡れた布でル・ヴィの傷を洗おうとした。

だが、その手は押しやられた。「やめなさい」

「でも、マスター。手当てをしなくては——」

「いらん。わしのためを思うなら、それを取って——」

ル・ヴィは苦痛に顔をゆがめると、身をかがめて床に落とした鞭を探った。

「だめです、マスター！」シモンは鞭の太い柄をつかんだル・ヴィから、必死にそれを取りあげようとした。

「放せ。おまえは……わかっておらん。毒を……絞りださねばならんのだ」

シモンはどうにかマスターの手から鞭を取りあげた。いつもならル・ヴィのようながっしりした体格の大人と競っても力で勝てるはずもないが、いまのル・ヴィは自分に与えつづけていた罰のせいで非常に弱っている。

シモンは部屋の向こうに鞭を投げすてた。

「何をする――」ル・ヴィは彼をにらみつけた。

「このまま続けていたら、病気になって死んでしまいます」

「わしはすでに死にかけておる。あの魔女が邪悪なキスでわしを毒したのだ」ル・ヴィは嫌悪に顔をゆがめ、震える指を唇にあてた。

アリアンヌ・シェニがマスターに何をしたかシモンにはよくわからないが、彼の目には、あれは邪悪な行為というより奇跡のように思えた。

「でも、ムッシュ、あのレディはあなたの命を――」

「レディだと！　あの女は悪魔だ。穢《けが》れた口を使って、わしの魂を吸いとろうとした」ル・ヴィは恐ろしいほど目をぎらつかせ、よろめきながら立ちあがった。だが、すぐにベッドの縁に沈むように座りこんだ。「あの、あの魔女はわしに呪いをかけた。わしはもうすぐ死ぬのだ」

「いいえ、マスター。その傷を手当てさせてくれれば、元気になります。体力がもどらなければ、魔女と戦うことはできませんよ」

ル・ヴィは震えながらためていた息を吐きだした。「そ、そうだな。体力を、と、取り戻さねばならん」

彼は息をのみ、歯を食いしばりながら傷の手当てを受けた。シモンはマスターが理性を取り戻したのを見てほっとした。こういう気分から抜けだしたあとのル・ヴィは、しごく理性的かつ冷静になるのが常だ。

自虐的な発作が自分を見舞うのは、聖なる仕事を妨げようと国じゅうの魔女が彼に向けている呪いを取り消すためだとル・ヴィは説明していたが、マスターは少し頭がおかしいだけではないかと、シモンはひそかに恐れることもあった。

傷の手当てがすむと、シモンは自分が運んできたものを勧めた。ワインを少し飲み、パンとチーズを少し食べたル・ヴィは、ずっと元気になった。

彼は手でシモンの髪をくしゃくしゃにし、しゃがれた声で言った。「おまえはいい子だ」

シモンはにっこり笑った。いまのマスターは何年も前に孤児の自分を引きとり、食べ物と住む場所以上のものを与えてくれた親切な男を彷彿《ほうふつ》とさせる。ル・ヴィからとうてい望みえない類《たぐい》の教育を授かったおかげで、シモンは読み書きと計算ができるようになったのだ。

魔女退治という聖なる使命にこれほど取り憑《つ》かれていなければ、マスター・ル・ヴィは誰よりも忍耐強く賢い教師になったのではないか？　シモンは、そう思うことがあった。ワインを飲みながら、マスターは顔をしかめた。「しかしまあ、ひどくしくじったものだな。長いことフェール島の邪悪な女どもを始末するチャンスを待っていたというのに」

シモンは椅子の上で体を動かし、目を伏せて後ろめたい思いを隠した。恥ずかしいことだが、彼は自分たちが失敗し、あの少女、ミリベルが殺されずにすんだことにほっとしていた。

あの子は何も悪くない、シモンにはそれがわかっていた。レディ・アリアンヌは奇妙に力のある目と、もっと奇妙な死者を生き返らせる技で彼を怖がらせた。それに悪魔のような馬に乗った、鬼のような男は真底恐ろしい。だが、ミリベルは……あの少女には少しも罪はない。死んだ妹のように、無垢《むく》で優しいだけだ。

シモンはこわごわと横からル・ヴィを見た。「マスター、フェール島の女たちは、間違いなくみな魔女なのですか？」

ル・ヴィは口をゆがめた。ふだんならこんな疑問を口にすれば怒鳴られるのだが、酔いと疲労が手伝ったとみえて、こう叱《しか》っただけだった。「シモン、おまえにはまだわからんのだよ。フェール島のような危険な場所に伴うべきではなかったな。おまえは信仰を試される準備ができていない。あのきらめく髪と奇妙な銀色の瞳のこざかしい魔女に魅せられたようだな」

シモンは真っ赤になった。「ちがいます。ミリベル・シェニは――ほんの子どもです。ぼくの経験では、女性の多くは単純で、たやすく――」

「おまえの経験は、全部ひっくるめても十五年分にしかならん」ル・ヴィはたしなめた。「わしが十五のときには、おまえよりはるかに賢かったぞ。わしのように酒を浴びるように飲み、五サンチーム持っている男なら誰でも情を通じるような母親がいたら、おまえももっと賢くなれたものを」

シモンはマスターのひどい母親の悲しい話をこれまでも聞いたことがあった。だが、シモンの母はまるでちがう女性だった。貞淑で、働き者で、妹と同じように優しく愛情深かった。マスターの言葉に逆らうことはめったにないシモンだが、ついこう言っていた。

「ぼくたちがフェール島に行ったのは、シェニが危険な異端者を隠し、魔術を使って国王に対し邪悪な企みを紡いでいると言われたからです。でも、女性にそんな恐ろしい陰謀をひねりだせるものでしょうか？　謀反を企んでいるのはルナール伯爵のほうでは――」

「ばかを言うな。ルナールはアリアンヌ・シェニと結婚したがっているだけで、彼を動かしているのはあの女だ。しかし魔女とまぐわいたいと願うのは、彼も邪悪に染まっているからだろう。あの男も一緒に罰を――」

軽いノックの音に、マスターは言葉を切った。彼が入れと声をかけると、ジェロームがドアを開けた。長身の禁欲的なこの男は、ふだんよりもっと青ざめているようだ。

「失礼します、マスター・ル・ヴィ。あなたに会いたいと――」

「だが、わしは誰にも会いたくない。そう言ったはずだぞ」

「お会いにならないわけにはいきますまい。王太后がおいでです」

「お、王太后が？　ここにか？」

「どうやら、フェール島の一件をすでにご存知のようです。おしのびでおいでになり、すぐに会いたいとおおせです。急がれたほうが……」

ル・ヴィは陰気な顔でうなずいた。「陛下にはただちにまいりますとお伝えしてくれ」

食べ物のトレーを脇に押しやり、ル・ヴィはすばやく立ちあがると、指を鳴らして服を持ってくるようにシモンに命じた。シモンは急いでローブを持っていった。

クイーンが日暮れを待ってこっそり魔女狩りの頭を訪ねてくるなど、奇妙なことだ。シモンは問いかけるようにル・ヴィを見た。だが、ル・ヴィの目が暗く翳っているのに気づくと、頭のなかに渦巻く疑問を口に出すかわりに、目と耳を使うほうがいいと判断した。


黒いローブの裾《すそ》で床をかすめながら、シモンは静かにマスターのあとに従った。ヴァシェル・ル・ヴィが自分の客間に使っているのは質素な部屋で、床の固さを和らげる絨毯もなければ、壁を飾るタペストリーもない。そのかわりに壁には、聖書からインスピレーションを得た、背信行為を働く女たちが描かれていた。禁じられたりんごをかじれとアダムをそそのかすイヴ、バプテスマのヨハネの首を掲げるサロメ、サムソンを裏切って彼の髪を切るデリラ。

ほんの何本か蠟燭が灯されているだけとあって、部屋のなかはそうした壁画もほとんど見えないほど薄暗かったが、マスターの不意の客は明るい光を好まぬらしい。中背のふっくらした体つきのその女性は、ドレスの裾まですっぽり覆う黒い外套《がいとう》に包まれていた。黒くないのは、胸元で光るルビーをはめた金の十字架だけだ。

ベールで顔を隠しているものの、これがカトリーヌ王太后だということは間違いない。ムッシュ・ル・ヴィに向かって片手を差しだしたいかにも王族らしい尊大な仕草からも、それがわかる。

シモンはマスターが女性に敬意を表するのも、お辞儀をするのも見たことがなかったが、ル・ヴィはぎこちなく両膝を折って、差しだされた手を取った。

「陛下……思いがけない名誉です」

「そうかしら?」ベールのなかから皮肉な声が応じる。

王太后はル・ヴィに立つように命じた。立ちあがろうとするマスターを見ながら、シモンは迷った。ぼくも王太后に敬意を表すべきか?

だが、マスターのあとに従っているときの常で、客は静かに控えている彼に気づいている様子はない。壁際にさがったシモンは、王太后がベールに手をかけるのを見て、思わずあんぐり口を開けた。本来なら彼は、実際に王族を見るチャンスなどめったにないのだ。

いったいどんな顔が現れるのか? 彼は息を止めた。カトリーヌ・ド・メディシスの体つきは、街で見かける良家の夫人と変わらなかったが、ちらつく蠟燭の炎が照らしだした顔には、そうした女性たちの持つ柔らかさはまるでなかった。王太后の顔は雪花石膏《せっかせっこう》のよう、その目は……刺すように鋭かった。

カトリーヌが顔をしかめると、シモンは思わずぶるっと震えた。「あなたが戻っていると聞いて驚いたわ。それなのに、なんの報告も送ってこないとは」

「その、戻ったばかりでして、陛下。明日はまかりこすつもりでおりました」

「それは見合わせなさい。宮廷にはわたくしたちの仕事を邪魔する者の目が光っているの」

「あなたのおそばにスパイが？」ル・ヴィはショックを受けて訊き返した。

「意外とはいえないでしょうに。近頃、魔女はどこにでもいる、思いがけない場所にも姿を現す。そう警告したのは、あなたですよ」

部屋のなかが暗すぎてたしかなことはわからないが、そう言ったとき、シモンには王太后の唇に奇妙な薄笑いが浮かんだように見えた。

「邪悪がはびこっているいま、あなたの任務が失敗に終わったと知って、わたくしはいたく失望しているのですよ。何が起こったのか話しなさい」

たとえ王太后でも、女から命令されることに慣れていないル・ヴィは、むっとしたものの、黙って従った。最初はしぶしぶだったが、ル・ヴィの口調はしだいに熱をおび、アリアンヌ・シェニの抵抗とルナール伯爵の妨害を語るときには唾をとばしていた。

「ルナール？」王太后がさえぎった。「それは奇妙だこと。ドヴィーユ家はこれまで権力のある側にしかついたことがなかった。国王に歯向かった者などひとりもいないはず。もちろん、歯向かうことが益になると思えばべつだけれど」

「ルナール伯爵ジュスティス・ドヴィーユは、魔女と結婚したがっているのです。彼はシェニの恋人なのです」

「では、マドモワゼル・シェニに伯爵を呼ぶことを許したのは愚かでしたね」

マスターはプライドを傷つけられ、赤くなった。「わしは何ひとつ許しませんでした。島を出た使いの者はひとりもおりません。具体的な方法はわかりませんが、あの女は魔法を使って伯爵を呼びよせたにちがいありません」

「ぼくは知っています」シモンはついそう叫び、ふたりがさっと自分のほうを向くのを見て即座に悔やんだ。マスターは彼の口出しを明らかに怒っている。王太后は測るような目で冷ややかにシモンを見ていた。

「あれは誰なの？」

「誰でもありません。シモン・アリスティード、わが修道会の若き見習いです」マスターはシモンをにらみつけ、さがれと命じようとした。が、王太后がさえぎった。

「ここにいらっしゃい、マスター・アリスティード」彼女はシモンを呼んだ。

カトリーヌの親切な口調は、なぜかシモンをいっそう怖がらせた。彼はおっかなびっくり近づき、やがて頭をたれて王太后の前に立っていた。

「それで、いまなんと言ったの？」

「この少年は何も知りません」ル・ヴィは不機嫌な声で口をはさむ。

「黙りなさい。この若者の話を聞きましょう」

王太后の冷ややかな命令に、マスターは怒りの声を発して口をつぐんだ。彼女はシモンの顎の下に指をかけ、彼の顔を上げさせた。「怖がることはないわ。男の子のことはよくわかるの。息子がたくさんいますからね」

そして彼らを朝食に食べているんだ。なぜだかわからないが、シモンの頭をそんな愚かな思いがよぎった。彼は王太后には何も話したくなかったが、奇妙なことに鋭い目を見つめていると、話さずにはいられなかった。

「なんでもないかもしれませんが、教会に来たとき、マドモワゼル・シェニは首にかけた鎖に通してある指輪をもてあそんでいたんです。そのあと、池のほとりでもその指輪がマドモワゼル・シェニの指にはまっているのを見ました。彼女はそれをひねりながら何かつぶやいていました。それに伯爵がぼくを池から引きだしてくれたとき、マドモワゼル・シェニの指輪とそっくりの指輪をしていました」

「婚約指輪にちがいない」ル・ヴィが苛々して口をはさんだ。「そんなものは珍しくないぞ」

「でも、婚約指輪にしては奇妙でしたよ。へんなしるしが刻まれた、ただの丸い輪でした」

王太后は黙って目を細め、ル・ヴィの机に歩みよると、羽ペンをつかみ、その先をインクに浸した。そしてぽかんと見ているシモンとル・ヴィの前で、羊皮紙に何かを書き、息を吹きかけてシモンのところにその紙を持ってきた。「そのしるしは、こんなふうに見えたのかしら、マスター・アリスティード？」

シモンは目を細め、そこに描かれたシンボルを見下ろした。「まったく同じかどうかわからないけど、よく似ています」

カトリーヌは羊皮紙を丸めながらつぶやいた。「古代の力を秘めた愛の指輪だわ」

「疑いの余地なく邪悪な力ですな」

「ええ、そのとおり」王太后がなめらかに同意する。

そんな指輪のことを、どうして知っているんだ？　シモンはふいにカトリーヌの強いまなざしがアリアンヌ・シェニとよく似ていることに気づいた。ひょっとすると、王太后にも人の思いを読む力があるのかもしれない。だが、そうなると……。

カトリーヌはにっこり笑って、シモンの頬を爪の先でなでた。「あなたは賢い若者ね、マスター・アリスティード。鋭い観察力を持っているわ。もう少し用心深く行動する術を学べば、一角《ひとかど》の人物になれるでしょう」

フランス王太后が褒めてくれたのだ。シモンは喜びで頬を紅潮させるべきだったが、冬のように冷たい笑みは、通りに落ちるつららのように彼の胸に突き刺さった。彼はぶるっと震え、マスター・ル・ヴィが自分を脇に押しやってくれたことを心から喜んだ。

「どうか、兵士の一隊をわしにお与えください」ル・ヴィが言った。「ブルターニュに戻り、あの伯爵と決着をつけます。そうすれば、どんな指輪もマドモワゼル・シェニの役に立ちますまい。そしてあの島の女たちを、魔法を使った罪で裁き——」

「あなたの魔女裁判など、わたくしにはどうでもよいことです」

「しかし……」ル・ヴィは戸惑って彼女を見た。「わしを宮廷にお呼びになったとき、聖なる戦いに手を貸すよう神のお告げがあったと言われたではありませんか」

「神には待ってもらわねばなりませんね」王太后はそっけなく言った。

ル・ヴィは王太后の不敬な言葉に鋭く息を吐いた。シモンも同じだった。カトリーヌの顔を苛立ちがよぎった。

「誤解しないでもらいたいものね、ムッシュ。わたくしもフランスから魔女を一掃したいのよ。でも、いまこの国を守るためには、ほかの異端者を取り除かねばならない。わたくしは魔女を火あぶりにして国じゅうの目を集めるために、あなたをフェール島に送ったのではありません。アリアンヌ・シェニを脅して、レミー大尉を差しだすように仕向けたかっただけです。あの男がマルゴとナヴァラの王との結婚をぶち壊す前に、彼の首をはねなくてはならないの」

ル・ヴィは苦い顔で言い返した。「立派なカトリック教徒のあなたが、異端者の王と王女の結婚になぜそれほど乗り気なのか、わしにはまったく理解できませんな」

「わたくしにはもっともな理由があるのよ。国の政《まつりごと》はあなたには関係のないこと。あなたはレミーを始末し、あの手袋を取り戻してくればそれでよいのです」

「それもわしにはよくわかりません。あの手袋がなぜそれほど重要なのです？」

「あれはわたくしのものだからよ、愚か者が。フェール島の魔女たちの手にあれば、どんな恐ろしい呪いをかけられることか。あなたはわたくしの死を願っているのですか、ル・ヴィ？」

「とんでもありません、陛下。しかし――」

「では、言われたとおりになさい。フェール島に戻りなさい。でも、今度はもう少し分別を使って、こっそり行くのよ。暗闇にまぎれて近づき、ベル・ヘイヴンを奇襲するのです」

ル・ヴィは怒って言い返した。「わしは堂々と正義を遂行します。あらゆる異端者や魔女が見て、戦慄《せんりつ》するように」

王太后は鼻を鳴らした。「愚か者が。わたくしに仕えたいのならば命令どおりになさい」

マスターは胸を張った。「わしは女性には仕えません、陛下。わしの主は神のみです」

「神はあなたの奉仕に天国で報いてくださるでしょう。でもわたくしはいまここで報いることができますよ」

「富を蓄えることに関心はありません」

「わたくしが言っているのは富のことではないわ、ル・ヴィ。異なる種類の宝、力です」王太后が近づくと、マスターはむっつりと黙って背を向けようとした。「わたくしを見なさい、ル・ヴィ」

彼はしぶしぶカトリーヌを見た。

「レミー大尉と手袋を手に入れなさい。成功すれば、あなたをあらゆる法廷に勝る権威を持つ大審問官に抜擢《ばってき》しましょう。ヴァシェル・ル・ヴィの名が歴史に残るのですよ。あなたは誰よりも大きな力を持ち、フランスから異端者と魔女を一掃するのです」

「魔女を一掃する」ル・ヴィは繰り返した。

シモンはマスターに駆け寄り、まばたきもせずに王太后の目を見つめている彼を揺さぶりたい衝動にかられた。だが、カトリーヌのほうが先に目をそらした。

彼女はベールをおろした。「すぐさまフェール島に戻りなさい。今度は失敗を許しませんよ」

「かしこまりました、陛下」マスターはぞっとするような抑揚のない声で答えた。

王太后が衣擦れの音をさせて通り過ぎると、シモンは思わず身をすくめてあとずさった。急いで前に走り、ドアを開けるべきだったが、足が動かなかった。彼はカトリーヌが部屋を出るのを待って、あわててマスターに駆け寄った。

ル・ヴィはぼうっとしていた。

「マスター？」

ル・ヴィが答えないと、シモンは腕をゆすぶった。「マスター・ル・ヴィ！」

マスターは目をしばたたき、少し驚いた顔で部屋を見回した。「王太后は？」

「お帰りになりました。ありがたいことに」シモンはついそう付け加えていた。

マスターはぼうっとした顔に笑みを浮かべただけだった。「王太后の言葉を聞いたか、シモンよ。わしは偉大な大審問官になるのだ」

「ええ、マスター。でも、あの方の約束はあまり信頼しないほうがよい気がします」

「どういう意味だ？」

「つまり……」シモンはマスターににらまれて足を踏み替えた。「王太后はなんだか変ですよ。あの目が……それに、指輪のことを知っているのもへんです。ひょっとすると、彼女も魔女ではないでしょうか」

ル・ヴィは仰天した。「正気をなくしたのか、シモンよ」

「そう思っているのはぼくだけではありませんよ。街の通りで噂を聞いたことがあります。人々がささやいているのを。彼女をダーク・クイーンとか魔女と呼ぶ人々もいます」

「下劣で愚かな嘘だ。あの方は立派なカトリック教徒だ。法王の姪御さんだぞ」ル・ヴィは叱った。「わしは魔女を見ればわかる」

「はい、マスター」

「では、そういうたわごとは二度と口にするな」

「はい、マスター」シモンはうつむいて、頑固に引き結んだ口元を隠した。マスター・ル・ヴィはさきほどミリベル・シェニの魔法にかかったと彼を非難したが、魔法にかかったのはマスターのほうではないか？　ふとそんな疑問がよぎる。カトリーヌ・ド・メディシスの抵抗しがたい冷たい目に惑わされ、蜜のような約束にだまされたのではないか。

カトリーヌは馬車のなかで、ふっくらした座席に背をあずけ、魔女狩りの男の家がいやなにおいを残したかのように、ハンカチを鼻に押しあてた。あの家は血塗られた金で買われたものだ。魔女を糾弾した者は、その魔女の屋敷を売った代金の分け前を手に入れる。これは立派な市民が、隣人を魔女だと告発する強い動機になっていた。そして、ル・ヴィは誰よりも多くの利益を手にしてきたにちがいない。

しかし、富を集めるのが自分の目的ではないと言ったとき、あの男の目は真実を語っていた。富はあの男にとって、常軌を逸した信仰心と、女性に対する憎しみ、力への渇望が生み出した妄執である、魔女狩りを続けるための資金でしかない。さいわい、そういう相手の頭を曇らせるのはとてもたやすい。

だが、シモン・アリスティードはそう簡単にはいかないようだ。シモンは若く純粋な心がもたらす明快さでこの世界を見ている。カトリーヌはシモンの鋭い洞察力に興味と漠然とした不安を感じた。シモンの思いを読んだカトリーヌは、彼が十一歳という多感な歳に大切なものをすべて失ったことを知った。ある老婆の邪悪な行為で村全体が滅ぼされたことを。

あの少年にはたしかに魔女を憎む理由、魔女を滅ぼしたい理由がある。シモンの黒い目をのぞきこんだとき、このル・ヴィの弟子が立派に成長すれば、自分にとってさえ脅威になるかもしれないという奇妙な予感に襲われた。彼女の直感は、あの若者をいますぐ始末すべきだと告げていた。

とはいえ、いまは名もない若者のことを心配するよりもっと大きな問題がある。たとえば逃亡者レミー大尉とアリアンヌ・シェニは、例の手袋を何に使うつもりなのか？　揺れる馬車のなかで柔らかいクッションに頭をあずけながら、カトリーヌは神に感謝した。いや、ルイーズ・ラヴァルを自分のもとにスパイとして送りこんでくれたマリー・クレアに、と言うべきかもしれない。カトリーヌにル・ヴィの失敗を教えてくれたのは、ルイーズの得意そうなほほえみと、濃いまつげの下のひそかなきらめきだった。ルイーズは思いを隠すのがうまい。だが、このごろは、いとも容易《たやす》く彼女の頭のなかをのぞけるようになっていた。

もっとも……ルイーズがこちらの疑惑を知っていて、それを利用している可能性もある。あの女は自分の目をわざと読ませてわたしをじらし、苛立たせているのかもしれない。

ルイーズには、もうすぐ対処するとしよう。だが、いまのところ、主な関心はフェール島のレディにあった。アリアンヌ・シェニが、まもなく行われる結婚式を邪魔立てするようなことがあってはならない。少なくともアリアンヌは、愚か者のル・ヴィと鋭い目をした若者から、見事に一本取った。

小さなアリアンヌに恋人ができたとは。愛の指輪をはめるとは、よほどルナール伯爵に夢中なのだろう。この情報は興味深い。敵の弱みを知っておくのはよいことだ。

カトリーヌはかすかな良心の呵責を感じて目を閉じた。ル・ヴィをフェール島に再び送るのは、狂犬を野放しにするようなもの。最初の失敗に屈辱を感じているル・ヴィのこと、ベル・ヘイヴンでレミー大尉を捜索するだけではすまさないだろう。

おそらく館を徹底的に破壊し、そこに住む者を皆殺しにする。エヴァンジェリンの美しい娘たちを。

カトリーヌはため息をついた。「許してちょうだい、エヴァンジェリン。こんなことはしたくなかったの。あなたの愚かな娘がいけないのよ」

その夜、予期せぬ訪問者を迎えていたのはル・ヴィだけではなかった。すらりと背の高いマダム・エルモワーヌ・ペシャルは、キッチンのドアを細く開け、戸口で待っていた女性を急いでなかに引きこんだ。

マダム・ペシャルが裏口から客をなかに入れるのは、とくに珍しいことではない。夫のエミールは立派な医者で、パリ大学の教授でもあるが、深刻な病気にかかったらマダムに相談するほうがはるかによいことを、学生たちはひとり残らず知っていた。

だが、今夜の客は病に苦しんでいるようには見えなかった。フードを取ったルイーズ・ラヴァルは、そばかすの散った頬を興奮で上気させ、青い目をこの冒険がもたらすスリルにきらめかせていた。

マダムは暗い庭に目を走らせ、急いでドアを閉めた。さいわい、召使いはすでに休ませてある。掛け金をおろすと、彼女はルイーズをたしなめた。「マドモワゼル・ルイーズ、あなたは無謀すぎるわ。もっと遅い時間まで待つべきでしたよ。もしも宮殿からあとを尾《つ》けられていたらどうするの？」

「心配しないで、親愛なるエルモワーヌ。今夜カトリーヌの目はほかに向いているの。それにマリー・クレアに報告を送るのに、あなたの小さな友達が一羽必要なの」

ルイーズは部屋の隅に置かれたかごで鳴いている鳩《はと》に顎をしゃくった。

「マリー・クレアの警告を入れて、宮廷を立ち去る、と書くつもりだといいけれど」

「あら、こんなにうまくいっているのに？」ルイーズは穏やかな笑みを浮かべ、美しいマフをはずしてキッチンのテーブルに置き、毛皮で縁取ったマントの下から羊皮紙の切れ端を取りだした。「ペンとインクを借りられる？　最後まで書く時間がなかったの。カトリーヌはほかに気を取られていても、女官が常にうろついているものだから」

マダム・ペシャルは顔をしかめたものの、頼まれたものを取ってきた。ルイーズはキッチンのテーブルに向かい、すばやくペンを走らせた。暗号のメッセージを驚くほど小さな文字できちんと書いていく。

マダムは顔をしかめたまま、それを見守った。そもそも彼女は、ルイーズの道徳観や生き方に好感を持てず、生意気で無鉄砲な性格も気に入らなかった。何よりも、この危険な仕事自体に気が進まない。最初に鳩を使ってマリー・クレアと手紙のやりとりを始めたときは、ただ豊富な知識を持つ仲間との交流が嬉しかっただけで、王太后をめぐる陰謀に巻きこまれるつもりなどこれっぽっちもなかったのだ。

ルイーズが書きおえるまで、マダムは落ち着きなく歩きまわった。「たとえフェール島のレディを助けるためでも、カトリーヌをスパイするなんて、あなたもマリー・クレアも思慮がなさすぎるわ。あなたは自分が賢いと思っているようだけど、王太后はそのうちあなたの正体を暴くわよ」

「わかっているわ。実際、わたしは彼女に目を読むことを許したの」

「なんですって！」マダム・ペシャルは足を止め、叩きつけるように両手をテーブルに置き、ルイーズをにらみつけた。

「気をつけて、エルモワーヌ。インクを引っくり返すところだったわよ」ルイーズは落ち着き払って注意した。

「あなたにはマダム・ペシャルと呼んでもらいたいわね、生意気なお嬢さん。それで、何をしたんですって？」

ルイーズはゆったりと座ってエルモワーヌを見返した。「親愛なるカトリーヌと鼠《ねずみ》と猫のゲームをしただけよ。わたしの思いを一部だけ見せて、彼女が送った魔女狩りの連中が、ぶざまに失敗したことを知らせてやったの。それを読んだときの彼女の顔ときたら。あなたにも見せたかったわ」

エルモワーヌは顔から血の気が引くのを感じた。「どうかしているわ。なぜそんなことを?」

「戦略よ、親愛なるエルモワーヌ。ショックを受けた人々はうっかり間違いをしでかすものよ」

「ええ。でも、これまでよりも危険になるわ」

「ほらほら、文句をつけないの。わたしは王太后ととても楽しい時間を過ごしているのよ。彼女に情報の一部を与えてね。それが真実のこともあれば、嘘のこともある。新しい恋人を作るより、このほうがはるかにおもしろいわ」

ルイーズは鳩の足に付けられる大きさにメッセージを丸めはじめると、エルモワーヌはその手をつかんで鋭く警告した。「あなたはわたしたち全員を滅ぼすことになるわ」

ルイーズはいたずらっぽい目で見上げたものの、謝るようにほほえんだ。「心配をかけたとしたらごめんなさい。でも、少しは危険をおかさなければ、何も得られないわ。ナヴァラの国王がパリに到着するころには、わたしと王太后は仲良くなっているはずよ」

ルイーズは突然めったにない真剣な表情になった。「わたしはカトリーヌほど目を読むのはうまくないけれど、いいこと、いちばん高価な宝石を賭《か》けてもいい、あの女が計画しているのはただの結婚式ではないわ」

17

よく晴れた夏の日が続き、フェール島の平和がしだいに戻ってきた。外から見たかぎり、ここが魔女狩りの男たちに脅されたことも、王太后の陰謀の的となったことも、ほとんど想像できないくらいだ。

いいえ、ほとんど。アリアンヌは思った。ある午後遅く、彼女は寝室にこもり、好奇心に満ちた目の届かない自室で、シャルボンヌがたったいま届けてくれたマリー・クレアからの手紙を開いた。パリから届いた最新の情報だ。

ルイーズは危険をおかして宮殿に残り、王太后に目を光らせているわ。いまのところ、特筆すべきことは起こっていないそうよ。カトリーヌは小部屋でかなり長い時間を費やしているようだけど、祈っているわけではなさそうね。ルイーズはカトリーヌがよからぬ〝薬〟を調合していると確信しているの。どこかに秘密の仕事場があるとにらんで、それを見つけようとしている。ただ、カトリーヌが自分を疑いはじめているようだというの。でも、それを利用してカトリーヌに少々情報をつかませ、フェール島からカトリーヌの関心をそらそうと……

「なんて愚かで無鉄砲な人なの」アリアンヌはつぶやいた。ルイーズは危険なゲームをしている。なんとか早急にやめさせなくては。ルイーズかほかの誰かが、ナヴァラの女王と同じ不幸に見舞われる前に。

王太后がほかの人々を二度と傷つけないように、アリアンヌは目が疲れてまともにあけていられなくなるまで地下の仕事場で手袋の謎を解こうとしていたのだった。考えられるかぎりの方法は試してみた。これ以上、何をすればいいのか、見当もつかない。

うなじをこすりながら窓辺に立ち、薄れていく光を見つめた。柔らかい金色の指のような光を残して太陽が沈んでいく。ベル・ヘイヴンと、薬草のそよぐ菜園、銀色にきらめく池、その近くの馬屋に夜の帳《とばり》がおりようとしていた。いつもなら、この平和な眺めはアリアンヌの心をなぐさめてくれるのだが、最近は自分の手抜きが目立って、心が落ち着かなくなる。

菜園は草を抜く必要があるし、果樹の枝はたわわな果実でたれていた。りんごが腐って落ち、すっかり失われる前に収穫しなくてはならない。

父の債務のことも考える必要があるが、帳簿を見る時間をひねりだすのは至難の業だった。魔女狩りの一隊の出現で警戒心を抱いていた島の人々も、こっそりやってきては病に利く薬を処方してほしいと頼んだり、治療法をねだっていく。治療薬の残りは心細いくらい少なくなっていた。手袋と毒薬の解明に専念するのではなく、薬を作る必要がある。

それに、ルナールのこともあった。

アリアンヌは窓枠に頭をのせた。彼はベル・ヘイヴンのそばにいた。そしてアリアンヌの心からもほとんど離れずにいた。この島に残ると決めて町の宿屋に泊まり、家来に本土からの土手道を見張らせている。

ときどき、森のはずれや町で馬を走らせているルナール自身の姿も見かけることがあった。アリアンヌたちを守ってくれているのだ。

でも、アリアンヌはこれ以上彼に借りを作りたくなかった。それに彼がそばにいると心が落ち着かない。一日も早く城に戻ってもらいたかったが、彼を訪ねてそう告げるつもりはなかった。ルナールに近づいて目を読まれるのが怖い。最近、彼女を悩ませているせつない焦がれ、あの指輪をまた使いたいという説明のつかない衝動を知られては困る。

鎖に付けた指輪を意識して、アリアンヌは襟元に触れた。この指輪は処分してしまうべきなのかもしれない。ガブリエルはそうしろと要求していた。これがどれほど強力な魔力を持っているか、わかったいまはなおさらだ。だが、アリアンヌはそれができずにいた。

襟元から鎖を取りだし、指輪を掲げた。たんなる金属の輪がこれほど大きな誘惑をもたらすとは。一度ならず、この指輪をはめ、ルナールを呼びたいという衝動に駆られ、からっぽのベッドで悶々《もんもん》と眠れぬ夜を過ごしている。ふたりの指輪が触れ合ったときに彼と分かち合った熱い情熱を思い出し、実際にルナールと愛を交わすところを想像せずにはいられなかった。

男に欲望を抱くのは自然なこと、大地と同じくらい太古の原始的な衝動だ。暗闇に手を伸ばし、恋人の強い腕に抱かれ、守られたい、愛撫されたい、恋人の情熱と甘い優しさを心ゆくまで味わいたいという願いは、ほとんどの女性が持っている。だがフェール島のレディは、男に頼らぬ独立心をもたねばならない。それに、愛のない情熱はむなしいだけだ。

変わり者の祖母が予言したとルナールは言うが、ふたりのあいだに本当の愛が生まれる可能性はなかった。ルナールは、ふくよかな羊飼いの娘マルティーヌに、とうの昔に彼の愛を与えてしまったのだ。そしてアリアンヌは自分の心を、この島の人々とふたりの妹に捧げていた。彼らの幸せ、健康、安全を守るという仕事に。

アリアンヌは切ない目でもう一度指輪を見て自分に鞭打ち、それを服の下に戻した。少なくとも、ルナールがここにいるうちは、ル・ヴィも戻ってこないだろう。おかげでレミーの傷が癒える時間が稼げる。

あの大尉は、もうすぐフェール島を発てるようになる。兵士や魔女狩りの一隊を恐れる必要がないとあって、アリアンヌは彼を地下牢から父の寝室に移した。ガブリエルは彼に本を読んでやったり、フルートを聴かせたり、食欲をそそるためにおいしいものを運んだりと、レミーと長すぎるほどの時間をすごしていた。

ガブリエルはこれまで病気の者や怪我人を看病したことはめったになかった。もしかすると、レミーの剣を持ちだし、彼を苦しめたことを悔いているのかもしれないが、これは心配の種だった。

ひょっとして妹もあの生真面目な大尉に恋をしているのではないか。

ガブリエルはレミーの手を引っぱり、ベル・ヘイヴンをちらりと振り返った。灰色の石造りの館も、蔦《つた》に覆われた壁も、午後の陽射しにまどろんでいる。だが、アリアンヌの顔がふいに窓のところに現れないとはかぎらない。

「急いで!」裸足で草をふみ、木立へと野原を横切りながら、ガブリエルは走りだしたかった。だが、レミーは逆らった。彼はブーツのかかとを地面に埋め、ガブリエルを立ちどまらせた。

ガブリエルは力をこめて彼の手を引いたが、石の柱を動かそうとするようなものだった。レミーは唇にかすかな笑みを浮かべながらも首を振った。

「ガブリエル、こんなことはすべきではない。きみは庭を少し散歩するだけだと言っただろう? こんなに遠くまで来るとは言わなかった。アリアンヌから起きてもいいという許しはもらったが、館を出てはいけないと言われているんだ。少なくとも、庭よりも先には行くな、と」

「許しを得た? アリアンヌはいつからあなたの隊長になったの? 姉の言うとおりにする必要なんかないわ」ガブリエルはいたずらっぽい笑みを浮かべた。「あたしはしないわ」

「すべきかもしれないぞ」レミーは言い返した。「アリアンヌはとても賢い。カトリーヌの兵士たちや憎むべきル・ヴィたちが戻り、ぼくがここをうろついているのを見たらどうなる?

きみもその代償を払うことになるんだ。そうでなくても、きみたち姉妹を危険な目に遭わせているのに」

「ル・ヴィはアリアンヌの鬼が追い払ってくれた。彼らが戻ったら、あたしがあなたを守ってあげるわ」

この言葉にレミーは笑いだした。ガブリエルは彼に近づき、濃いまつげのあいだから彼を見上げた。「お願いよレミー、一緒に来て。あたしの大好きな場所を見せたいの」

「わかったよ」彼はため息をついた。「だが、すぐに戻るよ」

ガブリエルは彼をベル・ヘイヴンを囲んでいる森へと導いた。白いシャツと、ヴェネシアン織りの膝丈のズボン、膝まで届く革のブーツといういでたちでも、背筋をぴんと伸ばした彼はどこから見ても軍人だった。

それに引き締まった体の美しいこと。レミーはルナール伯爵のように屈強な大男ではない。ルナールよりもはるかにしなやかで細い。すっかり体力を取り戻せば、さぞ機敏に動けるにちがいない。

森のなかに入っていくと、ガブリエルはレミーの手に力がこもるのを感じた。彼は嬉しそうに目を輝かせ、頭をのけぞらせて深々と土と木のにおいを吸いこんだ。

天に向かって伸び、まるで老齢の歩哨《ほしょう》の一隊のようにこの島を守っている太い樫、楡《にれ》、すずかけの木の太い幹を、苔《こけ》と蔦が這《は》いあがっている。ところどころに立っている白樺《しらかば》の木はほっそりした木の精のように風に躍っていた。

森の地面は下ばえや茨《いばら》で覆われていた。そこを歩けるのはミリベルぐらいなものだ。ガブリエルの妹は最も茨が密集しているところでも、兎《うさぎ》や狐のように巧みに横切っていく。ガブリエルはレミーのためだけでなく自分のためにも、小道をはずれないように注意しながら進んでいたが、うっかり細い枝を踏み、顔をしかめた。以前とちがって足の裏が硬くないのだ。彼女は昔から靴や靴下が嫌いだった。全世界が待っているのに、キャンバスに捉えたい美しい景色やシーンがこんなにたくさんあるのに、靴下をはいている時間などない。そう思ったものだ。

レミーをつれて小道の角を曲がりながら、親指がすっかり土で汚れているのを見て、この一年、マメを取り去るのにどれほど苦労したか思い出した。足が白くなめらかに、優美になるように、せっせと野菜や果物の汁で作ったローションをすりこんだものだ。同じように熱心に眉毛を整え、つめに色を塗り、髪が艶《つや》やかに光るようなものを使った。そして鏡を見ては、どうすれば洗練されたレディに見えるか、あれこれ髪型を工夫した。男心をそそるエレガントで魅惑的な女、富と力を持つ女、権力者の愛人になるために。

だが、ニコラ・レミーが彼女の人生に入ってきてからは、そういう身繕いに費やす時間が短くなった。なぜだかわからないが、レミーのそばでは、古い服を着ていても平気だった。彼女は髪を背中にたらし、靴をベッドの下に蹴《け》り入れるようになった。

小道が広くなり、ふたりは空き地に出た。そこには森を二分する小川がゆったりとくねりながら流れ、せせらぎの音をさせて岩を洗っていく。ここは、少し前までガブリエルの心を捉えて離さなかった。子どものころ妹のミリベルと一緒にこの小川で遊んだものだ。大きくなるにつれて、この空き地は彼女の秘密の場所、イーゼルと絵の具を持って夢を見るために来る避難所となった。

だが、彼女の手からその魔法が消えたとき、森の魔法も消えてしまった。いまでは足を向けることもほとんどなく、自分が失ったものをまざまざと思い出せる哀愁に満ちた場所のひとつとなった。だが、レミーが周囲の自然の美しさに深い喜びを示すのを見ていると、ガブリエルは昔の喜びが戻るのを感じた。

「この森ではユニコーンが草をはんでいるそうだね。だが、ぼくはただの男だから、たぶんそれを見ることはできないとミリベルに言われたよ」

「まあ、まるで自分は見たことがあるみたいに」ガブリエルは呆れた顔で答えた。「でも、あの子は歩きはじめたときから、ユニコーンを探しているの」

レミーはちらっとガブリエルを見た。「でも、きみは見たにちがいない」

ガブリエルは笑った。「あら、どうしてそう思うの？」

「ミリベルのためにユニコーンの絵を描いたろう？」

ガブリエルの笑みが消えた。ミリベルはあれをレミーに見せたの？　いやな子。あとでたっぷり叱ってやらなくちゃ。

「ミリを喜ばせるために想像で描いたの。できればキャンバスを壊して、火にくべてしまいたいくらい」

「そんなもったいないことを。あれほど素晴らしい絵は見たことがないよ」自分の気持ちを話すことに慣れていないらしく、レミーは口ごもり、少しばかり照れながらもその先を続けた。「手を伸ばせば、ユニコーンのたてがみの、シルクのような感触を味わえそうな気がした。温かい息が指先にかかりそうな。きみの絵は……あれは……」

ガブリエルは目をそらし、恐れている問いをレミーが口にしないでくれることを願った。

「どうしてあれを完成させなかったんだい？」

あれはガブリエルの最後の作品だった。彼が馬にまたがり走り去った翌朝、ガブリエルはあざや痛みを無視すれば自分の人生がもとに戻ることを願い、ベッドを離れた。

そしてイーゼルとパレット、キャンバスをいつものようにこの小川のほとりに持ちだした。だが、何時間たっても、描きかけの絵を見つめることしかできなかった。太陽が空を回り、影が長くなるにつれ、彼女の絶望も深くなった。

でも、風のように駆けるユニコーンの脚を描こうとするたびに、指が震え、ひとはけも描くことができなかった。

そして銀色のユニコーンが、とても悲しい、責めるような目でこう言っているような気がした。〝残念だが、わたしを捕まえられるのは無垢な乙女だけだ。きみの魔法は失われてしまった〟

だが、そのときの嘆きはもう克服したわ。あたしにはほかの夢、ほかの野心ができたのよ。

ガブリエルはそう思いながら、レミーに顔を戻し、どうにか弱々しい笑みを浮かべた。

「どうしてって、あたしにはもっと重要なことがあるんだもの。あの絵はミリの子どもじみた空想を助長するだけ。幼く見えるけど、妹はもうすぐ十三歳になるの。でも、あの子の言うとおりにしていたら、あたしはいまでもこの森を走りまわって、〝騎士とドラゴン〟ごっこをしているわ」

この説明をレミーが額面どおりに受けとったかどうかはわからないが、彼はそれ以上追及せず、痛みにたじろぎながら座り心地のよい姿勢を取ろうとした。

「騎士とドラゴンごっこ？」彼は繰り返した。「それはいったいどんな遊びだい？」

ガブリエルは呆れた顔で彼を見た。「火を噴くドラゴンから、騎士が美しい乙女を救うのよ。あなたも子どものころ、似たような遊びをしたでしょう」

「いや」

「だったら、何をして遊んでいたの？」

「とくに思い出せないな。六つのときにはすでに父の連隊の訓練に参加し、戦いに赴くときの太鼓を叩いていたんだ」

ガブリエルはショックを受けて目を見開いた。「驚いた。あなたのお母様はそんなことを許したの？」

「母はぼくが三つのときに死んだ。暗い部屋で肩のところに毛布をきちんとかけてくれた、優しい指しか覚えていないよ」

レミーは何の感情も混じえずそう言ったが、彼の目に浮かんだせつない表情にガブリエルの心は痛んだ。彼女も二年前に母を亡くしたばかり。そのときは十六になっていたが、とてもつらかった。それなのに、三つのときから母親を知らずにきたなんて……。

毛先が金色にきらめくレミーの髪が、またしても額に落ちた。ガブリエルはそれをかきあげようと手を伸ばし……はっと気づいてその手を膝に押しつけた。そして咳払いすると、軽い会話に戻ろうとした。「まあ、ミリとあたしはよくそれで遊んだの。この場所で」

「白い肌に金色の髪、きみは窮地に陥った乙女だったにちがいないな」レミーはつぶやき、滝のように背中にながれている髪をうっとりと見つめた。

ガブリエルはその髪をゆすって、ふんと鼻を鳴らした。「とんでもない。あたしは勇敢で、大胆な騎士だったわ。ミリがプリンセス」

「アリアンヌが……ドラゴンかい？」

アリアンヌがドラゴン！　ガブリエルは吹きだした。「アリアンヌがその役にぴったりだということは認めるけど、姉はあたしたちと遊んだことがないの。母から癒しの技を学び、次のフェール島のレディになる準備で忙しかったのよ」

ガブリエルはいたずらっぽい笑みを浮かべた。「騎士とドラゴンごっこをしたことが一度もないなんて。どうりで、生真面目すぎるわけだわ。どう遊ぶのか教えてあげたほうがよさそうね」

「いや！」思ったとおり、レミーはこの提案に怖気《おじけ》づき、首を振った。

「そうね。あなた疲れているんだったわ」

「そうじゃないさ」レミーは抗議した。「さっきはちょっと……もう、元気になった」

「よかった。だったら遊べるでしょ」ガブリエルは立ちあがり、彼が立ちあがるのを助けようとレミーの手をつかんだ。

「ガブリエル」レミーはうめいた。「遊ぶのは苦手なんだ。想像が必要な遊びはとくにだめだ」

「そんなにむずかしくないわ。あたしが教えてあげる」

彼が拒み続けると、ガブリエルはとっておきのまなざしで訴えた。「お願い、きっとおもしろいわ」

レミーは助けを求めるように天を仰いだ。ガブリエルを喜ばせたいという願いと、自分が物笑いの種になるのではないかという男の面子《めんつ》のあいだで板ばさみになっているのだろう。

だが、ニコラ・レミーには、青い目に浮かぶ深刻な表情を和らげる人間が必要だった。彼を笑わせ、たとえつかのまでも、自分がパリから運んできた危険を忘れさせる人間が。

ガブリエルはしつこくねだりつづけた。やがてレミーはしぶしぶ立ちあがると、あきらめのため息をついて土を払った。

「わかったよ。でも、ひとつだけはっきりさせておくぞ。ぼくは苦境に陥った乙女を演じるつもりはない」

「いいわよ。どうしてもいやなら。あなたを騎士にしてあげるわ」

レミーは白い歯を閃かせてにっこり笑った。ガブリエルは一瞬、息が止まり、そんな自分に驚いた。この人のほほえみはなんて魅力的なの。厳しい軍人の表情とはまるでちがう。下の歯が一本、ほんの少し曲がっているのも愛らしい。

わたしは男にほほえまれただけで、へなへなと膝を突きそうになるほど愚かじゃないわ、ガブリエルは自分にそう言い聞かせて彼に背を向けた。「それじゃ、まずあなたの剣を見つけなくちゃ」

「剣はあった」レミーが言った。「きみが盗むまでは」

その件ではガブリエルはまだ罪悪感を覚えていたが、勢いよく首を振って言い返した。「盗んだわけじゃないわ。借りただけよ」

「だったら、なぜ返してくれないんだ？」

それは自分でもよくわからなかった。返したら、レミーがフェール島を離れ、無鉄砲な真似をするのではないか？　そして殺されてしまうのではないか？　ひょっとすると、頭のどこかでそう思っているせいかもしれない。

「ここを出ていく日が来たら返すわ。その前はだめ」ガブリエルはそう言い渡した。「それまでは、これで間に合わせて」

彼女は土手に落ちているしっかりした枝を見つけた。節のあるかなり乾いたその枝は、片端がちょうど持ち手のように丸まっている。ガブリエルはそれを拾って、ドラマティックな流麗さでレミーに差しだした。

「これがあなたの頼もしい剣よ、騎士殿」

レミーはその枝を掲げて言った。「ぼくの頼もしい剣は、少しばかり曲がっているようだ」

「ええ、不幸にして鬼と戦うとそういうことになるの」

「ぼくは勝ったのかい?」

「もちろん」ガブリエルはつんと顎を上げた。「あたしが戦いに負けた騎士をそばに置くと思う?」

「そんなことはしないだろうな」レミーは答えた。「それで、ぼくに倒してもらいたいドラゴンは、どこにいるんだい?」

「そこよ。あなたはドラゴンの尻尾を踏んでいるわ」

「なんだって?」レミーは混乱し、自分のブーツの下で丸まっている木の根を見下ろした。

「危ない、サー・ニコラ!」ガブリエルはかん高い声で叫んだ。「ドラゴンがすぐ後ろで、鋭い鉤爪《かぎづめ》を構えているわ!」

レミーはくるりと振り向きながら、自分が腰をおろしていた木の枝をちらりと見上げた。

「しかし、美しい乙女よ、ぼくに見えるのは古木だけだ」

「いやだ!」ガブリエルは叫んだ。「わたしの騎士は近眼《ちかめ》なのね」彼女はレミーの後ろに隠れ、両手を彼の肩に置いて震える真似をした。

「それが老ドラゴンよ。森に迷いこんだ乙女をむさぼり食う、獰猛な獣《けもの》よ」ガブリエルはレミーの広い背中からこわごわのぞいた。「彼の火の息がまだふたりを灰にしていないのが不思議なくらいだわ」

レミーはガブリエルに調子を合わせようとしながら、咳払いした。「うむ……恐れることはない。ぼくは、あそこにいる……ドラゴンから、きみを救いだす」

レミーは枝を握りしめ、大股に前に出た。ガブリエルは笑みをかみ殺した。いまのレミーほど愛らしくも恥ずかしそうな騎士は、どこにもいないだろう。

彼は肩に力を入れ、まるで本物の剣のように枝を構えた。おそらくは数えきれぬほどの戦いで構えてきたように、両脚を広げ、全身で打ってでようと身構える。ガブリエルは彼が体重のほとんどを、傷を負っていないほうにかけているのに気づいた。フェール島を出て王太后が差し向けた兵士たちと戦うときも、きっとこんなふうに構えるにちがいない。

剣を隠してよかったわ。ガブリエルはひそかにそう思った。

レミーはそびえ立つすずかけの木を見上げ、何か言おうとするようにわずかに口を開けた。だが、ガブリエルのためにすらただの古木を脅すことはできなかったらしく、黙って手にした枝を振り、幹を鋭く叩いた。ガブリエルは前に走りでた。

「待って。何をしてるの?」

彼は戸惑いを浮かべてガブリエルを見下ろした。「ドラゴンと対決しているんじゃないのか?」

「やり方がちがうわ」ガブリエルはにっこり笑った。「言ったでしょ。あたしが遊んでいた相手はミリだったのよ。可哀相な老ドラゴンを殺したりしたら、ミリがどんな反応を示すと思う?」

無理もないが、レミーは困り果てた顔で枝を持っている手をおろした。「では、どうやってドラゴンからきみを救えばいいんだ?」

ガブリエルはにっこり笑ってまつげをひらつかせた。「子守歌で、ドラゴンを寝かしつけるの」レミーはぽかんと口を開けて彼女を見つめた。それから激しく首を振った。「いや、ガブリエル。それはだめだ! 歌うのは断る!」

たとえ傷口が開こうと、安全なベル・ヘイヴンに飛んで帰りたい。レミーはそんな顔で枝を投げすてた。だが、ガブリエルは彼にしがみついた。

「待って! あたしをドラゴンのもとに残していくの?」

レミーは不機嫌な顔で彼女を見た。「正直な話、そのほうがいい気がしてきた」

「サー・ニコラ!」ガブリエルはなじるように叫び、大きな目で訴えるように彼を見つめた。

「ガブリエル」レミーは慈悲を請う男のようにうめいた。

だが、彼女は容赦しなかった。「歌って。さもないと、二度とあなたの美しい乙女に会えないのよ」

レミーは逃げ道を探すように周囲を見まわした。だが、そんなものがあるはずもない。彼はすずかけの木に目を戻し、深いため息をついてから歌いはじめた。彼が要求どおり歌ってくれるとしたら、兵隊の行進曲でも口ずさむにちがいない、ガブリエルはそう思っていた。

ところが、少し調子はずれの低い声で子守唄を歌いはじめた。ずっと昔、揺りかごで聞いた歌詞を思い出すように、ためらいがちに。

その曲はガブリエルもよく知っていた。母が寝かしつけるときによく歌ってくれたものだ。

ガブリエルにとって美しい母は、遠い存在に思えることが多かった。自分の母というよりも、アリアンヌやミリベルの母親のようだった。長女で後継者のアリアンヌは誰よりも母に近かった。末っ子のミリベルはいつまでも愛され、守られる家族の赤ん坊だった。ガブリエルはよく、自分はこのふたりのあいだで忘れられてしまったと感じたものだったが、ほかのふたりが寝てしまったあとも彼女が起きていると、母はこの歌で寝かしつけてくれた。

〝まあ、元気いっぱいのガブリエル〟母はやさしく叱ったものだった。〝あなたときたら、悪い子ね〟そしてガブリエルを抱いて揺すりながら、この子守唄を歌ってくれた。すると不思議なほど心が落ち着いたものだ。

かすれた男らしい声が、その古い魔法をよみがえらせてくれるとは。

レミーの声が止まった。「ごめん。この先は覚えていないんだ」

ガブリエルは涙に潤む目を激しくまばたきして、落ち着きを取り戻そうとした。「いいのよ、サー・ニコラ。うまくいったわ。ドラゴンは眠った。乙女は救われたわ」

「よかった」レミーは一歩近づいた。「で、救われた乙女は騎士にキスするのかい?」

彼は冗談のように尋ねようとしたが、青い瞳にはガブリエルがどぎまぎするような真剣な表情が浮かんでいた。彼女はさっとスカートを振ってレミーから離れた。「キス? サー・ニコラ。あなたは乙女というものを、まるでわかっていないようね。あたしたち乙女は冷たい、残酷な人種なの。騎士は遠くから崇拝しなくてはならないのよ。あたしたちが許すのは、せいぜい足元にひざまずいて、永遠の献身と奉仕を誓うことぐらい」

　もちろん、これは冗談だった。レミーがこの要請に従うとは、少しも思っていなかった。だが、レミーは彼女の前に進みでて、ゆっくりと腰をおとしはじめた。

「レミー、やめて。いまのは――」だが、レミーは片膝をつき、痛みに顔をしかめた。「レミー、やめて。もう遊びはおしまい。立ってちょうだい」

「いや、きみが言いだしたんだ。最後までやろうじゃないか」

「ばかね。傷口が開く前に立って」ガブリエルは彼の袖を引っぱり、立たせようとした。だが、レミーはガブリエルの手をつかんで、温かい手で包みこんだ。

　ガブリエルは逃れようとしたが、レミーに見上げられ、凍りついたように立ち尽くした。太陽が彼の髪を艶やかな金色にきらめかせ、無精ひげに覆われた顔の苦痛と苦労のしわを際立たせている。だが、彼の目はまるでそのなかに光がともっているように輝いていた。

「レディ、わたしの剣はあなたのもの」彼はガブリエルの手を自分の心臓の上に置いて言った。「永遠にあなたに仕え、あなたを守ることを、この命にかけて誓う」

　ガブリエルは奇妙にも何ひとつ言い返すことができなかった。それはちょうど、乙女の夢が自分の足元にふいに形を取ったかのようだった。怪我をしたこの騎士は多くの苦しみと苦労を経て敵をなぎ倒し、ようやくレディのもとへとたどり着いて、彼女を白馬の背へと抱き上げ、両腕に抱いたのだ。

　ニコラ・レミーは正真正銘の騎士だ。が、不幸にして彼はこの島に来るのが遅すぎた。

　ガブリエルは彼の手から自分の手をもぎとると、土手の端へと逃れ、なぜか震えている自分の体をぎゅっと抱きしめた。

レミーの目に映るのは、しみひとつない白い肌と金色の髪、そして青い瞳だけ。魂にしみついている醜い傷は見えない。あたしの本当の姿がわかったら、彼は即座に顔をそむけるにちがいないわ。

足音が聞こえ、彼がすぐそばに立ったのを感じると、ガブリエルは身を硬くした。

「ガブリエル？」彼の男らしい声には悲しみがにじんでいた。「ぼくは何か間違ったことをしたのかい？　だったら、謝る。演技は苦手だと言ったはずだぞ」

ガブリエルは喉の塊をどうにかのみ下し、笑おうとした。「とんでもない。思いがけない名演技だったわ。まるで本気でそう思っているみたいに聞こえた」

「本気だったよ」彼はかすれた声で言った。

レミーがそっと両手を肩に置くと、ガブリエルの体にかすかな震えが走った。心臓が苦しいほど激しく打ちはじめ、目も眩《くら》むような絶壁の縁に立っているような気がした。

いま振り向けば、レミーは彼女を引き寄せて、キスするにちがいない。ほんの少し彼に近づけば、ふたりの運命を永遠に変えることになるかもしれない。

小川のせせらぎをのぞけば、周囲の森がしんと静まり返ったようだった。遠くで鳴くシギの声が哀愁をおびてこう言っているように聞こえる。遅すぎた……。

ガブリエルは明るい陽射しにきらめく水を見つめ、肩をすくめてレミーの手を払った。

「そろそろ館へ戻ったほうがいいわ」彼女はうつろな声で言った。

ベル・ヘイヴンに夜の帳がおりた。雲のない空には降るような星がきらめき、半月が蔦のからまる館に厳かな光をそそいでいる。レミーがこっそり庭に出たときには、館のみなはとうに休んでいた。だが、彼は眠ることができなかった。傷の痛みのせいではない。自分の気持ちをガブリエル・シェニに打ち明けた今日の午後のことが、悔やまれてならないからだ。

いま彼が置かれている状況では、誰かに愛を誓う資格などまったくない。逃亡者になる前ですら、女性に捧げる未来など彼にはほとんどなかったのだ。ガブリエルのように美しい女性にはとくに。おそらく彼女は若い乙女らしく、華麗な舞踏会や、仮装パーティ、ハンサムな求愛者に囲まれることを夢見ているにちがいない。レミーには、富もなければ、称号もない。たいした魅力も機知もなかった。唯一の取り柄は剣の腕前だけだ。

ガブリエルが気まずい顔で離れたのも無理はない。もちろん、彼女は館に戻ってからも親切に世話を焼いてくれた。だが夕食のテーブルでは、ふだんとちがって黙りがちだった。そして食事が終わり、部屋に戻ると、これが彼を待っていた。

レミーは腰につけた剣をつかみ、ゆっくり鞘《さや》から引き抜いた。彼の剣だ。どんな行動よりも、これが彼女の気持ちをはっきりと語っていた。

明らかに、彼の不器用な献身の誓いが、ガブリエルを当惑させたのだ。だから彼女は彼がフェール島を立ち去ったほうがいいと思ったにちがいない。そのとおりだ。

傷がひきつれるのを無視して、レミーは何度か剣を振り、切りかかってくる想像の敵の刃を受けた。体力を取り戻すには、これまでずっと自分に課してきた厳しい鍛錬を再開する必要がある。しばらく使っていなかった筋肉が痛むが、彼はそれを伸ばし、思いどおりの反応を引きだそうとした。

彼の若い王は、自分を待ち受ける危険に気づかず、すでに結婚式を挙げるためにパリへ向かっているかもしれない。

レミーは自分を罵《ののし》った。彼はすでに女王を守るという仕事をしくじった。ナヴァラの唯一の継承者であり、希望である若き王を守るために、一日も早く国に戻るべきだ。レミーはこの島につい長居してしまった自分を深く恥じた。ここに留まっていた理由が、傷のためではないだけになおさら恥ずかしい。

フェール島では、まるでちがう世界にいるようだった。彼はこの島の静けさ、穏やかさに、呪文をかけられてしまったのだ。ベル・ヘイヴンに来るまで、レミーは家庭の味を知らなかった。子ども時代のほとんどを軍人である父のあとをついて過ごし、兵士になりたいとそればかり願っていた。わが家と呼べる場所は、野営地のテントや駐屯地、ほかの兵士たちとともに征服した敵の家だった。

家族や家庭、こんなに……たくさんの女性と同じ屋根の下で過ごしたことは一度もなかった。アリアンヌ・シェニはまるで母のように彼の世話を焼き、看病してくれた。内気なミリベルはけがをした狐を連れてきて、この狐と同じようにレミーもよくなる、だから心配はいらない、と彼を励ましてくれた。

そのときのことを思い出すと、自然と笑みが浮かぶ。だがフェール島をこれほど立ち去りがたい理由は、アリアンヌやミリベルの優しさではなかった。

彼がここに一日でも長くいたいのは、彼女が……ガブリエルがいるからだ。美しいガブリエル。彼の手にはとても届かない、遠くの星のような存在。

彼女に対して感じているこの憧れは抑えるべきだ。うわべの美しさに惹かれただけなら、抑えられたかもしれない。だが、彼はガブリエルが必死に保とうとしている洗練されたレディの見せかけの下にある優しさと思いやり、生真面目で融通のきかない自分とはまるでちがう魅力をかいま見ていた。

ときどき、ガブリエルは子供のように無邪気に見える。かと思うと、彼よりも歳上で、世知に長《た》けているようだ。彼女が魔女だからか？　それとも女性はみな謎に満ち、まるで予測がつかぬものなのか？

彼をからかい、くったくなく楽しそうに笑っているかと思えば、とても悲しそうな目で静かに考えこんでいることもある。青い目の悲しさがレミーの胸を刺した。ときには、彼のことなど忘れてしまったように、遠くよそよそしくなった。彼がここを去れば、おそらくその日のうちに忘れてしまうだろう。

ガブリエルのことを頭からも、心からも追いださねばならない。レミーはそう思った。だが、決心したそばから、灌木《かんぼく》の葉がささやき、足音が聞こえただけで脈が速くなった。彼は剣を鞘におさめ、胸の高まりを抑えて、ランタンを手に庭の小道を近づいてくる女性を待った。

だが、それはアリアンヌだった。レミーは失望をのみこんだ。アリアンヌは彼の様子を見に部屋に立ち寄り、ベッドがからなのを見て捜しに来たにちがいない。

アリアンヌはほかのみんながとっくに眠ってしまったずっとあとまで、せっせと仕事をしている。館の用事や、島の人々の薬の調合と、やることは果てしなくあるようだ。現に今夜もまだすり切れた服を着ている。髷《まげ》から落ちた柔らかい茶色の髪が青白い顔のまわりにたれていた。

ランタンを掲げたアリアンヌが近づいてきた。「まあ、レミー大尉、ここで見つかってよかったわ。あなたはとうに眠っているべきよ」

「あなたもだ」彼は言い返した。「いったいいつ眠るんです?」

「ときどき、眠る時間などないような気がするわ」アリアンヌはつぶやいた。「でも、ちょうどよかった。話したいことがあるの。座って聞いて」

レミーは首を振った。「レディに敬意を表するために立ったままでいることもできないくらいなら、馬に乗るのはとても無理だ。ちがいますか? あなたがぼくを永遠にここに閉じこめておきたいならべつだが」

「いいえ、そんなつもりは少しもないわ」アリアンヌは沈んだ笑みを浮かべた。「あなたは行かなくてはならないもの」

せめてガブリエルが、アリアンヌと同じくらい残念に思ってくれたら。レミーは胸の痛みを感じながらそう思った。アリアンヌは彼をじっと見ている。おそらく彼のガブリエルに対する望みのない愛を察しているにいちがいない。アリアンヌの真摯な目はほとんど何も見逃さないようだから。だが、ありがたいことに、彼女はそれを自分だけの胸に秘めていた。

レミーはランタンを取り、アリアンヌを座らせた。

彼女は膝の上に手を置き、ため息をついた。「パリから連絡があったの。カトリーヌをスパイしているのよ。わたしたちの仲間……大地の娘が」

王太后をスパイする？　そんな危険をおかすほどの勇気は、彼自身にもあるかどうか。「あなた方の勇気には、驚くばかりだ」

「勇敢というより、無鉄砲なのかもしれないわ。でも、あなたの最悪の不安は的中したようね。ルイーズはカトリーヌがナヴァラの王と娘の結婚式を実際に行うつもりはまったくないと確信しているわ。ナヴァラのアンリ王には、まったくちがう結末、おそらくは葬送の鐘を用意している、と」

レミーは口を引き結んだ。「では、すぐさまここを発たなくては」

「ええ、できるだけ早くナヴァラに戻り、王がパリへ行くのを止める必要があるわ」

「それはむずかしいだろうな。王は貴族の重鎮たちに囲まれている。それにこの〝結婚〟と和睦を熱心に望んでいる。王太后の妖しい魔法の犠牲になった、と軍の一将校が証拠もなしにわめきたてても、取り上げてもらえる見込みは薄い。手袋の毒を突きとめることができれば……」

アリアンヌはうつむいた。「あの手袋は手を尽くして調べてみたわ。でも、何もわからないの。仮にカトリーヌが使った毒薬がわかったとしても、その知識をどう示せばいいの？　わたしが差しだす科学的な証拠が誰に理解できて？」

　不幸にして、それにはレミーも同意せざるをえなかった。少なくとも彼には、アリアンヌの神秘的な〝科学〟は理解できない。ナヴァラの人々も同じだろう。

　あの手袋を使ってカトリーヌを糾弾するのは、最初からほとんど望みのないことだったのだ。だが、レミーは苦い失望を感じた。「結局、女王を暗殺した罪をカトリーヌ・ド・メディシスに問うことはできないのか」

「残念だけど……」

　レミーはアリアンヌから離れ、低い声で毒づきながら木の幹にてのひらを打ちつけた。

「でも、邪悪にはかならず罰が下ると母はよく言ったものよ」アリアンヌはためらいがちにそう言った。「カトリーヌはやがて自分の闇にのみ尽くされてしまうにちがいないわ」

「だが、それはいつだ？　罪もない人々をさんざん苦しめても、自分は安らかに墓のなかで眠るのか？　ぼくはもう少し早く罰を下したかった」

「わたしもよ。期待にそえなくて、本当にごめんなさい。わたしが偉大な魔女なら、少しは役に立てたでしょうに」

　打ちひしがれているアリアンヌを見て、レミーは怒りを忘れ彼女の肩に手を置いた。

「あなたは充分役に立ってくれた。実際、あなたがいなければ、ぼくはいまごろ死んでいた」

　アリアンヌは悲しそうに頭を振った。「怪我の手当ては誰でもできたわ。あなたははるかに多くを期待し、危険をおかしてここに来たというのに……わたしはその期待に答えられなかった」

「いや、それはちがう」レミーはアリアンヌの肩をぎゅっとつかんだ。「ぼくはあなたから多くを学んだ」

「何を？」

「ひとつには、魔女と賢い女性の違いを。大地の娘たちのすべてが王太后のように邪悪ではないことを」

　レミーの言葉に、アリアンヌはかすかな笑みを浮かべて立ちあがった。

「手袋に関する失敗をくよくよしても、なんの益にもならないわね。もっと実際的なことに目を向けなくては。あなたのために馬を手に入れるとか。残念ながら、この島のポニーはかなり酷使してもへたばらないけど、速駆けはできないの。足の速い馬を持っているのは……ルナール伯爵だけ」アリアンヌはため息をついた。「でも、彼には頼みたくない」

　レミーは好奇心を浮かべてアリアンヌを見た。「フェール島の女性たちは、みな求愛する男たちを断固として追い払おうとするのかな？　あなた方は驚くほど独立心が旺盛《おうせい》で、男の助けなどまったく必要としないようだ」

「わたしたちの多くはそうよ」アリアンヌは皮肉な笑みを浮かべた。「だから〝賢い女たち〟と呼ばれるのかもしれないわね」

だが、寝室の窓辺に立って、窓の外の暗い夜を見ていると、賢い女どころか自分がひどく無力に思えてくる。彼女はつい誘惑に負け、指輪をはめて彼を呼んでいた。

「ルナール、わたしのそばに来て。あなたが必要なの」

一陣の風が窓から吹きこみ、いくらもたたぬうちに、ルナールが寝室の戸口に立っていた。筋骨逞しいその姿は、まるで大地そのものから造られたように見える。

「愛しい人……」彼は緑色の瞳を勝ち誇ったようにきらめかせ、両腕を広げた。

アリアンヌがそのなかに飛びこむと、彼は力強く抱きしめ、温かい体で包みこんだ。そして熱い唇で顔じゅうにキスの雨を降らせながら彼女を抱き上げ、ベッドへ運んでいった。

ルナールは大きな体でアリアンヌをマットレスに沈め、燃えるようなキスで彼女の息を奪った。アリアンヌは低いうめき声を漏らし、金茶色の髪に指をうずめた。だが、彼が寝間着のレースをほどきはじめたとき、突然、ガブリエルが部屋に走りこんできた。

「やめて！」妹はルナールに飛びついた。

「ガブリエル、な、何をしているの？」アリアンヌは抗議しようとしたが、ガブリエルは激しく彼女を揺さぶった。

「こっちが聞きたいわ！　あたしみたいに魔法を失いたいの？」

「離して」アリアンヌは押しやろうとしたが、妹はさらに激しく彼女を揺すった。

「アリアンヌ？　アリアンヌ姉様！　起きて！」

アリアンヌはうめきながらあきらめて目をあけ、妹の手を押しやり、起きあがろうとした。

「何よ、ガブリエル。夢ぐらい見せてくれてもいいじゃないの」

だが、すっかり目が覚めると、自分にかがみこんでいるのはガブリエルではなく、ミリベルだと気がついた。寝間着姿の妹は、幽霊のように青ざめてがたがた震えている。手にした蠟燭の炎がいまにもベッドのカーテンに触れそうだ。

アリアンヌはそっと蠟燭を妹の手から取り、かたわらのテーブルに置いた。また眠ったまま歩いてきたの？　だが、夢を見て家のなかを徘徊《はいかい》するときに蠟燭をつけたことは一度もない。それに恐怖に見張った目はすっかり目覚めているようだ。

「どうしたの、ミリ？　また悪い夢を見たの？」

ミリベルは姉を見つめ、青ざめた唇からひとこと押しだした。「ネクロマンサーが……」

猫がベッドに飛びのり、アリアンヌはびくっとした。白い前足があるほっそりした影のなかで琥珀色の目が光っている。ネクロマンサーは喉のなかで低くうなった。ひどく奇妙なその声に、アリアンヌはうなじの毛が逆立つのを感じた。

彼女はびくっと身を引き、妹を守るように肩を抱いた。「まあ、ミリ！　この子はいったいどうしたの？」

ジャングルの豹《ひょう》のように目をぎらつかせ、猫はアリアンヌの手に前脚をのせて、爪を立てずに必死に引っかいた。

「今夜、外で狩りをしていたら、森のなかで」ミリベルはぶるっと震えた。「彼らを見た、って教えようとしてるのよ」

「彼ら?」

「ああ、アリアンヌ姉様! 魔女狩りの男たちが戻ってきたの!」

18

アリアンヌは家のなかを走り、蠟燭をつけ、召使いたちを起こした。ガブリエルはなかなか起きようとせず、文字どおりベッドから引きずりださなくてはならなかった。

「信じられないわ。猫の言葉を真に受けて、真夜中に叩き起こすなんて」彼女はこぼした。

アリアンヌも自分が信じられなかったが、動物と交流できる妹の不思議な力はこれまで何度も目にしている。ベル・ヘイヴンに危険が迫っているのを疑うことはできなかった。

ガブリエルの肩にショールをかけ、不満を漏らす妹を寝室から急《せ》き立てて、彼女は階段をおりていった。ミリベルがあとに従い、ネクロマンサーが彼らを導いていく。召使いはすでに大広間に集まっていた。傾いたナイトキャップの下でどの顔も不安を浮かべ、戸惑っている。いちばん若いレオンは、馬屋から老フォーシュを連れて戻っていた。にんじんのような赤い髪の下で、少年の顔は青ざめていた。「アリアンヌ様の言うとおりでした。外に誰かいます。フォーシュもおいらも見ました」

「魔女狩りの男たちでさあ、アリアンヌ様」フォーシュが震えながら言った。「大勢で狼の群れみたいに音もなく森から現れました。三叉《さんまた》を取ってきましょうかい？　それに――」

「いいえ。みんな、落ち着いてちょうだい」心臓が激しく打っていたが、アリアンヌはそう言った。レオンとフォーシュの報告に恐怖をあおられ、コックの老アグネスが胸をつかんでうめき声をあげた。小柄なメイドのベティが泣きだす。ガブリエルは震えているミリベルの肩を抱いていた。ネクロマンサーが放つ鋭い怒りの声が、張りつめた神経を切り裂く。

落ち着いているのは、大広間に入ってきたレミーだけだ。兵士のレミーは、眠っているところを起こされ、危機に直面することに慣れているのだろう。着替えをすませ、腰には剣を差していた。

「アリアンヌ、どうしたんです？」彼は鋭く尋ねた。

「魔女狩りの男たちが戻ったの」

レミーが正面の窓へと歩み寄る。アリアンヌは急いでそのあとを追った。ふたりはダイヤ形の窓ガラスの向こう、静まり返った夜のなかを見つめた。だが、じっと見ていると、まずちらつく灯りが見え、揺れるランタンが馬屋の前の動いている影を照らしだした。黒いローブを着た男たちの姿は、その向こうの木立の闇に溶けている。何十人もいるわけではないが、立ち向かうにはあまりにも多すぎる数だ。

アリアンヌは鎧戸《よろいど》をピシャリと閉め、レミーと目を合わせた。レミーもこの状況の深刻さを充分理解しているのが見てとれた。ベル・ヘイヴンは砦《とりで》ではない。ドアも窓も敵の攻撃を防ぐようにはできていなかった。おまけに彼らには武器もないのだ。

ベル・ヘイヴンの賢い女たちは、昔から島の穏やかな暮らしとは相容れない、破壊をもたらす剣や短剣、その他の武器を壁に飾るのを拒んできた。が、いまアリアンヌは、タペストリーのあいだに何本か頑丈な戦闘斧《ふ》が掛けてあれば、と思わずにはいられなかった。

もっとも、斧《おの》があったとしても、たいして役に立ったとは思えない。老人と、まだ子供のような少年、それにひと握りの非力な女たちに、傷がすっかり癒えたとはいえない兵士がひとりだけで、何ができる？

レミーの強い手がアリアンヌの手をつかんだ。「アリアンヌ・シェニ、ぼくが降伏――」

「だめよ！」

「王太后がル・ヴィを送ってきたのは、ぼくを捕まえ、呪われた手袋を取り戻すためだ」

「それを渡せば、おとなしく引き上げると思う？　あの男は魔女を狩ることを生きがいにしているのよ。闇にまぎれて忍び寄ってきたのは、交渉するためでもなければ、〝裁判〟をするためでもない。あなたと手袋を手に入れたあとで、わたしたちを皆殺しにするわ」

「では、彼らを食い止めているあいだに、森を抜けて安全な場所へ逃げてくれ」

アリアンヌは首を振った。「いまから逃げるのは無理よ。助けを呼ぶしかないわ」

「どこから？　ルナール伯爵を呼ぶのか？」

「ええ。もっと早くそうすべきだったわ。猫が警告してくれたときに――」

「なんだって？」レミーは正気を疑うような目でアリアンヌを見た。

アリアンヌが鎖を引き出し、ルナールの指輪を取りだすと、かわいそうにナヴァラ軍の大尉はいっそう混乱した顔になった。

ちょうどそばに来たガブリエルが金切り声で叫び、アリアンヌに飛びついた。だが、アリアンヌは妹の手から逃れ、鎖から指輪をはずして指にはめた。ガブリエルが毒づく。レミーはふたりとも正気を失ったかのような目で見ていた。

アリアンヌは指輪を胸にあてると、恐怖を抑え、集中して夜のなかへと思いを送った。ルナール、どうかいますぐ来て。あなたが必要なの。魔女狩りの男たちが戻ったのよ。

シモンは白い顔をフードの下に隠して馬屋のそばにしゃがみ、周りの影のひとつとなっていた。マスター・ル・ヴィですら夜の闇にすんなり溶けこめるように、いつもの赤いローブではなく、黒いローブを着ている。

前方には、月の光にきらめくベル・ヘイヴンが見えた。館の召使いを取り押さえるため、フィニアルが庭へと近づいていく。ベル・ヘイヴンには、まるで捨てられた館のような雰囲気が漂っていた。何ひとつ動かず、風が木の葉を鳴らす音しかしない。犬さえ吠えなかった。

動物を愛するミリベルが、大きくて獰猛なマスチフ犬でも飼っていて、それが大声で吠えたて、ムッシュ・ル・ヴィに襲撃を思い留まらせてくれればよかったのに。これは主人を裏切るような願いだが、シモンはまるで泥棒のようにミリの家に押し入ろうとしていることが、いやでたまらなかった。

ジェロームも同じ気持ちでいるらしく、じりじりとル・ヴィに近づいて、差し迫った調子で話しはじめた。シモンは首を伸ばし、耳をそばだてた。

「マスター・ル・ヴィ、われわれは魔女を狩るが、暗殺者ではない。この襲撃は正しくないばかりか、無鉄砲だ。さっき洞窟に接岸したときも、岩に砕かれなかったのが奇跡だったのだぞ」

「それこそ、神がわれわれの側にいてくださる証拠だ」ル・ヴィが低い声で言い返す。

「いや、神はもっと恐ろしい裁きをもたらすつもりかもしれないぞ。ルナール伯爵のことを忘れたのか？」

「これまでのところは、まんまとあやつの鼻をあかしてやった。ルナールは魔女に使われているだけの、無知な男にすぎん。おまえはどうだか知らんが、わしは彼など怖くない」

「恐れるべきだ。せめてあの子だけは抜けさせてやれ」ジェロームはシモンのほうを示した。「船のところに戻し、そこで待つように言うんだ。あの子にはこういう仕事は無理だ」

「いずれどこかで学ばねばならんのだ」ル・ヴィはうなるように言い返した。「いいから持ち場に戻って、待機しろ」

ジェロームはうんざりしたように息を吐いたものの、シモンのそばに戻ってきた。「ぼくらが来たのは、異端者のレミー大尉を捕まえるためだ。誰かを殺すためじゃない」シモンは半分自分に言い聞かせるように、彼にそう言った。「マスターは裁判もせずに、危害を加えるようなことは決してしないよ。ぼくにそう約束したもの。マスターは嘘をついたりするもんか」

ジェロームが悲しそうな目でシモンを見たとき、大きな顔に勝ち誇った笑みを浮かべたフィニアルが庭を横切って戻った。「館のそばには誰もおらんです。モーリスとガストンが納屋と馬屋を調べましたが、どっちもからっぽです。まるで人っ子ひとりいないように静まり返ってます」

「きっとぼくらが来るのを知って、逃げてしまったんだ」シモンが望みをこめてつぶやいた。

「ふん」フィニアルがせせら笑った。「愚かな女どものことだ、何も知らずに眠りこけているんだろうて」

「では、彼らが長いこと忘れられぬような〝目覚まし〟を与えてやるとしよう」ル・ヴィは言った。「館を取り囲み、なかに入る方法を探せ。急げよ。出口はすべてふさぐのだぞ。今度は誰も逃がさん。邪魔もさせんぞ」

フィニアルたちはてきぱきとこの命令に従った。だが、マスターはジェロームを引きとめ、ランタンの火でたいまつをつけさせた。シモンはぶるっと震えた。暗い気分のときも怖いが、両眼をぎらつかせたいまのル・ヴィは、それよりもはるかに恐ろしかった。王太后が訪れて以来、ル・ヴィはずっとこうなのだ。まるでカトリーヌ・ド・メディシスが描いてみせた権力と栄光の夢にとり憑かれているようだ。

ジェロームとシモンについてくるように命じると、ル・ヴィはたいまつをふりまわし、堂々と庭を横切っていった。館にいる者には、窓から近づいていく彼の姿が見えるにちがいないが、何の反応もない。だが、シモンの心臓は早鐘のように打っていた。これはあまりにも簡単すぎる。まったく気づかれずに魔女たちの不意を突くことなど、本当にできるのか？

あの奇妙な指輪のことが、シモンの頭をよぎった。ひょっとして、アリアンヌ・シェニはいまごろ火を噴かんばかりの馬に乗った、鬼のようなルナールを呪文で呼びだしているのではないか？　恐ろしい伯爵がマスターに与えた警告を思い出し、シモンはぶるっと体を震わせた。

魔女狩りの男たちが踏みこんできた。地下室に避難していても、男たちが窓ガラスを割り、物を壊し、館のなかをのし歩く足音が聞こえてくる。

もうすぐルナールが来るわ。アリアンヌは指輪をひねりながら自分にそう言い聞かせ、落ち着きを保とうとした。彼はきっと来てくれる。この前は間に合うように駆けつけてくれた。だが、今回指輪を使ったときの反応はこの前とは違っていた。自分の心の叫びが夜を貫くのは感じたが、すぐに行くというルナールの温かいささやきが、今度は聞こえなかった。

地下室の窒息するような闇を破るのは、作業台に立てた一本の蠟燭だけだったが、その小さな炎で周囲にいる者たちの恐怖と緊張が見てとれた。ここに入る落とし戸は、とてもよく隠されている。キッチンにある重い仕掛けを動かすには、隠されたレバーを見つけねばならない。それにベンチは壁に取り付けられているように見える。全員をここに抑えておけるかぎり、助けが来るまでは安全なはずだ。

だが、緊張をはらんだ一秒が過ぎるたび、上から聞こえる物音が大きくなるたびにむずかしくなる。アリアンヌは階段のすぐ下で、剣をつかみ、興奮した軍馬のように身構えているレミーの〝手綱〟を引き絞りながら、ネクロマンサーを抱きしめ、ほかの動物の安否を気遣うミリベルをなだめなくてはならなかった。

「バターナットは大丈夫かな」ミリベルはつぶやいた。「兎たちも。お願い、こっそり上に行ってここに連れてきてもいいでしょ」

「老いぼれポニーやあんたの兎なんか、あいつらの目には入ってもいないわよ、ミリベル」ガブリエルが口をはさんだ。

何かが倒れる特別大きな音がして、全員がびくっと体を痙攣《けいれん》させた。ガブリエルはアリアンヌに歩み寄り、歯噛みしながら抗議した。「あの悪党たちが上をめちゃくちゃにしているのに、ここでおとなしくそれを聞いていろというの？」

その後ろでレミーがアリアンヌを急かす。「どうか、アリアンヌ・シェニ、上に行かせてくれ。きっと彼らを止める――」

「だめよ！　二、三の家具のために殺される危険をおかすなど、誰にも許しません」アリアンヌは鋭く言い返したが、何もしないでいることは彼女にとっても耐えがたかった。魔女狩りの男たちは島を侵略しているだけでなく、このベル・ヘイヴンを、彼女の家を襲撃しているのだ。それを思うと吐き気がこみあげてくる。

だが、彼女は指輪をはめた手をつかみ、ほとんど祈りのようにこう繰り返した。「ルナールが来るわ。もうすぐここに来る」

「来なかったらどうするの？」ガブリエルが問いただした。「伯爵が彼らに勝てなかったら？

魔女狩りの男たちは、彼の見張りを出し抜いたのよ。ル・ヴィがすでにルナールを始末していたら？　彼が死んでいたらどうなるの？」

アリアンヌはガブリエルの言葉に青ざめた。そんな恐ろしい可能性は、いまのいままで頭に浮かばなかったのだ。だが、ルナールに島から追いだされたときのル・ヴィの目に浮かんでいた激しい憎しみを思えば、ありえぬことではない。あの男が、ルナールの不意を突いて襲いかかっていたら？　いや、それよりも、こうして彼を呼ぶことで、ルナールがまっすぐ罠《わな》に飛びこむはめになったら？

アリアンヌは震える指を胸の上に押しつけた。

「ルナール、どうか答えて。あなたはどこにいるの？」

彼女を迎えた沈黙は、あまりに恐ろしかった。耳のなかで血がどくどく脈打っている。アリアンヌが再びルナールを呼ぼうとすると、レミーが厳しい声で言うのが聞こえた。

「すまない、マドモワゼル・シェニ。だが、わたしが出ていかなければ、ル・ヴィは館に火をつけるかもしれない。そうなると、われわれはみな、ここで蒸し焼きになる。たとえ伯爵が駆けつけたにせよ、ほかの男に戦わせて、ここに隠れていることはできない」

「だめよ、レミー、待って！」アリアンヌは叫んだが、レミーはすでに階段を上がりはじめていた。なんという愚かな。いま飛びだせば、彼は自分が殺されるだけでなく、アリアンヌたちがここに隠れていることを敵に知らせることになるのだ。

彼のあとを追おうとしたが、同じくレミーのあとを追おうとする妹のガブリエルと階段の下でもみ合わねばならなかった。

どうにかガブリエルを押しやり、「ここに残って、ミリの面倒を見て！」と鋭く命じ、彼女は螺旋を描く暗い階段を駆けあがった。が、すでに遅かった。


「ルナール、答えて。どこにいるの？」

アリアンヌの差し迫った声がジュスティスの頭のなかでささやく。だが彼は答える間も惜しんで暗い森をひたすら急いでいた。間に合ううちにベル・ヘイヴンに着かねばならない、頭にあるのはそれだけだ。

エルキュールが地を蹴り、飛ぶように走る。ジュスティスは家来の誰よりも速く、蹄《ひづめ》の音とともに中庭に駆けこみ、鋭く手綱を引いた。大きく開いた扉やガラスの割れた窓が目に飛びこんでくる。

魔女狩りの男たちは、すでに館のなかにいるのだ。

エルキュールが止まるのを待たずに、ジュスティスはその背から飛びおり、家来のひとりに手綱を投げ、剣を引きながら館へと急いだ。

正面の扉に達すると、大広間に灯りが見えた。ル・ヴィが火をつけたのか？　一瞬、恐ろしい想像が頭をよぎったが、それは家具を引っくり返し、戸棚の中身を床に叩きつけている男たちのたいまつの炎だった。彼らはベル・ヘイヴンを蹂躪し、手当たりしだいに破壊している。だが、やみくもに飛びこんで敵の罠にはまっては、アリアンヌのためにも、彼女の妹たちのためにもならない。彼は剣を構え、足音をしのばせて近づき、戸口からのぞいた。

大広間にいる男は三人だ。残りは二階の部屋を荒らしている。誰かが上から叫んだ。「上にもいません」

ル・ヴィが苛立って毒づく。「捜せ！　隠れているにちがいない」

どの男がル・ヴィだ？　いまいましい黒いローブのせいで彼らはみな同じように見える。広間にいるひとりが振り向いた。手にしたたいまつの炎が醜くゆがんだ顔を照らしだす。「見つからなければ、館に火をつけ、あぶりだしてやる」

「ル・ヴィ！」ルナールは戸口の中央に仁王立ちになった。つかのま、男たちは凍りついた。

シモンが悲鳴をあげる。ル・ヴィはルナールをにらみつけた。

「きさま！」ル・ヴィの声は嫌悪で震えていたが、ルナールの家来が広間になだれこんでくるのを見て、あとずさった。

「二階だ。二階の男たちを捕らえろ」ルナールは鋭く命じた。「この男はわたしが引き受ける」

ルナールが前に出ると、ル・ヴィは追い詰められた獣のように歯をむきだし、あとずさった。彼とのあいだはかなり離れていたが、ルナールはル・ヴィのぎらつく目をよぎった思いを読み、大声で叫んだ。「くそ、ル・ヴィ、やめろ――」

だが、ル・ヴィは黒いローブを翻して壁に駆け寄り、手近なタペストリーにたいまつを押しつけた。

ルナールは前に飛んだが、べつの男が行く手に飛びこんできた。ルナールは切りかかってきた丸顔の大柄なその男の剣を鋭くなぎ払った。武器を失った男は、女々しい声をあげて逃げた。

炎がタペストリーの縁を這いあがっていく。ル・ヴィが反対側へと走る。だが、ルナールは彼に追いつき、たいまつを切り捨てた。ル・ヴィは血の吹きだした指をつかみ、膝をついて落ちたたいまつを手探りした。

怒りのうなりを発し、ルナールが剣を振りあげたそのとき、誰かが彼の横を通り過ぎた。恐怖を浮かべた若い顔が閃き、シモンがマスターをかばうために飛びだす。ルナールはすんでのところで若者を切り裂きそうになった。

誰かが後ろから飛びつき、黒いローブを着た腕が首に巻きついた。彼はうなりを漏らして男を振り落とし、身構えたとき、その男が再び飛びかかってきた。

そしてルナールの手にした剣に身を投げた。ルナールが剣を引き戻すと、その男は床に崩れ落ちた。炎はいまやタペストリーをのみこもうとしている。館全体が地獄絵のようだった。魔女狩りの男たちが伯爵家の家来に追われ、階段を駆けおりてくる。ルナールは咳きこみながら、煙をすかしてル・ヴィを見つけようとしたが、ル・ヴィの姿も若者の姿もどこにも見えない。べつの男がルナールの前に立ちはだかった。無精ひげをはやした厳しい顔の男だ。その男がほかの男たちと違って黒いローブを着ていないことに、ルナールはぼんやり気づいた。

だが、彼は剣をふるっている。ルナールが知る必要があるのはそれだけだった……。

アリアンヌが落とし戸をくぐると、キッチンは暗く、人の姿はまったくなかった。激しい闘いの音は大広間のほうから聞こえてくる。彼女はかまどの火かき棒をつかんだ。

キッチンと大広間を分けている衝立の向こうをのぞいたアリアンヌは、凍りついて悲鳴をのみこんだ。素晴らしいタペストリーのひとつが燃えている。その炎が目の前に繰り広げられている光景にちらつく光を投げていた。館のなかはまるで戦場だった。魔女狩りの男が階段に大の字に倒れ、もうひとりはひっくり返ったテーブルの上に、ぼろ人形のように投げだされている。壊れた窓から逃げようとしている男もいた。アリアンヌはもう少しでフードをかぶったまま血のなかに倒れている男につまずきそうになった。

とっさにあとずさったとき、金と黒の見慣れた服が目に入った。ルナールの家来だ。彼らは炎に駆け寄って咳きこみ、息を詰まらせながら、燃える布を壁から引きはがしはじめた。

その混乱のなかで、男たちはまだ戦っていた。煙の霞を通して、ふたりの男が激しく切りあっているのが見えた。鋭い音をたてて鋼がぶつかる。ひとりはレミーだが、もうひとりは……ルナールだ!

レミーがすさまじい力で剣を振りおろし、ルナールの剣が真っぷたつに折れた。役立たずの剣を捨て、ルナールがレミーに飛びつく。彼はレミーの剣を持った手をつかんで繰り返し壁に打ちつけ、レミーが剣を落とすと、大きな手でレミーの喉を絞め上げた。

「だめ、ルナール、やめて!」アリアンヌは叫んでふたりに駆け寄った。火かき棒を落とし、両手を使って夢中でルナールの手を緩めようとした。

ルナールは彼女がそばにいることにほとんど気づいていないようだった。が、それからちらっとアリアンヌを見て、出し抜けにレミーの喉を離した。アリアンヌは、喉をつかんで息を吸いこもうとしながら膝をつくレミーの上にかがみこんだ。

「レミー？　大丈夫？」

「い、い、レミー？」ルナールが奇妙な声でそう言うのが聞こえた。説明しようとすると、ガブリエルが飛びこんできてアリアンヌを突きとばし、レミーのそばに膝をつくと片手を胸にあてた。

「レミー？　けがをしたの？　なんてこと、姉様！　姉様の鬼は彼に何をしたの？」

「な、何も」レミーは自己嫌悪に満ちた声で苦しげに言った。「ただ、剣を捨てさせ、ぼくの息を奪っただけだ」

「首を絞めた、というべきね」ガブリエルは大尉のシャツの襟《えり》を緩めようとしながら、怒りに燃える目でルナールをにらみつけた。

だが、ルナールは彼女にはかまわず、レミーが落とした剣を拾いあげてそれを見た。「謎の剣の持ち主はこの男だったのか。シェリ、わたしたちを引き合わせてはくれないのかい？」

アリアンヌは言葉もなく彼を見つめた。大広間には壊れたかごや割れたガラスが散乱し、男たちが倒れている。タペストリーの火はほとんど消えたものの、まだくすぶっているというのに、ルナールは……ほんの少し前には死んだかもしれないと思っていたルナールは、目の前に悠然と立って、落ち着き払って自分をレミーに紹介しろと要求している。アリアンヌは彼に抱きつきたいのか、彼の頬に思いきり平手打ちを食わせたいのか決めかねた。

「いったいどこにいたの？　どうして答えてくれなかったの？」アリアンヌは自分でも驚くほどヒステリックな声で問いただした。

ルナールは顔をしかめた。「すまなかった、シェリ。きみの招かれざる客たちを一刻も早く取り除こうと、それだけを考えていたんだ」

「ほんの一秒割いて、あなたが無事だと知らせてくれたことぐらいできたはずよ。あなたに何か起こったかと思った。死んだかもしれないとさえ思ったのよ、この、愚かで――」アリアンヌはなんとか落ち着きを保とうとして涙をのみこみ、激しく目をしばたたいた。

ルナールが歩み寄り、彼女を抱き寄せた。「心配をかけてすまなかった。どうか泣かないでくれ」

「な、泣いてなどいないわ。タペストリーの煙が目にしみただけよ」アリアンヌは抱き寄せられて、体をこわばらせたものの、彼の強い肩に頬をあずけ、目を閉じて、ルナールの力強い腕のなかですべてを忘れた。

ルナールが唇で眉をかすめる。「許してくれ。今夜はもう少しで間に合わないところだった。あの男たちがどうやって見張りをすり抜けたのかわからないが、約束するよ。もうきみたちは安全だ」

「アリアンヌ？　ガブリエル？」小さな声がふたりを呼んだ。

ミリベル！　アリアンヌはぱっと目をあけた。妹にはこの陰惨な光景を見せたくない。

だが、キッチンを隠している衝立の向こうから、ネクロマンサーを抱きしめたミリベルがおそるおそる姿を現した。そして大広間の光景に目を見開いた。その目がフードをかぶったまま、すぐそばに倒れている黒いローブの男に落ちる。

ミリベルは猫を落とし、悲痛な声で叫んだ。「シ、シモン?」

妹は、血の気の引いた顔でよろめきながら近づいていく。アリアンヌはもぎとるようにルナールから体を離し、部屋を横切ってかがみこむミリベルに駆け寄った。そして優しく妹を押しやり、倒れて動かない男のそばにしゃがみこんだ。黒いローブは血で濡れそぼち、男は死んでいるようだ。アリアンヌはためらいながらもフードに手を伸ばした。

そして自分を励ましてフードをはずし、ミリベルと一緒に安堵のため息をついた。

それはシモンではなかった。ル・ヴィの仲間だということはおぼろげながら記憶しているが、命のない目で自分を見上げていた男が誰なのか、いや、誰だったのか、アリアンヌには見当もつかなかった。どんな無知が、どんな妄想がなんの罪もない女たちの迫害に加わらせたにせよ、死の手にすべてを奪われ、彼の人生は今夜終わりを告げた。アリアンヌはまぶたを閉じてやりながら、むだに費やされた命を悲しんだ。

ちらりと顔を上げると、ルナールが見下ろしていた。死んだ男を見る彼の目にはなんの感情も浮かんでいなかったが、こう言った彼の声は優しかった。「おいで、シェリ。この男にはきみの力さえもうおよばない」

彼は片手を差しのべ、片方の腕をミリベルに回して、恐ろしい光景から少女を遠ざけた。

夜明けが近いことを告げる灰色の光が、ベル・ヘイヴンの上空に広がっていたが、まだ誰も眠っていなかった。老アグネスから若いレオンまで、召使いたちは館のなかを正常に戻す仕事に取りかかりたがっていたが、アリアンヌは彼らをキッチンに集め、温かい朝食をとらせた。それからひとりで大広間に戻り、損害の程度を推し量ろうとした。ル・ヴィの率いる粗野な男たちが二階をどれほど破壊したのか、それを見に行くには勇気が必要だった。大広間だけでも目を覆いたくなるほどひどい。木の床は血で汚れ、壁のひとつは焦げている。窓はあけ放たれていたが、煙のにおいはまだ残っていた。椅子やテーブルは引っくり返り、クリスタルのグラスや皿は粉々に砕けている。

アリアンヌは割れたガラスに気をつけながら倒れている母の椅子を起こして暖炉の前に戻し……ささやかな慰めを得た。黒焦げのタペストリーに目が留まると、胸が痛んだ。ル・ヴィがこのタペストリーを焼いたのは、なんという悲しい皮肉だろう。ルナールがウージニー大伯母を織ったこのタペストリーを褒めたのが、まるで遠い昔のことのようだ。アリアンヌは隅を折り返して見たが、美しい絵柄をしのばせるものはまるで残っていなかった。これにこめられた数えきれないほどの時間と労力を思い、彼女は静かに悲しんだ。一本一本の織り糸を丁寧に、忍耐強く刺していった女性たちの手、そのすべてが正気を逸した男の手で一瞬にして無に帰したのだ。

またしても大切なものを守ることができなかった。アリアンヌは肩を落とし、タペストリーから離れて指についた煤《すす》をぬぐい……ついでに自分に活を入れた。

でも、壊されたのは館と品物だけだ。焼けたタペストリーは片づければすむ。血のしみも洗い流せる。重要なのは、あの襲撃で誰も傷つかなかったことだ。この家の者は無事、ルナールの家来もかすり傷しか負わずにすんだ。

魔女狩りの男たちはそうはいかなかった。ルナールの家来たちは、アリアンヌが数えただけでも五人の死体を運びだした。だが、そのなかにはル・ヴィもシモンという若者も含まれていなかった。ルナールと従兄のトゥサンは、いまも森に逃げこんだ男たちを追いかけている。アリアンヌは男たちが無事に逃げおおせてフェール島を立ち去り、二度と戻らないでくれることを願った。もう誰の血も流したくない。だが、百歩譲ってル・ヴィがこの屈辱をのみこむとしても、王太后がこのままあきらめるとは思えない。

庭の穏やかな眺めが見たくなって、アリアンヌは家の外に出た。早朝の太陽が薬草を育てている菜園に柔らかい光をそそぎ、朝露がビロードのような薔薇《ばら》の花びらに玉を作っている。果樹園では、新しい一日の訪れを喜ぶヒバリがさえずっていた。

自然は残酷だとガブリエルは言うが、母様が教えてくれたように、自然は慰めと緩やかな癒しを与えてくれるわ、アリアンヌはそよ風に顔を上げながら思った。大地の娘たちも、そういう自然の一部であるべきなのだ。

カトリーヌはなぜ、賢い女たちが受け継いできた技や知識を恐ろしい目的に利用する、あんなに邪悪な心根の女性になってしまったのか？　もちろん、そういう例はほかにもあった。伝説によればメリュジーンは毒や疫病を広め、いくつもの村を滅ぼした。

カトリーヌはまだそこまで堕ちてはいないが、しだいにそうなりつつあるような気がする。自分の送った魔女狩りの男たちの失敗を王太后が知るのは、もう少し先のことだが、こうなったからには、レミーを一日も早くここから逃がす必要がある。ルナールがあの大尉の存在を知ったいまは、とくに。

アリアンヌはレミーを追って、馬屋に向かった。馬屋はありがたいほどふつうに見えた。朝の爽《さわ》やかな風が、嗅ぎなれた干草と革と馬のにおいを運んでくる。ミリベルがあれほど心配していた兎たちは藁《わら》のベッドで眠り、バターナットはおとなしくオートムギを食べていた。

驚いたことに、レミーは見たことのない艶やかな茶色い雌馬に水をやっていた。ベル・ヘイヴンのほかのみんなと同じように、昨夜のストレスと緊張でやつれているものの、アリアンヌが近づいていくと、彼はかすかな笑みを浮かべた。

「おはよう、マドモワゼル・シェニ」

「ええ、おはよう」アリアンヌは仕切りのなかに身を乗りだし、馬の鼻面をなでた。「この馬はどこから来たの？」

「どうやら、ぼくへの贈り物らしい。ルナール伯爵からの」

「ルナールの？　すると彼は戻ったの？」

「いや。まだル・ヴィを捜している。だが、家来のひとりがこの立派な馬を届けてくれた」レミーは艶やかな首を優しく叩いた。

アリアンヌは驚いてつぶやいた。「すると……あなたが国王に追われている逃亡者だと知っても、伯爵はあなたに手を貸すつもりなのね」

「一刻も早くここから送りだしたいらしく、今朝のうちにここを発つべきだと勧められた」

「でも、それは無理よ。昨夜は一睡もしていないんですもの。せめてもう一日休んで――」

レミーは沈んだ顔で首を振った。「いや、ぼくはもうあなた方に充分すぎるほどの危険をもたらした。王太后がどれほど必死にぼくを捕まえたがっているかは、昨夜の一件で明らかだ。彼女はナヴァラの若い王にも、恐ろしい企みを準備しているにちがいない。王のもとに帰り、彼が王太后の罠に落ちるのを防がなくては」

アリアンヌは言い返そうとしたが、残念ながらレミーの言うとおりだった。これ以上ぐずぐずしている余裕は、レミーにはない。

彼女は急いで館に戻り、手早く必要なものを揃えた。馬屋に戻ったときには、レミーはすでに馬に鞍をつけ、それを外に連れだしていた。

アリアンヌは肩から袋の紐をはずし、彼に手渡した。

「なんです？」レミーが驚いてたずねた。

「旅に必要なものが入っているわ。食べものと、ワインが少し。小さな水筒の中身は、これまであなたが飲んでいた薬の残りよ」

レミーが顔をしかめると、アリアンヌは厳しい声で言った。「きちんと飲まなくてはだめよ。すっかりなくなるまでね」

「わかった。フェール島のレディに逆らうつもりはないよ」彼は真面目な顔で約束した。

アリアンヌは彼がポーチを鞍にかけるのを暗い気持ちで見守った。レミーは誠実で心の優しい、真摯な若者だ。アリアンヌは彼のことが好きになっていた。そして彼のために恐れた。森を抜けていく霧のかかった道だけでも危険に思えるのに。比較的安全なこの島を出たあとは、どんな危険が待ちかまえているかわからないのだ。

「気をつけてね、大尉」アリアンヌは心配そうに言った。「王太后が差し向けた追っ手はル・ヴィだけではないはずよ。本土では、近衛兵の一隊が待ち受けているかもしれないわ」

「ええ、アリアンヌ。だが……」レミーは珍しく笑い声をあげた。「魔女狩りの男たちに、警告を発する猫と魔法の指輪に翻弄されたあとでは、ふつうの兵士と戦うのを歓迎したいくらいだ。あなたのルナールは、そういう奇妙なことに少しも違和感を持っていないようだが」

「わたしのルナールではないわ」アリアンヌは急いで打ち消したが、苛立たしいことにかすかに頬が染まった。

レミーは疑わしそうな目で彼女を見たものの、何も言わなかった。彼は馬にまたがろうとして、手を止め、真剣な表情でアリアンヌを振り返った。「ひとつだけ、まだ決めていないことがあった。あの手袋はどうすればいいかな?」

アリアンヌは少しのあいだ考えていた。「よかったら、わたしが預かるわ」

「しかし、それは危険だと思うが」

「いいえ、それがいちばんいいのよ、大尉。考えてみて、あなたが途中で捕まっても、手袋を持っていなければ、あなたを助けてくれるように王太后と交渉する切り札が残るわ」

「だが、あなた方がいまより危険になる可能性もある」

「あなたが行ってしまえば、わたしたちは比較的安全なはずよ。わたしはパリのマドモワゼル・ラヴァルに手紙を書くつもりなの。彼女はとても大胆で賢い女性のようだわ。彼女の手を借りれば、あなたは手袋を持って英国に逃げたと、カトリーヌに思わせることができるかもしれない。成功すれば、多少の時間は稼げるわ」

レミーはこの計画に反対の様子だったが、アリアンヌがすでに決めているのを見てとった。

「ありがとう。あなたはぼくにとてもよくしてくれた」レミーはかすれた声で言い、アリアンヌの手をとった。「とても勇気のある人だ。この先どこへ行こうと、どんな人間になろうと、あなたたちのことは生涯忘れない」

だが、アリアンヌにはわかっていた。彼の頭にある人物はひとりだけだ。レミーの目は何度か館へと向かったが、ガブリエルが彼に別れを告げに来る見込みはほとんどなかった。

レミーの目があまりにも悲しそうなので、アリアンヌは彼をぎゅっと抱きしめ、頰にキスせずにはいられなかった。

「気をつけて。幸運を祈っているわ、レミー」

彼はうなずいた。「王のもとに戻り、なんの問題もないことがわかれば、なんとかして、それを知らせます」

彼が鞍にまたがると、アリアンヌは一歩下がって門へと向かう彼の後ろ姿を見送った。手を振ろうと片手を上げたが、レミーはあとを振り向かずに走り去った。

朝もなかばになるころ、ルナールがようやく館に戻ってきた。彼を迎えようと外に出ると、フォーシュがヘラクレスを馬屋に導いていくのが見えた。

ルナールは埃《ほこり》を落とそうと、勝手口のそばにある井戸のところで上着を脱いでシャツの袖《そで》をまくり、バケツを引き上げて顔に水をかけていた。汗をかき疲れているようだ。

だが、タオルを手にしたアリアンヌの姿を見たとたん、厳しい表情を和らげた。彼は小声で礼を言い、濡れた髪をなでつけた。そして目の粗いリネンで顔と太い首をごしごしこすった。

夜中に魔女狩りの男たちと闘ったあと彼らをずっと追っていたというのに、目の下にかすかな影があるのと顎に無精ひげの始まりが見えるほかは、いつもとそれほど変わらないように見える。アリアンヌは彼の驚くべき体力を羨んだ。ついルナールは無敵だと思ってしまうのも無理はない。彼はまるで鉄でできているようだ。

彼は片手で水をすくうと喉を鳴らしてそれをのみ、ため息をついた。「ああ、これで少し気分がよくなった」

「捜索のほうはどう？」アリアンヌは心配そうに尋ねた。

「うまくいかないな。あれから三人始末したが、あの若者と親玉はまだ見つからない」

ルナールはタオルを振りおろした。「あいつはこれで二度もまんまと逃げおおせた。一度目はきみに救われ、今度はあの愚かな若者に救われて。あんな腹黒い悪者が誰かに命がけでかばいたいという気持ちを起こさせるとはな」

ルナールは苛立たしげに片手で髪をかきあげた。アリアンヌはそのとき初めて彼の袖に血がついているのに気づいた。

「ルナール！　けがをしたの？」彼女は彼の腕をつかみ、そっと袖をまくった。

ルナールは眉ひとつ動かさずにそのしみを見た。「いや、この血はわたしのものではないよ」

「ああ」彼の言葉の意味に気づき、アリアンヌはたじろいだ。

〝あれから三人始末した〟

「すると、ル・ヴィの部下は何人、その――」

「殺されたか？　全部で六人か七人だろう」

アリアンヌは震えを抑えた。いつものようにルナールは彼女の目を読み、低い声で毒づいた。「くそ、アリアンヌ。あの魔女狩りの男たちは、きみたちの寝込みを襲い、皆殺しにする気だったんだぞ。どうしろというんだ？　彼らの武器を取りあげただけで、優しく島の外まで付き添い、二度と戻ってこないでくれと頼むのか？　その手はすでに試したが、明らかに効き目がなかった。それに、おとなしく降伏した者を殺したわけではない」ルナールは腕をひねり、袖の染みを示した。「この血は、森でいきなりわたしに襲いかかろうとした男のものだ。短剣で馬を突き刺し、わたしを落とそうとしたんだ」

「わかっているわ」アリアンヌは小さな声で言った。「あなたがしたことは、みな必要なこと。でも、喜ぶことはできないわ。ベル・ヘイヴンで血が流れたことは、一度もなかったの」

ルナールの顔に浮かんだ苛立ちが少し和らいだ。「この危険と暴力をきみの家から遠ざけておくためなら、どんなことでもしただろう。もっと警戒すべきだった」

アリアンヌは首を振った。「これはあなたよりもわたしの落ち度よ。妹たちを守るのはわたしの務めですもの。わたしは死を間近に見たこともあるけれど、ミリベルは……すっかりショックを受けているの。あんな恐ろしい光景を見せるべきではなかったわ。そうでなくても、奇妙な悪夢に悩まされているのに」

「今朝はどんな様子だい？」

「なんとかチザンを飲ませ、猫と一緒に寝かせたわ。いまは眠っているようだけど、シモンという若者のことをとても心配しているの」

「従兄《いとこ》のトゥサンが、休養していた男たちと見回っている。彼を見つけるとも」

「ミリはシモンが見つかるのを心配しているのよ」

「しかし、あの若者も無罪ではないよ。彼はル・ヴィに仕えているんだ」

「シモンはただ混乱しているだけだとミリは思っているの」

「攻撃するよう教えこまれた犬がそれに従うのは、たしかに犬の責任ではないかもしれないが、その犬が危険なことにかわりはない」

「人間は犬と同じではないわ」

「ああ。獰猛《どうもう》な犬も、訓練しだいではおとなしくなる。だが、われわれがル・ヴィを追い詰めれば、あの若者はマスターを守るために何をするかわからないぞ。傷つけないようにするつもりだが、約束はできないな」

アリアンヌはうなずいた。この約束で満足するしかない。「なかに入って何か召しあがって。アグネスの作った熱いシチューに焼きたてのパンと、ワインもあるわ。ほかの人たちにも」

彼女が先に立って家へと戻ろうとすると、ルナールが止めた。「食べるのはあとでいい。少し話さないか」

彼は草の上に座り、ため息をつきながら太い樫の木に背中をあずけると、笑みを浮かべて片手を差しのべた。アリアンヌは下唇を嚙んでためらった。

昨夜、ルナールの無事な姿を見てほっとしたときは、彼の腕のなかに溶けるほど自然なことはないように思えた。だが、日の出とともに理性も戻り、夕食をともにした夜の気詰まりな別れの記憶もよみがえった。

彼女は差しだされた手にきらめいている指輪を不安そうに見た。彼女自身の指にはまっているかたわれが触れたとき、ふたりのあいだに散った熱い火花のことが思い出された。

アリアンヌは安全な距離をとって、草の上に座った。膝の上で両手を組み、スカートのひだのなかに指輪を隠す。

樫の幹に頭をあずけ、目を細めてアリアンヌを見た。「で、きみの勇敢な友人はどうした?」

「レミーはもう立ち去ったわ。あなたに命じられたとおりに」アリアンヌは鋭く言い返し、それから少し口調を和らげた。「彼にあの馬を贈ってくださってありがとう」

「どういたしまして。彼がここにいることがもっと早くわかっていたら、さっさと厄介払い、いや、ここから出ていく手助けをしたのに」

「無事に帰りついてくれるといいのだけれど」

「大丈夫さ」ルナールは肩をすくめた。「新教徒にしては、剣の腕はたいしたものだ。それにパリの王太后の鼻先から逃げだせた男なら、明らかに機転が利くにちがいない」

「すると、レミーはあなたにすべてを話したの？　自分が誰か、なぜ逃げたかを？」

「直接にではないよ。だが、あの性急な若者の目を読むのは、きみの目を読むよりもたやすかった。初めから話してくれるべきだったぞ、アリアンヌ」

罪悪感を抱く理由はこれっぽっちもなかったが、アリアンヌは急いで説明した。「でも、あなたがどう思うか……」

「婚約者がハンサムな若い将校を地下室にかくまっていることを？」

「あなたはわたしの婚約者ではないわ、伯爵。それに国王から逃げている兵士を助けることをどう思うか、と言うつもりだったのよ。老伯爵なら、決して新教徒に援助の手を差しのべたりはしなかったでしょうから」

「わたしは亡き祖父とはちがう。それはもうわかってくれたと思っていたよ」

ルナールにも弱点はあるのだ。傷つくこともある。アリアンヌは自分が彼を傷つけてしまったことに気づいた。彼女は手を差しのべ、自分の衝動的な仕草にはっとしてその手を引っこめた。「ごめんなさい。あなたがお祖父様と同じだとは思っていないわ。でも、レミーの命がかかっているとあっては、とくべつ慎重にならざるをえなかったの。あなたの政治的、宗教的な見解については話したことがなかったし」

「とても単純だよ。わたしは自分の責任を果たす。そしてほかの者にも同じようにすることを期待する」

「だったら、レミーを助けてくださったことをなおさら感謝すべきね」

ルナールは顔をしかめた。「きみは短いあいだに、ずいぶんとあの男が好きになったようだな。少しばかり嫉妬《しっと》を感じたとしても許してもらいたい」

「でも、そんな必要はまったくないのよ。レミーはただの友人。それに、妹のガブリエルがそばにいるときは、わたしのことなど目にも入っていないわ」

「だとしたら、見る目のない男だ」ルナールの眉間のしわが消え、アリアンヌは赤くなった。ルナールの言葉を喜ぶのも、彼の目に浮かんだきらめきに胸をときめかせるのも愚かなことだが、アリアンヌは自分の反応を抑えられなかった。ルナールは彼女の手を取った。指輪をしたほうの手ではなかったから、アリアンヌは黙ってそれを許した。

だが、彼はレミーのような礼儀正しいキスではなく、ひとつひとつの指にキスしていく。

アリアンヌは思いがけない快感に体を震わせ、それを無視しようと努めながら言った。「まだ家族にかわってお礼を申しあげていなかったわ。それにわたしからも。またしても、あなたはわたしたちの命を救ってくださった。大きな借りができたわ」

「いや、借りなどないよ。指輪の取り決めを果たしただけだ」

「わたしが呼んだのは、魔女狩りの男たちが館に押し入る直前だった。でも、あなたはル・ヴィがベル・ヘイヴンを焼く前に到着した。いったいどんな方法を使ったの？」

ルナールは彼女のてのひらの真ん中に軽く唇を押しあて、またしても快感の震えをもたらした。「あのときはすでに外にいて、港を見回っていたんだ」

「だとしても、港からベル・ヘイヴンまでは五、六マイルはあるわ」

「エルキュールは速い馬だ」

アリアンヌはルナールをじっと見た。半分まぶたを落とした彼の目は、注意深く彼女の視線を避けている。もっと早く気づくべきだった答えが、ふいに閃いた。

「ル・ヴィが島に上がり、ベル・ヘイヴンに向かっているという警告を受けたのね。わたしがあの指輪で呼ぶ必要はなかったんだわ」

「もちろんあったとも」ルナールは手首に唇を押し当てたが、アリアンヌは乱暴に彼の手を振り払い、これ以上気を散らされるのを拒否した。

「いいえ、なかったわ。あなたはわたしが指輪をはめたときには、あなたはすでにここに向かっていた。そうなんでしょう？」

「ばかなことを言うな。どうしてそんなことができる？」

「それに、最初のときもおそらく指輪を使う必要はなかったんだわ。ミリが危険に陥っていると知っていたら、あなたはいずれにしろ駆けつけた」

「だが、ミリベルのことは知らなかった」

「でも、知っていたら、指輪があろうとなかろうと全速力で駆けつけてくれたはずよ」

「それがどうして重要なのか、わたしにはよくわからないが」

いや、とても重要なことだ。実際、アリアンヌは奇妙なことに大きな重荷が取り除かれたような気がした。

「冷酷で傲慢《ごうまん》で、打算的なふりをしているけれど、実際のあなたは、レミー大尉と同じように無鉄砲で勇敢な愚か者なんだわ」

ルナールは心外だというように胸の前で腕を組んだ。「わたしが何をしたか、しなかったかは問題じゃない。きみはこれで二度、あの指輪を使った」

「わたしも数えることはできてよ、伯爵」アリアンヌは皮肉な笑みを浮かべた。「でも、もう二度と使う気はないわ。あなたの妻になるのを避けるためだけではないの。昨夜まで、わたしはあなたがおかす危険のことを少しも考えていなかった。あなたは死の罠にまっすぐ飛びこんできたかもしれないのよ」

ルナールは両手を振りあげた。「やれやれ。いまやフェール島のレディは、ほかの重荷に加えて、わたしのような愚かな鬼まで守ることに決めたのかい?」

「でも、あなたに危険をもたらす権利は、わたしにはないわ」

「きみにはあらゆる権利がある。その指輪と一緒に、わたしがその権利を与えたんだ」

「とにかく、ル・ヴィが捕まりしだい、本土に戻って――」

「それはどうかな、シェリ」ルナールは言い返した。「きみには魔女狩りの男たちよりもはるかに強敵ができたんだぞ。王太后が脅威でなくなるまでは、わたしはどこへ行く気もない」

「でも、いつまでもここに滞在しているつもりではないんでしょう？　町の宿に――」

「ああ、そのつもりはない。ここに留まる」

「ベル・ヘイヴンに？」アリアンヌは体をこわばらせた。「それはできないわ」

「これで二度も、未来の花嫁の身近に危険が迫るのを許した。二度とそんな誤りをおかすつもりはない。森のなかや門の前で野営することになっても、きみのすぐそばにいるつもりだ」

「でも、そんなことは――」離れていてもルナールをベッドに呼びたいという奇妙な誘惑を拒むのがむずかしいのに、彼がすぐそばにいるとなれば、どれほど誘惑が強くなることか。

だが、ルナールは話はすんだとばかりに立ちあがり、こくんと頭を下げた。「では、失礼して、もう一度ル・ヴィを捜しに行くとしよう」

アリアンヌも立ちあがり、両手をもみしだきながら馬屋へ向かう彼のあとを追った。「でも、ルナール、わたしたちを守るという申し出はありがたいけれど、それでは領地のほうがおろそかに――」

「領地のほうは心配ない」彼は落ち着き払って答えた。「きみの助言を入れて、有能な管理人を見つけたからね」

「それに、ベル・ヘイヴンに留まるのがあなたのためにならない理由はほかにもあるの」

「それは何かな？」

「そんなに近くで守っていては、指輪を使う必要はなくなるわ」

ルナールは足を止め、アリアンヌの顎に手をあててやさしい目で見つめた。「だが、きみを危険な目に遭わせたくないんだ。できればまったくちがう理由で呼んでほしいな」

　それこそアリアンヌが恐れていることだった。いつものように、ルナールは彼女の気持ちをすっかり読み、にっこり笑って柔らかいキスをすると、馬屋に向かった。

　アリアンヌはため息をついて、その背中を見送った。このため息は、ルナールの固い決心を翻す方法がないからなのか、それともいつのまにか彼に留まってほしいと思っているせいなのか、自分でもよくわからなかった。

　踵を返したとたん、庭に出てきたガブリエルの姿が目に入り、アリアンヌは途方に暮れた。夕食に招いただけでもあれほど怒ったガブリエルのことだ、ルナールがベル・ヘイヴンに滞在するつもりだと知ったら、どんな反応を示すか想像もつかない。

　ガブリエルは渋い顔で、まっすぐ近づいてきた。「で、彼は立ち去ったの？」

「ルナール？　あの、じつは、いま馬屋に行ったところよ。でも――」

「姉様の人食い鬼なんかどうでもいいわ！」ガブリエルは顔を赤くした。「あたしが訊いたのはレミー大尉のことよ」

「ええ……今朝早く立ち去ったわ」

「そう」ガブリエルは長いまつげをさっと伏せ、内心の思いを隠した。「まあ、魔女狩りの男たちが館を荒らして捜しまわっていた当の本人がいなくなったのはよいことね。ただ、レミー大尉がどんな揉《も》め事《ごと》に巻きこまれていたのか、知る術はなくなってしまったけど」

「ごめんなさい、ガブリエル。わたしはこれがいちばんいいと――」

「もういいわ」ガブリエルはアリアンヌの謝罪を苛立たしげに払った。「何も知りたくない。レミーが消えた、この件はおしまい」

彼女はベル・ヘイヴンから遠ざかる道をみつめた。驚いたことに、しかめ面が急に崩れ、青い目にめったに見せない涙があふれた。

「あの愚か者ったら、あたしを愛していたのよ」ガブリエルはささやいた。

「ええ」

ガブリエルは打ちひしがれた表情で振り向いた。「彼を傷つけるのはいやだったの。でも、あたしは彼を愛することはできない。与える心などないんだもの。相手が誰であろうと」

いいえ、アリアンヌは悲しい気持ちで思った。あなたには誇り高く、情熱的な、傷ついた心と深い愛があるわ。問題はそれがありすぎること。

アリアンヌは黙って両手を広げた。ガブリエルはかすかにためらったあと、その腕のなかに入り、姉の肩に頭をのせて静かに涙を流した。

「大丈夫よ」彼女は妹の金色の髪をなでながら言った。「何もかも、きっとうまくいくわ……」そしてこの不適切な慰めにわれながらたじろいだ。「あなたはとてもつらい目に遭った。わたしたちみんながそうよ。でも、もうすぐすべてがもとに戻るわ。昔のとおりに」

ガブリエルはアリアンヌの肩から顔を上げ、苦い笑みを浮かべた。「母様が死んで、父様は行方不明。これが起こる前だって、すべてが順調だったわけじゃないわ」

「ええ。そうね」

ガブリエルは片手で涙をぬぐった。「ときどき、あんなふうに船出した父様が羨ましくなる
ことがあるわ。あたしだってできれば逃げだしたい。レミーと一緒に行けばよかったかも」
アリアンヌは鋭い目で妹を見た。「ガブリエル、あなたも彼を愛してしまったんじゃないで
しょうね?」
「あの愚かな三枚目を? ばかばかしい。でも、パリへ行くのを許してもらえないなら、ナヴ
ァラの宮廷をちらっと見てもよかったかもしれない。アンリ国王を」
「ガブリエル——」
従順で、徳のある女が好きにちがいないわ。あたしとは正反対の。ここにいるより仕方がない
「冗談よ。ナヴァラの国王アンリも、きっとレミーのようにおもしろみのない男よ。新教徒は
でしょうね」
いまのところは。
アリアンヌはこの思いをガブリエルの目のなかにはっきりと読んだ。そして再び、ガブリエ
ルが自分と距離をとるのを感じた。妹の野心を永遠に抑えておくことはできない、そう思うと
アリアンヌの心は沈んだ。

19

ミリベルは木の後ろにうずくまって、馬に乗った男たちが森の小道を一列に並んで走り去るのを待った。彼女がいるほうには、誰ひとり目を向けもしなかった。魔女狩りの男たちの残りを捜索しはじめてから一週間たったいま、伯爵の家臣たちの警戒心は、最初に比べるとかなり緩んでいる。ルナールの従兄トゥサンも含め、彼らのほとんどはすでにあきらめていた。

ミリベルは隠れていた場所からそっと出て、スカートについた木の葉を払い落とし、張りだした枝を巧みに避けながら木立のなかを走りだした。背中にしょった雑嚢《ざつのう》は少しも苦にならない。やがて木立や草がまばらになると、彼女は速度を緩めた。突然木立が終わり、目の前に岩だらけの海岸が見えた。ごつごつした岩を波が洗っている。

足元に気をつけながら、隔離された洞窟《どうくつ》の上に突きだしている大きな岩によじ登った。その岩棚のほぼ真ん中にあるシダの茂みの陰には、洞窟の入り口がある。彼女はよくひとりで母の死を嘆き、父の帰りを祈るためにここに来る。ここは誰にも教えたことのない、自分だけの秘密の場所だった。

口に指をあて、シギの鳴き声を真似ると、不安にかられながら、鋭い返事が聞こえるのを待った。近づいていくと、洞窟の入り口にある茂みがかさこそと音をたて、なかからほっそりした若者が現れた。

シンプルなリネンのチュニックとズボンを着た若者は、この島の若者に見える。黒い巻き毛は海から吹きこんでくる風になびき、白い額に落ちていた。

シモンがもう一日見つからずに、無事でいるのを見て、ミリベルの心は少し明るくなった。ベル・ヘイヴンが攻撃されたという噂が広まったいま、島の人々のほとんどはシモンがロープの先につるされるのを見たがっているにちがいない。

なんとかして、シモンはちがうことをみんなにわかってもらう言葉を探せたらいいのに。ミリベルは心からそう願った。恐ろしいマスターとはぐれ、黒いローブを脱いだ彼はもう魔女狩りの仲間でもなければ、悪魔でもない。ただの……シモンだ。

最後の岩をいくつか登ると、シモンが片手を下に伸ばした。ミリベルのスカートはひどいありさまだったが、シモンは女の子が男の格好をするのを嫌がったにちがいない。それに、ミリベルが持っている男の子の服は、いまシモンが着ている。

細いのに力のある手が手首をつかみ、彼女を自分の横に引き上げた。

「よかった。見捨てられたのかと思いはじめたところだ」

「そんなこと、絶対しないわ」

シモンは体のなかが溶けるような笑みを閃かせた。ありがたいことに、海からの風でもつれた髪が、赤くなった顔を隠してくれる。ミリベルが雑嚢をおろすと、シモンはその中身に飛びついた。

そして彼女が持ってきたものを見て少し笑った。パン、果物、チーズ、ローストチキンの半分、ケーキもある。

「軍隊に食べさせるんじゃないんだよ、マドモワゼル」

「でも、あなたに飢え死にしてほしくないの」

「その危険はほとんどなさそうだ」シモンは崖の岩棚に座って足をぶらぶらさせながら食べはじめた。

彼はチェリー酒を飲みながら、チキンの足を夢中で食べ、パンとチーズも少し食べた。ミリベルは満足そうにそれを見守った。ただの男の子がこれほど興味深いなんて、驚きだ。シモンのすべてが彼女の好奇心を刺激した。ガブリエルの話だと、魔女狩りの男たちはひとり残らずねじれた心の持ち主で、男の物は小さくてしおれているらしい。〝だから女を憎んでいるのよ〟と姉は言っていた。でも、シモンにはそのどれもあてはまるとは思えなかった。

彼は水筒からごくごく飲み、唇にチェリー酒の玉が残ると、手の甲でぬぐった。シモンの唇はとてもなめらかで硬そうに見える。ミリベルはみぞおちが奇妙な具合に震えるのを感じながらそう思った。

シモンは彼女の視線に気づくと、口元をほころばせた。ガブリエルと同じでシモンも自分の美しさが与える影響にちゃんと気づいているようだ。ミリベルは赤くなった。

「これで充分?」彼女は尋ねた。

「あまるほどだ。残りはあとで食べる。きみはぼくが運んだ貧しい夕食より、はるかに素晴らしい食事を運んでくれたね。ぼくらのツキは完全に逆転したようだ」

「でも、あなたはあたしみたいに囚われたわけじゃないわ」

「そうかい? この島から逃げる方法はありそうもないし、永遠に隠れていることもできない。いくらきみの助けがあっても無理だ」

ミリベルは下唇を噛んだ。「でも、アリアンヌ姉様に相談すれば――」

「だめだ!」

「でも、姉様は母様にとてもよく似ているのよ。とても賢いし、心も広いわ」

「だが、あの悪魔の婚約者だ」

「ルナール伯爵は悪魔なんかじゃ――」

「そうかな? きみは彼がぼくの修道会の男たちに何をしたか、見なかったのか?」

「見たわ」ミリベルはささやくように答えた。彼女の頭には、あの恐ろしい夜の光景がいまでも焼きついている。男たちの暴力は、彼女を怖がらせ、混乱させた。彼らはとても理不尽に思える理由で相手を憎み、傷つけ、血を流す。金や所有物、さもなければ……相手の外見や祈りが気に入らないからという理由で人を殺す。もっとひどいのは、ただ楽しむために殺すことだ。

「伯爵がしたことを見たのなら、どうして彼を弁護できるのかぼくにはわからないな」シモンの声に怒りがにじんだ。「マスター・ジェロームは、優しくて徳のある人だった。あの悪魔はマスターをかばうぼくを助けようとしたマスター・ジェロームを刺し貫いた」

「でも、あなたのマスターは、あたしたちの家を燃やそうとしたのよ」ミリベルはつぶやいた。

「あれは事故だったんだ。マスター・ル・ヴィは逃げようとして、たいまつでタペストリーをかすってしまった。ぼくらは誰かを傷つけようとしてきみの家に行ったわけじゃないよ、ミリ。ただレミー大尉を探しに行っただけだ。危険な異端の反逆者を」

シモンはそんなことを本気で信じているの？　ミリベルは思った。彼の表情からは、必死にそう信じようとしているのが見てとれる。だが、目には恥と混乱が浮かんでいた。

「きみがぼくのマスターをひどい男だと思っていることはわかってる。たしかに、マスターは熱心に正義を行おうとするあまり、ときどき間違いをおかす。でも、彼がぼくにどんなによくしてくれたか、それをわかってくれれば」

「でも、彼はあなたを捨てたのよ。あなたを置き去りにして、自分だけ小船で逃げたんだもの」

シモンはまつげを伏せ、つかのま表情豊かな黒い目を隠した。「戦いの最中に離れてしまったんだ。マスター・ル・ヴィはおそらく、ぼくも死んだと思ったんだよ」

ミリベルはためらいがちに彼の手に触れた。「だったら、新しい人生を始めるチャンスよ、シモン。いまなら魔女狩りの男以外になれる。あなたを助けてくれるように、アリアンヌと伯爵に頼んであげるわ」

シモンが抗議する前に、ミリベルは早口に言葉を続けた。「最初に会ったときは、伯爵のことが怖かったの。とても悪い人だと思った。でも、ほんとにちがうのよ。ときどきエルキュールにとっても尊大な態度をとることもあるけど、この数日、あたしたちはそれを直そうとしていたの。ルナールはこれまでよりずっと馬に好かれるようになったわ」

「なんだって、ミリ！　あの男の邪悪な魔法を教わったりしちゃだめだよ」

「あたしが彼に教えてるのよ」ミリベルは腹を立てて言い返した。「それに、あらゆる魔法が邪悪なわけじゃないわ」

シモンは唇をすぼめた。「マスター・ル・ヴィはぼくによく聖書を読んでくれた。聖書はどんな類の魔術も邪悪だと警告しているよ。魔女を生かしておいてはいけないんだ」

「あたしの父様も聖書を読んでくれたわ。そこには、偉大なるサウル王が賢い女の占い師に相談したと書いてある」

シモンは驚いてミリベルを見た。「きみは聖書の話を知っているのかい？」

「あたしは大地の娘よ。無知な小娘じゃないわ。あたしたちは神様を信じているの。偉大なる大地の母の霊も信じている。母様はあたしに宗教はもっと広いものだと教えてくれたわ」

シモンは首を振り、彼女の頰を優しく叩いた。「ああ、ミリ。きみには理解できないことがたくさんあるんだよ」

彼の手の感触は悪くなかったが、見下したような言い方は気に入らない。「あなたよりずっとよくわかってるわ、シモン・アリスティード。たとえあなたより三つ年下だとしてもね」

「へえ、ほんとは三つ下なのか。きみは十四歳だと言ったような気がしたけど」

嘘が見つかり、ミリベルは胸の前で腕を組んでぷいと横を向いた。シモンが顎に手をあてても彼のほうを見ようとせず、怒って頭を振った。

だが、彼はあきらめなかった。「ミリ、怒らないでおくれよ。けんかはしたくないんだ」

ミリベルもけんかはいやだった。が、ときどき自分の考えと、シモンの考えがあまりにもちがいすぎて、とても橋を架けることなどできないような気がするのだ。だが、なだめるような黒い瞳に見つめられ、彼の指が優しく自分の指にからむと、怒りは知らないうちに溶けた。シモンの手はとても温かかった。

「きみが言ったことにも一理あるかもしれない」彼はためらいがちに言った。「いまの仕事をやめて、アリアンヌの助けを請いに行くことを考えてみるよ。でも、ひとつだけ心配なことがあるんだ。きみのお姉さんはあの指輪を使って伯爵を呼び、ぼくが何ひとつ自分を弁護できずにいるうちに、伯爵がやってきてぼくを切り殺すんじゃないだろうか」

「指輪のことを知ってるの？」ミリベルは驚いて尋ねた。

「ふたりとも奇妙な模様が入ったそっくりの指輪をしてることに気づいたんだ。アリアンヌがあんなに早くあの悪魔を呼びだせたのは、あれのおかげだった。そうなんだろう？」

「あたしなら、呼びだした、とは言わないわ。でも、そうよ。指輪の魔法のおかげだったの。

アリアンヌは何かあればいつでも伯爵を呼べるのよ。だけど、三回を呼んだら、結婚しなくちゃならないの。もう二回使ったのよ」

「で、きみは三回目を使ってもらいたくないのかい？」シモンは低い声で尋ねた。

ミリベルはため息をついた。「伯爵のことは……べつに嫌いじゃないの。だけど、結婚したら、本土にある彼のお城に行かなくちゃならないでしょ。もしかしたら、あたしも一緒に。だけど、あたしはこの島が大好きなの。ここがあたしのうちよ。ここを離れたくない」

シモンはミリベルの手をぎゅっとつかんだ。「アリアンヌと伯爵はいつもあの指輪を身につけているのかな？」

「伯爵のことは知らない。でも、アリアンヌはときどきはずすわ」

「そしてどうするんだい？」

「さあ」彼女はもじもじ動いた。シモンが指輪に示している関心と彼の質問に、奇妙な不安を感じた。「どうして？」

シモンは肩をすくめた。「きみの姉さんがあの指輪をしていないほうが、助けを求めに行きやすいと思って」

「心配しなくても大丈夫よ。あたしがまずアリアンヌに話して――」

「だめだ！」シモンは鋭く言い、唇にぎこちない笑みを浮かべた。「自分で話したい。でも、アリアンヌがぼくを殺すためにルナールを呼ばないことを確認したいんだ」

「姉様はそんなことしないわ」

「ミリ、きみのお姉さんはよい人だと思うけど、危険をおかすわけにはいかない」

「あたしも危険をおかしてほしくないわ」

「だったら、助けてくれ」

「どうすればいいの？」

「アリアンヌが指輪をはずしたら、それをどこにしまったか突きとめて、ぼくに教えてくれ。そうすれば、彼女に近づいても安全だ。そしてきみが言うように、彼女が賢いのと同じくらい思いやりのある女性なら――」

「そうよ！」

「だったら、ぼくはいまの仕事をやめて、この島に留まることにするよ」

シモンの頼みを頭のなかで考え、とくに害はないと判断したものの、なんだか気が進まない。

シモンがミリベルの手をぎゅっと握った。「ぼくにずっとこの島にいてほしくないのかい？」

「いてほしいわ」実際、これほど強く何かを望んだことはないくらいだ。父が去り、母が死んでから、彼女はとても惨めで寂しい思いをしてきた。シモンの出現は、なぜかそのすべてを変えてくれた。

彼が身を乗りだすのを見て、何をするつもりか気づき、ミリベルは息を止めて恥ずかしそうに顔を上向け、目を閉じた。シモンの唇が彼女の唇に触れる。とても軽く。だが、彼女の胸のなかは甘く、温かく、何かが花開くようだった。

ミリベルは真っ赤になって片手を唇に押しつけ、突然身を引いた。そしてくちごもりながらあとずさった。「みんなが心配する前に帰らないと」

心配そうに訊きながら、シモンも立ちあがった。「またすぐに来てくれるね？」

ミリベルは恥ずかしくて顔を上げられずにうなずいた。だが、少したらったあと、彼の頬にキスして、自分の大胆さにすっかり驚きながらぱっと離れた。

シモンはミリベルが森の端に達するまで、岩棚に立ってその姿を見送っていた。彼女は最後にもう一度振り向き、恥ずかしそうに手を振った。シモンはほほえみ、手を振り返した。が、彼女の姿が消えると、彼は手をおろし、笑みも消した。

あれはミリベル・シェニのファーストキスだったにちがいない。彼女にとっては、とてもとくべつな瞬間、深い驚きと奇跡に満ちた瞬間であるべきだった。彼にとってもそうあるべきだが、彼は裏切り者のユダになったような気がした。

「行ってしまったか？」冷たい声が尋ねた。

「はい、マスター」シモンは洞窟から出てきたル・ヴィに答えた。このマスターを、邪悪でも狂ってもいないと人に納得させるのはむずかしいだろう。黒いローブはびりびりでしみだらけ。顔は青ざめて、睡眠不足の目は、落ち窪んだ眼窩《がんか》のなかで真っ赤に燃える石炭のようだ。

「あの娘をうまくだましおおせたか？　おまえの頼んだとおりにすると思うか？」

「思います」シモンは惨めな声で答えた。

「よろしい」

シモンは無駄だと知りながらも、またしてもマスターを説得しようとした。

「どこかで小船を調達して、このまま立ち去るほうがよくありませんか?」

ル・ヴィににらまれ、シモンはあとずさった。「われらの仕事をやり残して去るのか?」

「でも、ミリの話では、レミー大尉はすでにベル・ヘイヴンを出たそうです。手袋も持っていったにちがいありません」

「レミー? ふん! あんな異端者などどうでもよい。あの、あの――」ル・ヴィは唾を飛ばして叫んだ。「あの悪魔の息子、ルナールを始末せねばならん」

「でも、ぼくらだけではとてもかないませんよ、マスター。ぼくとマスターしか残っていないのに――」

「ああ。やつが仲間を殺したからだ。それを忘れたのか? やつがわしにしたことを?」

ル・ヴィは血で汚れた布に包まれた手をシモンの顔の前に突きだした。シモンはたじろいだ。彼はできるかぎり手当てをした。だが、指を切り落とされこそしなかったものの、おそらくマスターの手は再びちゃんと使えるようにはならないだろう。

とはいえ、強盗のように、真夜中にベル・ヘイヴンを襲撃しなければ、そういうことは何ひとつ起こらなかったのだ。

この反抗的な思いが顔に出たにちがいない。マスターは顔をしかめ、けがをしていないほうの手でシモンの肩をぎゅっとつかんだ。

「ルナールとあの呪われた指輪のことを、おまえは警告してくれた」ル・ヴィはうなるように言った。「わしは耳を傾けるべきだったな。いいか、わしらは兄弟の仇を討たねばならん。あの悪魔のような伯爵と魔女たちをひとり残らず始末せねばならん」

「でも、ミリはべつです」シモンは挑むように顎を上げた。「彼女はほかのふたりとはちがいます。あんな嘘をついて、彼女をだますのはとてもいやでした」

ル・ヴィはため息をついて、肩をつかんだ手の力を緩めた。「うむ、おまえは正直な若者だからな。だが、悪魔を打ち負かすためには、ときとして悪魔の道具を使わねばならん」

「ミリは悪魔ではありません」

「ああ。しかし、悪魔に道を迷わされておる。おまえはあの娘を魔法の呪いから救ってやるがよい。おまえには救えなかった妹や両親のかわりにな。それとも、彼女を闇の力に渡し、尻尾を巻いて逃げだすか？」

「いいえ」シモンはささやいた。

「では、どうすればよいかわかっているはずだ」


黒魔術は決して使ってはいけない。エヴァンジェリン・シェニは口癖のようにそう警告していたが、アリアンヌはそれを無視し、秘密の作業場へとおりていった。

彼女は禁じられた魔法を記した古代の書物をおろし、銅の洗面器と黒い蠟燭を用意すると、アリアンヌは熱に浮かされたように急いで準備を始めた、黒い蠟燭を灯し、香を焚《た》く。ねっとりした香りが満ちると、調合した飲み薬をひと口で飲みほした。

強力な液体が血管のなかで燃え、香りが頭を曇らせる。トランス状態に深く入りこみ、彼女は死者と生者の世界の間にあるベールを開いた。

「母様……お願い、ここに来て。助けが必要なの」

彼女は銅の洗面器にかがみこんで、水のなかをのぞきこみながら、母の顔をできるだけ詳しく思い浮かべた。やがてようやく水面に浮かびあがったエヴァンジェリンの顔は、少しぼやけていた。

母は悲しそうにアリアンヌを叱った。

〝アリアンヌ、どうしてこんなことを……〟

「ご、ごめんなさい、母様。でも、どうしても母様と話す必要があったの。ひどいことになって――それに母様に会いたくてたまらないの」

アリアンヌは泣きそうになりながら言葉を続けた。「どうしてこれがいけないことなのか、それさえよくわからないわ」

〝死者を呼びだすことが？〟エヴァンジェリンはショックを受けたように訊き返した。〝アリアンヌ、わたしの時間は終わったのよ。もうわたしのことを悲しむのはやめて、自分の人生を生きなくてはだめよ。あれほど教えたのに、黒魔術の持つ危険を覚えていないの？　この魔術は、何かの手違いで地獄の扉を開け、真に邪悪な存在を呼びだしてしまう可能性もあるのよ〟

「王太后よりも邪悪なものを？」

エヴァンジェリンの声が鋭くなった。〝カトリーヌが何かしたの？〟

「ええ。魔女狩りの男たちを島に送りこんだの。二度も。二度目はベル・ヘイヴンを襲撃してきたわ」

〝魔女狩りの男たち？〟エヴァンジェリンはつぶやいた。〝カトリーヌはそれほど闇にのまれてしまったの？〟

「王太后は、新教徒の王に対して恐ろしいことを企んでいる。わたしがその邪魔をするのを恐れているの」アリアンヌは苦い笑い声をあげた。「でも、悲しいことに、わたしは王太后が怖くてたまらない。なんとかしてあの手袋の謎を解くべきだった。それを使えば、彼女の悪事を暴くことができたかもしれないのに。そしてレミー大尉と一緒に――」

〝いいえ、アリアンヌ。あなたたちだけでカトリーヌに向かうのは無理よ。あなたが治めるべき場所はここ。あなたの務めは妹たちを守ることよ〟

「それもあまりうまくいかないの」アリアンヌは暗い声で言った。「ミリはこのベル・ヘイヴンで起きた流血騒ぎにすっかりふさぎこんでいるわ。最近はとても奇妙なの。とても静かで……緊張しているのよ」

〝ミリは立ち直るわ。あの子はあなたが思っているよりも、はるかに強いのよ。ガブリエルはどうしているの？〟

アリアンヌは顔をしかめた。「せっかく昔のように心が通いあったと思ったのに、また怒らせてしまったわ。ある男がベル・ヘイヴンに無理やり入りこむのをわたしが許した、とかんかんなの」

〝魔女狩りの男？　それはあなたのせいでは——〟

「いいえ。わたしたちを襲撃から救ってくれた男よ。ルナール伯爵。彼はいま、森で野営していて——」

水のなかのエヴァンジェリンの顔に明らかな非難が浮かんだ。

〝あなたは命の恩人をテントで寝かせているの？　なぜ彼に館で眠ってもらわないの？〟

「わたしのベッドに招くことになりかねないからよ」アリアンヌは口走った。母に打ち明けるのは恥ずかしいことだが、昔から母にはなんでも話してきた。

母の顔がちらついた。目の隅に小じわのよった美しい顔は、まるで生きているように見える。アリアンヌはすすり泣きをもらしそうになり、喉の塊をのみくだした。

「ああ、母様、わたしのいちばんの悩みはルナールなの。彼は大地の娘の孫で、とても強い魔力を持つ奇妙な指輪をわたしにくれたの。母様は昔から、ああいうものに魔力はないと言っていたけど……」

エヴァンジェリンは沈んだ笑みを浮かべた。〝母親は全知全能ではないのよ、アリアンヌ。間違うこともあるわ〟

でも、アリアンヌには母は完璧だとしか思えなかった。「とにかく、指輪の魔力は本物なの」彼女は片手を掲げた。指輪が光を反射してきらめく。

「この指輪を胸にあて、頭のなかで彼を思い浮かべて呼ぶと、駆けつけてくれるの。もう二度も使ってしまった。もう一度使えば、彼と結婚しなくてはならない。それなのに、ただ彼に会いたくて、呼んでしまいそうになるの。ときどき彼の腕に抱かれたいという思いがとても強くて……」

〝その願いに従うのは、それほど悪いことかしら？〟母は静かな声で尋ねた。

「でも、ガブリエルは間違った男を信頼して、魔法をなくしたわ。ルナールのことで理性を失うのが怖いの。最初のうち、彼はとても用心深い、冷酷な皮肉屋に思えた。それが――」アリアンヌの訴えはしりきれとんぼになった。彼の顔の鋭い線、大きな体は恐れをもたらすこともあるが、これまで知っているどの男よりも優しく思えることもある。

「いちばん怖いのは……」アリアンヌは低い声で訴えた。「ルナールがわたしをベッドに誘いこむだけでなく、わたしの心も虜《とりこ》にしてしまうこと。自分がこんなに弱いとは思いもしなかったわ」

〝愛は弱さだと思うの？〟

「だってそうですもの……ちがう？　男に頼るようになりたくないの。母様みたいに――」アリアンヌは恐怖にかられて言葉を切った。だが、母は彼女のことをよく知っていた。

〝わたしとお父様のように？〟

「ええ！」アリアンヌは自分の声が苦くなるのを抑えられなかった。「母様は心から父様を愛したあげく、裏切られたわ」

〝あなたがお父様のことを、そんなふうに怒りをこめて話すのを聞くのはつらいわ〟

「母様は怒りを感じなかったの？」

エヴァンジェリンは悲しそうな笑みを浮かべた。〝わたしがどれほど傷つき、怒りを感じたにせよ、どちらもとうの昔に消えてしまったわ。わたしはルイを理解していたもの〟

「母様が死にかけているときに、ほかの女に心を移したことを理解していたというの？」

〝あなたのお父様は剣を手にして、敵と闘うときにはとても勇敢よ。自分の命を危険にさらすことなどなんとも思わない。でも、わたしが少しずつ弱り、死んでいくことには直面できなかったの。愛する女性の死に直面すると、どんなに勇敢な兵士でも、逃げ腰になることが多いのよ〟

アリアンヌは頑固に唇を引き結んだ。「もしも父様が母様をそれほど愛していたのなら、どうしてカトリーヌの息がかかった女に惑わされたりしたの？」

〝それはわたしの責任でもあるの。わたしは宮廷の生活が好きになれず、この島の平和を望んだ。でも、お父様にとっては、ここは退屈なところだったわ。もっとパリで一緒に過ごし、目を光らせておくべきだったのよ。ルイはわたしのように強い人ではないの。それは昔から気づいていたし、受け入れていたわ。だからといって、彼への愛が変わることはなかった。彼を許すことができたの。あなたもお父様の弱さを許す必要があるわ。そのことで、自分の愛にしり込みしてはだめよ〟

「わたしは母様のように賢くもなれないし、理解することもできないわ」アリアンヌはつぶやいた。

〝わたしたちはちがう人間よ。わたしがお父様と分かちあった結婚生活では、あなたは満足できないでしょう。あなたには自分と同じ強さを持つ相手が必要ね〟

「つまり……ルナールのこと?」アリアンヌは顔をしかめた。「彼のお祖母様は、ルナールとわたしが結ばれる運命にある、と予言したそうよ。母様は未来に関する予言をあまり信じてはいけないと教えてくれたけど……」

〝でも、わたしは山に住む賢い老女たちをとても尊敬していたものよ。彼女たちの教えは、書物ではなく大地の骨のように深い知恵から来ているから〟

「だったら、わたしが彼の運命の女性だという老ルーシーの言葉は正しいと思うの?」

エヴァンジェリンは優しい声で笑った。〝残念ながら、わたしにはわからないわ。あなたの運命を作れるのはあなただけよ。でも、ひとつだけ助言させてちょうだい〟

「ええ、ぜひ」アリアンヌは熱心に言った。

〝その指輪をはずして、使いたくならないような場所にしまいなさい。ルナールに関してどんな結論に至るにしろ、指輪の魔力にも、古い予言にも惑わされずに、あなたの心で判断すべきよ〟

アリアンヌは母の助言にうなずいた。だが、そうすると約束する前に水が波打った。あまりにも短い母との時間が終わったのだ。アリアンヌは悲しみを浮かべ、器のなかの水が濁って、エヴァンジェリン・シェニの顔が霧のなかに消えるのを見守った。

片手を上げ、母に向かって手を差しのべようとしたが、その腕は脇に落ち、まぶたもひどく重くなった。アリアンヌはかすかに体を揺らし、ぐったりと前に崩れて硬いテーブルに頭をのせ、そのまま深い眠りに落ちた。

それから何時間もあと、階段をおりてくる足音がして、男の影が落ちたことにも気づかなかった。

「アリアンヌ？」ジュスティスは低い声で呼んだ。彼女がテーブルにぐったりとうつぶせているのを見て、彼は急いで蠟燭を置いてかがみこみ、茶色い髪をなでつけた。美しい顔はひどく青ざめている。

「アリアンヌ！」そっと揺すってみたが、反応がない。ジュスティスは喉に指をあて、ほっと息を吐きだした。脈はしっかりしている。アリアンヌはぐっすり眠っているだけだ。その理由はテーブルの上に置かれたものを見ればわかる。

黒い蠟燭に銅製の洗面器、香を焚く器。彼にはなじみのあるものばかりだ。ルーシーがそれを使って死者の霊を呼びだすのを何度も見ていた彼は、アリアンヌが何をしていたか想像がついた。

ジュスティスはアリアンヌの額にそっとキスした。

「可哀想に」アリアンヌをこの黒魔術へと駆りたてた懸念と不安を思い、彼はつぶやいた。ジュスティス自身もその重荷のひとつにちがいない。ジュスティスはため息をついた。

ガブリエルをべつにすれば、ベル・ヘイヴンの誰もが彼を畏怖《いふ》し、ジュスティスの存在を感謝して受け入れていた。館を出入りする彼の行動になんの疑問もさしはさまない。

ましてこんな夜更けには、館の者はひとり残らず休んでいる。だが、ジュスティスにとってはアリアンヌがどこにいるか見当をつけるのは簡単だった。きわめてよく隠されている落とし戸の仕掛けすら、彼は簡単に突きとめた。この一週間、アリアンヌの目は開いた本のように読みやすかったのだ。

ジュスティスのことを…… 〝レミー大尉と同じ無鉄砲で勇敢な愚か者〟とみなすようになって以来、アリアンヌはこれまでよりずっと彼を信頼していた。

だが、おれはあの理想主義のニコラ・レミーとはまるでちがう男だ。ジュスティスは眉間にしわを寄せ、アリアンヌの頬をそっとなでた。あの男はお返しのキスすら望まずに、レディを救出に駆けつけるにちがいないが、彼は決してそこまで無欲にはなれない。アリアンヌに対してはとくに。

それにルーシーの孫であるジュスティスは、この部屋の棚に並んだ器の中身や、古代の書物に記された想像を超える深い知識に心を惹かれずにいられない。

アリアンヌがテーブルに開いたままにしてある書物は、大きな誘惑だった。が、アリアンヌの許可も得ずに作業場に入りこんだだけでも後ろめたいのだ。彼女が何も知らずに眠っているそばで、それに目を通すなどもってのほかだろう。

ジュスティスは誘惑を退け、アリアンヌを抱き上げた。彼女は少し身じろぎし、ため息をついて彼の肩に頭をあずけた。ジュスティスは優しい笑みを浮かべ、アリアンヌを上の寝室に運ぶと、壊れやすい大切な宝物を扱うようにそっとベッドにおろした。

頭が枕につくと、アリアンヌまばたきしながら目を開け、眠そうにつぶやいた。「ルナール？」

「あ、ああ」ジュスティスは急いで自分がそこにいる口実を思いつこうとした。

だが、驚いたことに、アリアンヌは彼の首に両手を回し、彼を引き寄せて唇を押しつけた。

初めて会ったときには、キスのことなど何ひとつ知らなかった女性にしては、目覚しい〝進歩〟だ。

アリアンヌは柔らかいため息とともに唇を開き、舌の先で彼の唇をたどりながら誘ってくる。ジュスティスはほんの一瞬、ためらったものの、低いうめきを漏らしてむさぼるようにキスを返した。〝薬〟の効き目でまだ頭が朦朧《もうろう》としている女性を相手にしていることを、忘れそうになる。

アリアンヌは自分が何をしているか、まったくわかっていないのだ。彼がこの先に進まないかぎり、明日の朝には彼が寝室にいたことすら忘れているだろう。彼の唇をむさぼるふっくらした唇が、甘い誘惑でくすぶる欲望にたちまち火をつける。

彼女から離れるにはあらゆる意志の力が必要だった。彼はどうにかアリアンヌの腕を首からほどき、陰のなかに退いた。アリアンヌは彼を探して手を泳がせたが、失望のうめきを漏らしておとなしくなった。

アリアンヌが深い眠りに戻るのを見ながら、ジュスティスは口元に物憂い笑みを浮かべ、ため息をついた。服を脱がせたほうがいいだろうか？　だがそんなことをすれば、かろうじて退けている誘惑に打ち勝てる自信がない。

フェール島のレディが彼を英雄にする可能性はあるかもしれないが、聖者にするのはとうてい無理だ。彼はそっと布団を掛け、急いであとずさった。

「ぐっすりお休み、マイ・ラ――」ジュスティスは驚いて言葉を切り、急いでこう言いなおした。「マイ・レディ」

そして名残惜しそうにちらりと振り向き、足音をしのばせて部屋を出た。

ルーヴル宮殿の窓は赤々と灯っていた。音楽と酒宴《しゅえん》のざわめきが、セーヌ川を渡り、夜のなかへと消えていく。ナヴァラの王がパリに到着し、歓迎の宴《うたげ》が催されているのだ。だが、宮殿のなかには、にぎやかな笑いだけではなく緊張もみなぎっていた。ナヴァラの王に付き添ってきた新教徒たちは、パリの貴族たちの作り笑いに、深い疑いのにじむしかめ面で応じていた。マルゴ王女はまもなく夫となる男にあからさまな嫌悪を示し、ナヴァラのアンリはすでに美しい女官たちに目をつけていた。シャルル国王はぴりぴりして、いまにもぷつんと切れそうだ。王太后はいつ急変するかわからない息子の気分を油断なく見張っていた。

この祝宴を実際に楽しんでいたわずかな人々は、早々に退出することを余儀なくされた。だが、ルイーズ・ラヴァルにとって、今夜は誰にも邪魔をされる心配なしにカトリーヌの部屋を探れる願ってもないチャンスだった。

隙間風で蠟燭が消えぬように片手で囲いながら、ルイーズは誰にも見咎《みとが》められずに王太后の寝室に隣接した小部屋へと向かった。彼女はことのほか上機嫌だった。今夜の祝宴で、彼女がとりわけ美しい女のひとりだったのは明らかだ。ナヴァラの王さえ目に留めていた。上機嫌のもとはそれだけではなかった。カトリーヌと何日も頭のなかでチェスのようなやり取りをしたあとで、まもなく王手をかけられそうだ。彼女は誤情報というポーンをいくつか投げ与え、レミー大尉と手袋はイギリスに逃げたとカトリーヌをだますことができた。王太后がその日の午後に、自分の指揮下にある近衛兵《このえへい》の一隊を海峡の向こうへ送りだしたと耳にしたときは、勝ち誇った笑いを抑えるためにハンカチを口に押しこまねばならなかったくらいだ。

それから何時間もあと、彼女はまだ笑みを浮かべていた。この手柄よりももっと大きな仕事を達成したからだ。ようやくカトリーヌの警戒を越え、王太后の目を読むことに成功したのだ。ルイーズは肩越しに後ろを確かめ、問題の小部屋に入った。そしてクローゼットの扉を開け、祭壇を見てせせら笑いを浮かべた。魔法の道具を敬虔《けいけん》な信仰と祈りの裏に隠すとは、いかにもカトリーヌらしい姑息《こそく》な手段だ。このどこかに秘密の扉を開けるレバーのようなものがあるはず。ルイーズは祭壇に敷かれた布に手を走らせ、十字架の後ろを探った。刻々と時間が過ぎていく。だが、目当てのものはなかなか見つからなかった。

これでは手間を取りすぎる。だが、危険がもたらす興奮は、彼女の脈を走らせた。これは新しい恋人を見つけるよりも、はるかにスリルがある。まあ、恋人も悪くはないけれど……ナヴァラのアンリの目にきらめいた情熱を思い出し、ルイーズは訂正した。

あの若い王は女好きだというもっぱらの噂《うわさ》だった。彼とベッドに転がりこむのは、楽しいかもしれない。実現すれば、初めて王とベッドをともにすることになる。でも、その前にアンリの命を保つ算段をしなくては。

ようやく蠟燭立てが動くのを見つけると、ルイーズは嬉しそうに笑み崩れた。祭壇がぱっと前に開き、暗い、謎めいた部屋が現れる。

「あらら、カトリーヌ、これで王手ね。クイーンは重大な危険に瀕しているけれど、あなたを救うポーンはもうひとつもないはずよ」

蠟燭を手に、ルイーズはどきどきしながら狭い部屋へと入った。ちらつく炎が、古代の書き物やうっすらと埃の積もった器や瓶が並ぶ棚を照らしだす。

小さな木製のテーブルにあるのは、最近作ったものだろうか？ ルイーズはそれをよく見ようと近づいた。漆喰《しっくい》とすり鉢が、冷たくなった灰でいっぱいの小さなストーブのそばに置いてあった。すぐ横の棚に並んだガラスの小瓶には、雲の色をした液体が入っている。中身がなんなのか見当もつかないが、おそらく何かの毒だろう。

作業台には、ひと巻きの古い羊皮紙も広げたままにしてあった。彼女が調合している、恐ろしいものの詳細なレシピにちがいない。古代の言語にうといルイーズは、それがフランス語で書かれているのを見てほっとした。

巻き物を蠟燭の火に近づけ、彼女は読みはじめた。恐ろしい内容だ。読めば読むほど恐怖でみぞおちが固くなる。

ルイーズは蛇をつかんでいたかのように、羊皮紙を放りだした。彼女はカトリーヌがアンリ王の殺害を企てているとにらんでいたのだが、まさかこんな大それたことを企んでいるとは。

「毒の霧ですって、カトリーヌは毒の霧を作りだすつもりなの？」ルイーズはかすれた声でつぶやいた。「急いでフェール島に知らせなくては」

踵を返したとたん、戸口に立っている誰かにぶつかり、ルイーズは悲鳴をあげてあとずさった。

王太后は動揺するどころか、かすかな笑みを浮かべていた。「王手よ、親愛なるルイーズ」

20

抜けるような青い空に七月の太陽がきらめき、まだ朝だというのに、息苦しいほどの暑さだ。アリアンヌはルナールを捜して外に出た。汗で服が濡れ、体にはりついていたが、彼がル・ヴィを捜しに行く前に捕まえたかった。

今朝目を覚ますと、母の穏やかな叱責《しっせき》の声が耳のなかに残っていた。

〝あなたは命の恩人をテントで寝かせているの？　なぜ彼に館で眠ってもらわないの？〟

いつものように、母の言うとおりだ。アリアンヌはベル・ヘイヴンを囲んでいる森へと足を向け、ほっと息をついた。木の葉の天蓋《てんがい》が強い陽射しをさえぎっている森のなかは、炎天下に比べると涼しかった。彼女は爽やかな森のにおいを吸いこんだ。

ルナールはベル・ヘイヴンの敷地を横切っている小川のほとり近くに野営しているのだ。まだ彼が出発していないことを祈りながら、アリアンヌは足を速めた。

野営地からは、斧《おの》で木を割る鈍い音が聞こえてくる。そっと枝を分けて空き地をのぞくと、テントからさほど離れていない木陰に、エルキュールが見えた。明るいブルーにクリーム色の縞《しま》が入ったテントはかなり大きく、試合のときに出番を待つ騎士たちのために用意されるものとよく似ている。

だが、そのそばで薪を割っている男は、騎士というよりも逞《たくま》しい森の男のようだった。木漏れ陽が、明るい茶色の髪に入った金色の筋と汗に濡れた前腕をきらめかせている。彼は丈の短いぴったりしたズボンに、ゆるみのあるリネンのシャツ姿で、袖を肘《ひじ》までまくり上げていた。裸足の足を少し開き、見たところ軽々と斧を振りおろしている。

長めの髪はすでに汗に濡れていたが、口元にはこの仕事がもたらす満足が浮かんでいる。ル・ヴィの捜索が行き詰まり、暇をもてあましているのかもしれない。

このところ忙しかったアリアンヌは、まだ怯《おび》えている召使いたちから、ついさっきこの数日の報告を受けたばかりだった。ルナールはりんごを収穫し、襲撃で壊された鎧戸を修理し、馬屋の掃除まで手伝ったという。

「わしはお止めしたんです」フォージュが震えながらそう言った。「紳士の仕事じゃねえ、まして伯爵様のやることじゃねえ、と申しあげたんですが」

「あの人は、島にいる日が長くなるにつれてどんどん農夫みたいになっていくわね」ガブリエルはそう言った。だが、ルナールはきっと本来の自分に戻りつつあるのだ。アリアンヌは山中を走りまわっていた素朴で、あけっぴろげで、生きる喜びにあふれていた若いころのルナールを垣間見る思いがした。

すっかり薪割りに集中しているとみえて、ルナールはアリアンヌが空き地に入っていっても気づかなかった。だが、エルキュールは気づき、首を曲げ、耳をぴんと立てて、まるでルナールに警告するように鋭いいななきを発した。

彼は斧を振りおろす手を止め、野生馬が風のにおいを嗅ぐように鼻孔《びこう》を膨らませた。そしてアリアンヌの姿を見ると顔を輝かせ、斧を丸太に突き立てて落ち着かない馬をなだめた。

「ほらほら、おまえの目はどこについているんだ？　あれは魔女狩りの男じゃないぞ。おれたちのレディだ」彼はエルキュールの首を叩きながらつぶやいた。

驚いたことにエルキュールが答えるようにいななき、ルナールに鼻面をこすりつける。ルナールは内緒話をするように馬に顔を寄せた。「なんだって？　この森に幽霊がいるという話を聞いた？　これでわかったろう？　幽霊じゃなく、美しい妖精の間違いだってことが」

アリアンヌは笑いながら、驚きをこめてルナールと気性の荒い馬を見比べた。彼らはいつのまにこんなに仲良くなったのか？　なんとエルキュールはルナールの耳を口に挟んで嚙むふりをしている。

「ムッシュ・エルキュールと理解しあえたようね。馬と話す方法は、妹から教わったの？」

「ああ。ミリも教えてくれた」ルナールはかすかな笑みを浮かべた。「だが、わたしもだんだんと子どものころに学んだことを思い出しはじめたんだ」

汗が一粒、額から落ちた。彼は腕でそれをぬぐい、申し訳なさそうにアリアンヌを見た。

「ひどい格好ですまない。エルキュールもわたしもお客が来るとは思っていなかったものだから。失礼して、少し身繕《みづくろ》いをするよ」

その必要はないわ、アリアンヌはそう言おうとしたが、ルナールはすでに土手に向かって歩きだしていた。彼女はそのあとを追った。「今日はひとりなのね　ほかのみんなはどうしたの？」

「トゥサンたちは、ル・ヴィを見たものがいないか本土の連中に訊きに行かせたんだ。しかし、無駄骨に終わりそうな予感がする」ルナールはためらった。「じつは昨夜、孤立した洞窟のなかに流れついた小船の残骸を見つけた。ル・ヴィとシモンという若者が島から逃げようとして乗った小船が、転覆したようにみえる。死体はまだ見つからないが、ふたりとも溺《おぼ》れたか、岩に叩きつけられた可能性が高いな」

ル・ヴィが死んでも少しも悲しくないが、あの若者は……。ミリベルが水の拷問《ごうもん》にかけられそうになった日の、シモンの苦悩にゆがんだ顔が目の前をよぎった。

「ミリが悲しむでしょうね。あの子はシモンがとても好きになったようだから」

「自分の家を焼こうとした魔女狩りの仲間を？」

アリアンヌがシモンを弁護しようとすると、ルナールはうんざりしてそれをさえぎった。

「いや、あの若者に関してまた言い争うには暑すぎる。彼の死がミリを悲しませるとしたら気の毒だと思うが、確実なことがわかるまではいたずらに気を病む必要はない」

ルナールは草の端に膝《ひざ》をつき、きらめく水を顔にかけた。アリアンヌはすくった水を飲もうとする彼の口を見つめた。

昨夜夢に見た情熱的なキスを思い出し、彼女は眉を寄せた。昨夜はいつどうやって自分の部屋へ戻ったのかまったく記憶がないが、ルナールの腕に抱きあげられて優しくベッドに運ばれ、とろけるようなキスを交わしたあとで、彼が暗がりに消えてしまい、ひどく寂しい思いをした記憶が残っていた。いまそのキスをあざやかに思い出し、彼に尋ねたい誘惑にかられた。

ルナールは土手から体を起こし、髪の先端の雫《しずく》を払い落とした。彼の指輪が目に留まると、アリアンヌは反射的にスカートのひだのなかに自分の指を隠した。

母の助言に従い、彼女は指輪をはずして、ベッドのすそにある鍵付きのチェストにしまったのだった。約束を破ったことに気づいたら、ルナールはこの違約をたてに即座に結婚を迫り、彼女が自分で決める余地を奪ってしまうかもしれない。

だが、すでに指輪のないことに気づいていたとしても、彼は何も言わなかった。もしかすると、首の鎖に戻したと思ったのかもしれない。

怒るどころか、彼はとりわけ優しい笑みを浮かべ、アリアンヌを見た。「それで、フェール島のレディがわざわざお出ましとは、どういうわけかな?」

「良心の呵責に耐えかねたの」

ルナールは驚いて太い眉を上げた。アリアンヌはつつましく両手を組んだ。彼に告げる言葉はここに来る途中で練習してきたのに、急にひとことも思い出せなくなった。「ずっと考えていたのよ。あなたはわたしたちにとてもよくしてくれたわ。殺される危険をおかして魔女狩りの男たちと戦い……馬屋の掃除までしてくれた」

「それはとくに危険ではなかったぞ。エルキュールとちがってミリのポニーはおとなしいからな。兎はわたしをにらんだが」

アリアンヌは急いで言葉を続けた。「つまりその、こう言いたかったのよ。あなたはとても寛大だった……でも、わたしはそうではなかった。あなたがここにいるのは、わたしたちを守るためなのに、森で野営させるなんて恥ずかしいことだわ」

「きみのせいじゃないさ。ここに留まりたいと主張したのはわたしのほうだ」

「だとしても、家族とわたしにしてくれたことを思えば、せめてベッドに伴う――」アリアンヌは赤くなって急いで言い直した。「いえ、ベッドを提供するぐらいは当然だわ。よかったら、父が使っていた部屋を……」

ルナールがにやっと笑うのを見て、アリアンヌは弱々しく言葉を切った。「ひどいわ、ルナール。わたしの言いたいことはわかっているくせに。あなたはわたしたちの命の恩人よ。硬い地面で毛布にくるまって眠るのは間違っているわ」

ルナールは頭をのけぞらせて笑った。「こっちに来てごらん」

アリアンヌはルナールが自分の手を引き、テントへと向かうのに気づいて体をこわばらせた。だが彼がフラップを開けなかを示すと、おそるおそるなかをのぞいた。

そして目をみはった。そこには床代わりに美しいトルコ絨毯が敷かれ、片側に置かれた木製の寝台には毛皮がかかっている。清潔なリネンの上にワインのデカンタと果物の器を置いた小さなテーブルまであった。

「わたしじゃないよ。すべてトゥサンの考えだ。きみの老フォーシュのように、あの従兄には、伯爵の威厳を保つために最低限度必要なものに関して、彼なりの考えがあるんだ。ときどきトゥサンはわたしを国王と間違えているんじゃないかと思うことがあるよ。わたし自身は、毛布で眠るほうがはるかに寝心地がいい。子どものころはよくそうやって、夜空の星を数えながら眠ったものだ」

「森のなかではたいして星は見えないわね」

「だが、木立も空と同じように快適な屋根になる。風がため息をつきながら葉をそよがせて吹きすぎると、わたしを見下ろしてほほえんでいる月がちらりと見えるんだ。きみの森は美しい。小川のそばには静かで優しい霊がいるし」

「ええ、少し前まで、ガブリエルとミリはよくここに来て遊んだのよ」

ルナールは怪訝《けげん》そうな笑みを浮かべた。「ガブリエルとミリだけかい？　きみはどうした？」

「わたしは母の技術をできるだけ学ぼうとしていたの。でも、ごくたまにパリからやってきた父と一緒に来たものよ」

アリアンヌは説明した。「父は娘たちに、あまり女らしくないことをせっせと教えたの。息子がひとりもいなかったからかしら。ミリには乗馬を、ガブリエルには剣を」

「そしてきみは？」

「もっとスキャンダラスで、レディらしからぬこと。父は泳ぎを教えてくれたわ」

「それはスキャンダラスだ」ルナールはおどけて言った。

「わたしはいつも母のあとについて、川で薬に使う苔を採《と》っていたから、うっかり足を滑らせて溺れてはいけないと思ったのね」

アリアンヌは小川に目をやり、忘れていた胸の痛みを感じて驚いた。

「父上が出帆してから、ずいぶんになるね」ルナールが静かに言った。

「ええ、とても」父が恋しい、そう言いそうになり、アリアンヌは言葉を切った。父に腹を立てるあまり、これまでは恋しがることさえ自分に許さなかったのだ。

アリアンヌは土手の端へ向かった。大きく蛇行しながら流れていく川の水面に、金色の髪のハンサムな男の笑顔が浮かんだ。目の隅にしわを寄せ、父はよく笑ったものだった。

そのころから、彼女の腕と脚はもてあますほど長かった。父は強い手で支え、水のなかに浮かせてくれた。そしてアリアンヌが体を硬くして、恐怖を浮かべるとこう言った。

〝大丈夫だよ、アリアンヌ。おまえは母様と同じようになんでもできる女性だ。ちゃんと泳げるようになる。体の力を抜いて、父様を信頼し目をつぶるんだ。決して沈めたりしないから〟

アリアンヌは父の指示に従った。目を閉じ、父を信頼した。長身で、大胆で、何ひとつ恐れたことのない父を。

思いがけず涙がこみあげてきて頬を濡らした。ルナールがそっとそれを拭う。「すまない。悲しい気持ちにさせる気はなかったんだ」

アリアンヌは赤くなった。「父が恋しいことにたったいま気づいたの。おそらくもう二度と会えないわね」

「きみの父上よりも長いこと行方不明で、死んだと思われていたのに、ある日無事に帰ってきた男たちはたくさんいる」

アリアンヌはどうにか落ち着きを取り戻し、笑みを浮かべて小川に背を向けた。「そろそろ館に戻らなくては。よかったら一緒に——」

彼女は言葉を濁した。喜んで承諾するとばかり思っていたが、驚いたことに彼は考えこむような顔で首を振った。

「いや、いまのところはここにいるよ。それだけでもガブリエルは怒っているんだからね」

「あの子に気を遣う必要はないわ。あなたを悩ませるようなことは許さない」

「ガブリエルがきみを悩ませるほうが心配だ。そうでなくても、きみには心配事が山ほどある。よけいなストレスを増やしたくない」ルナールは顎《あご》の下をくすぐるようになでてほほえんだ。「泳ぐ話をしたら、川に飛びこみたくなった」

彼は土手の端に行き、汗に濡れたシャツを頭から脱ぎはじめた。

よけいなストレスを増やしたくない、ですって？　アリアンヌは広い肩と硬いお腹、細い腰を見ながら思った。金色の縮れ毛がきらめく逞しい胸が汗で光っている。

半裸の男を見るのはこれが初めてというわけではなかった。一度だけだが、全裸の男さえ見たことがある。病の患者やけが人の手当てでは、乙女の恥じらいを脇に置かねばならないこともよくあるのだ。

だが、ルナールは病人でもけが人でもない。なめらかな皮膚が引き締まった筋肉の上に張りつめている彼の体は、ため息が出るほど男らしかった。

アリアンヌは自分が唇を湿らせているのに気づいた。もちろん、そこに立って、穴のあくほど彼を見つめている必要はまったくない。だが、ルナールに気づかれても、目をそらすことができなかった。

彼は両手をウェストにおろした。彼はすっかり脱いでしまうつもり？　アリアンヌはどきっとしながらも、魅せられた。ルナールはいたずらっぽい笑みを浮かべて彼女を見た。

「心配はいらない。わたしはとくに慎ましい男ではないが、きみの慎ましさを尊重するよ。そのかわり一緒に泳がないか？」

「な、なんですって？」

彼は半分命じるように、半分招くように手を差しだした。「さあ、おいで。一緒に泳ごう」

アリアンヌは後ずさった。「だめよ。この川で泳いだのは、ミリぐらいのころですもの」

「だが、泳ぎは一度覚えたら忘れないものだ。水に入れば思い出すさ」

「いいえ、だめ」

「どうして？　今日はとりわけ暑い。きみは汗をかいているし、疲れているように見えるぞ」

彼はアリアンヌの顔をなで、親指で目の下のクマをそっとかすめた。「きみはいつも疲れているように見える」

アリアンヌはかすかに震えた。こんな優しい愛撫が、強い欲望を引き起こすとは。彼女はため息をつき、きっぱり頭を振りながらあとずさった。

「いいえ、だめ。忙しいんですもの。もうすぐお昼になるわ……」

「いいじゃないか。仕事は明日に回せばいいさ」

「でも、マリー・クレアからメッセージが届くはずなの。そろそろルイーズから王太后に関する報告が……」

「たとえ届いたとしても、すぐに目を通す必要はないさ。フェール島のレディがほんの少し怠けたところで、この島やほかの世界に大惨事が起こるとは思えない」

ルナールは目を細め、アリアンヌをじっと見て心得顔でうなずいた。「そうか、渋っている理由がわかったよ」

「なんですって？」

「本当はたいして泳げないんだな。それがばれて恥をかくのがいやなんだ。だが、気にすることはない。父親が娘に泳ぎを教えるなんて、非常に珍しいことだ。心配はいらないよ。男みたいに泳げるとは誰も思わないさ」

「あら、こう言ってはなんだけど、わたしは上手に泳げるのよ」

「もちろんだとも。いずれにせよ、わたしがそばにいる。溺れる心配はない」

「あなたが？　ふん、うぬぼれもいいかげんにして」アリアンヌは叫んだ。「わたしのほうが速く泳げるわ！」

「へえ、そうかい？」

ルナールはわざとアリアンヌを挑発した。彼の目は彼女に挑む悪がきのようにきらきら光っている。アリアンヌがまだほんの小さなころから避けてきた愚かないたずらを、やってみろ、とそそのかすように。彼女は常に長女として、フェール島のレディの跡継ぎとしての責任を真剣に捉えてきた。自分の楽しみや冒険のために義務を怠ることなく、自分の前に敷かれた道からそれたこともなかった。だが、子どもらしい遊びをひとつも知らなかったのは、むしろ悲しいことかもしれない。

ルナールがふたりのあいだにある距離をつめ、大きな手で彼女の腰をつかんだ。「もちろん、きみを川に投げこむこともできる」

「やめて！」アリアンヌは体をこわばらせた。

ルナールは即座に手の力を抜いた。「冗談だよ、シェリ。そんなことはするものか。きみがしたくないことをさせるつもりは、まったくない」

食い入るように見つめてくる緑色の目は、泳ぎよりもはるかに多くをほのめかしている。アリアンヌの胸は騒いだ。この人は本当にどんな犠牲を払ってもわたしと結婚するつもりなの？

やがてルナールは残念そうに笑うと、アリアンヌを離した。「こんなに素晴らしい夏の日を無駄にするのは、もったいない。気が変わったら、いつでもおいで」

そして土手の端に立ち、川に飛びこんで、水しぶきでアリアンヌを濡らした。

彼女は頬を伝い落ちる一滴をなめた。ひんやりとおいしい水を。汗に濡れた服は、館を出てきたときよりももっと張りついている。アリアンヌは襟元《えりもと》を引っぱりながら、ルナールが川の真ん中に顔を出すのを見守った。

彼は巨大なマスチフ犬のように濡れた髪を振り、羨ましいほど悠々と仰向けに泳ぎはじめた。

アリアンヌはもう一瞬だけためらったあと、自分の無分別な行動に疑問をさしはさむ前に、切り株に座りこんで靴を脱ぎはじめた。下着姿になって、土手の端で胸を隠すように両腕で体を抱きながら、片方の足の先を水のなかに入れ……即座にたじろいだ。夏の盛りにも、この川の水が氷のように冷たいことを、すっかり忘れていた。ルナールにあおられてこんなことをするなんて、正気を失ったとしか思えない。孤立した静かな空き地と、川のなかほどで自分を待っている男のことが、ふいに鋭く意識された。

ルナールは盛りあがった胸に濡れた髪から水を滴らせ、ゴリアテのようにすっくと立っている。ひとりぼっちのベッドのなかで、指輪を胸にあて彼を呼び寄せたいという騒動と闘いながら思い描いた空想が、アリアンヌの頭を占領した。誘惑はまだそこにある。

彼はアリアンヌを見上げてほほえんだ。「おいで、シェリ。あまり考えないほうがいい。思いきって飛びこんで、すっかり濡れてしまうんだ」

ルナールは温かい目でまっすぐに彼女を見て、両腕に差しのべた。

〝あなたと同じように強い男を見つけるのよ、アリアンヌ〟母の声がこだまする。〝あなたの心に決めさせなさい〟

アリアンヌはつかのまためらったものの、深く息を吸いこみ、ルナールの強い腕のなかに飛びこんだ。

ガブリエルは庭を見下ろす樫の木陰に座っていた。自分の仕事に夢中で、暑さはあまり感じなかった。膝にのせた間に合わせの〝机〟のバランスをとり、羊皮紙を安定させながら、木炭を巧みに使って輪郭を描いていく。

ひげをはやした強い、引き締まった顎と、短く切った髪、広い額が、その手の下に現れた。まっすぐな鼻、一文字に閉ざした口。どれもよくできている。

だが、問題は目だった。どんなに一生懸命描いても、その目に浮かんでいる表情を捉えることができないのだ。多くの苦しみを見てきた目、戦士の顔には優しすぎるあの目が。

ガブリエルはスケッチを消し、翳《かげ》をつけて、また消した。だが、少しもよくならない。この目には深みも魂もない。そしてそれがなければ、せっかくのスケッチもたんなる紙の上の模様、命のない間の抜けた模様にすぎない。

自分の失敗に苛立って、ガブリエルはせっかくできあがりかけていたスケッチを荒々しく塗りつぶし、羊皮紙を引き裂いて地面に投げすてた。木炭も放り投げた。小さな机がそれに続き、アリアンヌの薬草園に大きな音をたてて落ちた。

ガブリエルは自分自身に愛想がつきて、両手に顔をうずめた。ばかだった。もうこの指には魔法がないのに、彼を描こうとするなんて。魔法があるのは、この顔よ。それを忘れないことね。よりによってニコラ・レミーのスケッチなんかで、昔の能力を取り戻そうとして時間を無駄にする必要がどこにあるの？

彼を描けば、頭から追いだせると思ったのかもしれない。どうしても紙の上に捉えられない、あの切なそうな笑みと悲しげな焦がれを。思い出を一枚の紙に閉じこめてしまえば、彼を忘れ、罪悪感も後悔も忘れることができる、と。

あたしはレミーに恋をしてくれと頼んだわけじゃない。彼はきっとすぐに忘れるわ……それまで生きていられれば。

彼がベル・ヘイヴンを立ち去ってもうすぐ一週間になる。生きていれば、なんらかの便りが届いてもよさそうなものではないか？　夜も眠らず、彼の身を心配しているわけではない。少なくとも、いま以上に心配するつもりはないけれど……。

どうしようもなく退屈で、暑くて、惨めでなければ、レミーのことなどあっというまに忘れてしまうのに。こんな強い陽射しの下にいつまでもいたら、鼻が真っ赤になったうえに、そばかすだらけになって、ひどい頭痛に悩まされるはめになるわ。

姉様はいったいどこにいるの？　ガブリエルはありとあらゆる場所を探しまわったが、結局見つからずに苛立った。ベティがおそるおそる、薬に必要な植物を採りに森に行ったのかもしれない、と意見を述べた。

家族が必要としているのに、雑草採りだなんて、まったくアリアンヌらしいこと。ガブリエルはわけのわからぬ怒りにもやもやしながら、ため息をつき、鼻梁《びりょう》をつまんだ。

ルナールと会っているわけではないとわかると、ガブリエルはほっとした。アリアンヌはようやくあの呪われた指輪をどこかにしまいこんだ。あたしの提案を入れて井戸に投げこんだわけではないが、少なくとももう使いたくならないように、鍵のかかるチェストにしまいこんだ。

だけど、もう遅いかもしれない。伯爵のことを話すとき、灰色の目には柔らかく光が灯る。そのうち姉様はあの鬼と結婚することになりそうだ。もしもそうなるとしたら、あいつは名誉と尊敬のありったけを姉様に示すべきよ。さもなければ、あたしが承知しない。

ガブリエルは姉とはちがう道を歩もうと、いっそう固く決意していた。魔女狩りの男たちの襲撃で、シェニ家の誰かが強い力を持つべきだという思いを強くしたのだった。ル・ヴィのような邪悪な男が、二度と三姉妹の誰にも指一本上げる気にならないほど強い力を。

アリアンヌは昔から、妻になり、母親になるように定められている。ミリベルは……何十四という猫やほかのいろいろな動物と小さなコテッジに住む、変わり者の老婆になりそうだ。だから、みんなの幸せを守るのはあたしの役目。真剣に将来の計画を立てはじめる必要がある。だけど、その前にこの恐ろしい頭痛をなんとかしなくては。彼女はチザンを入れる粉を探しに、地下室へおりていった。

だが、苛立たしいことに、姉はチザンの粉をどこかに移していた。きちんと整理するのよ、と姉は言うが、探し物を見つけるには、使ったものをそのまま手近な場所に置いて、それを覚えておくのがいちばんだ。こんな簡単な理屈が、どうしてわからないのかしら。

頭痛がひどくなり、額に汗が噴きだした。それにあちこち探さねばならないおかげで、埃っぽくなった。ガブリエルはとうとう蜘蛛《くも》の巣だらけの最上段の棚に手を伸ばした。

スツールを動かし、その上に乗って、顔をしかめながら埃に覆われた瓶をかきまわした。役に立ちそうなものはひとつもない。でも……あの小さな木の箱は何？　姉様はレミーの傷を癒す薬だと言ったけど、傷に効くただの薬なら、どうしてあんなにおどおどしていたの？

レミー大尉に関しては、まだいくつか謎が残っている。姉もレミーも自分を保護の必要な子どものように扱ったことを思い出すと、ガブリエルはあらためて腹が立った。そしてパンドラにでもなったような気持ちで、小箱をテーブルに置いた。いや、パンドラは不幸なたとえだ。あの神話はひどい結果になった。さしずめこの箱は……ガブリエルは蓋を開けた。なかには小袋が入っていた。ガブリエルはどきどきしながら紐をゆるめ、中身を振りだした。

なんだ。袋のなかには女性用の白い手袋がひと組入っているだけだった。がっかりして、手袋を箱に戻そうとすると、上等のシルクでできているということに気づいた。彼女はしわをのばした。これは一流の職人が作ったものだ。ほのかに芳しい香りまでする。

少し汚れているし、指のひとつがほつれかけている。でも、これくらいなら修理するのは簡単だ。こんなにすばらしいものを、地下室の暗い隅に押しこんでおくのはもったいない。

本来なら姉の許しを得ずに、ここにあるものを勝手に持ちだしてはいけないのだが、この場ではめるくらいなら、害はないはずだ。ガブリエルは頭痛のことなどすっかり忘れ、シルクの手袋をはめて、満足のため息をついた。あたしの手にぴったり……。

ルナールと競って流れを泳ぐうちに、いつのまにか午後になっていた。彼女は父に教えられたとおりに水を切っていた。腕と脚が自然となめらかなリズムを刻む。ルナールは長い腕で力強く水をかくが、スピードと機敏さはアリアンヌのほうが勝っていた。

彼を抜いて前に出ると、アリアンヌは突然泳ぐのが大好きだったことを思い出した。体が軽くなり、ほとんど重みを感じなくなる。彼女は何も考えずにただ無心に水を蹴り、かいていた。この開放感は、水のなかでなければとうてい味わえない。ふたりの妹よりも背の高いアリアンヌはガブリエルやミリベルのように優雅に動けたためしがないが、水のなかでは自分の動きに自信がもてた。彼女は完全に集中し、まるで弓を放たれた矢のように流れを横切って泳ぎ、あっさりルナールを抜いて向こう岸に着いた。

水は腰あたりまでしかない。アリアンヌは息を弾ませていた。心臓がどきどきし、筋肉が燃えている。でも、いつもの疲れとはまるでちがって、これは快い痛みだ。ルナールはようやくたどり着いた。

「あら、ずいぶんかかったこと」アリアンヌはからかった。

ルナールは笑った。「きみが水の魔女だとは思わなかったよ。だが、ようやく捕まえたぞ」

彼はいたずらっぽく目をきらめかせた。

「魔女を捕まえるのは、危険かもしれないわよ。あなたを獣に変えたくなるかも」

「きみの妹に言わせると、わたしはすでに獣だよ」ルナールはにやっと笑ってアリアンヌの両側に腕をつき、彼女を土手に閉じこめた。

水しぶきをあげ、潜り、おたがいを追いかけていたふたりは、まるで腕白な子どもたちのようだった。ただ、子どものころ、アリアンヌはこんなふうに自由に遊んだことは一度もなかった。それに彼女を土手に追い詰めた筋肉質の体は、少年のものではない。彼女とルナールのあいだには水しかないのも同じ。コットンの下着は濡れて体にはりつき、胸のふくらみをくっきりと浮き立たせている。ルナールのズボンは引き締まった腰にかろうじて引っかかっていた。

彼は手を伸ばし、アリアンヌの髪についた葉をつまんだ。緑色の目には彼女を誇らしく思う気持ちと優しさが溶けている。「これからは決してきみを軽んじないことにするよ。きみは驚きに満ちた人だ、フェール島のわたしのレディ」

彼の呼び方の何かが、アリアンヌの胸にからみつき、息を整えるのがむずかしくなった。

「初めて会った日、きみは水のなかを歩きながら、手にした器にぬるぬるしたものを集めていた。覚えているかい？」

「もちろん。自分の領地だというのに、あなたはすっかり道に迷っていたわ」

「するときみが見つけて、ぼくを家に導いてくれた。ルーシーがよく言っていたとおりに」ルナールの表情が物悲しくなった。「奇妙なことだが、きみといると何年もさまよったあとで、ようやくわが家に戻った気がする。こんな気持ちになるのは、山で暮らしていたころ以来だ」

「そのころの生活が懐かしいの？」

「ときにはね。だが、認めたくないが、わたしにはドヴィーユの祖父に似たところもある。心の一部ではルナール伯爵であることを楽しんでいるよ。大きな権力と尊敬と人に命令を下せる立場を。ルーシーが言ったように、丘陵地帯で羊を飼うだけの生活では満足できなかったかもしれないな」

「でもマルティーヌのことはどうなの？」アリアンヌはためらいがちに尋ねた。「あなたは彼女と結婚し、いまごろは十人もの子どもたちを育てていたんじゃなくて？」

「ああ。だが、それはわたしの運命ではなかったのかもしれない」ルナールは温かい目で彼女を見た。が、アリアンヌは目を伏せ、混乱した思いを読まれるのを避けた。

運命の女性、言葉の響きは素晴らしいが、愛する女性になるほうがはるかに望ましい。アリアンヌは昔からロマンティックな願望などくだらないと思ってきたが、いまはほかの女性と同じように愛されたかった。ルナールに愛されたい。自分がそう思っていることに気づき、彼女は冷たい水に飛びこんだときよりも激しいショックを受けた。一度も会ったことのないマルティーヌという娘が、羨ましくてたまらなかった。

「マルティーヌは美しかったんでしょうね」彼女は惨めな声で言った。

「魅力的だったよ」ルナールはうなずいた。「明るい声でよく笑う娘だった」

わたしのような陰気な女ではなく。アリアンヌはそう思ってたじろいだ。「だから彼女がそんなに欲しかったの？」

「もしかすると、彼女がわたしを欲しがったからかもしれないな。わたしが図体ばかりでかい間抜けで、とてもハンサムとはいえない顔でも、彼女は少しも気にしているようには見えなかったんだ」ルナールは顔をしかめ、何度も折れた鼻に手をやった。

「わたしも気にしていないわ」アリアンヌは急いでそう言い、赤くなって付け加えた。「あなたはとてもハンサムだと思うわ」

ルナールは笑った。「やれやれ。だったら、これも指輪の魔法のおかげだろうな。ただ――」彼はアリアンヌの指を唇に持っていき、指輪をはずしたあとの白い跡にキスした。「きみはもうあの指輪をしていない」彼の声は柔らかかったが、緑の目は探るように見つめてくる。アリアンヌはたじろいだ。濡れた下着は透けて、彼女が指にも首にも指輪をつけていないのが、はっきり見てとれる。

「ふたりの取り決めを破ったのはわかっているわ。でも――」

「もう二度使ったから、三度目を使うのが怖いのかい？　わたしの妻になるのが、そんなにいやなのか？」ルナールは怒っているようにも、責めているようにも見えなかった。ただ、悲しそうだった。

「ちがうわ！」アリアンヌは急いで彼を安心させた。「もしもあなたと結婚するとしても、あの指輪を三度使ったから、という理由ではいやなの」

ルナールの眉間に深いしわが刻まれた。「たしかに。わたしもそういう理由できみを妻にするのはもういやだ」

彼の言葉にアリアンヌは息を止め、ため息のように吐きだした。ふたりを隔てる最後の障害が取りのぞかれた、そんな気がした。

ルナールは彼女の腰に腕をまわし、抱いたまま後ろに倒れると、半分彼女を支えながら、再び泳ぎだした。ふたりの体が水のなかで物憂く動き、官能的なリズムを刻む。そしてふたりはたがいの欲望をしだいにつのらせていった。腕が触れあい、脚がからみあい、むきだしの肌がかすかに触れる。冷たい水のなかにいても、ふたりの体は熱を発していた。

いつそうなったのか、アリアンヌにはよくわからなかった。ルナールは流れの真ん中で止まり、片腕でアリアンヌを引き寄せた。

波立つ水の下でふたりの体がひとつに溶ける。柔らかい胸に彼の鼓動が伝わってくる。森の精が息を止め、周囲のあらゆるものが止まったようだった。ルナールの唇がゆっくり近づいてきてアリアンヌの唇に重なった。

このキスは水の味と塩からい肌の味、森の木の香りと、太陽の暖かい息の味がする。ふたりは初めて抱きあうように甘く、優しく求めあった。アリアンヌは柔らかい吐息とともに唇を開き、ルナールの熱い舌が入りこむのを許した。

周囲の流れとせわしなく背中を動くルナールの手が、たえがたいほどの快感をもたらす。大きなてのひらが触れたところには燃えるような跡が残る。アリアンヌは両腕を彼の首に巻きつけ、夢中でキスを続けた。

ルナールは彼女を抱いたまま浅瀬へと泳ぎ、ほとんど唇を離さずに抱きあげて、土手の上に運んだ。

そして濡れた髪を肩に広げ、優しく草の上に横たえると、両腕を脇について情熱に翳る目でアリアンヌを見下ろした。「アリアンヌ、本当にいいのかい？　きみは——？」

彼女は片手で彼の口をふさいだ。「ルナール。わたしは考えすぎるの。どうか感じさせて」

ルナールは指先にキスをした。彼の目には飢えが浮かんでいる。だが、彼は気が進まぬようだった。「今日一緒にいてほしいと頼んだときは、こんなつもりではなかったんだ。ただ、きみが笑うのを見たかった。少しのあいだだけでも、ほほえむのを見たかっただけだ」

「わたしと愛し合いたくないの?」アリアンヌは指で彼の胸に触れながら尋ねた。

「まさか。愛し合いたいさ」彼は震える声で笑った。「だが、あとで悔やんでもらいたくない。きみの魔法を盗まれたと思ってほしくないんだ。きみがわたしのなかにないものを読んでいるのが怖い。わたしにはきみが知らない部分が、まだたくさんある」

アリアンヌは柔らかい笑みを浮かべて彼を見上げた。「知る必要のあることは、もうわかっているわ。わたしは何度もこの命を助けられた。いまはこの心もあなたに捧げたいの」

「アリアンヌ――」彼はかすれた声で何か言おうとしたが、彼女は彼を引き寄せ、キスした。彼がためらうほど、自分が積極的になるとは。まるで待ちうける彼の腕に飛びこんだとき、自分のなかで何かが解き放たれたようだった。

ルナールは抵抗したが、すぐに低いうめきを漏らして同じように激しく彼女を抱きしめ、温かい体でアリアンヌを地面に釘付けにした。ふたりのあいだで脈打つ熱を、彼の興奮のしるしを感じる。ルナールは頭の上で彼女の手を握りしめて指輪を押しつけ、アリアンヌの喉にキスした。

「あの指輪をしていなくてよかったと思う理由は、もうひとつあるわ」アリアンヌはささやいた。「愛し合うときは、頭のなかだけじゃいやだもの」

「ふたりのあいだに何が起こるにしろ、これは正真正銘の本物だよ、シェリ」燃えるような唇が喉の水を味わいながらおりていく。彼が胸の丸みに唇を這わせると、アリアンヌは彼の肩をつかみ、背中を弓なりにそらして、歓びのため息をのみこんだ。薄いコットンを通して、熱い唇を感じる。舌が胸の頂を転がしたとたん、鋭い欲望がアリアンヌの体を貫いた。

ふたりは立ち上がり、熱に浮かされたように服を剝ぎとりあった。アリアンヌのコットンの下着が土手に投げすてられ、彼のズボンがそれに続く。アリアンヌは彼の裸体に目をみはった。どこもかしこもあまりにも大きい。

「すまない、シェリ。ぼくはあらゆる点で少しばかり巨大な鬼に似ているんだ」

「いいえ、あなたは素晴らしいわ」アリアンヌはささやいた。「真の大地の男よ」

ルナールは優しく髪を指で梳かした。「そしてきみは火のような情熱の持ち主だ――」

アリアンヌは首を振った。「いいえ、わたしはただの女よ。あなたと同じ大地の女」

アリアンヌは彼を引き寄せ、夢中でキスした。最初は優しく、しだいにつのる欲求に駆り立てられて。ルナールはテントのなかに運ぼうとしたが、アリアンヌは首を振った。ふたりが初めてひとつになるのは、太陽に温められた地面とひんやりした草のベッド、緑の木の葉が風にそよぎ、青空が森の天蓋からのぞくこの茂みがふさわしい。

彼女は膝をついて、甘い笑みを浮かべ、彼を引き寄せた。ルナールが唇を重ね、胸を愛撫する。アリアンヌは顔をのけぞらせ、深いため息をつきながら、甘い喜びに体を震わせた。彼は胸の谷間に顔をうずめ、熱心な口と大きな手で魔法をつむぎだす。舌が頂を転がすたびに、アリアンヌは燃えていった。

彼が仰向けに横たえると、ふたりの鼓動が重なった。手をつないで指をからませ、深いキスを繰り返しながら、アリアンヌは脚を開き、ビロードのような彼のものが自分をなでるのを感じた。ルナールはできるだけ優しく、ゆっくりとアリアンヌのなかに入っていく。彼のものに貫かれると、アリアンヌは鋭い痛みにあえいだ。

ルナールは体を浮かし、顔を曇らせた。「不器用な男だ。きみを傷つけてしまった」

「い、いいえ、大丈夫よ」アリアンヌはそう言って彼にキスした。「どうかやめないで」

体の力を抜くと、奇跡のように自分が広がり、彼のすべてを受け入れ、彼の熱に満たされるのを感じた。優しいキスを繰り返しながら、ルナールがゆっくり動きはじめる。

キスのたびに、彼は少し深く入り、少し速く動いていく。アリアンヌは彼にしがみつき、その動きに合わせた。ルナールが五感のすべてを占領し、雷のような鼓動と高鳴りとともに、ふたりの快感は耐えがたいほど高まっていった。そしてついに、岸に砕ける波のように、ひとつになって砕け散った。激しい喜びの波が体のなかをくるくる回って貫き、アリアンヌは思わず声をあげた。その瞬間ルナールの大きな体が痙攣するように震えた。

彼は自分の重みを腕で支え、アリアンヌの首に顔をうずめた。アリアンヌは彼の胸が大きく波打つのを感じ、荒々しい鼓動がしだいに鎮まっていくのを感じた。

血が冷えても、まだふたりの体が交わっている親密さを味わいながら、アリアンヌは彼を抱きしめた。自分がルナールの腕のなかでたったいま経験したことに圧倒されていた。こんな素晴らしいことを、長いこと恐れていたのが信じられない。

　完全に自分を彼にゆだねれば、自分の魔法を弱めることになると思っていたが、ルナールにすべてを与えるのは、何よりも正しいことだという気がする。これほど命にあふれ、大地の娘だと強く感じたことはなかった。


　ミリベルが玄関の扉からのぞきこむと、午後の陽射しが窓から注がれているほかは、ベル・ヘイヴンの大広間は静かで、がらんとしていた。誰の姿も見えない。召使いはみんなほかの場所で忙しく働いているようだ。

「こっちよ」ミリベルはささやいてシモンの手を引っぱった。が、彼はしりごみした。警戒心を浮かべた黒い瞳は、助けたくてもそばに行く前に逃げてしまう傷ついた動物と同じように暗く翳っている。

「心配しないで。召使いは誰もあなたの顔を見ていないんだから。あの恐ろしいローブを着ていればべつだけど、この格好なら、島の漁師の子にしか見えないわ」

「漁師の子をどうして家に入れたのかと訊かれたら、どうするんだい？」

「アリアンヌに会わせるために連れてきた、って言うわ」ミリベルは安心させるようにほほえんだ。「誰も何とも思わないわ。みんなけがや病気を治してもらいにしょっちゅう来てるもの。姉様はとても賢いの」

「あの邪悪な指輪は？」

「言ったでしょ。あれは今朝、チェストにしまったわ。あたしがこの目でちゃんと見た。だから、ルナールが来る心配はないわ。怖がらないで」ミリベルはそう言って、シモンの手をぎゅっと握った。「何があっても、あたしが守ってあげる」

「ぼくもきみを守る」

「だったら、あたしみたいに、あなたもあたしのことも信頼して」彼女はつま先立って、シモンのなめらかな頬にキスした。その言葉にシモンは少し安心したようだった。彼はうつむいて、階段に向かうミリベルに手を引かれて歩きだした。

アリアンヌ姉様がちょうど家をあけているのは、なんて残念なことかしら。フェール島のレディを恐れる必要などないことを、シモンが少しでも早く納得すれば、それがいちばんなのに。伯爵のことは……シモンを許し、助けてくれるように、姉様がきっと説得してくれる。とにかく、シモンが魔女狩りの仲間の暗い世界に逃げ戻らないようにしなきゃ。ミリベルは彼の手をぎゅっとつかんで階段を上がっていった。

二階の踊り場に立つと、ミリベルは低い声で言った。「アリアンヌ姉様が帰ってくるまで、姉様の部屋で待つことにしましょうよ。そこなら誰にも煩わされずにすむわ」

「ミリ」シモンが突然足を止めた。

ミリベルも仕方なくとまり、問いかけるように彼を見た。午後の影が美しい顔を横切り、黒い目に奇妙な絶望が浮かんでいる。とても悲しそうなその表情を見て、ミリベルの胸は痛んだ。

「何が起ころうと――」

「悪いことなんかひとつも起こらないわ」彼女は急いでそう言った。「姉様はあなたを助けてくれる。あなたはここにいられるわ、シモン。そしてあたしたちはずっと素晴らしい友達でいられるのよ」

「もし、これがきみの思ったとおりにならなくても、これだけは知っておいてほしいんだ。ぼくはきみが好きだよ、ミリ。とても好きだ」

「あたしもあなたが好きよ」シモンがかがみこんで顔を近づけてくると、ミリベルはどきどきした。キスするつもりにちがいない。そう思ったのだが、彼の唇は頬をかすめただけだった。優しい愛撫だったが、なぜかいやな予感がした。まるで別れを告げているみたい。

でも、ここでぐずぐずはしてはいられなかった。姉様が戻るまで、シモンをみんなの目から隠しておかなくてはならない。ミリベルは彼を姉の部屋へと引っぱっていった。するとドアの少し手前で何かが陰のなかから飛びだしてきて、ふたりを驚かせた。

シュッという怒りのうなりが空気を切り裂く。シモンはさっと青ざめ、ミリベルの手を振り払ってあとずさった。

「大丈夫よシモン。ネクロマンサーよ」

シモンは油断なく身構えている。ネクロマンサーは背中を弓なりにして毛を逆立てて、野生の獰猛《どうもう》な獣が乗り移ったかのように見えた。

子猫は爪をむきだし、いまにも飛びかからんばかりにシモンに向かってうなっている。ミリベルはもがく猫を抱きあげ、シモンに先に入れと合図した。

彼がなかに消えると、ミリベルはネクロマンサーをつかんだまま、両腕を伸ばして叱った。

「いったいどうしたの?」

ネクロマンサーは喉の奥でごろごろ鳴いた。〝気をつけろ、大地の娘。あの少年を家に入れるべきではなかったぞ〟

「でも、あれはシモンよ。あたしが石の巨人のそばであなたを助けた夜に会ったでしょ? シモンはあたしたちに優しかったわ」

〝あの少年はもはや信頼できない〟

「あら、よくそういうことが言えるわね」ミリは猫に向かって口を尖《とが》らせた。「あたしがいくら頼んでも、納屋のかわいそうな野鼠を殺すってきかないくせに」

ネクロマンサーは琥珀《こはく》色の目をしばたたいた。〝ぼくはハンターだ。それが自然の与えたぼくの仕事だ。あの若者もハンターだ。彼を変えることはできない〟

ネクロマンサーの思いはミリベルを悲しませた。彼女は動物たちの直感をこれまで信じてきた。両親を失ったあとのつらさを和らげてくれたのは、彼らに感じる不思議な一体感だったのだ。だが、それはシモンと出会う前、彼がまったくちがう魔法をもたらす前のことだ。

ミリはネクロマンサーをにらみつけ、つぶやいた。「あんたに何がわかるの。ただの猫じゃない」そして猫を床におろし、シモンのあとに従って姉の部屋に入ると、猫の鼻先でぴしゃりとドアを閉めた。

テントのなかは暖かすぎて、ルナールは森の爽やかな空気が入るように、フラップをわずかに開けた。そよ風が吹きぬけ、アリアンヌの顔のまわりに落ちた栗色の髪をなぶっていく。彼女は毛皮のなかで丸くなり、ぐっすり眠っている。ここしばらく睡眠不足の夜が続いたにちがいない。ルナールは彼女を起こし、この思いがけず訪れた魔法のような時に急いで終止符を打つつもりはなかった。

最初に愛し合ったときは、ふたりとも夢中で、つのる欲望に駆り立てられていた。二度目はこのテントのなか——地面よりも多少は快適な寝台の上——で、もう少し時間をかけ、おたがいの体をゆっくりと味わった。

三度目はまるで奇跡のようだった。相手がどんな女性にせよ、身も心も魂までも、ひとつになることができるとは思ってもいなかった。

彼は乾いた服を着て、寝台の端に腰をおろし、アリアンヌが眠るのを見守っているだけで深い満足を感じた。これほど強く誰かを守りたいと思ったことは一度もない。

これでアリアンヌも、花嫁になってくれるにちがいない。泳いだからか、激しい愛の営みのためか、まだ少し濡れている髪の先をそっと梳かしながらも、彼は勝利に酔った。だが、この勝利にはひとつだけ心配なことがある。彼はアリアンヌの言葉を思い出して、顔をしかめた。

〝知る必要のあることは、もうわかっているわ〟

だが、彼の過去には、アリアンヌの知らないことがまだたくさんあるのだ。どうやってそれを打ち明ければいいのか？　臆病者かもしれないが、気がつくと彼は、祖母と昔の生活に関する秘密を話さずにすむことを願っていた。

彼の苦悩を感じとったかのように、アリアンヌが寝返りを打って仰向けになり、眠そうな目を開けた。ルナールはできるだけ明るい表情を作った。

アリアンヌは、つかのま戸惑うように目をしばたたいたものの、にっこり笑って彼の首に両腕を巻きつけた。ルナールはかがみこんでゆっくり、優しくキスした。

「昼寝をするなんて。でも、

「よかった。きみには休息が必要だったよ」

「でも、すっかり遅くなってしまったわ。もっと早く起こしてくれればよかったのに」アリアンヌはそう言いながらも、自分の横に体を伸ばすように彼を促した。

ルナールはかたわらに横たわりながら、心配そうにアリアンヌを見た。「このせいで、魔法を失ったと感じないでくれるといいが」

「わたしの魔法はこれまでより強いくらいよ」アリアンヌは彼の肩に顔をうずめた。「実際、いまのわたしは全世界の病める人々を癒せそうな気がするわ」

これほどの安らぎに満たされたのは、いつのことだっただろう？　ルナールに寄り添ったとたん、彼が緊張しているのを感じ、彼女は彼の目をのぞきこんだ。愛し合っているあいだ、彼は一度もアリアンヌを愛しているとは言わなかった。だが彼女は、自分に対するとても深い感情を彼の目に読みとることができたと信じた。ところがいま彼の目には暗い翳りがある。

「どうしたの？　何かまずいことでもあるの？」アリアンヌは自分の問いを軽くしようとしてほほえんだ。「あなたのほうこそ、悔やんでいないといいけど」

「後悔などするものか」彼はアリアンヌを抱き寄せ、頭のてっぺんにキスした。「初めて会った日から、きみを追いかけてきたんだ」

「わたしがあなたの運命の相手だと予言されたから？」

「きみは誰よりも素晴らしい女性だからさ。ときどき素晴らしすぎて、少し圧倒される」

「わたしが？」アリアンヌは笑った。

「そうとも。きみはその静かな目で男に多くを要求する。名誉、強さ、真実、勇気を」

アリアンヌは片方の肘をついて体を起こし、うっとりと彼を見つめた。「でも、あなたはそのすべてを持っているわ」

「どんな男も、きみの理想像には追いつけない。きみは驚くほどの強さと、素晴らしい魔法の力を持つ女性だ。この島の伝説そのもののような――」

アリアンヌは悲しそうに首を振って彼の称賛をさえぎった。「母はそうだったわ。でも、わたしはちがう」アリアンヌは彼のシャツのレースをもてあそびながら言った。「伝説によると、時の始まりは、フェール島が世界の中心だったの。ここは男と女が相和して暮らしていた完璧な世界だった。どちらも等しい強さを持ち、働き、愛し合うパートナーだったのよ」

「きみはずっとそれを探していたのかい？　完璧な世界を？」

「いいえ。わたしが望んできたのは、病む人々を癒し、わたしの知識を穏やかに世界と分かち合うことよ。恐れを感じずに。魔女と糾弾されるのではなく、尊敬され、医者と呼ばれること。女の身で愚かな野心だということはわかっているけど」

「いや、そんなことはない。わたしの力でおよぶなら、そのすべてを与えたいよ。だが、わたしの尊敬を捧げることはできる。きみの癒しの技は素晴らしいものだ。きみのような人が母のそばにいたら、母はいまでも生きていたかもしれない」

「でも、あなたの賢いお祖母様は？　ルーシーはわたしと同じ技術を持っていたはずよ」

「ルーシーが未来を見ることより、薬を調合することに心を向けていたら――」つかのま、ルナールは唇を引き結んだ。それから彼は肩をすくめた。「だが、たいしてちがいはなかっただろうな。こんな大きな子どもを生んで、母が生き延びられるはずがなかったんだ」

ルナールは冗談のように言ったが、その目につらそうな何かが閃くのが見えた。長いこと彼を苦しめてきた罪悪感が。

アリアンヌは優しく彼の額をなでた。「ルナール、わたしはたくさんの赤ん坊の誕生に立ち会ってきたわ。命が生まれるときには、もうひとつの命が終わることは多いの。悲しいけれど、それが現実なのよ。お母様は、あなたが自分を責めることを望んではいないはずよ」

「トゥサンもいつもそう言うよ。母のブリアンヌは何度も流産したんだ。そして自分が死ぬとわかると、一生子を持てないよりも、子を生んでほんの一瞬でもその子を腕に抱けるほうが幸せだと告げてくれ、と頼んだそうだ。ばかげた理屈さ」ルナールは暗い声で言った。「トゥサンの愚かな作り話のひとつだ」

「あなたの従兄は、率直にありのままを話す人よ。お母様はそのとおりに言い残したにちがいないわ。子どもの誕生は素晴らしい贈り物ですもの。女性にとっては奇跡のような――」

アリアンヌは言葉を切った。正直に言えば、これまでは自分が子どもを生む可能性など考えたこともなかった。妹たちの世話をし、ベル・ヘイヴンを切り盛りし、島の人たちの世話をするには、自分の時間と強さのすべてを必要とする。それで構わないと自分に言い聞かせ、納得していたつもりだった。でも、いまは自分の子どもをこの腕に抱きたいという激しい欲求に満たされている。とくに娘を。ルナールのように深い森の色の目をした娘を。

「それは簡単に手配できる」ルナールはまるでアリアンヌが声に出して言ったかのように答えた。「きみがふたりの子を生んでくれたら、これほど嬉しいことはない。出産は恐ろしいものでもあるが、結婚したら、きみがたくさんの娘を抱けるように努力するよ」

「ルナール！」アリアンヌは半分笑いながら抗議した。

「なんだい？　娘が欲しいと言わなかったかい？」

「何も言わなかったわ」

ルナールは自分が何をしたか気づいて、悲しそうな顔をした。「すまない、シェリ。きみのことは、誰よりもよく読めるんだ。その静かな目は、まるできみの魂をのぞく窓のようだ。でも、これからはのぞき見るのはやめるよ」

「いいのよ」アリアンヌはため息をついた。「ただ、誰にも相談せず自分ひとりでやってきたから……わたしの思いを分かち合うことに慣れる時間をちょうだいな」

ルナールはいま約束したばかりなのに、じっとアリアンヌの目を見つめた。「ぼくと生涯をともにしてくれるんだね、シェリ？　結婚してくれるんだね？」

アリアンヌは一瞬だけためらい、それから甘いキスをした。

「ええ、ジュスティス。あなたと結婚するわ」

彼はアリアンヌを自分に引き寄せた。優しいキスがすぐに情熱をおび、アリアンヌはふたりのあいだに欲望が生まれるのを感じた。

と、突然、遠くから彼女の名を呼ぶ声が聞こえた。

ルナールも同時に体を硬くし、アリアンヌをわずかに自分から離した。その声はしだいに大きくなり、小枝を踏むブーツの音が空き地のテントへと近づいてきた。

「伯爵？　ジュスティス？」

「トゥサンだ」ルナールはぱっと立ちあがった。「ぼくが出ていく。きみが服を着る時間を稼ぐよ。トゥサンはきみがここにいると当たりをつけているにちがいない。さもなければ、あんな大声を出して近づいてくるはずがない。心配はいらないよ。彼は思慮深い男だ」

アリアンヌはうなずいて急いで服を着た。下着はまだ濡れていたため、少しごわつくがじかに服を着た。彼女がテントから出ていくころには、ルナールはトゥサンと話しこんでいた。トゥサンは自分の馬をエルキュールの横につないでいる。

アリアンヌが近づくと、ふたりともちらっと振り向いた。何かひどく悪いことが起こったのだ。アリアンヌは恥ずかしいのを忘れ、不安にかられてふたりに歩み寄った。

「ルナール、どうしたの？　何があったの？」

答えたのはトゥサンだった。「召使いたちが必死にあなたを捜している——」

ルナールがアリアンヌの腕に手を置いた。

「アリアンヌ、急いで館に戻る必要がある。ガブリエルだ。彼女がひどい病気にかかった」

「なんですって？　でも、今朝、家を出る前に会ったばかりよ。健康そのものだったわ」

「わかってる」ルナールはぎこちなくトゥサンと目を合わせた。「ありえないことだが、どうやら毒を盛られたらしい」

21

夜の訪れとともに、息の詰まるような重い空気がベル・ヘイヴンを包んでいた。アリアンヌがルナールの腕のなかで過ごした午後の魔法は、いまではかすかな記憶となりはてた。彼女の全世界が、妹のベッド脇でちらちら揺れる一本の蠟燭になってしまったようだった。すべてをのみこもうとしている闇を退けているのは、その弱い光だけだ。

ガブリエルを襲っていた恐ろしいほどの痙攣は、ほんの少しだが弱まったように見える。だがこれは少しの慰めにもならない。妹の体が弱りすぎて、血管を走る毒と闘いつづけることができなくなったのかもしれないのだ。ガブリエルは死人のように青ざめ、汗に濡れた金色の髪も艶《つや》を失っていた。額に触ると、じっとりと冷たい。

ガブリエルが震えるのを感じ、アリアンヌはかがみこんで手首と腕をこすった。妹の体からこれ以上熱が逃げないように、無駄とは知りながらも毛布をさらに増やす。

いつものようにてきぱきと動こうとしたが、手が震えて思うようにならない。彼女はその事実と、刻一刻と深まる絶望を隠そうとした。もっとも、それを見ている者はひとりもいない。ミリベルはすっかり動揺し、ヒステリックに泣き叫んだ。ガブリエルのひどい状態を見て、母が死んだ夜のことを思い出したにちがいない。ルナールが妹を部屋から連れだしてくれて、どんなにほっとしたことか。

いまここにいるのは、ベッドのすそで丸くなっているネクロマンサーだけだ。猫は何かを告げようとするように、さもなければアリアンヌを少しでも慰めようとするように、悲しい目で見ている。いや、ひょっとしたら、ベル・ヘイヴンのみなと同じように、アリアンヌが起こせない奇跡を待っているだけかもしれない。

妹の体内から異物を取りのぞこうと下剤をのませ、汗をかかせて毒を排除しようとした。せっぱつまって、本土の医者たちが呆れるほど簡単に使うあのばかげた治療法、瀉血《しゃけつ》さえ試みた。だが、何ひとつ役に立たなかった。

ガブリエルは彼女の目の前でしだいに弱っていく。アリアンヌはいまほど自分の無力を思い知らされたことはなかった。この邪悪と闘う術《すべ》は、彼女にはひとつもない。作業場におりて、最後にもう一度あの手袋の謎を解く努力をすべきだったろうが、ガブリエルが泣いてここにいてくれと引きとめたのだった。

それに、毒が解明できたところで、それが何になるのか？　アリアンヌは、ナヴァラのジャンヌがこの毒にやられたときにどんな経過をたどったか、レミーの言葉を思い出そうとした。〝宮殿に戻るころには、まるで毒にんじんの煎じ汁をカップ一杯飲みほしたような、ひどい痙攣に襲われ、翌朝には死んでいた〟

翌朝……アリアンヌは妹を見て、たまらない不安にかられた。いいえ、明日のいまごろにはガブリエルがいないなどと、そんなことは考えられない。「だめよ、ガブリエル」アリアンヌは低い、激しい声で言った。「こんなふうにあなたを失うことはできない。絶対にできない」リネンをつかみ、水に浸して、アリアンヌは妹の熱い額をそっと濡らした。

「お願い……闘いつづけて。あなたならこの黒魔術に勝つことができる。きっとできるわ。とても強いんだもの」

ええ、ガブリエルはナヴァラの女王よりもはるかに若く、体力もあるわ、アリアンヌは自分にそう言い聞かせた。それに、あれからずいぶん時間がたったのだから、手袋の毒は、もう最初のときほど強くないかもしれない。

アリアンヌは、テーブルに投げだされた手袋を見た。まだ憎たらしいほど美しく、無害に見える。あの手袋に毒が塗られていたことは、これで疑いの余地なく証明された──苦い思いがちらりと浮かぶ。

「アリー？」

しゃがれた声がアリアンヌの注意を妹に戻した。ガブリエルがかすかに動いた。あまりの苦しみに美しい目がどんよりと濁っている。ひどく弱々しい声に、アリアンヌは耳を近づけた。

「あ、あたしは死ぬの？」

「とんでもない。すぐに元気になるわ」

だが、弱っていてもガブリエルは間単にはだまされなかった。「あの手袋ね？　あれは毒が塗ってあったんだわ」妹は弱い声で笑おうとした。「姉様の秘密を嗅ぎまわっていた報いね」

「悪いのはわたしよ」アリアンヌは叫んだ。「あなたに警告しておくべきだった。あの手袋をあなたとミリに見せるべきだった」

「可哀想なアリー。母様が死んでから、あんなに一生懸命あたしたちの世話をしようとがんばってきたのに。あたしときたら姉様に逆らってばかりいて心配や心痛の種になってばかり。ごめん――」

ガブリエルの声がしりすぼみになり、まぶたが落ちた。アリアンヌは熱い塊をのみくだした。ガブリエルの謝罪の言葉は、彼女がこれまで受けたどんな叱責よりもこたえた。彼女はかたわらの椅子に沈みこむように座り、流れる涙をぬぐおうともせず妹の手を握りしめた。

「ああ、ガブリエル、謝らなくてはならないのはわたしのほうよ」アリアンヌは泣いた。去年の夏に妹を守ってやれなかったこと、王太后を敵に回し、みんなに恐ろしい危険をもたらしたこと、何よりもひどいのは、今日ガブリエルが自分を必要としていたときに、そばにいなかったことだ。

妹がここで苦悶にのたうち、死にかけていたとき、自分は森の小川でルナールとたわむれ、愛し合っていた。それを思うと胸がはりさけそうだった。アリアンヌは上掛けに顔をうずめ、罪悪感と悲しみに身をゆだねて肩を震わせ、声を殺して泣いた。

寝室に戻ったジュスティスは、アリアンヌが妹のそばで泣いているのを見て恐怖にかられた。遅すぎたか？　だが、ベッドに駆け寄ると、ガブリエルの胸が上下しているのが見え、荒い息遣いが聞こえた。

「アリアンヌ？」彼は肩に手を置いて、アリアンヌを妹のそばから離した。「シェリ、どうか泣かないでくれ。落ち着いて手伝ってほしい。これをガブリエルに飲ませる必要があるんだ」

ルナールはワインのような液体が入った小さなガラス容器を掲げた。この数時間、彼はアリアンヌの作業場で大急ぎでこれを作っていたのだった。アリアンヌは震えながら息を吸いこみ、どうにか落ち着きを取り戻そうとした。

「それは、なんなの？」

「解毒剤だ」

アリアンヌは濡れた頰を手の甲でぬぐい、涙を止めようと目をしばたたいた。「ああ、ルナール、わたしはあの手袋を何度調べたかわからないわ。でも、治療薬など――」

ジュスティスはぎゅっと肩をつかんだ。「こういう黒魔術には詳しいんだ。信頼してくれ」

アリアンヌは疑いと希望に胸を引き裂かれながらも、震える指でルナールが差しだす容器を受けとった。ルナールがベッドの反対側にまわり、ガブリエルを抱いて起こす。ガブリエルは体をこわばらせ、弱い声でうめいた。

まつげがひらつき、熱をおびた瞳が彼を見上げた。「姉様の鬼」

「マドモワゼル」ジュスティスはガブリエルがもがくのを恐れ、抱いている腕に力をこめた。

「よかった。死ぬ前に会えて。ひとこと謝りたかったの、あなたを侮辱したことを……」

「しいっ、可愛い人」ジュスティスはガブリエルをなだめた。「きみはこれから何十年も生きて、わたしを侮辱しつづけるよ。さあ、これを飲むんだ」

彼はアリアンヌに急げと合図した。アリアンヌはためらったものの、容器の栓を取り、ガブリエルの口元にそれを持っていった。ふたりは、中身のほとんどを飲ませると、ガブリエルの頭を枕に戻した。

彼は安心させるように、アリアンヌの肩を抱いた。「もう大丈夫だ。ガブリエルはよくなる」

アリアンヌは彼にもたれたものの、妹の顔から片時も目を離さなかった。解毒剤は見る間に効力を発揮した。ガブリエルの呼吸は一秒ごとに楽になり、こわばった四肢の力が抜けて、深い眠りが訪れた。頬にも血の気が戻ってきた。

アリアンヌは驚きに目をみはり、ルナールを見上げた。ガブリエルの上にかがみこんで額に手をあて、手首の脈を取った。

「驚いたわ」彼女は信じられぬ思いでつぶやいた。「温かくなった。脈も安定している。これは奇跡だわ」

アリアンヌは喜びの涙に目を潤ませ、ルナールを振り返った。「ああ、ジュスティス、ありがとう――」

そして彼の腕に飛びこみ、さめざめと泣いた。ジュスティスは力強い手で抱きしめ、栗色の髪にキスをした。いまはまだ深い安堵《あんど》と感謝でいっぱいだが、落ち着きが戻れば、どういうわけで解毒剤を調合できたのかと尋ねてくるだろう。なぜ彼が黒魔術にこれほど精通しているのかと。彼女がその答えを知っても、自分を憎まないでくれることを、彼は願った。

アリアンヌがガブリエルのベッドのそばを離れても大丈夫だとようやく判断を下すころには、真夜中近くなっていた。召使いたちはとうにそれぞれの部屋に引きとり、家のなかは静かだった。ルナールがよい知らせをみなに告げに行ってくれたのだ。

彼にはどんなに感謝してもしたりない。実際、ルナールがいなければどうしていいかわからなかっただろう。彼にすっかり頼るようになってしまったのが、怖いくらいだ。

ガブリエルがよくなってくると、アリアンヌはミリベルをそれ以上部屋から遠ざけておくにしのびず、いま末の妹はガブリエルのかたわらで丸くなって、病人と同じようにぐっすり眠っていた。おたがいを守るように腕をのせたふたりは、とても若く、頼りなげに見える。

「もう二度とふたりを危ない目には遭わせないわ」アリアンヌは心のなかで誓い、カーテンを引くと、ベッドから離れた。

彼女の寝室には蠟燭が灯り、パンとチーズとワインの遅い夕食が待っていた。それよりもはるかに喜ばしいのは、窓から射しこむ月の光を受けて窓辺に立っている逞しい男の姿だった。

「ジュスティス？」アリアンヌは低い声で呼んだ。

彼は陰のなかから出て、アリアンヌの顔をじっと見つめると、何も言わずに両手を広げた。まるでアリアンヌが何を必要としているか、彼女自身よりもよく知っているかのように。

アリアンヌはよろめきながら部屋を横切り、彼の腕のなかに倒れこんだ。温かい強い腕が彼女をしっかりと抱きしめる。彼女は低い声を漏らして、彼の肩に顔をうずめた。この数時間の不安と恐れ、緊張がどっとこみあげてくる。手足がひどく震え、彼が抱きしめていてくれなければ、立っていることもできないくらいだ。彼はアリアンヌを抱きあげると、テーブルへと運び、椅子に座らせた。

ルナールはワインをついでくれたが、アリアンヌの両手がひどく震えているのを見て、グラスを口元に運び、少しでも飲むように急かした。聖アンヌ修道院のシスターたちが作る強いワインだ。ごくりと飲みくだすと、心地よい熱が体をめぐり、内側から温めてくれた。

「ありがとう」彼女は恥ずかしそうにほほえんだ。「あなたがまだいてくれてよかった。もう森に帰ってしまったと思っていたの」

「きみが大丈夫だということを確認したくて待っていたんだ」

ええ、いまは大丈夫よ、彼の羽根のようなキスを受けながらアリアンヌは思った。だが、温かく優しいキスは、あまりにも早く終わり、驚いたことに彼は体を起こした。

「きみはとても疲れている」彼は頬をそっとなでて言った。「それを食べて休むといい。今夜はこれで帰る」

「ええ、でも――」アリアンヌはせつなげに彼を見上げた。もちろん、このまま眠るべきだ。そうすべきだが、彼と別れがたかった。アリアンヌはベッドをちらっと見て、赤くなった。こんなときに欲望を感じるなんて。彼女は罪悪感にかられてそう思った。

それでも、彼の手を離せず、彼女はこう言っていた。「せめてワインを一杯一緒に飲んで、話し相手になってくれない？　あなたがガブリエルにしてくれたことに、ちゃんとお礼を言うチャンスもなかったんですもの」

「その必要はないよ」彼は指先にさっとキスした。そのキスが少しばかりあわただしい感じで、なんだか早くこの場を立ち去りたそうに見えた。

アリアンヌは彼の手に自分の手を重ね、それから離した。「あなたはまた助けに駆けつけてくれたわ。あの頑固なガブリエルも、今度ばかりは、あなたを勇敢な鬼と呼ぶようになるでしょうね」

「今夜はどんなあだ名も口にしないさ。あの薬で朝までぐっすり眠るはずだ。体の組織全体がひどいショックを受けたんだ、すっかり回復するには休息が必要だよ」彼はほほえんだものの、これまでとどこかがちがう。アリアンヌは少しばかり不安になった。

「ガブリエルの状態をとてもよく理解していたようね。この種の毒に関して、どこでそんなによく学んだの？」これはごくあたりまえの質問だと思ったが、ルナールの肩にはかすかに力がこもった。

「よく覚えていないな」

「覚えていない？」アリアンヌは驚いて訊き返した。「あなたは毒に関する専門家だわ。それなのに、どこで学んだか覚えていないの？」

「旅のあいだにあちこちで仕入れた知識だよ」

「イタリアで？」

「わたしはきみの妹を助けることができた。それで充分じゃないか？　どこで学んだかが、そんなに問題かい？」

ルナールがこんな奇妙な反応を示さなければ、問題ではなかったかもしれない。彼はまるで……初めて会ったころのようだった。まぶたを落とし、目を隠して、自分の思いを守っている。でも、そんなはずはないわ。疲れているだけよ。彼の態度をいちいち詮索《せんさく》するなんて、わたしが間違っているんだわ。

アリアンヌは立ちあがり、彼の腕に手を置いた。「ごめんなさい、ジュスティス。好奇心にかられただけ。わたしはガブリエルを救うために何ひとつできなかったのに、あなたは簡単にそれをやってのけたんですもの」

「それはきみが黒魔術を学ぶのを、ずっと避けてきたからさ」

「あなたは学んだの？」アリアンヌはまたしても不安にかられた。「でも、あそこまで深い知識をいったい誰から学んだの？」

ルナールはアリアンヌのそばを離れ、窓辺に立って外の月のない闇を見つめた。どうやらひどく葛藤《かっとう》しているようだ。それを見て、彼女の不安は十倍も大きくなった。ようやく彼は振り向いて、アリアンヌと向き合った。

「ルーシーからだ」

「ルーシー？　あなたの優しいお祖母様から？　ルーシーは賢い女のひとりだと言ったわ。山のなかで暮らしていた、癒しの技にはとく優れていなかった、と」

「そのとおりだよ。薬はあまり作りたがらなかった。だが、毒物に関しては相当な知識があったんだ」ルナールは苦い笑みを浮かべた。「古い黒魔術に関しては、王太后より詳しかったとしても驚かないね」

アリアンヌはルナールの言葉を理解しようと努めながら、乾いた唇を湿らせた。「カトリーヌと同じくらい黒魔術に精通している大地の娘は、たったひとりしかいない。それは――」

ルナールは目を上げ、アリアンヌに自分の心を読むのを許した。アリアンヌは冷たく暗い井戸に頭から落ちていくような衝撃を受け、思わず息をのんだ。

「メリュジーン？　あなたのお祖母様はメリュジーンだったの？」

ルナールがしぶしぶうなずくのを見て、アリアンヌは目をしばたたいた。「あなたはメリュジーンの孫なの？　いいえ、そんなはずはない。メリュジーンは邪悪な女性よ。このわたしですら、彼女を魔女と呼ぶのにためらわないでしょう」

「そうかい？　ぼくはただ祖母ちゃんと呼んでいたが」

アリアンヌはルナールが笑いだし、冗談だと言うのを待った。こんな恐ろしい冗談を言うなんてひどいわ、と叱ってやらなくては。彼は笑みを浮かべたものの、彼女が見たこともないほど暗い目をしている。

アリアンヌは弱々しく椅子に沈みこみ、しばらくは声も出なかった。

「なんてこと、ルナール。わたしがメリュジーンについて聞いた物語がどんなものか、あなたには想像も――」

「想像はつく」

「でも、どれも真実ではなかったの？」アリアンヌは必死に尋ねた。

「そう言えたら、どんなにいいか」ルナールはぎこちなく肩をすくめた。「ほとんどは真実かもしれない。なんとも言えないな。実際の祖母とその伝説を区別することは、一度もできなかった。わたしが生まれるころには、ルーシーは若いころの愚かな過ちの多くとは無縁の生活をしていたから……」

「愚かな過ち？」アリアンヌは喉を詰まらせた。「メリュジーンはブルターニュのほとんどを破壊し、荒廃させたのよ」

ルナールは唇を引き結んだ。「それはわかっている。だが、祖母にも事情はあったんだ。名誉ある騎士の娘として恵まれた環境で生まれたきみですら、賢い女として多少の困難と危険を経験した」彼はそう言って言葉を切り、アリアンヌをじっと見つめた。「きみと同じように勝気で頭のいい娘が、貧しい無学な人々のあいだに生まれたところを想像してみてくれないか。ルーシーの母親は村の産婆だった。ルーシーが十歳のときに、母親は領主から罪に問われた。不幸にも取りあげた赤ん坊がふつうではなかったために。そのままいけば、杭《くい》に縛りつけられ火あぶりになったにちがいないが、魔女だという告白を引きだすための拷問で死んだ」

ルナールはテーブルに歩み寄り、ワインをついだ。祖母の話をするために、強いワインで気力を奮い立たせる必要があるのかもしれない。それとも、どこまで話せばいいか、それを判断する時間を稼ごうとしているだけなのか？　この疑いはアリアンヌを深く切った。ふたりはもう完全に心を開きあう段階に達していると思っていただけに、彼女はよけいに傷ついた。

彼はカップのワインを飲みほした。「なんの罪もない母親が無残に殺されたのを見て、ルーシーはそれ以上癒しの技を学ぶのをやめた。そして黒魔術にのめりこんだ。これだけは言えるが、そうしていなければ、長くは生きられなかったはずだ。当時はフランス全土で魔女狩りが真っ盛りだったからね。何百という罪もない女性たちが拷問され、殺されていた。ルーシーはそんなにおとなしく捕まるのはごめんだと決めた。そこでほかの女性たちに戦おうと呼びかけた。妻や娘を守ろうと決意した男たちもそれに加わった。重い税金、長時間の過酷な労働、加えてしばしば餓死する危険、そういう不当な仕打ちにいやというほど耐えてきた、素朴な農民たちばかりだ」

「ええ」アリアンヌは小さな声で言った。「大伯母のウージニーが、そのころのことを話してくれたの。あなたのお祖母様は、最初は高潔な目的のために立ち上がったのでしょうね。でも、彼らはすぐに略奪と破壊をほしいままにする暴徒となり、メリュジーンは……あなたのお祖母様は、黒魔術を使って井戸に毒を入れて家畜に疫病を流行《はや》らせ、作物を枯らし、土壌をすっかり汚染させて、二度と何も育たないようにした」

「ルーシーは国王と教会という強大な権力を相手に、負けると決まっている戦《いくさ》をしていたんだ」ルナールは祖母をかばった。「自分が持っている武器を使うほかに何ができる?」

「さあ。でも最後には、お祖母様の反乱は善よりも悪をもたらした。土壌を毒で汚すのは、大地の娘にとっては許しがたい罪よ。自分の母親を攻撃するのも同じですもの。わたしの母は、賢い女は暗い世にあっても光の力でなければいけない、と口癖のように言っていたわ。太古から受け継がれた知識は癒すために使い、決して危害をもたらしてはいけない、とね」

「たしかに祖母は、きみの母上のような聖女ではなかった。だが、ふたりの立場が逆だったとしたら？　エヴァンジェリン・シェニが農家に生まれていたら——」

ルナールは言葉を切った。「アリアンヌ、ぼくはルーシーがしたことを許しているわけじゃないんだ。ルーシーは必ずしも世間が言うような怪物ではなかったことをわかってもらいたいだけだ。そして、最後は自分のおかした罪を恐ろしい形で償うことになった。だが、それもみな過ぎたことだ。忘れてしまうほうがいい」

この件はもう話したくない、ルナールの言葉にはそんな含みが感じられた。彼はアリアンヌの腰をつかみ、彼女を立たせて抱き寄せた。

アリアンヌは体をこわばらせた。最初のショックは、裏切られたという思いとなって彼女の胸を切り裂いていた。彼がキスしようとすると、アリアンヌは首を縮めた。温かい唇は彼女のこめかみをかすった。

「どうしてもっと前に話してくれなかったの？　今日の午後でさえ、何も言わなかった」

「どうすればよかったんだ？　きみを抱いて、甘い言葉をささやいているときに、ところで、祖母は邪悪な魔女だったんだ、とでも言うべきだったのか？」

アリアンヌがなじるような目で見上げると、彼は急いで付け加えた。「わかったよ。もちろん、何か言うべきだった。だが、ルーシーのことを話すのは気が進まないんだ。できることなら、自分の心にすべてをしまっておきたかったくらいだ」

少なくとも、結婚式の夜までは。みぞおちに冷たい重みが居座るのを感じながら、アリアンヌは思った。ついに彼女を妻にして、彼から逃れる術がなくなるまで待つつもりだったの？でも、そんなはずはない。今日の午後ふたりが分かち合った素晴らしい時間のあとでは。ルナールは口に出してこそ言わなかったが、わたしを愛しているのよ。それとも……彼がわたしと結婚したがる理由は、恐ろしい祖母と何か関係があるの？

ルナールはアリアンヌを抱きしめ、情熱と欲望と絶望にかられて激しくキスした。アリアンヌは自分の鼓動がこれに応えて跳ねあがるのを感じたが、知りたいことがわかるまでは、気を散らされるのはごめんだ。

彼女はルナールの腕のなかでもがき、彼の顔が深い焦がれと苛立ちで曇るのを見て、無理やり押さえつけられるのを恐れた。

が、彼はしぶしぶアリアンヌを離した。「ああ、シェリ、見知らぬ他人を見るような目で見ないでくれ」

だが、アリアンヌは自分を抑えられなかった。ルナールに関して最初のころに持っていた疑いのすべてがせめぎ寄せてきて、彼女はじりじりあとずさり、やがて彼の手には指の先だけが残った。

「頼む。ルーシーが誰だったにせよ、どんな魔法を使ったにせよ……それはきみとわたしとは関係のないことだ」

「そうかしら？」アリアンヌは言い返した。「あなたはお祖母様が、火のなかに未来を見た、と言ったわ。いつかわたしを見つける、わたしはあなたの運命だと言った」

「ああ。その予言は、ルーシーのほかの予言よりもはるかにましだったよ」ルナールは指先にキスした。

アリアンヌは彼の手を振り払い、さらにあとずさった。「お祖母様の予言は、利己的なものやお祖母様が実現してほしいことが多かったとも言ったわ。でも、ルーシーはなぜあなたをわたしと結婚させたがったの？」

「知るもんか。ルーシーが何を考えていたかなど、どうしてわかる」

いいえ、彼は知っている。それは間違いない。

「知ってる？　メリュジーンは昔、この島の人々を脅したことがあるの」

「いや」ルナールは眉をひそめた。

「メリュジーンは敵を打ち負かす手段を求めていた。彼女はフェール島のレディが強力な魔法を記した古代の書を守っていることを知っていたの。大伯母のウージニーがそれらの知識を破壊に使うことを拒否すると、メリュジーンはベル・ヘイヴンを襲い、力ずくで奪うと脅したそうよ」

ルナールは目をそらした。「虚勢をはっただけさ。ルーシーはフェール島のレディを尊敬していた。そんなことをしたはずがない。どうせ古代の書物は彼女にとってはなんの役にも立たなかったよ。ルーシーはフランス語の読み書きさえできなかったんだ、古代の言語を解読することなどとても無理だったろう」

アリアンヌはルナールを見つめた。「あなたはどう？　広く旅をし、あれこれ学んだことは知っているわ。あなたは古代の言語を学んだの？」

彼は即座にこれまでより用心深い表情になった。「学んだかもしれない。それがどうした？」

アリアンヌは深く息を吸いこんだ。「地下の作業場に入ったのね。妹の解毒剤を作れる場所はあそこしかないもの」

ルナールは挑むように顎を突きだした。「ガブリエルは死にかけていたんだ。君の許しを得る時間はなかった」

「それはわかるわ。でも、あの部屋はよく隠されているのよ。どうしてあそこにあることがわかったの？」

ルナールは乾いた声で笑った。「きみの仕事場は、よく隠された秘密というわけではないさ」

たしかにそのとおりだ。ルナールのように目を読む術に長《た》けた男にとっては。メリュジーンは孫息子にほかにどんな黒魔術を教えこんだのか？

「ぼくの狙いがきみの大切な本だと思っているのか？」

だが、ルナールの怒りの下に、アリアンヌはかすかな罪悪感を見てとった。やはり疑ったとおりだった。そう思った瞬間、もうひとつの事実が非情にも彼女を打った。

「あの部屋に入ったのは、今日が初めてではなかったのね。あなたが来て、ベッドに運んでくれる夢を見た夜……あれは夢ではなかったんだわ」

彼は肩をすくめた。「ああ。あそこに行くときみが眠っていた。だから二階に運んだんだ」

「あなたがしたのはそれだけ？」

「そうさ！」ルナールは鋭く言い返し、テーブルに戻ってワインの栓を抜こうとしたが、音をたててそれを戻した。「いいだろう。きみの本に目を通したい誘惑にはかられた。子どものころからフェール島のレディと、太古の知識が眠る宝庫の話をルーシーから聞かされて育った。そのすべてが突然そこにあったんだ。ぼくの前に。蜘蛛の巣の後ろに忘れられ、埃に覆われて、いまにもぼろぼろになりそうな書物が。そこにどれほど強力な秘密が記されているか、きみは気づいてもいないだろうな」

「ええ、気づきたいとも思わないわ。わたし自身、黒魔術を使いたいという強い誘惑に駆られたことがあるもの」アリアンヌは母の霊を呼びだしたことを思い出し、たじろいだ。「忘れてしまったほうがいい知識もあるのよ」

「だが、黒魔術もときには役に立つ」ルナールは言いはった。「ルーシーから毒物の知識を学んでいなければ、きみの妹はいまごろ死んでいたんだぞ」

「わたしが家にいれば、あなたの解毒剤など必要なかったわ。ガブリエルに目を光らせていれば。でも、そのかわりにあんな――」

ルナールの表情が険しくなった。「あんな、なんだい？　はるかに重要な義務を放りだし、ぼくと愛し合って午後を無駄にしていなければ、そう言いたいのか？」

アリアンヌはもっと穏やかな表現を使ったにちがいないが、基本的にはそのとおりだ。「ええ、そうよ」彼女はささやいた。

「きみがそうやって自分を責めるのに、どれだけ時間がかかるかと思っていたよ」彼は苦い声で言うと、のしかかるように立って彼女の肩をつかんだ。「いいか、アリアンヌ・シェニ。よく聞くんだ。ガブリエルの一件はきみのせいではなかった」

アリアンヌは痛みに顔をしかめたものの、頑固に言いはった。「わたしはここにいるべきだった。それなのに、まるで、まるで――」

「聖女ではなく、人間の欲求と欲望を持った女性として振る舞っただけだ。町の広場に立っている、いまいましい大理石の像などではなく」

ルナールの厳しい言葉は鞭のようにアリアンヌを打った。彼女は頬をそめたものの、誇らしげに顔を上げた。「わたしはフェール島のレディよ。それがどういう意味か、理解してもらえないようね。わたしには妹たちとこの島の人々に仕え、彼らを守る義務があるの」

「とりわけ、メリュジーンの息子から守る義務があると?」

「そうは言わなかったわ」

「言う必要はないさ。きみの目がはっきりとそう語っている」彼が出し抜けに離し、アリアンヌは後ろによろめいた。

あざができたにちがいない肩をなでながら、彼女は言った。「あなたが何度もわたしたちを助けてくれた。そのことに関しては感謝しているわ、伯爵」

ルナールが鋭く毒づくのを聞いて、アリアンヌはさらにあとずさった。

「感謝などほしくないね」彼はうなるように言った。

「だったら、何が欲しいの？」アリアンヌは叫んだ。「あなたはわたしの目をよく読む。まるでわたしの心臓まで貫くようだわ。でも、わたしはあなたの心にそれほど深く入りこんだことがあるかしら。そこで、あなたがこれまで答えようとしなかった質問に行き着くことになるわね。あなたはなぜわたしと結婚したいの？」

ルナールは鋭く彼女を見た。「まだその答えがわからないようなら、これからも決してわかることはないだろう」

「すると、今度はわたしを愛しているふりをするの？」

「いや、以前も言ったはずだ。わたしはそんなふりは決してしない」

彼の答えはアリアンヌに残されたささやかな望みを打ち砕いた。だが、アリアンヌは彼にそれを見せるのを拒んだ。「少なくとも、あなたは嘘をつかない。それはありがたいわ。嘘をついても無駄ですもの。わたしはロマンティックな若い娘とはちがうのよ」

「いいや、きみはそのとおりの女性だよ」ルナールは皮肉たっぷりに答えた。「きみは弱さも欠点もない、完璧な男を望んでいるんだ。過ちなど決しておかさない男を」

「いいえ。わたしが望むのは誠実でわたしに心を開いてくれる、信頼できる男よ」

「どうやら、わたしはその男ではないと決めたようだな」ルナールのきらめく緑の目がアリアンヌを探るように見た。だが、アリアンヌはこれ以上争いを続ける気力を失い、顔をそむけて、激しく痛みだしたこめかみを押さえた。

「どうか帰ってちょうだい」

重いブーツの足音が近づくのを聞いて、彼女は体をこわばらせた。ルナールは出し抜けに足を止め、拳を握りしめた。「そうだな。朝の光のなかのほうが、おたがいにもっと分別をもてる。森に戻って――」

「いいえ」アリアンヌはかすれた声で言った。「トレマザンに帰って」

ちらっと彼を見ると、眉をしかめ、険しい顔で顎を食いしばっている。アリアンヌは激しい言い争いになるのを覚悟した。

だが、ルナールもその気力がなえたとみえて、肩から急に力を抜いた。「いいだろう。それがきみの望みなら。トゥサンと家来には見張りを続けさせよう。わたしが必要になれば、どうすればいいかわかっているはずだ。まだ指輪を持っているんだから」

アリアンヌはぶるっと体を震わせ、激しく首を振った。「メリュジーンが作ったことがわかったからには、あの指輪には二度と触れないわ」

ルナールは戸口で足を止め、振り向いた。彼の顔には怒りよりも悲しいあきらめが浮かんでいた。「あの指輪には、昔もいまもなんの邪悪もないよ、シェリ。わたしがあれを使おうとした方法が間違っていただけだ」

それから彼は堅苦しく頭を下げ、行ってしまった。

炎がちらつき、銀の燭台《しょくだい》の蠟が積もり、細長い蠟燭が短くなっていく。周囲から迫る闇にはかまわず、ジュスティスは大きく脚を開き、豪華に飾り立てられた大食堂の大きなテーブルを前にしていた。

大皿に盛られた手の込んだ料理は、ほとんどそのまま残っている。ジュスティスはもっぱらワインのカップを口に運び、静かに酔っていた。フェール島を出てからずっと、数えたくないほど何度もしてきたように。

あれは何日前のことだったか？　それすらはっきり思い出せない。彼はアリアンヌが呼び戻してくれることを願っていたのだが、期待は見事に裏切られた。これから先もおそらく彼の願いはかなわないだろう。彼はアリアンヌに対する怒りをかきたて、絶望を食い止めようとした。彼女があんなに冷酷で、理不尽で、狭量であることを。

だが、怒りのほとんどは、自分に向けられていた。彼女のように素晴らしい女性を失うはめになった自分の愚かさに。

祖母の恐ろしい過去を話さざるをえなくなったとき、彼は苛立ち、言い訳がましくなった。ドヴィーユの祖父を引き合いに出されたときと同じ反応を示した。まったく、母方は魔女、父方は悪魔そのものだとは、なんという遺産だ。ジュスティスはうんざりしながらワインを飲みほした。アリアンヌにルーシーのことを話すのを、彼はずっと恐れていた。とはいえ、いよいよ避けられなくなっても、あんなふうに辛辣《しんらつ》な言い方ではなく、落ち着いて理性的に話すべきだったのだ。

だが、彼を見たアリアンヌの目が、彼の心を粉々に砕いたのだ。無力感に打ちのめされ、やり場のない怒りにかられながら、彼はそれまでの努力とせっかく勝ちえた信頼が修復不可能なほど壊れるのを見守らねばならなかった。

傷ついた彼女の声が、いまでもはっきりと耳に残っている。

〝すると、今度はわたしを愛しているふりをするの？〟

そして自分の怒りに燃えた答えが。〝いや、以前も言ったはずだ。わたしはそんなふりは決してしない〟

そうとも、愛しているふりをする必要などなかった。彼女を愛しているのだから。最期の息を引き取るまで愛しつづけるだろう。いつからか自分でもよくわからない。もしかすると、あの静かな目を初めて見たときから、愛していたのかもしれない。

ジュスティスはアリアンヌの勇気、強さ、知恵を愛していた。彼女の思いやり、落ち着き、驚くべき癒しの業を。真剣な顔を崩すまい、笑うまいとするときに口を震わせるあの愛らしい仕草を。彼の言葉を熱心に聞くときに、頭を傾ける仕草を。アリアンヌは心のすべてで耳を傾ける女性だ。

彼がキスしたあと、目を輝かせ、恥ずかしそうな顔をするのも、なんとも言えず愛しかった。興奮したときの薔薇《ばら》色に染まった頬、愛し合ったときにもらした降伏のため息……フェール島のレディは軽々しく男に降伏しないという事実が、そのすべてをいっそう誇らしいものにした。

ジュスティスは低い声でうめき、グラスを置いた。「愚か者が」彼はつぶやいた。なぜひざまずいてすべてを打ち明けなかったのか？　最初に彼女と結婚しようと思ったときは、古代の書物を手に入れたいというばかげた思いもあった。だが、いまはそんなものはどうでもいい。アリアンヌをこの腕に取り戻せるなら、一冊残らず燃えて灰になってもかまわない。

いまさらそう言っても、アリアンヌは信じてくれないだろう。だが、彼女はあのル・ヴィにすら命の息を吹きこんだほど、思いやりに満ちた女性だ。魔女狩りの頭首を許すことができるなら、なぜおれを許すことができない？

おまえが最悪の形で傷つけたからだ。アリアンヌは欺かれるのを恐れていた。父親が母親にしたように、信頼を裏切られることを。

「伯爵様――」

おずおずした声が、暗い物思いから彼を呼び戻した。ジュスティスが顔を上げると、召使いのひとりが立っていた。

「あ、あの、食事はもうおすみかどうか、訊いてくるようにと……その、皿の覆いを取って……」若い従者がごくりと唾をのみ、細い首で喉仏が上下した。

若者が自分を恐れているのを見てとり、ジュスティスは恥ずかしくて赤くなった。祖父を反面教師にして、決して召使いに怖がられるようにはなるまいと決意していたのに、最近は、近づく者を誰彼かまわず怒鳴りつけて、祖父よりも彼らを怖がらせているくらいだ。

若者は言いなおした。「あの、ほかに何かお持ちするものがございますか？」

「いや」ジュスティスは優しく答えた。そしてどうにか笑みを浮かべた。彼がこうしていつまでもテーブルから離れずにいるせいで、厨房で働く者たちは仕事を終えて片づけをすませることも、自分たちの部屋に引き取ることもできずにいるのだ。

椅子を後ろにずらし、彼は立ち上がった。酔ってはいるが、自己憐憫《じこれんびん》に溺れるほどではない。ほんの少し足元が定まらないだけだ。

大広間からは出たものの、まだ寝室には行きたくなかった。アリアンヌと何度も愛し合い、たがいの腕のなかですべてを忘れたあまりにも短い午後を思って、またしても拷問のような夜を過ごすのは辛すぎる。

かといって、胸壁を行きつ戻りつして、もうひと晩明かす気にもなれない。ジュスティスは蠟燭の炎を隙間風から守りながらためらった。それから出し抜けに踵を返し、戻って以来避けつづけていた場所へと足を向けた。

ルナールの礼拝堂は十四世紀後半に改装されていた。だが、ジュスティスは高価なステンドグラスの窓や、金で縁取った祭壇には目もくれず、何世代ものドヴィーユたちが眠っている地下墓所へと続く螺旋《らせん》階段へと向かった。

真っ暗な地下墓所では、彼が手にした蠟燭の炎は頼りなかった。壁のたいまつのひとつにその火を近づけ、最も新しい墓を探して見回す。祖父の最後の休息の場となった石棺《せきかん》はいやでも目についた。この精巧な細工は、ロベール・ドヴィーユが自分をどれほど重要な人物だと思っていたかを物語っている。

大理石に彫られた騎士は、ジュスティスが覚えている祖父とはまるで似ていなかった。その姿は、癇癪《かんしゃく》持ちで、冷酷で、尊大だった老伯爵には穏やかすぎる。

ジュスティスは祖父の堂々たる石棺の後ろにある壁のくぼみへと目を移した。そこの石棚には、質素な土器の壺がひとつ置いてある。ジュスティスが長いこと、老ルーシーとして知っていた女性、伝説のメリュジーンの名残のすべてを納めた壺《つぼ》だ。

あれほど憎みあっていたふたりの亡骸《なきがら》が、この地下墓所に並んで置かれることになるとは、なんという奇妙な皮肉だろうか。なぜ老伯爵がルーシーの骨を集めさせ、ここに持ちこんだのか、ジュスティスには見当もつかなかった。迷信じみた恐れからか、それともゆがんだ頭が考えだした最後の復讐だったのか？　大地の娘として、ルーシーは自分の骨を土に返してほしいと願っていた。

ジュスティスが伯爵になると、トゥサンはルーシーの骨を森に埋めさせてくれと懇願した。彼女に真の安らぎを与えてやりたい、と。だが、これほど時がたったあとでは、もうどちらでも関係ないと、ジュスティスは頑固にそれを拒んできた。

ひょっとすると、彼は自分の人生をねじ曲げて望みをかなえようとした祖母に、まだ恨みを残しているのかもしれない。彼がメリュジーンの孫だと知ってアリアンヌはひどいショックを受けていたが、ジュスティス自身がそれを知ったときのショックはあんなものではなかった。

彼が真実を知ったのは、祖父の城から逃げだし、自分がこれまで知っていた唯一の家、山のなかの小屋へ戻った夜だった。祖父の鞭で皮膚が裂けた背中からは血が流れていた。マルティーヌが自分のいないあいだにほかの男と結婚したことを知って、胸も引き裂かれていた。

その夜、トゥサンとルーシーが話しているのを聞いて、自分の祖母の正体を知った。そして言葉に尽くせぬショックを受けた。だが、アリアンヌのような義憤にかられたわけではない。ルーシーがたとえ過去に何をしたにせよ、自分を育ててくれた愛する祖母だったからかもしれない。あるいは、アリアンヌのような知恵に欠けていただけかもしれない。なんといっても、あのときの彼は背中の傷がうずく、疲れきった十六歳の少年だったのだ。

〝本当にその恐ろしいメリュジーンなら、魔法の力でおれを助けてよ。おれを隠して、あの悪魔のような男から守って。そしてマルティーヌを取り戻す方法を見つけて、彼女がもう一度おれを愛するようにしてよ〟

ルーシーはほほえんで、しなびた手を優しく彼の頬に置いた。〝あの娘のことは忘れておしまい、ジュスティス。あの娘がどれほど簡単におまえを忘れたか、その目で見ただろう？　おまえの花嫁には最初から相応《ふさわ》しくなかったんだ。おまえには素晴らしい運命が待っているんだよ。伯爵になって——〟

〝そんな運命なんかいるもんか。祖母ちゃんが助けてくれないなら、ここから逃げだす方法を自分で見つけるだけだ。ブルターニュから思いきり遠いところへ行く。あいつに見つからないところに。マルティーヌを一緒に連れていく〟

するとルーシーは緑色の目をきらりと光らせた。あの目の奇妙な光だけは、歳を取っても少しも弱くならなかった。〝あたしが長いこと計画し、夢見てきたおまえのための将来を、そんなに簡単に投げすてるなんて許すと思うのかい？　よくお聞きジュスティス、おまえは伯爵になるんだよ。大きな力を持つ男に〟

その瞬間、彼の鈍い頭もようやく真実を悟ったのだった。自分が望んでいた素朴な生活、山の暮らし、愛する娘を取りあげたのは、ドヴィーユの祖父ではなかった。ルーシーだった。いや、メリュジーンだったと言うべきか。

彼は祖母からあとずさり、泣きながらなじった。〝祖母ちゃんは……おれを愛してるわけじゃないんだ。おれは自分の目的を果たすための、何年も前に始めた反乱を終わらせる手段だったんだ〟

ルーシーは悲しげに首を振った。〝反乱で権力に打ち勝つことはできないんだよ。あたしの孫が決して無力にならず、泥のなかに踏み倒されないようにするには、たったひとつの方法しかなかった。それはおまえが貴族になることだった〟

小屋の外には、雷のような蹄の音が聞こえ、たいまつの炎が見えた。彼は必死に祖母を見た。祖母の目を読むことはできた試しがなかったが、そこにはかすかな罪悪感があった。最後の裏切りが。あの男たちが来たのは、祖母が彼のことを知らせたからだ。

〝ジュスティス、あたしはおまえを愛している。自分の命よりも。だから、おまえにとっていちばんいいことを望んでいるんだ〟祖母は両手で彼の顔をはさもうとしたが、彼はその手を払いのけた。

〝おれに権力を持つ男になれ、って？　だったら、これが最初の命令だ。二度とあんたには会わない。決しておれの前に姿を現すな。年老いた魔女が祖母だなんて、とんでもない物笑いの種だからな”

ルーシーはとても強い女性で、めったに苦悩を見せたことなどなかったが、このときは、まるで彼に殴られたように顔をくしゃくしゃにした。だが、ジュスティスは平気だった。自分を傷つけた祖母に仕返しをしてやりたかったのだ。彼は小屋を飛びだし、振り返らずにそこを離れた……。

ジュスティスは震える指で土器の壺に触れた。自分の運命を甘んじて受け入れてからも、彼は祖母に対する怒りを持ちつづけた。それから何年もたったいまでも、祖母に対する気持ちには愛と怒り、罪悪感、後悔、恥のすべてが混じりあっている。

「ジュスティス？　そこにいるのか？」

トゥサンの声が階段の上から降ってきて、壁にこだました。ジュスティスは急いで壺から離れ、老いた従兄が地下の墓地におりてきたときには、すでに階段のすぐ下に立ちはだかっていた。

蠟燭を手にして、すり減った石の階段を用心深く一歩ずつおりながら、トゥサンはこぼした。「夏の宵を、なんだってこんな陰気な場所で過ごしてるんだ？」

「あんたこそ、こんなところで何をしている？」ジュスティスは鋭く尋ねた。「フェール島に留まり、彼女を守れと言ったはずだぞ」

「レディは元気だよ。わしはあんたのほうが心配だ」

「心配してもらう必要はない」ジュスティスはそっけなく背を向けた。だが、トゥサンは片手で肩をつかんだ。

「マドモワゼル・シェニとのこの愚かなゲームを、いつまで続けるつもりだ？　彼女のもとに戻るべきだぞ」

ジュスティスは首を振った。「アリアンヌがおれを許すことに決めたら、指輪で呼ぶはずだ。二度と無理強いするつもりはない」ややあって、彼はしゃがれた声で付け加えた。「彼女を愛しているんだ、トゥサン」

「そいつは結構なこった。それがわかるのに、まったく長くかかったもんだな。だったら、どうしてそう言いに行かないんだ？」

「もう遅すぎるんだよ」

「そんなことはあるもんか」

ジュスティスは従兄から離れた。「あんたに警告されたことがあったたな。最初から正直にすべてを話すべきだ、と。だが、おれは賢く立ちまわらずにはいられなかった。そして祖父が生きていたら取ったにちがいない方法で、彼女を手に入れようとした。伯爵の権威を笠にきて、妻になれと命じた。それがうまくいかないと、今度はルーシーが使いそうな罠を仕掛け、アリアンヌに指輪の取引を申しでた」彼は石棺の前で足を止め、亡き祖父の墓とその後ろの壺を見た。「ときどき、自分がこのふたりよりもひどい人間のような気がするよ」

トゥサンは静かに彼のそばに来た。「いいや。忘れてるかもしらんが、おまえは母さんと父さんの息子でもある。ふたりは思いやりのある、愛情深い人たちだった。おたがいに深く愛し合っていた。ときどき黒魔術に満ちているように思えるこの世界から、短いあいだだが幸せを盗むことができた。あんたも彼女もそうなるよ」

その言葉を信じることができれば。ジュスティスは痛切にそう思いながらトゥサンの手を取り、さっきよりも穏やかに命じた。「フェール島に戻って、おれのために彼女を守ってくれ」

トゥサンは彼をじっと見つめた。それ以上何を言っても無駄だと思ったのだろう、階段へ戻りかけたが、その前に壁のくぼみに置かれた壺に悲しげな視線を投げた。

「なあ、トゥサン。そうしたければ、ルーシーの骨を持っていって大地に埋めてもいいぞ」

「いいや、彼女に安らぎを与えられるのはあんただけだ。ルーシーは恐ろしい間違いをしでかした。だが、あんたのことは愛していたよ。ほかの誰よりも」

ジュスティスは何も言わなかった。おそらくトゥサンの言うとおりだろう。だが、そう思っても少しも慰めにはならなかった。アリアンヌが彼を拒否したのは、彼がメリュジーンの血を引いているからだ。血を分けた孫の自分でさえいまでも祖母を許せないのに、アリアンヌの許しを期待することがどうしてできよう?

ジュスティスはトゥサンが立ち去ったあとも、長いこと地下墓所に残り、物思いに沈んでいた。すると出し抜けにたいまつが消え、低い声で毒づきながら手探りで闇のなかを階段へ向かおうとすると、声が聞こえた。はるか彼方から彼の名前を呼ぶ声が。

〝ルナール……〟

彼の鼓動は一気に速くなった。自分の指輪が温かくなり、いつものように全身がちりちりしはじめる。

「アリアンヌ?」彼はかすれた声で呼び、指輪を胸に押しつけ、これまでよりも集中して、すべての思い、焦がれを送った。

時が延び、再び彼女の声がした。これまでと違ってはっきりとではなく、消え入りそうなほど弱い。

〝ルナール、どうか来て……危険が……〟

氷のような恐怖がみぞおちをつかみ、彼は目を閉じて彼女に呼びかけた。

〝どうしたんだ、アリアンヌ? 何があった? 返事をしてくれ〟

低い、差し迫った声が、また頭のなかにこだました。〝ル・ヴィに捕まったの。彼はわたしを裁判にかけるつもりよ。わたしたちはすでにパリに向かっているわ。どうか……助けて〟

アリアンヌの恐怖が彼に達し、血を凍らせた。ジュスティスは顎を食いしばり、自分の愛を送り、彼女を安心させようとした。

〝心配はいらないよ、シェリ。いますぐ駆けつける〟

白い指にはまった指輪が光を反射してきらりと光る。だが、それはひどくきつそうに見えた。つかのま、カトリーヌは引き抜くことができないのではないかと恐れたが、力まかせに引っぱると、皮膚をこすりとるようにして指輪はどうにか抜けた。

カトリーヌはてのひらにそれをのせ、かすかな笑みを浮かべてそこに彫られているルーン文

〝この指輪は心も思いもわたしをあなたに結びつける〟

字を読んだ。

これの魔力を使って、ルナールを混乱させられるかどうか不安だったのだが、伯爵の最後の言葉を聞いて、成功するという確信が持てた。

〝心配はいらないよ、シェリ。いますぐ駆けつける〟

カトリーヌは指輪をぎゅっと握り、どうにか笑いをこらえた。男ときたら、あきれるほど操りやすい。彼女の後ろで褒美をもらおうと待っている男もそのひとりだ。

彼女はルナール・ヴィに自分が何をしているか見られないように、彼に背を向け、窓に向き合ったのだった。彼女が魔術に精通していることを、この愚か者に悟られるのはまずい。

彼女は落ち着いた顔をはりつけると、魔女狩りの頭に向き直った。この男ときたら、げっそりこけた頬としみだらけのローブで、旅の埃も落とさずに、よくもまあわたしの前に現れることができたものだ。左右の高さが違う目は、とても正気とは思えないほどぎらついている。ルナール・ヴィは文字どおり、よだれをたらさんばかりだった。

「いかがです、陛下？　それはお役に立ちましょうか？」

「ええ、もちろん」カトリーヌは甘い声で答えた。「レミーと手袋をもたらすことはできなかったけれど、この指輪は役に立つわ。わたくしたちの敵をパリにおびきよせることができる。よくやりましたね」ムッシュ。あなたもですよ、マスター・アリスティード」

彼女はルナール・ヴィの後ろに隠れるようにして立っている若者にも、ねぎらいの声をかけた。若者は黙って頭を下げた。

だが、ル・ヴィは両手をこすり合わせ、ぎらつく目で言った。「今度こそ、やつらを捕らえてみせます。だが、パリへおびき寄せれば、あなたの兵士があの悪魔と彼のあばずれを捕らえてくれるかもしれませんな。わしは地獄の猛火よりも熱い火を焚くとしましょう。わしを大審問官に任命するという約束を、思い出してくださるように」

「ええ、ムッシュ・ル・ヴィ。あなたに相応しい報酬を与えますとも」彼女はつぶやいた。

ル・ヴィはこの表現になんの疑いも抱かなかったと見えて、来る栄光に目を輝かせた。だが、若者のほうは疑いのにじむ心配そうな顔で鋭く彼女を見た。

カトリーヌは尊大な笑みを浮かべ、ル・ヴィに片手を差しだした。

もっと重要な問題を片づけねばならないのだ。カトリーヌは珍しく興奮し、勝ち誇って、胸をときめかせていた。万事、おさまるべき場所におさまっていく。ナヴァラの王とその新教徒の供の者たちはパリに落ち着いた。彼女が調合した毒の霧は、まもなく最も強い効力を発揮しはじめる。計画を実行に移す日さえ、すでに決まっていた。サン・バルテルミの前夜だ。

そしていま、アリアンヌ・シェニから悪事が露見する恐れを取りのぞく手段が手に入ろうとしている。

私室に引きとると、彼女は召使いをすべて下がらせ、ベッドのかたわらにおいてあったかごの覆いを取った。なかの鳩が柔らかい声で鳴きながら、カトリーヌを怪訝そうに見る。鳥が利口な動物だと思ったことはなかったが、もしかするとこの鳩は飼い主の行方を案じているのかもしれない。

かごの外側をとんとんと叩き、カトリーヌは静かに言った。「エルモワーヌのことは忘れておしまい。あの女はもうおまえの役には立たないのよ」

マダム・ペシャルも、ルイーズ・ラヴァルも、もうメッセージを送ることはない。どちらも二度と日の目を見られないバスティーユの地下牢に閉じこめてある。彼女はかごにかがみこんでささやいた。「おまえにはもう一度だけ、手紙を運んでもらいますよ」

それを受けとったときのマリー・クレアの、そしてアリアンヌの顔が見たいものだ。口元に皮肉な笑みを浮かべ、カトリーヌは思った。わたしの権威に挑んだ愚かな娘が、母親と同じ弱さ、愛のせいで敗北を喫することになるとは、愉快な結末ではないか。

22

それから数日は雨が降りつづいた。ベル・ヘイヴンと島の上空では何度か雷鳴が轟《とどろ》き、フェール島と本土を完全に遮断した。ようやく太陽が雲間から顔を出すのを見て、アリアンヌは心からほっとした。

彼女は島の外の世界の動きが気になった。レミーから無事だという頼りはないか？　ルイーズからパリの出来事に関する報告はないか？　それに自分では認めたくないが、ルナールが何か言ってこなかったか？

ふたりが言い争った夜に彼がベル・ヘイヴンを立ち去ってから、彼女は一度もルナールを見かけていなかった。トゥサンと数人の男は、その後もベル・ヘイヴンの周囲を見回り続けている。だが、ルナールをはねつけておきながら彼の保護を受け続けるのは、気が引けるばかりか屈辱でもあった。

雨がやむとすぐに、あの頑固な老人にどうか引きとってくれと頼むつもりで、アリアンヌはトゥサンを捜しに行った。雨が降りはじめてから、ルナールの家来はベル・ヘイヴンの馬屋を使っていたから、トゥサンはそこで見つかった。いちばん奥の仕切りで自分の糟毛《かすげ》の馬の手入れをしていた。

ベル・ヘイヴンの馬屋の仕切りは、何年かぶりにひとつを除いてすべてふさがっていた。アリアンヌはミリベルのポニーがいないことに気づいて顔をしかめた。これは喜ぶべきこと？それとも心配すべきことだろうか？　妹はこのところ奇妙な振る舞いが目だつ。いま暗い顔でベル・ヘイヴンを歩きまわっていたかと思うと、一刻も早くそこを出たいかのように飛びだしていく。いくら訊いても、なんでもないとしか言わないが、アリアンヌと目を合わせるのを注意深く避けていた。

アリアンヌは何が末の妹を悩ませているか、わかる気がした。シモン・アリスティードというあの若者だ。ミリベルはルナールと同じことを疑いはじめたにちがいない。シモンが島を逃げだそうとして溺れ死んだ、と。

たとえ生きていたとしても、あの危険なほど混乱した若者にはもう会わぬほうがミリベルのためだ。でも、それを言っても、あの子の心の痛みを和らげることはできない。アリアンヌには自分の経験からそれがわかっていた。ルナールにはもう会わないほうが自分のためだ、いくらそう思っても、少しも慰めにはならないからだ。

彼女が奥の仕切りに歩いていくと、トゥサンが振り向いた。

「よい朝ですな、マダム」ルナールのいとこはいつものように深い敬意をこめて挨拶《あいさつ》したが、彼のいかつい顔には静かな非難が浮かんでいた。

アリアンヌはそれを無視して明るい声で言った。「ええ、ようやく雨があがったわね。本土へ行く土手道を安全に通れるようになったわ」

「そうかね？」トゥサンは馬の手入れに戻った。

「これならあなた方も、今日にもトレマザンに帰れるわね」

「ほう？　ル・ヴィが死んだという知らせが届いたのかな？」

「いいえ、ちがうけど——」

「王太后が急に権勢を失ったとパリから報告が入ったのか？」

「いいえ、そんなことはないわ。でも——」

「だったら、わしはここにいます」

アリアンヌは背筋を伸ばし、肩に力を入れた。「ムッシュ・トゥサン、わたしは——」

「お言葉だが、わしに命令できるのはルナール伯爵だけだ。もう危険はないと彼が判断するまでは、ここに留まるよう命じられているんでね」

アリアンヌはうんざりして老人を見つめた。伯爵に伝えてもらう辛辣なメッセージを投げつけようとしたが、そんなことをしてもなんの足しにもならない。

彼女は仕切りの正面に寄りかかり、トゥサンが愛情をこめて馬体をこするのをしばらく見ていた。そしてそんな自分にうんざりしながら、ついルナールのことを尋ねていた。「伯爵は……お元気？」

「さあ」老人はちらっとアリアンヌを見た。「最後に会ったときの様子からすると、あんたと同じように惨めかもしれないね」

アリアンヌは否定しようとしたが、できなかった。ルナールに欺かれたことにショックを受けて腹を立て、悲嘆に暮れたあと、彼が去って喜んでいると自分に言い聞かせているが、実際は胸が痛むほど彼が恋しかった。

トゥサンはさっきより優しい声で言った。「そんなにジュスティスのことを知りたければ、あんたはわしよりはるかに早く知る力を持ってるはずだ。そうしたいのは山々だが、彼の指輪をはめて――」

「いいえ！」アリアンヌは首を振った。そうしたいのは山々だが、あれがメリュジーンの作ったものだとわかったからには、二度と身につけるつもりはない。

トゥサンは苛立たしげにため息をついた。「あんたがジュスティスの運命の相手だというルーシーの予言は当たっていた、わしはそう思いはじめたところだったよ。どっちも頑固さじゃ、いい勝負だ」彼はなだめるような声で続けた。「この誤解は、話し合えば解決できるんじゃないのかね？　いや、話なんぞ省いてキスし合えば」

アリアンヌはふたりの仲を取り持とうとするトゥサンの努力にかすかな笑みを浮かべたものの、沈んだ声で言った。「わたしと伯爵のあいだには、誤解以上のものがあるのよ。彼は――」

「祖母のことであんたをだました。ああ、それは知ってるよ。ルーシーは若いころ、ひどいことをしたからな。ジュスティスが彼女とのつながりを隠したいと思っても、彼を責めることができるかね？」

「でも、わたしは――」彼が愛している女よ、そう言おうとして、アリアンヌは言葉を切った。本当に愛されていたのかどうか、もう自信がない。「彼が結婚したいと思っていた女よ。正直に話すべきだったわ」

「そうかもしれん。だが、ジュスティスには簡単なことじゃないんだ。昔のあの子は率直で、誰彼なしに信頼する素直ないい子だったが」

トゥサンは表情を和ませ、遠い目になった。それから口元をこわばらせてこう続けた。「だが、ルーシーがあの子を祖父に渡すと、すっかり変わってしまった。残酷な老伯爵と、高貴な生まれとやらの友人たちの嘲《あざけ》りで、ジュスティスは自分の気持ちを隠す術を学ぶしかなかったんだ。それにあの子が持ちつづけていた信頼も、逃げ帰ったあの子を助けることを拒否したルーシーの裏切りで失った」

「彼がお祖母様に裏切られたと感じたことは知っているわ」アリアンヌは言った。「でも、お祖母様に何ができたかしら？　もちろん、そのお祖母様がメリュジーンだったと知ったあとは、彼の気持ちもわかったけれど」

「ルーシーのことを、メリュジーンだと思うことは、どうもわしにはできなくてな。彼女は昔からわしにとっちゃルーシーだった」トゥサンの表情が和らぎ、アリアンヌは彼の目を読んで驚いた。

「あなたはメリュジーンを愛していたの？」

「いいや、わしが愛していたのは、強い光を放つ目のルーシーだ。反乱に失敗し、助けと保護を求めて山に逃げこんできたのは、魔女なんかじゃなかった。ただの無力な若い女だった。しかも彼女は、子を身ごもっていた。その子の父親は国王の兵士たちに殺された同志のひとりだった。彼のことは何ひとつ口にしなかったが、夜になるとじっと炎を見つめていたよ。彼女は自分の呼びかけで戦いに加わり命を落としたその男や、ほかの仲間の思い出に苦しんでいたんだ。そうとも、自分がした恐ろしい行いを悔い、罪悪感に苦しんでいた」

トゥサンはアリアンヌを挑むような目で見て、しゃがれ声で言った。「世間の連中がなんと言おうと、ルーシーは邪悪な女じゃない。魔法も途方もない野心も捨てろと、説得できさえしていたら……。だが、最後は恐ろしい結末を迎え、おかした罪の報いを受けた。そうだろ?」

「ええ。そうね」アリアンヌはルナールから聞いたルーシーの壮絶な最期を思い出して低い声で同意した。

トゥサンは涙ぐんでいた。アリアンヌはメリュジーンに関する自分の気持ちはさておき、彼の手を優しく握らずにはいられなかった。

彼はせわしなくまばたきしながら、馬の手入れに戻った。「ルーシーにあんなことがあったあとじゃ、わしはジュスティスがどんな魔法に関与するのも反対だった。あんたと結婚するのはとりわけ気に入らなかった。こいつは聞きたくないかもしれんが、あんたはわしのルーシーとよく似てるからな」

アリアンヌは憤慨したが、トゥサンは急いでこう付け加えた。「黒魔術に関してじゃない。ルーシーとちがって、あんたは魔術を賢く使ってる。だが、ほかの点ではふたりともよく似ているんだ。火のようなプライドと独立心、それにどっちも男に意思と心をゆだねたがらん」

「女性が人生と幸せをほかの人間にゆだねるのはそんなに容易いことではないのよ」

「そいつは男にとっても同じだ」トゥサンは言い返した。「けれども、あんたはジュスティスによい影響を与えた。あの子を自分自身に戻してくれた。あの子もあんたにとって、かならずしも悪い影響ばかり与えたわけではあるまい」

「ええ。彼はわたしや妹たちの命を何度も救ってくれたわ」だが、アリアンヌの思いを占領しているのは、救出に駆けつけてくれたルナールではなく、彼の腕のなかで過ごしたときのルナール、あのとき感じた魂の触れ合いだった。彼といるととても安全で守られているような気がした。それだけでなく、驚くほどのびのびと自由になれた気がしたのだった。

アリアンヌはトゥサンの視線を感じた。彼はためらいがちに言った。「ひとつだけ、願いをきいてもらえないだろうか？」

「何かしら？」

「彼を許すことも、信頼することもできんというなら、いつまでも希望をもたせて彼を苦しめずに、あの指輪を送り返してくれんか？」

トゥサンの願いは当然で、正しいことだ。アリアンヌはうなずきながらも、この約束を果たすのはとてもむずかしいのを感じた。

アリアンヌはベッドのすそに置いたチェストの前に膝をついて、トゥサンとの会話を思い出し、苦悩していた。どうするつもりなのか、自分でもよくわからない。が、少なくとも、自分とルナールをつないでいるあの指輪を、もう一度見る必要があった。

蓋《ふた》を開けたとたん、彼女は体をこわばらせた。まるで誰かがかきまわしたように、リネン類や下着など、きちんとたたんでしまっておいたものが乱れている。ガブリエルが何かを借りようとしたのだろうか？　だが、ガブリエルがアリアンヌよりもはるかに上等なものをもっていることを考えると、その可能性は薄いだろう。

アリアンヌは指輪を入れた袋を探しながら一枚、一枚きちんとたたんでいき、革の小袋が見つかると、ほっとしてそれをつかんだ。

けれど、袋は平らで、何も入っていないようだ。紐を緩め、逆さにして振っても、震えるてのひらには何も落ちてこなかった。アリアンヌは不安にかられ、すぐさまチェストのほかのもののあいだを探しはじめた。何かの拍子に袋から飛びだしたのかもしれない。

彼女は不安をつのらせ、必死に探した。なぜかあの指輪はなくなってしまったような気がする。それを持ちだす可能性があるのはひとりだけだ。

アリアンヌは急いで立ちあがると、厳しい顔で廊下を進み、ガブリエルを探しに行った。妹は暗い顔で窓際の椅子に座っていたが、姉の姿を見るとぱっと背筋を伸ばし、片手を差し伸べて明るい声で言った。「あら、姉様、あたしの肌を見てちょうだいな。奇妙なことだけど、王太后の毒のおかげで、とても――」

「あれをどうしたの、ガブリエル？」アリアンヌはいきなり問いつめた。

「何をどうしたかって？」ガブリエルが驚いて訊き返す。

「ルナールがくれた指輪よ。どこにも見つからないの」

「だからって、どうしてあたしが知ってるの？」

「あなたがあれを処分しろとせっついていたからよ」アリアンヌは妹の目を読もうとしながら言った。「お願いだから、井戸に投げこんだとか、溶かしてしまったなんて言わないで」

「あたしは触ってもいないわ」ガブリエルはぱっと立ちあがり、不当な疑いをかけられた公爵夫人のように憤然と言い返した。それから、いつもの彼女に戻ってこう付け加えた。「たしかにあの指輪を盗みだして、捨ててしまおうと思ったことはあったわよ。でも、もうそんなことはしないわ」

「ルナールのおかげで毒で死なずにすんだから？」

「いいえ。あの鬼がいなくなってから、姉様がいつも怖い顔で、すぐに癇癪を起こすからよ。あの男を呼び戻す使いを出したいくらい。彼がメリュジーヌの孫だって、かまいやしないじゃないの。少しばかり黒魔術に詳しい人間が家族にいるのは、役に立つこともあるわ」

いつもなら、妹の最後の言葉を叱っていただろうが、ガブリエルが指輪を隠したのではないとわかると、黒雲のような不安が胸に広がった。

「疑ってごめんなさい」彼女は言った。「でも、あなたでないとすると、誰が持ちだしたのかしら？」

「あたしが知るわけないでしょ」だが、アリアンヌが本気で心配してるのに気づくと、ガブリエルは慰めるように姉を抱きしめた。

「心配しないで、アリー。きっと指輪はまだチェストのなかにあるわよ。何かのあいだに入りこんでしまったにちがいないわ」

「いいえ。隅々まで探したもの。それに、チェストのなかをかきまわした跡があったの。やはり誰かが指輪を持ち去ったんだわ」

ガブリエルは眉を寄せた。「でも、誰がそんなことをするの？　召使いはひとり残らず信頼できるし、このところ知らない人間は誰も来ていないのに」

「ううん。来たの」小さな声がふたりの後ろからした。

ふたりが振り向くと、ミリベルが戸口に立っていた。服が濡れて泥だらけで、まるで島をひとまわりしてきたように見える。ガブリエルは即座に叱《しか》った。

「その格好！　いったい何をしてたの、ミリベル？」

「そ、外に行ってたの。探そうと――」

「なんですって？　雨に濡れて風邪をひきたかったの？　あんたときたら――」

アリアンヌはガブリエルをさえぎり、妹の青ざめた顔をじっと見た。ミリベルは惨めで、不安で、罪悪感と恥を感じている。「ミリ、どうしたの？　何かあったの？」アリアンヌは末の妹に手を伸ばし、小さな手をやさしく包んだ。ミリベルの手はとても冷たかった。姉に引かれて部屋には入ってきたものの、目を合わせようとはしない。

アリアンヌは妹の顎に指を置き、顔を上げさせた。「ミリ、わたしの指輪のことを何か知っているの？」

「ええ」妹はささやくように言った。「シモンが持っていったのかもしれない」

「シモンって、あの魔女狩りの？」ガブリエルが叫んだ。「でも、あの子はこの家には近寄らなかったわ」

「ううん、ここに来たの。あたしが……ガビー姉様が病気になった日、あたしがここに連れてきたの」

震えている妹を低いスツールに座らせると、アリアンヌはその前にしゃがんだ。

「いいわ、ミリ、全部話してちょうだい」

ミリベルは唇を震わせた。「きっと怒るわ。あたしが嫌いになるわ」

「いいえ。怒らないし、嫌いにもならないわ」アリアンヌは約束し、優しく頬をなでた。「あなたが何をしても、嫌いになったりするもんですか。だから話して」

震えながら息を吸いこみ、ミリベルは早口に話しはじめた。館が襲撃された夜以来ずっと、シモンを助けてきたこと、魔女狩りという恐ろしい仕事を捨てるよう説得できたと思ったことを。

「だから、姉様に話すためにここに連れてきたの。彼は姉様があの指輪を使ってルナールを呼ぶのを恐れていた。でも、もうはめていないから大丈夫だと安心させたの。指輪は姉様の部屋のチェストにしまってあるから、って」

「ああ、ミリ」ガブリエルがうめくように言った。「なんてばかなことを」

「静かに、ガブリエル」アリアンヌが鋭くたしなめると、ミリベルが言った。

「ううん。ガビー姉様の言うとおりよ。彼を信じるなんてばかだった。姉様の部屋に彼をひとりでいさせちゃいけなかったの。でも、ガビー姉様が病気になって、あたしはすっかりそっちに気を取られちゃったの。姉様の部屋に戻ったときには、シモンはどこにもいなかったわ。それからずっと捜してるけど、どこにもいないの」

妹の頬を涙が伝い落ちた。「たったいま、姉様とガビー姉様が話しているのを聞くまで、彼が指輪を盗んだとは思いもしなかった。ごめんなさい。あたしはただ……彼のことがとても好きなの。彼もあたしが好きだと思った。ネクロマンサーが警告しようとしたのに、あたしは聞こうとしなかった」

「ええ、これに懲りて、今後は人間よりも猫を信じることね」だが、ガブリエルは妹を抱きしめて、この辛辣な叱責を和らげた。「ほらほら、元気を出しなさい。そんな憎たらしい子のために泣くんじゃないの。あの子はあんたの涙一滴の価値もないわよ」

ミリベルは悲嘆に暮れた顔をガブリエルの肩にうずめた。妹は最初の失恋と、最初の裏切りを経験したのだ。妹の気持ちが、ガブリエルにはとてもよく理解できた。

アリアンヌはふたりの妹を抱きしめたかったが、指輪が失われた問題を解決するのが先だ。

「するとシモンが指輪を持ち去ったのね」彼女は頭に浮かんだ思いを口にした。「いったいどうするつもりかしら?」

「決まってるじゃないの」ガブリエルが言った。「自分の大切なマスターのところにいそいそと持っていくためよ」

ミリベルがこの言葉にくぐもった泣き声をあげると、彼女は妹をぎゅっと抱きしめた。

アリアンヌは顔をしかめた。「ええ、ル・ヴィがまだ生きていると仮定すればね。でも、あの指輪を手に入れて、彼らは何に使うつもりなの？　あれをどう使うか、ふたりには見当もつかない――」

恐ろしい可能性が浮かんだ。彼らがあれをカトリーヌのところに持ちこめばべつだ。カトリーヌが指輪をどんなふうに使うか、アリアンヌには見当もつかなかった。

とはいえ、恐ろしい可能性を思い描き、いたずらにパニックに陥っても仕方がない。それより、このことをルナールに知らせなくては。ミリベルを慰めるのはガブリエルに任せ、アリアンヌは急いで階下に行くと、トゥサンを呼びにやろうとした。

だが、大広間には意外な訪問客が待っていた。いつも落ち着き払っているマリー・クレアが、そこを行きつ戻りつしていたのだ。

マリー・クレアは沈痛な表情でアリアンヌを抱擁した。アリアンヌは挨拶もそこそこに口走った。「ああ、マリー、いったい何があったの？」

「ようやくパリからメッセージが届いたのよ」マリー・クレアはアリアンヌに折りたたんだ紙を差しだした。固く引き結んだ口からすると、よほど恐ろしいことが起こったにちがいない。

彼女はためらいがちにそれを受けとった。これ以上の悪い知らせに耐えられるだろうか？

そう思いながらも、背筋に力を入れて開いた。「今朝、鳩が運んできたの。いつもの暗号で書かれていたわ。わたしたちだけの秘密だとばかり思っていた暗号で。それはわたしが解読したものよ」

アリアンヌは急いでマリー・クレアの優雅な文字を読みはじめた。

ごきげんよう、親愛なるマリー・クレアとフェール島のレディ

このゲームは、たっぷり楽しませてもらいましたよ。でも、ゲームには終わりがあるもの。じつは、ある指輪を手に入れ、それを使ってルナール伯爵をパリへ呼び寄せることができたのです。彼はまもなくわたくしの手に落ちるでしょう。でも、心配はいらないわ。いまのところ彼には、バスティーユの心地よい部屋にしばらく滞在してもらうことしか考えていないから。

彼を取り戻すにはどうすればいいか、どちらもわかっているはずね。わたくしはあの手袋が欲しいのよ、親愛なるアリアンヌ。それを持ってパリにいらっしゃい。さもなければ、ルナール伯爵は、ルイーズ・ラヴァルとエルモワーヌ・ペシャルよりもはるかにひどい運命に見舞われることになるでしょう。わたくしのよき友ル・ヴィは、魔法使いの男も浮かばないことを知って、ずいぶんと驚くことでしょうね。

この嘆かわしい対立に、満足のいく結果をもたらすことができると確信していますよ。

その手紙には、ただ〝カトリーヌ〟とだけ書かれていた。

アリアンヌの手から羊皮紙が落ちた。顔を上げると、そこには自分と同じ打ちひしがれた顔があった。

「ルイーズとマダム・ペシャルは――」

「これによると、死んだようね」マリー・クレアはしゃがれた声で言った。「あなたが正しかったわ。ルイーズをカトリーヌのところに送りこむべきではなかった」彼女は弱々しい笑みを浮かべた。「でも、悔やんだり嘆いたりするのはいつでもできるわ。いまはルナールをどうするか決めなくては」

「何を決めるの？　わたしはパリに行くわ」

「性急に事を運んではだめよ。これはみな、はったりかもしれない」

「この脅しが本当だと信じる理由がもうひとつあるの」アリアンヌは指輪が盗まれたことをかいつまんで話した。

マリー・クレアはまだ半信半疑だった。「でも、カトリーヌはあの指輪で彼をおびきよせることができるの？　あなたのふりをして？　ルナールはそんなに簡単にだまされるかしら？」

「わからないわ」アリアンヌはつぶやいた。「でも、だまされなかったとしても、ほかの誰かがあの指輪を使えば、彼はわたしが危険に陥っていると思うにちがいない」

「そして罠に踏みこむ危険があっても、あなたを助けに駆けつけるというの？」

「ええ、彼ならそうするわ。信じてちょうだい、マリー。わたしは彼をよく知っているのよ

――」自分の言葉に気づいて、アリアンヌはくちごもった。たしかに彼女はよく知っている。彼の強さ、勇気、彼女のためなら命を落としてもいいと思うほど自分を愛していることを。

彼を追い返すとは、なんという愚か者だったことか。どうか、この間違いを正すチャンスが与えられますように。それには、いますぐパリに発たねばならない。

マリー・クレアが彼女のあとをついてきた。「罠だとわかっていて踏みこむのね」

「彼を助けなくてはならないわ。カトリーヌと対決するのが、これを終わらせる唯一の方法よ。最初からそうすべきだったのかもしれない」

「だったら、わたしも一緒に行くわ」

「いいえ、マリー。わたしの身に何かがあれば、あなたにはこのフェール島を守ってもらわなくては」

「だけど、ひとりで行くことはできませんよ」

「姉様はひとりでは行かないわ。あたしが一緒に行くもの」ガブリエルの声が鳴り響いた。

「あたしも！」

アリアンヌはふたりの妹が回廊に立っているのを見てショックを受けた。ミリベルまでが、階段をおりるガブリエルのすぐ後ろに従ってくる。

アリアンヌは階段の下に急いだ。「いいえ、ガブリエル。あなたが言いたいことはわかるけど、それは問題外よ。わたしは決して――」

「今回は、姉様にはなんの意見を言う権利もないわ」ガブリエルはそっけなくさえぎった。

「手袋の一件のあと、約束したでしょう? あたしとミリを子ども扱いするのはやめる、と。あたしたちは姉妹なのよ、アリアンヌ。母様はあたしたち三人がおたがいを守ることを望んでいると思うわ」

「姉様が一緒に行かせてくれなくても、あとをついていくから」ミリベルが付け足す。

アリアンヌはふたりを見比べた。ガブリエルの美しい顔は、ミリベルの妖精のような顔とはまるでちがう。だが、ふたりの妹がいまほどよく似ていると思えたことはなかった。挑戦するように突きだした強情そうな顎、鋼のような決意を浮かべた目の表情がそっくりだ。

アリアンヌはもう一度抗議しようとしたが、ガブリエルはその肩をつかんだ。「姉様こそ、よく聞いて。あたしたちのうちで、愛する男と幸せを見つけるチャンスがありそうなのは、姉様だけみたい。あの伯爵を姉様に相応しいと認めてもいいと思いはじめたところよ」

彼女はきらめくような笑みを浮かべた。「ほとんどね。さあ、あたしたちはここで言い争って時間を無駄にするの? それとも姉様の鬼を助けにパリへ行くの?」

喉が締めつけられ、アリアンヌは言葉もなくうなずいて、どうにか感謝の言葉をささやきながらミリベルを、それからガブリエルをぎゅっと抱きしめた。

ガブリエルはほんの何秒か耐えたものの、すぐにアリアンヌの腕から自由になった。「あたしに感謝する必要はないわ。パリへ行きたいのは自分のためでもあるんだもの」

アリアンヌはがっかりしながら思った。まさかこんなときに、例の野心のことを考えているんじゃないでしょうね。

ガブリエルは少し葛藤したあと、こう口走った。「レミーよ。ここを出ていってから、なんの頼りも来ないんだもの。あの愚か者がどうなったかわからないうちは、心が休まらないの」

ガブリエルは訴えるようにアリアンヌを見た。どうやらガブリエルは、自分で認めているよりはるかに深くニコラ・レミーを想っているようだ。

「もちろん、パリは大きな都会だし、彼は逃亡者だから」ガブリエルは下唇を震わせた。「見つかると思うなんて、まったくばかげてるけど」

アリアンヌは優しくガブリエルの髪をなでつけた。「きっと見つかるわ。そして彼を守ってあげましょうね」

月の光にきらめくルーヴル宮は、暗い夜空を背景に、まるで妖精の城のように見えた。大広間の窓からは光と音楽があふれでてくる。そこでは、新婚ほやほやの王女と国王の披露宴がまだ続いていた。

門の外の通りは、美しいマルゴ王女とナヴァラのアンリ王の結婚を祝うパリっ子たちで混みあっている。どんな口実にせよ、お祭り騒ぎはほとんどの市民に歓迎されるのだ。が、この祝いにはいちじるしい緊張が感じられた。盛大に行われたにもかかわらず、この結婚は不人気で、カトリックと新教徒の同盟は不穏な空気をはらんでいた。

いや、その不安はおれのなかにあるのかもしれない。レミーはそう思いながら、宮殿の高い壁を見上げた。彼はありとあらゆる大惨事を予想して、夜を日に継ぎ、パリへ戻ってきたのだった。まさかこうして結婚式の祝いのただなかに到着しようとは夢にも思っていなかった。

王太后は決してこの結婚を取り決めどおり行うつもりはない、アンリ王を殺すつもりだと彼は思いこんでいた。ところが……アンリは生きているばかりか、しごく元気で、花婿《はなむこ》になっていた。レミーは動揺し混乱した。そしてそれ以上に深い疑いと不安を感じた。たとえ殺されてもアンリに警告しようと、彼は堂々と宮殿に入っていった。その場で逮捕されるか、切り殺されるのを覚悟していたが、王太后は彼よりも何枚も役者が上だった。

彼女は吐き気をもよおすような温かい挨拶でレミーを迎え、長いこと姿を見せなかった彼を叱った。あの勇敢なスカージはどこへ行ったのかと、みんなが心配していたのですよ、と。どこにいたか？　あなたが差し向けた兵士たちから命からがら逃れたのだ、レミーは宮廷の人々の前ではっきりそう言った。だが、カトリーヌの演技はあまりにも見事すぎた。

彼女は息をのみ、青ざめ、それは何かとんでもない間違いよ、あなたを攻撃した男たちは厳重に処罰します、と断言した。それ以上、レミーに何が言える？　なんの証拠もなしに、フランスの王太后を嘘つき呼ばわりすることはできない。

ただ、カトリーヌの目に閃《ひらめ》いた狡猾《こうかつ》な表情からすると、王太后はこのままですますつもりはないようだ。彼女はナヴァラの王に向かってほほえみ、親愛なる婿どの、と呼びかけていたが、この結婚式が茶番だということは明らかだ。

レミーはアンリ王とふたりだけで話す機会を与えられなかった。彼はコリニー提督や王の周囲にいる貴族たちを脇に引き寄せ、王は重大な危機に瀕《ひん》していると説いたが、レミーが恐れていたとおり、誰も彼の言葉を信じようとはしなかった。

彼は無力感とやり場のない怒りにさいなまれながら、宮殿に目を戻した。近衛《このえ》隊の将校のひとりが肩をつかみ、仲間が滞在している宿へ戻ろうと彼を促した。

「だが、敵に囲まれている王をここに残していくことはできない」レミーは最後にもう一度、仲間を説得しようとした。「ここから連れだす必要がある」

「王を連れだす?」若い将校タヴェルは驚いて砂色の眉を上げた。「陛下は昨日結婚したばかりで、まだ結婚のベッドを楽しむ時間すらほとんどないんだぞ」

「結婚のベッド! 死の床というほうが近いな。われわれにとっても同じだ」レミーは鋭く言い返した。

「いいかげんにしろ」コリニー提督がうめくように言った。「王太后が魔女だ、われわれをひとり残らず虐殺するつもりだなどという、ばかげた話はもうよせ」

「ばかげた話ではありません、提督。あなたもわたしがこの夏フェール島で目にし、学んだことを――」

「そんなところに足を踏み入れたのが間違いだったな」こう言ったのはレミーの友人、大男のデヴァレオだった。彼は長い茶色い髪の頭を振った。「フェール島は、じつに奇妙な場所だというではないか」

「われらの善良なるレミーは、妖精とでも寝ていたのだろうよ」タヴェルが茶々を入れる。

「さもなければ、青い目の魔女にでもたぶらかされたか」老提督が笑いながら言った。

どきっとするほど真実に近い提督の言葉に、レミーは顔が赤くなるのを感じて苛立った。

「何が問題かと言えばだな」タヴェルが人差し指をレミーに向かって振りたてた。「こいつはカトリックと和睦を結ぶことに我慢がならんのさ。なかには平和とはどうしても折り合えない兵士がいるものだ」

「心配するな、レミー」デヴァレオが大きな手で肩をつかんだ。「おれたちがべつの戦いを見つけてやるさ」

「くそ、デヴァレオ。戦いはおれだってもううんざりだ。しかし――」

「スカージに必要なのは家庭かもしれんな。かみさんでも見つけてやるか」

ほかのふたりもこれに同意し、まもなく彼らは楽しそうに花嫁候補を挙げはじめた。だが、デヴァレオだけはレミーの不安と苛立ちの深さに気づいたらしく、こう言ってなだめた。「さあ、来いよ。ワインを飲んでうまいものを食べれば、気持ちが落ち着くさ。宮殿ではほとんど何も食べなかったじゃないか。誰が見ても毒を盛られるのを恐れているように見えたぞ」

「恐れる理由があるのさ」レミーはつぶやいた。

「おれの下宿に一緒に来い。クレアとはもう何か月も会っていないだろう? おまえの名をもらった末の息子も見せたいしな。あいつときたら、人一倍でかい肺を持ってるとみえて、ひと晩じゅう泣きつづけて家じゅうの者を眠らせてくれん。だから、泣き虫のスカージと呼んでるんだ」

レミーは笑みを浮かべようとした。彼らの言うとおり、想像を逞しくしすぎて、ありもしない危険を作りあげているのだろうか？　彼は魔法にかけられ、フェール島で起こったことは、何もかも奇妙な夢だったのかもしれない。

ただ、ガブリエルと過ごしたあのつかのまの時は、彼にとってはほかの何よりもたしかな現実に思えた。こうしてパリに戻ったこと、王の結婚、この結婚が平和と宗教の自由という新しい時代の先触れだという友人たちの楽天的な信念、むしろこちらのほうが夢のようだ。

まもなく自分たちがその夢から荒々しく揺り起こされることを、レミーは恐れた。

23

じっと見ていれば、パリまでの残りの距離が消えてなくなるかのように、アリアンヌは宿の一室から淡色のリボンのような街道を見つめた。彼女はもっと進みたかったのだが、トゥサンに止められたのだった。夜の帳《とばり》がまもなく落ちるうえに、一行はいまにも鞍《くら》から落ちそうなほど疲れている、トゥサンはそう言った。馬も一日分の距離は充分に走った、もし一頭でも脚を痛めれば、パリに着くどころの話ではなくなる、と。

どれも分別のある説得だったが、アリアンヌはこれ以上遅れるのが怖かった。ルナールがパリに着く前に追いつければ、と願っていたのだが、その望みはまったくなかった。ルナールは驚異的なスタミナの持ち主だ。そして道々集めた情報から判断するかぎり、彼は取り憑《つ》かれたように馬を走らせ、食べる間も寝る間も惜しんで、次々に馬を換えてはパリを目指しているようだ。

アリアンヌと妹たちが彼と同じ速度で進むのは不可能だった。三人のうちで乗馬を得意とするミリベルでさえ疲労困憊《こんぱい》しはじめていた。今夜はふたりとも夕食をそこそこにベッドに倒れこんだ。

アリアンヌも疲れはてていたが、眠りは訪れなかった。トゥサンも同じように落ち着かない様子だ。馬の世話はとうに終わっているはずなのに、下の馬屋の前でせかせかと動いているのが見える。

自分と伯爵の家来の一部が、パリに行くシェニ姉妹に同行する、とトゥサンが申し出たとき、アリアンヌは一も二もなく受け入れた。街道には危険が多い。トゥサンたちが付き添ってくれるのはありがたかった。たとえ道中トゥサンから、あいつは昔からこんなふうにひとりで猪突猛進《ちょとつもうしん》する癖があった、と愚痴を聞かされるはめになったとしても、だ。

だが、大声でルナールを罵っている裏には、この老人の不安が隠されているのだ。そしてその不安は、きわめて現実的なものだった。王太后がまんまとルナールを罠にかけたとしても、ジュスティスがれっきとした伯爵であるという事実にトゥサンは多少の慰めを見出していた。

アリアンヌは黙ってそれを聞きながら、自分も同じ慰めを見出せれば、と願った。とはいえ、カトリーヌがなんのためらいもなく一国の女王すら毒殺するとすれば、ルナールを殺すことに良心の呵責《かしゃく》を感じるとは思えない。この果てしなく続く旅のあいだ、とりわけ暗い絶望にかられたときには、彼女はカトリーヌがすでにそうしているのではないかと恐れた。

「ううっ」

アリアンヌは窓から振り向き、天蓋付きの大きなベッドに歩み寄った。ガブリエルはぐっすり眠っているが、ミリベルがうなされている。

アリアンヌは上掛けを肩まで引きあげた。ミリベルはすっかりやつれていた。ベル・ヘイヴンを出て以来、例の悪夢が日増しに恐ろしさを増し、ミリベルはすっかりやつれていた。銀色にきらめく髪をなでつけ、アリアンヌはため息をついた。ミリベルはまだこんなに幼く見える。五日後に十三歳になるとはとても思えなかった。アリアンヌは指を折って数えた。今日は八月二十三日、キリストの十二使徒のひとり、聖バルテルミの生誕を祝うサン・バルテルミ前夜だ。


王家の居室には、セーヌ川から立ちのぼる霧が重くたれこめていた。星も月も厚い雲に隠されて見えない。サン・バルテルミ前夜……さらに何人か殉教者を加えるのに、これほど相応しい夜があるだろうか？　カトリーヌは冷やかに唇をゆがめてそう思った。

昔から彼女には、信じる神のために生きながら皮を剝がれたというだけでその男を聖人に祭りあげるのは、奇妙なことに思っていた。老バルテルミは、あまり賢い男ではなかった。まあ、昔からカトリーヌは聖者や殉教者に我慢がならなかったが。

そうした愚か者は、宗教とは政治の問題だということに気づくだけの才覚を持ち合わせていなかったのだ。個人的には、新教徒がミサを聴くより英国国教会の祈禱書《きとう》が読みあげられるのを好んだとしても、そんなことはいっこうに構わない。重要なのは、その新教徒が自分の権力を脅かしていることだ。

カトリーヌは窓台に小さな鉄製の香炉を置き、蠟燭の火で香を焚いた。川から入ってくる湿ったにおいに、刺激のある甘い香りが混じる。

「何をしているのです、母上」息子の国王シャルルが心配そうに尋ねた。

「今夜はセーヌからひどいにおいが入ってくるわ。それを芳しい香りに変えているだけよ」

彼女はにこやかな笑顔で、秘密の会議のために王の私室に集まっている男たちに向き直った。ここにいるのは国王の最も高い位の助言者たち、みなカトリック教徒だ。

その多くが政治的にはカトリーヌの敵であり、彼女に深い不信感を抱いている。なかでもハンサムなギーズ公は、とりわけ彼女を嫌っていた。しかし今夜の彼女は、共通の大義のためにこの尊大な若者と一時的に手を結んでいた。新教徒に父を殺されたギーズ公は長いことその敵を討ちたがっている。

ここには、カトリーヌの三男、アンリも混じっていた。まるで女のように片方の耳から真珠のイヤリングをたらしているが、自分ではいっぱしの兵士気取り。アンリは自分の名前が国じゅうに轟くようなことをしたくてうずうずしている。どんな残酷なこともできる子だ。

カトリーヌの計画の唯一の障害は、彼女が危惧《きぐ》していたように、国王自身だった。シャルルは助言者たちの議論に耳を傾けながら、意志の弱さを少しも隠してくれないまばらなひげを神経質に引っぱっていた。すでに後退しかけている額のせいで、年齢よりも老けて見える。血走った目はかろうじて正気を保っていることを示していた。

カトリーヌが衣擦《きぬず》れの音をさせて前に出ていくと、男たちは口をつぐんだ。彼女は愛情深い母のように、シャルルの手をつかんだ。興奮したときの癖で指の関節を噛《か》んでいたシャルルは、その手を口から離した。

「陛下、家来の言葉に耳を傾けなくてはなりませんよ。彼らを襲撃するのに、これほどの好機はないのです。結婚式の祝宴は終わり、まもなく招待客はパリを去り、自分たちの城へ戻りはじめるでしょう。でも、今夜このパリには、新教徒の重鎮たちが顔を揃えています」

ギーズ公やほかの男たちが同意のつぶやきを漏らす。だが、シャルルは激しく首を振った。

「母上、妹が従弟《いとこ》のナヴァラのアンリと結婚したからには、新教徒たちもうわたしの家来です。この結婚は、新教徒と和平を結ぶために母上が手配されたものだ。それを忘れたのですか?」

もちろん、わたしが手配しましたとも、この愚か者が。敵をパリにおびき寄せるためにね。だが、カトリーヌはこの思いを押し戻した。

シャルルは彼女の指を振り払った。「いま新教徒を攻撃するのは、最悪の裏切りです」

「でも、彼らを倒さなければ、わたくしたちが裏切られるのよ」カトリーヌは言った。「彼らはいまこの瞬間にも、陛下を殺そうと企んでいるにちがいありません。街の門のなかには、大勢の異端者たちがいるのですよ。彼らが宮殿を奇襲しようと企めば、簡単に陛下を玉座から引きずりおろし、パリのカトリック教徒たちをひとり残らず殺せるでしょう」

シャルルは指の関節を口に押しつけ、母からあとずさった。「そんなことは決して起こりません。彼らはわたしを襲ったりするもんか。コリニーがそんなことを許すはずがない。彼は名誉心の篤《あつ》い男です。わたしは彼から多くの有益なことを学んできました」

「だが、提督は暗殺者に襲われ、重傷を負っている」ギーズ公が口を挟んだ。

カトリーヌは彼をにらみつけた。その暗殺者を雇ったのは、まず間違いなくこのギーズだ。しかも、その男は満足な仕事をやり遂げるだけの腕と機知すら持ち合わせていなかった。この尊大な間抜けは、すんでのところですべてを台無しにするところだったのだ。コリニー提督が襲われたという噂はたちまち広まった。新教徒たちが恐怖にかられてパリを逃げださないのが不思議なくらいだ。

カトリーヌはシャルルの顔を両手ではさんだ。「愛するシャルル、わからないの？　新教徒は提督を襲ったのはわたくしたちだと疑っているの。そして報復を望んでいる。彼らを止めねばなりませんよ。サン・バルテルミ前夜ほど、彼らを始末するのに適した夜があるかしら？」

彼女は敬虔《けいけん》なカトリックの顔で言った。「今夜、神の名において異端者を退治するのは、聖なる大義です」

シャルルは部屋に集まった顔を見て、自分と同じ考えのものを捜そうとした。彼は母の手首をつかみ、彼女を自分のそばから押しやった。「い、いや、提督は部下がわたしを傷つけるようなことを許すもんか。彼は敬意と優しさをもって接してくれた。まるで……父のように」

あら、あなたの母親はどうなの？　カトリーヌは冷たくそう問いただしたかった。あなたの狂いかけた頭に王冠を載せておこうと、日々せっせと努力しているこのわたしは？

だが、シャルルにそれを言っても無駄なことはわかっていた。息子の頭には、理性などないのだ。だからこそ、彼女はこの瞬間を慎重に準備したのだった。シャルルを説き伏せるのは弟のアンリに任せ、カトリーヌは窓辺に戻って灰色の液体が入った容器を胸のあいだから取りだした。

興奮で少し鼓動が速くなる。毒の霧を作りだすのは、黒魔術でも最もむずかしい秘儀なのだ。この香りは強い意志を弱め、理性を奪って、憎しみ、不安、怒り、欲望などの暗くあやしい感情を増幅する。

これほどむずかしい〝薬〟を使うのは、今夜が初めてだ。カトリーヌは注意深く容器の栓を抜いた。いやなにおいがするが、香がそのにおいを隠してくれるだろう。彼女はこっそり香炉のなかに容器の中身を数滴たらした。

ほんの数滴。この霧は驚くほど強力だ。香がジュッという音をたて、煙の色がわずかに濃くなる。カトリーヌはあとずさり、自分をこの香りから守るために、鼻の下に軟膏《なんこう》を塗った。

シャルルと助言者たちは議論に夢中で、空気のにおいが微妙に変わったことにはまったく気づいていない。だが、カトリーヌは毒の霧が効果を発揮しはじめた瞬間をはっきり見てとった。彼らの顔がこれまでより赤くなり、声が大きく、怒号に近くなる。必死に正気にしがみついている弱い者――シャルル――には、とりわけ大きな変化が現れた。国王の額には玉の汗が浮かび、瞳孔《どうこう》が針のように小さくなった。

シャルルは苦しそうに顔をゆがめ、深く息を吸いこむと、いまにも割れるかのように頭をつかんで鋭い悲鳴をあげ、ほかのみんなを驚かせた。

彼はギーズと弟を押しやってカトリーヌに駆け寄り、唾を飛ばしながら叫んだ。「それが母上の望みなら、そうすればいい」彼はわめきたてた。「彼らを殺せ。ひとり残らず殺してしまえ。このパリにいるあらゆる新教徒を。男も、女も、子供も、この虐殺が終わったあと、わたしを責める者がひとりも残らぬように」

彼はこぶしを振りあげた。カトリーヌはたじろぎ、小瓶をつかんでいるのを忘れ、片手で自分をかばった。シャルルは母の手から瓶を叩き落とした。それは開いていた窓の外に飛びだし、敷石に当たって砕けた。

国王はヒステリックに泣きながら、部屋を走りでた。カトリーヌは恐怖にかられ、窓から身を乗りだした。あの霧がどれほどの影響をもたらすか、彼女には想像もつかない。彼女は中庭に大きな緑色のきのこ雲がむくむくと頭をもたげるのを呆然《ぼうぜん》と見守った。幸い、風がそれを吹き飛ばし、宮殿から遠ざけてくれるようだ。

カトリーヌは体を引っこめ、窓を閉じた。そして落ち着きを取り戻すと、まだ国王の常軌を逸した怒りの発作に啞然《あぜん》としている男たちへと向き直った。

「王の命令を聞いたはずです」彼女は言った。「いまの言葉に従いなさい。家来を集め、襲撃を分担するのです。新教徒はひとりも逃がしてはなりません。コリニー提督とスカージはとくに。サン・ジェルマン・ロクセロア教会の鐘を攻撃の合図としましょう」

ギーズ公が凄みのある笑みを浮かべ、三男のアンリは大声で笑った。集まった男たちをそれ以上急かす必要はなかった。彼らは目をぎらつかせて部屋を走りでた。

ミリベルはベッドから落ちそうなほどもがきながらうめいた。アリアンヌはかがみこんで肩を押さえ、妹を悪夢から呼び戻そうとした。

「ミリ！　ミリ！　起きなさい！」アリアンヌは優しく揺すぶったが、まったく効果がない。ミリは汗をびっしょりかいて、夢のなかで半分すすり泣いている。

ガブリエルが目を覚まし、片肘をついて目をこすりながら眠そうにつぶやいた。「いったい……何を騒いでるの?」それからアリアンヌがミリベルを起こそうとしているのを見て、完全に目を覚ました。

「悪い夢を見ているの。でも、起こすことができないのよ」

ミリベルがぱっと目をあけ、震えながら息を吸いこんだ。そしてガブリエルとアリアンヌからあとずさり、焦点の合わない目をみはって、がばっと起き上がり、押さえるまもなくベッドの端から落ちた。

血の気のない顔を恐怖で引きつらせ、ミリベルはよろめきながら窓辺へ向かった。「ああ、神様。彼らが来る。たいまつとナイフと剣を持ってくる」

アリアンヌはガブリエルと一緒に妹に駆け寄り、妹を抱き寄せようとした。「しいっ、外には誰もいないわ。わたしとガブリエルが一緒よ。何も怖いことはないのよ」

ミリベルは夢中でもがき、壁にはりついて叫んだ。「ううん。彼らが来る……虐殺者たちが」

ガブリエルは妹の顔を両手ではさみ、自分に向けた。「ミリ、ミリ、よく聞いて。あなたは悪い夢を見ているのよ」

「ただの夢じゃないわ。いつもと同じ夢だもの」ミリベルはガブリエルの寝間着の前にしがみついた。「今度は全部はっきりと見えた。魔女が……王太后が、恐ろしい薬を作ったの。それを落として、瓶が割れ、恐ろしい緑色の霧が広がったのよ。それに鐘が、鐘が鳴りだして、人々が狂いはじめた。彼らはレミーのような新教徒を殺してるの。ひとり残らず。女も、子どもも、小さな赤ん坊まで」

ミリベルは胸が張り裂けるような声で泣きだし、ガブリエルの首にしがみついた。ガブリエルは妹の髪をなでながら、アリアンヌと目を見交わした。

「なんの話かしら？　いまのはどういう意味？」

アリアンヌにはようやく、ミリベルの夢が意味していることがわかった。ルイーズ・ラヴァルはカトリーヌが途方もなく邪悪な企みを練っていると確信していた。だが、まさか王太后でも、毒の霧の……恐ろしい力を解き放つようなことは……。

アリアンヌはパリの方角に目をやった。そこではどんな恐怖が繰り広げられ、レミーやその同胞だけでなく、ルナールにも危険をもたらしているのか？

「トゥサンを起こしたほうがよさそうね」彼女は暗い声で言った。「そしてすぐさまパリに向けて発ちましょう。なんとかしてカトリーヌを止めなくては」

「もう遅いわ」ミリベルはアリアンヌの肩で泣きながら言った。「あたしにはわかるの。彼らはもう鐘を鳴らしてるもの」

ジュスティスはベッドからどうにか起きだして、火打石の道具を手で探り、蠟燭《ろうそく》をつけた。柔らかい光が〈半月亭〉の殺風景な部屋を照らしだす。濃い霧がたちこめた暖かい夜だ。だが、彼は窓を開け放しておいたことを悔やんだ。たえまなく鳴り響く教会の鐘が、神経をさかなでするようだ。

音を立てて窓を閉め、睡眠不足の渋い目をこすった。だが、今朝早く疲労困憊してパリに着いてから、すでに予定よりも眠りすぎていた。

これからどうするか決めるためには、目を覚ましていなければならない。ルナールは自分を呼んでいるのがアリアンヌで、彼女が恐ろしい危機に瀕しているとばかり思いこんでいたのだが、パリに近づくにつれて、まんまとだまされたという疑いが強くなった。

その可能性はありえないように思える。なぜなら、それはあの指輪の使い方を知っている人間が、あれを手に入れたことになるからだ。そんなことができるのは王太后だけだ。

だが、指輪を使ったのがメディシスの魔女だとしたら、いったいどうやって手に入れたのだろうか？　アリアンヌも彼女に囚われているのか？　ルナールはパリに駆けつける前に、フェール島へ行く手間をかけなかった自分を呪った。だが、あのときは熱に浮かされたように頭に霧がかかっていたのだ。まるで魔法をかけられたように。

アリアンヌからとおぼしき最後のメッセージを受けとったのは、パリに到着した直後だった。シルクのように柔らかいあの声は、アリアンヌの声のように聞こえた。ただひとつの事実をのぞいては。

〃あなたはどこ、シェリ？　わたしはルーヴルに囚われているの。ああ、ジュ、スティ、ン、どうかいますぐ助けに来て〃

ジュスティン？　ルナールの疑いはこれを聞いたとたんに確信に変わった。彼は謎の声に調子を合わせ、返事をしたい、その指示に従いたいという衝動にかられた。だが、結局は思い直した。何が起こっているのかもう少しはっきりしなければ、宮殿に近づくつもりはない。

ベッドの端に腰をおろし、ルナールはブーツをはいた。情報を得られそうな心当たりは、ひとりしか思いつかない。宿の食堂ではさまざまな噂が飛び交い、この街で起こった最近の出来事が話題にのぼった。マルゴ王女とナヴァラの異端者との結婚、つい数時間前のコリニー提督暗殺未遂事件、スカージがパリに戻ったこと……。

勇敢なレミー大尉は無事パリに到着し、これまでのところまだ殺されずにすんでいるようだ。しかも、人々の話では、彼の宿は〈半月亭〉からさほど遠くないところにあった。あの大尉がアリアンヌの館にもたらした危険を思うと、首を絞め、息の根を止めてやりたいと思ったこともあったが、彼の勇気と名誉心だけはしぶしぶながら称賛を禁じえない。

それにまあ、あの若者に少しばかり嫉妬の炎を燃やしていたことも認めざるをえなかった。しかし、王太后の企みに関して、あるいはアリアンヌの居所に関して探ることができるのは、ニコラ・レミーをおいてほかにはあるまい。

ルナールは冷たい水で顔を洗い、剣と外套《がいとう》をつかんだ。食堂へと階段をおりていくと、窓の外で何かが光った。

通りにはめったに見られないほどの動きがあるようだった。馬に乗った男たちがどこかへ向かっている。しかも奇妙なことに、宿の食堂はがらあきで、テーブルを拭いている給仕の若者以外は、ワインの瓶を抱えた老人がひとりいるだけだ。ルナールはいやな予感に襲われた。なんだか、不穏な空気がただよっている。疲れているせいだ、さもなければ想像の産物だ、と自分に言い聞かせたが、これも祖母から学んだ役立つ知識のうちのひとつだった。

〝あたしたちは、地の獣《けもの》とそれほどたいしたちがいはないんだよ、ジュスティス。何かがおかしいとき、危険が迫っているときは、獣と同じように本能的にそれを察知する。だが、ほとんどの人間は愚かにもそれを無視してしまう。自分の直感を信じるようにおし〟

うなじの毛は間違いなく逆立っている。ルナールは自分がパリに来たことが無駄骨であることを心から願った。アリアンヌがどこにいるにせよ、ここから遠く離れていることを。

大股にドアへ向かうと、宿の主人がキッチンから走りでてきた。そして驚いたことに、ルナールの行く手に立ちふさがった。

「伯爵様」肥えた男はさっと頭を下げた。「まさか、お出かけになるんじゃありますまいね」

ルナールは眉をひそめた。宿の主人はひどくぴりぴりして、てのひらに汗をかいている。

「ああ、出かけるところだ。それがどうかしたのか?」

「は、はあ。じつはその、ここはパリですからね。夜の通りは危険でございますよ」

「この体格だからな。たいていの者は怖気《おじけ》づいて何もしないさ。それにここは王宮に近い。治安もそれほど悪くあるまい」

そう言って頭をさげ、主人の横を通りすぎようとすると、苛立たしいことに主人はまたしても行く手に立ちふさがった。

「あ、あなた様は立派なカトリック教徒で？」

ルナールは目を細めた。それがいったいどういう関係があるのか？　魔女である祖母に育てられた彼は、どちらかといえば異端者に近い。だがルナールの伯爵となったいまの彼は、自分の義務を心得ていた。

「ミサは聴く。聖なる休日も守っている」彼は短く答えた。

「なるほど。では、どうしても外出されるとおっしゃるなら、これをお付けになってください」宿の主人は白い腕章を差しだし、ルナールの袖につけようとした。

彼がためらうと、主人は懇願した。「どうか、ムッシュ。これがあなたの命を救ってくれるかもしれません」

主人が真剣そのものなので、ルナールはおとなしく彼が白いスカーフを前腕に結ぶのを許した。そして宿の主人の目を読み……血が凍るような恐怖に襲われた。

急いでニコラ・レミーを見つける必要がある。

レミーは剣を手に、暗い通りへ走りでた。彼を泊めてくれていた新教徒の家族が戸口にかたまっている。ムッシュ・ベルネとその妻、三人の娘たちだ。彼らはこわばった顔に恐怖を浮かべ、レミーと同じように遠くで鳴り響く鐘の音に耳を傾けていた。

鐘の音は、ルーヴル宮の近くにあるサン・ジェルマン・ロクセロア教会の鐘楼《しょうろう》から聞こえるようだ。だが、こんな夜更けにしつこく鳴りつづけるとは、いったい全体なんの鐘だ？　何かの警告か、兵を召集しているように聞こえる。レミーは柄《つか》を握った手に力をこめた。彼はコリニー提督の暗殺未遂事件を知らされて以来、神経をはりつめていたのだった。

もう一歩通りへと踏みだすと、隣の広場からべつの音が聞こえた。叫び声、蹄の音、まるで……銃声のような大きな響き。

みぞおちが不安で固くしこるのを感じながら、レミーはベルネ一家に向かって叫んだ。「なかに入って、しっかり戸締まりをしろ」

女たちは急いでこの命令に従ったが、主人のベルネは戸口に立ち尽くしていた。

「レミー大尉」宿の主人は、震える指で家のあいだから向かいの通りに走り出てきた男の黒い姿を指差した。

レミーは剣を構え、近づいてくる男から戸口を守るように立った。だが、その男はあえぐように息を吸いこみ、最後の数歩はよろめいた。家の窓からこぼれる光が、彼の顔を照らしだすと、レミーは鋭く息を吸いこんだ。

タヴェルだ。だが、ほとんど彼だとわからないくらいだった。砂色の髪は血だらけで、顔の横をその血が流れ落ちていく。彼はよろめきながら前に出た。レミーは倒れそうになる友を支えた。

「レミー、神よお助けあれ」タヴェルは喉を詰まらせ、レミーのダブレットの前をつかんだ。

「どうした?」レミーは問いただした。「何があった?」

「ギーズの手の者が、提督を殺した。ベッドから引きずりだし、提督を殺して、その首を槍《やり》に突き刺した」

驚きよりも悲しみがこみあげ、レミーは唇を嚙んだ。今日の午後、彼は提督を訪ね最後にもう一度、警告しようとした。提督は重傷を負って弱っていたが、レミーの手に手を重ね、首を振った。〃いや、わたしを襲撃したのはひとりの狂信者だ。国王が調査し、適切な罰を下してくれる。シャルルは——誠実な若者だ。国王として学びたがっているのだよ。わたしの話をよく聞いてくれる〃

老提督は平和を望むあまり、自分を欺《あざむ》いたのだ、レミーは悲しい気持ちでそう思った。正気を逸したシャルル王に影響を与えられるのは、王太后だけだ。

「来い」レミーは言った。「なかに入れ」だが、タヴェルの腕を首にかけ、家のほうに向かおうとすると、タヴェルはためらった。

「い、いや、レミー。きみはわかっていない」彼は苦しそうな息をつきながら言った。「カトリックの貴族たちが……暴れまわっている。あらゆる新教徒の重鎮を見つけるそばから殺しているんだ」

「なんてことだ」ムッシュ・ベルネが叫んだ。

「彼らはとくにきみを捜しているぞ、レミー。スカージを捜しまわっている」

「では、見つけさせるさ」レミーははき捨てた。

「だめだ！」タヴェルは必死に訴えた。「きみは逃げろ。デヴァレオを探して、宮殿へ行ってくれ。王を守るんだ」

アンリ。レミーは黒い絶望の波にのみこまれそうになった。若い王はルーヴル宮で敵の真っ只中にいる。王太后が新教徒の主だった指導者を皆殺しにするつもりなら、アンリはすでに殺されている確率が高い。

タヴェルの言うとおりだ。少しでもアンリが生きている可能性があれば、彼を救わねばならない。

タヴェルを家のなかに運びこむと、レミーは彼の手当てをベルネ夫妻の手にゆだねた。ムッシュ・ベルネは恐怖で顔をひきつらせながらも、落ち着いた声で、路地伝いにレミーが馬を預けた厩舎《きゅうしゃ》に行く道を教えた。デヴァレオ大尉の下宿はその近くにある。

レミーはタヴェルの手をぎゅっと握ると、暗い通りに走りでて裏道を急いだ。塀を乗り越え、家のあいだを抜けて、できるかぎり静かに、速く走った。そのあいだもいまいましい鐘の音やほかの音がしだいに大きくなっていく。悲鳴、蹄の音、走る足音、遠くでは黒い姿が動き、たいまつが見えた。パリ全体が目を覚まし、なだれを打って通りに出てきたようだった。

だが、大通りのひとつに走りでると、そこはもはやパリではなく、地獄の真っ只中だった。目の前で繰り広げられている恐ろしい光景に、彼は立ちすくんだ。赤いたいまつが、白い十字架を飾った帽子の下の凶暴な男たちの顔を照らしだす。暗殺者たちは、ナイフ、剣、ピストルなど、およそ思いつくかぎりの武器を手にしていた。

ドアを壊され、外に引きだされる女性の悲鳴や子供の泣く声がする。冷酷な貴族とその家来たちは、主導者だけでなく、女や子どもも含め、パリの新教徒を皆殺しにするつもりなのだ。敷石はすでに血で染まり、ぬるついていた。軒を連ねて建つ家々の壁にも血が飛び散っている。あらゆる場所に人々が倒れ、死にかけていた。レミーは戦場で死者を見たが、この虐殺はそれよりもはるかにひどい。死体は切り刻まれ、手や足、頭をこれみよがしに振り回している者もいた。

悪魔の風が街の上空に狂気を撒《ま》き散らしたかのようだった。レミーは剣を握りしめ、修羅場に飛びこみたい衝動と戦った。だが、彼の第一の義務は王を守ることだ。

レミーがパリに到着したとき、〈半月亭〉には空いている部屋がひとつもなかった。だが、馬だけはそこに預けることができた。馬屋に走ろうとすると、大柄な男が目に入った。デヴァレオ大尉が下宿の壊れたドアの前に立ちはだかり、彼はうなりをあげて剣をふるっている。六人の男たちが、家のなかに入ろうと彼を取り囲んでいた。レミーは戦場で彼がどれほど勇猛に戦うかを見てきたが、自分の家族を守ろうとするいまのデヴァレオは、まさしく悪鬼のように強かった。

彼はふたりの男を切り捨て、三人目に向き直った。だが、火縄銃を手に左手から忍び寄った卑怯《ひきよう》者には気づかなかった。

「デヴ!」レミーは叫んだが、まだ遠すぎて混乱のなかでは友の耳に届かない。

銃が火を噴き、デヴァレオの顔が朱に染まった。彼は膝をつき、顔から通りに倒れた。

レミーは王のことを忘れ、うなりを発して陰のなかから飛びだした。

デヴァレオの若い妻が赤ん坊を胸に抱きしめ、悲鳴をあげながら通りに引きだされてきた。レミーはデヴァレオを飛び越え、剣をひと振りしてクレアの手から赤ん坊をもぎとろうとした男の手を切り落とした。そしてさっと振り向きざま、もうひとりの男の腹を突き刺した。

デヴァレオを撃ち殺した男は、必死に火縄に火をつけようとしている。レミーは剣を引き抜くと、その男の喉を切り裂いた。

クレアは夫のかたわらに膝をつき、泣きだした。赤ん坊のニコラが小さな拳で母の髪をつかみ、泣きわめいている。友の妻と子を救うには、この戦いから逃げるしかない。

レミーはかがみこんでクレアの肘をつかんだ。優しくしている暇はない。彼女が逆らおうとすると彼は乱暴に引き立たせた。

「来い！　走れ！」彼はうなるように言ってデヴァレオの亡骸《なきがら》から彼女を離し、通りを戻りながら、襲ってくる男を血に染まった剣で追い払い、年配の司祭を突き飛ばした。

司祭はよろめいて離れると、涙を流して訴えた。「天の御名《みな》において、どうかこの虐殺をやめてくれ。これはわれらのお優しい救い主の道ではない」だが、耳を傾ける者はひとりもいない。木の十字架を武器がわりに手にしている仲間の司祭すら、耳を貸そうとしなかった。

レミーはクレアを手近な路地へと突き飛ばすようにして導いた。気がつくと、彼の保護を求める者たちが従ってくる。老人がひとり、ふたりの子どもの手を引いている怯えた女、顔を涙でくしゃくしゃにして殺された父のために泣いている少年もいた。

「レミー大尉」女が叫んだ。彼を知っているのだ。スカージなら自分たちを助けてくれる、そう信じているようだった。

だが、暗い路地に彼らを導くことしかできない英雄がどこにいる？　レミーはどんどん増える狼《おおかみ》どもから群れを救おうとしている羊飼いのような気持ちだった。が、彼に気づいたのは仲間の新教徒だけではない。後ろの広場で誰かが叫んだ。

「スカージだぞ。顔を見た。あっちだ。やつを捕まえろ」

「走れ！」レミーは少年を押しだし、クレアを急がせた。そして無力な人々を連れて迷路のような路地や裏道を走っていった。老人が息をきらし、苦しそうにあえぐ。ほかの者も遅れはじめた。そもそも彼らをどこへ導けばいいのか？　自分がどこにいるのかさえ、わからないというのに。

彼はまたしてもべつの路地に走りこんだ。追ってくる重い足音がしだいに大きくなる。誰かが銃を撃った。弾丸がうなりをあげて頭上を飛びすぎ、二階の窓を砕く。老人が膝をつき、女が静かに泣きながら崩れるように座りこんだ。娘たちがそのまわりにうずくまる。少年もそれにならった。クレアがよろめき、絶望を浮かべた目でレミーを見上げた。彼女の腕のなかの赤ん坊の泣き声は、いまではかすかなしゃがれ声になっていた。

「レミー」クレアは息をきらしながら訴えた。「あなたはまだ逃げられるわ。この子を連れていって。この子を助けて」

「いや、クレア。動くんだ。この子のためだぞ。ほかの者を立たせて、誰もいない建物を見つけろ。隠れることができる場所を。やつらはぼくが食いとめる」彼はクレアの頬に手を置いて、自分自身すらほとんど持てない希望を与えようとした。

そして踵を返した。最初の襲撃者が見えてきた。たいまつが建物の片側に恐ろしい影を投げる。にやけ笑いを浮かべた残酷な顔を見ると、レミーのなかで何かが弾け、どす黒い怒りがこみあげてきた。これまで経験したことのない、激しい憎しみに駆られ、彼は剣を上げ、地も凍るような叫びを発しながら敵に突進した。

最初の男を鋭く切り捨てたときには、ほかの男たちが追いついた。レミーは前に走り、路地の端で男たちのなかに飛びこむと、すさまじい怒りに駆られ、彼は何度も剣をふるい、突きだした。吐き気のするような甘い血のにおいが鼻孔を満たし、手に、服に、ひげに飛び散る。

誰かがお粗末なナイフで彼を刺そうとした。レミーは剣を振りおろし、その男の胸を貫いた。苦悶に満ちた顔がちらりと目の前をよぎる。なめらかな頬、細い顔、ショックと苦痛を浮かべ、大きく見開かれた目……まだほんの子どもだ。

レミーは目をしばたたき、呆然と自分がたったいま殺した少年を見下ろした。その一瞬の正気が、彼の命取りになった。この隙をついて、誰かが彼の肩に切りつけた。焼けるような痛みが全身を貫き、レミーは後ろによろめいた。彼はどうにか踏みとどまり、何度か攻撃を防いだ。だが、次の攻撃は脇腹に突き刺さった。温かい血がダブレットを濡らす。この血は彼のものだ。

レミーは戦いつづけたが、敵の数があまりに多すぎた。彼はしだいに弱まり、剣が重くなった。棍棒《こんぼう》で頭を殴ろうとした男が狙いをはずし、かわりに肩を打った。レミーは苦痛の声をあげ、剣を取り落とした。膝の力が抜け、ゆっくりと敷石の上に倒れこむ。誰かが彼を突き刺すのを感じた。彼は仰向けに転がり、致命傷を与える攻撃を待った。

だが、それがこないと、目を開け、苦痛の霧を通して周囲を見た。恐ろしいほど大きな男が自分のそばにぬっと立っているのがぼんやりと見える。不思議なことに、この男はレミーに襲いかかる男たちを撃退しようとしていた。背後の路地のどこかで、悲鳴が聞こえた。

クレア。レミーは体を起こそうとしたが、無駄だった。痛みはもうそれほどひどくない。まるで自分が体から離れ、暗く冷たい路地を離れ、この血に染まった街を離れていくようだ。そしてフェール島に戻っていく。ガブリエルが待つ、太陽の照りつける小川の土手に。ガブリエルは甘い笑みを浮かべて両手を大きく広げていた。

スカージがいたぞ、という叫び声のほうにジュスティスが走り、路地に達したとき、ジャッカルの群れにやられる勇猛な獅子《しし》のように、レミーが倒れるのが見えた。彼は鋭く毒づいて、前に飛びだし、ひとりを地面に跳ね飛ばし、もうひとりを殴り倒した。

そして大尉の胸に短剣を突き立てようとする三人目の手首をつかんだ。

「よせ」ジュスティスは大声をあげた。「スカージはおれのものだ。おまえたちはほかで獲物を探せ。異端者はセーヌ川を下って逃げるつもりだぞ。宝を船に積みこんでいる」

短剣を持った男はジュスティスをにらみつけたが、彼の手を振り払い、引き下がった。ほかの男たちも同じだった。彼らの粗末な武器を見たかぎりでは、兵士ではない。おそらくパリの街に巣食うならず者だろう。

袖に巻かれた白いスカーフのおかげか、彼の声ににじむ権威のおかげか、それとも並外れて大きな体といかつい顔のおかげか。案外、欲と新たな血を流したいという獣じみた衝動のなせる業かもしれない。

男たちは鼠《ねずみ》のような目をぎらつかせ、ジュスティスからあとずさると、路地の奥へと消えた。最後の足音が遠ざかるのを待って、ジュスティスはレミーにかがみこんだ。苦しそうな息遣いではあるが、大尉の胸はまだ上下している。だが、相当な重傷を負っているのはひと目でわかった。

彼は外套を脱ぎ、それを使ってレミーのダブレットを染めている血を止めようとした。大尉が身じろぎし、目を開けた。だが、茶色い目はひどく曇っている。ジュスティスに気づくかどうかさえ、おぼつかないほどだった。

だが、大尉はしゃがれた声でこう言って、彼を驚かせた。「伯爵。いったい……ここで何をしている?」

「そんなことはどうでもいい」ジュスティスはぶっきらぼうに言った。「きみをここから連れだし、助けを求めなくては」

「いや!」レミーは必死に片手を上げ、ジュスティスの袖をつかんだ。「クレアと、あ、赤ん坊が。ほかの者たちが。彼らを助けてくれ。逃がしてやってくれ」

ジュスティスはしぶしぶ暗い路地の奥を見た。雲のあいだからのぞいた月の光が、赤ん坊だった動かない塊と、白い腕を伸ばした若い女性を照らす。ふたりの少女に覆いかぶさってわが身で娘たちをかばおうとした母親、見えない目を見開いている老人、チュニックを真っ赤に染めて倒れている少年も見えた。

ジュスティスは目をそむけた。自分が必死に守ろうとした者たちの運命をレミーが知らずにすんだのは、神の慈悲かもしれない。この男は死にかけている。そして自分でもそれを知っているのだ。ニコラ・レミーはジュスティスをつかんでいた手を落とし、まぶたを半分閉じた。その目には静かなあきらめが浮かんでいた。

「ぼくに残されたのは……剣だけだ」彼はささやいた。「あれを……ガブリエルに届けてくれ。頼む……」

「わかった」ジュスティスはかすれた声で言った。

「彼女に……」レミーの声がとぎれた。

ジュスティスの喉を熱いかたまりがふさいだ。ほとんど知らないこの男の死に、これほど深い悲しみを感じるのは不思議なことだ。だが、レミー大尉の勇気、彼の忠誠心、名誉と義務を重んじる高潔さには、どんな男も胸を打たれるにちがいない。

倒れた新教徒に適切な動作かどうかは知らないが、ジュスティスは大尉の上で十字を切り、外套で顔を覆った。そしてレミーの剣を拾うと、重い心で立ちあがった。

ニコラ・レミーにはもう何もしてやれない。だが、ほかにも助けを必要としている者がいる。路地には死のような静寂が訪れていたが、この先の通りにはまだ悲鳴がこだましている。

大尉の剣をつかんで、ジュスティスは路地を走りでた。そして角を曲がり、窓の割れた店の外壁に張りついたとき、馬に乗った兵士の一隊が走ってきた。軍服からすると、スイス人護衛兵だ。

そしてその真ん中に……真紅のローブを翻したヴァシェル・ル・ヴィの姿があった。たいまつに照らされた醜い顔が、まるで地獄の鬼のようだ。ジュスティスは鋭く息を吸いこんだ。たったいま目にした理不尽な殺戮《さつりく》に対する怒りと魔女狩りの男たちに対する憎しみすべてが、めらめらと燃えあがった。

彼は大声をあげて陰のなかから飛びだし、まっすぐ馬に乗った男たちのなかに突っこんでいった。ル・ヴィは二度も地獄の猛火を逃れた。たとえ命を失うことになっても、今度こそそこに送りこまずにはおくものか。

24

炎天下を旅してきたあとの、ひんやりとした〈半月亭〉の食堂は、外の通りの陰惨な光景からの避難所だった。アリアンヌは乗馬手袋をはずし、深いため息をついた。パリを訪れたのはこれで二度目だ。最初は珍しく両親と旅をしたときだった。まだ幼かったこともあって、ぼんやりした記憶しかないが、人のたくさんいるうるさい街だという印象を受けた。

だが、すでに〝血の日曜日〟と呼ばれている出来事から二日がすぎたパリは、沈黙の衣をまとっているようだ。通りにはほとんど人影が見えず、ときどき行きあう人々も目をふせて足早に通り過ぎる。

アリアンヌと妹たちは、トゥサンを先頭にした伯爵の家来たちに囲まれて通りを駆けていった。この用心はどうやら必要なかったようだ。襲われる危険はなかった。だが、通りすがりに目にした光景は、長いこと忘れられそうもない。乾いた血で錆色《さびいろ》に染まった敷石、蝶番《ちょうつがい》の壊れたドア、叩き割られた窓、半分焼けた商店、黒こげの建物。セーヌの流れも血で濁り、土手には衣服を剝《は》ぎ取られ、埋められるのを待つ死体が山を作っている。

ミリベルはうつむいてテーブルについていた。長い髪がカーテンのように横に落ち、顔を隠している。ほんの数日前には、歳のわりに幼く見えたのに、いまは実際の年齢よりも上に見える。目の下には黒い隈ができていた。

アリアンヌは妹の髪を後ろになでつけながらつぶやいた。「ああ、ミリ、あなたには見せたくなかった――」

「いいの。あたしのことは心配しないで。全部、見たものばかりよ。夢のなかで」

姉を安心させようとしてミリベルが浮かべた消え入りそうな笑みは、アリアンヌの胸を引き裂いた。妹が悪夢に耐えるのに、どれほどの勇気を必要とするかが彼女にもようやくわかった。ある意味では、ミリベルはガブリエルよりもはるかによく耐えていた。

ガブリエルは血の気のない顔で、妹の向かいに力なく座っていた。本人にとってはひどい屈辱的なことに、馬屋の前でひどい吐き気に襲われたばかりだ。アリアンヌは水を入れた洗面器を持ってきてくれるように頼み、ハンカチを浸して、ガブリエルの顔を拭こうとしたが、妹はのけぞるようにしてそれを避けた。

「あたしにかまう必要はないわ。あたしは大丈夫よ」ガブリエルは背筋を伸ばそうとした。「まず、けが人がどこに運ばれたか突きとめなくては。けがをしただけの人たちもいるにちがいないもの。新教徒のすべてを殺すことなどできなかったはずよ」

ミリベルが喉の詰まったような声をあげると、ガブリエルは妹をにらみつけた。「あなたが夢のなかで何を見たか知らないけど、一部の新教徒は逃げたか隠れたにちがいないわ」

彼の名前こそ口に出さないが、ガブリエルがどの新教徒のことを考えているかアリアンヌにはよくわかっていた。この挑むような態度の裏で、妹は必死にレミーの無事を祈っているにちがいない。

おそらくガブリエルが言うように、一部の新教徒は虐殺を逃れたにちがいない。だが、ニコラ・レミーがそのひとりではありえないことは、ガブリエルもアリアンヌと同じようにわかっているはずだ。彼のことだ、流す血が残っているかぎり、雄々しく立って罪なき者たちを守ろうとしたにちがいない。

この宿に来たのは、ここがルナールのパリでの常宿だとトゥサンが言ったからだ。ばかげていることはわかっていたが、アリアンヌは彼があの物憂い笑みを浮かべ、いまにも表のドアから入ってくるような気がしてならなかった。

〝やあ、わたしのことを案じる必要などなかったのに。王太后に捕まるほど愚か者だと思ったのかい?〟

だが、ドアから入ってきたのはトゥサンだった。アリアンヌは老人の表情からあまりよくない知らせだと見当をつけた。トゥサンはすぐさま本題に入った。

「宿屋の主人から話を聞いてきた。ジュスティスはここにいた。だが、あの晩——サン・バルテルミの前夜に外に出た。宿の主人はそれ以来、彼を見ていない。主人が聞いた話では、スイス人の衛兵に捕まったらしい」

トゥサンはごくりと唾をのんだ。「どうやら相当暴れたようだぞ。そして棍棒で頭を殴られ、バスティーユに引きずっていかれた」

「ああ、神様」ルナールがけがをして、地下牢《ろう》に閉じこめられていると思うと、胸がよじれるような気がした。

「なんとかして、ジュスティスを助けだす必要がある」

アリアンヌはうなずいた。だが、ルナールを釈放してもらうには、王太后と対決するしかない。彼女はいますぐルーヴル宮に駆けつけたい衝動を抑えた。

旅の土埃に汚れたこの格好では、なかに入れてもらうことさえできないだろう。まず旅の汚れをすっかり落とし、持ってきた母のドレスに着替える必要がある。敵に直面する騎士が鎧《よろい》を着るように、カトリーヌと対決するにはそれなりの準備がいるのだ。

準備のなかでもいちばんむずかしいのは、トゥサンと妹たちを説得する仕事だろう。これまで彼らが一緒だったのは心強かったが、王太后との一戦は、フェール島のレディがひとりでやらなくてはならない。

カトリーヌは王家の居室の静かなホールを落ち着きなく歩きまわっていた。彼女は侍女やお付きの者たちをすべてさがらせて、厚いカーテンを少し開け、控えの間の窓から外を見ていた。サン・バルテルミ前夜の暴力は、このルーヴル宮にまでおよんだ。宮殿の壁にも中庭にも、血が飛び散っている。死体はとうに運びだされたものの、召使いたちはまだ虐殺の最後の証拠を消し去ろうと両手両膝をついて敷石をこすっている。

だが、あの夜の流血のしみを、宮殿の壁から、そして彼女の魂からも、完全に取り除くことはできないだろう。彼女はこれほどおびただしい数の人々を殺すつもりではなかった。息子の愚かな良心の咎《とが》めを抑え、カトリックの貴族たちをたきつけて、新教徒の脅威を取りのぞきたいと願っただけだ。

彼女が計画していたのは、秩序ある攻撃だった。が、それはたちまちにして手に負えぬ暴動に発展した。暴徒は日曜日の夜まで店を焼き、略奪し、殺しつづけた。カトリーヌは軍隊の出動を考えたくらいだった。

パリの暴動がようやくおさまったことに、彼女はほっとしていた。まだ何か所か不穏な地域はあるものの、だいたいにおいて街は静かになった。スパイたちの報告によれば、市民はすでにこの暴動を彼女の差し金だと噂しているという。〝あのイタリア女、メディシス家の魔女の仕業だ〟と。

カトリーヌ自身すら、この虐殺のどこまでが毒の霧によるもので、どこまでが人間の持つ獣性によるものか判断がつきかねた。いずれにせよ、こういう強力な黒魔術を使うのは当分こりごりだ。

大勢の新教徒が死んだことで、少なくとも、法王とスペインのフィリペ王は満足したにちがいない。あのカトリック教徒の国王陛下は、フランスが異端者に手ぬるいとはもう非難できないだろう。これで彼がフランスを侵略する口実はなくなった。シャルルに逆らう国じゅうの新教徒たちも、この虐殺に懲りてしばらくはなりをひそめるはずだ。

だが、カトリーヌの胸には思いがけない後悔の念が重くわだかまっていた。このいまわしい流血事件は、アンリと結婚するために初めてフランスの土を踏んだ少女が抱いていた夢とは、あまりにかけ離れたものだ。彼女は若い王子に恋をして、ふたりして大いなる権力を手にこの国を治め、フェルディナンド王とイザベラ女王のような栄光に満ちた歴史を作るつもりだった。でもそれから、彼が権力を分かちあう相手は彼の愛人だけだと思い知らされた。

やがてそのアンリも死に、カトリーヌはあれほど欲しかった権力を手に入れた。だが、彼女がどれほどフランスのために尽くし、どんな偉業を成し遂げようと、歴史に残るのは……このサン・バルテルミ前夜の虐殺の一事だけかもしれない。

沈む気持ちをどうにか引き立てたとき、控えの間のドアが開いてジリアン・アルクールが静かに入ってきた。小柄なブロンドの女官は、深く膝を折って優雅にお辞儀をした。「陛下、陛下に会いたいという――」

「今日は誰にも会わないと言ったはずですよ」カトリーヌは冷たい声でさえぎった。

「ですが陛下。フェール島のレディが訪れ、謁見を申しでたら、たとえ夜でもすぐさま通すようにと、というご命令でした」

カトリーヌはジリアンの声に抑えた興奮を聞きとった。彼女の愚かな女官たちさえ、フェール島のレディの評判には一目置いているとみえる。カトリーヌはかすかな苛立ちを感じ、顔をしかめた。わたしがこれまで得たどんな尊敬も、あの小さな島の無冠のレディが集める尊敬にはおよばない。

親愛なるエヴァンジェリンと亡きウージニー・ペレンティエはたしかに尊敬に値する人物だった。アリアンヌ・シェニに関してはまだわからない。

カトリーヌは影のような微笑を浮かべた。

「彼女を通しなさい」

アリアンヌは控えの間に導かれた。金色の母のドレスの裾《すそ》が、かすかな衣擦《きぬず》れの音をたてる。金縁の大きな鏡を通り過ぎるときに、自分の姿がちらりと目に入った。顔がひどく青い。豊かな茶色い髪はゆるく肩にかけてあるだけだが、額をかざるシンプルな金色の輪が女王のような気品を与えていた。

外見の落ち着きとは裏腹に、カトリーヌ・ド・メディシスとの対決を前にして、心臓は早鐘のように打っていた。

女官が自分の到着を告げ、静かに部屋を出ていくと、まもなく王太后とふたりきりになっていた。カトリーヌは陽の射しこむ高い窓にはさまれて彼女を待っていた。

「まあ、アリアンヌ、ようやく到着したのね。もっと近くにいらっしゃい」

アリアンヌはカトリーヌを見つめ、ゆっくり近づいた。これが長いこと恐れたあの王太后なの？　黒魔術を操り、母との友情を裏切り、魔女狩りの男たちを差し向け、つい少し前に目撃した恐ろしい悲劇の筋書きを書いた張本人か。

カトリーヌは小柄で、ふっくらしていた。喉に白いラフが細くついているだけの地味な黒いドレスを着て、なめらかな顔が仮面のように見える。

ふたりの女性は黙っておたがいを観察し、少しの間相手の力を推し量っていた。カトリーヌは思いがけない感情がこみあげ、喉をふさぐのを感じた。まるで幽霊を見ているようだった。エヴァンジェリンと同じ色の柔らかい栗色の髪が、目の前の若い女性の肩を包んでいる。アリアンヌ・シェニは母よりもずっと背が高かった。おそらくその点は父親の血を受け継いだのだろう。高い頬骨も、ルイ・シェニ譲りだが、カトリーヌを見返している灰色の目はエヴァンジェリンのものだった。

もう何年も自分に禁じてきた、友に対する悲しみと懐かしさがこみあげてきた。でも、わたしはこの娘の母親への感傷的な思いに左右されるほど愚かではないはずよ。カトリーヌはかすかに頬を染め、自分を叱った。

アリアンヌは堅苦しくお辞儀をして、カトリーヌの手を取った。だが、それにキスする気にはなれなかった。カトリーヌはこの省略を気にしている様子もなくアリアンヌの手を握った。

「わたくしはあなたの洗礼式に出席したのよ。エヴァンジェリンから聞いたかしら？　あのひどい島まで、わざわざ出かけていった。あとにもさきにもその一度だけ。王宮のひとつで出産の手配をさせてと言ったのに、エヴァンジェリンがあなたをフェール島で生みたいと言い張ったものだから」

カトリーヌは喉の奥で笑った。「あなたの揺りかごをのぞいて、こう思ったものよ。あらまあ、なんておかしな、真面目くさった赤ん坊なのかしら、とね。だってあなたときたら、ほとんど泣かないで、瞬きもせずに大きな目でじっとわたくしを見上げているんですもの。本当は名付け親になりたかったけれど、もちろんエヴァンジェリンは、フェール島のレディである、あなたの大伯母様のウージニーにその名誉を与えるべきだと思ったの」

アリアンヌは邪悪な妖精のように自分の揺りかごにかがみこんでいる王太后を思い浮かべ、震えを押し殺した。クイーンにつかまれた手を引っこめようとしたが、カトリーヌの指に力がこもっただけだった。

その瞬間、アリアンヌは王太后の真の力を知った。それは彼女の目にある。果てしなく続く夜のような、冷たく暗い目に。アリアンヌはこれほど鋭い目に出合ったことがなかった。

顔をそらしたかったが、どうにかこらえ、カトリーヌを真正面から見据えつづけた。クイーンは長いことアリアンヌを見つめてから、彼女の手を離した。

「ええ。あなたはわたくしの親愛なるエヴァンジェリンにとてもよく似ているわ」

「母はあなたの親愛なるエヴァンジェリンなどではありませんでした」アリアンヌは言った。「ばかげた挨拶をおしまいにして、要点を話すことにしませんか？　わたしがなぜここに来たかはご存知のはず。ルナール伯爵を釈放してください」

カトリーヌは尊大に眉を上げた。「わたくしが彼を殺していないとどうしてわかるの？」

アリアンヌは一瞬鼓動が止まるのを感じた。それからカトリーヌが自分をもてあそんでいることに気づいた。

彼女はカトリーヌをにらみつけた。「彼がまだ生きていることはわかっています。それを……感じますから」

「ずいぶんロマンティックだこと」カトリーヌはもったりと言った。「ええ。たしかにあなたの伯爵はまだ生きているわ。わたくしに感謝してもらいたいものね」

「あなたにですって！　あなたは彼をパリにおびきよせた張本人ではありませんか」

「残念ながら、彼の到着は、あなたよりも少しばかり折が悪かったわ。彼はサン・バルテルミ前夜の祝宴のさなかに街に入ったの。伯爵が死んでしまっては、役に立たないとわかったので、指輪を使ってまっすぐ宮殿に呼び寄せようとしたのよ」カトリーヌは肩をすくめた。「ところが、罠だと気づいたのか、新教徒を救うほうがおもしろいと考えたのか、彼はやってこなかった」

「ルナール伯爵は罪もない人々が殺されるのを、黙って見ているような人ではないわ」

「自分に関係のないことに手をだし、命を落とす危険をおかすなど、よほどの愚か者ね。亡きルナール伯爵は、決してそんなことはしなかったでしょう。いずれにせよ、ルナールにはまったく手を焼かされたわ。逮捕するために送ったスイス人衛兵たちに、それは激しく抵抗してくれたみたいね。そのせいで少々ひどい状態にある、と言わなくてはならないけれど」

アリアンヌは鋭く言い返したいのをこらえた。

「ムッシュ・ル・ヴィは聖職者としての務めを果たしたがっているのよ。バスティーユには拷問の道具がそれはたくさんあるそうだから」

アリアンヌは青ざめた。「まさか……あの男にルナールを拷問させたの」

「いまのところはまだよ。彼の地位にふさわしい部屋のひとつで、快適に滞在してもらっているわ。バスティーユにはもっと不快な部屋もあるのよ。一年じゅう陽の当たらない地下牢とか。邪魔者を投げこんで、正気を失うか餓死するまでそれっきり忘れてしまえる密牢とか。あなたの恋人の運命は、あなたしだい。わたくしが要求したものは、持ってきたのでしょうね？」

アリアンヌはベルトにくくりつけた小袋を探った。「あなたが欲しがっているものはここにあるわ」

彼女はかすかに震える手で小袋を掲げた。だが、カトリーヌが手を伸ばすと、引っこめた。

「いいえ、ルナールの釈放を命令した書類をもらうのが先よ」

カトリーヌは舌を鳴らした。「親愛なるアリアンヌ。少しは信用してもらいたいものね」

そして笑いながら部屋を横切り、装飾を施した大きな机に座ると、羊皮紙と、インク、羽ペンに手を伸ばし、書きはじめた。アリアンヌは歩きまわりたいのをこらえた。こんなに簡単にルナールの釈放命令を手に入れることができるとは信じられない。

彼女は命令書をしたためるカトリーヌを見ながら、ダーク・クイーンがあまりにも平然としていることに怒りを感じた。魔女狩りの男たちを使ってベル・ヘイヴンを襲わせたことも、自分が友と呼ぶ大地の娘を裏切ったことも、これっぽっちも後悔していないようだ。何千という人々、女や子どもまで殺したことに良心の咎めすら感じていない。

「なぜあんなことができたの？」アリアンヌはくってかかった。

カトリーヌは顔を上げた。「なんのこと?」

「罪もない人々を殺したことよ」

「彼らはまったく罪がないわけではないわ。わたくしはただ、この国を荒廃させている内乱を終わらせようとしただけよ」

「女や子どもたちまで殺して?」アリアンヌはたまりかねて叫んだ。

「戦争の不幸な結果よ。仕方のないことだわ」

「仕方がなかった? この狂気を誘発しておいて……毒の霧を放ったのはあなたよ」

氷のような落ち着きにひびが入り、カトリーヌは羽ペンを途中で止めた。「それを……知っているの? すると、ルイーズ・ラヴァルはあなたのところにたどり着いたのね?」

「ルイーズは逃げたの?」アリアンヌはカトリーヌをにらみつけた。「あなたの手紙には、彼女は死んだと書かれていたわ」

アリアンヌには知らせたくない情報をうっかり漏らしてしまった自分に腹を立てたとみえて、カトリーヌは顔をしかめた。「ルイーズもマダム・ペシャルも、いまごろは絞殺されて静かにセーヌの底に沈んでいるべきだった。でも、ルイーズは最後の瞬間に見張りをたぶらかし、マダム・ペシャルと一緒に逃亡したのよ」カトリーヌは皮肉たっぷりに付け加えた。「そばかすだらけだからといって、ほかの魔女を過小評価するな、という教訓でしょうよ」

彼女たちの命を危険にさらしたことで自分を責めていたアリアンヌは、この知らせを聞いて深い安堵と喜びを隠せず、両手を握りしめた。

カトリーヌは再び羽ペンを止めた。「でも、わたくしの霧のことを話したのがルイーズでないとしたら、いったい誰が？」

アリアンヌはまつげをふせ、思いを隠した。ミリベルに予知夢を見る力があることを、カトリーヌに知られてはまずい。この秘密を守ることは、妹の安全を守るだけでなく、王太后に対する切り札にもなる。

アリアンヌはとくに嘘が上手でも演技がうまいわけでもないが、部屋のなかをぐるりとまわり、尊大な姿勢をとった。「わたしはあなたをよく知っているの。なんといっても、フェール島のレディですもの。あなたには想像がつかないほどの力があるのよ」

カトリーヌが鼻を鳴らしたが、アリアンヌはこれを無視して続けた。「たとえば、あなたの秘密の会議で何があったかも、すっかりわかっているわ。気の毒な息子の正気をあなたがどんなふうに奪ったか。あの容器がどんなふうに窓の外に落ちたかもね。毒をあんな不注意に扱う人間には、黒魔術を行う資格はないわ」

カトリーヌはあんぐり口をあけ、驚きと不安の入り混じった顔で口走った。「いったいどうして……」彼女ははっとしたように言葉を切り、落ち着きを取り戻そうとした。「あの〝霧〟は、彼らの怒りや憎しみをほんの少しだけ増幅させただけ。人間が獣のようにふるまうのに、たいした力は必要ない。あの霧を作る必要などなかったくらいよ。カトリック教徒の街であるパリに新教徒たちの一隊が留まれば、一発触発の状態ができあがるわ」

「でも、その気があれば、あなたには防ぐことはできたはずよ。男たちを死と破壊に駆り立てるのではなく、この大きな断絶を癒すために力と能力を使えば」カトリーヌの頬がかすかに赤くなった。「わたくしに説教をするとは、なんという身の程知らず。国を治めるために、裏切りと陰謀のなかで生き延びなければならないのが、どれほどたいへんなことか、何ひとつ知らないくせに。あの静かな島で、守られ、隔離されて穏やかに暮らしている小娘に、何がわかるの？

わたくしは人生のほとんどをナイフの刃の上で踊ってきたのよ。祖国に革命が吹き荒れた子どものころからね。捕らえられたわたくしは、素早くほかの人々を操り、支配する術を身につけるしかなかった。さもなければ死んでいたわ。わたくしはただ生き延びるために、必要な手段を用いてきただけ。あなたが軽蔑する黒魔術にしても——」

カトリーヌは急に言葉を切り、氷のような仮面を貼り付けると、口をぎゅっと結んで王家の紋章を押した。そして立ちあがり、羊皮紙を差しだした。

「さあ、あの手袋を返してちょうだい」

アリアンヌが小袋を差しだすと、カトリーヌは引ったくらんばかりにそれをつかんだ。アリアンヌは命令書を確認しながらも、用心深く王太后に目をやりながら、怒りの発作が起こるのを待った。

だが、カトリーヌは癇癪を起こさなかった。ただ、顎をこわばらせただけだ。「ここには片方しか入っていないわ」

「ええ」アリアンヌは精いっぱい落ち着いた声で答えた。「もうひとつはパリにいる友人の手に残してきたの。ルナールとわたしが無事に街の門の外に出たあとで送るわ」

「わたくしを甘くみないでもらいたいわね、アリアンヌ」カトリーヌはテーブル越しに手を伸ばし、羊皮紙を引ったくった。「あなたの亡きお母様のことは好きだったけれど、これ以上の邪魔は許せないわ。あなたと伯爵がこの街から立ち去るのを、わたしが許すと思って？」

「邪魔をすれば、もう片方の手袋は行方不明になるでしょう。そしてそれがいつ、どこであなたを悩ませることになるかわからなくなる」

「ふん」カトリーヌはせせら笑った。「あの手袋など、たいして役に立つものですか。毒が塗ってあることを証明する方法を見つけたのなら、とうにわたくしを告発しているでしょう」

「証明するのは簡単よ。あれをはめればいいだけだもの」

「あなたは死ぬことになるのよ」

「解毒剤があるわ」アリアンヌは言い返した。

「いつから黒魔術に精通するようになったの？」カトリーヌはなじるように言った。「わたくしの親愛なる高潔なエヴァンジェリンが教えてくれたわけではないでしょうに」

「ええ。でも、あなたと同じくらい黒魔術に長けている魔女がいたわ。メリュジーンが」

カトリーヌですらこの名前にはたじろいだ。「でも、どうやって彼女から学ぶことができたの？　メリュジーンはとうに死んで――」

カトリーヌは言葉を切って机をまわってくると、アリアンヌが目をそらす前にそのなかをのぞきこんだ。

「まあ」カトリーヌはつぶやいた。「ルナールが……メリュジーンの孫だったとは」カトリーヌは笑いだした。「フェール島のレディが、悪名高い魔女の孫に心を捧げた、ですって？　エヴァンジェリンがお墓のなかで引っくり返っているでしょうね」

「母様は先祖の罪でルナールを裁くほど狭量ではないわ」アリアンヌは言い返した。「あなたの不幸な子どもたちが、あなたのせいで裁かれるべきではないように」

カトリーヌの笑みが消えた。「何もかもばかげた脅し。そもそも、あの手袋をそれほど恐れる必要がどこにあるのかしら？　誰も信じる者など――」

「いいえ、フランス国民は、喜んであなたがナヴァラの女王を殺したと信じるでしょう。このサン・バルテルミ前夜の虐殺のあとではとくに。カトリック教徒でさえあなたのしたことに恐れをなしているはずだわ。この事件であなたを支持した貴族たちも、喜んであなたを玉座から引きずりおろすのに手を貸すでしょう」

カトリーヌは頑固に唇を引き結んだ。「わたくしはこの国の王太后ですよ」

「恐ろしい最期を迎えた王妃はほかにもいるわ。アン・ブーリンが姦淫《かんいん》の罪だけでなく魔女だと告発されて首をはねられたのを忘れたの？」

カトリーヌの顔を不安がよぎった。「あれは英国の出来事よ。それに彼女は市民の出だった。王家の人間ではなかったわ」

「あなたももとを糺《ただ》せばイタリア商人の娘だわ」

カトリーヌは険しい顔でアリアンヌをにらみつけ、近づいた。「もうひとつの手袋を渡しなさい。さもないと……」

アリアンヌの心臓はいまにも壊れそうなほど打っていた。だが、彼女はあとずさりせずにその場に留まった。「いいえ、わたしこそ警告するわ、カトリーヌ。わたしは大地の娘のカウンシルを再開するつもりよ。これ以上古代の方法が悪用されるのを防ぐために」

「カウンシル」カトリーヌは嘲った。「魔女狩りの男たちを差し向けてやるわ」

「お好きなように。でも、わたしたちの数ははるかに多い。あなたですら、そのすべてと戦うことはできないでしょう。考えてみて、カトリーヌ。賢い女たちの静かな軍隊よ。あなたはたえず肩越しに振り返り、べつのルイーズ・ラヴァルに罪を暴かれるのを恐れて暮らしたいの？もっと賢い、あなたにはその目を読むことができない誰かに」

「わたくしが目の読めない魔女などいるものですか」カトリーヌは鋭く言い返した。「あなたの秘密など、簡単に暴けるわ」

カトリーヌはアリアンヌの顎をつかみ、冷たい、暗い目で見つめた。アリアンヌは目をそらしたかったが、カトリーヌの挑戦を受けとめ、頭のなかに自分の思いを守る壁を築いた。

彼女はこれまで、これほど鋭い目にさらされたことも、強い意志とぶつかり合ったこともなかったが、額に汗をにじませながら、容赦なく探ってくるカトリーヌの視線をまばたきもせずに跳ね返した。まるで実際に剣を交え、火花を散らして切り結んでいるようだ。

頭の血管がどくどく打ちはじめ、この激しいストレスにあとどれくらい耐えられるだろうと思ったとき、奇跡のようにカトリーヌの視線が揺らぎはじめた。

カトリーヌの防御の壁が崩れ、突然、王太后の心のなかで縮こまっている哀れな女性が見えた。愛を望み、拒否された女。そのむなしさを権力への渇望で満たした女。誰も信頼できず、何ひとつ信じられぬ女が。敵に玉座から引きずりおろされること、罵倒《ばとう》され、ひとりぼっちで死ぬことを恐れながら、しだいに自分のなかの闇にむさぼられていく女が。

母がこの女を哀れんだ理由がいまならよくわかった。でも、アリアンヌ自身はカトリーヌを哀れむことなどできそうもなかった。カトリーヌがもたらした殺戮はあまりにも恐ろしすぎた。とはいえ、もうこれまでと同じようにこの女を恐れることはないだろう。カトリーヌがぶるっと体を震わせて、突然アリアンヌを〝放し〟、震える手で目を覆うと、机に戻り、さきほどの命令書をつかんだ。

「いいでしょう」彼女はつぶやいた。「あなたの条件をのむわ。もう片方の手袋は、陽が沈む前に届くようになさい。さもないと、兵士たちを差し向けますよ。あなたは愛するフェール島の土を二度と踏めないことになるわ」

カトリーヌが突きだした、ルナールの釈放を命令した羊皮紙を、アリアンヌは震える指でつかんだ。このまま一目散に宮殿を逃げだしたかった。カトリーヌの気が変わる前にルナールを迎えに行き、妹たちを連れてパリをあとにしたい。

だが、彼女は王太后と闘って勝ったばかり。いま退却するのは臆病者のすることだ。

「もうひとつ、彼が……ニコラ・レミーがどうなったか、知る必要があるの」

「スカージ？　死んだでしょうね。わたくしはそう願っているわ」

だが、カトリーヌの言葉には確信がなかった。アリアンヌはかすかな希望が芽生えるのを感じながら続けた。「レミーの若い王、ナヴァラのアンリはどうなるの？　あなたは彼をここに幽閉するつもりね？　彼も釈放してもらいたいわ」

カトリーヌは不機嫌に唇を引き結んだ。「調子に乗らないことね、アリアンヌ。あの厄介な伯爵を連れて帰ることは許すけれど、アンリは渡せないわ」

「義理の息子を殺すつもり？」

「いいえ。もうその必要はなくなったわ。うるさい助言者たちがいなければ、アンリにはなんの力もない。あの若者は死んだ母親ほど賢くもなければ、人望もないもの。それにとても適応性のある若者よ。必要とあればあっさり異端の信仰を放棄するでしょう。それでも、わたくしが目を光らせておけるところに置いておくほうが安心できる」

アリアンヌは眉を寄せたものの、この件ではカトリーヌが譲るつもりがないのを見てとった。すでにカトリーヌにできるぎりぎりのところまで譲歩を勝ちとったのだ。彼女はしぶしぶお辞儀をして、ドアへとあとずさり……ふいにあることを思い出した。

「そうだわ、もうひとつ」

「今度はなんなの？」カトリーヌは苛立たしげに尋ねた。

「わたしの指輪よ。あれを返してもらうわ」

カトリーヌは不満そうに唇をすぼめたものの、疲れたようにため息をついた。「いいわ。もう使い道はないし、どうせサイズが合わないのだから」

彼女は衣擦れの音をさせて机に戻ると、引き出しの鍵をあけて指輪を取りだし、机の端にたたきつけるように置いた。だが、アリアンヌがそれを取ろうとすると、いきなり手を突きだし、アリアンヌの手を机に押し付けた。

そして作り笑いを浮かべた。「ねえ、アリアンヌ、このまま別れる必要はないわ。フランスの王太后とフェール島のレディがいがみ合う必要はまったくないのよ。あなたのお母様とわたくしは昔、とても仲がよかったの」

アリアンヌは指輪をつかみ、カトリーヌの手を振りほどいた。「その友情が母にどれほどの犠牲を強いたことか。だから、最後にこれだけ言わせてもらうわ、陛下。わたしの保護の下にある者に、さもなければわたしが愛する者に危害を加えようとしたら、あなたはわたしがどれほど強いか思い知ることになるでしょう」

そして頭を高く上げ、後ろを振り返ることなくカトリーヌ・ド・メディシスの部屋をあとにした。

アリアンヌ・シェニとの出会いにひどく心をかき乱され、ドアが閉まったあとも、カトリーヌはしばらく机に両手をついて立ち尽くしていた。彼女の防御を突き崩し、心の奥底に隠している不安と弱さを読み取ることができた者は、これまでひとりもいなかった。エヴァンジェリンは例外だったかもしれないが……。

それよりもつらかったのは、アリアンヌの目に映った自分の姿だった。アリアンヌの目は不思議な鏡のように異なる選択をし、異なる道を歩んでいれば、彼女自身がなっていたかもしれない賢い女の面影を映しだしたのだった。

震えながらカトリーヌは体を起こした。あの娘には、母のエヴァンジェリンすら持っていなかった鋼《はがね》のような強さがある。生かして帰したのは愚かな間違いだったかもしれない。正直に言えば、彼女はアリアンヌの脅しに震えあがったのだった。いまでも周囲は敵ばかりだというのに、団結した大地の娘たちまで敵に回すのはごめんだ。

アリアンヌはカトリーヌが思っていたより強い、賢い娘だった。シャルルの部屋で開いた秘密の会合のことを、どうやって知ったのか？　彼女が作ったあの〝霧〟のことを。この宮殿には、べつのスパイがまぎれこんでいるのだろうか？

これからは用心深く行動するとしよう。アリアンヌをどうするか、それを決めるのはもっとあとでもかまわない。それにスパイのことはおそらく取り越し苦労だろう。

アリアンヌは約束どおり手袋のかたわれを送ってくるだろう。そしてフェール島に帰る。あの娘と顔を合わせるのは、おそらくこれが最後だ。

この件にはほとほとうんざりだが、もうひとつ始末をつけなくてはならないことがあった。あのル・ヴィが、朝からずっと謁見を申しでているのだ。彼女が約束を果たすことを期待しているにちがいない。

まもなくル・ヴィが案内されて入ってきた。パリの流血事件にすっかり興奮し、片方が垂れさがった目を、とても正気とは思えない喜びにぎらつかせている。血のように赤いローブに身を包んだ彼は、地獄から来た枢機卿のように見えた。だが、カトリーヌは嫌悪と軽蔑を隠し、ル・ヴィに椅子とワインを勧めた。

ル・ヴィは喜んでそれを受け、真の信仰の勝利を祝って杯を掲げた。「パリの通りは異端者の血で舗装されております」彼は満面の笑みを浮かべた。「神の目にはさぞかし美しい光景に映ることでしょうな」

「ええ」カトリーヌは皮肉たっぷりに答えた。「天上では、天使たちが喜びの涙を流しているにちがいないわ」

ル・ヴィは彼女の声に含まれた皮肉には気づかないようだった。カトリーヌは目を細め、彼がひと息にワインを飲むのを見守った。

ル・ヴィは熱狂して言葉を続けた。「この偉大な勝利は、フランスの魔女を一掃するというわれらのより偉大な奉仕へと道をつけてくれました。悪魔の手先であるルナールと、彼の魔女の裁判はいつ始めますか?」

「そんな裁判はしないわ」カトリーヌは低い声で答えた。

「なんですと?」ル・ヴィはカップを置き、怪訝な顔になった。

「伯爵は釈放しました」カトリーヌは冷ややかに告げた。「彼とアリアンヌ・シェニはまもなくパリを発つはずよ」

ル・ヴィは顔色を変えた。「し、しかし、われらの栄えある計画はどうなります? フランスから魔女を一掃する運動は?」

「魔女退治には、最初からたいして関心はなかったのよ」

ル・ヴィは喉が詰まったような声を漏らし、空気を求めてあえいだ。彼は立ちあがろうとしたが、ワインのカップを倒しながら倒れた。

カトリーヌは机をまわって彼のそばに立つと、冷たい顔で断末魔の苦悶にのたうつル・ヴィを見下ろした。彼は目をむき、恐怖と混乱を浮かべて彼女を見上げた。

カトリーヌはかがみこんでつぶやいた。「言い忘れていたけれど、じつはわたくしも少し魔法を使うのよ、ル・ヴィ」

彼は恐怖に顔をゆがめ、最期の苦痛に満ちたあえぎを漏らしてこと切れた。大きくあいた口からよだれがたれ、見えない目が彼女を見上げていた。

カトリーヌは嫌悪に身を震わせて彼から離れると、落ちたカップを拾って机に戻した。簡単に作れる毒、原始的なものだが強力な効き目のある毒が、すばやく効いてくれたのだ。魔女狩りの頭首に手の込んだ毒を使うなど、時間の無駄だ。

彼女はドアに歩み寄り、召使いのひとりにバルトロミー・ヴェルドゥッチを呼んでくるよう命じた。痩《や》せた白髪まじりの髪の男は、レミー大尉を捕らえそこねた失敗を挽回できるチャンスに嬉々として飛んできた。

彼は額が床につかんばかりに深々と頭をさげ、張りきって尋ねた。「なんのご用でございましょうか、陛下」

「控えの間に魔女狩りの男がひとり死んでいるの。彼を片づけてちょうだい」カトリーヌは感情のこもらない声で告げた。

バルトロミーは飛びだしそうなほど目を見開いたものの、なんとかショックから立ち直ろうとした。「は、はい、陛下」

「くれぐれも人目につかぬように」カトリーヌは命じた。「ムッシュ・ル・ヴィは、埋められるのを待っているほかの死体にまぎれこませるといいわ。一体増えたところで、誰も気づきはしない。ル・ヴィの姿が消えても、悲しむ者などいないでしょう。彼の部下はみな殺されてしまい、残っているのはあの若者だけだから」

そう、あの若者がいた……。

命令に従おうとバルトロミーが立ちあがったとき、カトリーヌはふいにおもしろいいたずらを思いついた。アリアンヌがどの程度の力を持っているのかはっきりするまで、正面から挑むのはまずい。だが、間接的に攻撃することはできる。

「いいえ、ル・ヴィの死体はいくつか剣の傷をつけて、マスター・シモン・アリスティードのところに戻し、ルナール伯爵とアリアンヌ・シェニに殺されたと告げなさい。アリアンヌがバスティーユからルナール伯爵を連れだしたら、彼女のあとを尾け、居所を突きとめて、若きアリスティードにそれを教えるといいわ」

「彼にはこう言うのね」カトリーヌは微笑した。「ルナール伯爵は、彼の村を破壊した魔女だと思われるメリュジーンの孫息子だとね」

あの少年はこの話を信じるだろうか？　信じるかもしれないし、信じないかもしれない。もしも信じれば、アリアンヌと伯爵に復讐しようとするだろう。どんな結果になっても、これで敵のひとりは片づく可能性がある。

いずれにせよ、できることはすべてした。カトリーヌは波乱に富んだ数日の深い疲れを感じ、あくびをしながらベッドへと向かった。

ジュスティスは苦痛をこらえ、折りたたみのベッドで寝返りを打った。片方の目は腫《は》れあがり、半分ふさがっている。もう片方は眠れぬ夜を過ごしたせいでしょぼついていた。塔にあるこの部屋には、高窓から陽射しが入る。看守が十五分ごとに鳴らす鐘が、分厚い壁を通して聞こえ、彼は羽枕を顔に押しつけて、それが鳴りやむのを待った。鐘の音は、数日前の夜の記憶をあまりにもまざまざとよみがえらせる。

意識を奪った棍棒の一撃で、まだ頭がずきずきする。頭蓋骨《ずがいこつ》が頑丈で割れずにすんだのは、不幸中の幸いというものだ。肋骨のほうはどうやらそこまでツキがなかったようだ。棍棒で殴られ、蹴《け》られたせいで何本か折れているのはほぼたしかだ。体全体があざだらけ、ひょっとすると鼻も折れているかもしれない。またしても。

それでも、こうして生きているだけニコラ・レミーよりはましだ。塔の一室に閉じこめられていることに不満は言えなかった。この部屋はかなり広く、新鮮な空気も入るうえに、そこそこ清潔に保たれている。看守が熱いお湯を運んでくれたおかげで、彼は風呂に入り、ワイン付きの食事もとることができた。牢屋を管理している男は、ジュスティスの怪我の手当てをするために、医者も呼んでくれたのだが、その男が蛭《ひる》の瓶を手にしているのを見て、ジュスティスはすぐさま送り返した。

彼は訪問者に会うこともできた。まあ、いまのところ彼を訪れたのはあの邪悪なル・ヴィだけだ。あの男は今朝早く姿を見せて、王太后が指輪を手に入れた顛末《てんまつ》と、ジュスティスを生かしておいた理由を得々と話したあと、ひとしきりほくそ笑んで帰っていった。

ジュスティスはアリアンヌをパリへ呼び寄せるための餌《えさ》だったのだ。アリアンヌが自分より賢いことを彼は願った。彼女と辛辣《しんらつ》に言い争って別れたことを思えば、彼を助けるためにあわててパリに駆けつけることはないかもしれない。

だが、そう願うそばから、その望みがほとんどないことはわかっていた。アリアンヌは責任感の強い女性だ。指輪を奪われた自分を責めるだろう。そしてたとえジュスティスが最悪の敵だったとしても、救出しようと駆けつけて王太后の罠にまっすぐ飛びこむにちがいない。

そう思うと、心配で正気を失いそうだったが、外部にいる者に伝言する手段はまったくない。この部屋を脱出する方法も考えつかなかった。昨日、体を動かすチャンスを与えられたとき、どうにか起きあがってバスティーユの胸壁沿いに歩いた。しかし、常に見張りが目を光らせているうえに、薄れていく光で見たかぎりでは、この砦のような建物のどこをどう行けば外に出られるのか見当もつかなかった。

それにいまのところは、看守に飛びかかって組み伏せられる状態でもない。彼にできるのは、役立たずの塊のように横になり、身体を休め、回復に努めることだけだ。ジュスティスは目を閉じた。ようやくうとうとしかけたとき、扉の鍵が回る音がした。

分厚い扉がきしみながら開き、看守長のバロアが入ってきた。長い顔に、白髪まじりの太い口ひげをはやした男だ。彼は看守にしては礼儀正しい男で、ジュスティスの地位をかたときも忘れなかった。

「伯爵様」彼はそう言ってお辞儀をした。「面会の――」

ジュスティスは毒づいて片腕で目を覆った。「今度もル・ヴィなら、地獄に堕ちろと言ってくれ。おまえたちが何人かかってあの男を守ろうとしても、あいつが一歩でもなかに入ってきたら、やつのしりを窓から投げ――」

「ムッシュ!」バロアはショックを受けて叫んだ。「どうか言葉にお気をつけください。今度の面会人はレディです」

ジュスティスは腕をおろした。レディ? バロアの後ろにいる女性は、金色の光に包まれていた。本物にしては美しすぎる。あのタペストリーに織りこまれていたような静かなたたずまいの女性のようだ。ユニコーンを手なずけ、騎士に恩恵を与える女性……。

ただ、このレディは、ひどいショックを受け、唇を震わせている。ジュスティスが彼女を見た瞬間に感じるはずだった喜びは、敗北と絶望の大波にのみこまれた。

「アリアンヌ」彼はしゃがれた声で言った。「ここで何をしているんだ?」

「あら、ひどい歓迎の言葉」アリアンヌは軽口を叩こうとしたが、半泣きの顔になった。ジュスティスの傷だらけの顔を見たとたん、喉がふさがった。彼のぎこちない動き方から、痛めつけられたのが顔だけではないのは明らかだ。

彼は歯を食いしばって上体を起こし、寝台の横から足をたらした。バロアが静かに出ていくと、アリアンヌは駆け寄ってかたわらにひざまずいた。

治療師であるアリアンヌはいつもは落ち着きを保つ能力を誇りにしていたが、こう叫ばずにはいられなかった。「ああ、ジュスティス。彼らはあなたに何をしたの？」

ジュスティスはどうにかほほえんだ。「わたしが彼らにしたことほどひどくはないさ。相手を殺さずに武器を取り上げようとするのは、かなり厄介な仕事だからな。後ろからこっそり近づいたやつが太い棍棒で頭を殴るまでは、かなりよく戦っていたんだが」

アリアンヌは急いで彼の頭を探った。大きなこぶに触れると、ジュスティスが痛そうな声を漏らした。さいわい、皮膚は切れていないようだ。顔の傷のほうが、はるかにひどく見える。唇が切れ、片目が腫れて、頬骨の上には醜いあざができていた。

「大丈夫だよ、わたしの顔は最初からそれほど美しかったわけじゃない」

「わたしは……美しいと思ったわ」

全身が痛むにもかかわらず、ジュスティスは目を和ませ、アリアンヌの腰に手をまわそうとして低いうめきを漏らした。

「くそ、きみはここへ来てはいけなかった、アリアンヌ。なんだって、むざむざあの邪悪な魔女におびき寄せられたんだ」

「あなたこそ、どうして？」彼女は言い返した。

「きみが危険な目に遭っていると思えば、どこへでも駆けつけるほど大ばかだからさ」

「わたしの答えも同じよ」アリアンヌはごくりと唾をのんで、ためらった。「ああ、ジュスティス……この前の夜のこと、わたしが言ったひどいことを、心から謝るわ」

「しいっ」彼はアリアンヌの唇に指を置いて彼女を黙らせた。「あとで後悔するようなことを言ったのはわたしも同じだ。だが、いまはそんなことはどうでもいい」

アリアンヌは目を拭った。「そうね。ここからあなたを連れだすのがいちばんだわ」

「それは少しばかりむずかしいだろうな。その美しい金色のドレスの下に、縄梯子《なわばしご》とピストルを隠してきたのならべつだが」

アリアンヌはほほえんだ。「はるかにましなものを持ってきたわ。あなたを釈放するように命じた書類を看守長に渡したの。こうしているあいだも、剣やほかの所持品を誰かに取りにやらせているはずよ」

ジュスティスは、部屋の扉が開いたままになっていることに気づき、混乱してアリアンヌを見た。「どういうことだ?」

「カトリーヌとおたがいに理解しあったの。彼女はあなたを釈放することに同意したのよ」

「なんだと?」ジュスティスは眉を寄せ、それからため息をついた。「あの手袋を渡したのか。わたしを救うためにそんなことはすべきではなかったぞ、アリアンヌ。あの手袋は唯一の証拠だ。きみの母上を含めて、多くの罪なき人々に対して王太后が行なった邪悪な行為に報復する、唯一のチャンスだ」

「あなたはわたしの目を読みすぎるわ。でも、あなたの命と引き換えにするほどの価値はないのよ」

アリアンヌは彼の額に落ちた髪をなでつけ、傷口を見ながら、すでにどんな軟膏をつければいいか考えていた。

ジュスティスは彼女の手をつかみ、光にかざして、そこにはまっている指輪を見つめた。「これも取り戻したのかい」それからもっと驚いた声で言った。「そしてはめているのか」

「ええ。もう二度とはずすつもりはないわ」

彼は探るような目で彼女を見た。「アリアンヌ――」

「ええ」アリアンヌは彼の唇にそっと唇を重ねた。「話はつきないけれど、宿に戻りましょう。トゥサンが待っているわ」

「トゥサンもここにいるのか？」彼は痛みにたじろぎながら立ちあがった。「あの頑固な老人がおれを叱りに来るのは、王の軍隊でも止められっこないな」

「わたしの妹たちも一緒なのよ。あなたの恐るべきトゥサンさえ、ガブリエルを宿に引きとめるのに苦労しているかもしれないわ。あの子はレミー大尉を捜しに行くつもりなの」

ルナールの顔を翳がよぎった。「アリアンヌ」彼は言いかけ、ためらった。だが、アリアンヌは聞く必要はなかった。熱い塊が喉をふさぐのを感じながら、彼女はルナールの目にある恐ろしい真実を読みとった。

〈半月亭〉の一室で、アリアンヌはようやく悲しみに身をゆだねた。暖炉の前に置かれた長椅子に座り、ミリベルを抱きながら、ほんの数週間だけ自分たちの人生に触れたナヴァラの大尉のために涙を流した。

アリアンヌはガブリエルが自分で認めるよりもはるかに深くレミーを想っているのではないかと恐れていたが、ようやく本人もそれに気づきはじめたようだ。

だが、ガブリエルは泣くのを拒んだ。ルナールがレミーの最期の瞬間を話すのを、壁にもたれて石のように黙りこんで聞いていた。

「彼は生きていたときと同じように勇敢に、名誉ある死を迎えた。これをきみに届けてくれ、と言い残して」ルナールはガブリエルに近づき、レミーの剣を両手に載せて差しだした。ガブリエルはそれを見下ろしたが、受けとろうとはしなかった。

「ほかにもきみに伝えたいことがあったようだが、言い終わらぬうちに死んだ」ルナールは言葉を続けた。「だが、それがなんだったか、きみには想像がつくかもしれないな」

「ええ」ガブリエルはかすれた声で言い、ようやくルナールの手から剣を取った。「みんなで――彼を捜しに行かなくては」

ルナールは少し驚き、優しく言った。「わたしの説明がわからなかったのかもしれないが、レミーは――」

「彼が死んだことはわかってるわ」ガブリエルは鋭く言い返した。「でも、セーヌの土手で朽ちるままにしてはおけない。遺体を見つけて、きちんと葬ってあげなくては」

ルナールは思いやりのこもった目で彼女を見た。「気の毒だが、死体の数が多すぎる。おそらく彼は見つからないだろう。それに、街にはまだ完全に秩序が戻ってはいない。通りには新教徒に対する悪感情がわだかまっている。レミーを探しに行くのは危険すぎる」

ガブリエルは歯を食いしばった。「かまうもんですか。裸で墓石も何もない穴に投げこまれるなんて、ひどすぎるわ。彼は名誉ある……騎士のように、休息を与えられるべきよ」

ルナールがドアに向かおうとする彼女の前に立ちはだかると、ガブリエルはレミーの剣を握りしめ、怒りの涙に頬を濡らしながら彼をにらみつけた。アリアンヌはミリベルを長椅子に残し、急いでふたりのあいだに入った。

彼女は優しく妹の肩に手をおいた。「ガブリエル、あなたの気持ちはよくわかるわ。とても残念だけど……わたしたちはレミーの思い出を敬うことで満足しなくては。ほかに方法がないのよ。彼だってあなたが自分を捜して危険をおかすことなど、決して望まないはずよ」

「もちろん、彼は望まないわ。ほかのみんなを守ろうとするのに忙しくて、自分の身をかえりみないような高潔な愚か者だもの」ガブリエルはアリアンヌとルナールをにらみつけ、怒ってふたりから離れた。「地下室に鍵をかけて閉じこめておくべきだったのよ。あたしが悪いの。彼を引きとめることもできたのに――」

「ああ、ガブリエル。自分を責めないで。レミーは名誉心の強い人だった。彼を自分の義務から遠ざけることはできなかったわ。たとえあなたでも」

だが、ガブリエルはこの言葉を聞いてはいなかった。彼女はレミーの剣を荒々しく振った。

「で、これからどうするの？　尻尾を巻いてフェール島に帰るの？　そしてレミーを殺し、ほかにも数えきれないほど恐ろしい罪をおかした、あの邪悪な女を野放しにしておくの？」

「ガブリエル、わたしたちは――」

「わかってるわ！」ガブリエルは苦い声でさえぎった。「仕方がない。でも、いつか……いつか……誓って、あの女を引きずりおろしてやる。王太后はもうフランス一の魔女ではなくなるでしょうよ」

ガブリエルは激しい怒りに疲れはて、テーブルに沈むように座って両手に顔をうずめた。ミリベルが悲しそうな、途方に暮れた顔でそのそばに行き、おずおずとガブリエルの腕の近くに手を置いた。

アリアンヌはガブリエルを抱きしめたかった。だが、こういうときのガブリエルは、いくら慰めようとしても無駄なのだ。

ルナールが肩に手を置くのを感じた。「いまはそっとしておこう。彼女に時間をやるんだ」

アリアンヌはうなずき、自分が癒せる傷に注意を向けた。大丈夫だと言い続けたが、彼を長椅子に座らせ、額の傷を調べた。この傷は縫う必要があるが、ここでできるのは感染を防ぐために傷口をきれいに洗うことぐらいだ。

トゥサンは馬の世話と、パリを発つのに必要なものの準備でおおわらわだった。ここを発つのは、早ければ早いほどありがたいわ、アリアンヌはそう思った。カトリーヌが取り決めをいつまでも守るという保障はない。馬の用意ができしだい、そしてルナールがもう少し休んだら、すぐに出発しなくてはならない。

誰かが近づいてくる足音がした。トゥサンが出発の用意ができたと告げにきたのだ。そう思ったが、ドアを勢いよく開けて入ってきたのは、再び会うことになるとは思ってもみなかった相手だった。

黒い髪を乱し、黒い目を恐ろしいほどぎらつかせたシモン・アリスティードが部屋に駆けこんできた。

「シ、シモン」ミリベルがぱっと立ち上がり、ためらいがちに一歩前に出た。だが、アリアンヌは妹を引きとめた。

シモンはミリベルに気づきもせず、憎悪もあらわにルナールをにらみつけた。「ここにいたか！　腹黒い地獄の使者め」

ルナールは怪我をした体が許すかぎりの速さでアリアンヌの前に立った。

「よく恥ずかしくもなく顔を見せられたな、小僧」ルナールはうなるように言った。「何の用だ？」

「マスターを殺した仕返しをしに来たんだ。この――人殺し」

ルナールは腫れた顔にもかかわらず、片方の眉を上げ、尊大な表情を作った。「なんだと？」

「とぼけるな。ムッシュ・ル・ヴィは死んだ。きさまの剣で残酷に切り刻まれた」シモンは声を詰まらせた。「丸腰で自分を守るチャンスもなく」

アリアンヌはルナールの横に並んだ。「シモン、誰がそんな嘘を吹きこんだのか知らないけど、伯爵はバスティーユに投獄されていたのよ。つい数時間前に釈放されたばかりだわ」

「ル・ヴィを殺した犯人を見つけたければ」ガブリエルが苦い声で言った。「あなたたちふたりが仕えていたご主人様に訊いたらどう？　これもカトリーヌのいたずらのひとつよ」

「もちろん、王太后が関わっているのは間違いない」シモンの声は怒りに震えていた。「気の毒なマスターは、すっかり目が眩《くら》んで、王太后がどれほど邪悪な女性か気がつかなかった。ぼくはばかだったよ。きみたちがぐるだってことに気づかなかったんだから」

「ちがうわ、シモン。あなたは間違ってる」ミリベルが震える声で言った。「王太后はあたしたちの敵でもあるのよ」

シモンはミリベルを無視し、ルナールに非難の指を向けた。「あんたが誰だか、ぼくは知ってるぞ。邪悪な魔女メリュジーンの孫だ。メリュジーンは――ぼくの村をめちゃくちゃにして、ぼくの家族を殺したんだ」

「そんなばかな話があるか」ルナールはしゃがれ声で言い返した。「祖母はもう何年も前に死んだんだぞ」

「これ以上作り話を聞く気はない。あんたがマスターには与えなかったチャンスをあげるよ。剣を抜け」

「ばかなことはやめろ」ルナールはたしなめたが、シモンは彼に近づきながら自分の剣を抜いた。「抜け！　さもないといますぐ切り殺すぞ！」

ルナールは毒づいてアリアンヌを押しやり、剣を抜いて最初の一撃を受けた。

大きな音をたてて鋼がぶつかり、ミリベルが叫び声をあげた。だが、自分が信頼していた男を失い、絶望の縁に立たされている若者の耳には届かなかった。

アリアンヌは不安にかられて激しい戦いを見守った。ルナールがふつうの状態なら、何の心配もいらないが、いまの彼はひどく弱っている。それにルナールにはシモンを切り捨てる気はなかった。ミリベルの目の前でそんなことをするはずがない。彼はなんとかシモンの手から、剣を叩き落とそうとしている。それがシモンには大きな利点になった。

彼は怒りに任せて切りこみ、突いて、何度もルナールの守りを破りそうになった。アリアンヌはちらっと周囲に目をやり、シモンを気絶させられるものを探した。

そのとき、ミリベルが叫びながら飛びだした。「シモン！　お願い！　やめて！」

ミリベルはシモンの腕をつかんだ。だが、シモンの剣がそれた瞬間、ルナールの振りおろした剣が、シモンの右目と頬を切り裂いた。

若者はよろめきながらあとずさり、剣を取り落として苦痛の叫びをあげた。顔を押さえた指のあいだから血が滴り落ちる。

「ああ、シ、シモン」ミリベルが叫んだ。「手当てをしなくちゃ！」

だが、シモンはミリベルの手を振りほどいた。「ぼくに近づくな。きみだけは助けるつもりだったが、きみもほかのみんなと同じだ。魔女だ」

彼は左目でミリベルをにらみつけた。けがをした動物の目に数えきれないほど同じ表情を見てきたミリベルは凍りついた。この暗いうつろな目は、魂の抜け殻の目だ。すでに取り返しがつかないほどねじれてしまった心の目だ。

「だ、だめ」ミリベルは打ちひしがれて彼に手を差し伸べた。

シモンはまだ顔の右側に片手を押しあてながらあとずさり、部屋を走りでていった。

ミリベルががっくり膝をつき、胸が張り裂けるような声で泣きだした。アリアンヌは妹を抱きしめ、震える小さな体を自分に押しつけていった。

ルナールはふたりを見下ろした。「あの子を追いかけたほうがいいか、アリアンヌ?」

「いいえ。そんなことをしても無駄よ。どうかジュスティス、トゥサンを呼んできて。みんなで島に戻りましょう」

25

夏の陽が薄れ、黄昏《たそがれ》が近づくと、ベル・ヘイヴンの窓からは柔らかい光がこぼれはじめた。だが、アリアンヌは家に戻っても願っていた安らぎを見つけることはできなかった。彼女はそれまでにも増して多くの責任を負っていた。ふたりの妹に関してはとくに。

ガブリエルはすっかり自分のなかに閉じこもり、これまでにも増して険しい目になった。ニコラ・レミーの死が、ガブリエルに残っていた最後の無邪気さを奪い去ったかのようだった。ミリベルはシモンに起こったことに打ちひしがれ、これまでよりもアリアンヌにまとわりつくようになった。

アリアンヌはミリベルを寝かしつけながら、すぐ横で丸くなっているネクロマンサーが多少の慰めを与えてくれることを願った。ミリベルは自分が眠るまでそばにいてくれと懇願し、アリアンヌがルナールに別れを告げるあいだすら、自分から離れるのをいやがった。ベル・ヘイヴンまでの旅は長く困難をきわめた。アリアンヌはほんの一秒もルナールとふたりきりで話す時間がもてないくらいだった。

パリに急いでいたときには、ふたたび彼を抱くことができたら、何を言うかはっきりとわかっているつもりだったが、ベル・ヘイヴンに戻ったいま、物事はそれほど単純ではなくなっていた。

ルナールのいかつい顔をそこなっていたあざや腫れはほとんど消え、疲れと警戒心がそれにとってかわっていた。「きみが立ち寄ってくれてよかった。トゥサンとトレマゾンに戻る前に、話したいことがあったんだ」

アリアンヌはうなずいた。「でも、長くはいられないの。ミリがすっかり悲嘆に暮れていて、わたしを必要としているのよ」

「わかっているとも」ルナールはそう言った。きっとまた彼女の目を読んだのだろう。そこにある疑いも読んだにちがいない。

「わたしの結婚の申し出だが」

「ああ、ルナール、お願い」アリアンヌは彼をさえぎった。「あなたが言いたいことはわかっているわ」

「いいや、わかっていないよ」彼はわびしげな笑みを浮かべた。「バスティーユでは考える時間がたっぷりあった。ひとりで城にいたときにも。そして自分がどんなに間違っていたか気がついたんだ。祖母のことを隠したまま、あんなふうに容赦なく結婚を迫るべきではなかった」

「ルナール――」

「いや、最後まで聞いてくれ。きみがわたしに腹を立てたのはあたりまえだ。男を信用できないことがきみの最大の不安だった。そしてわたしはきみが正しいことを証明した」

「そのわけは理解できるわ。あなたにとっては、メリュジーンの孫だというだけで拒否されるのが最大の不安だったんですもの。そしてわたしはその恐れを実現させたのよ」

ルナールはため息をついた。「ルーシーが罪のない老婆だったというふりはできない。彼女は非難されて当然の邪悪な罪をたくさんおかした。だが、そのために恐ろしい代償を払った。彼女これはルーシーの死に方のことじゃないよ。彼女は娘を失うという罰を受けていたんだ。黒魔術を学ぶことに精を出し、自分の子を助けるための癒しの技すら知らなかった罰を。

それにもてるかぎりの愛情をそそいで育てた孫のわたしも、祖母に背を向けた。魔女狩りの男たちが来たとき、ルーシーは魔法で自分を助けることもできたんだ。だが、そうしなかった。魔女狩りの男たちが、あの恐ろしい死を彼女に与えたわけじゃない。ルーシー自身が自分に与えたんだよ。それを甘んじて受けることで」

彼はアリアンヌの手を取った。「この指輪は、娘が裕福な伯爵を虜にするためにルーシーが作ったものだ。ちょうどわたしがきみを罠にかけようとしたように。だが、母はわたしとはちがって、この指輪の強力な魔法を間違った方法で使ったことは一度もなかった。母は父を愛していたからこれを与え、どんな見返りも求めなかった。必要なときには、いつでも呼んでくれと言っただけだ。

わたしもそうすべきだった。この指輪はきみのものだよ、シェリ。たとえきみがわたしと結婚しないという選択をしたとしても、いつでもこれでわたしを呼んでくれ」

ルナールはアリアンヌの指に優しくキスすると、踵を返して歩み去った。

それから何日もあと、アリアンヌは小枝に引っかかったスカートをはずしながら、注意深く下ばえのなかを進んでいた。開けた野原と、遠くに見えるシャトー・トレマゾンは、森の奥に入っていくにつれて見えなくなった。

パリからの長い帰路と、サン・バルテルミ前夜の悲劇のあと、アリアンヌはもう二度とフェール島を離れたくないと思ったものだった。島の谷間にこぢんまりと建っている蔦《つた》に覆われた館、薬草園、いかにも妖精やユニコーンが姿を見せそうな神秘的な森……どれも大切なものだ。

でも、アリアンヌのなかでは何かが変わり、外の世界の呼びかけがこれまでよりも聞こえるようになっていた。彼女は長いこと、本土にある父の領地の見まわりを怠り、その責任を管理人に押しつけていた。父に対する怒りから、さもなければ父が残した債務をどうすればいいかわからなかったからかもしれない。だが、領地そのものは父の従兄弟《いとこ》が相続するとはいえ、アリアンヌはここをできるかぎり管理するつもりだった。父に対する苦い怒りを忘れ、これからはよい思い出だけを大切にしていきたい。

アリアンヌはまた、王太后に宣言したように、この国とその外にいる大地の娘たちと連絡を取り、かつて賢い女たちの行動に目を光らせ、古代の知識の誤用を防いできたカウンシルを再開しようと考えていた。

でも、そうした仕事は重要ではあるが、アリアンヌを島から誘いだしたのは、前方の空き地に見え隠れする大男った。

アリアンヌはできるだけ音をたてぬようにそっと枝を分け、空き地をのぞきこんだ。ルナールは自分の仕事に集中していると見えて、まったく気づかない。

シャツとぴったりした膝丈のズボン姿で、袖を肘の上に押しあげ、彼は森の地面にシャベルを突きたてていた。土を掘るときに、前腕の筋肉が盛りあがるのが見えた。

いかつい顔にはうっすらと汗が光っている。金茶色の髪がひとつかみ、額にたれていた。ルナールは祖母の思い出に、ついに安らぎを与えようとしているのだ。

育ての親ともいうべき祖母に複雑な感情と葛藤を持っている彼にとって、それがどれほどむずかしいことか、アリアンヌにはわかっているつもりだった。

アリアンヌは彼のそばに行き、彼を慰めたかった。だが、これは彼がひとりでしなければならないことだ。トゥサンですら一緒に来ることを遠慮した、ひめやかで厳粛な儀式なのだ。ルナールが土を掘る手を休め、片腕で目を覆うのを見て、アリアンヌは彼のそばに駆け寄りたかった。

だが、最近の出来事から、これだけは学んでいた。どれほどそうしたくても、彼女には愛する者の悲しみを肩代わりすることも、傷を消すこともできない。彼女はルナールを最後にもう一度見つめると、枝を離し、静かにその場を離れた。

ジュスティスはシャベルの裏側で最後の土を叩いた。彼が穴を掘った場所は、森の地面にできた傷のようだ。が、すぐに苔《こけ》がはえ、野の花が咲き、蔦が這《は》い戻ってルーシーの墓のあらゆる痕跡を隠してくれるだろう。

恐ろしいメリュジーンの骨がここに埋まっていることは、誰にもわからない。祖母はきっとそれを望んでいたにちがいない。ジュスティスはシャベルの先を地面に突き刺し、疲れた腕を柄にあずけた。祖母の伝説のどこまでが真実なのか？

それは永遠にわからないだろう。それでいいのだと、ジュスティスはあきらめていた。祖母がメリュジーンだとは思えない。彼が覚えているルーシーは、巨人のような孫を叱り、せっせと世話をやいていた年老いた小柄な女だ。ジュスティスが疲れきって野良仕事から戻ると、節くれだった手で彼の髪をなでつけてくれた祖母。彼にこれほど巧みに相手の目を読むことや、敵から自分を守るのに必要なことを教えてくれた賢い女。火のそばで未来を予言し、自分が遠い昔にあきらめた夢を彼のために望んだ女。たしかに祖母にはたくさんの欠点があった。かならずしも正しくも賢くもなかったかもしれない。だが、ありったけの情熱をこめて彼を愛してくれたのだ。

魔女として焼かれた女には、どんな死後の人生が待っているのか知らないが、神は人間よりも慈悲深いことを信じたかった。そしてルーシーがいまどこにいるにせよ、彼がルーシーを許したように、自分の心を引き裂いた孫を許してくれたと思いたかった。

「安らかに眠ってくれ、祖母ちゃん」彼はつぶやいた。

そしてシャベルを肩に担ぐと、森を抜けて城へ戻りはじめた。風に鳴る木の葉が快い音楽のように聞こえる。とそのとき、森の音に混じってささやきが聞こえた。

彼を呼ぶ、甘く低い声が。

〝ジュスティス、あなたが必要なの。わたしのところに来て〟

ジュスティスは足を止めた。シャベルが手から滑り落ちるのも気づかず、彼は息を吸いこみ落ち着きを保とうとした。そして指輪を胸に当てると、不安にかられて尋ねた。

〝どうした、アリアンヌ？　何があった？　危険が迫っているのか？〟

短い間ののち、答えが戻ってきた。〝危険はないわ……でも、いますぐあなたが必要なの〟

ジュスティスは混乱して眉を寄せたものの、こう答えた。〝エルキュールと一緒にいますぐフェール島に駆けつけるよ〟

〝でも、わたしはフェール島にはいないわ〟

〝だったらどこにいるんだ？〟

〝わたしを見つけて。わたしたちの運命が始まった場所を探して〟

ジュスティスはいっそう混乱した。運命が始まった場所？　それはいったい……？　それからこの謎が解けた。彼は答えを送る間ももどかしく、木立のなかを戻りはじめた。

早鐘のように胸を打たせながら、行く手をさえぎる枝を押しやる。アリアンヌがこんな近くにいることが信じられない。彼はパリから戻った夜、自分が彼女に言ったことを思い出した。

〝この指輪はきみのものだよ、シェリ。たとえきみがわたしと結婚しないという選択をしたとしても、いつでもこれでわたしを呼んでくれ〟

たったこれだけの言葉だが、口にするにはこれまで闘ったどんな闘いよりも、どんな恐ろしい敵に直面するよりも勇気が必要だった。アリアンヌを失ってしまうことが彼は恐ろしかった。彼女がフェール島の仕事にまぎれ、自分を忘れてしまうことが。

アリアンヌの妹たち、召使い、島のあらゆる人々が彼女を必要としている。ジュスティスは我慢強い男ではなかった。だが一度、彼女に結婚を強いて失敗した。同じ間違いをもう一度おかすつもりはない。アリアンヌは自分の意志で彼のもとに来なければならない。けれど、この決心はそろそろ切れかけていたところだった。

彼は大股に走りだした。茨の棘《とげ》や小枝が顔や手を引っかき、シャツを引き裂いたが、そんなことにはかまっていられない。

小川の土手に達するころには、息が切れ、片手をなめらかな樺《かば》の木において、ひと息入れなくてはならなかった。

スカートを膝の上にたくしあげたアリアンヌが、出会ったあの日と同じように、苔を取っているのを半分予測して、川を見下ろしたが、彼女は上品に土手に座り、膝を胸に押しつけ、手織りのスカートの裾の下から足の指をのぞかせていた。

豊かな巻き毛を背中にたらした、裸足の魔女だ。アリアンヌはうっとりと空を仰いでいた。暖かい陽射しが白い横顔をきらめかせている。ジュスティスは畏敬《いけい》の念と絶望の入り混じった奇妙な感動に襲われ、息を止めた。

彼はアリアンヌの穏やかな強さと勇気、落ち着きを最初から称賛してきた。だが、パリから戻ったあとのアリアンヌはどこかがそれ以前とはちがっていた。これまでよりも大きな強さと知恵を手に入れて、内なる光を放っているように見える。

彼女はフェール島の代々のレディたちのように、静かな自信にあふれた独立した女性になった。この素晴らしい女性が運命の相手かもしれないなどと、いったいどうして思うことができたのか？

ジュスティスはあきらめ、足を引きずるようにして土手へと近づいた。彼の影が落ちると、アリアンヌは白昼夢からさめ、周囲を見まわし、立ちあがってスカートをなでつけた。

ふいに美しい顔にも、ジュスティスが感じているのと同じくらいのためらいと不安が浮かんだ。ジュスティスは足を踏み替えた。こんなことはばかげている。これではまるで、村の緑地で初めて出会った若者と娘のようではないか。

「来てくれたのね。今度はずいぶん早かったこと。道に迷わずにすんだようね」

「ああ、すんだ。静かな目の賢い女性に助けられたことがあったから」アリアンヌのからかうような調子を真似ようとしたが、胸がいっぱいで思うようにいかない。彼は低い声で付け加えた。「もう二度と迷うことはないと思う」

アリアンヌの笑みがいっそう甘くなった。が、彼女は何も言わず、ただ彼をじっと見つめている。ジュスティスはシャツの袖をおろし、髪を指で梳かしたい衝動を抑えた。

「きみに、呼ばれたような気がしたんだが」

「ええ、そのとおりよ」

「何か……あったのかい？」

「ええ」アリアンヌはほんの一メートル離れたところで、背の高い草に半分隠れているものを指さした。「ハンカチを落としたの。それを取ってくださる？」

ジュスティスはちらりとハンカチを見た。そして混乱しながらかがみこんで四角いリネンを拾いあげた。アリアンヌはどうにか落ち着きを保ってそれを見守った。心臓がどきどきして、息をするのも苦しいくらいだった。ルナールが片膝をついてそのハンカチをおもむろに差しだすと、いっそう鼓動が激しくなった。

「ありがとう」アリアンヌはかすかに震える指でそれを受けとり、ベルトに挟んだ。「これで三回だわ」

「なんだって？」

「指輪を三回使ったんですもの。あなたと結婚しなくては」

「いや、愚かな契約はご破算にしたと話したはずだ」

「でも、わたしはしなかったわ。指輪を三回使ったら、わたしたちは結婚するとあなたは言った。その言葉を撤回するつもり？」

ジュスティスは、希望と驚きのあいだで迷いながら、アリアンヌの前に片膝をつき、両手に心を載せて差しだしていた。

「まだわたしと結婚したい？」彼女は尋ねた。

「もちろんだ」ジュスティスはためらった。「でも、パリから戻ったあとのきみは……再びわたしを必要とすることがあるかどうか……」

「ええ、わたしは強くなったわ」アリアンヌは彼の前髪を梳かしつけた。「それに、もうあなたが必要なこと、あなたを欲しいこと、心からあなたを信頼することに不安を感じないほど勇敢になった」

「アリアンヌ、いまの言葉がわたしにとってどれほどの意味を持っているか、きみは想像もつかないよ」

「いいえ、つくわ」彼女はささやいた。「あなたの目を読むことができるもの」

ジュスティスはアリアンヌの手を取ってゆっくり立ちあがり、彼女を引き寄せた。そして腰に腕を回すと、そよ風のように優しく甘いキスをした。彼の腕に力がこもり、キスが深くなる。そしてアリアンヌを彼の熱で満たした。

情熱的なキスにいくらかぼうっとして、ジュスティスがようやく顔を離し、彼女を見下ろしたときには、深い驚きと、欲望と、憧憬《しょうけい》が鋭い顔の線を和らげていた。彼は頭をのけぞらせて喜びに満ちた笑い声をあげ、彼女を驚かせた。その声が梢へと上っていく。

彼はアリアンヌを持ちあげ、くるくる回った。やがてアリアンヌは目が回り、笑いだした。地面に下ろされると、よろめいて彼にしがみついた。

強い腕が彼女を支えてくれた。「ごめん。抑えられなかったんだ。残念ながら、わたしはきみの妹が言うとおりの図体のでかい、粗野な鬼だな。きみの品位を損なってしまったかい、フェール島のレディ？」

「ええ、そのようね」アリアンヌは厳しい顔をしようと努めたが、ため息をついて彼にすり寄った。「あなたのお城まで運んでくれて、わたしをもっと怒らせてくれること。それがわたしの唯一の願いよ」

ジュスティスは喜んでこれに従おうとしたが、アリアンヌはためらいながらこう言った。

「ジュスティス、ひとつだけわかってもらいたいことがあるの。あなたの妻、伯爵夫人になるのはとても嬉しい誇らしいことよ。でも、わたしはフェール島のレディでもある。そうなるために育てられたの。治療師になるため、島の人々の世話をするために。そして――」

ジュスティスはすばやくキスしてアリアンヌを黙らせた。「わかっているとも。わたしが願うのは、きみが存分に本領を発揮することだけだ」

愛と感謝の涙がアリアンヌの目を濡らした。「ありがとう。妻の独立心を恐れないのは、素晴らしい男だけよ。あなたのように強く、賢い男だけ。あなたがわたしの夫になる運命だと予言したお祖母様は正しかったわ」

ジュスティスは緑色の瞳をきらめかせ、アリアンヌを見下ろした。「そうかい？　だが、最初はそうは思わなかったぞ」

「それはあなたがあんなに必死に自分を隠し、腹立たしいほど曖昧《あいまい》なことしか言わなかったからよ。わたしと結婚したい理由すら、言おうとしなかった。結婚した夜に話すというだけで。

もしもわたしがすんなりあなたと結婚していたら、式の夜、なんと言うつもりだったの？」

ジュスティスは唇をゆがめた。「まあ、わたしは昔からためにならないほどおしゃべりだったからね。おそらくこれは運命だ、これほど相応しい結婚がどこにある？　わたしの富と称号に、きみが受け継いだ古い書物が加われば、何も怖いものはない、と」

アリアンヌはほほえんだ。「そしていまは？　どんな理由？」

「ひとことですむ。きみを愛している。それでいいかい？」

「ええ、ジュスティス」アリアンヌは優しく彼の頬に手を置いた。「何よりも素晴らしい理由だわ」

ジュスティスはアリアンヌのてのひらにキスをした。温かく、率直な緑の瞳が、アリアンヌを自分の心へと招いていた。そこに永遠に留まってくれ、と。

訳者あとがき

本書はスーザン・キャロル著のファンタジック・ロマンス、『金色の魔女と闇の女王』（原題：*The Dark Queen*）です。『魔法の夜に囚われて』に続く、花嫁探し人シリーズで多くのファンを獲得したスーザン・キャロル。今回のダーク・クイーン・シリーズでは、がらりと趣向を変え、舞台を十六世紀後半のフランスに置いて、史実をからめながら、白魔術を使うヒロインたちを描いています。シリーズの中心は、女性が相続権を持つ珍しい島のシェニ家の三姉妹で、第一作となる本作のヒロインは、静かな瞳を持つ長女アリアンヌ。その静けさに魅せられたルナール伯爵が、魔法を駆使して花嫁獲得作戦を展開します。

フェール島のレディとして島の人々を守る役目を引き継いだシェニ家の長女アリアンヌは、ある日、森で迷ったルナール伯爵ジュスティス・ドゥヴィーユを助けます。驚いたことに、数日後、家来を引き連れて現れた伯爵は、彼女を花嫁にすると一方的に宣言。アリアンヌが結婚式をすっぽかすと、彼女のもとを訪れ、「この指輪をはめて胸にあて、わたしを呼べば、すぐさ

「まきみのもとに駆けつける」と魔法の指輪を差しだすのでした。ただただ彼を追い払いたいばかりに、それを受けとったアリアンヌですが、その夜、パリから彼女を訪ねてきた新教徒の兵士が、黒衣の王妃と呼ばれるカトリーヌ・ド・メディシスの恐ろしい秘密をもちこんだことから、フェール島にダーク・クイーンの魔の手が迫ることに……。

シリーズを通して登場する邪悪な王太后、カトリーヌ・ド・メディシスについて、著者スーザン・キャロルはこう記しています。

「本書で描かれているダーク・クイーンは、伝説と事実に魔法を加味したものよ。実際、カトリーヌ・ド・メディシスは在位中、黒魔術を使うのではないかという噂が絶えなかったの。多くの人々が、彼女は魔女であり、毒を使った、と信じていたのね。これらの主張を裏付ける証拠はひとつもないけれど、彼女が美しい女官たちを集め、〝遊撃隊〟と呼んで、宮廷で敵を誘惑させたことはよく知られている史実。それにまた、宗教戦争の内乱に揺れるフランスで権力の座を保つために、様々な政治的術策を用いたことも明らかね。

わたしはこうした伝説を基にして、いくつかの事実を物語に投げこみ、それを想像力で彩って描きあげた。これがカトリーヌ・ド・メディシスという複雑きわまりない女性の正確な肖像画だ、と断言するつもりはないわ。一九五七年八月の、いまでは歴史の彼方に霞んでしまった恐ろしい夜へと至る一連の出来事を、正確に再現したと主張するつもりも、もちろんない。事件から何世紀を経たいまでも、歴史家はサン・バルテルミ前夜に起きた悲劇が誰の責任だったのかを決めかねているくらいですもの。〝あのイタリア女〟とフランスの人々が呼んだ女性の気性についても、いまに至るまで曖昧のまま。ですから、フランスの政治と歴史に関する詳細な情報は、学者や歴史家にまかせましょう。わたしの務めは、はるか昔のフランスと架空の島を舞台に、ファンタジーとロマンスと冒険の物語を紡ぐこと……」

この覚え書にもあるとおり、本作のカトリーヌは虚実取り混ぜて描かれています。ただ、ナヴァラの女王、ジャンヌの急死事件については、実際に手袋に毒が塗られていたことが疑われています。カトリーヌの実家、イタリアのメディチ（医師、医薬などという意味）家がもともと薬種商人だったところから、彼女は毒を使うと噂されたのかもしれません。

魔女狩りと裁判、宗教戦争の内乱に揺れるフランス、白魔術と黒魔術の戦い。邪悪な王太后の企みが恐ろしい虐殺へと至る終盤は、手に汗握る展開です。またシリーズ一作目にあたる本書では、アリアンヌとルナールのロマンスとともに、妹ガブリエルと誠実な騎士ニコラ・レミーの出会い、末の妹ミリベルと魔女狩りの若者シモンとの出会いも描かれています。気丈なアリアンヌ、心に深い傷を負うガブリエル、母を亡くし、父を失った寂しさに耐えかねる少女のミリベル。三人三様の思いを抱えたシェニ姉妹が、時の権力者と戦いながら恋に目覚めていくこのシリーズ。激動のフランス史を紐解きながら、楽しんでいただけることと思います。

天使のように美しいガブリエルと、ナバラ軍の大尉ニコラ・レミーのロマンスと、さらなるダーク・クイーンの陰謀が、パリを舞台に描かれる第二作もどうぞお楽しみに。

二〇一二年　五月

金色の魔女と闇の女王

著者　スーザン・キャロル

訳者　富永和子《とみながかずこ》

2012年6月20日　初版第1刷発行

発行人　鈴木徹也

発行所　ヴィレッジブックス
〒108-0072 東京都港区白金2-7-16
電話 048-430-1110(受注センター)
03-6408-2322(販売及び乱丁・落丁に関するお問い合わせ)
03-6408-2323(編集内容に関するお問い合わせ)
http://www.villagebooks.co.jp

印刷所　中央精版印刷株式会社

ブックデザイン　鈴木成一デザイン室+草苅睦子(albireo)

 ISBN978-4-86332-388-9 Printed in Japan